HEYNE <

Das Buch
»Es gibt noch eine letzte Sache, die ich Ihnen mitteilen möchte. Ich habe etwas gefunden. Eine Art Kammer, tief in dem Objekt bei Gibraltar. Ich glaube, sie enthält den Schlüssel zum Verständnis der Atlanter. Die Technologie dort ist hoch entwickelt – und gefährlich, wenn sie in die falschen Hände gelangt. Ich habe großen Aufwand betrieben, um diesen Ort zu verbergen – denn er könnte das Ende der Menschheit heraufbeschwören.«

Das Atlantis Gen ist der erste Band der großen Atlantis-Trilogie von A. G. Riddle

Der Autor
A. G. Riddle wuchs in North Carolina auf. Zehn Jahre lang beschäftigte er sich damit, diverse Internetfirmen zu gründen und zu leiten, bevor er sich aus dem Geschäft zurückzog. Seitdem widmet Riddle sich seiner wahren Leidenschaft: dem Schreiben. Seine *Atlantis*-Trilogie ist in Amerika schon jetzt ein Phänomen. Riddle lebt in Parkland, Florida.

Lieferbare Titel
Das Atlantis-Gen
Das Atlantis-Virus
Die Atlantis-Vernichtung

Departure

A.G. RIDDLE

DAS ATLANTIS GEN

Roman

Aus dem Amerikanischen
von Marcel Häußler

WILHELM HEYNE VERLAG
MÜNCHEN

Die amerikanische Originalausgabe THE ATLANTIS GENE
(THE ORIGIN MYSTERY, BOOK ONE)
erschien 2013 bei Modern Mythology

Verlagsgruppe Random House FSC® N001967

2. Auflage
Vollständige deutsche Erstausgabe 07/2015
Copyright © 2013 by A. G. Riddle
Published in agreement with the author, c/o Danny Baror International Inc,
Armonk, New York, USA
Copyright © 2015 der deutschsprachigen Ausgabe
by Wilhelm Heyne Verlag, München,
in der Verlagsgruppe Random House GmbH
Neumarkter Str. 28, 81673 München
Redaktion: Sven-Eric Wehmeyer
Printed in Germany
Umschlagillustration: Johannes Wiebel/punchdesign, München,
unter Verwendung von Motiven von
shutterstock.com (Tyler Olson; Andreas Meyer)
Satz: Buch-Werkstatt GmbH, Bad Aibling
Druck und Bindung: GGP Media GmbH, Pößneck
ISBN: 978-3-453-53475-9

www.heyne.de

Dieser Roman ist frei erfunden,
abgesehen von den Passagen, die es nicht sind.

Für Anna

PROLOG

Forschungsschiff Icefall
Atlantischer Ozean
88 Seemeilen vor der antarktischen Küste

Karl Selig stützte sich auf die Reling und spähte durch seinen Feldstecher auf den gewaltigen Eisberg. Ein weiteres Eisstück brach ab, fiel in die Tiefe und gab den Blick auf das lange schwarze Objekt frei. Es sah fast aus wie ... ein U-Boot. Doch das war unmöglich.

»Hey, Steve, sieh dir das mal an.«

Steve Cooper, Karls ehemaliger Kommilitone, verzurrte eine Boje und kam zur anderen Seite des Boots herüber. Er nahm das Fernglas, schwenkte es kurz und hielt inne. »Wow. Was ist das? Ein U-Boot?«

»Könnte sein.«

»Und darunter?«

Karl schnappte sich den Feldstecher. »Darunter ...« Er richtete die Linsen auf den Bereich unter dem U-Boot. Dort war noch etwas anderes. Das U-Boot, falls es sich um ein solches handelte, ragte aus einem viel größeren metallischen Gebilde heraus. Im Gegensatz zu dem U-Boot reflektierte das graue Material darunter nicht das Licht; es sah aus wie die Wellen, die am Horizont über einer heißen Landstraße oder einer weiten Wüste schimmerten. Doch es war nicht warm, jedenfalls brachte es das umgebende Eis nicht zum Schmelzen. Unmittelbar darüber konnte Karl eine deutsche Aufschrift auf dem U-Boot erkennen: *U-977* und *Kriegsmarine*. Ein Nazi-U-Boot, das aus ... irgendeinem Objekt herausragte.

Karl ließ das Fernglas sinken. »Weck Naomi, und mach das Boot zum Anlegen klar. Wir sehen uns das aus der Nähe an.«

Steve lief unter Deck, und Karl hörte, wie er Naomi in einer der beiden Kabinen des kleinen Boots weckte. Karls Sponsorenfirma hatte darauf bestanden, dass er Naomi mitnahm. In dem betreffenden Meeting hatte Karl nur genickt und gehofft, sie werde ihm nicht im Weg herumstehen. Er war nicht enttäuscht worden. Als sie vor fünf Wochen in Kapstadt in See gestochen waren, hatte Naomi zwei Garnituren Kleidung zum Wechseln, drei Liebesromane und genug Wodka, um eine russische Armee auszuschalten, mit an Bord gebracht. Seitdem hatten sie sie kaum gesehen. *Es muss hier draußen so langweilig für sie sein*, dachte Karl. Für ihn hingegen war es die Chance seines Lebens.

Karl hob den Feldstecher und musterte erneut den gewaltigen Eisbrocken, der sich vor knapp einem Monat von der Antarktis gelöst hatte. Fast neunzig Prozent des Eisbergs lagen unter Wasser, doch die Oberfläche erstreckte sich trotzdem über hundertzwanzig Quadratkilometer und war somit fast anderthalb mal so groß wie Manhattan.

Karls Doktorarbeit befasste sich mit der Frage, wie frisch gekalbte Eisberge während ihres Schmelzprozesses die globalen Meeresströmungen beeinflussten. In den letzten vier Wochen hatten Steve und er rund um den Eisberg Hightech-Bojen ausgesetzt, die sowohl die Meerestemperatur und das Verhältnis von Salz- zu Süßwasser maßen als auch gelegentliche Sonaraufnahmen von der sich verändernden Gestalt des Eisbergs erstellten. Das Ziel war, mehr darüber zu erfahren, wie Eisberge sich auflösten, nachdem sie die Antarktis verlassen hatten. Die Antarktis enthielt neunzig Prozent des Eises der Erde, und wenn es in den nächsten Jahrhunderten abschmolz, würde das die Welt dramatisch verändern. Er hoffte, seine Forschungen würden zum genaueren Verständnis dieses Vorgangs beitragen.

Karl hatte Steve angerufen, sobald er erfuhr, dass sein Projekt finanziert wurde. »Du musst mitkommen – nein, glaub mir.« Steve stimmte zögerlich zu, und zu Karls Freude lebte sein alter Freund auf der Expedition auf, während sie tagsüber Daten sammelten und abends die vorläufigen Ergebnisse besprachen. Vor der Reise war Steve so teilnahmslos durch seine akademische Laufbahn getrieben wie der Eisberg, dem sie folgten, durch das Meer. Immer wieder hatte er das Thema seiner Doktorarbeit geändert. Karl und seine anderen Freunde hatten sich schon gefragt, ob er seine Promotion ganz aufgeben würde.

Ihre Messungen hatten faszinierende Daten geliefert, doch nun hatten sie etwas ganz anderes entdeckt, etwas Außergewöhnliches. Es würde Schlagzeilen machen. Aber wie würden sie lauten? »Nazi-U-Boot in der Antarktis gefunden«? Es war nicht ausgeschlossen.

Karl wusste, dass die Nationalsozialisten von der Antarktis besessen gewesen waren. Sie hatten 1938 und 1939 Expeditionen durchgeführt und sogar einen Teil des Kontinents zum deutschen Hoheitsgebiet ernannt – Neuschwabenland. Mehrere U-Boote der Nationalsozialisten waren nach dem Zweiten Weltkrieg verschollen geblieben, ohne dass man von ihrem Untergang wüsste. Die Verschwörungstheoretiker behaupteten, ein U-Boot habe kurz vor dem Sturz des Dritten Reichs Deutschland verlassen und die hochrangigsten Nazis sowie den gesamten Staatsschatz einschließlich unbezahlbarer erbeuteter Kunstwerke und streng geheimer Technologie außer Landes gebracht.

In Karls Hinterkopf tauchte ein neuer Gedanke auf: Finderlohn. Falls in dem U-Boot ein Nazi-Schatz war, wäre er einen Haufen Geld wert. Er müsste sich nie mehr Gedanken um die Finanzierung seiner Forschung machen.

Aber jetzt mussten sie erst einmal mit dem Boot am Eisberg anlegen. Die See war rau, und sie benötigten drei Versuche, doch schließlich gelang es ihnen, in einigen Kilometern Entfernung von dem U-Boot und dem seltsamen Objekt darunter festzumachen.

Karl und Steve packten sich warm ein und legten ihre Kletterausrüstung an. Karl gab Naomi einige einfache Anweisungen, die sich im Wesentlichen mit »Rühr nichts an« zusammenfassen ließen; dann stiegen Steve und er auf die Eisfläche und machten sich auf den Weg.

Während der nächsten fünfundvierzig Minuten stapften die beiden Männer schweigend durch die Eiswüste. Im Inneren war die Landschaft zerklüfteter, und ihre Schritte verlangsamten sich. Steves stärker als Karls.

»Wir müssen Gas geben, Steve.«

Steve versuchte mitzuhalten. »Sorry. Der Monat auf dem Boot hat mich aus der Form gebracht.«

Karl blickte zur Sonne auf. Wenn sie unterging, fiel die Temperatur schlagartig, und sie würden wahrscheinlich erfrieren. Die Tage waren lang hier. Die Sonne ging um 2:30 Uhr auf und um 22:00 Uhr unter, doch ihnen blieben nur wenige Stunden. Karl erhöhte das Tempo noch ein wenig.

Hinter sich hörte er Steve in seinen Schneeschuhen über das Eis schlurfen, der verzweifelt versuchte, zu ihm aufzuschließen. Plötzlich stiegen seltsame Geräusche vom Eis auf: zuerst ein tiefes Dröhnen, dann ein schnelles Hämmern, als bearbeiteten Tausende von Spechten das Eis. Karl blieb stehen und lauschte. Er drehte sich zu Steve um, und als sich ihre Blicke trafen, breitete sich im Eis unter Steves Füßen schlagartig ein Spinnennetz von winzigen Rissen aus. Steve sah entsetzt zu Boden und rannte dann, so schnell er konnte, auf Karl und das unversehrte Eis zu.

Auf Karl wirkte die Szene unwirklich und wie in Zeitlupe. Er lief seinem Freund entgegen und warf ihm ein Seil von seinem Gürtel zu. Steve fing es einen Sekundenbruchteil bevor ein lauter Knall die Luft erschütterte und das Eis unter ihm einbrach und eine riesige Spalte bildete.

Sofort straffte sich das Seil, sodass Karl von den Beinen gerissen wurde, bäuchlings auf dem Eis landete und mit in die Eisschlucht gerissen zu werden drohte. Er versuchte, auf die Füße zu kommen, doch der Zug des Seils war zu stark. Er öffnete die Hände und ließ es durch die Finger gleiten, um seine Vorwärtsbewegung zu bremsen. So schaffte er es, die Füße nach vorn zu bringen. Die Steigeisen unter seinen Stiefeln bohrten sich ins Eis, und Splitter flogen ihm ins Gesicht, während er allmählich zum Stillstand kam. Als er das Seil wieder fester packte, spannte es sich über der Kante und gab ein vibrierendes Geräusch von sich, fast wie ein tiefer Geigenton.

»Steve! Halt durch! Ich zieh dich hoch ...«

»Nein!«, schrie Steve.

»Was? Bist du verrückt ...«

»Hier unten ist was. Lass mich runter, langsam.«

Karl überlegte einen Moment lang. »Was denn?«

»Sieht aus wie ein Tunnel oder eine Höhle. Innen ist graues Metall. Ich kann's nur undeutlich erkennen.«

»Okay, warte. Ich geb dir ein bisschen Seil.« Karl ließ drei Meter Seil durch seine Hände gleiten, und als er von Steve nichts hörte, gab er ihm weitere drei Meter.

»Stopp«, rief Steve.

Karl spürte, wie das Seil ruckte. Schwang Steve dort unten hin und her? Das Seil wurde schlaff.

»Ich bin drin«, sagte Steve.

»Was ist da?«

»Weiß nicht genau.« Steves Stimme klang jetzt gedämpft.

Karl kroch zur Kante vor und blickte hinab.

Steve streckte den Kopf aus der Höhle. »Ich glaube, es ist eine Art Kathedrale. Es ist gigantisch. Da sind Inschriften an den Wänden. Symbole – solche habe ich noch nie gesehen. Das muss ich genauer untersuchen.«

»Steve, nicht ...«

Steve verschwand. Einige Minuten verstrichen. War da eine erneute Erschütterung? Karl horchte. Er konnte es nicht hören, aber er spürte es. Das Eis pulsierte nun schneller. Er stand auf und trat einen Schritt von der Kante zurück. Das Eis hinter ihm brach, und dann waren auf einmal überall Risse, die sich schnell ausbreiteten. Er rannte in vollem Tempo auf den sich vergrößernden Spalt zu. Dann sprang er – und schaffte es fast bis zur anderen Seite. Er klammerte sich an die Eiskante und baumelte dort einen langen Augenblick. Mit jeder Sekunde wurde das Vibrieren des Eises heftiger. Karl sah, wie das Eis um ihn herum bröckelte und in die Tiefe fiel, dann brach die Platte, an der er hing, und er stürzte in den Abgrund.

Auf dem Boot beobachtete Naomi, wie die Sonne hinter dem Eisberg versank. Sie nahm das Satellitentelefon und wählte die Nummer, die der Mann ihr gegeben hatte.

»Ich sollte anrufen, wenn wir was Interessantes finden.«

»Sagen Sie nichts. Bleiben Sie dran. In zwei Minuten haben wir Sie geortet. Wir kommen zu Ihnen.«

Sie stellte das Telefon auf die Arbeitsfläche, ging zurück zum Herd und rührte weiter in dem Topf mit den Bohnen.

Der Mann am anderen Ende der Leitung sah auf, als die GPS-Koordinaten auf dem Bildschirm aufleuchteten. Er kopierte die Angaben und suchte in der Datenbank der Überwachungssatelliten nach einer Live-Quelle. Ein Treffer.

Er öffnete den Stream und schwenkte auf die Mitte des Eisbergs, wo sich die schwarzen Punkte befanden. Mehrmals zoomte er heran, und als das Bild scharf wurde, ließ er seine Kaffeetasse auf den Boden fallen, stürmte aus dem Zimmer und rannte über den Flur zum Büro des Direktors. Er platzte einfach hinein und unterbrach den grauhaarigen Mann, der im Zimmer stand und redete und mit beiden Händen gestikulierte.

»Wir haben es gefunden.«

TEIL I

JAKARTA UNTER BESCHUSS

1

Autismusforschungszentrum (AFZ)
Jakarta, Indonesien
Gegenwart

Dr. Kate Warner wachte mit einem schrecklichen Gefühl auf: Es war jemand im Zimmer. Sie wollte die Augen aufschlagen, doch es gelang ihr nicht. Sie fühlte sich benommen, fast als hätte man sie unter Drogen gesetzt. Die Luft roch faulig ... wie unter der Erde. Sie drehte sich halb um, und ein Schmerz durchfuhr sie. Das Bett war hart – ein Sofa vielleicht, jedenfalls nicht das Bett in ihrer Eigentumswohnung im neunzehnten Stock im Zentrum von Jakarta. *Wo bin ich?*

Sie hörte einen weiteren leisen Schritt, als ginge jemand mit Turnschuhen über einen Teppich. »Kate«, flüsterte ein Mann, um festzustellen, ob sie wach war.

Kate gelang es, die Augen einen Spalt weit zu öffnen. Über ihr drang schwaches Sonnenlicht durch die Metalljalousien vor den niedrigen breiten Fenstern. In der Ecke blinkte alle paar Sekunden eine Lampe auf und beleuchtete den Raum wie der Blitz einer Kamera, die permanent Fotos schoss.

Sie atmete tief durch und setzte sich mit einem Ruck auf, sodass sie den Mann sehen konnte. Er sprang zurück und ließ etwas fallen, das klirrend auf dem Boden landete und braune Flüssigkeit verspritzte.

Der Mann war Ben Adelson, ihr Laborassistent. »Mein Gott, Kate. Entschuldigung. Ich dachte ... wenn du wach bist, könntest du vielleicht einen Kaffee gebrauchen.« Er bückte sich, um die Scherben aufzusammeln, und nachdem er Kate genauer betrachtet hatte, sagte er: »Nimm's mir nicht übel, aber du siehst furchtbar aus.« Er warf ihr einen durchdringenden Blick zu. »Sag mir bitte, was los ist.«

Kate rieb sich die Augen, und ihre Verwirrung ließ nach, als sie begriff, wo sie war. Sie hatte fast die ganze Woche Tag und Nacht im Labor gearbeitet, nahezu ununterbrochen, seit sie den Anruf ihres Forschungssponsors erhalten hatte: Wir brauchen Ergebnisse, irgendwelche Ergebnisse, sonst wird die Finanzierung gestrichen. Keine Ausreden dieses Mal. Sie hatte ihren Mitarbeitern nichts von der Autismusstudie erzählt. Es gab keinen Grund, sie zu beunruhigen. Entweder erzielte sie Ergebnisse, dann ging es weiter, oder sie erzielte keine, dann fuhren sie nach Hause. »Kaffee wäre nicht schlecht, Ben. Danke.«

Der Mann stieg aus dem Lieferwagen und zog die schwarze Gesichtsmaske herunter. »Nimm drinnen dein Messer. Schüsse erregen zu viel Aufmerksamkeit.«

Seine Assistentin nickte und stülpte sich ebenfalls eine Maske über das Gesicht.

Der Mann streckte seine behandschuhte Hand nach der Tür aus, aber dann zögerte er. »Bist du sicher, dass der Alarm ausgeschaltet ist?«

»Ja. Also, ich habe die Leitung nach draußen durchgeschnitten, aber innen geht er wahrscheinlich an.«

»Was?« Er schüttelte den Kopf. »Verdammt – vielleicht melden sie es gerade schon. Wir müssen uns beeilen.«

Auf dem Schild über der Tür stand:

Autismusforschungszentrum
Personaleingang

Ben kehrte mit einer frischen Tasse Kaffee zurück, und Kate bedankte sich. Er ließ sich auf einen Stuhl auf der anderen Seite ihres Schreibtischs fallen. »Du arbeitest dich noch zu Tode. Ich weiß, dass du die letzten vier Nächte hier geschlafen hast. Und diese Geheimnistuerei, dass du alle anderen aus dem Labor aussperrst, deine Aufzeichnungen versteckst, nicht über ARC-247 sprichst. Ich bin nicht der Einzige, der sich Sorgen macht.«

Kate schlürfte ihren Kaffee. Jakarta war ein schwieriger Ort, um eine klinische Studie durchzuführen, aber es hatte auch seine Vorteile, auf der Insel Java zu arbeiten. Einer davon war der Kaffee.

Sie konnte Ben nicht sagen, was sie im Labor tat, zumindest noch nicht. Vielleicht führte es zu nichts, und höchstwahrscheinlich würden sie ohnehin alle ihre Arbeit verlieren. Wenn sie ihn einweihte, machte sie ihn nur zum Komplizen bei einem möglichen Verbrechen.

Kate deutete mit dem Kopf auf die blinkende Lampe in der Ecke. »Was ist das für ein Licht?«

Ben warf einen Blick über die Schulter. »Weiß nicht genau. Ein Alarm, glaube ich.«

»Feuer?«

»Nein. Auf dem Weg hierher hab ich eine Runde gedreht, es brennt nirgendwo. Ich wollte gerade einen gründlichen Kontrollgang machen, da habe ich gesehen, dass deine Tür einen Spalt offen steht.« Ben griff in einen der zahlreichen Kartons, die in Kates Büro herumstanden. Er blätterte durch einige gerahmte Diplome. »Warum hängst du die nicht auf?«

»Ich wüsste nicht, wozu.« Die Urkunden an die Wand zu

hängen widersprach Kates Charakter, und selbst wenn sie es täte, wen sollte sie damit beeindrucken? Kate war die einzige Medizinerin bei der Studie, und sämtliche Assistenten kannten ihren Lebenslauf. Besuch bekam sie nicht; die einzigen anderen Leute, die ihr Büro sahen, waren die gut zwanzig Angestellten, die sich um die Kinder in der Autismusstudie kümmerten. Das Personal würde wahrscheinlich glauben, Stanford und Johns Hopkins wären Menschen, verstorbene Verwandte vielleicht, und die Diplome ihre Geburtsurkunden.

»Ich würde die Urkunde aufhängen, wenn ich einen Doktor in Medizin von der Johns Hopkins University hätte.« Ben legte das Dokument vorsichtig zurück in den Karton und wühlte weiter darin herum.

Kate kippte den letzten Schluck Kaffee hinunter. »Ja?« Sie streckte ihm die Tasse entgegen. »Ich tausche den Doktortitel gegen einen weiteren Kaffee.«

»Heißt das, ich darf dich jetzt rumkommandieren?«

»Träum weiter«, sagte Kate, während Ben den Raum verließ. Sie stand auf und drehte an dem Plastikstab, mit dem man die Jalousien verstellen konnte, bis vor dem Fenster der Maschendrahtzaun zu sehen war, der das Gebäude umgab, und dahinter die überfüllten Straßen Jakartas. Der morgendliche Pendlerverkehr war in vollem Gange. Busse und Autos krochen über die Straße, während Motorräder durch die engen Lücken dazwischen schossen. Radfahrer und Fußgänger bevölkerten jeden Quadratzentimeter der Gehwege. Und sie hatte gedacht, der Verkehr in San Francisco sei schlimm.

Doch es lag nicht nur am Verkehr; sie fühlte sich in Jakarta noch immer fremd. Es war nicht ihr Zuhause. Vielleicht würde es das niemals sein. Vor vier Jahren wäre Kate an jeden Ort der Welt gezogen, Hauptsache weg aus San Francisco. Martin Grey, ihr Stiefvater, hatte gesagt: »Jakarta ist ein guter Ort, um deine Forschungen fortzusetzen ... und ... um noch mal von vorn anzufangen.« Er hatte auch gemurmelt, dass die Zeit alle Wunden heile. Aber jetzt lief ihr die Zeit davon.

Sie wandte sich wieder dem Schreibtisch zu und begann, ein paar Fotos aufzuräumen, die Ben mit den Urkunden herausgeholt hatte. Bei dem verblichenen Bild eines Tanzsaals mit Parkettboden zögerte sie. Wie war es zwischen ihre Arbeitssachen gekommen? Es war das einzige Foto, das sie von ihrer Kindheit in West-Berlin besaß, als sie in der Nähe der Tiergartenstraße gewohnt hatten. Kate hatte nur noch ein undeutliches Bild des stattlichen dreigeschossigen Hauses vor Augen. In ihrer Erinnerung fühlte es sich eher wie eine ausländische Botschaft oder ein Anwesen aus einer anderen Zeit an. Ein Schloss. Ein verlassenes Schloss. Kates Mutter war bei ihrer Geburt gestorben, und ihr Vater war zwar liebevoll gewesen, jedoch nur selten anwesend. Kate versuchte vergeblich, sich ihn vor Augen zu rufen. Es gab nur eine vage Erinnerung an einen kalten Dezembertag, an dem er sie auf einen Spaziergang mitgenommen hatte. Sie wusste noch genau, wie winzig sich ihre Hand in seiner angefühlt hatte und wie behütet sie sich vorgekommen war. Sie waren die Tiergartenstraße bis zur Berliner Mauer entlanggegangen. Es war eine düstere Szene: Familien legten Kränze und Bilder ab und beteten, dass die Mauer fiele und sie mit ihren Liebsten wiedervereint würden. Die übrigen Erinnerungen bestanden nur aus Bruchstücken, in denen ihr Vater sie verließ und wiederkehrte, jedes Mal mit einem kleinen Andenken von einem weit entfernten Ort. Das Hauspersonal war so gut wie möglich für ihn eingesprungen. Es war fürsorglich gewesen, wenn auch ein wenig kühl. Wie hatte noch mal die Haushälterin geheißen? Oder die Privatlehrerin, die mit ihr und dem ganzen Krempel im obersten Stockwerk wohnte? Sie hatte Kate Deutsch beigebracht. Kate konnte es immer noch sprechen, aber den Namen der Frau hatte sie vergessen.

So ungefähr die einzige klare Erinnerung aus ihren ersten sechs Lebensjahren war der Abend, als Martin in ihren Tanzsaal kam, die Musik ausschaltete und ihr mitteilte, dass ihr Vater nicht nach Hause komme – nie mehr – und sie ab jetzt bei ihm wohnen werde.

Sie wünschte, sie könnte diese Erinnerung löschen und die folgenden dreizehn Jahre gleich mit. Sie war mit Martin nach Amerika gezogen, doch er war von einer Expedition zur nächsten geeilt und hatte sie in immer neue Internate geschickt, sodass die Städte in ihrem Kopf miteinander verflossen. Nirgendwo hatte sie sich zu Hause gefühlt.

Ihr Forschungslabor kam einem echten Zuhause noch am nächsten. Jede wache Stunde verbrachte sie dort. Nach den Ereignissen in San Francisco hatte sie sich in ihre Arbeit gestürzt, und was als Abwehrmechanismus oder Überlebensstrategie begonnen hatte, war zum Alltag geworden, zu ihrem Lebensstil. Das Forschungsteam war ihre Familie, und die Teilnehmer waren ihre Kinder.

Und das alles stand nun auf dem Spiel.

Sie musste sich konzentrieren. Und sie brauchte mehr Kaffee. Sie schob die Fotos vom Schreibtisch in den Karton darunter. Wo blieb Ben?

Kate trat in den Flur und ging zur Kaffeeküche. Leer. Sie sah in die Kaffeekanne. Leer. Auch hier blinkte eine Alarmleuchte.

Etwas stimmte nicht. »Ben?«, rief sie.

Die anderen Mitarbeiter würden erst Stunden später eintreffen. Sie kamen zu merkwürdigen Zeiten, doch sie leisteten gute Arbeit. Die Arbeit war Kate wichtiger.

Sie wagte sich in den Forschungstrakt, der aus einer Reihe von Lagerräumen und Büros bestand, die um ein Reinraumlabor angeordnet waren, in dem Kate und ihr Team Retroviren für eine Gentherapie gegen Autismus entwickelten. Sie spähte durch die Scheiben. Ben war nicht im Labor.

Das Gebäude war unheimlich um diese frühe Uhrzeit. Es war leer, still und weder richtig dunkel noch hell. Durch die Fenster in den Räumen zu beiden Seiten fielen gebündelte Sonnenstrahlen in den Flur, wie Suchscheinwerfer, die nach Spuren von Leben fahndeten.

Kates Schritte hallten laut von den Wänden wider, als sie durch den ausgedehnten Forschungstrakt streifte, einen Blick in jedes Zimmer warf und die Augen zusammenkniff, um im grellen Licht der Jakarta-Sonne etwas zu erkennen. Alles leer. Es blieb nur noch der Wohntrakt – die Schlafräume, Küchen und Betreuungseinrichtungen für die ungefähr einhundert autistischen Kinder, die an der Studie teilnahmen.

In der Ferne hörte Kate andere, schnellere Schritte – jemand rannte. Sie ging zügig darauf zu, und als sie um eine Ecke bog, packte Ben sie am Arm. »Kate! Komm mit, schnell.«

2

Bahnhof Manggarai
Jakarta, Indonesien

David Vale zog sich in den Schatten des Fahrkartenschalters zurück. Er beobachtete den Mann, der am Zeitungsstand die *New York Times* kaufte. Der Mann bezahlte und ging am Mülleimer vorbei, ohne die Zeitung hineinzuwerfen. Nicht der Informant.

Hinter dem Zeitungsstand kroch ein Pendlerzug in den Bahnhof. Er war mit indonesischen Arbeitern vollgepackt, die aus den Orten in der Umgebung in die Hauptstadt kamen. Aus sämtlichen Schiebetüren hingen Fahrgäste heraus, vor allem Männer mittleren Alters. Auf dem Dach des Zuges hockten und lagen Jugendliche und junge Erwachsene, die Zeitung lasen, mit ihren Smartphones spielten oder sich unterhielten. Der überfüllte Pendlerzug war ein Symbol für Jakarta selbst, eine Stadt, die aus allen Nähten platzte und deren wachsende Bevölkerung um den Anschluss an die Moderne kämpfte. Der öffentliche Transport war nur das sichtbarste Zeichen der Bemühungen, den achtundzwanzig Millionen Menschen in der Metropolregion gerecht zu werden.

Jetzt stürzten die Pendler aus dem Zug und schwärmten durch den Bahnhof wie Schnäppchenjäger in der Vorweihnachtszeit durch die Einkaufszentren der USA. Es herrschte

Chaos. Die Arbeiter stießen und schoben und brüllten sich an, während sie zu den Ausgängen rannten, durch die andere sich in den Bahnhof hineinzudrängen versuchten. Dieser Vorgang wiederholte sich hier und an anderen Pendlerbahnhöfen der Stadt jeden Tag. Es war der perfekte Ort für ein Treffen.

David ließ den Zeitungsstand nicht aus den Augen. Sein Ohrhörer knisterte. »Uhrenladen an Sammler. Zur Information: Wir sind zwanzig Minuten über der Zeit.«

Der Informant kam zu spät. Das Team wurde nervös. Die unausgesprochene Frage lautete: Sollen wir abbrechen?

David hob sein Handy an den Mund. »Verstanden, Uhrenladen. Händler, Vermittler, bitte kommen.«

Von seinem Standpunkt aus konnte David die beiden anderen Agenten sehen. Einer saß auf einer Bank inmitten der geschäftigen Menge. Der andere Mann reparierte eine Lampe vor den Toiletten. Beide meldeten, dass sie den anonymen Informanten, einen Mann, der behauptete, Hinweise auf einen bevorstehenden Terroranschlag mit dem Codenamen Toba-Protokoll zu haben, nicht gesichtet hatten.

Die Agenten waren gut, zwei der besten aus der Niederlassung in Jakarta; David konnte sie in der Menge kaum ausmachen. Als er den Rest des Bahnhofs inspizierte, beunruhigte ihn irgendetwas.

Der Ohrhörer knisterte erneut. Es war Howard Keegan, der Direktor von Clocktower, der Terrorabwehrorganisation, für die David arbeitete. »Gutachter an Sammler, dem Verkäufer scheint der Markt heute nicht zu gefallen.«

David war der Chef der Niederlassung in Jakarta und Keegan sein Vorgesetzter und Mentor. Der ältere Mann wollte David offensichtlich nicht auf die Füße treten, indem er die Operation abbrach, doch die Botschaft war eindeutig. Keegan war extra aus London angereist, weil er auf einen Durchbruch hoffte. Es war ein großes Risiko angesichts der anderen laufenden Clocktower-Operation.

»Zustimmung«, sagte David. »Brechen wir ab.«

Die beiden Agenten räumten unauffällig ihre Stellungen und verschmolzen mit der Menge der vorbeihastenden Indonesier.

David warf einen letzten Blick zum Zeitungsstand. Ein großer Mann in rotem Anorak bezahlte etwas. Eine Zeitung. Die *New York Times*.

»Händler und Vermittler, bereithalten. Ein Käufer sieht sich die Waren an«, sagte David.

Der Mann trat zurück, hielt die Zeitung hoch und blieb einen Augenblick lang stehen, um die Schlagzeilen zu lesen. Ohne sich umzusehen, faltete er die Zeitung zusammen, warf sie in den Mülleimer und ging schnell auf den vollen Zug zu, der aus dem Bahnhof ausfuhr.

»Unser Informant. Ich folge ihm.« David schwirrte der Kopf, als er aus dem Schatten in die Menschenmenge stürmte. Warum kam der Mann zu spät? Und sein Aussehen – irgendwas stimmte damit nicht. Der offene Anorak, die Körperhaltung, die an einen Soldaten oder Agenten erinnerte, sein Gang.

Der Mann zwängte sich in den Zug und begann, sich durch die dichte Menge von stehenden Männern und sitzenden Frauen zu schlängeln. Er war größer als fast alle anderen im Zug, und David konnte seinen Kopf sehen. David quetschte sich in den Zug und zögerte. Warum lief der Kontaktmann davon? Hatte er etwas gesehen? Etwas, das ihm Angst einjagte? Und dann geschah es. Der Mann drehte sich um und sah David an. Der Ausdruck in seinen Augen sagte alles.

David wirbelte herum und stieß die vier Männer, die in der Tür standen, hinaus auf den Bahnsteig. Hastig schob er sie weg, während andere Pendler sich in die entstandene Lücke drängten. David wollte ihnen noch eine Warnung zurufen, da zerriss die Explosion den Zug, und Glassplitter und Metallstücke regneten auf den Bahnsteig. Die Druckwelle warf David auf den Betonboden, wo er zwischen anderen Menschen eingeklemmt wurde, manche tot, andere sich windend vor Schmerz. Schreie erfüllten die Luft. Durch den Rauch schwebten Asche und Schutt herab wie fallender Schnee. David konnte seine Arme und Beine nicht bewegen. Sein Kopf rollte nach hinten, und er verlor beinahe das Bewusstsein.

Einen Moment lang war er wieder in New York und rannte, um sich vor dem einstürzenden Gebäude in Sicherheit zu bringen, doch die Trümmer begruben ihn unter sich, und er war zum Abwarten verdammt. Hände an unsichtbaren Armen packten ihn und zogen ihn ins Freie. »Wir bringen dich in Sicherheit«, sagte jemand. Als das Sonnenlicht auf sein Gesicht fiel, sah er die Fahrzeuge der New Yorker Polizei und Feuerwehr, die mit heulenden Sirenen dastanden.

Doch dieses Mal kam kein Rettungswagen. Vor dem Bahnhof wartete ein schwarzer Lieferwagen. Und die Männer waren nicht von der Feuerwehr. Es waren die Agenten *Händler* und *Vermittler*. Sie hievten David in den Lieferwagen und rasten davon, während Polizisten und Feuerwehrtrupps die Straßen von Jakarta füllten.

3

Autismusforschungszentrum (AFZ)
Jakarta, Indonesien

In Spielzimmer vier herrschte munteres Treiben. Die Szene war typisch: Überall lag Spielzeug verstreut, ein Dutzend Kinder war im ganzen Raum verteilt, und jedes spielte für sich. In einer Ecke saß ein achtjähriger Junge namens Adi und wippte vor und zurück, während er ohne Mühe einen Knobelwürfel zusammensteckte. Als er den letzten Klotz einfügte, blickte er mit einem stolzen Lächeln zu Ben auf.

Kate konnte es kaum glauben. Der Junge hatte soeben ein Puzzlespiel gelöst, mit dem ihr Forschungsteam Savants identifizierte – Autisten mit besonderen kognitiven Fähigkeiten. Für den Würfel benötigte man einen IQ zwischen 140 und 180. Kate konnte ihn nicht lösen, und nur ein Kind aus der Studiengruppe hatte es bisher geschafft – Satya.

Kate beobachtete, wie Adi den Würfel schnell wieder zerlegte und erneut zusammensetzte. Dann stand er auf und setzte sich neben Surya, einen siebenjährigen Jungen, auf die Bank. Surya nahm sich das Spiel und setzte es mit ebensolcher Leichtigkeit zusammen.

Ben wandte sich zu Kate. »Ist das zu fassen? Glaubst du, sie haben sich gemerkt, wie es geht? Weil sie Satya zugesehen haben?«

»Nein. Oder vielleicht. Aber ich bezweifle es«, sagte Kate. In ihrem Kopf drehte sich alles. Sie brauchte Zeit, um nachzudenken. Sie musste sich sicher sein.

»Das ist es, woran du gearbeitet hast, stimmt's?«, sagte Ben.

»Ja«, sagte Kate abwesend. Es war unmöglich. Die Wirkung konnte nicht so schnell eintreten. Gestern hatten diese Kinder noch klassische Anzeichen von Autismus gezeigt – wenn es denn solche gab. Zunehmend begriffen Forscher und Ärzte Autismus als ein Spektrum von Störungen, das sich in vielfältigen Symptomen äußerte. Den Kern bildeten eine dysfunktionale Kommunikation und soziale Interaktion. Die meisten betroffenen Kinder vermieden Augenkontakt und zwischenmenschliche Beziehungen, manche reagierten nicht auf ihren Namen, und die schweren Fälle konnten gar keinen Kontakt ertragen. Gestern hätten weder Adi noch Surya den Würfel zusammensetzen, Augenkontakt herstellen oder sich beim Spiel abwechseln können.

Sie musste es Martin mitteilen. Er würde dafür sorgen, dass ihre Finanzierung nicht gestrichen wurde.

»Was machen wir jetzt?«, fragte Ben aufgeregt.

»Sie in Beobachtungsraum zwei bringen. Ich muss jemanden anrufen.« Kate war hin- und hergerissen zwischen Zweifel, Erschöpfung und Freude. »Und, äh, wir sollten eine Diagnose durchführen. ADI-R. Nein, ADOS 2, das geht schneller. Und lass es uns filmen.« Kate lächelte und packte Ben an der Schulter. Sie wollte etwas Tiefgründiges sagen, etwas, das den Augenblick unterstrich, Worte, die brillante und bald berühmte Wissenschaftler in ihrer Vorstellung im Moment des Durchbruchs sprachen, doch es kam nichts heraus, nur ein müdes Lächeln. Ben nickte und nahm die Kinder an der Hand. Kate öffnete die Tür, und sie traten zu viert in den Flur, wo zwei Menschen auf sie warteten. Nein, keine Menschen – Monster, die von Kopf bis Fuß in militärischer Ausrüstung steckten: Helm und Strumpfmaske, dunkle Schutzbrille, Brustpanzer und schwarze Gummihandschuhe.

Kate und Ben erstarrten, warfen einander einen ungläubigen Blick zu und stellten sich dann schützend vor die Kinder. Kate räusperte sich. »Das ist ein Forschungslabor, wir haben kein Geld hier, aber nehmen Sie die Ausrüstung, nehmen Sie alles mit, was Sie wollen. Wir werden nicht ...«

»Maul halten.« Die Stimme des Mannes war rau, als hätte er sein ganzes Leben mit Trinken und Rauchen verbracht. Er wandte sich zu seiner kleineren, schwarz gekleideten Komplizin und sagte: »Nimm sie mit.«

Die Frau trat einen Schritt auf die Kinder zu. Ohne nachzudenken, versperrte Kate ihr den Weg. »Nein. Nehmen Sie alles andere. Nehmen Sie mich stattdessen ...«

Der Mann zog eine Pistole und richtete sie auf Kate. »Aus dem Weg, Dr. Warner. Ich will Ihnen nichts tun, aber wenn es sein muss ...«

Er kennt meinen Namen.

Aus dem Augenwinkel sah Kate, wie Ben näher kam, um sich zwischen sie und das Monster mit der Pistole zu schieben.

Adi versuchte wegzurennen, doch die Frau hielt ihn am T-Shirt fest.

Ben trat neben Kate, dann vor sie, und gleichzeitig stürzten sie sich auf den Mann mit der Waffe. Als sie ihn zu Boden warfen, löste sich ein Schuss. Kate sah Ben von dem schwarz gekleideten Mann herunterrollen. Überall war Blut.

Sie wollte aufstehen, aber der Mann hielt sie fest. Er war zu stark. Er drückte sie zu Boden, und sie hörte ein lautes Krachen ...

4

Clocktower-Safehouse
Jakarta, Indonesien

Dreißig Minuten nach der Explosion im Zug saß David an einem billigen Klapptisch in der konspirativen Wohnung, ließ die Behandlung des Sanitäters über sich ergehen und versuchte, den Sinn des Anschlags zu begreifen.

»Au.« David zuckte zusammen und wich vor dem alkoholgetränkten Tupfer zurück, den der Sanitäter auf sein Gesicht drückte. »Danke, aber lassen Sie uns das später machen. Mir geht's gut. Nur Fleischwunden.«

Auf der anderen Seite des Raums erhob sich Howard Keegan vor der Reihe von Monitoren und kam zu David. »Es war eine Falle, David.«

»Warum? Das ist doch unlogisch ...«

»Nein. Sie müssen sich das hier ansehen. Ich habe es kurz vor der Explosion erhalten.« Keegan reichte ihm ein Blatt Papier.

<<< GEHEIM >>>
<<< CLOCKTOWER >>>
<<< KOMMANDOZENTRALE >>>
Angriff auf Clocktower.
Zweigstellen in Kapstadt und Mar del Plata zerstört.

Karachi, Delhi, Dhaka und Lahore in Gefahr.
Schutzmaßnahmen werden empfohlen.
Antwort erbeten.
<<< ende der nachricht >>>

Keegan steckte das Blatt zurück in die Jackentasche. »Er hat uns über unser Sicherheitsproblem belogen.«

David rieb sich die Schläfen. Es war ein Albtraumszenario. Sein Kopf pochte noch immer von der Explosion. Er musste nachdenken. »Er hat nicht gelogen ...«

»Zumindest hat er untertrieben. Wahrscheinlich hat er nur die halbe Wahrheit gesagt, um unsere Kräfte aufzuspalten und uns von dem größeren Angriff auf Clocktower abzulenken.«

»Der Angriff auf Clocktower bedeutet nicht, dass kein Terroranschlag geplant ist. Es könnte der Auftakt sein für ...«

»Vielleicht. Aber wir wissen nur, dass Clocktower mit dem Rücken zur Wand steht. Ihre wichtigste Aufgabe ist es, Ihre Zweigstelle zu sichern. Es ist die größte Operationsbasis in Südostasien. Vielleicht wird Ihr Hauptquartier in diesem Moment angegriffen.« Keegan nahm seine Tasche. »Ich fliege zurück nach London und versuche, die Dinge von dort aus zu koordinieren. Viel Glück, David.«

Sie gaben sich die Hand, und David brachte Keegan aus dem Haus.

Auf der Straße rannte ein Junge mit einem Stapel Zeitungen auf David zu, wedelte mit einer davon durch die Luft und rief: »Haben Sie schon gehört? Anschlag in Jakarta.«

David schob ihn weg, doch der Junge drückte ihm eine zusammengerollte Zeitung in die Hand und flitzte um die nächste Ecke.

David wollte die Zeitung schon wegwerfen, aber ... sie war zu schwer. Es war etwas darin eingewickelt. Als er die Zeitung auseinanderrollte, fiel ein etwa dreißig Zentimeter langer Metallzylinder heraus. Eine Rohrbombe.

5

Autismusforschungszentrum (AFZ)
Jakarta, Indonesien

Eddi Kusnadi, der Polizeichef von West-Jakarta, wischte sich den Schweiß von der Stirn, als er den Tatort betrat, irgendein Forschungslabor im Westen der Stadt. Ein Nachbar hatte einen Schuss gemeldet. Es war eine bessere Gegend, in der die Einwohner Verbindungen zur Politik hatten, deshalb musste er der Sache auf den Grund gehen. Offenbar handelte es sich um eine medizinische Einrichtung, aber die Räume sahen fast aus wie in einer Kinderkrippe.

Paku, einer seiner besten Zivilbeamten, winkte ihn in einen Flur im hinteren Gebäudeteil, wo eine bewusstlose Frau und ein toter Mann in seinem eigenen Blut am Boden lagen und zwei Polizisten herumstanden.

»Eine Beziehungstat?«

»Das glauben wir nicht«, sagte Paku.

Im Hintergrund hörte der Polizeichef Kinder weinen. Eine indonesische Frau trat in den Flur und begann sofort zu kreischen, als sie die Leiche sah.

»Bringt die Frau hier raus«, sagte er. Die beiden Polizisten geleiteten sie vor die Tür, und er blieb mit Paku allein zurück. »Wer sind die beiden?«, fragte er ihn.

»Die Frau ist Dr. Katherine Warner.«

»Doktor? Ist das hier ein Krankenhaus?«

»Nein. Eine Forschungseinrichtung. Warner ist die Chefin. Die Frau, die gerade hier war, ist eines der Kindermädchen; sie forschen an behinderten Kindern.«

»Klingt nicht sehr profitabel. Wer ist der Mann?«, fragte der Polizeichef.

»Einer der Labortechniker. Das Kindermädchen hat gesagt, einer der anderen Techniker hätte angeboten, auf die Kinder aufzupassen, deshalb geht sie jetzt nach Hause. Außerdem behauptet sie, zwei Kinder würden fehlen.«

»Ausreißer?«

»Glaubt sie nicht. Sie sagt, das Gebäude sei gesichert.«

»Gibt es Überwachungskameras?«

»Nein. Nur in den Räumen mit den Kindern. Wir überprüfen gerade die Aufzeichnungen.«

Der Polizeichef bückte sich und betrachtete die Frau. Sie war dünn, aber nicht zu dünn. Das gefiel ihm. Er fühlte ihren Puls, dann drehte er ihren Kopf zur Seite, um zu sehen, ob sie Schädelverletzungen hatte. Er bemerkte kleinere Blutergüsse an den Handgelenken, ansonsten schien sie unverletzt. »Was für eine Schweinerei. Finde raus, ob sie Geld hat. Wenn ja, dann bring sie auf die Wache. Wenn nicht, lad sie im Krankenhaus ab.«

6

Forschungskomplex der Immari Corporation
Nahe Burang, China
Autonomes Gebiet Tibet

Der Projektleiter schlenderte in Dr. Shen Changs Büro und warf eine Akte auf den Schreibtisch. »Wir haben eine neue Therapie.«

Dr. Chang nahm die Akte und blätterte durch die Seiten.

Der Projektleiter lief im Büro auf und ab. »Sie ist sehr vielversprechend. Wir beschleunigen die Sache. Ich möchte, dass der Apparat einsatzbereit gemacht wird und die Probanden in den nächsten vier Stunden die Therapie verabreicht bekommen.«

Chang legte die Akte weg und sah auf.

Er öffnete den Mund, um etwas zu sagen, doch der Projektleiter winkte ab. »Erzählen Sie mir nicht, Sie bräuchten mehr Zeit. Sie hatten genug Zeit. Wir brauchen Ergebnisse. Und jetzt sagen Sie mir, was Sie benötigen.«

Chang sackte auf seinem Stuhl zusammen. »Der letzte Test hat das örtliche Stromnetz überstrapaziert; wir haben unsere hauseigenen Kapazitäten überschritten. Wir glauben, dass wir das Problem gelöst haben, aber der Stromversorger ist wahrscheinlich argwöhnisch geworden. Das größere Problem ist, dass uns die Primaten ausgehen ...«

»Wir testen nicht an Primaten. Ich will, dass eine Kohorte von fünfzig Menschen für den Test vorbereitet wird.«

Chang richtete sich auf und sagte mit größerem Nachdruck: »Selbst wenn man die moralischen Aspekte beiseitelässt, wovon ich dringend abrate, bräuchten wir viel mehr Daten für einen Menschenversuch, wir bräuchten ...«

»Die haben Sie, Doktor. Es steht alles in der Akte. Und wir bekommen weitere Daten. Aber das ist noch nicht alles. Wir haben zwei Probanden mit dauerhaft aktivierten Atlantis-Genen.«

Changs Augen weiteten sich. »Sie haben ... zwei ... wie bitte?«

Der Projektleiter zeigte mit einer schnellen, an das Zuschnappen einer Kobra erinnernden Bewegung auf die Akte. »Die Akte, Doktor, da steht alles drin. Und sie werden bald hier sein. Ich rate Ihnen, sich vorzubereiten. Sie müssen nur die Gentherapie replizieren.«

Chang blätterte durch die Akte, las und murmelte vor sich hin. Dann blickte er auf. »Die Probanden sind Kinder?«

»Ja. Ist das ein Problem?«

»Ähm, nein. Also, vielleicht. Oder vielleicht auch nicht.«

»*Vielleicht nicht* ist die richtige Antwort. Rufen Sie mich an, wenn Sie mich brauchen, Doktor. Vier Stunden. Ich muss Ihnen nicht sagen, was auf dem Spiel steht.«

Doch Dr. Chang hörte ihn schon nicht mehr. Er war völlig in Dr. Katherine Warners Aufzeichnungen vertieft.

7

Clocktower-Hauptquartier
Jakarta, Indonesien

David spähte durch das schmale Fenster des Schutzschilds auf das schwarze Rohr. Es dauerte eine Ewigkeit, mit dem ferngesteuerten Greifarm die Kappe abzuschrauben. Doch er musste einfach einen Blick hineinwerfen. Das Gewicht hatte ihn irritiert – das Rohr war zu leicht für eine Bombe. Nägel oder Schrotkugeln müssten viel mehr wiegen.

Als die Kappe endlich abfiel, kippte David das Rohr zur Seite. Ein aufgerolltes Blatt glitt heraus. Dickes glänzendes Papier. Ein Foto.

David rollte es auseinander. Es handelte sich um die Satellitenaufnahme eines Eisbergs, der im dunkelblauen Meer schwamm. In der Mitte des Eisbergs befand sich ein längliches Objekt. Ein U-Boot, das aus dem Eis ragte. Auf der Rückseite stand eine Nachricht:

Toba-Protokoll existiert.

4+12+47 = 4/5; Jones
7+22+47 = 3/8; Anderson
10+4+47 = 5/4; Ames

David schob das Foto in einen dicken Schnellhefter und ging in den Überwachungsraum. Einer der beiden Techniker drehte sich von der Monitorwand zu ihm um. »Bis jetzt keine Spur von ihm.«

»Wie sieht es an den Flughäfen aus?«, fragte David.

Der Mann tippte auf seiner Tastatur, dann blickte er auf. »Er ist vor ein paar Minuten in Soekarno-Hatta gelandet. Sollen wir ihn da abfangen?«

»Nein. Ich brauche ihn hier. Sorgt nur dafür, dass die da oben ihn nicht auf dem Schirm haben. Um den Rest kümmere ich mich.«

8

BBC World Report – Agenturmeldung

Mögliche Terroranschläge in Wohngebieten von
Mar del Plata, Argentinien und Kapstadt, Südafrika

*** Eilmeldung: Weitere Explosionen in Karachi,
Pakistan und Jakarta, Indonesien. Wir aktualisieren
diese Meldung, sobald Einzelheiten vorliegen. ***

Kapstadt, Südafrika: Der Lärm von automatischen Waffen und Granatexplosionen zerriss heute die morgendliche Ruhe in Kapstadt, als eine Gruppe von vermutlich zwanzig Bewaffneten in ein Wohngebäude eindrang und vierzehn Menschen tötete.

Die Polizei gab keine offiziellen Verlautbarungen zu dem Anschlag heraus.

Augenzeugen am Tatort berichteten, es habe wie die Operation eines Sondereinsatzkommandos gewirkt. Ein BBC-Reporter vor Ort interviewte einen der Zeugen: »Ja, ich habe es beobachtet, es sah aus wie eine Art Panzer, Sie wissen schon, so ein Truppentransporter. Er ist auf den Bürgersteig gerollt, und dann sind die Typen rausgesprungen wie Ninjas oder Kampfmaschinen, mit total mechanischen Bewegungen, und dann ist das ganze Gebäude explodiert, überall sind Glassplitter rumgeflogen, und ich bin weggerannt. Ich meine, das ist eine raue Gegend, aber so was, Mann, so was habe ich noch nie erlebt. Zuerst dachte ich, es wäre ein Drogenkrieg oder so. Was auch immer es war, es ist auf jeden Fall total schiefgegangen.«

Ein anderer Augenzeuge, der ebenfalls anonym bleiben wollte, bestätigte, dass sich auf dem Fahrzeug und den Uniformen keinerlei offizielle Abzeichen befanden.

Ein Reporter von Reuters, der sich kurz Zugang verschaffen konnte, ehe die Polizei ihn fortschaffte, beschrieb den Tatort folgendermaßen: »Für mich sah es aus wie eine konspirative Wohnung, vielleicht von der CIA oder dem MI6. Es muss jemand mit sehr guter finanzieller Ausstattung gewesen sein, um sich diese Technik leisten zu können: ein Lagezentrum mit einer ganzen Monitorwand und ein riesiger Serverraum. Überall lagen Leichen. Ungefähr die Hälfte war in Zivil, die anderen trugen schwarze Körperpanzer, so wie sie laut Zeugen die Angreifer anhatten.«

Ob die Angreifer Opfer erlitten und diese zurücklassen mussten oder ob die gepanzerten Leichen zu den Verteidigern der Einrichtung gehörten, ist noch nicht abschließend geklärt.

Die BBC ersuchte sowohl CIA als auch MI6 um eine Stellungnahme, doch beide verweigerten eine solche.

Es ist ungewiss, ob dieser Vorfall auf irgendeine Weise mit ähnlichen Ereignissen früher am Tag in Mar del Plata zusammenhängt, wo gegen 2:00 Uhr eine gewaltige Explosion in einem unterprivilegierten Viertel zwölf Menschen tötete. Beobachter sagten, der Explosion sei ein Überfall einer bislang unidentifizierten, schwer bewaffneten Gruppe gefolgt.

Wie auch bei dem Angriff in Kapstadt übernahm niemand die Verantwortung für die Attacke in Mar del Plata.

»Es ist äußerst beunruhigend, dass wir keine Ahnung haben, wer hinter diesen Anschlägen steht«, sagte Richard Bookmeyer, ein Professor an der American University. »Falls, wie es die ersten Berichte nahelegen, entweder die Opfer oder die Täter Teil eines Terrornetzwerks sind, würde das auf eine Perfektion hinweisen, die bisher keiner bekannten Terrorvereinigung zugetraut wurde. Es muss sich also um einen neuen Akteur oder eine wesentliche Weiterentwicklung einer bestehenden Gruppe handeln. Beide Szenarien erfordern, dass wir noch einmal überprüfen, was wir über die globale Terrorlandschaft zu wissen glauben.«

Wir werden diesen Artikel aktualisieren, sobald uns Einzelheiten vorliegen.

9

Clocktower-Hauptquartier
Jakarta, Indonesien

David war in eine Karte vertieft, auf der die geheimen Unterschlupfe von Clocktower in und um Jakarta verzeichnet waren, als der Überwachungstechniker hereinkam. »Er ist hier.«
David faltete die Karte zusammen. »Gut.«

Josh Cohen ging zu dem unscheinbaren Wohnhaus, in dem sich das Clocktower-Hauptquartier von Jakarta befand. Die meisten umliegenden Gebäude waren verlassen – eine Mischung aus gescheiterten Bauprojekten und Lagerhäusern.

Auf dem Schild am Gebäude stand: »Clocktower Security Inc.«, und für die Allgemeinheit war Clocktower Security nur einer der vielen neuen privaten Sicherheitsdienste. Offiziell bot Clocktower Security Personenschutz für Führungskräfte und hochrangige Ausländer an, die Jakarta besuchten, sowie private Ermittlungen, falls die örtlichen Behörden sich »wenig kooperativ« zeigten. Es war die perfekte Tarnung.

Josh betrat das Gebäude, ging einen langen Flur entlang, öffnete eine schwere Stahltür und näherte sich den glänzenden silbernen Aufzugtüren. Eine Klappe neben dem Aufzug glitt zur Seite, und er legte seine Hand auf die spiegelnde Fläche und sagte: »Josh Cohen. Stimmauthentifizierung.«

Eine zweite Klappe öffnete sich, dieses Mal auf Höhe seines Gesichts, und ein roter Lichtstrahl glitt auf und ab, während er ruhig dastand und die Augen geöffnet hielt.

Der Aufzug klingelte, öffnete sich, und Josh fuhr nach oben. Er wusste, dass irgendwo im Gebäude ein Überwachungstechniker während der Fahrt einen Ganzkörperscan durchführte, um sicherzustellen, dass er keine Wanzen, Bomben oder anderweitig problematische Gegenstände bei sich trug. Falls er etwas dabeihätte, würde sich der Aufzug mit einem farb- und geruchlosen Gas füllen, und er würde in einer Arrestzelle aufwachen. Und das wäre der letzte Raum, den er jemals sähe. Falls alles in Ordnung war, würde der Aufzug ihn in den vierten Stock bringen: in das Clocktower-Hauptquartier von Jakarta, in dem er seit drei Jahren zu Hause war.

Clocktower war die geheime Antwort der Welt auf den nichtstaatlichen Terror: eine nichtstaatliche Antiterroreinrichtung. Kein Papierkram. Keine Bürokratie. Nur Gute, die Böse töteten. Ganz so einfach war es zwar nicht, aber Clocktower kam diesem Ziel näher als irgendeine andere Organisation.

Clocktower war unabhängig, apolitisch, undogmatisch und vor allem äußerst effizient. Aus diesem Grund unterstützten Geheimdienste aus aller Welt die Organisation, obwohl sie fast nichts über sie wussten. Niemand wusste, wann sie gegründet worden war, wer sie führte, wie sie finanziert wurde oder wo sich das Hauptquartier befand. Als Josh vor drei Jahren Clocktower beitrat, dachte er, als Insider bekäme er Antworten auf diese Fragen. Doch das stellte sich als Irrtum heraus. Er war schnell aufgestiegen und zum Chef der Geheimdienstanalytiker der Niederlassung in Jakarta ernannt worden, aber er wusste noch immer nicht mehr über Clocktower als an dem Tag, an dem er aus dem CIA-Büro für Terrorismusanalyse rekrutiert worden war. Und das war offenbar so gewollt.

Innerhalb von Clocktower wurde das Wissen strikt auf die unabhängigen Zellen aufgeteilt. Jeder übermittelte seine Informationen an die Zentrale, jeder bekam Informationen von der Zentrale, aber keine Zelle bekam Einblick in das Gesamtbild oder in größere Operationen. Aus diesem Grund war Josh verblüfft, dass er vor sechs Tagen eine Einladung zu einer Art »Gipfeltreffen« für die Chefanalysten sämtlicher Clocktower-Zellen erhalten hatte. Er hatte sich an David Vale, den Chef der Jakarta-Niederlassung, gewandt und ihn gefragt, ob das ein Witz sein solle. Dieser hatte verneint und ihm mitgeteilt, alle Führungskräfte seien über das Meeting informiert worden.

Joshs Verwunderung steigerte sich weiter, als er über den Ablauf der Konferenz informiert wurde. Die erste Überraschung war die Anzahl der Teilnehmer: zweihundertachtunddreißig. Josh hatte angenommen, Clocktower wäre relativ klein und hätte vielleicht fünfzig Zellen an den Brennpunkten der Welt, doch stattdessen waren Mitarbeiter aus allen Winkeln der Erde angereist. Wenn man davon ausging, dass alle Zellen so groß waren wie die in Jakarta – ungefähr fünfzig Agenten –, dann mussten über zehntausend Menschen bei Clocktower arbeiten, und dazu kamen mindestens tausend Beschäftigte, um die Informationen einzuordnen und zu analysieren, ganz zu schweigen von der Koordinierung der Zellen.

Das Ausmaß der Organisation war beeindruckend – möglicherweise war sie fast so groß wie die CIA, die über ungefähr zwanzigtausend Mitarbeiter verfügte, als Josh dort tätig war. Und viele dieser zwanzigtausend Menschen arbeiteten in der Analyseabteilung in Langley, Virginia, nicht im Feld.

Clocktower hingegen war schlank, es hatte nicht die bürokratische und organisatorische Speckschicht der CIA.

Was die Durchführung von Kommandooperationen anging, stellte Clocktower wahrscheinlich sämtliche Regierungen der Welt in den Schatten. Jede Clocktower-Zelle teilte sich in drei Gruppen auf. Ein Drittel des Personals bestand aus Führungsoffizieren, ähnlich dem National Clandestine Service der CIA; sie arbeiteten undercover in Terrororganisationen, Kartellen und anderen Verbrecherbanden oder dort, wo sie Quellen abschöpfen konnten: in Regierungen, Banken und Polizeiwachen. Ihr Ziel war Human Intelligence (HUMINT) – der Erkenntnisgewinn aus menschlichen Quellen.

Ein weiteres Drittel jeder Zelle bestand aus Analysten. Die Analysten verbrachten den Großteil ihrer Zeit mit zwei Tätigkeiten: hacken und Vermutungen anstellen. Sie hackten jeden und alles: Telefonanrufe, E-Mails, SMS. Sie verbanden die Signal Intelligence oder SIGINT mit der HUMINT und anderen vor Ort gewonnenen Erkenntnissen und übermittelten alles an die Zentrale. Joshs Hauptaufgabe war, dafür zu sorgen, dass die Jakarta-Niederlassung ein Höchstmaß an Informationen sammelte, und die entsprechenden Schlüsse daraus zu ziehen. Schlüsse ziehen klang besser als Vermutungen anstellen, doch im Wesentlichen bestand seine Arbeit darin, Vermutungen anzustellen und dem Chef der Niederlassung Vorschläge zu unterbreiten. Der Chef genehmigte dann nach Rücksprache mit der Zentrale lokale Einsätze, die vom Sondereinsatzkommando – dem letzten Drittel des Personals – durchgeführt wurden.

Das Sondereinsatzkommando von Jakarta stand im Ruf, eines der besten der gesamten Clocktower-Organisation zu sein. Das hatte Josh eine Art Prominentenstatus auf der Konferenz verschafft. Joshs Zelle hatte de facto die Führerschaft in der asiatisch-pazifischen Region übernommen, und viele wollten mehr über die Finessen ihrer Arbeit erfahren.

Doch nicht alle veranstalteten einen solchen Starkult um Josh – er freute sich auch über die vielen alten Freunde, die er auf der Konferenz traf. Leute, mit denen er bei der CIA zusammengearbeitet oder zu denen er Kontakt gehabt hatte, weil sie bei anderen Regierungsstellen beschäftigt waren. Es war unglaublich; er unterhielt sich mit Leuten, die er seit Jahren nicht gesehen hatte. Clocktower hatte einen strikten Grundsatz: Jedes neue Mitglied bekam einen neuen Namen, die Vergangenheit wurde ausgelöscht, und man durfte seine Identität niemandem außerhalb der Zelle offenbaren. Ausgehende Anrufe wurden von einem Computer verfremdet. Persönlicher Kontakt war streng verboten.

Ein Treffen von Angesicht zu Angesicht mit den Chefanalysten sämtlicher Zellen zerriss diesen Schleier der Geheimhaltung. Es verstieß in jeder Hinsicht gegen die Vorgehensweise von Clocktower. Josh wusste, dass es einen Grund für dieses Risiko geben musste – etwas extrem Wichtiges und Dringendes –, doch er hätte niemals das Geheimnis erraten, das die Zentrale auf der Konferenz lüftete. Er konnte es noch immer nicht glauben. Und er musste es sofort David mitteilen.

Josh stellte sich dicht vor die Aufzugtüren und bereitete sich darauf vor, auf kürzestem Weg ins Büro des Chefs zu gehen.

Es war neun Uhr morgens, und in der Jakarta-Niederlassung musste die Hölle los sein. Der Analystenraum wäre mit Sicherheit so hell erleuchtet wie die New Yorker Wertpapierbörse, und Analysten würden sich diskutierend vor den Monitorwänden drängen. Auf der anderen Seite des Raums stünde die Tür zur Umkleide der Sondereinsatzkommandos weit offen, sodass man die Agenten sah, die sich auf ihr Tagwerk vorbereiteten. Die Spätankömmlinge würden vor ihren Spinden eilig ihre Körperpanzer anlegen und sich Ersatzmagazine in jede Tasche stopfen. Die Frühaufsteher saßen meist auf den Holzbänken und redeten über Sport und Waffen, ehe das morgendliche Briefing begann, und ihr kameradschaftliches Miteinander wurde nur durch gelegentliche Spötteleien unterbrochen.

Es war sein Zuhause, und Josh musste zugeben, dass er es vermisst hatte, obwohl die Konferenz ihn auf unvorhergesehene Weise bereichert hatte. Das Wissen, Teil einer größeren Gemeinschaft von Chefanalysten zu sein, Menschen, die dieselben Lebenserfahrungen hatten und mit denselben Problemen und Ängsten konfrontiert wurden, war überraschend tröstlich. In Jakarta war er der Chef der Analyseabteilung, doch er hatte keine echten Kollegen, niemanden, mit dem er richtig reden konnte. Geheimdienstarbeit war ein einsames Geschäft, besonders für diejenigen, die die Verantwortung trugen. Bei einigen seiner alten Freunde hatte das Spuren hinterlassen. Viele waren vorzeitig gealtert. Andere waren abgebrüht und unzugänglich geworden. Seit er sie getroffen hatte, fragte Josh sich, ob er auch so enden würde. Alles hatte seinen Preis, doch er war überzeugt von der Arbeit, die sie leisteten. Kein Job war perfekt.

Als seine Gedanken von der Konferenz in die Gegenwart zurückkehrten, wurde ihm bewusst, dass sich die Aufzugstüren mittlerweile hätten öffnen sollen. Er sah sich um. Die Beleuchtung verschwamm vor seinen Augen. Sein Körper fühlte sich schwer an. Er bekam kaum noch Luft. Er streckte den Arm aus, um sich am Geländer festzuhalten, konnte aber die Hand nicht schließen; sie rutschte ab, und der Stahlboden schien auf ihn zuzustürzen.

10

Verhörraum C
Untersuchungsgefängnis von West-Jakarta
Jakarta, Indonesien

Kate hatte mörderische Kopfschmerzen. Alles tat ihr weh. Und die Polizei war überhaupt keine Hilfe gewesen. Sie war auf dem Rücksitz eines Streifenwagens aufgewacht, und der Fahrer hatte sich geweigert, ihr irgendetwas zu sagen. Als sie auf der Polizeiwache ankamen, wurde es nur noch schlimmer.

»Warum hören Sie mir nicht zu? Warum suchen Sie nicht nach den beiden Jungs?« Kate Warner stand auf, beugte sich über den Metalltisch und sah den selbstgefälligen Vernehmungsbeamten an, der schon zwanzig Minuten ihrer Zeit verschwendet hatte.

»Wir versuchen ja, sie zu finden. Deshalb stellen wir Ihnen diese Fragen, Miss Warner.«

»Ich habe Ihnen doch schon gesagt, ich weiß nichts.«

»Vielleicht, vielleicht auch nicht.« Bei diesen Worten wackelte der kleine Mann mit dem Kopf.

»Vielleicht, so ein Schwachsinn. Dann suche ich sie eben selbst.« Sie ging auf die Stahltür zu.

»Die Tür ist abgeschlossen, Miss Warner.«

»Dann schließen Sie sie auf.«

»Geht nicht. Sie muss verschlossen sein, wenn Verdächtige verhört werden.«

»Verdächtige? Ich will einen Anwalt, sofort.«

»Sie sind in Jakarta, Miss Warner. Kein Anwalt, kein Telefonat mit der amerikanischen Botschaft.« Der Mann blickte nach unten und pulte Dreck aus der Sohle seines Stiefels. »Wir haben viele Ausländer hier, viele Besucher, viele Leute, die herkommen und unser Land und unser Volk nicht respektieren. Früher hatten wir Angst vor dem amerikanischen Konsulat, deshalb haben wir ihnen Anwälte zur Verfügung gestellt, und sie sind immer davongekommen. Wir lernen dazu. Indonesier sind nicht so dumm, wie Sie glauben, Miss Warner. Deswegen arbeiten Sie doch hier, oder? Weil Sie glauben, wir wären zu dumm, um herauszufinden, was Sie vorhaben?«

»Ich habe *gar nichts* vor. Ich versuche, Autismus zu heilen.«

»Warum machen Sie das nicht in Ihrem eigenen Land?«

Kate hätte diesem Mann in einer Million Jahren nicht verraten, warum sie die USA verlassen hatte. Stattdessen sagte sie: »Amerika ist der teuerste Ort der Welt, um eine klinische Studie durchzuführen.«

»Ah, dann geht es ums Geld, ja? Hier in Indonesien können Sie Babys kaufen, um mit ihnen Experimente durchzuführen?«

»Ich habe keine Babys gekauft!«

»Aber diese Kinder gehören doch Ihrem Labor, oder?« Er drehte die Akte um und zeigte darauf.

Kate folgte mit dem Blick seinem Finger.

»Miss Warner, Ihr Labor hat die Vormundschaft für diese beiden Kinder – für alle hundertdrei –, oder etwa nicht?«

»Vormundschaft bedeutet nicht, dass einem die Kinder gehören.«

»Sie benutzen andere Worte. So wie die Niederländische Ostindien-Kompanie. Wissen Sie darüber Bescheid? Bestimmt. Diese Leute haben das Wort *Kolonie* benutzt, aber sie haben Indonesien über zweihundert Jahre lang besessen. Mein Land und mein Volk haben einer Firma gehört, und sie hat uns auch wie ihr Eigentum behandelt und sich genommen, was sie wollte. 1949 wurde endlich unsere Unabhängigkeit anerkannt. Aber die Erinnerung im Volk ist noch frisch. Die Geschworenen werden das genauso sehen. Sie haben sich diese Kinder einfach genommen, oder? Sie haben selbst gesagt, dass Sie nicht dafür gezahlt haben. Und ich sehe hier kein Dokument der Eltern. Die haben der Adoption nicht zugestimmt. Wissen die Eltern überhaupt, dass Sie ihre Kinder haben?«

Kate starrte ihn an.

»Das dachte ich mir. Langsam kommen wir zum Punkt. Es ist am besten, bei der Wahrheit zu bleiben. Eines noch, Miss Warner. Ich weiß, dass Ihr Projekt von der Forschungsabteilung von Immari Jakarta finanziert wird. Es ist wahrscheinlich nur Zufall ... aber ein sehr unglücklicher ... Immari Holdings hat viele Besitztümer der Niederländer aufgekauft, als sie vor fünfundsechzig Jahren aus dem Land gejagt wurden. Das Geld für Ihre Arbeit kommt also ...«

Der Mann stopfte die Blätter in den Ordner und stand auf, als wäre er ein indonesischer Perry Mason, der sein Schlussplädoyer hielt. »Sie können sich sicher vorstellen, wie die Geschworenen das sehen werden, Miss Warner. Ihr Volk geht, kommt aber unter neuem Namen zurück und beutet uns weiter aus. Anstatt Zuckerrohr und Kaffeebohnen wie im zwanzigsten Jahrhundert wollen Sie jetzt neue Medikamente, und dazu brauchen Sie Versuchskaninchen. Sie nehmen uns unsere Kinder weg und machen mit ihnen Experimente, die Sie in Ihrem eigenen Land nicht durchführen dürfen, weil Sie so etwas mit Ihren eigenen Kindern nicht tun, und als etwas schiefgeht – vielleicht ist ein Kind krank geworden, und Sie haben befürchtet, dass die Behörden es herausfinden –, müssen Sie es loswerden. Aber es kommt etwas dazwischen. Vielleicht kann einer Ihrer Techniker die Kinder nicht töten. Er weiß, dass es falsch ist. Er wehrt sich und wird im Kampf selbst getötet. Und Sie wissen, dass die Polizei kommen wird, deshalb denken Sie sich diese Entführungsgeschichte aus? Ja. Sie können es ruhig zugeben, es ist besser für Sie. Indonesien ist ein gnädiges Land.«

»So war es nicht.«

»Es ist der logischste Ablauf, Miss Warner. Sie lassen uns keine Wahl. Sie fordern einen Anwalt. Sie verlangen, dass wir Sie freilassen. Überlegen Sie doch mal, wie das aussieht.«

Kate blickte ihn schweigend an.

Der Mann ging zur Tür. »Also gut, Miss Warner. Ich muss Sie warnen; was jetzt kommt, wird sehr unangenehm. Es wäre besser, mit uns zu kooperieren, aber ihr cleveren Amerikaner wisst natürlich immer alles besser.«

11

Forschungskomplex der Immari Corporation
Nahe Burang, China
Autonomes Gebiet Tibet

»Aufwachen, Jin, deine Nummer wird aufgerufen.«

Jin schlug die Augen auf, doch das Licht blendete ihn. Sein Zimmergenosse beugte sich über ihn und flüsterte ihm etwas ins Ohr, aber er verstand ihn nicht. Im Hintergrund dröhnte eine Lautsprecherstimme: »204394, sofort melden. 204394, sofort melden. 204394. 204394. Melden.«

Jin sprang aus dem schmalen Bett. Wie lange riefen sie ihn schon? Sein Blick schoss durch die drei mal drei Meter große Zelle, die er mit Wei teilte. Wo waren seine Hose und sein Hemd? Bitte nicht – wenn er zu spät kam und seine Uniform nicht trug, würden sie ihn mit Sicherheit rauswerfen. Wo waren die Klamotten? Wo? Sein Zimmergenosse saß auf seiner Pritsche und hielt die weißen Kleider hoch. Jin schnappte sie sich, zog sie an und zerriss dabei beinahe die Hose.

Wei blickte zu Boden. »Tut mir leid, Jin, ich habe auch geschlafen. Ich habe es nicht gehört.«

Jin wollte etwas entgegnen, aber er hatte keine Zeit. Er rannte aus dem Raum und den Flur entlang. Einige Zellen waren leer, und in den meisten befand sich nur ein Insasse.

Der Pfleger, der an der Tür am Ende des Flügels stand, sagte: »Dein Arm.«

Jin streckte den Arm aus. »204394.«

»Ruhe«, sagte der Mann. Er fuhr mit einem Gerät mit einem kleinen Monitor über Jins Arm. Als es piepte, wandte der Mann den Kopf und rief: »Das war der Letzte.« Er öffnete Jin die Tür. »Los.«

Jin trat zu einer Gruppe von ungefähr fünfzig weiteren »Insassen«. Drei Pfleger geleiteten sie in einen großen Raum mit mehreren Stuhlreihen, die durch hohe Stellwände abgetrennt waren. Die Stühle sahen fast aus wie Strandliegen. Neben jedem Stuhl baumelten an einem silbernen Ständer drei Beutel mit klarer Flüssigkeit, von denen Schläuche herabhingen. Auf der anderen Seite stand jeweils ein Gerät, das mehr Anzeigen aufwies als ein Armaturenbrett im Auto. Von der Unterseite des Apparats führte ein Kabelstrang zur rechten Armlehne.

Jin hatte so etwas noch nie gesehen. Es geschah zum ersten Mal. Seit er vor sechs Monaten in der Einrichtung angekommen war, hatte sich der tägliche Ablauf kaum verändert: Frühstück, Mittag- und Abendessen zu exakt denselben Zeiten, immer die gleichen Mahlzeiten; nach jedem Essen eine Blutentnahme aus dem ventilähnlichen Ding, das sie ihm in den rechten Arm implantiert hatten; und an manchen Nachmittagen Sportübungen, bei denen seine Körperfunktionen von Elektroden auf der Brust überwacht wurden. Den Rest des Tages waren sie in ihre Zellen eingesperrt, in denen sich nichts als zwei Betten und eine Toilette befand. Alle paar Tage machten sie mit einer großen Maschine, die ein tiefes Dröhnen von sich gab, eine Aufnahme von ihm. Dann sagten sie immer, er solle still liegen.

Sie duschten ein Mal pro Woche in einem großen gemischten Waschraum. Das war das Schlimmste – das Verlangen in der Dusche unter Kontrolle zu halten. Während seines ersten Monats war ein Paar beim Sex ertappt worden. Die beiden wurden nie wieder gesehen.

Letzten Monat hatte Jin versucht, während des Duschgangs in der Zelle zu bleiben, aber sie hatten ihn erwischt. Der Aufseher war in seine Zelle gestürmt. »Wir werfen dich raus, wenn du noch einmal gegen die Regeln verstößt«, hatte er gesagt. Jin war zu Tode erschrocken. Sie zahlten ihm ein Vermögen, ein echtes Vermögen. Und er hatte keine Alternativen.

Letztes Jahr hatte seine Familie ihren Bauernhof verloren. Wie viele Kleinbauern konnte sie die Steuern für den Hof nicht mehr aufbringen. Die Grundstückspreise schossen in die Höhe, und die Bevölkerung wuchs überall in China. Deshalb tat seine Familie dasselbe wie viele andere Bauern: Die Eltern schickten den ältesten Sohn in die Stadt, während sie selbst mit den jüngeren Kindern durchzuhalten versuchten.

Sein älterer Bruder fand Arbeit in einer Elektronikfabrik. Jin besuchte ihn dort mit seinen Eltern einen Monat nachdem er angefangen hatte. Die Bedingungen waren viel schlimmer als hier, und die Arbeit forderte bereits ihren Tribut – der kräftige lebhafte Einundzwanzigjährige, der den Hof der Familie verlassen hatte, schien um zwanzig Jahre gealtert. Er war blass, sein Haar lichtete sich, und er ging gebeugt. Ständig hustete er. Er sagte, in der Fabrik habe ein Virus kursiert und alle in den Baracken hätten sich angesteckt, aber Jin glaubte ihm nicht. Sein Bruder gab den Eltern das wenige Geld, das er von seinem Lohn gespart hatte. »Überlegt mal, in fünf oder zehn Jahren habe ich genug Geld, um uns einen neuen Hof zu kaufen. Dann komme ich nach Hause, und wir fangen ganz von vorn an.« Sie täuschten alle Begeisterung vor. Jins Eltern sagten, sie seien sehr stolz auf ihn.

Auf dem Heimweg erklärte Jins Vater, er werde sich morgen eine bessere Arbeit suchen. Mit seinen Fähigkeiten könne er bestimmt irgendwo als Vorarbeiter anfangen. Er werde gutes Geld verdienen. Jin und seine Mutter nickten nur.

An diesem Abend hörte Jin seine Mutter weinen, und kurz darauf brüllte sein Vater sie an. Sie hatten nie zuvor gestritten.

In der nächsten Nacht schlich sich Jin aus seinem Zimmer, hinterließ ihnen eine Nachricht und begab sich auf den Weg nach Chongqing, der nächsten Großstadt. In der Stadt wimmelte es von Leuten, die Arbeit suchten.

Bei den ersten sieben Stellen, auf die er sich bewarb, wurde er abgelehnt. Beim achten Mal war es anders. Niemand stellte Fragen. Sie steckten ihm ein Wattestäbchen in den Mund und ließen ihn in einem großen Raum eine Stunde lang warten. Die meisten Leute wurden weggeschickt. Nach einer weiteren Stunde wurde seine Nummer aufgerufen – 204394 –, und man teilte ihm mit, er könne sich einer medizinischen Forschungseinrichtung zur Verfügung stellen. Dann sagten sie ihm, was er dabei verdienen werde. Er füllte die Formulare so schnell aus, dass seine Hand wehtat.

Er konnte sein Glück kaum fassen. Er nahm an, dass die Bedingungen miserabel wären, doch das war ein großer Irrtum – es war fast wie im Hotel. Und jetzt hatte er alles verdorben. Sie würden ihn bestimmt rauswerfen. Sie hatten seine Nummer aufgerufen.

Vielleicht hatte er schon genug für einen neuen Hof verdient. Oder vielleicht könnte er eine andere Forschungseinrichtung finden. Allerdings hatte er gehört, dass die großen Fabriken in China schwarze Listen mit schlechten Arbeitern austauschten. Diese Leute fanden nirgendwo mehr Arbeit. Das wäre sein Ende.

»Worauf wartet ihr?!«, brüllte einer der Männer. »Sucht euch einen Stuhl.«

Jin und die fünfzig anderen, weiß gekleideten, barfüßigen Probanden drängelten sich zu den Stühlen. Ellbogen wurden ausgefahren, Stöße verteilt, und einige Leute stolperten. Alle schienen einen Stuhl zu finden, nur Jin nicht. Jedes Mal, wenn er sich einem Stuhl näherte, ließ sich im letzten Moment jemand anders daraufallen. Was, wenn er keinen Stuhl fand? Vielleicht war das ein Test. Vielleicht sollte er ...

»Leute. Immer mit der Ruhe. Passt auf das Equipment auf«, sagte der Mann. »Geht einfach zum nächsten Stuhl.«

Jin atmete tief durch und trat in die nächste Reihe. Alles besetzt. In der letzten Reihe fand er einen freien Stuhl.

Eine Gruppe von Krankenpflegern trat ein. Sie trugen lange weiße Kittel und hatten Tablet-Computer dabei. Eine junge Frau kam zu ihm, verband die Beutel mit dem Zugang an seinem Arm und befestigte runde Sensoren auf seiner Haut. Sie tippte ein paar Mal auf ihren Bildschirm und ging zum nächsten Stuhl.

Vielleicht ist es nur ein weiterer Test, dachte er.

Plötzlich wurde er müde. Er lehnte den Kopf zurück und ...

Jin wachte im selben Stuhl wieder auf. Die Beutel waren abgehängt worden, doch die Sensoren klebten noch auf seiner Haut. Er fühlte sich benommen und steif, als hätte er eine Grippe. Er versuchte, den Kopf zu heben. Er fühlte sich so schwer an. Ein Weißkittel kam zu ihm, leuchtete ihm mit einer Taschenlampe in die Augen, löste die Sensoren und sagte, er solle sich zu den anderen an die Tür stellen.

Als er sich erhob, knickten beinahe seine Beine ein. Er

stützte sich kurz an der Stuhllehne ab, dann schwankte er zu der Gruppe. Sie wirkten alle, als wären sie im Halbschlaf. Es waren ungefähr fünfundzwanzig Leute, die Hälfte derer, die hineingegangen waren. Wo war der Rest? Hatte er schon wieder zu lange geschlafen? War das eine Strafe? Würde man ihm sagen, warum? Nach einigen Minuten trat ein weiterer Mann zu ihnen. Er schien in noch schlechterer Verfassung als Jin und die anderen.

Die Pfleger führten sie durch einen langen Gang in einen riesigen Raum, den Jin noch nie gesehen hatte. Er war völlig leer und hatte sehr glatte Wände. Er wirkte auf Jin wie eine Art Gewölbe.

Einige Minuten verstrichen. Er widerstand dem Drang, sich auf den Boden zu setzen. Niemand hatte ihm die Erlaubnis dazu erteilt. Er stand da und ließ seinen schweren Kopf hängen.

Die Tür öffnete sich, und zwei Kinder wurden hereingebracht. Sie konnten nicht älter als sieben oder acht Jahre sein. Die Wachen ließen sie bei der Gruppe zurück, und die Tür schloss sich mit einem lauten Dröhnen.

Die Kinder standen nicht unter Medikamenten, zumindest hatte Jin nicht den Eindruck. Sie wirkten munter. Schnell mischten sie sich unter die Gruppe. Sie hatten braune Haut. Keine Chinesen. Beide liefen auf der Suche nach einem vertrauten Gesicht von einem zum anderen. Jin dachte, dass sie gleich in Tränen ausbrechen würden.

Vom anderen Ende des Raums hörte er ein mechanisches Geräusch wie von einer Winde. Nach ein paar Sekunden begriff er, dass etwas herabgelassen wurde. Sein Kopf fühlte sich furchtbar schwer an. Mühsam hob er ihn. Er konnte das Gerät kaum erkennen. Es sah aus wie ein gewaltiger eiserner Schachbauer mit abgeflachtem Kopf oder wie eine Glocke mit glatten geraden Seiten. Es war ungefähr vier Meter groß und vermutlich sehr schwer, denn die vier Drahtseile, an denen es herabgelassen wurde, hatten einen Durchmesser von über zwanzig Zentimetern. Als es sich etwa sechs Meter über dem Boden befand, hielt es an, und zwei der Seile glitten an Schienen, die Jin bisher nicht bemerkt hatte, an den Wänden hinab. Die Seile stoppten in Höhe des Geräts und spannten sich, um es zwischen den Wänden zu verankern. Jin blickte angestrengt hinauf. Dort befand sich ein weiteres Seil, das am Oberteil der Maschine befestigt war. Es war noch dicker als die an den Seiten. Und im Gegensatz zu den anderen war es weder aus Metall noch massiv. Es schien aus einem Bündel von Drähten oder Computerkabeln zu bestehen wie eine Art elektronische Nabelschnur.

Die Kinder waren in der Mitte der Gruppe stehengeblieben. Alle Erwachsenen versuchten, nach oben zu blicken.

Jin konnte erkennen, dass in die Seite des Apparats etwas eingraviert war. Es sah aus wie das Nazisymbol, das ... der Name fiel ihm nicht ein. Er war so müde.

Die Maschine war dunkel, aber Jin meinte, ein leises Pochen zu hören, als schlüge jemand rhythmisch gegen eine massive Tür – bum, bum, bum. Oder vielleicht war es das Geräusch der Aufnahmemaschine? War das eine weitere Aufnahmemaschine? Für ein Gruppenbild? Das Pochen wurde von Sekunde zu Sekunde lauter, und Licht drang aus der Oberseite des riesigen Bauern – offenbar befanden sich dort kleine Fenster. Der gelb-orange Schein flackerte im Takt des Pulsierens und verursachte einen ähnlichen Effekt wie ein Leuchtturm.

Jin war so gefesselt von dem Geräusch und dem blinkenden Licht, dass er nicht bemerkte, wie die Leute um ihn herum umfielen. Etwas geschah. Und es geschah auch mit ihm.

Seine Beine fühlten sich immer schwerer an. Er hörte das Sirren der sich spannenden Stahlseile – die Maschine zog daran und strebte der Decke entgegen.

Die Anziehungskraft des Bodens wurde ständig stärker. Jin sah sich um, doch er konnte die Kinder nirgendwo entdecken. Er spürte, wie jemand seine Schulter packte. Als er sich umdrehte, sah er einen Mann, der sich an ihm festhielt. Sein Gesicht war von tiefen Falten durchzogen, und Blut floss aus seiner Nase. Jin bemerkte, dass die Haut der Hände des Mannes an seiner Kleidung hängen blieb. Und es war nicht nur Haut. Sein Blut spritzte auf Jins Hemd. Der Mann fiel auf ihn und riss ihn mit zu Boden. Das Bum-bum-bum der Maschine ging in ein konstantes Dröhnen über, und das Licht leuchtete nun durchgehend, während Jin spürte, wie Blut aus seiner Nase rann. Dann erlosch das Licht, und es war plötzlich still.

Im Kontrollraum sahen Dr. Chang und sein Team zu, wie die Testpersonen zusammenbrachen und sich in einen Haufen zerknautschter blutiger Leichen verwandelten.

Chang sackte in seinem Stuhl zusammen. »Okay, das war's, schaltet es ab.« Er nahm seine Brille ab und warf sie auf den Tisch. Tief ausatmend kniff er sich in den Nasenrücken. »Ich muss das dem Projektleiter melden.« Der Mann würde nicht gerade begeistert sein.

Chang stand auf und ging zur Tür. »Und fangt an, sauber zu machen. Die Autopsien könnt ihr euch sparen.« Der Versuch hatte so geendet wie die fünfundzwanzig vorigen.

Das Zwei-Mann-Reinigungsteam schwang die Leiche hin und her und warf sie in den Plastikrollcontainer. In dem Behälter lagen schon ungefähr zehn Tote. Heute würden sie vermutlich dreimal zum Verbrennungsofen fahren müssen, vielleicht auch nur zweimal, wenn sie die Leichen hoch genug stapelten.

Sie hatten schon viel schlimmere Aufräumarbeiten erledigen müssen; diese Toten waren wenigstens halbwegs intakt. Wenn sie in Stücke gerissen waren, dauerte es ewig.

Es war anstrengend, in den Schutzanzügen zu arbeiten, aber es war besser als die Alternative.

Sie hoben eine weitere Leiche hoch, schwangen sie vor und zurück, dann ...

Etwas bewegte sich in dem Haufen.

Zwei Kinder zappelten unter den Leichen und versuchten hervorzukriechen. Sie waren von Kopf bis Fuß mit Blut beschmiert.

Einer der Männer begann, die Leichen wegzuräumen. Der andere drehte sich zu den Kameras und winkte. »Hey! Wir haben zwei Überlebende!«

12

Arrestzelle
Clocktower-Hauptquartier
Jakarta, Indonesien

»Josh, hören Sie mich?«

Josh Cohen wollte die Augen aufschlagen, aber das Licht war zu hell. Sein Kopf pochte.

»Gib mir noch eins.«

Durch die halb geschlossenen Lider konnte er vage eine Gestalt erkennen, die neben ihm auf dem harten Bett saß. Wo war er? Es sah aus wie eine der Arrestzellen des Hauptquartiers. Der Mann hielt eine Ampulle unter Joshs Nase und brach sie mit einem lauten Plopp auf. Josh hatte noch nie in seinem Leben einen so üblen Gestank eingeatmet – einen scharfen überwältigenden Ammoniakgeruch, der durch seine Atemwege strömte, seine Lunge füllte und ihn zurückschrecken ließ, sodass er mit dem Kopf gegen die Wand schlug. Das ständige Pochen verwandelte sich in einen bohrenden Schmerz. Er kniff die Augen zu und rieb sich den Kopf.

»Okay, okay, immer mit der Ruhe.« Es war der Chef der Niederlassung, David Vale.

»Was ist passiert?«, fragte Josh.

Er konnte jetzt die Augen öffnen und bemerkte, dass

David seine komplette Körperpanzerung trug und zwei weitere Agenten hinter ihm an der Zellentür standen.

Josh setzte sich auf. »Jemand muss mich verwanzt ...«

»Entspannen Sie sich, es geht nicht um eine Wanze. Können Sie aufstehen?«, sagte David.

»Ich glaub schon.« Josh erhob sich mühsam. Er war noch immer benommen von dem Gas, das ihm im Aufzug das Bewusstsein geraubt hatte.

»Gut, kommen Sie mit.«

Josh folgte David und den beiden Agenten aus dem Raum mit den Arrestzellen und einen langen Gang entlang, der zum Serverraum führte. An der Tür drehte sich David zu den Agenten um. »Wartet hier. Funkt mich an, wenn jemand in den Korridor kommt.«

Im Serverraum ging David schnellen Schritts weiter, und Josh musste fast joggen, um nicht den Anschluss zu verlieren. Der Chef war einen Meter neunzig groß und muskulös, nicht ganz so massig wie manche der Footballspielern ähnelnden Typen des Sondereinsatzkommandos, aber kräftig genug, um jeden betrunkenen Kneipenschläger zum Schweigen zu bringen.

Sie schlangelten sich durch den vollgestellten Serverraum, vorbei an unzähligen Metallschränken mit grün, gelb und rot blinkenden Lämpchen. Es war kühl in dem Raum, und das beständige Summen der Maschinen wirkte ein wenig desorientierend. Die aus drei Männern bestehende IT-Gruppe arbeitete ununterbrochen an den Servern, indem sie Hardware hinzufügte, entfernte oder ersetzte. Es herrschte völliges Chaos. Josh stolperte über ein Kabel, aber ehe er auf dem Boden landete, drehte David sich um, fing ihn auf und zog ihn auf die Beine.

»Alles in Ordnung?«

Josh nickte. »Ja. Was für ein Saustall hier.«

David entgegnete nichts, ging aber den Rest des Wegs ein wenig langsamer. Am anderen Ende des Raums blieb er vor einem metallenen Aktenschrank stehen. Er schob den Schrank zur Seite, und dahinter kam eine silberne Tür mit einer Kontrolltafel daneben zum Vorschein. Der rote Strahl eines Scanners fuhr über seine Handfläche, und eine weitere Kontrolltafel öffnete sich und führte einen Gesichts- und Netzhautscan durch. Danach teilte sich die Wand, sodass sie vor einer dunklen Metalltür standen, die aussah, als gehörte sie zu einem Kriegsschiff.

David öffnete die Tür mit einem weiteren Handscan und führte Josh in einen Raum, der ungefähr halb so groß war wie eine Turnhalle. Die Wände bestanden aus nacktem Beton, und ihre Schritte hallten laut wider, während sie sich der Mitte des Raums näherten, wo ein Glaskasten von etwa vier mal vier Metern an dicken Stahlseilen von der Decke hing. Der Kasten war nur schwach beleuchtet, und Josh konnte nicht hineinblicken, aber er wusste schon, worum es sich dabei handelte.

Er hatte vermutet, dass es im Hauptquartier eine solche Kammer gab, sie jedoch noch nie gesehen. Es war ein abhörsicherer Raum. Eigentlich war das ganze Jakarta-Hauptquartier abhörsicher. Es gab also keinen Grund, innerhalb der Niederlassung weitere Sicherheitsmaßnahmen zu treffen – es sei denn, man wollte vermeiden, dass ein anderes Mitglied der Zelle mithörte.

Bei manchen Vorgängen war das sicher erforderlich. Josh vermutete, dass der Chef in diesem Raum mit anderen Niederlassungsleitern über Telefon und Video konferierte. Vielleicht sogar mit der Zentrale.

Als sie sich dem Glaskasten näherten, fuhr eine kurze Glastreppe aus, die wieder eingezogen wurde, sobald sie hinaufgestiegen waren. Die Glastür schloss sich hinter ihnen. An der gegenüberliegenden Wand hing eine Reihe von Monitoren, aber ansonsten war der Raum erstaunlich karg ausgestattet: ein einfacher Klapptisch mit vier Stühlen, zwei Telefone, eine Gegensprechanlage und ein alter Stahlaktenschrank. Die ganze Einrichtung war billig und ein wenig unpassend; man hätte sie eher in dem Planungsbüro einer Baustelle erwartet.

»Setzen Sie sich«, sagte David. Er ging zum Aktenschrank und zog mehrere Ordner heraus.

»Ich muss etwas berichten. Es ist wichtig ...«

»Ich glaube, Sie sollten mich besser anfangen lassen.« David setzte sich zu Josh an den Tisch und legte die Akten zwischen sie.

»Bei allem Respekt, was ich zu berichten habe, könnte Ihre gesamte Sichtweise verändern. Es könnte zu einer grundlegenden Neubewertung führen. Einer Neubewertung sämtlicher Operationen der Jakarta-Niederlassung und auch der Analyse ...«

David hob eine Hand. »Ich weiß bereits, was Sie mir sagen wollen.«

»Wirklich?«

»Ja. Sie wollen mir mitteilen, dass die überwiegende Mehrheit der terroristischen Bedrohungen einschließlich diverser ungeklärter Operationen in den entwickelten Ländern nicht das Werk eines Dutzends *verschiedener* terroristischer und fundamentalistischer Gruppen sind, wie wir vermutet haben.«

Als Josh nichts sagte, fuhr David fort. »Sie wollen mir sagen, dass Clocktower jetzt glaubt, diese Gruppen wären einfach nur verschiedene Gesichter einer globalen Supergruppe, einer Organisation, deren Ausmaß die wildesten Spekulationen übertrifft.«

»Sie haben es bereits erfahren?«

»Ja. Aber nicht erst gerade. Ich habe schon angefangen, mir die Sache zusammenzureimen, bevor ich zu Clocktower gekommen bin. Offiziell wurde es mir gesagt, als ich zum Niederlassungsleiter ernannt wurde.«

Josh blickte zur Seite. Es war kein direkter Vertrauensbruch, aber dass etwas so Wichtiges vor ihm – dem Chef der Analyseabteilung – geheim gehalten worden war, bedeutete durchaus einen Schlag vor den Kopf. Gleichzeitig fragte er sich, ob er von selbst darauf hätte kommen müssen.

David schien Joshs Verbitterung zu spüren. »Wenn es nach mir gegangen wäre, hätte ich es Ihnen schon vor einer Weile mitgeteilt, aber diese Information war auf den engsten Kreis beschränkt. Und Sie sollten noch etwas wissen. Von den ungefähr 240 Teilnehmern der Analystenkonferenz haben es 142 nicht nach Hause geschafft.«

»Was? Ich verstehe nicht. Sie ...«

»Sie haben den Test nicht bestanden.«

»Den Test ...«

»Die Konferenz war ein Test. Von dem Augenblick Ihrer Ankunft bis zur Abreise wurden Sie akustisch und visuell überwacht. Wie bei den Verdächtigen, die wir hier verhören, haben die Organisatoren der Konferenz die Stimmlage, die Pupillengröße, die Augenbewegungen und eine Menge anderer Indikatoren gemessen. Kurz gesagt, wurden die Reaktionen der Analysten während der Konferenz beobachtet.«

»Um zu sehen, ob sie Informationen zurückhalten?«

»Ja, aber vor allem, um festzustellen, ob sie schon wussten, was ihnen unterbreitet wurde, und welche Analysten bereits Kenntnis von einer Superterrorgruppe hinter den Kulissen hatten. Die Konferenz war eine Maulwurfsjagd in der gesamten Clocktower-Organisation.«

In diesem Moment schien sich der Glasraum um Josh herum aufzulösen. Er hörte David wie aus weiter Ferne reden, aber er war in seine eigenen Gedanken vertieft. Die Konferenz war eine perfekte Tarnung für eine solche Aktion. Alle Clocktower-Agenten, auch die Analysten, waren in Spionageabwehrtechniken trainiert. Es gehörte zur Standardausbildung, einen Lügendetektor auszutricksen. Doch eine Lüge so vorzutragen, als entspräche sie der Wahrheit, war viel einfacher, als eine Gefühlsreaktion auf eine Überraschung vorzutäuschen, und diese Reaktion über drei Tage hinweg mit stimmigen Körperfunktionen aufrechtzuerhalten war unmöglich. Aber dass *jeder* Chefanalyst getestet wurde, das bedeutete ...

»Josh, haben Sie mich gehört?«

Josh blickte auf. »Nein, Entschuldigung, das muss ich erst mal verdauen ... Clocktower wurde unterwandert.«

»Ja. Sie müssen sich jetzt konzentrieren. Die Dinge entwickeln sich schnell, und ich brauche Ihre Hilfe. Der Analystentest war der erste Schritt der Abwehrmaßnahmen. Überall auf der Welt treffen sich die Chefanalysten, die von der Konferenz zurückgekommen sind, mit ihren Niederlassungsleitern in abhörsicheren Räumen wie diesem, um zu planen, wie sie ihre Zellen schützen.«

»Glauben Sie, die Jakarta-Zelle wurde unterwandert?«

»Es würde mich überraschen, wenn nicht. Aber das ist noch nicht alles. Die Säuberungsaktion unter den Analysten hat Bewegung in die Sache gebracht. Der Plan war, die Maulwürfe unter den Analysten zu finden, damit die verbliebenen Chefanalysten mit den Niederlassungsleitern zusammenarbeiten können, um alle Doppelagenten aufzuspüren.«

»Das klingt vernünftig.«

»Es hätte funktioniert, aber wir haben das Ausmaß des

Verrats unterschätzt. Ich muss Ihnen ein wenig darüber erzählen, wie Clocktower organisiert ist. Sie wissen ja, wie viele Zellen es gibt: immer 200 bis 250. Ungefähr sechzig Chefanalysten hatten wir schon vorher als Maulwürfe enttarnt. Sie sind gar nicht erst auf der Konferenz gewesen.«

»Wer war dann ...«

»Darsteller. Größtenteils Agenten, die schon mal als Analyst gearbeitet haben, aber auch andere, die die Rolle übernehmen konnten. Wir mussten es so machen, denn einige Analysten kannten die ungefähre Anzahl der Clocktower-Zellen. Außerdem hatten wir durch die Darsteller einen weiteren Vorteil: Sie haben uns geholfen, drei Tage lang nach Lügnern Ausschau zu halten, sie konnten kritische Fragen stellen, nach Antworten suchen, Reaktionen provozieren.«

»Unglaublich ... Wie konnte es passieren, dass wir so stark unterwandert wurden?«

»Das ist eine der Fragen, die wir beantworten müssen. Aber es gibt noch weitere. Nicht alle Zellen sind so wie die in Jakarta. Die meisten sind kaum mehr als Lauschposten; sie beschäftigen ein paar Führungsoffiziere und schicken die gesammelte HUMINT und SIGINT an die Zentrale. Ein unterwanderter Lauschposten ist übel – wer auch immer der globale Feind ist, kann diese Zellen benutzt haben, um Informationen zu sammeln und uns vielleicht sogar gefälschte Daten zukommen zu lassen.«

»Wir könnten sozusagen blind gewesen sein«, sagte Josh.

»Genau. Wir sind davon ausgegangen, dass dieser Feind unsere Informationsgewinnung genutzt hat, um einen großen Anschlag vorzubereiten. Aber jetzt wissen wir, dass das nur die halbe Wahrheit ist. Einige der wichtigen Zellen sind ebenfalls unterwandert. Es gibt Niederlassungen, die ähnlich wie die Jakarta-Zelle Informationen sammeln *und* schlagkräftige Einsatzkommandos haben. Wir sind einer von zwanzig wichtigen Standorten. Diese Zellen sind das letzte Bollwerk, die dünne rote Linie, die die Welt vor den Plänen des Feindes schützt.«

»Wie viele sind unterwandert?«

»Wir wissen es nicht. Aber drei wichtige Zellen sind schon gefallen – Karachi, Kapstadt und Mar del Plata haben gemeldet, dass die eigenen Einsatzkommandos ihre Hauptquartiere überrollt und die meisten Analysten und Niederlassungsleiter getötet haben. Seit Stunden gibt es keine Verbindung mehr zu ihnen. Die Satellitenüberwachung über Argentinien hat die Zerstörung des Hauptquartiers in Mar del Plata bestätigt. Die Abtrünnigen in Kapstadt wurden von externen Kräften unterstützt. Während wir uns unterhalten, gehen die Feuergefechte in Seoul, Delhi, Dhaka und Lahore weiter. Vielleicht können wir die Zellen halten, aber wir sollten davon ausgehen, dass sie ebenfalls fallen. In diesem Moment könnten unsere eigenen Einsatzkommandos sich darauf vorbereiten, die Jakarta-Zelle zu übernehmen; vielleicht stehen sie schon draußen vor der Tür, aber das bezweifle ich.«

»Warum?«

»Ich glaube, sie warten auf Ihre Rückkehr. Mit Ihrem Wissen sind Sie eine Gefahr. Wann auch immer sie angreifen, Sie stehen ganz oben auf der Liste. Das morgendliche Briefing wäre der ideale Zeitpunkt für eine Attacke, vermutlich warten sie bis dahin.«

Josh spürte, wie sein Mund austrocknete. »Deshalb haben Sie mich im Aufzug abgefangen.« Er dachte kurz nach. »Und was jetzt, soll ich vor dem Briefing die potenziellen Gefahrenquellen unter den Mitarbeitern identifizieren? Führen wir einen Präventivschlag durch?«

»Nein.« David schüttelte den Kopf. »Das war der ursprüngliche Plan, aber dafür ist es jetzt zu spät. Wir müssen davon ausgehen, dass die Jakarta-Niederlassung fällt. Wenn wir so stark unterwandert sind wie die anderen wichtigen Zellen, ist es nur eine Frage der Zeit. Wir müssen das große Ganze betrachten und rausfinden, was das Endziel unseres Gegners ist. Wir sollten davon ausgehen, dass eine oder mehrere Zellen überleben und unsere Informationen verwenden können. Oder falls nicht, vielleicht einer der nationalen Geheimdienste. Aber es gibt noch eine Frage, die Sie nicht gestellt haben, eine sehr wichtige.«

Josh dachte einen Augenblick lang nach. »Warum jetzt? Und warum zuerst die Analysten? Warum haben Sie nicht erst bei den Agenten aufgeräumt?«

»Sehr gut.« David schlug einen Aktenordner auf. »Vor zwölf Tagen wurde ich von einem anonymen Informanten kontaktiert, der mir zwei Dinge mitgeteilt hat. Erstens steht ein Terroranschlag bevor – in einer Größenordnung, wie wir es noch nie erlebt haben. Und zweitens wurde Clocktower unterwandert.« David ordnete einige Seiten. »Er hat eine Liste von sechzig Analysten mitgeliefert, die angeblich umgedreht wurden. Wir haben sie ein paar Tage lang beschattet und festgestellt, dass sie tote Briefkästen benutzen und unerlaubt kommunizieren. Der Verdacht hat sich also bestätigt. Die Quelle sagte, es könne weitere geben. Den Rest wissen Sie schon: Die anderen Niederlassungsleiter und ich haben die Analystenkonferenz organisiert. Wir haben die abtrünnigen Analysten verhört und isoliert und sie durch Darsteller ersetzt. Wer auch immer der Informant ist, entweder wusste er nichts über die Agenten im Außeneinsatz, oder er hat es uns aus Eigeninteresse nicht verraten. Die Quelle weigerte sich, uns zu treffen, und ich habe keine weiteren Nachrichten von ihr enthalten. Wir haben die Konferenz durchgeführt und danach ... die Säuberungsaktion. Von dem Informanten herrschte Funkstille. Dann, gestern Nacht, hat er mich erneut kontaktiert. Er sagte, er wolle die andere Hälfte der Informationen liefern, die er versprochen hatte, Einzelheiten über einen gewaltigen Anschlag mit dem Codenamen Toba-Protokoll. Wir sollten uns heute Morgen am Manggarai-Bahnhof treffen, aber er ist nicht aufgetaucht. Stattdessen kam jemand mit einer Bombe. Aber ich glaube, er wollte kommen. Ein Kind hat mir kurz nach dem Anschlag eine Zeitung mit dieser Botschaft gegeben.« David schob ein Blatt über den Tisch.

Toba-Protokoll existiert.

4+12+47 = 4/5; Jones
7+22+47 = 3/8; Anderson
10+4+47 = 5/4; Ames

»Ein Code«, sagte Josh.

»Ja, das ist überraschend. Die anderen Botschaften waren uncodiert. Aber jetzt ergibt es Sinn.«

»Das verstehe ich nicht.«

»Was immer der Code bedeutet, er ist die echte Botschaft – darum ging es die ganze Zeit. Der Informant wollte, dass unter den Analysten aufgeräumt wird, damit er dann seine verschlüsselte Nachricht senden und sich sicher sein kann, dass sie von jemandem decodiert wird, der kein Doppelagent ist – nämlich von Ihnen. Er wollte, dass wir die Analysten aussortieren und den großen Knall verzögern, bis er die Nachricht senden kann. Hätten wir gewusst, wie stark wir unterwandert sind, hätten wir als Erstes die Agenten inhaftiert und

Clocktower völlig abgeschottet. Dann würden wir diese Unterhaltung jetzt nicht führen.«

»Ja, aber warum macht er sich die Mühe, einen Code zu benutzen? Warum schickt er die Nachricht nicht unverschlüsselt wie die vorigen?«

»Das ist eine gute Frage. Vermutlich wird er auch überwacht. Es muss negative Folgen haben, uns die Botschaften offen zukommen zu lassen; vielleicht würde es ihn das Leben kosten oder die Ausführung des Terroranschlags beschleunigen. Und wer auch immer ihn beobachtet, geht davon aus, dass wir die Nachricht noch nicht verstehen. Vielleicht haben sie deshalb nicht noch mehr Zellen ausgeschaltet – sie glauben, dass sie Clocktower noch unter Kontrolle haben.«

»Klingt logisch.«

»Ja, aber eine Frage hat mich noch beschäftig: Warum ich?«

Josh dachte einen Moment lang nach. »Genau, warum nicht der Direktor von Clocktower oder die anderen Niederlassungsleiter oder einfach alle Geheimdienste der Welt? Sie würden mehr Macht haben, einen Anschlag aufzuhalten. Vielleicht würde es den Anschlag beschleunigen, wenn er ihnen was steckt – genauso, als würde er sie unverschlüsselt übermitteln. Oder ... Sie könnten der Einzige sein, der den Anschlag vereiteln kann ...« Josh blickte auf. »Oder Sie wissen etwas.«

»Sehr gut. Ich habe vorhin schon erwähnt, dass ich dieser Superterrorgruppe auf der Spur war, bevor ich zu Clocktower gekommen bin.« David stand auf, ging zum Aktenschrank und zog zwei weitere Ordner heraus. »Ich zeige Ihnen jetzt etwas, woran ich seit über zehn Jahren arbeite, etwas, das ich noch nie jemandem gezeigt habe, nicht einmal Clocktower.«

13

Verhörraum C
Untersuchungsgefängnis von West-Jakarta
Jakarta, Indonesien

Kate lehnte sich mit dem Stuhl zurück und dachte über ihre Möglichkeiten nach. Sie würde dem Vernehmungsbeamten erzählen müssen, wie die klinische Studie begonnen hatte. Selbst wenn er ihr nicht glaubte, musste sie es zu Protokoll geben, falls man sie vor Gericht stellte. »Halt«, sagte sie.

Der Mann blieb an der Tür stehen.

Kate setzte die Stuhlbeine ab und legte die Arme auf den Tisch. »Es gibt einen sehr guten Grund, warum meine Forschungseinrichtung die Kinder adoptiert hat. Ich muss Ihnen etwas mitteilen. Als ich nach Jakarta gekommen bin, dachte ich, ich könnte das Forschungsprojekt leiten wie jedes beliebige in den USA. Das war mein erster Fehler. Wir sind gescheitert ... und wir ... haben unsere Herangehensweise geändert.«

Der kleine Mann setzte sich und hörte zu, während Kate berichtete, wie sie Wochen damit verbracht hatte, die Patientenanwerbung vorzubereiten.

Kates Organisation hatte ein Auftragsforschungsinstitut damit betraut, die Studie durchzuführen, so wie sie es auch in den USA getan hätte. In den USA konzentrieren sich Pharmaunternehmen auf die Entwicklung von neuen Medikamenten oder Therapien, und wenn sie etwas Vielversprechendes gefunden haben, beauftragen sie ein Forschungsinstitut mit der Durchführung der Studie. Das Institut sucht Kliniken, deren Ärzte Interesse an der Studie haben. Die Kliniken akquirieren Patienten, verabreichen ihnen das Medikament oder die Therapie und untersuchen sie regelmäßig auf unerwünschte Nebenwirkungen. Das Institut kontrolliert den Ablauf der Studie und leitet die Ergebnisse an seinen Auftraggeber weiter, der wiederum den Gesundheitsbehörden der entsprechenden Länder Bericht erstattet. Das Ziel ist eine Studie, die den gewünschten therapeutischen Effekt bestätigt, ohne dass gravierende Nebenwirkungen auftreten. Es ist ein langer Weg, und weniger als ein Prozent der Medikamente, die in den Labors wirkten, schaffen es in die Apothekenregale.

In diesem Fall tauchte jedoch ein Problem auf: In Jakarta und Indonesien allgemein gab es keine Autismuskliniken und nur eine Handvoll Praxen, die auf Entwicklungsstörungen spezialisiert waren. Die Kliniken hatten keine Erfahrung in der Durchführung von Studien – eine gefährliche Situation für die Patienten. Die pharmazeutische Industrie in Indonesien war winzig, vor allem weil der Markt klein war (Indonesien importierte hauptsächlich Generika), deshalb waren nur sehr wenige Ärzte jemals wegen einer Studie kontaktiert worden.

Das Forschungsinstitut schlug ein neues Konzept vor: Die Patienten sollten direkt akquiriert, und eine Klinik sollte betrieben werden, um die Therapie durchzuführen. Kate und Dr. John Helms, der Forschungsleiter der Studie, besprachen sich immer wieder mit den Leuten vom Institut und suchten nach einer Alternative. Es gab keine. Kate drängte

Dr. Helms, es mit dem Konzept zu versuchen, und schließlich gab er nach.

Sie erstellten eine Liste von Familien, die im Umkreis von 150 Kilometern um Jakarta wohnten und ein Kind im autistischen Spektrum hatten. Kate buchte einen Konferenzraum in einem der schönsten Hotels der Stadt und lud die Familien zu einer Präsentation ein.

Sie entwarf eine Broschüre und schrieb sie immer wieder um, bis Ben eines Tages in ihr Büro platzte und sagte, er werde aus der Studie aussteigen, wenn sie sich nicht endlich zufriedengab. Kate lenkte ein, die Broschüre wurde an eine Ethikkommission geschickt und gedruckt, und sie bereiteten sich auf die Veranstaltung vor.

Als es schließlich so weit war, stand sie an der Tür, um die Familien zu begrüßen, wenn sie eintrafen. Sie wünschte, ihre Hände würden aufhören zu schwitzen. Alle paar Minuten wischte sie sie sich an der Hose ab. Der erste Eindruck war entscheidend. Vertrauen, Zuversicht, Kompetenz.

Sie wartete. Waren genug Broschüren da? Sie hatten tausend Stück vor Ort, und es waren nur sechshundert Einladungen verschickt worden, aber es konnten natürlich beide Elternteile kommen. Oder vielleicht tauchten weitere Familien auf – es gab keine verlässlichen Daten über die Anzahl der betroffenen Familien in Indonesien. Was würden sie dann tun? Sie sagte Ben, er solle sich bereithalten, den Hotelkopierer zu benutzen; er könnte die entscheidenden Seiten kopieren, während sie mit den Familien redete.

Fünfzehn Minuten nach geplantem Veranstaltungsbeginn. Die ersten beiden Mütter erschienen. Kate wischte sich noch einmal die Hände ab, ehe sie die der Frauen kräftig schüttelte und nur ein wenig zu laut mit ihnen sprach. »Es freut mich, Sie hier begrüßen zu dürfen – danke für Ihr

Kommen – nein, hier sind Sie richtig – nehmen Sie Platz, wir fangen jeden Moment an ...«

Dreißig Minuten nach dem Termin.

Eine Stunde nach Veranstaltungsbeginn.

Sie umkreiste die sechs Mütter und versuchte, die Sache herunterzuspielen. »Ich weiß nicht, was passiert ist – Wann haben Sie denn die Einladung bekommen? – Nein, wir haben noch andere eingeladen – Da muss bei der Post was schiefgegangen sein ...«

Schließlich führte Kate die sechs Anwesenden in einen kleineren Konferenzraum des Hotels, damit die Angelegenheit für alle Beteiligten weniger peinlich wurde. Während sie kurz das Projekt vorstellte, entschuldigten sich die Mütter eine nach der anderen und sagten, sie müssten ihre Kinder abholen, zurück zur Arbeit oder dergleichen.

Unten in der Hotelbar ließ sich Dr. Helms volllaufen. Als Kate ihm Gesellschaft leistete, beugte er sich zu ihr und sagte: »Ich habe Ihnen gleich gesagt, dass es nicht funktioniert. In dieser Stadt werden wir nie Patienten anwerben, Kate. Warum zum ... hey, Barkeeper, ja, hier drüben, ich nehm noch einen, mh, das Gleiche nochmal ... Was wollte ich gerade sagen? Ach ja, wir müssen die Sache abschließen, und zwar schnell. Ich habe ein Angebot aus Oxford. Mein Gott, ich vermisse Oxford, es ist so verflucht schwül hier, man fühlt sich die ganze Zeit wie in der Sauna. Und ich muss zugeben, in Oxford habe ich meine beste Arbeit abgeliefert. Apropos ...« Er beugte sich näher zu ihr. »Ich will es nicht verschreien, aber ich sage nur: No. Bel. Preis. Ich habe gehört, dass mein Name auf der Liste steht – das könnte mein großes Jahr werden, Kate. Ich kann es gar nicht erwarten, dieses Debakel hier hinter mir zu lassen. Wann werde ich es endlich lernen? Wenn es um eine gute Sache geht, ist mein Herz einfach zu weich.«

Kate hätte am liebsten erwähnt, dass er für einen Mann mit einem weichen Herzen ziemlich harte Forderungen gestellt hatte – das Dreifache ihres Gehalts und seinen Namen ganz oben auf jeder Publikation und bei jedem Patent, obwohl die ganze Studie auf ihrer Forschungsarbeit basierte –, aber sie biss sich auf die Zunge und kippte den Rest ihres Chardonnays hinunter.

An diesem Abend rief sie Martin an. »Ich kann nicht ...«

»Warte, Kate, sag nichts mehr. Du kannst alles machen, was du dir in den Kopf gesetzt hast. Das hast du schon immer getan. Es gibt über zweihundert Millionen Menschen in Indonesien und ungefähr sieben Milliarden auf unserer kleinen Welt. Und etwa ein halbes Prozent davon befindet sich irgendwo im autistischen Spektrum – das sind fünfunddreißig Millionen, mehr als in Texas wohnen. Du hast sechshundert Familien angeschrieben. Gib nicht auf. Das lasse ich nicht zu. Ich rufe morgen früh beim Leiter der Forschungsabteilung von Immari an; sie werden deine Arbeit weiter finanzieren, egal ob dieser Schwätzer John Helms aus der Studie aussteigt oder nicht.«

Das Gespräch erinnerte Kate an die Nacht, als sie ihn von San Francisco aus angerufen und er ihr versprochen hatte, dass Jakarta ein hervorragender Ort sei, um noch einmal von vorn anzufangen und ihre Forschung fortzusetzen. Vielleicht hatte er doch recht.

Am nächsten Morgen ging sie ins Labor und beauftragte Ben, noch viel mehr Broschüren zu bestellen. Und Übersetzer zu suchen. Sie würden raus in die Dörfer fahren, um das Netz weiter auszuwerfen – und nicht warten, bis die Familien zu ihnen kamen. Sie kündigte die Zusammenarbeit mit der Agentur. Sie ignorierte Dr. Helms' Beschwerden.

Zwei Wochen später beluden sie drei Lieferwagen mit unzähligen Kisten voller Broschüren, die Kate in fünf Sprachen hatte drucken lassen – in Malaiisch, Javanisch, Sundanesisch, Madura und Betawi –, und fuhren mit vier wissenschaftlichen Assistenten und acht Übersetzern los. Kate hatte sich über das Sprachproblem lang den Kopf zerbrochen, denn in Indonesien wurden Hunderte von verschiedenen Sprachen gesprochen, doch dann hatte sie sich für die fünf häufigsten in Jakarta und Java entschieden. Sie wollte vermeiden, dass ihre Autismusstudie ausgerechnet an Kommunikationsproblemen scheiterte.

Genau wie in dem Hotel in Jakarta waren ihre Bemühungen Zeitverschwendung. Als sie in das erste Dorf kamen, waren Kate und ihr Team erstaunt: Es gab dort keine autistischen Kinder. Die Dorfbewohner interessierten sich nicht für ihre Broschüren. Die Übersetzer sagten ihnen, niemand habe jemals ein Kind mit diesen Problemen gesehen.

Es war widersinnig. Im Durchschnitt hätte es mindestens zwei oder drei potenzielle Teilnehmer in jedem Dorf geben müssen.

Im nächsten Dorf bemerkte Kate, dass einer der Übersetzer, ein älterer Mann, am Lieferwagen lehnte, während die anderen von Tür zu Tür gingen.

»Hey, warum arbeiten Sie nicht?«, fragte Kate.

Der Mann zuckte die Achseln. »Weil es sowieso nichts bringt.«

»Doch, verdammt. Und jetzt sollten Sie ...«

Der Mann hob die Hände. »Ich will keinen Ärger machen, Ma'am. Ich meine nur, dass Sie die falschen Fragen stellen. Und die falschen Leute fragen.«

Kate sah ihn prüfend an. »Okay. Wen würden Sie denn fragen? Und was würden Sie fragen?«

Der Mann stieß sich vom Lieferwagen ab, bedeutete Kate,

ihm zu folgen, und ging weiter durchs Dorf, weg von den schöneren Häusern. Am Ortsrand klopfte er an die erste Tür, und als ihm eine kleine Frau öffnete, sprach er mit ihr in strengem Tonfall und zeigte dabei gelegentlich auf Kate. Die Situation war ihr unangenehm. Verlegen zog sie die Aufschläge ihres weißen Kittels zusammen. Über ihre Kleidung hatte sie ebenfalls lange nachgedacht und war zu dem Schluss gekommen, dass ein seriöses ärztliches Erscheinungsbild angemessen wäre. Sie konnte nur ahnen, wie sie auf die Dorfbewohner wirkte, deren Garderobe größtenteils aus irgendwelchen aus Nähfabriken mitgenommenen Resten oder zerfaserten Altkleidern zusammengeflickt war.

Die Frau war zurück ins Haus gegangen, und Kate trat vor, um den Übersetzer zu befragen, aber er hob eine Hand, während die Frau zurückkehrte und drei Kinder vor sich herschob. Sie standen starr wie Statuen vor ihnen und blickten auf ihre Füße. Der Übersetzer schritt die Reihe der Kinder ab und musterte sie von oben bis unten. Kate trat von einem Fuß auf den anderen und überlegte, was sie tun sollte. Die Kinder waren gesund; keines von ihnen zeigte auch nur das kleinste Anzeichen von Autismus. Beim letzten Kind bückte sich der Übersetzer und schrie es an. Die Mutter sagte schnell etwas, doch er brüllte auch sie an, bis sie schwieg. Nervös brachte das Kind drei Worte hervor. Der Übersetzter sagte etwas, und das Kind wiederholte die Worte. Kate fragte sich, ob es Namen waren. Oder vielleicht Orte?

Der Übersetzer richtete sich auf, zeigte mit dem Finger auf die Frau und schrie sie erneut an. Sie schüttelte heftig den Kopf und wiederholte immer wieder einen Ausdruck. Nachdem er ihr einige Minuten zugesetzt hatte, senkte sie den Kopf und sagte etwas mit leiser Stimme. Sie zeigte auf eine andere Hütte. Nun klang die Stimme des Übersetzers zum ersten Mal sanft, und seine Worte schienen die Frau zu erleichtern. Sie trieb die Kinder zurück ins Haus und klemmte das letzte beinahe ein, als sie hektisch die Tür schloss.

Die Szene vor der zweiten Hütte entwickelte sich ähnlich: Der Übersetzer schrie die Frau an und gestikulierte, Kate stand verlegen daneben, die nervöse Dorfbewohnerin präsentierte ihre vier Kinder und wartete dann mit besorgtem Blick. Dieses Mal sagte eines der Kinder fünf Worte, als der Übersetzer es befragte; Namen, vermutete Kate. Die Mutter protestierte, aber der Übersetzer beachtete sie gar nicht und quetschte den Jungen weiter aus. Als dieser antwortete, sprang er auf, schob die Kinder und die Mutter zur Seite und drängte sich durch die Tür. Kate war verblüfft, aber da auch die Mutter mit ihren Kindern ins Haus ging, folgte sie ihnen.

Die Hütte war ein armseliges Loch mit drei Zimmern. Kate stolperte beinahe über das Gerümpel, das überall herumlag. Im hinteren Teil fand sie den Übersetzer, der noch heftiger mit der Frau stritt als zuvor. Zu ihren Füßen war ein kleines mageres Kind an den die Decke stützenden Holzbalken gebunden. Es war geknebelt, aber sie hörte die rhythmischen Geräusche, die aus seinem Mund drangen, als es vor- und zurück wippte und den Kopf gegen den Balken schlug.

Kate packte den Übersetzer am Arm. »Was soll das? Sagen Sie mir, was hier vor sich geht.«

Der Mann sah von Kate zu der Mutter und fühlte sich offenbar unbehaglich zwischen seiner Chefin und der Frau, die sich aufführte wie ein in die Enge getriebenes Tier und immer lauter und hysterischer wurde. Kate drückte seinen Arm, zerrte ihn zu sich, und er setzte zu einer Erklärung an. »Sie sagt, es ist nicht ihre Schuld. Er ist ein ungehorsamer Junge. Er isst nicht, was sie ihm gibt. Er tut nicht, was sie sagt. Er spielt nicht mit anderen Kindern. Sie sagt, er hört nicht mal auf seinen Namen.«

Das waren alles klassische Symptome von Autismus; ein schwerer Fall. Kate sah auf das Kind hinab.

Der Übersetzer fügte hinzu: »Sie besteht darauf, dass es nicht ihre Schuld ist. Sie sagt, sie hat ihn länger behalten als die anderen, aber sie kann nicht ...«

»Welche anderen?«

Der Übersetzer sprach in normalem Tonfall mit der Frau und wandte sich dann wieder zu Kate. »Außerhalb des Dorfs. Da gibt es einen Ort, wo sie die Kinder hinbringen, die ihre Eltern nicht achten und ständig ungehorsam sind und nicht zur Familie gehören wollen.«

»Bringen Sie mich hin.«

Der Übersetzer entlockte der Frau weitere Informationen, dann wandten sie sich zum Gehen. Die Frau rief ihnen hinterher. Er drehte sich zu Kate. »Sie möchte wissen, ob wir ihn mitnehmen.«

»Sagen Sie ihr ja, und sie soll ihn losbinden, wir kommen später wieder.«

Der Übersetzer führte Kate zu einem einsamen Waldstück südlich des Ortsrands. Nach einer Stunde Suche hatten sie noch immer nichts gefunden, doch sie gaben nicht auf. Gelegentlich hörte Kate Blätter rascheln, wenn Tiere vorbeiliefen. Die Sonne würde bald untergehen, und sie fragte sich, wie es dann im Wald wäre. Indonesien war ein tropisches Land; die Temperaturen blieben über das ganze Jahr hinweg nahezu konstant. Der javanesische Dschungel war ein wilder gefährlicher Ort, an dem alle möglichen Schlangen, Raubkatzen und Insekten wohnten. Kein Ort für ein Kind.

Aus der Ferne hörte sie Schreie, und der Übersetzer rief nach ihr. »Dr. Warner, kommen Sie schnell!«

Sie stürmte durch den dichten Wald, stolperte einmal und kämpfte sich durch das Unterholz. Schließlich fand sie den Übersetzer, der einen Jungen festhielt, noch hagerer als der in der Hütte. Trotz seiner dunklen Haut konnte sie sehen, dass sein Gesicht völlig verdreckt war. Er wehrte sich gegen den Griff des Übersetzers wie ein gefangener Kobold.

»Sind hier noch andere?«, fragte Kate. Sie sah einen primitiven Unterstand ungefähr fünfzig Meter vor ihnen. Lag dort ein Kind? Sie ging darauf zu.

»Gehen Sie nicht dahin, Dr. Warner.« Er packte den Jungen fester. »Da ist niemand mehr ... den man mit zurücknehmen könnte. Bitte helfen Sie mir.«

Kate nahm den anderen Arm des Kinds, und sie brachten es zurück zu ihren Lieferwagen. Dann riefen sie das Wissenschaftlerteam zurück und holten den Jungen, der in der Hütte angebunden war. Sie erfuhren, dass er Adi hieß. Der Junge aus dem Wald hatte keinen Namen, und sie wussten, dass sie niemals seine Eltern finden würden oder sonst jemanden, der darüber reden würde, was ihm angetan worden war. Kate taufte ihn Surya.

Als das Team sich bei den Wagen versammelt hatte, knöpfte sie sich den Übersetzer vor. »Ich will, dass Sie mir jetzt genau erklären, was Sie vorhin gemacht haben – was Sie zu den Leuten gesagt haben.«

»Ich glaube, das wollen Sie gar nicht wissen, Doktor.«

»Ich glaube sehr wohl, dass ich das wissen will. Jetzt raus mit der Sprache.«

Der Mann seufzte. »Ich habe ihnen erzählt, Sie wären von einer Wohlfahrtsorganisation, die sich um Kinder kümmert ...«

»Was?«

Der Übersetzer straffte die Schultern. »Das glauben die

Leute sowieso, deshalb spielt es eigentlich keine Rolle. Die wissen nicht, was eine klinische Studie ist. Von so etwas haben die noch nie gehört. Sehen Sie sich um; diese Menschen leben genauso wie vor tausend Jahren. Ich habe ihnen gesagt, dass Sie ihre Kinder sehen müssen und sich um alle kümmern werden, die Hilfe brauchen. Trotzdem haben sie uns nicht getraut. Manche glauben, sie würden irgendwelchen Ärger bekommen, aber viele haben einfach Angst, dass es sich rumspricht. Es ist gefährlich hier, ein Kind mit Problemen zu haben; die Leute verstecken es. Wenn es die Runde macht, haben die anderen Kinder später Probleme, eine Frau zu finden – die Leute sagen: ›Wenn du von ihm ein Kind kriegst, ist es vielleicht genauso wie der Bruder des Vaters.‹ Sie sagen: ›Es liegt im Blut.‹ Aber die Kinder haben die Wahrheit gesagt, als ich sie nach den Namen ihrer Geschwister gefragt habe. Kinder können bei solchen Sachen noch nicht lügen.«

Kate dachte über den Bericht des Mannes nach. Es hatte auf jeden Fall funktioniert. Sie wandte sich an ihr Team: »Okay. Das ist unsere neue Vorgehensweise.«

Dr. Helms trat zu Kate und dem Übersetzer. »Ich würde das nicht tun. Die Eltern zu belügen, um ein Kind für eine klinische Studie zu gewinnen, verstößt gegen die ethischen Grundsätze der Medizin und ist einfach unmoralisch.« Er hielt inne, um seine Worte wirken zu lassen. »Unabhängig von ihren Lebensumständen und den sozialen Normen ihrer Gesellschaft.« Er blickte von Kate zum Rest des Teams.

Kate unterbrach seinen Auftritt. »Wie Sie möchten. Sie können im Wagen warten, genau wie alle anderen, die diese Kinder hier sterben lassen wollen.«

Dr. Helms wandte sich zu ihr, um eine neue Salve abzufeuern, aber Ben schnitt ihm das Wort ab. »Also, ich bin dabei.

Ich habe keine Lust, im Wagen zu warten. Und Kinder zu töten.« Er drehte sich um, begann die Ausrüstung einzupacken und bat den Rest des Teams, ihm zu helfen.

Im nächsten Dorf warf das Team die Broschüren aus dem Wagen, aber als die Einwohner sie einzusammeln begannen, ging es dazu über, ihnen die Broschüren auszuhändigen – als Isolationsmaterial für ihre Häuser. Dieser Akt des guten Willens untermauerte ihren Auftritt als Hilfsorganisation, und Kate freute sich, dass die Broschüren, auf die sie so viel Arbeit verwendet hatte, noch einem guten Zweck dienten.

Dr. Helms protestierte weiterhin, aber der Rest des Teams ignorierte ihn. Als die Lieferwagen sich mit Kindern füllten, wurden seine Beschwerden leiser, und am Abend wurde deutlich, dass er sein Verhalten bereute.

In Jakarta kam er, nachdem der Rest des Teams gegangen war, in Kates Büro. »Hören Sie, Kate, ich muss etwas mit Ihnen besprechen. Nachdem ich, äh, die Sache überdacht habe ... und, ehrlich gesagt, nachdem ich die Auswirkungen dieser Arbeit auf die, äh, Kinder gesehen habe ... muss ich sagen, dass wir uns wohl doch im Rahmen der medizinischen Ethik befinden und ich keine Einwände mehr habe und guten Gewissens die Leitung dieser Studie übernehmen kann.«

Kate sah nicht von ihren Unterlagen auf. »Sie brauchen sich gar nicht erst hinzusetzen, John. Ich muss auch etwas mit Ihnen besprechen. Als wir unterwegs waren, haben Sie Ihre Sicherheit – Ihre persönliche Reputation – über das Leben der Kinder gestellt. Das kann ich nicht akzeptieren. Wir wissen beide, dass ich Sie nicht rauswerfen kann. Aber ich kann einfach nicht mit Ihnen an einer Studie arbeiten, bei der das Leben von Kindern auf dem Spiel steht. Wenn einem von ihnen etwas passiert, wenn Sie sie in Gefahr bringen, dann könnte ich nicht damit leben. Deshalb habe ich unseren Geldgeber, Immari Research, informiert, dass ich aussteigen werde. Und dann ist etwas Seltsames passiert.« Sie sah von ihren Papieren auf. »Sie haben mir mitgeteilt, dass sie die Studie ohne mich nicht finanzieren. Es gibt also zwei Möglichkeiten: Entweder Sie ziehen sich zurück, oder ich tue es, woraufhin Sie Ihren Geldgeber verlieren. In letzterem Fall beginne ich die Studie einfach unter neuem Namen von vorn. Ach übrigens, die Möbelpacker kommen morgen, um Ihr Büro auszuräumen – Sie müssen sich also, egal wie Sie sich entscheiden, ein neues mieten.«

Sie ging aus dem Büro und machte Feierabend. Am nächsten Tag verließ Helms Jakarta für alle Zeiten, und Kate leitete das Projekt von nun an allein. Kate bat Martin, einige Telefonate zu führen, ein paar Gefälligkeiten wurden erteilt, und die Forschungseinrichtung bekam die Vormundschaft für alle teilnehmenden Kinder.

Als Kate ihre Geschichte beendet hatte, stand der Vernehmungsbeamte auf und sagte: »Erwarten Sie, dass ich Ihnen das glaube? Wir sind keine Wilden, Miss Warner. Viel Glück, wenn Sie diese Geschichte dem Gericht in Jakarta erzählen.« Er verließ den winzigen Raum, ehe Kate etwas entgegnen konnte.

Sobald er aus dem Verhörraum gekommen war, ging der kleine Mann zu dem rundlichen Polizeichef, der ihm einen Arm um die Schultern legte und fragte: »Wie ist es gelaufen, Paku?«

»Ich glaube, sie ist so weit, Chef.«

14

Abhörsicherer Raum
Clocktower-Hauptquartier
Jakarta, Indonesien

Josh blickte aus dem Glasraum auf die Betonwände dahinter, während er zu verarbeiten versuchte, was David ihm berichtet hatte. Clocktower war unterwandert. Einige wichtige Zellen kämpften bereits um ihr Überleben. Die Jakarta-Zelle würde bald angegriffen werden, und zur Krönung stand auch noch ein Terroranschlag mit weltweiten Auswirkungen bevor.

Und Josh musste für David einen Code dechiffrieren, um die Sache zu stoppen.

Ein Kinderspiel.

David kehrte vom Aktenschrank zurück und setzte sich wieder an den Tisch. »Ich habe an einer Theorie gearbeitet, die ich vor zehn Jahren entwickelt habe. Gleich nach dem 11. September.«

»Sie glauben, diese Attacke hängt mit dem 11. September zusammen?«, fragte Josh.

»Allerdings.«

»Meinen Sie, das ist eine Aktion von Al-Qaida?«

»Nicht unbedingt. Ich glaube, Al-Qaida hat die Anschläge vom 11. September nur ausgeführt. Eine andere Gruppe namens Immari International hat die Anschläge geplant und finanziert und davon profitiert. Ich glaube, sie dienten der Tarnung mehrerer archäologischer Grabungen, die Immari in Afghanistan und Irak durchgeführt hat, und waren eine äußerst raffinierte Geldbeschaffungsmaßnahme. Ein Raub.«

Josh senkte den Blick auf die Tischplatte. Hatte David den Verstand verloren? Solche Verschwörungstheorien kursierten in Internetforen, aber das war keine ernsthafte Terrorismusbekämpfung.

David schien Joshs Widerwillen zu spüren. »Hören Sie, ich weiß, dass das unglaubwürdig klingt, aber lassen Sie mich zu Ende erzählen. Nach dem 11. September habe ich fast ein Jahr im Krankenhaus und in der Reha verbracht. Da hat man eine Menge Zeit, um nachzudenken. Viele Aspekte der Anschläge erschienen mir unlogisch. Warum wurde zuerst New York angegriffen? Warum nicht das Weiße Haus, der Kongress, die CIA und die NSA gleichzeitig? Diese vier Flugzeugattacken hätten das Land lahmgelegt, vor allem unsere Verteidigungsfähigkeiten. Völliges Chaos wäre ausgebrochen. Und warum nur vier Flugzeuge? Sie hätten mit Sicherheit mehr Piloten ausbilden lassen können. Sie hätten an diesem Morgen dreißig Flugzeuge entführen können, wenn sie einfach Flugzeuge aus Dulles, dem National Airport in Washington, aus Baltimore und vielleicht Richmond genommen hätten. Atlanta ist auch in der Nähe; Hartsfield-Jackson ist der meistfrequentierte Flughafen der Welt. Wer weiß, sie hätten wahrscheinlich hundert Flugzeuge abstürzen lassen können, bevor die Passagiere sich gewehrt hätten. Und sie müssen gewusst haben, dass die Flugzeugattacken eine einmalige Taktik sind, deshalb hätten sie eigentlich auf maximale Zerstörung setzen müssen.«

Josh nickte, noch immer skeptisch. »Das ist eine interessante Frage.«

»Und es gibt noch weitere. Warum haben sie an einem Tag zugeschlagen, an dem der Präsident in einer Grundschule in Florida war? Es war eindeutig nicht ihr Ziel, uns militärisch zu schwächen – klar, das Pentagon wurde getroffen, und so viele anständige Amerikaner sind gestorben, aber der Haupteffekt war, das Pentagon und die Armee bis aufs Blut zu reizen, und mit ihnen das ganze Land. Nach dem 11. September war Amerika kriegslüstern wie nie zuvor. Und es gab noch eine Auswirkung: Der Aktienmarkt brach zusammen, ein historischer Crash. New York ist die größte Finanzmetropole der Welt; es ist logisch, dort zuzuschlagen, wenn man die Aktienmärkte treffen will. Die Anschläge haben also für zwei Dinge gesorgt: dass es einen großen Krieg gibt und dass die Aktienmärkte einbrechen.«

»Von dieser Seite habe ich es noch nie betrachtet«, sagte Josh.

»Die Dinge sehen ganz anders aus, wenn man fast ein Jahr im Krankenhaus verbringt, tagsüber wieder laufen lernt und sich nachts fragt, warum. Ich konnte vom Krankenhausbett aus schlecht über Terrorismus recherchieren, deshalb habe ich mich auf den finanziellen Aspekt konzentriert. Ich habe mir angesehen, wer von dem Finanzkollaps am meisten profitiert hat. Wer gegen amerikanische Aktien spekuliert hat. Welche Firmen Leerverkäufe durchgeführt haben, welche sich Verkaufsoptionen gesichert haben, wer ein Vermögen verdient hat. Es war eine lange Liste. Dann habe ich überprüft, wer von den Kriegen profitiert hat: vor allem private Sicherheitsdienste und Anteilseigner von Öl- und Gasfirmen. Die Liste wurde kürzer. Und noch etwas machte mich neugierig. Die Anschläge waren fast eine Garantie für einen

Krieg in Afghanistan. Vielleicht befand sich dort etwas, das die Gruppe wollte, und sie brauchten eine Tarnung, um hinzugehen und danach zu suchen. Vielleicht war es auch im Irak. Oder in beiden Ländern. Mir war klar, dass ich an die Front musste, um die richtigen Antworten zu finden.«

David holte tief Luft und fuhr fort. »2004 war ich wieder auf den Beinen. Ich habe mich bei der CIA beworben, wurde aber abgelehnt. Also habe ich noch ein Jahr trainiert, wurde 2005 erneut abgelehnt und habe weiter trainiert. Ich habe überlegt, ob ich in die Armee eintreten soll, aber ich wusste, dass ich nur beim Geheimdienst die richtigen Antworten finden würde.«

Als Josh diese Neuigkeiten aufgenommen hatte, sah er David in völlig anderem Licht. Er hatte seinen Chef bisher als eine Art unbesiegbaren Supersoldaten gesehen und war davon ausgegangen, dass das auch auf die Vergangenheit zutraf. Die Vorstellung, dass er verletzt in einem Krankenhausbett lag oder als Agent zweimal *abgelehnt* wurde, passte überhaupt nicht dazu.

»Was ist?«, fragte David.

»Nichts ... Ich dachte nur, Sie hätten eine Geheimdienstkarriere hinter sich. Dass Sie schon am 11. September bei der CIA gewesen wären.«

Ein Lächeln huschte über Davids Lippen. »Nein, ganz und gar nicht. Da stand ich gerade kurz vor dem Examen. An der Columbia, kaum zu glauben, was? Vielleicht hat mich die CIA deshalb abgelehnt – weil sie niemanden wollte, der in den Auslandseinheiten die Vorgehensweise hinterfragt. Aber offenbar sind aller guten Dinge drei – 2006 wurde ich genommen. Vielleicht hatten sie genug Agenten verloren, oder genug waren zu privaten Unternehmen gewechselt; woran es auch lag, ich war jedenfalls froh, in Afghanistan zu sein.

Ich habe meine Antworten gefunden. Die drei Firmen, die auf meiner Liste standen, waren alle Subunternehmen einer einzigen: Immari International. Ihre Sicherheitsabteilung, Immari Security, koordinierte ihre Operationen, und die Gelder vom 11. September flossen in mehrere ihrer Tarnfirmen. Und ich bin auf noch etwas gestoßen. Auf einen Plan für einen neuen Anschlag mit dem Codenamen Toba-Protokoll.« David zeigte auf die Akte. »Hier drin steht alles, was ich darüber weiß. Es ist nicht gerade viel.«

Josh schlug den Ordner auf. »Sind Sie deshalb zu Clocktower gekommen? Um Ermittlungen über Immari und Toba-Protokoll anzustellen?«

»Zum Teil. Clocktower war die perfekte Operationsbasis für mich. Ich wusste damals, dass Immari hinter dem 11. September steckt, dass sie ein Vermögen bei den Anschlägen verdient hatten und dass sie in den Bergen von Ost-Afghanistan und Pakistan nach etwas suchten. Aber sie haben mich erwischt, bevor ich die Gesamtzusammenhänge begriffen habe. Ich wurde in Nord-Pakistan beinahe getötet. Offiziell stand ich auf der Gefallenenliste. Es war die perfekte Gelegenheit, um abzutauchen. Ich brauchte eine neue Identität und eine Möglichkeit, meine Arbeit fortzuführen. Ich hatte noch nie von Clocktower gehört, bevor ich in Afghanistan an der Front war, aber ich bin dort untergeschlüpft. Es war perfekt. Wir hatten alle unsere eigenen Gründe, zu Clocktower zu gehen, und für mich war es der Schlüssel zum Überleben und das Werkzeug, um endlich die Wahrheit über Immari und Toba rauszufinden. Ich habe nie jemandem von meinen wahren Gründen erzählt, außer dem Direktor. Er hat mich aufgenommen und mir geholfen, vor vier Jahren die Jakarta-Niederlassung aufzubauen. Ich habe keine wesentlichen Fortschritte bei der Immari-Geschichte gemacht, bis mich der Informant vor einer Woche kontaktiert hat.«

»Deswegen hat er Sie ausgewählt.«

»Offenbar. Er weiß von meinen Nachforschungen. Er weiß, dass ich diese Akte habe. Vielleicht befindet sich darin der Schlüssel, um den Code zu dechiffrieren. Ich weiß, dass die Immari Corporation irgendwie in die Anschläge vom 11. September verstrickt ist und vielleicht auch in andere davor und danach und dass sie etwas viel, viel Größeres plant: Toba-Protokoll. Deswegen habe ich mich für Jakarta entschieden – es ist die Metropole, die am nächsten am Vulkan Toba liegt. Ich glaube, der Name ist eine Anspielung darauf, wo die Attacke beginnen wird.«

»Klingt logisch. Was wissen wir über Toba-Protokoll?«, fragte Josh.

»Nicht viel. Bis auf ein paar Erwähnungen gibt es nur ein Memo. Es ist ein Bericht über Urbanisierung, Transportinfrastruktur und die Möglichkeit, die Gesamtpopulation zu reduzieren. Ich weiß zwar nicht, wie, aber ich glaube, das Toba-Protokoll soll die menschliche Bevölkerung drastisch reduzieren.«

»Das schränkt die Möglichkeiten ein. Ein Terroranschlag, der die Erdbevölkerung verringert, müsste mit Bio-Waffen durchgeführt werden, die Umwelt drastisch verändern oder einen neuen Weltkrieg auslösen. Wir reden hier also nicht über Selbstmordattentäter, es ist etwas Größeres.«

David nickte. »Etwas viel Größeres, und wahrscheinlich etwas, das wir nie erwarten würden. Jakarta ist der perfekte Ort, um den Angriff zu starten – die Bevölkerungsdichte ist hoch, und es gibt unzählige Ausländer hier. Sobald der Anschlag beginnt, würden die reichen Ausländer zum Flughafen und von dort aus in fast jedes Land der Erde fliehen.«

David zeigte auf die Reihe von Bildschirmen hinter Josh. »Diese Computer sind mit der Zentrale verbunden, mit unseren eigenen Servern und mit den verbliebenen Zellen. Darin ist alles gespeichert, was wir über die verschiedenen Terrorgruppen und Organisationen, die Immari als Tarnfirmen dienen, wissen. Es ist nicht viel. Fangen Sie damit an, bringen Sie sich auf den neusten Stand, dann machen Sie schnell weiter mit den neuesten lokalen Geheimdienstinformationen. Wenn irgendwas in Jakarta vorgeht, sind wir verpflichtet, das als Erstes zu ermitteln. Wir müssen unser Wissen weitergeben, falls die Jakarta-Niederlassung untergeht. Denken Sie kreativ. Was auch immer vorgeht, es passt möglicherweise nicht in die üblichen Muster. Suchen Sie nach etwas, mit dem wir nicht rechnen – wie etwa saudische Studenten, die Flugstunden nehmen. Dann halten Sie nach ungewöhnlichen Vorgängen in den USA Ausschau – zum Beispiel, dass jemand in Oklahoma tonnenweise Dünger kauft, obwohl er kein Farmer ist.«

»Was ist in den übrigen Ordnern?«, fragte Josh.

David schob eine Akte über den Schreibtisch. »Die Ordner enthalten die Informationen, die ich über Immari gesammelt habe, bevor ich zu Clocktower kam.«

»Die sind nicht im Computersystem?«

»Nein. Ich habe sie Clocktower nie übergeben. Sie werden sehen, warum. In dem Umschlag ist ein Brief von mir an Sie. Öffnen Sie ihn, falls ich sterbe. Es stehen Anweisungen für Sie darin.«

Josh wollte etwas sagen, aber David kam ihm zuvor. »Da ist noch eine letzte Sache.«

David stand auf und holte eine Blechkiste aus der Ecke. Er stellte sie auf den Tisch. »Diese Kammer und der Raum darum herum bieten Ihnen Schutz, und ich hoffe, Sie haben genug Zeit, um etwas zu finden und die Nachricht zu dechiffrieren. Das Hauptquartier ist der letzte Ort, an dem man nach Ihnen suchen wird. Trotzdem bezweifle ich, dass wir viel Zeit haben. Senden Sie alles, was Sie finden, an mein Handy. Der Monitor rechts oben zeigt das Bild einer Videokamera. Sie ist außen über der Tür angebracht und auf den Serverraum gerichtet, sodass Sie sehen können, wenn jemand einzudringen versucht. Wie Sie wissen, gibt es im Hauptquartier aus Sicherheitsgründen ansonsten keine Kameras, Sie haben dann also möglicherweise nicht mehr viele Optionen.« David öffnete die Kiste und nahm eine Pistole heraus. Er schob das Magazin in den Griff und legte die Waffe vor Josh auf den Tisch. »Können Sie damit umgehen?«

Josh beäugte die Pistole und lehnte sich auf seinem Stuhl zurück. »Äh, ja. Also, ich habe eine Grundausbildung durchlaufen, als ich vor zwölf Jahren zum Geheimdienst kam, aber seitdem habe ich keine Waffe benutzt. Also ... eigentlich nicht.« Er wollte noch hinzufügen: »Wenn ein Einsatzkommando in den Raum eindringt, habe ich dann noch irgendeine Chance?«, aber er verkniff es sich, weil er wusste, dass David ihm die Waffe gab, damit er sich sicherer fühlte. Wenn er keine Todesangst hatte, würde er einen klareren Kopf bewahren und seine Aufgabe besser bewältigen, aber Josh hatte den Eindruck, dass sein Chef noch einen anderen Grund hatte.

»Wenn Sie sie benutzen müssen, ziehen Sie den Schlitten zurück. So schieben Sie eine Patrone in die Kammer. Wenn sie leer ist, drücken Sie hier, dann gleitet das Magazin raus. Sie schieben ein neues rein und drücken den Kopf, der Schlitten fährt zurück und befördert die erste Patrone aus dem neuen Magazin in die Kammer. Aber wenn diese Tür aufgebrochen wird, müssen Sie etwas erledigen, bevor Sie die Pistole benutzen.«

»Die Festplatten löschen?«

»Genau. Und verbrennen Sie die Akten und den Brief.« David zeigte auf einen Metallpapierkorb und reichte ihm einen kleinen Gasbrenner aus der Kiste.

»Was ist noch da drin?« Josh glaubte, es schon zu wissen, doch er fragte trotzdem.

Der Chef der Jakarta-Niederlassung zögerte eine Sekunde, dann griff er hinein und nahm eine kleine Kapsel heraus.

»Muss ich sie schlucken?«

»Nein. Wenn es so weit ist, beißen Sie drauf. Das Cyanid wirkt sehr schnell, es dauert vielleicht drei oder vier Sekunden.« David gab Josh die Kapsel. »Behalten Sie sie bei sich. Ich hoffen, Sie werden sie nicht brauchen. Es ist sehr schwierig, in diesen Raum einzudringen.«

David legte die Pistole zurück in die Kiste. »Sagen Sie mir Bescheid, sobald Sie etwas gefunden haben.« Er wandte sich ab und ging zur Tür.

Josh stand auf und fragte: »Was werden Sie tun?«

»Uns ein bisschen Zeit verschaffen.«

15

Verhörraum C
Untersuchungsgefängnis von West-Jakarta
Jakarta, Indonesien

Kate blickte auf, als sich die Tür des Verhörraums öffnete und ein dicker, verschwitzter Mann eintrat. Er trug unter einem Arm einen Aktenordner und streckte ihr die freie Hand entgegen. »Dr. Warner, ich bin Polizeichef Eddi Kusnadi. Ich ho...«

»Ich warte hier seit Stunden. Ihre Männer haben mich über bedeutungslose Einzelheiten meiner Studie befragt und gedroht, mich ins Gefängnis zu stecken. Ich will wissen, was Sie unternehmen, um die entführten Kinder zu finden.«

»Doktor, Sie begreifen unsere Situation nicht. Wir sind ein kleines Dezernat.«

»Dann informieren Sie die Nationalpolizei. Oder ...«

»Die Nationalpolizei hat genug andere Probleme, Doktor, sie kann nicht auch noch nach zurückgebliebenen Kindern suchen.«

»Nennen Sie sie nicht zurückgeblieben.«

»Sind sie denn nicht zurückgeblieben?« Er schlug die Akte auf. »In unseren Unterlagen steht, dass Ihre Klinik ein neues Medikament für zurückgebliebene ...«

»Nein, sie sind nicht zurückgeblieben. Ihr Gehirn funktioniert nur anders als das anderer Menschen. So wie ich einen anderen Stoffwechsel habe als Sie.«

Der korpulente Polizeichef sah an sich herab, als suchte er seinen Stoffwechsel, um ihn mit Kates zu vergleichen.

»Entweder fangen Sie an, nach den Kindern zu suchen, oder Sie lassen mich frei, damit ich es tun kann.«

»Wir können Sie nicht freilassen«, sagte Kusnadi.

»Warum nicht?«

»Weil Sie zu den Verdächtigen gehören.«

»Das ist absurd ...«

»Ich weiß, Doktor, ich weiß, glauben Sie mir. Aber was soll ich machen? Ich kann meinen Ermittlern nicht vorschreiben, wer verdächtig ist und wer nicht. Das wäre gegen die Vorschriften. Aber ich habe sie überzeugt, Sie hier in der Untersuchungshaft zu behalten. Sie wollten unbedingt, dass ich Sie ins normale Gefängnis überstelle. Die Zellen dort sind gemischt und leider nicht gut überwacht.« Er schwieg einen Augenblick und blätterte in der Akte. »Aber ich glaube, ich kann das zumindest noch hinauszögern. In der Zwischenzeit habe ich ein paar Fragen. In der Akte steht, dass Sie eine Eigentumswohnung hier in Jakarta gekauft haben. Im Gegenwert von siebenhunderttausend US-Dollar, bar bezahlt.« Er blickte zu ihr auf, und als sie nichts entgegnete, fuhr er fort. »Unser Mann bei der Bank sagt, Sie haben einen durchschnittlichen Kontostand von umgerechnet dreihunderttausend Dollar. Auf dem Konto gehen regelmäßig Zahlungen von einer Bank auf den Kaimaninseln ein.«

»Mein Kontostand tut nichts zur Sache.«

»Bestimmt nicht. Aber Sie verstehen doch, wie das für meine Ermittler aussieht. Darf ich fragen, woher Sie so viel Geld haben?«

»Ich habe geerbt.«

Der Polizeichef zog die Brauen hoch, und seine Miene hellte sich auf. »Ah, von Ihren Großeltern?«

»Nein, von meinem Vater. Hören Sie, das ist reine Zeitverschwendung.«

»Was hat er gemacht?«

»Wer?«

»Ihr Vater.«

»Er war im Bankgeschäft, glaube ich, oder Investor. Ich weiß es nicht, ich war noch sehr jung.«

»Verstehe.« Der Polizeichef nickte. »Ich glaube, wir können uns gegenseitig helfen, Doktor. Wir können meine Ermittler überzeugen, dass Sie nicht in die Entführung verstrickt sind und mein Dezernat mit den Mitteln ausstatten, die es so dringend braucht, um diese zurückgeblie..., äh, hilflosen Kinder zu finden.«

Kate starrte ihn an. Das erklärte alles. »Ich höre.«

»Ich glaube Ihnen. Aber, wie gesagt, meine Ermittler betrachten die Indizien und wissen, was das Gericht denken wird. Nur unter uns – es könnte sein, dass sie eine gewisse Abneigung gegen Ausländer pflegen, vor allem gegen Amerikaner. Ich glaube, um Ihre Sicherheit zu gewährleisten und unsere gemeinsamen Ziele zu erreichen, müssen wir unbedingt diese Kinder finden. Das wird Ihren Namen reinwaschen.«

»Worauf warten Sie dann?«

»Wie gesagt, Dr. Warner, wir sind ein kleines Dezernat. Um die Kinder zu finden ... bräuchte ich größere Ressourcen, Leute außerhalb meines Dezernats. Aber leider würde so eine Ermittlung eine Menge kosten, wahrscheinlich zwei Millionen Dollar. Wenn ich meine Beziehungen spielen lasse, können wir es mit anderthalb Millionen schaffen. Aber die Zeit läuft uns davon. Die Kinder könnten mittlerweile überall sein. Ich kann nur hoffen, dass sie noch leben.«

»Anderthalb Millionen.«

Der Polizeichef nickte.

»Sie bekommen das Geld. Aber lassen Sie mich zuerst frei.«

»Nichts lieber als das, Doktor. Aber Versprechungen von Verdächtigen im Verhörraum ...« Er hob die Hände.

»Gut, bringen Sie mir ein Telefon, und sagen Sie mir Ihre, äh, die Bankverbindung. Und besorgen Sie mir ein Auto.«

»Sofort, Doktor.« Lächelnd stand er auf und ging hinaus.

Kate blieb allein im Verhörraum zurück. Sie zog ein Knie auf den Stuhl hoch und strich sich durch das blonde Haar. Die Frau, die ihr von der verspiegelten Wand entgegenblickte, hatte wenig Ähnlichkeit mit der hoffnungsvollen Wissenschaftlerin, die vor vier Jahren nach Jakarta gezogen war.

Der Polizeichef schloss die Tür zum Verhörraum. Anderthalb Millionen! Er könnte in den Ruhestand gehen. Seine ganze Familie könnte aufhören zu arbeiten. Anderthalb Millionen ... Hätte er mehr bekommen können, vielleicht zwei oder zweieinhalb Millionen? Drei Millionen? Sie könnte noch mehr besitzen. Viel mehr. Mit anderthalb war sie sofort einverstanden gewesen. Vielleicht sollte er zurückgehen und sagen, dass er weitere Leute bezahlen müsse. Eigentlich hatte er weniger erwartet; mit zweihundertfünfzigtausend wäre er zufrieden gewesen. Er stand vor dem Verhörraum und grübelte, was er tun sollte.

Er würde nicht sofort zurückgehen. Er könnte sie noch weiter weichklopfen. Ein paar Stunden in der Ausnüchterungszelle, während die Kameras ausgeschaltet waren. Er musste vorsichtig sein – er wollte nicht, dass sie hinterher zur amerikanischen Botschaft rannte –, aber wenn er vorsichtig war, konnte er heute richtig Geld verdienen.

16

Abhörsicherer Raum
Clocktower-Hauptquartier
Jakarta, Indonesien

Josh warf einen Blick auf die roten Punkte auf dem Ortungsmonitor. Während der Stunde, seit David gegangen war, hatten sich die vierundzwanzig Punkte, die sämtliche Agenten im Außeneinsatz der Jakarta-Niederlassung darstellten, vom Hauptquartier zu verschiedenen Orten in der Stadt bewegt. Jetzt zeigte die Karte vier Gruppen von jeweils sechs Punkten.

Josh kannte drei der Orte gut: Es waren die Safehouses der Jakarta-Zelle. Die achtzehn Agenten dort mussten auf Davids Liste der Verdächtigen stehen. Die Punkte in den konspirativen Wohnungen bewegten sich langsam und kehrten um, wenn sie die Wände erreichten, wie Angeklagte, die in ihrer Zelle auf und ab schritten, während sie auf das Urteil warteten.

Die Strategie war vernünftig: David hatte die potentiell feindlichen Kräfte aufgeteilt und ihm Zeit verschafft, sie kommen zu sehen, wenn sie angriffen. Der Anblick der Punkte auf der Karte hatte die Bedrohung für Josh real gemacht. Es war nur eine Frage der Zeit, bis der Kampf um die Jakarta-Zelle losbrach. Irgendwann würden die Punkte sich aus den Safehouses befreien, auf Davids Soldaten losgehen und dann zum Hauptquartier zurückkehren, um sich Josh vorzuknöpfen.

David hatte die Ereignisse nur hinausgezögert, damit Josh die Geheimdiensterkenntnisse des Tages durchsieben und den Code dechiffrieren konnte. Und er hatte etwas gefunden, aber er war sich nicht sicher, ob es etwas zu bedeuten hatte.

Er sah sich die Satellitenaufnahme noch einmal an. Es war alles, was er hatte. Was, wenn er sich täuschte?

Er fuhr sich mit der Hand durchs Haar. Es war auf jeden Fall ein ungewöhnlicher Vorgang. Aber wenn er nichts zu bedeuten hatte ...

Geheimdienstarbeit beruhte oft auf Intuition. Der Lieferwagen, die Vorgehensweise, irgendwas kam Josh an der Aktion verdächtig vor.

Er wählte Davids Nummer und sagte: »Ich glaube, ich habe was.«

»Legen Sie los«, sagte David.

»Eine Entführung – zwei Kinder aus einer Klinik. Sie wurde vor ein paar Stunden bei der Polizei gemeldet. Clocktower hat es als einen relativ unwichtigen lokalen Vorfall eingestuft. Aber der verwendete Lieferwagen ist auf eine Firma in Hongkong zugelassen, die als Tarnfirma von Immari bekannt ist. Und ehrlich gesagt sieht mir das nicht nach einer Aktion von Einheimischen aus, das war professionelles Kidnapping. Normalerweise würden wir das unter Lösegelderpressung einordnen, aber mit so etwas würde sich Immari nicht abgeben. Ich recherchiere noch, aber ich bin zu neunundneunzig Prozent sicher, dass es sich um eine Immari-Operation handelt, und zwar um eine dringliche, wenn man bedenkt, wie offen sie durchgeführt wurde – tagsüber und mit einem Lieferwagen, von dem sie wussten, dass wir ihn zurückverfolgen würden. Das bedeutet, dass sie die Sache nicht aufschieben konnten.«

»Und was schließen Sie daraus?«

»Ich weiß noch nicht genau. Das Seltsame ist, dass eine andere Immari-Firma, Immari Research, die Klinik zu finanzieren scheint. Die Miete für das Gebäude und die monatlichen Ausgaben werden von einer Holdinggesellschaft in Jakarta beglichen: Immari Jakarta. Dieses Unternehmen taucht ein paar Mal in Ihren Akten auf. Die Geschichte der Firma reicht fast zweihundert Jahre zurück. Es war eine Tochtergesellschaft der Niederländischen Ostindien-Kompanie während der Kolonialzeit. Es könnte Immaris wichtigste Operationsbasis hier in Südost-Asien sein.«

»Das verstehe ich nicht. Warum sollte eine Immari-Abteilung Kinder von einer anderen entführen? Vielleicht eine interne Fehde? Was wissen wir über das Personal an der Klinik?«

»Nicht viel. Es sind nur ein paar Leute. Einige Labortechniker, von denen einer während des Vorfalls getötet wurde. Wechselnde Betreuerinnen für die Kinder. Größtenteils Einheimische, die bestimmt nichts mit der Sache zu tun haben. Und die leitende Wissenschaftlerin.« Er öffnete eine Datei mit Informationen über Dr. Katherine Warner. »Sie war während des Überfalls dort, vermutlich wurde sie außer Gefecht gesetzt. Eine Stunde lang hat niemand das Gebäude verlassen. Die örtliche Polizei hält sie auf einer Wache in Jakarta fest.«

»Sind andere Stellen über das Verschwinden der Kinder informiert worden?«

»Nein.«

»Gibt es eine öffentliche Fahndung?«

»Nein. Aber ich habe eine Theorie. Wir haben einen Informanten bei der Polizei von West-Jakarta. Er hat vor einer Viertelstunde einen Bericht geschickt, in dem steht, dass der Polizeichef eine Amerikanerin erpresst. Ich nehme an, es ist Dr. Warner.«

»Hm. Wozu dient die Klinik?«

»Es ist eine Forschungseinrichtung. Genforschung. Sie testen neue Therapien für autistische Kinder.«

»Das riecht nicht gerade nach internationalem Terrorismus.«

»Stimmt.«

»Also, wie ist die Arbeitshypothese? Wonach suchen wir?«

»Ehrlich gesagt, habe ich keine Ahnung. Ich habe noch nicht jeden Stein umgedreht, aber eins fällt sofort auf: Die Forschungseinrichtung hat noch keine Patente beantragt.«

»Warum ist das von Bedeutung? Glauben Sie, dass dort gar nicht geforscht wird?«

»Doch. Ich bin ziemlich sicher, dass sie Forschung betreiben, wenn man sich die Geräte ansieht, die sie importiert haben, und die ganze Einrichtung. Aber es geht dabei nicht um Geld. Wenn sie die Studie kommerziell nutzen wollten, würden sie zuerst Patente anmelden. Das ist die übliche Vorgehensweise bei klinischen Studien. Man entwickelt ein Präparat im Labor, meldet das Patent an, dann testet man es. Das Patent hindert die Konkurrenz daran, eine Probe zu stehlen, den Stoff selbst patentieren zu lassen und sich die Vermarktung unter den Nagel zu reißen. Man würde nur etwas ohne Patent testen, wenn man verhindern will, dass irgendjemand davon erfährt. Und dann würde auch Jakarta ins Bild passen. Bei einer Studie mit Patenten in den USA müsste man einen Antrag bei der FDA stellen und Auskünfte über die zu testende Therapie erteilen.«

»Sie entwickeln also eine Bio-Waffe?«

»Möglich. Aber vor dem heutigen Tag gab es in der Klinik keine Zwischenfälle. Sie haben keine Todesfälle verzeichnet; falls sie also einen Kampfstoff an den Kindern testen, wäre es der harmloseste aller Zeiten. Soweit ich das überblicken kann, ist die Forschung legal. Und sie dient einem guten Zweck. Wenn sie ihr Ziel erreichen, wäre das ein großer medizinischer Durchbruch.«

»Also wäre es auch eine gute Tarnung. Aber eine Frage: Warum sollten sie sich selbst bestehlen? Wenn Immari die Klinik finanziert und betreibt, warum sollten sie dann Leute schicken, um die Kinder zu entführen? Vielleicht hat die Wissenschaftlerin kalte Füße bekommen wegen der Waffe oder was auch immer da entwickelt wird?«, sagte David.

»Könnte sein.«

»Hat unser Informant bei der Polizei von Jakarta die Befugnis, die Frau freizulassen?«

»Nein, offenbar steht er weiter unten in der Hierarchie.«

»Haben wir eine Akte über den Polizeichef?«

»Warten Sie.« Josh suchte in der Datenbank von Clocktower, und als sich die Datei öffnete, lehnte er sich auf dem Stuhl zurück. »Ja, wir haben eine Akte. Wow.«

»Schicken Sie sie an mein mobiles Einsatzzentrum. Sind Sie schon alle lokalen Geheimdienstinformationen durchgegangen?«

»Ja, das war das Einzige, das mir ins Auge gesprungen ist. Aber es gibt noch was anderes.« Josh hatte hin und her überlegt, ob er es erwähnen sollte, aber genau wie die Entführung kam ihm die Sache seltsam vor. »Keine der anderen Zellen hat gemeldet, dass sie angegriffen wurde, und die Zentrale hat keine Warnungen herausgegeben. In den Nachrichten war auch nichts, seit den Kämpfen in Karatschi, Kapstadt und Mar del Plata. Alle Zellen verhalten sich ruhig und schicken Routineberichte, als würde nichts passieren.«

»Irgendeine Idee, warum?«, fragte David.

»Es gibt zwei Möglichkeiten: Entweder warten sie auf etwas, vielleicht auf unseren nächsten Schritt, oder ...«

»Oder die restlichen Zellen sind kampflos übernommen worden.«

»Ja. Es könnte sein, dass wir die letzte große Zelle sind«, sagte Josh.

»Ich will, dass Sie den Code entschlüsseln – so schnell wie möglich.«

17

Forschungskomplex der Immari Corporation
Nahe Burang, China
Autonomes Gebiet Tibet

Dr. Shen Chang versuchte sich zu entspannen, während die Videokonferenz eingerichtet wurde.

Als der Mann auf dem Monitor erschien, schluckte Chang vernehmlich und sagte: »Der Projektleiter hat mich angewiesen, Sie zu kontaktieren, Dr. Grey. Wir haben die vorgeschriebene Vorgehensweise aufs Genaueste befolgt ... ich weiß nicht, was ...«

»Das glaube ich Ihnen aufs Wort, Dr. Chang. Aber das Ergebnis war sehr überraschend. Warum haben die Kinder überlebt und die Erwachsenen nicht?«

»Wir wissen es nicht genau. Wir haben die Kinder getestet und konnten eine dauerhafte Aktivierung der Atlantis-Gene feststellen.«

»Wäre es möglich, dass die Therapie bei Erwachsenen nicht wirkt?«

»Ja, vielleicht. Die Therapie besteht aus einem Retrovirus, das ein Gen zu dem genetischen Code des Probanden hinzufügt. Es ist keine schwerwiegende genetische Veränderung, aber sie hat eine Reihe von Folgeeffekten auf der epigenetischen Ebene und bewirkt die An- und Abschaltung mehrerer vorhandener Gene. Es gibt keine physiologischen Auswirkungen – zumindest konnten wir keine beobachten –, aber beträchtliche Veränderungen im Gehirn. Das Gen führt hauptsächlich zu einer Neuvernetzung des Gehirns des Probanden. Und die Neuroplastizität, also die Fähigkeit des Gehirns, sich anzupassen, nimmt mit dem Alter ab, deshalb ist es auch schwieriger, neue Dinge zu lernen, wenn man älter wird. Wir haben die Theorie aufgestellt, dass die Therapie bei Erwachsenen nicht anschlägt, weil die Genaktivierung keine Veränderungen im Gehirn auslösen kann – das gentherapeutische Virus versucht, das Gehirn neu zu vernetzen, aber die Schaltkreise sind sozusagen schon fest verdrahtet. Das geschieht bald nach der Kindheit.«

»Könnte es sein, dass die erwachsenen Probanden nicht die richtigen Erbanlagen hatten, um die Hirnveränderungen auszulösen?«

»Nein, alle erwachsenen Probanden hatten die Genkaskade. Wie Sie wissen, sind wir über diese Gene schon eine Weile im Bilde, und wir testen jeden Probanden in unserer Anwerbestelle in China. Demnach hätten die Erwachsenen den Versuch überleben müssen.«

»Ist es möglich, dass die Therapie nur bei von Autismus betroffenen Gehirnen wirkt?«

Diese Möglichkeit hatte Chang nicht in Betracht gezogen. Dr. Grey war ein Evolutionsbiologe, der sich für Paläobiologie interessierte, und Changs höchster Vorgesetzter, ganz oben in der Befehlskette bei Immari. Chang hatte nicht damit gerechnet, dass ihr Gespräch sich um die wissenschaftlichen Aspekte drehen würde. Er hatte eine Abreibung erwartet, weil seine Bemühungen fehlgeschlagen waren.

Er konzentrierte sich auf Greys Hypothese. »Ja, das wäre durchaus möglich. Autismus ist eine fundamentale Störung der Gehirnvernetzung, besonders in den Bereichen, die Kommunikation und Sozialverhalten steuern. Manche Betroffene sind hochintelligent und haben besondere Fähigkeiten, andere befinden sich am entgegengesetzten Ende des Spektrums und können noch nicht mal eigenständig leben. Autismus ist ein sehr weit gefasster Begriff für eine Vielzahl von Abweichungen in der Gehirnvernetzung. Wir müssten uns das genauer ansehen, und das würde seine Zeit dauern. Und wir bräuchten weitere Testpersonen.«

»Zeit haben wir nicht, aber wir könnten weitere Kinder besorgen. Allerdings sind die beiden die Einzigen, von denen wir wissen, dass die Atlantis-Gene aktiviert sind. Lassen Sie mich der Sache auf den Grund gehen. Gibt es noch etwas, das Sie mir nicht gesagt haben? Irgendwelche anderen Theorien? Im Moment gibt es keine schlechten Ideen, Dr. Chang.«

Chang hatte tatsächlich noch eine andere Idee, die er dem Rest des Teams gegenüber nicht erwähnt hatte. »Ich persönlich frage mich, ob die Erwachsenen und die Kinder die gleiche Behandlung erhalten haben.«

»Gab es Probleme, Dr. Warners Forschungsergebnisse zu replizieren?«

»Nein. Wie gesagt, wir haben uns genau an Dr. Warners Anleitung gehalten – das kann ich garantieren. Ich frage mich, ob Dr. Warner ... diese Kinder mit noch etwas anderem behandelt hat, etwas, das nicht in ihren Berichten und Versuchsprotokollen steht.«

Grey schien über Changs Idee nachzudenken. »Das ist sehr interessant.«

»Wäre es möglich, mit Dr. Warner zu sprechen?«

»Ich weiß nicht genau ... Ich rufe Sie deswegen später zurück. Haben noch andere Teammitglieder diese Bedenken geäußert?«

»Nicht dass ich wüsste.«

»Ich möchte, dass Sie Ihren Verdacht gegenüber Dr. Warner vorerst für sich behalten und mich direkt ansprechen, wenn sich etwas Neues ergibt. Es darf nichts nach außen dringen. Ich informiere den Projektleiter, dass Sie und ich zusammenarbeiten. Er wird Ihre Bemühungen bedingungslos unterstützen.«

»Ich verstehe«, sagte Dr. Chang, aber das stimmte nicht. Der Anruf hatte weitere Fragen aufgeworfen, und er war jetzt von einer Sache überzeugt: Sie hatten die falsche Therapie angewandt.

18

Untersuchungsgefängnis von West-Jakarta
Jakarta, Indonesien

Polizeichef Kusnadi wollte gerade die Tür des Verhörraums öffnen, als sich ihm ein Mann in den Weg stellte. Er war Amerikaner oder vielleicht Europäer, aber auf jeden Fall eine Art Soldat. Er hatte den entsprechenden Körperbau ... und die Augen.

»Wer sind Sie?«, fragte Kusnadi.

»Das spielt keine Rolle. Ich bin hier, um Dr. Katherine Warner abzuholen.«

»Ah, sehr witzig. Sagen Sie mir, wer Sie sind, bevor ich Sie in eine Zelle stecke.«

Der Mann reichte ihm einen braunen Briefumschlag. »Sehen Sie sich das an. Es dürfte Ihnen bekannt vorkommen.«

Der Polizeichef öffnete den Umschlag und sah sich die ersten Fotos an. Er traute seinen Augen kaum. Was? Wie war das möglich?

»Wenn Sie Dr. Warner nicht sofort freilassen, werden Sie nicht der Einzige sein, der die Bilder zu Gesicht bekommt.«

»Ich will die Originale.«

»Hört sich das an, als wollte ich mit Ihnen verhandeln? Lassen Sie sie gehen, oder meine Organisation veröffentlicht den Inhalt des Umschlags.«

Kusnadi sah zu Boden und dann hektisch zu beiden Seiten wie ein in die Enge getriebenes Tier auf der Suche nach einem Fluchtweg.

»Und falls Sie überlegen, mich in eine Zelle zu sperren: Wenn ich meine Leute in drei Minuten nicht angerufen habe, veröffentlichen sie die Bilder ebenfalls. Sie arbeiten jetzt für mich. Wollen Sie Polizeichef bleiben?«

Kusnadi musste nachdenken. Er sah sich im Dezernat um. Wer könnte ihm so etwas antun?

»Die Zeit ist um.« Der Mann wandte sich zum Gehen.

»Warten Sie.« Der Polizeichef öffnete die Tür zum Verhörraum und winkte die Frau heraus. »Dieser Mann begleitet Sie nach draußen.«

Die Frau zögerte an der Tür und sah Kusnadi an, ehe sie den Soldaten von Kopf bis Fuß musterte.

»Alles in Ordnung, dieser Mann übernimmt Sie jetzt.«

Der Mann legte einen Arm um ihren Rücken und sagte: »Folgen Sie mir, Dr. Warner. Wir verschwinden hier.«

Kusnadi sah ihnen nach, während sie die Wache verließen.

Draußen vor der Polizeiwache blieb Kate stehen und drehte sich zu dem Mann, der sie gerettet hatte. Er trug eine schwarze Körperpanzerung, die eine beunruhigende Ähnlichkeit aufwies mit der, die der Entführer getragen hatte. Und seine Begleiter – sie sah sie jetzt – waren genauso ausgestattet. Fünf Männer standen vor einem schwarzen Kleinlaster, der an einen UPS-Lieferwagen erinnerte, und einem schwarzen SUV mit getönten Scheiben.

»Wer sind Sie? Ich will wissen ...«

»Einen Moment«, sagte er.

Der Soldat ging zu dem Ermittler, der Kate beschuldigt hatte, die Kinder gekauft zu haben. Er reichte ihm einen

Briefumschlag und sagte: »Ich habe gehört, Sie sind mit einer Beförderung an der Reihe.«

Der kleine Mann zuckte die Achseln. »Ich tue nur, was von mir verlangt wird«, sagte er bescheiden.

»Ihr Führungsoffizier hat gesagt, Sie wären eine gute Quelle. Wenn Sie schlau genug sind, um hiermit etwas anzufangen, dann werden Sie vielleicht ein besserer Polizeichef.«

Der Ermittler nickte. »Alles, was Sie wollen, Chef.«

Der Soldat kam zurück zu Kate und zeigte auf den schwarzen Laster. »Sie müssen da einsteigen.«

»Ich gehe nirgendwo hin, bevor Sie mir gesagt haben, wer Sie sind und was hier vorgeht.«

»Ich erkläre es Ihnen, aber erst müssen wir Sie an einen sicheren Ort bringen.«

»Nein, Sie ...«

»Ich gebe Ihnen einen Tipp. Die Guten bitten Sie, in den Wagen zu steigen. Die Bösen stülpen Ihnen einen schwarzen Sack über den Kopf und werfen Sie in den Wagen. Ich bitte Sie. Hören Sie, Sie können hierbleiben oder mitkommen. Ganz wie Sie wollen.«

Er ging zu dem Laster und öffnete die Doppeltür am Heck.

»Warten Sie. Ich komme mit.«

19

Clocktower-Hauptquartier
Jakarta, Indonesien

Vincent Tarea, der Leiter der Einsatzkommandos für Clocktower in Jakarta, massierte seine Armmuskeln, während die Mitarbeiter in den Hauptkonferenzraum marschierten. Seine Arme und Beine schmerzten von der Auseinandersetzung mit diesen beiden Idioten und den widerspenstigen Kindern in der Klinik. Und dann hatte der Tag sich noch schlimmer entwickelt. Aber er konnte alles wieder in die Spur bringen. Er musste nur ein paar der Agenten in Jakarta dazu bringen, sich dem Angriff anzuschließen; die übrigen standen ohnehin schon auf der Gehaltsliste von Immari.

Tarea hob die Hände, um die Menge zum Schweigen zu bringen. Alle Mitarbeiter des Clocktower-Hauptquartiers waren versammelt: die Analysten, die Führungsoffiziere und die Agenten im Außeneinsatz – bis auf David Vale und die fünf Männer bei ihm. Josh Cohen, der Chef der Analyseabteilung, fehlte ebenfalls, aber sie würden ihn bald finden. Die großen Bildschirme an den Wänden zeigten drei Räume voller dicht gedrängter Agenten in den Safehouses der Stadt.

»Okay, alle mal zuhören. Könnt ihr mich hören an den Videoübertragungen?«

Köpfe nickten, und ein paar Leute riefen »ja« und »wir verstehen dich«.

»Ich weiß nicht, wie ich es euch schonend beibringen soll, deshalb sage ich es einfach: Clocktower wurde unterwandert.«

Man hätte eine Stecknadel fallen hören können.

»Und wir werden angegriffen. Ich habe heute Morgen Berichte erhalten, dass mehrere Zellen, unter anderem Kapstadt, Mar del Plata und Karatschi, komplett vernichtet wurden. Einige andere Niederlassungen kämpfen ums Überleben, während wir uns hier unterhalten.«

Die Männer begannen miteinander zu tuscheln. Einige riefen Fragen in den Raum.

»Wartet, Leute. Es wird noch schlimmer. Der Feind, den wir bekämpfen, ist leider einer von uns. Bis jetzt wissen wir Folgendes: Vor ein paar Tagen hat David Vale zusammen mit einigen anderen Niederlassungsleitern ein Meeting sämtlicher Chefanalysten organisiert. Das ist ein offensichtlicher Verstoß gegen die Vorschriften. Wir glauben, dass den Analysten gesagt wurde, es gäbe eine neue Bedrohung. Über die Hälfte der Analysten ist nicht von der Konferenz zurückgekommen. Das ganze Theater war nur Tarnung für eine Massenexekution, um unsere Analysefähigkeiten zu zerstören, bevor der große Angriff erfolgt. Die Analysten, die zu ihren Zellen zurückgekommen sind, arbeiten jetzt aktiv gegen Clocktower.«

Tarea registrierte die zweifelnden Blicke. »Hört zu, ich weiß, das ist kaum zu glauben. Mir ging es genauso wie euch, ich wollte es auch zunächst nicht wahrhaben. Ich habe es erst geglaubt, als David heute Morgen unsere Agenten über die Stadt verteilt hat. Überlegt mal - er zerstreut unsere Kräfte, damit wir uns nicht gegen einen Angriff verteidigen können. Er bereitet die Zerstörung der Jakarta-Zelle vor. Es ist nur eine Frage der Zeit.«

»Warum?«, fragte jemand. »Das würde er nie machen«, fügte ein anderer hinzu.

»Ich habe mir dieselbe Frage gestellt. Ich habe dasselbe gesagt«, entgegnete Tarea. »Er hat mich angeworben, ich habe mit ihm gedient, ich kenne ihn. Aber es gibt bei David Vale einiges, das wir nicht verstehen. Wir hatten alle unsere Gründe, zu Clocktower zu gehen. Unsere Nachforschungen haben ergeben, dass David bei den Anschlägen vom 11. September schwer verletzt wurde. Ich wusste davon bis heute nichts. Seitdem hat er eine Verschwörungstheorie über den 11. September ausgebrütet, wirre Vorstellungen von privaten Militärunternehmen, die die Anschläge zu ihrem eigenen Nutzen initiiert haben. Vielleicht ist er selbst einer Lüge aufgesessen. Möglicherweise wird er von jemandem benutzt. Entweder ist er krank, oder er wurde umgedreht. Und er hat eine Menge anderer Leute in seine Verschwörung hineingezogen. Wir glauben, dass Josh Cohen von der Analystenkonferenz zurückgekehrt ist und mit dem Chef zusammenarbeitet.«

Alle schwiegen und schienen die Neuigkeiten zu verarbeiten. Ein Soldat in einem der Safehouses sagte auf dem Bildschirm: »Wie gehen wir vor? Sollen wir ihn festnehmen?«

»Das ist wahrscheinlich nicht möglich. Er wird bis zum Ende kämpfen. Das Wichtigste ist, den Kollateralschaden zu begrenzen. Und wir bekommen Hilfe. Immari Security hat angeboten, uns ein paar Männer zu leihen. Die Firma ist über die Lage informiert und will sie genau wie wir unter Kontrolle bringen. Immari ist anscheinend das Ziel von Davids Rachefeldzug. Wir wissen, dass David eine Wissenschaftlerin, die bei einem von Immari finanzierten Projekt arbeitet, entführt hat. Sie könnte in die Verschwörung eingebunden oder nur ein Opfer sein, da sind wir uns noch nicht sicher. Der Plan lautet, die Frau, eine Dr. Katherine Warner, zu retten und den Chef zu neutralisieren.«

20

Abhörsicherer Raum
Clocktower-Hauptquartier
Jakarta, Indonesien

Josh wartete nervös darauf, ob seine Theorie über die verschlüsselte Nachricht, die David ihm gegeben hatte, sich als richtig erwies. Es war Joshs beste Idee. Eigentlich war es sogar seine einzige.

Er versuchte, nicht die ganze Zeit auf den großen Bildschirm an der Wand des Glasraums zu starren. Seit einer halben Stunde stand dort dasselbe:

Suche ...

Er blickte zu den beiden Monitoren daneben: Der eine gab das Bild der Videokamera hinter der Tür wieder, der andere zeigte den Stadtplan mit den vierundzwanzig roten Punkten, die die Agenten von Clocktower in Jakarta darstellten. Er war sich nicht sicher, welcher Monitor ihn stärker beunruhigte. Ebenso gut hätte dort ein Countdown laufen können, der die Sekunden bis zu seinem Tod und einer schrecklichen unbekannten Katastrophe herunterzählte. Auf dem anderen Bildschirm stand noch immer: **Suche ...**

Warum dauerte das so lange? Verschwendete er seine Zeit?

Noch etwas machte ihn nervös. Er warf einen Blick auf die Blechkiste, die David auf dem Tisch stehen gelassen hatte.

Er stand auf und griff nach der Kiste, doch als er sie hochhob, klappte der Boden auf. Die Pistole und die Cyanid-Kapseln fielen auf den Tisch, und ein lautes Scheppern zerriss die Stille. Das Echo schien ewig durch den Raum zu hallen. Schließlich nahm Josh die Pistole und zwei Kapseln. Seine Hände zitterten.

Ein Piepsen riss ihn aus seinen Gedanken. Auf dem großen Bildschirm stand:

5 Treffer.

Fünf Treffer!

Josh setzte sich wieder an den Tisch und arbeitete mit der kabellosen Tastatur und der Maus. Drei Treffer stammten aus der *New York Times*, einer aus der *Daily Mail* in London und ein weiterer aus dem *Boston Globe*.

Vielleicht hatte er recht. Als er die Namen und Daten gesehen hatte, hatte er sofort gedacht: Das sind Todesanzeigen. Todesanzeigen und Kleinanzeigen gehörten zum klassischen Handwerkszeug der Spione. Im Zweiten Weltkrieg wurden sie von Agenten routinemäßig benutzt, um Nachrichten an ihre weltweiten Netzwerke zu senden. Es war eine veraltete Methode, aber falls die Nachricht 1947 aufgegeben worden war, war sie durchaus praktikabel. Wenn das stimmte, war das Terrornetzwerk über fünfundsechzig Jahre alt. Mit den Schlussfolgerungen aus diesem Gedanken würde er sich später befassen.

Er betrachtete noch einmal die verschlüsselte Nachricht:

Toba-Protokoll existiert.

4+12+47 = 4/5; Jones
7+22+47 = 3/8; Anderson
10+4+47 = 5/4; Ames

Dann widmete er sich den Suchergebnissen. Vermutlich hatten die Terroristen nur eine Zeitung benutzt – eine, die in allen Städten der Welt verfügbar war. Die *New York Times* war der wahrscheinlichste Kandidat. Selbst 1947 konnte man zu einem Zeitungsstand in Paris, London, Shanghai, Barcelona oder Boston gehen und sich die neueste Ausgabe der *New York Times* kaufen, in der auch die Todesanzeigen standen.

Falls sich unter den Todesanzeigen verschlüsselte Nachrichten befanden, waren sie auf irgendeine Weise gekennzeichnet. Josh sah es sofort: Alle drei Anzeigen in der *Times* enthielten die Worte »Uhr« und »Turm«, wie in Clocktower. Er lehnte sich auf seinem Stuhl zurück. Konnte es sein, dass Clocktower so alt war? Die CIA wurde erst 1947 mit der Verabschiedung des National Security Act gegründet, auch wenn ihre Vorläuferorganisation, das Office of Strategic Services, schon während des Zweiten Weltkriegs, im Juni 1942, ins Leben gerufen wurde.

Warum sollten die Terroristen Clocktower erwähnen? Hatten sie schon damals gegen Clocktower gekämpft – vor fünfundsechzig Jahren?

Er sollte sich auf die Todesanzeigen konzentrieren. Es musste eine Möglichkeit geben, sie zu dechiffrieren. Das ideale Verschlüsselungssystem würde einen variablen Schlüssel bereitstellen. Es würde nicht einen Schlüssel für alle Botschaften geben, sondern jede enthielte ihren eigenen Schlüssel – irgendetwas Einfaches.

Er öffnete die erste Todesanzeige vom 12.04.1947:

**Adam Jones, herausragender Uhrmacher,
stirbt mit 77 Jahren während der
Arbeit an seinem Meisterstück, einer Turmuhr**

Jones lebte in Gibraltar und war besonders bei Briten geschätzt. Zwei Kammerdiener fanden seinen Leichnam. Seine irdischen Knochen werden in Bälde an der von Angehörigen erwählten Stätte bestattet. Leider keine Antwort auf Beileidsbekundungen möglich. Kränze erbeten.

Die Nachricht steckte irgendwo darin. Was war der Schlüssel? Josh öffnete die anderen Todesanzeigen und durchsuchte sie nach einem Hinweis. Jede Anzeige enthielt einen Ortsnamen, und jedes Mal befand er sich weit vorn im Text. Josh spielte im Kopf verschiedene Möglichkeiten durch und gruppierte Wörter um, dann lehnte er sich zurück und dachte nach. Die Todesanzeigen waren ungelenk formuliert, als müssten bestimmte Wörter an bestimmten Stellen stehen. Die Reihenfolge, die Abstände. Jetzt begriff er es. Die Namen waren der Schlüssel. Die Länge der Namen. Es war der zweite Teil des Codes.

4+12+47 = 4/5; Jones

Die Todesanzeige vom 12.04.1947 war für Adam Jones. 4/5. Der Vorname bestand aus vier Buchstaben, der Nachname aus fünf. Wenn er das vierte Wort aus der Anzeige nahm, dann fünf Wörter weitersprang und diesen Vorgang wiederholte, ergab das einen Satz.

Er ging die Todesanzeige noch einmal durch.

Adam Jones, herausragender Uhrmacher,
stirbt mit 77 Jahren während der
Arbeit an seinem Meisterstück, einer Turmuhr

Jones lebte in *Gibraltar* und war besonders bei *Briten* geschätzt. Zwei Kammerdiener *fanden* seinen Leichnam. Seine irdischen *Knochen* werden in Bälde *an* der von Angehörigen erwählten *Stätte* bestattet. Leider keine *Antwort* auf Beileidsbekundungen möglich. Kränze *erbeten*.

Zusammengesetzt lautete die Nachricht:

Gibraltar, Briten fanden Knochen an Stätte. Antwort erbeten

Josh betrachtete die Botschaft eine Weile. So etwas hatte er nicht erwartet. Und er hatte keine Ahnung, was das bedeuten sollte. Eine kurze Suche im Internet ergab einige Treffer. Offenbar hatten die Briten in den 40er-Jahren in Gibraltar in einer Grotte am Meer Knochen gefunden – in der Gorham-Höhle. Aber es waren keine Knochen von modernen Menschen, sondern Neandertalerknochen. Dieser Fund hatte die Vorstellung der Welt von den Neandertalern drastisch verändert. Unsere prähistorischen Verwandten waren in Wirklichkeit keine primitiven Höhlenmenschen. Sie errichteten Häuser. Und sie entzündeten Feuer in Steinöfen, kochten Gemüse, sprachen eine Sprache, schufen Höhlenkunst, bestatteten ihre Toten mit Blumenbeigaben und stellten entwickelte Steinwerkzeuge und Töpferwaren her. Die Knochen aus Gibraltar führten auch zu einer Änderung der Zeittafel. Vor den Funden glaubte man, die Neandertaler seien vor rund vierzigtausend Jahren ausgestorben. Die Neandertaler in Gibraltar lebten jedoch noch vor circa dreiundzwanzigtausend Jahren dort – viel länger, als es für möglich gehalten worden war. Wahrscheinlich war Gibraltar ihr letzter Rückzugsort.

Was konnte eine prähistorische Neandertalerhöhle mit einem globalen Terroranschlag zu tun haben? Vielleicht würden die anderen Nachrichten etwas Licht ins Dunkel bringen. Josh öffnete die zweite Todesanzeige und dechiffrierte sie.

Antarktis, U-Boot nicht gefunden, benachrichtigen, ob Suche fortgesetzt werden soll

Interessant. Josh stellte ein paar Nachforschungen im Internet an. 1947 hatte in der Antarktis viel Betrieb geherrscht. Am 2. Dezember 1946 schickte die US-Marine eine Armada von dreizehn Schiffen mit fast fünftausend Mann Besatzung in die Antarktis. Die Mission mit dem Codenamen »Operation Highjump« diente der Errichtung der Forschungsstation »Little America IV«. Lange gab es Verschwörungstheorien und Spekulationen, dass die Amerikaner dort nach geheimen Stützpunkten und versteckter Technologie der Nationalsozialisten suchten. Bedeutete die Nachricht, dass sie sie nicht gefunden hatten?

Josh drehte das dicke glänzende Blatt mit der verschlüsselten Nachricht um und betrachtete das Foto. In einem blauen Meer trieb ein gewaltiger Eisbrocken, aus dessen Mitte ein schwarzes U-Boot herausragte. Die Schrift auf dem Boot war zu klein, um sie lesen zu können, aber es musste sich um das Nazi-U-Boot handeln. Gemessen an der vermutlichen Größe des U-Boots musste der Eisberg eine Fläche von ungefähr fünfundzwanzig Quadratkilometern bedecken. Groß genug, um aus der Antarktis zu stammen. Bedeutete das, dass sie das U-Boot vor Kurzem gefunden hatten? Hatte die Entdeckung die Ereignisse ausgelöst?

Josh drehte das Foto wieder um und hoffte, die letzte Nachricht werde ihm auf die Sprünge helfen. Entschlüsselt lautete sie:

*Roswell, Wetterballon passt zu Gibraltar-Technologie,
wir müssen uns treffen*

Alle drei Nachrichten zusammen lauteten also:

*Gibraltar, Briten fanden Knochen in Stätte. Antwort erbeten
Antarktis, U-Boot nicht gefunden, benachrichtigen,
ob Suche fortgesetzt werden soll
Roswell, Wetterballon passt zu Gibraltar-Technologie,
wir müssen uns treffen*

Was hatte das zu bedeuten? Eine Fundstätte in Gibraltar, ein U-Boot in der Antarktis und zuletzt ein Wetterballon in Roswell, der zu der Technologie in Gibraltar passte?

Es stellte sich eine größere Frage: Warum? Warum wurden diese Nachrichten nun aufgedeckt? Sie waren fünfundsechzig Jahre alt. Was konnte das mit dem gegenwärtigen Geschehen zu tun haben – dem Kampf um Clocktower und dem drohenden Terroranschlag?

Josh schritt im Raum auf und ab. Er musste nachdenken. *Wenn ich ein Maulwurf in einer Terrororganisation wäre und um Hilfe rufen wollte, was würde ich dann tun?* Ein Hilferuf … der Informant musste eine Möglichkeit übermittelt haben, ihn zu kontaktieren. Ein weiterer Code? Nein, vielleicht hatte er ihm die Methode offenbart, wie man mit ihm in Kontakt treten konnte. Die Todesanzeigen. Aber das wäre ineffizient; Todesanzeigen in einer Zeitung brauchten mindestens einen Tag, bis sie erschienen, selbst online. Online. Was wäre das moderne Äquivalent? Wo würde man posten?

Josh ging verschiedene Ideen durch. Die Todesanzeigen waren leicht zu finden; man musste nur ein paar Zeitungen durchsehen. All die Anzeigen aus der Vergangenheit zu überprüfen hatte eine Weile gedauert, aber er hatte einen entscheidenden Vorteil gehabt: Er wusste, wo er suchen musste. Falls es noch eine Nachricht gab, konnte sie überall im Netz stehen. Es musste einen weiteren Hinweis geben.

Was hatten die drei Nachrichten gemeinsam? Einen Ort. Worin unterschieden sich die Orte? Es gab keine Menschen in der Antarktis, keine Kleinanzeigen, keine ... was? Worin unterschieden sich Roswell und Gibraltar? An beiden Orten gab es Zeitungen. Was konnte man an einem tun und am anderen nicht? Etwas bekannt geben ... der Informant wies ihn auf ein Übermittlungssystem hin, das heute so allgegenwärtig war wie die *New York Times* 1947.

Craigslist. Das musste es sein. Josh überprüfte es. Es gab kein Craigslist für Gibraltar, aber für Roswell/Carlsbad in New Mexico schon. Josh öffnete die Kleinanzeigenseite und begann, die Posts zu lesen. Es gab Tausende in Dutzenden Kategorien: Zu verkaufen, Wohnungsvermittlung, Lokales, Arbeit, Sonstiges. Jeden Tag würde es Hunderte von neuen Einträgen geben.

Wie konnte er die Nachricht des Informanten finden, falls es überhaupt eine gab? Er könnte einen Web-Aggregator einsetzen – einen Server von Clocktower, der die Seite durchsuchte, so wie Google oder Bing es mit dem Internet taten, und den Inhalt katalogisierte. Dann könnte er das Entschlüsselungsprogramm laufen lassen und abwarten, ob es einige der Einträge dechiffrierte. Es würde ein paar Stunden dauern.

So viel Zeit blieb ihm nicht.

Er musste irgendwo anfangen. Todesanzeigen wären das Naheliegende gewesen, aber bei Craigslist gab es keine. Welche Kategorie käme dem am nächsten? Vielleicht ... Kontaktanzeigen? Er las die Rubriken:

Rein platonisch
Sie sucht sie
Sie sucht ihn
Er sucht sie
Er sucht ihn
Spezielle Vorlieben
Affären
Verpasste Gelegenheiten
Lob und Tadel

Wo sollte er beginnen? War das die Suche nach der Stecknadel im Heuhaufen? Er durfte keine Zeit vergeuden. Vielleicht noch ein paar Minuten, nur eine Rubrik.

»Verpasste Gelegenheiten« war eine interessante Kategorie. Man konnte dort eine Nachricht hinterlassen, wenn man bei einer aufregenden Begegnung die Gelegenheit verpasst hatte, Kontakt aufzunehmen. Die Rubrik war beliebt bei Männern, die eine hübsche Kellnerin sahen, aber in diesem Moment nicht den Mut aufbrachten, sie um ein Date zu bitten. Josh hatte dort auch schon einige Male gepostet. Wenn die Betroffene die Nachricht sah und antwortete, dann war man im Rennen, und wenn nicht ... dann sollte es eben nicht sein.

Er öffnete die Rubrik und las einige Einträge.

Betreff: Grünes Kleid vor der Apotheke
Nachricht: Mein Gott, du warst atemberaubend! Du bist perfekt, und ich habe kein Wort rausgekriegt. Würde gern mit dir reden. Schick mir eine Mail.

Betreff: Hampton Hotel
Nachricht: Wir haben gleichzeitig an der Rezeption Wasser geholt und sind in den Aufzug gestiegen. Ich

war mir nicht sicher, ob du Lust auf eine kleine zusätzliche Trainingseinheit mit mir hattest. Sag mir, in welchem Stock ich ausgestiegen bin. Ich habe deinen Ehering gesehen. Wir können uns auch heimlich treffen.

Er las noch einige weitere Einträge. Die Nachricht müsste länger sein, wenn sie demselben Schema folgte: eine verborgene Botschaft, die mit der Länge des Namens als Schlüssel dechiffriert werden konnte. Craigslist war anonym. Der Name würde die E-Mail-Adresse sein.

Auf der nächsten Seite lautete der erste Eintrag:

Betreff: Hab dich in dem alten Gebäude von Tower Records gesehen. Du hast über die neue Single von Clock Opera geredet.

Vielversprechend ... »Clock« und »Tower« im Betreff. Josh klickte auf den Eintrag und las ihn schnell. Er war länger als die anderen. Die E-Mail-Adresse lautete andy@gmail.com. Josh schrieb abwechselnd jedes vierte und jedes fünfte Wort auf. Die dechiffrierte Nachricht hieß:

Situation hat sich geändert. Clock tower wird untergehen. Antworte, wenn du noch lebst. Vertraue niemandem.

Josh erstarrte. *Antworte, wenn du noch lebst.* Er musste antworten. David musste antworten.

Josh nahm das Satellitentelefon und wählte Davids Nummer, doch es kam keine Verbindung zustande. Er hatte ihn vorhin schon angerufen, es konnte also nicht an dem Raum oder dem Telefon liegen. Wieso ...

Dann sah er es. Das Bild von der Videokamera hinter der Tür. Es veränderte sich nicht. Er betrachtete es genauer. Die Lämpchen an den Servern leuchteten durchgehend. Da stimmte etwas nicht; normalerweise blinkten sie, wenn auf die Festplatten zugegriffen wurde und die Netzwerkkarte Daten sendete oder empfing. Das war kein Videobild, es war ein Standbild – ein Standbild, das von demjenigen eingespeist wurde, der in den Raum einzudringen versuchte.

21

Lagezentrum
Clocktower-Hauptquartier
Jakarta, Indonesien

Es herrschte Hochbetrieb im Lagezentrum. Computertechniker tippten auf ihren Tastaturen, Analysten gingen mit Berichten ein und aus, und Vincent Tarea schritt durch den Raum und sah auf die Bildschirme. »Können wir sicher sein, dass Vale eine falsche Standortkarte kriegt?«

»Ja, Sir«, sagte einer der Techniker.

»Dann sagt den Leuten in den Safehouses, sie können ausrücken.«

Tarea beobachtete die Videoübertragung aus den konspirativen Wohnungen, während die Soldaten zu den Türen marschierten und sie öffneten.

Beim Lärm der Explosionen drehten sich alle Köpfe zu den Monitoren, auf denen jetzt nur noch statisches Rauschen zu sehen war.

Einer der Techniker hämmerte auf seine Tastatur ein. »Schalte um auf die Außenkameras. Sir, es gab eine gewaltige Explosion in ...«

»Ich weiß! Safehouses, haltet eure Stellung!«, brüllte Tarea.

Aus den Lautsprechern drang kein Ton. Die Standortkarte, auf der die roten Punkte sich durch die konspirativen Wohnungen bewegt hatten, war komplett dunkel. Die einzigen verbliebenen Punkte gehörten zu Davids Trupp und der kleinen Gruppe im Hauptquartier.

Der Techniker wirbelte herum. »Er hat Sprengfallen an den Safehouses angebracht.«

Tarea massierte sich die Nasenwurzel. »Was du nicht sagst. Sind wir schon in den abhörsicheren Raum vorgedrungen? Haben unsere Männer Josh gefunden?«

»Nein, sie sind dabei.«

Tarea verließ das Lagezentrum, ging in sein Büro und nahm das Telefon. Er wählte die Nummer seines Ansprechpartners bei Immari Security. »Wir haben ein Problem. Er hat meine Männer ausgeschaltet.«

Tarea hörte einen Augenblick lang zu.

»Nein, ich hatte sie überzeugt, aber er ... egal, sie sind alle tot. Das ist das Entscheidende.«

Eine weitere Pause.

»Nein, an Ihrer Stelle würde ich dafür sorgen, dass ich ihn beim ersten Angriff töte, egal, wie viele Männer Sie haben. Sonst wird es verdammt schwierig, ihn in die Finger zu kriegen.«

Er wollte den Hörer auflegen, doch im letzten Moment riss er ihn widerwillig zurück.

»Was? Nein, wir suchen ihn. Wir glauben, dass er hier ist. Ich halte Sie auf dem Laufenden. Was? Gut, ich komme, aber ich habe nur zwei Männer, die ich mitbringen kann, und wir halten uns im Hintergrund, falls die Sache schiefgeht.«

22

Mobiles Clocktower-Einsatzzentrum
Jakarta, Indonesien

Kate folgte dem Soldaten in den schwarzen Laster. Im Inneren erinnerte nichts an den Lieferwagen, der er von außen zu sein schien. Er bestand aus einem Umkleideraum mit Waffen und Ausrüstung, die Kate nicht einordnen konnte, einem Büro mit Monitoren und Computern und einem Busabteil mit tiefen Sitzen zu beiden Seiten.

Es gab drei große Bildschirme. Einer zeigte Punkte auf einer Karte von Jakarta. Der zweite gab Bilder aus den Videokameras vor, hinter und neben dem Fahrzeug wieder. Oben rechts in der Ecke sah man den SUV, der den Laster durch die überfüllten Straßen Jakartas leitete. Der dritte Monitor war leer bis auf drei Worte: *Verbindung wird hergestellt ...*

»Ich bin David Vale.«

»Ich will wissen, wo Sie mich hinbringen«, sagte Kate.

»In ein Safehouse.« David tippte auf einem Tablet herum. Das Gerät schien mit einem der Bildschirme an der Wand verbunden zu sein. Er blickte auf, als wartete er auf etwas. Als nichts geschah, drückte er weitere Tasten.

»Sie sind also von der amerikanischen Regierung?«, versuchte Kate, seine Aufmerksamkeit zu erringen.

»Nicht direkt.« Er arbeitete noch immer an seinem Tablet.

»Aber Sie sind Amerikaner?«

»Könnte man sagen.«

»Würden Sie mich bitte anschauen und mit mir reden?«

»Ich versuche, Verbindung mit einem Kollegen aufzunehmen.« Er wirkte nun besorgt. Nachdenklich blickte er sich um.

»Gibt es ein Problem?«

»Ja. Vielleicht.« Er legte das Tablet beiseite. »Ich muss Ihnen ein paar Fragen über die Entführung stellen.«

»Suchen Sie die Kinder?«

»Wir arbeiten noch daran, herauszufinden, was da vorgeht.«

»Wer ist wir?«

»Niemand, von dem Sie schon mal gehört hätten.«

Kate strich sich mit der Hand durchs Haar. »Hören Sie, ich hatte einen sehr schlechten Tag. Eigentlich interessiert es mich nicht, wer Sie sind oder wo Sie herkommen. Jemand hat heute meine Kinder aus der Klinik entführt, und bis jetzt scheint niemand nach ihnen suchen zu wollen. Sie eingeschlossen.«

»Ich habe nicht gesagt, dass ich Ihnen nicht helfen würde.«

»Sie haben auch nicht gesagt, dass Sie es tun würden.«

»Stimmt«, sagte David, »aber im Moment habe ich eigene Probleme. Große Probleme, die dazu führen könnten, dass eine Menge unschuldiger Leute getötet werden. Viele sind schon gestorben, und ich glaube, dass das irgendwie mit Ihrer Forschung zusammenhängt. Ich bin aber nicht sicher, wie. Wenn Sie mir ein paar Fragen beantworten, verspreche ich Ihnen, dass ich Ihnen helfe, so gut ich kann.«

»Okay, einverstanden.« Kate beugte sich auf ihrem Sitz vor.

»Was wissen Sie über Immari Jakarta?«

»Eigentlich nichts. Sie finanzieren einen Teil meiner Forschung. Mein Stiefvater, Martin Grey, ist der Chef von Immari Research. Die Firma investiert in eine breite Palette von wissenschaftlichen und technischen Forschungsprojekten.«

»Stellen Sie eine Bio-Waffe für sie her?«

Die Frage traf Kate wie ein Schlag ins Gesicht. Sie ließ sich nach hinten sinken. »Was? Nein! Haben Sie den Verstand verloren? Ich versuche, Autismus zu heilen.«

»Warum wurden die beiden Kinder entführt?«

»Ich habe keine Ahnung.«

»Ich glaube Ihnen nicht. Was ist an diesen beiden besonders? Es waren über hundert Kinder in der Klinik. Wenn die Entführer Menschenhändler wären, hätten sie alle mitgenommen. Sie haben die beiden aus einem bestimmten Grund ausgesucht. Und sie haben dafür eine Menge riskiert. Deshalb frage ich Sie noch mal: Warum diese beiden?«

Kate sah zu Boden und überlegte. Sie sprach den ersten Gedanken aus, der ihr in den Kopf kam. »Hat Immari Research meine Kinder entführt?«

Die Frage schien ihn zu verblüffen. »Äh, nein, das war Immari Security. Eine andere Abteilung, aber genauso üble Typen.«

»Das ist unmöglich.«

»Sehen Sie selbst.« Er reichte ihr einen Aktenordner. Sie blätterte durch die Seiten und sah Satellitenbilder des Lieferwagens vor der Klinik, der beiden schwarz gekleideten Entführer, die die Kinder in den Wagen stießen, und des Nummernschilds, das sich zu der Hongkonger Sicherheitsabteilung von Immari International zurückverfolgen ließ.

Kate dachte über die Beweise nach. Warum sollte Immari die Kinder entführen? Sie hätten sie doch einfach fragen können. Und noch etwas irritierte sie. »Warum glauben Sie, dass ich an einer Bio-Waffe arbeite?«

»Weil es das Einzige ist, was die ganzen Hinweise erklärt.«
»Welche Hinweise?«
»Haben Sie schon mal von Toba-Protokoll gehört?«
»Nein.«
Er gab ihr eine weitere Akte. »Das ist alles, was wir darüber haben. Es ist nicht viel, aber es läuft darauf hinaus, dass Immari International an einem Plan arbeitet, die Weltbevölkerung drastisch zu reduzieren.«

Sie las in der Akte. »Wie bei der Toba-Katastrophe.«

»Was? Damit kenne ich mich nicht aus.«

Sie schloss die Akte. »Das überrascht mich nicht. Die Theorie ist nicht allgemein anerkannt, aber unter Evolutionsbiologen beliebt.«

»Worum geht es dabei?«

»Um den Großen Sprung nach vorn.« Kate bemerkte Davids Verwirrung und fuhr fort, ehe er etwas sagen konnte. »Der Große Sprung nach vorn ist wahrscheinlich eine der umstrittensten Theorien der Evolutionsgenetik. Es ist ein echtes Rätsel. Wir wissen, dass es vor fünfzig- oder sechzigtausend Jahren eine Art Urknall der menschlichen Intelligenz gegeben hat. Wir wurden sehr schnell viel schlauer. Wir wissen nur nicht genau, wieso. Wir glauben, es gab Änderungen in der Hirnstruktur. Zum ersten Mal entwickelten Menschen eine komplexe Sprache, schufen Kunst, stellten fortschrittliche Werkzeuge her, lösten Probleme ...«

David blickte die Wand an, während er die Informationen verarbeitete. »Ich verstehe nicht, was ...«

Kate strich sich das Haar aus dem Gesicht. »Okay, lassen Sie mich weiter ausholen. Der Homo sapiens ist ungefähr zweihunderttausend Jahre alt, aber den in kultureller Hinsicht modernen Menschen – den wirklich schlauen, der die Welt erobert hat – gibt es erst seit ungefähr fünfzigtausend Jahren. Vor fünfzigtausend Jahren existierten mindestens drei andere Menschenarten: Neandertaler, Homo floresiensis ...«

»Home flor...«

»Diese Art ist nicht so bekannt. Sie wurde erst kürzlich entdeckt. Die Homines floresiensis waren kleiner, eine Art zwergwüchsige Menschen. Wir nennen sie manchmal der Einfachheit halber Hobbits. Vor fünfzigtausend Jahren gab es also uns, die Neandertaler, die Hobbits und die Denisova-Menschen. Wahrscheinlich existierten noch einige andere menschenähnliche Arten, aber das Entscheidende ist, dass es fünf oder sechs Subspezies des Menschen gab. Und dann ist unser Zweig explodiert, während die anderen ausgestorben sind. Aus ein paar Tausend wurden innerhalb von fünfzigtausend Jahren sieben Milliarden, und die anderen Subspezies verschwanden. Wir haben die Erde erobert, während sie in ihren Höhlen gestorben sind. Es ist das größte Rätsel aller Zeiten, und die Wissenschaft beschäftigt sich schon immer damit. Die Religion auch. Die zentrale Frage ist, warum wir überlebt haben. Was hat uns einen so großen evolutionären Vorteil verschafft? Wir nennen diesen Wandel den Großen Sprung nach vorn, und die Toba-Katastrophen-Theorie erklärt, wie es passiert sein könnte – warum wir so schlau wurden, während unsere Verwandten, die Neandertaler und Hobbits und so weiter, im Wesentlichen Höhlenmenschen geblieben sind. Laut dieser Theorie ist vor ungefähr siebzigtausend Jahren hier in Indonesien der Supervulkan Toba ausgebrochen. Die Asche des Ausbruchs hat über weiten Teilen der Erde die Sonnenstrahlung abgehalten und einen jahrelangen vulkanischen Winter verursacht. Die schnelle Klimaveränderung hat die menschliche Population drastisch reduziert, vielleicht auf zehntausend Individuen oder sogar weniger.«

»Moment, es gab nur noch zehntausend Menschen?«

»Das glauben wir. Also, es sind natürlich nur Schätzungen, aber wir wissen, dass es eine starke Bevölkerungsreduktion gab und sie unsere Subspezies betraf. Wir vermuten, den Neandertalern und anderen Menschenarten, die zu der Zeit lebten, ist es besser ergangen. Die Hobbits siedelten auf der windabgewandten Seite von Toba und die Neandertaler vor allem in Europa. Afrika, den Mittleren Osten und Südasien haben die Auswirkungen des Ausbruchs am stärksten getroffen, und dort waren wir damals verbreitet. Außerdem waren die Neandertaler stärker als wir und hatten größere Gehirne; das könnte ihnen einen weiteren Überlebensvorteil verschafft haben, aber daran wird noch geforscht. Wir wissen jedenfalls, dass der Homo sapiens hart getroffen wurde. Wir befanden uns an der Schwelle des Aussterbens. Das hat zu dem geführt, was die Populationsgenetiker den ›genetischen Flaschenhals‹ nennen. Manche Wissenschaftler glauben, dass sich aufgrund dieses Flaschenhalses eine kleine Gruppe Menschen weiterentwickelt hat, Überleben durch Mutation. Die Mutation könnte den exponentiellen Anstieg der menschlichen Intelligenz bewirkt haben. Es gibt genetische Anhaltspunkte dafür. Wir wissen, dass jeder Mensch auf diesem Planeten direkt von einem Mann abstammt, der vor ungefähr sechzigtausend Jahren in Afrika lebte – wir Genetiker nennen ihn den Adam des Y-Chromosoms. Alle Menschen außerhalb Afrikas stammen von einer kleinen Gruppe ab, vielleicht einhundert, die Afrika vor ungefähr fünfzigtausend Jahren verlassen haben. Im Grunde sind wir alle Mitglieder eines kleinen Stamms, der nach der Toba-Katastrophe von Afrika aus die Welt erobert hat. Dieser Stamm war erheblich intelligenter als alle anderen Menschenarten der Geschichte. Wir wissen, *was* geschah, aber wir wissen nicht, *wie* es geschah. In Wirklichkeit wissen wir noch nicht mal, wie unsere Subspezies Toba überlebt hat oder wie sie so viel intelligenter wurde als die anderen damals lebenden Subspezies. Es muss eine Änderung der Hirnstruktur gegeben haben, aber niemand weiß, wie sich dieser Große Sprung nach vorn abgespielt hat. Es könnte wegen einer Ernährungsumstellung passiert sein oder aufgrund einer spontanen Mutation. Oder es könnte allmählich geschehen sein. Die Toba-Katastrophe und der darauffolgende genetische Flaschenhals sind nur eine Theorie, aber sie gewinnt an Anhängern.«

Er blickte zu Boden und schien darüber nachzudenken.

»Ich bin überrascht, dass Sie bei Ihren Nachforschungen nicht darauf gestoßen sind.« Als er nichts entgegnete, fügte sie hinzu: »Also ... was glauben *Sie* denn, wofür Toba steht? Ich meine, ich könnte mich irren ...«

»Nein, Sie haben recht. Bestimmt. Aber der Name ist nur eine Anspielung auf die Auswirkungen der Toba-Katastrophe in der Vergangenheit – darauf, wie sie die Menschheit verändert hat. Denn das ist ihr Ziel: einen neuen genetischen Flaschenhals zu schaffen und einen zweiten Großen Sprung nach vorn zu erzwingen. Sie wollen die nächste Stufe der menschlichen Evolution herbeiführen. Jetzt verstehe ich, warum, das wusste ich vorher nicht. Wir dachten, Toba wäre ein Hinweis darauf, wo die Operation beginnt. Südostasien, besonders Indonesien, passt ins Bild. Es ist einer der Gründe, warum ich unser Aktionsgebiet hier nach Jakarta verlegt habe, nicht weit vom Toba-Vulkan.«

»Verstehe. Tja, Geschichte kann manchmal nützlich sein. Und Bücher auch. Vielleicht sogar nützlicher als Waffen.«

»Fürs Protokoll, ich lese viel. Und ich mag Geschichte. Aber das ist keine Geschichte, das ist graue Vorzeit. Und auch Waffen haben ihre Berechtigung. Die Welt ist nicht so zivilisiert, wie sie aussieht.«

Sie hob die Hände und lehnte sich in ihrem Sitz zurück. »Hey, ich will Ihnen nur helfen. Apropos, Sie haben gesagt, Sie würden mir helfen, die Kinder zu finden.«

»Und Sie haben gesagt, Sie würden meine Fragen beantworten.«

»Habe ich doch.«

»Nein. Sie wissen, warum diese Kinder entführt wurden, oder zumindest haben Sie eine Theorie. Erzählen Sie es mir.«

Kate überlegte einen Augenblick lang. Konnte sie ihm vertrauen?

»Ich brauche Sicherheiten.« Sie wartete, aber der Mann starrte nur auf den anderen Monitor, den mit den Punkten. »Hey, hören Sie mir zu?« Er wirkte beunruhigt und blickte sich nervös um. »Was ist los?«

»Die Punkte bewegen sich nicht.«

»Sollten sie?«

»Ja. Wir bewegen uns schließlich.« Er zeigte auf den Sicherheitsgurt. »Schnallen Sie sich an.«

Sein Tonfall flößte ihr Angst ein. Er erinnerte sie an einen Vater, der gerade bemerkt hatte, dass sich sein Kind in Gefahr befand. Er war extrem konzentriert. Seine Augen blinzelten nicht einmal, während er sich flink durch den Wagen bewegte, lose Gegenstände sicherte und sich ein Funkgerät schnappte.

»Mobile One, hier Clocktower-Kommandeur. Kursänderung, neues Ziel ist das Clocktower-Hauptquartier, verstanden?«

»Verstanden, Clocktower-Kommandeur, Mobile One ändert Kurs.«

Kate spürte, wie der Laster abbog.

David ließ das Funkgerät sinken.

Sie sah das Aufblitzen auf dem Bildschirm eine Sekunde, bevor sie die Explosion hörte – und spürte.

Auf dem Bildschirm flog der große SUV vor ihnen in die Luft, und brennende Metallteile regneten vom Himmel.

Schüsse ertönten, und der Laster kam von der Straße ab – als säße niemand mehr am Steuer.

Eine weitere Rakete schlug knapp neben dem Laster in die Straße ein. Die Druckwelle warf ihn beinahe um und schien sämtliche Luft aus dem Inneren zu saugen. Kates Ohren klingelten. Ihr Bauch pochte, wo der Gurt sich hineingeschnitten hatte. Sie war wie betäubt. Alles schien sich in Zeitlupe zu bewegen. Sie spürte, wie der Wagen wieder auf allen vier Rädern landete und auf den Stoßdämpfern federte.

Sie sah sich um. David lag am Boden des Lasters und rührte sich nicht.

23

Abhörsicherer Raum
Clocktower-Hauptquartier
Jakarta, Indonesien

Josh dachte angestrengt nach. Derjenige, der das Videobild von der Kamera über der Tür durch ein Standbild ersetzt hatte, befand sich zweifellos dort draußen und versuchte hereinzukommen. Der Glasraum in der Betonhalle kam ihm mit einem Mal sehr zerbrechlich vor. Er hing dort wie eine Glas-Piñata, die jeden Moment zersplittern könnte. Und er war der Preis im Inneren.

War da etwas an der Tür? Ein orangefarbener Fleck? Josh ging in die Ecke des Glasraums, um es sich genauer anzusehen. Tatsächlich, da war ein winziger Fleck, der immer heller wurde, wie eine Heizspirale. Das Metall dort wirkte feucht ... ja, es floss an der Tür herab. In diesem Augenblick flogen Funken aus der rechten oberen Ecke der Tür. Sie krochen langsam nach unten und hinterließen eine schmale dunkle Furche.

Sie kamen herein – mit einem Schweißbrenner. Natürlich. Wenn sie die Tür aufgesprengt hätten, hätten sie auch den Serverraum zerstört. Das verschaffte ihm noch ein wenig Zeit.

Josh rannte zurück zum Tisch. Was sollte er zuerst tun?

Der Informant, die Nachricht auf Craigslist. Er musste antworten. Seine E-Mail-Adresse, andy@gmail.com, war eindeutig gefälscht: Wahrscheinlich war diese Adresse, zwei Sekunden nachdem Gmail auf den Markt kam, vergeben gewesen. Der Informant wusste, dass Josh es wusste und erkennen würde, dass es sich dabei nur um einen weiteren Namen handelte, der die richtige Länge hatte, um als Schlüssel für den Code zu dienen. Der Code ... er musste sich eine Nachricht und einen Namen ausdenken, die dem Code entsprachen.

Er warf einen Blick zur Tür. Der Schweißbrenner hatte sich an der rechten Seite bis zur Mitte hinuntergearbeitet. Die Funken sprühten, als brannte dort die Zündschnur einer Bombe.

Scheiß drauf, er hatte keine Zeit. Er klickte auf »Beitrag verfassen« und schrieb eine Nachricht:

Betreff: An den Mann bei Tower Records
Nachricht: Ich wünschte, wir hätten Kontakt aufnehmen können, aber es blieb keine Zeit. Mein Freund hat mir Ihre Nachricht geschickt. Ich verstehe es noch immer nicht. Tut mir leid, dass ich so direkt bin. Ich habe wirklich keine Zeit, mit Verschlüsselungen herumzuspielen. Ich konnte meinen Freund telefonisch nicht erreichen, aber vielleicht können Sie ihn über diese Seite kontaktieren. Bitte antworten Sie, und geben Sie uns alle Informationen, die ihm helfen könnten. Danke und viel Glück.

Josh drückte auf »Senden«. Warum konnte er David nicht erreichen? Er hatte noch immer Internetzugriff. Es musste eine separate Leitung sein, eine Leitung für sichere Telefonate und Videokonferenzen, von der die Clocktower-Agenten nichts wussten. Die Sache mit der Kamera über der Tür war leicht zu erklären: Sie hatten das Kabel durchgeschnitten und es mit einer anderen Videoquelle verbunden oder einfach ein Bild des Serverraums vor der Kamera platziert.

Aus dem Augenwinkel sah Josh, dass sich die roten Punkte auf dem Ortungsmonitor schnell bewegten: Sie versammelten sich an den Türen der Safehouses.

Dann verschwanden sie. Tot.

Josh blickte wieder zur Tür. Der Schneidbrenner bewegte sich immer schneller. Er lud die Craigslist-Seite neu und hoffte, dass der Informant antworten würde.

24

Mobiles Clocktower-Einsatzzentrum
Jakarta, Indonesien

David blickte hoch und sah die Frau – Dr. Warner – über sich stehen.

»Sind Sie verletzt?«, fragte sie.

Er schob sie zur Seite und sprang auf. Die Monitore zeigten die Lage draußen: Die brennenden Trümmer des SUV, in dem drei seiner Agenten gesessen hatten, waren auf der verlassenen Straße verteilt. Die beiden Männer, die den Laster gefahren hatten, sah er nirgendwo. Vielleicht hatte sie die zweite Explosion erwischt. Oder ein Scharfschütze.

David schüttelte den Kopf, um seine Benommenheit loszuwerden, und taumelte zu den Waffenschränken. Er nahm zwei Nebelgranaten heraus, zog bei beiden den Stift und ging zur Doppeltür am Heck des Lasters.

Vorsichtig öffnete er eine der Türen. Er ließ eine Granate herausfallen und rollte die andere ein Stück weiter. Es zischte leise, während der Rauch austrat und die Granaten sich auf der Straße drehten. Eine kleine grau-weiße Wolke wehte in den Wagen, ehe er die Tür schließen konnte.

Er hatte erwartet, dass jemand aus dem Hinterhalt schießen würde, als er die Tür öffnete. Offenbar wollten sie die Frau lebendig fassen.

David ging zurück zum Waffenschrank, um sich auszurüsten. Er hängte sich ein automatisches Sturmgewehr über die Schulter und stopfte sich sowohl dafür als auch für seine Sekundärwaffe Magazine in die Hosentaschen. Dann setzte er einen schwarzen Helm auf und zog die Riemen seiner Körperpanzerung fest.

»Hey, was machen Sie? Was ist los?«

»Sie bleiben hier und lassen die Tür geschlossen. Ich komme zurück, sobald es sicher ist«, sagte David auf dem Weg zur Tür.

»Was? Sie gehen da raus?«

»Ja ...«

»Sind Sie verrückt?«

»Hören Sie, wir sind hier drin leichte Beute. Es ist nur eine Frage der Zeit, bis sie uns erwischen. Ich muss im Freien kämpfen, Deckung finden und einen Fluchtweg suchen. Ich komme zurück.«

»Gut ... okay ... kann ich eine Pistole haben oder so?«

Er wandte sich zu ihr um. Sie hatte Angst, aber er musste zugeben, dass sie sich gut hielt. »Nein, Sie können keine Pistole haben.«

»Warum nicht?«

»Weil Sie sich damit wahrscheinlich nur selbst verletzen würden. Machen Sie die Tür hinter mir zu.« Er zog sich die Schutzbrille über die Augen. In einer einzigen flüssigen Bewegung öffnete er die Tür und sprang hinaus in den Nebel.

Nachdem er drei Sekunden gesprintet war, begannen Projektile auf ihn herabzuregnen. Die Schussgeräusche verrieten ihm, was er wissen musste: Die Scharfschützen befanden sich auf den Dächern der Gebäude zu seiner Linken.

David rannte in eine Gasse auf der anderen Straßenseite,

zielte nach oben und schoss. Er traf den nächsten Scharfschützen, sah ihn zu Boden gehen und gab zwei Feuerstöße auf die beiden anderen ab. Sie zogen sich hinter eine Ziegelmauer auf den alten Gebäuden zurück.

Ein Geschoss zischte an seinem Kopf vorbei. Ein weiteres bohrte sich in den Putz des Hauses neben ihm und ließ Steinsplitter gegen seinen Helm und seinen Körperpanzer spritzen. Er wirbelte herum und sah vier Männer auf sich zurennen. Immari Security. Nicht seine eigenen Leute.

Er schoss drei kurze Garben auf sie ab. Sie stieben auseinander. Zwei gingen zu Boden.

Kaum hatte er den Abzug losgelassen, da hörte er das Zischen.

Er sprang zur anderen Seite der Gasse, und die Panzerabwehrgranate explodierte drei Meter von dort, wo er vor einer Sekunde noch gestanden hatte.

Er hätte die Scharfschützen zuerst töten müssen. Oder zumindest aus ihrem Schussfeld verschwinden sollen.

Trümmer fielen auf ihn herab. Rauch erfüllte die Luft.

David konnte kaum noch atmen.

Die Straße war ruhig. Er rollte sich auf die andere Seite.

Schritte näherten sich.

David stand auf, ließ das Gewehr zurück und rannte in die Gasse hinein. Er musste eine Stellung finden, die er verteidigen konnte. Querschläger prallten von den Wänden ab, und er drehte sich um, zog seine Pistole und feuerte ein paar Schüsse ab, sodass seine beiden Verfolger in einem Hauseingang Schutz suchen mussten.

Vor ihm stieß die Gasse auf eine alte staubige Straße, die an einem von Jakartas zahlreichen Flüssen entlangführte. Am Ufer gab es einen Markt mit Gemüseverkäufern, Keramikhändlern und allen möglichen anderen Ständen. Die

Händler waren in Aufruhr, zeigten auf die Gasse, schrien, schnappten sich ihre Tageseinnahmen und flohen in alle Richtungen vor den Schüssen.

David lief aus der Gasse und wurde von einem Kugelhagel empfangen. Ein Schuss traf ihn mitten an der Brust, warf ihn brutal zu Boden und verschlug ihm den Atem.

Vor seinem Kopf gruben sich Projektile in den Boden. Die Männer aus der Gasse kamen schnell näher.

Er rollte sich dicht an die Hauswand, weg von den Einschlägen. Mühsam holte er Luft.

Es war eine Falle: Die Männer aus der Gasse trieben ihn vor sich her.

Er holte zwei Handgranaten hervor. Nachdem er die Stifte gezogen hatte, ließ er eine ganze Sekunde verstreichen, bis er eine hinter sich in die Gasse und die andere um die Ecke warf, wo die übrigen Männer lauerten.

So schnell er konnte, rannte er auf den Fluss zu und schoss dabei in Richtung des Hinterhalts.

Er hörte den gedämpften Knall in der Gasse, dann die lautere Explosion im offenen Gelände.

Kurz bevor er das Ufer erreichte, hörte er eine weitere Explosion, dieses Mal viel näher, vielleicht drei Meter hinter ihm. Die Druckwelle riss ihn von den Füßen und warf ihn in den Fluss.

In dem gepanzerten Laster setzte sich Kate wieder hin. Und stand wieder auf. Es klang, als wäre draußen der Dritte Weltkrieg ausgebrochen: Explosionen, das Rattern von automatischen Waffen, Trümmerteile, die gegen die Seite des Wagens prallten.

Sie ging zu dem Schrank mit den Waffen und schusssicheren Westen. Weitere Schüsse. Vielleicht sollte sie Schutzkleidung anlegen? Sie nahm eine der schwarzen Westen heraus. Sie war schwer, viel schwerer, als sie gedacht hatte. Kate sah auf die zerknitterte Kleidung hinab, in der sie in ihrem Büro geschlafen hatte. Was für ein verrückter Tag.

Es klopfte an der Tür, dann rief jemand: »Dr. Warner?«

Sie ließ die Weste fallen.

Es war nicht die Stimme des Mannes, der sie aus der Polizeiwache geholt hatte. Es war nicht David.

Sie brauchte eine Waffe.

»Dr. Warner, wir kommen jetzt rein.«

Die Tür wurde geöffnet.

Drei Männer in schwarzen Körperpanzern wie die der beiden, die die Kinder entführt hatten. Sie kamen auf sie zu.

»Wir sind froh, dass Ihnen nichts passiert ist, Dr. Warner. Wir sind gekommen, um Sie in Sicherheit zu bringen.«

»Wer sind Sie? Wo ist er, der Mann, der vorhin hier war?« Sie wich einen Schritt zurück.

Die Schüsse hatten aufgehört. Zwei – nein, drei Explosionen ertönten in der Ferne.

Die Männer rückten immer näher. Sie trat einen weiteren Schritt zurück. Die Waffen waren in Reichweite. Aber könnte sie damit auch schießen?

»Alles in Ordnung, Dr. Warner. Kommen Sie hier raus. Wir bringen Sie zu Martin. Er hat uns geschickt.«

»Was? Ich will mit ihm sprechen. Ich gehe nirgendwo hin, bevor ich mit ihm gesprochen habe.«

»Keine Sorge ...«

»Nein, ich will, dass Sie hier sofort verschwinden«, sagte sie.

Der Mann im Hintergrund schob sich an den anderen beiden vorbei. »Ich habe es dir doch gesagt, Lars, du schuldest mir einen Fünfziger.« Kate erkannte die Stimme: Es war die barsche raue Stimme des Mannes, der die Kinder mitgenommen hatte. Kate wurde starr vor Angst.

Er packte grob ihren Arm und wirbelte sie herum. Mit einer Hand hielt er ihre beiden Handgelenke zusammen, während er sie mit der anderen fesselte.

Sie versuchte sich loszureißen, doch das dünne Plastik des Kabelbinders schnitt schmerzhaft in ihre Haut.

Der Mann zerrte an ihrem langen blonden Haar und stülpte ihr einen schwarzen Sack über den Kopf. Sie wurde in völlige Dunkelheit getaucht.

25

Abhörsicherer Raum
Clocktower-Hauptquartier
Jakarta, Indonesien

Josh sah, wie die anderen roten Punkte auf dem Monitor erloschen. Erst die Männer in den Safehouses; sie hatten sich zur Tür bewegt, dann waren sie verschwunden – tot. Einige Minuten später hielt Davids Trupp auf der Straße an – dann waren auch diese Punkte weg, bis auf Davids. Josh beobachtete, wie er durch die Gegend raste. Ein letzter Sprint.

Schließlich erlosch auch er.

Josh stieß die Luft aus und sackte auf dem Stuhl zusammen. Er starrte durch die Glaswand auf die äußere Tür. Der Schweißbrenner arbeitete sich mittlerweile an der anderen Seite nach oben, sodass die Naht aussah wie ein J. Bald würde es ein U sein, dann ein O, und danach würden sie hereinkommen, und seine Zeit wäre abgelaufen. Ihm blieben noch zwei oder drei Minuten.

Der Brief. Er drehte sich um, wühlte in dem Aktenstapel und fand ihn: Davids Erst-öffnen-wenn-ich-tot-bin-Brief. Vor ein paar Stunden hatte er noch gedacht, er bräuchte ihn niemals zu lesen. Heute waren eine Menge Illusionen geplatzt: Clocktower kann nicht unterwandert werden, Clocktower kann nicht untergehen, David kann nicht getötet werden, die Guten gewinnen immer.

Er riss den Umschlag auf.

Lieber Josh,

machen Sie sich keine Vorwürfe. Wir waren schon weit im Hintertreffen, als wir angefangen haben. Ich gehe davon aus, dass die Jakarta-Zelle dem Untergang geweiht ist.
Denken Sie an unser Ziel: Wir müssen Immari aufhalten. Was immer Sie auch gefunden haben, leiten Sie es an den Direktor von Clocktower weiter. Sein Name ist Howard Keegan. Sie können ihm vertrauen.
Es gibt ein Programm namens ClockServer1-ClockConnect. exe. Es öffnet eine private Verbindung zur Zentrale, über die Sie Daten sicher übertragen können.
Noch eine letzte Sache. Ich habe im Laufe der Jahre ein bisschen Geld eingesammelt, größtenteils von Verbrechern, die wir ausgeschaltet haben. Das Programm ClockServer1-Distribute.bat zahlt das Geld von meinen Konten aus.
Ich hoffe, der abhörsichere Raum wurde nicht gefunden, und Sie lesen diesen Brief in Sicherheit.

Es war mir eine Ehre, mit Ihnen gemeinsam zu dienen.

David

Josh legte den Brief zur Seite.

Er tippte schnell auf der Tastatur, schickte die Daten an die Zentrale und führte dann die Überweisungen aus. »Ein bisschen Geld« war maßlos untertrieben. Josh sah, dass es sich um fünf Transaktionen von jeweils fünf Millionen

Dollar handelte, die an das Rote Kreuz, UNICEF und drei weitere Hilfsorganisationen gingen. Das war nachvollziehbar. Aber die sechste Überweisung nicht. Eine Zahlung von fünf Millionen Dollar an eine Bankfiliale von JPMorgan in New York. Josh kopierte die Namen der Kontoinhaber und recherchierte. Ein einundsechzigjähriger Mann und seine neunundfünfzigjährige Frau. Davids Eltern? Es gab einen Artikel über sie in einer Zeitung aus Long Island. Das Ehepaar hatte seine einzige Tochter bei den Anschlägen vom 11. September verloren. Sie hatte damals gerade ihr Studium in Yale abgeschlossen, als Finanzanalytikerin bei Cantor Fitzgerald gearbeitet und war mit Andrew Reed, einem Studenten an der Columbia, verlobt gewesen.

Da hörte Josh es – oder besser gesagt, er hörte es nicht mehr. Der Schweißbrenner lief nicht mehr. Der Kreis war vollständig, und gleich würden sie die Tür einrammen.

Er sammelte die Papiere ein, rannte zum Mülleimer und zündete sie an. Dann ging er zurück zum Tisch, um das Programm zu starten, das die Festplatten löschen sollte. Es würde über fünf Minuten dauern. Vielleicht würden sie es nicht bemerken. Oder vielleicht könnte er sie noch eine Weile aufhalten. Er sah zu der Kiste mit der Pistole.

Auf dem Ortungsmonitor leuchtete etwas auf. Josh glaubte, dort einen roten Punkt aufblitzen gesehen zu haben. Aber nun war er wieder weg. Er starrte auf den Bildschirm.

Das Hämmern warf Josh fast von seinem Stuhl. Die Männer schlugen auf die Tür ein wie auf eine Kriegstrommel, um das schwere Metallstück herauszulösen. Das Hämmern passte zu dem wilden Pochen seines Herzens.

Der Bildschirm zeigte den Fortschritt des Löschvorgangs: Zwölf Prozent abgeschlossen.

Auf dem Ortungsmonitor leuchtete wieder der Punkt auf,

und dieses Mal blieb er: D. Vale. Er trieb langsam im Fluss. Die Vitalfunktionen waren schwach, aber er lebte. Sein Körperpanzer beherbergte die Sensoren; er musste beschädigt worden sein.

Josh musste David die Informationen schicken, die er gefunden hatte, und ihm die Möglichkeit verschaffen, den Informanten zu kontaktieren. Aber wie? Normalerweise würden sie online einen toten Briefkasten einrichten: eine öffentliche Website, auf der sie verschlüsselte Nachrichten austauschten. Clocktower verwendete üblicherweise eBay-Auktionen – in die Bilder der zu verkaufenden Gegenstände waren Nachrichten oder Dateien eingebettet, die mit Hilfe eines Algorithmus' decodiert werden konnten. Mit bloßem Auge wirkten die Bilder normal, doch kleine Pixelveränderungen summierten sich zu einer komplexen Datei, die Clocktower lesen konnte.

Aber David und er hatten kein System vereinbart. Er konnte ihn nicht anrufen. Eine E-Mail zu schicken käme einem Todesurteil gleich: Clocktower würde sämtliche Adressen überwachen, und wenn David seine aufrief, würde Clocktower die IP zurückverfolgen. So kämen sie dem verwendeten Computer auf die Spur. Videoüberwachungen würden ihn lokalisieren, und Minuten später hätten sie ihn gefasst. Eine IP ... Josh hatte eine Idee. Könnte es funktionieren?

Löschvorgang ... 37% abgeschlossen

Er musste sich beeilen, sonst funktionierte der Computer nicht mehr.

Josh öffnete eine VPN-Verbindung zu einem privaten Server, den er vor allem als Zwischenstation und Sammelstelle verwendete, um verschlüsselte Berichte durchs Internet zu schicken, eher er sie an die Zentrale übermittelte. Es war eine zusätzliche Sicherheitsmaßnahme, die dafür sorgte, dass die

Nachrichten von Clocktower-Jakarta an die Zentrale nicht abgefangen wurden. Es entsprach nicht der üblichen Vorgehensweise; niemand wusste davon. Und dort gab es mehrere Verschlüsselungsprotokolle, die er selbst geschrieben hatte. Es war perfekt.

Aber der Server hatte keine Webadresse – er brauchte keine –, sondern nur eine IP: 50.31.14.76. Webadressen wie www.google.com oder www.apple.com werden in IPs übersetzt. Wenn man eine Adresse in den Browser eingibt, wandelt eine Gruppe von Servern, das sogenannte Domain Name System (DNS), die Adresse in eine IP um und verbindet einen mit der richtigen Seite. Wenn man stattdessen die IP in die Adresszeile des Browsers eingibt, landet man ohne Routing an derselben Stelle. Zum Beispiel öffnet 74.125.139.100 die Seite Google.com, 17.142.160.59 Apple.com und so weiter.

Josh lud die Daten auf den Server. Der Computer wurde immer langsamer. Mehrere Fehlermeldungen leuchteten auf.

Löschvorgang ... 48% abgeschlossen

Das Hämmern hatte aufgehört. Sie arbeiteten wieder mit dem Schweißbrenner. In der Mitte der Tür war das Metall nach innen ausgebeult.

Josh musste David die IP senden. Er konnte ihn nicht anrufen oder ihm eine SMS schicken. Sämtliche Kommunikation würde von Clocktower überwacht werden, außerdem hatte er keine Ahnung, wo David landen würde. Er brauchte einen Ort, an dem David nachsah. Eine Möglichkeit, die Nummer zu übermitteln. Etwas, von dem nur er selbst wusste ...

Davids Bankkonto. Das würde funktionieren.

Josh hatte ein geheimes Zweitkonto wie wohl die meisten, die in dieser Branche arbeiteten.

Das Kreischen von Metall durchdrang die Halle wie der Gesang eines sterbenden Wals. Sie waren fast drin.

Josh öffnete ein Browserfenster und loggte sich bei seinem Bankkonto ein. Schnell tippte er Davids Kontonummer ein und tätigte eine Reihe von Überweisungen:

9.11

50.00

31.00

14.00

76.00

9.11

Es würde einen Tag dauern, bis die Überweisungen angezeigt wurden, und David würde sie natürlich nur sehen, wenn er sein Konto überprüfte. Würde er begreifen, dass es eine IP-Adresse war? Die Einsatzagenten waren nicht unbedingt computeraffin. Es war nicht gerade naheliegend.

Die Tür wurde aufgebrochen. Männer drangen ein, Soldaten in kompletter Kampfausrüstung.

Löschvorgang ... 65% abgeschlossen

Das reichte nicht. Sie würden etwas finden.

Die Kiste, die Kapsel. Drei oder vier Sekunden. Nicht genug Zeit.

Josh stürzte zu der Kiste auf dem Tisch und stieß sie hinunter. Sie landete auf dem Glasboden. Mit zitternden Händen griff er hinein und nahm die Pistole. Wie ging das noch mal? Den Schlitten betätigen, schießen, Knopf drücken? Mein Gott. Sie waren am Eingang zum Glasraum. Drei Männer.

Er hob die Pistole. Sein Arm zitterte. Er stützte ihn mit der anderen Hand und drückte den Abzug. Das Geschoss schlug durch den Computer. Er musste die Festplatte treffen. Er schoss noch einmal. Der Lärm war ohrenbetäubend.

Dann schien er aus allen Richtungen zu kommen. Überall war Glas, winzige Splitter. Josh fiel gegen die Wand. Scherben regneten herab und schnitten in sein Fleisch. Er blickte nach unten und sah die Einschusslöcher in seiner Brust. Er spürte, wie Blut aus seinem Mund über das Kinn floss, um sich mit der dunkelroten Lache auf seiner Brust zu vereinigen. Er wandte den Kopf und sah, wie die letzten Lämpchen am Computer erloschen.

26

Pesanggrahan-Fluss
Jakarta, Indonesien

Die Fischer paddelten flussabwärts auf die Javasee zu. Weil sie in den letzten Tagen gut gefangen hatten, hatten sie zusätzliche Netze mitgenommen – alle, die sie besaßen. Das Boot lag durch das Gewicht tiefer im Wasser als sonst. Wenn alles gut ging, würden sie bei Sonnenuntergang zurückkehren und Netze voller Fisch hinter sich herschleppen, genug, um ihre kleine Familie zu ernähren und einen Teil auf dem Markt zu verkaufen.

Als Harto seinen Sohn Eko betrachtete, der im Bug des Boots paddelte, wallte Stolz in ihm auf. Bald würde er sich zurückziehen, und Eko würde das Fischen übernehmen. Dann, wenn es so weit war, würde Eko seinen eigenen Sohn mit auf den Fluss nehmen, so wie er es mit Eko getan hatte, und davor sein Vater mit ihm selbst.

Das hoffte er zumindest. In letzter Zeit machte er sich Sorgen, dass sich die Dinge anders entwickelten. Von Jahr zu Jahr gab es mehr Boote und weniger Fisch. Sie fischten länger und hatten trotzdem weniger im Netz. Harto verdrängte den Gedanken. Das Glück kam und ging, genau wie die Wellen auf dem Fluss; das war der Lauf der Welt. *Ich darf mir keine Sorgen um Dinge machen, die ich nicht beeinflussen kann.*

Sein Sohn hörte auf zu paddeln. Das Boot begann sich zu drehen.

Harto rief ihm zu: »Eko, du musst paddeln, das Boot dreht sich, wenn wir nicht gleichmäßig schlagen. Pass auf.«

»Da ist was im Wasser, Papa.«

Harto hielt Ausschau. Da trieb etwas ... etwas Schwarzes. Ein Mann. »Paddel, Eko, schnell.«

Sie fuhren neben den Mann, und Harto streckte sich, packte ihn und versuchte, ihn in das schmale, mit Netzen beladene Boot zu hieven. Er war zu schwer. Er trug eine Art Panzerung. Aber die Panzerung schwamm. Ein spezielles Material. Harto drehte den Mann um. Helm und Schutzbrille – sie bedeckten seine Nase und verhinderten, dass er ertrank.

»Ein Taucher, Papa?«

»Nein, er ist ... ein Polizist, glaube ich.« Harto versuchte erneut, ihn ins Boot zu ziehen, doch sie kenterten beinahe. »Eko, hilf mir.«

Gemeinsam hievten sie den vollgesaugten Mann hinein, aber sobald er über der Bordwand war, begann Wasser ins Boot zu laufen.

»Wir sinken, Papa!« Eko blickte sich nervös um.

Immer noch strömte Wasser über die Bordwand. Was sollten sie hinauswerfen? Den Mann? Der Fluss floss ins Meer, und dort würde er mit Sicherheit ertrinken. Sie konnten ihn nicht hinter sich herschleppen, nicht weit. Immer schneller lief das Wasser herein.

Harto sah zu den Netzen, den einzigen anderen schweren Gegenständen im Boot. Aber sie waren Ekos Erbe – das Einzige von Wert, das die Familie besaß, das Einzige, was ihr Überleben sicherte und Essen auf den Tisch brachte.

»Wirf die Netze über Bord, Eko.«

Der Junge befolgte die Anweisung seines Vaters widerspruchslos, warf ein Netz nach dem anderen ins Wasser und opferte sein Anrecht als Erstgeborener dem langsam fließenden Fluss.

Als die meisten Netze draußen waren, stoppte der Wassereinbruch. Harto ließ sich im Boot nach hinten sinken und starrte den Mann mit abwesendem Blick an.

»Was ist denn, Papa?«

Da sein Vater nicht antwortete, rutschte Eko näher zu ihm und dem Mann, den sie gerettet hatten. »Ist er tot? Hat er…«

»Wir müssen ihn mit nach Hause nehmen. Hilf mir paddeln, mein Sohn. Er könnte in Schwierigkeiten stecken.«

Sie wendeten das Boot und paddelten stromaufwärts, zu Hartos Frau und Tochter, die sich darauf vorbereiteten, den Fisch auszunehmen und einzulagern, den sie mit nach Hause brächten. Nur dass es heute keinen Fisch geben würde.

27

Associated Press
Eilmeldung
Explosionen und Schüsse erschüttern die indonesische Hauptstadt Jakarta

Jakarta, Indonesien (AP) // Associated Press hat zahlreiche Meldungen über Explosionen und Schüsse in Jakarta erhalten. Obwohl keine Terrorgruppe die Verantwortung übernahm, gehen gewöhnlich gut unterrichtete Quellen in der indonesischen Regierung davon aus, dass es sich um einen koordinierten Anschlag handelte. Es ist zurzeit noch unklar, wer oder was die Ziele waren.

Gegen dreizehn Uhr Ortszeit wurden drei weit auseinander liegende Hochhäuser in verwahrlosten Wohngegenden von Bombenexplosionen erschüttert. Beobachter sagen, mindestens zwei der Gebäude hätten offiziell leer gestanden.

Kurz darauf folgten Explosionen und Schüsse in den Straßen des Marktviertels. Opferzahlen liegen noch nicht vor, und die Polizei verweigert jeden Kommentar.

Wir werden diese Meldung aktualisieren, sobald Einzelheiten vorliegen.

The Jakarta Post
Polizeichef von West-Jakarta verhaftet

Die indonesische Nationalpolizei bestätigte heute, dass sie Eddi Kusnadi, den Polizeichef von West-Jakarta, wegen des Verdachts des Besitzes von Kinderpornografie inhaftiert hat. Der neue Polizeichef der Wache, Paku Kurnia, gab folgende Verlautbarung heraus: »Das ist ein trauriger und beschämender Tag für die Stadtpolizei und die Wache in West-Jakarta, aber unsere Bereitschaft, uns mit den schwarzen Schafen in den eigenen Reihen auseinanderzusetzen, wird uns letztlich stärken und das Vertrauen der Bürger befeuern.«

28

Hauptquartier von Immari Jakarta
Jakarta, Indonesien

Kate saß mit hinter dem Rücken gefesselten Händen auf einem Stuhl und hatte noch immer die schwarze Kapuze über dem Kopf. Die Fahrt war hart gewesen. Die Soldaten hatten sie herumgestoßen wie eine Stoffpuppe, sie von einem Lieferwagen in den anderen geworfen, durch eine Reihe von Gängen gezerrt und schließlich auf den Stuhl gesetzt und die Tür zugeschlagen. Transportiert zu werden, ohne etwas zu sehen, hatte ein Übelkeitsgefühl bei ihr ausgelöst. Ihre Hände schmerzten von den Kabelbindern. Die völlige Dunkelheit und Stille raubten ihr die Orientierung und verstörten sie. Wie lange war sie schon hier?

Dann hörte sie, wie jemand näher kam: Schritte in einem Flur oder einem großen Raum. Mit jeder Sekunde wurde das Geräusch lauter.

»Nehmen Sie ihr den Sack vom Kopf!«

Martin Greys Stimme. Als sie ihren Stiefvater hörte, erfasste sie eine Welle der Erleichterung. Die Dunkelheit schien nicht mehr so dunkel, und der Schmerz an den gefesselten Händen schien nachzulassen. Sie war in Sicherheit. Martin würde ihr helfen, die Kinder zu finden.

Sie spürte, wie ihr der Sack vom Kopf gezogen wurde. Im

blendenden Licht kniff sie die Augen zusammen, verzog das Gesicht und wandte den Kopf ab.

»Und binden Sie ihre Hände los! Wer hat das mit ihr gemacht?«

»Ich, Sir. Sie hat Widerstand geleistet.«

Sie konnte noch immer nichts sehen, aber sie erkannte die Stimme – es war der Mann, der sie im Laster gefesselt und die Kinder entführt hatte. Ben Adelsons Mörder.

»Sie müssen ja ziemliche Angst vor ihr gehabt haben.« Martins Stimme klang kalt und gebieterisch. Kate hatte noch nie erlebt, dass er so mit jemandem sprach. Sie hörte zwei andere Männer kichern, dann antwortete ihr Entführer: »Beschweren Sie sich ruhig, Grey. Ich bin Ihnen keine Rechenschaft schuldig. Und außerdem waren Sie doch bisher mit meiner Arbeit zufrieden.«

Was meinte er damit?

Martins Tonfall änderte sich; er klang jetzt eher amüsiert. »Das klingt ja fast, als wollten Sie aufmüpfig werden, Mr. Tarea. Ich zeige Ihnen jetzt, wie ich so ein Verhalten honoriere.«

Nun konnte Kate Martin erkennen. Sein Gesicht war hart. Er starrte Tarea an, dann wandte er sich an die beiden anderen Männer – Soldaten, die Martin begleitet haben mussten. »Bringen Sie ihn in eine Arrestzelle. Ziehen Sie ihm eine Kapuze über den Kopf, und fesseln Sie seine Hände. Je fester, desto besser.«

Die beiden Männer ergriffen den Entführer, stülpten ihm den Sack über, den Kate auf dem Kopf gehabt hatte, und zerrten ihn aus dem Raum.

Martin beugte sich über Kate und fragte: »Alles in Ordnung?«

Kate rieb sich die Handgelenke. »Martin, aus meinem Labor wurden zwei Kinder entführt. Der Mann war einer der Kidnapper. Wir müssen sie ...«

Martin hob eine Hand. »Ich weiß. Ich erkläre dir alles. Aber vorher musst du mir sagen, was du mit den Kindern gemacht hast. Es ist sehr wichtig.«

Kate öffnete den Mund, um ihm zu antworten, doch sie wusste nicht, wo sie beginnen sollte. So viele Fragen schwirrten ihr durch den Kopf.

Ehe sie etwas sagen konnte, traten zwei weitere Männer in das große Zimmer und wandten sich an Martin. »Sir, Direktor Sloane möchte Sie sprechen.«

Martin sah sie verärgert an. »Ich rufe ihn zurück, das kann ...«

»Sir, er ist hier.«

»In Jakarta?«

»Hier im Haus, Sir. Wir haben die Anweisung, Sie zu ihm zu führen. Es tut mir leid, Sir.«

Martin wirkte besorgt. »Bringen Sie sie nach unten zur Beobachtungsplattform für die Grabungen. Und ... bewachen Sie die Tür. Ich komme gleich nach.«

Martins Männer geleiteten Kate hinaus. Sie hielten Abstand zu ihr, beobachteten sie aber mit scharfem Blick. Ihr fiel auf, dass die anderen Männer mit Martin auf dieselbe Weise verfuhren.

29

Pesanggrahan-Fluss
Jakarta, Indonesien

Harto sah zu, wie sich der geheimnisvolle Mann auf die Ellbogen stützte, Helm und Schutzbrille vom Kopf riss und verwirrt umblickte. Er warf die Ausrüstung über Bord und mühte sich, nachdem er sich noch ein paar Minuten zurückgelegt hatte, mit den Gurten an der Seite seiner Kleidung ab. Schließlich gelang es ihm, sie zu lösen, und er warf die klobige Weste ebenfalls in den Fluss. Harto hatte ein großes Loch im Brustbereich bemerkt. Vielleicht war die Weste kaputt. Der Mann rieb sich über die Brust und atmete schwer.

Er war Amerikaner oder vielleicht Europäer. Das überraschte Harto. Schon als sie ihn ins Boot gehievt hatten, hatte er gesehen, dass er eine helle Gesichtsfarbe hatte, aber er war davon ausgegangen, dass es sich um einen Japaner oder Chinesen handelte. Was machte ein derart ausgerüsteter Amerikaner hier im Fluss? Vielleicht war er doch kein Polizist. Vielleicht war er ein Verbrecher, ein Terrorist oder der Söldner eines Drogenkartells. Hatten sie sich in Schwierigkeiten gebracht, weil sie ihm geholfen hatten? Er paddelte schneller. Eko sah, dass das Boot sich zu drehen begann, und schlug ebenfalls schneller. Der Junge lernte rasch.

Als sein Atem sich ein wenig beruhigt hatte, setzte sich der weiße Mann auf und sagte etwas auf Englisch.

Eko wandte sich um. Harto wusste nicht, was er entgegnen sollte. Der Fremde sprach langsam. Harto sagte das Einzige, was ihm auf Englisch einfiel. »Meine Frau sprechen Englisch. Sie helfen dir.«

Der Mann sank wieder auf den Rücken. Er blickte zum Himmel und rieb sich die Brust, während Harto und Eko paddelten.

David vermutete, dass der Schuss gegen die Brust den Vitaldatenmonitor der Panzerung zerstört hatte. Ihm selbst hatte er jedenfalls ziemlich zugesetzt. Der Peilsender im Helm würde wahrscheinlich noch funktionieren, aber der lag jetzt am Grund des Flusses.

Gott segne diese Fischer aus Jakarta. Sie hatten ihn gerettet, aber wo brachten sie ihn hin? Vielleicht hatte Immari ein Kopfgeld auf ihn ausgesetzt – und die beiden hatten das große Los gezogen. Wenn sie ihn ausliefern wollten, musste er fliehen, aber er konnte kaum atmen. Mit dem Problem würde er sich später befassen. Er musste sich ausruhen. Er blickte einen Moment lang auf den Fluss, dann schloss er die Augen.

David spürte den Luxus einer weichen Matratze unter sich. Eine Indonesierin mittleren Alters drückte ihm einen feuchten Lappen auf die Stirn. »Hören Sie mich?« Als sie sah, dass er die Augen öffnete, wandte sie sich ab und rief etwas in einer anderen Sprache.

David griff nach ihrem Arm. Sie wirkte verängstigt. »Ich tue Ihnen nichts. Wo bin ich?«, sagte er. Es ging ihm schon viel besser. Er bekam wieder richtig Luft, aber seine Brust schmerzte noch. Er setzte sich auf und ließ ihren Arm los.

Die Frau teilte ihm ihre Adresse mit, aber David konnte nichts damit anfangen. Ehe er weitere Fragen stellen konnte, wich sie mit schräg gelegtem Kopf und wachsamem Blick aus dem Zimmer zurück.

David strich über die Prellung an seiner Brust. *Denk nach.* Wenn sie das Risiko eingegangen waren, seinen Trupp offen anzugreifen, dann hatten sie die Jakarta-Niederlassung schon übernommen.

Josh. Ein weiterer gefallener Soldat. *Wenn ich Toba-Protokoll nicht verhindere, wird es noch viel mehr geben. Und Zivilisten wie damals...*

Konzentrier dich.

Die aktuelle Bedrohungslage. Was steckte dahinter?

Sie hatten Warner mitgenommen. Sie brauchten sie. *Sie ist irgendwie darin verwickelt.*

Aber das konnte er nicht glauben. Kate Warner hatte authentisch und aufrichtig gewirkt. Sie glaubte an ihre Forschung. Sie konnte nicht in Toba verwickelt sein. Sie brauchten ihre Forschungsergebnisse. Und sie würden sie zwingen, sie ihnen mitzuteilen. Warner würde ein weiteres unschuldiges Opfer sein. Er musste sich darauf konzentrieren, sie zurückzuholen. Sie war seine beste Spur.

Er stand auf und ging durch die Wohnung. Die Zimmer waren durch papierdünne Wände getrennt, an denen vor allem traditionelle Darstellungen von Fischern hingen. Er öffnete eine klapprige Fliegengittertür und trat auf den Balkon. Die Wohnung lag in der zweiten Etage eines dreistöckigen »Gebäudes« mit vielen ähnlichen Wohnungen – alle mit weiß verputzten Wänden und durchgehenden Balkonen, die wie Treppenstufen an der Uferböschung hinabführten. Er sah in die Ferne. So weit das Auge blicken konnte, gab es unzählige dieser Bauwerke, wie aufeinandergestapelte

Pappkartons. Davor hingen Wäscheleinen, und hier und dort klopften Frauen Teppiche, aus denen Staubwolken in die untergehende Sonne aufstiegen wie Dämonen, die von der Erde flohen.

David sah zum Fluss hinunter. Fischerboote legten an und ab. Einige hatten kleine Motoren, aber die meisten bewegten sich mit Hilfe von Paddeln fort. Er ließ den Blick über die Gebäude schweifen. Suchten sie ihn bereits?

Dann entdeckte er sie. Zwei Männer von Immari Security, die unter ihm aus dem ersten Stock kamen. David zog sich in den Schatten des Hauses zurück und sah, wie die Männer in die nächste Wohnung gingen. Wie viel Zeit blieb ihm? Fünf oder zehn Minuten?

Er trat zurück ins Haus und fand die Familie zusammengedrängt in einer Art Wohnzimmer, in dem allerdings auch zwei kleine Betten standen. Die Eltern stellten sich schützend vor einen Jungen und ein Mädchen, als könnte Davids Anblick ihnen schaden.

Mit seinen eins neunzig war David beinahe zwei Köpfe größer als der Mann und die Frau, und seine muskulöse Gestalt füllte fast den engen Türrahmen aus, sodass die letzten Sonnenstrahlen abgehalten wurden. Er musste für sie wie ein Monster oder ein Wesen aus einer anderen Welt aussehen.

David richtete sich an die Frau. »Ich tue Ihnen nichts. Sprechen Sie Englisch?«

»Ja. Ein bisschen. Ich verkaufe Fisch auf dem Markt.«

»Gut. Ich brauche Hilfe. Es ist sehr wichtig. Eine Frau und zwei Kinder sind in Gefahr. Bitte, fragen Sie Ihren Mann, ob er mir hilft.«

30

Hauptquartier von Immari Jakarta
Jakarta, Indonesien

Martin Grey trat vorsichtig ins Zimmer und beäugte Dorian Sloane, als wäre er eine Geistererscheinung. Der Direktor von Immari Security stand am anderen Ende von Martins Eckbüro im sechsundsechzigsten Stock des Immari-Hauptquartiers in Jakarta. Sloane blickte über die Javasee und beobachtete die ein- und auslaufenden Boote. Martin dachte, der jüngere Mann hätte ihn nicht kommen sehen, deshalb erschrak er, als Sloane ihn ansprach.

»Überrascht, mich zu sehen, Martin?«

Martin begriff, dass Sloane ihn in der Spiegelung der Fensterscheibe hatte eintreten sehen. Er konnte Sloanes Augen dort erkennen. Sie waren kalt, berechnend, durchdringend ... wie die eines Raubtiers, das seine Beute belauerte, um zuzuschlagen. Der Rest seines Gesichts blieb in der Spiegelung unsichtbar. Er hatte die Hände hinter dem Rücken verschränkt. Sein langer schwarzer Trenchcoat wirkte hier in Jakarta, wo Hitze und Feuchtigkeit selbst Bankangestellte zu salopper Kleidung zwangen, völlig deplatziert. Nur Leibwächter oder Leute, die etwas darunter verbergen wollten, trugen so lange Mäntel.

Martin versuchte, einen entspannten Eindruck zu vermitteln. Er schlenderte auf seinen Eichenholzschreibtisch inmitten des riesigen Büros zu. »Ja, natürlich. Leider kommen Sie zu einem ungünstigen ...«

»Hören Sie auf. Ich weiß über alles Bescheid, Martin.« Sloane wandte sich langsam um und sprach bedächtig, während er, ohne Martin aus den Augen zu lassen, auf ihn zukam. »Ich weiß von Ihrer kleinen Expedition zum Eisfischen in der Antarktis. Ihrer Einmischung in Tibet. Den Kindern. Der Entführung.«

Martin ging schneller, um hinter den Schreibtisch zu gelangen und so etwas zwischen sie zu bringen, aber Sloane änderte seinen Kurs und schnitt ihm den Weg ab. Martin blieb stehen. Er würde nicht zurückweichen, selbst wenn dieser brutale Mann ihn hier in seinem Büro die Kehle durchschnitt.

Martin erwiderte Sloanes Blick. Sloanes Gesicht war schlank und muskulös, aber derb. Jahre des harten Lebens hatten ihren Tribut gefordert. Es war ein Gesicht, das wusste, was Schmerz ist.

Sloane blieb einen Meter vor Martin stehen. Er lächelte ein wenig, als wüsste er etwas, das Martin nicht wusste, oder als würde jeden Moment eine Falle zuschnappen. »Ich hätte es schon früher rausgefunden, wenn ich nicht so mit Clocktower beschäftigt gewesen wäre. Aber ich glaube, davon wissen Sie bereits.«

»Ich habe natürlich die Berichte gelesen. Sehr bedauerlich und zur Unzeit. Wie Sie erwähnt haben, ich hatte auch reichlich zu tun.« Martins Hände begannen zu zittern. Er schob sie in die Hosentaschen. »Ich hatte vor, die neuesten Entwicklungen in der Antarktis und in China offenzulegen und ...«

»Seien Sie vorsichtig, Martin. Ihre nächste Lüge könnte die letzte sein.«

Martin schluckte und sah zu Boden, während er nachdachte.

»Ich habe nur eine Frage, alter Mann. Warum? Ich habe gesehen, was Sie alles für Fäden gesponnen haben, aber ich begreife nicht, was Ihr Ziel ist.«

»Ich habe nicht gegen meinen Schwur verstoßen. Wir haben dasselbe Ziel: einen Krieg zu verhindern, von dem wir wissen, dass wir ihn nicht gewinnen können.«

»Dann sind wir uns also einig. Es ist so weit. Toba-Protokoll wird in Kraft gesetzt.«

»Nein. Dorian, es gibt noch eine andere Möglichkeit. Es stimmt, ich habe diese ... Entwicklungen für mich behalten, aber aus gutem Grund. Es war zu früh, ich wusste nicht, ob es funktionieren würde.«

»Und es hat nicht funktioniert. Ich habe die Berichte aus China gelesen, alle Erwachsenen sind gestorben. Uns läuft die Zeit davon.«

»Stimmt, der Test schlug fehl, aber nur, weil wir die falsche Therapie angewendet haben. Kate hat etwas anderes benutzt. Wir wussten das zu dem Zeitpunkt nicht, aber sie wird es mir verraten. Morgen um diese Zeit könnten wir in die Gewölbe gehen – dann würden wir endlich die Wahrheit erfahren.«

Es war ein Schuss ins Blaue, und Martin war fast überrascht, als Sloane seinen durchdringenden Blick abwandte und zu Boden sah. Kurz darauf drehte er sich um und ging zurück zum Fenster, dorthin, wo er gestanden hatte, als Martin ins Büro gekommen war. »Wir kennen die Wahrheit bereits. Und was Kate und die neue Therapie betrifft ... Sie haben ihr die Kinder weggenommen. Sie wird nicht reden.«

»Mit mir schon.«

»Ich glaube, ich kenne sie besser als Sie.«

Martin spürte, wie ihm das Blut ins Gesicht schoss.

»Haben Sie das U-Boot schon geöffnet?« Sloanes Stimme klang ruhig.

Martin war überrascht von der Frage. Wollte Sloane ihn auf die Probe stellen? Oder glaubte er ...

»Nein«, sagte Martin. »Wir haben umfangreiche Quarantänemaßnahmen eingeleitet, um kein Risiko einzugehen. Man hat mir berichtet, dass die Fundstelle jetzt so gut wie abgesichert ist.«

»Ich will dabei sein, wenn es geöffnet wird.«

»Es war über siebzig Jahre lang versiegelt, nichts kann dort ...«

»Ich will dabei sein.«

»Natürlich. Ich informiere die Leute vor Ort.« Martin griff zum Telefon. Er konnte kaum glauben, dass das Gespräch eine solche Wendung genommen hatte. Es fühlte sich an, als könnte er Luft holen, nachdem er drei Minuten unter Wasser war. Er wählte schnell.

»Sie können es ihnen sagen, wenn wir da sind.«

»Ich würde sehr gerne mitkommen, aber ...«

Sloane wandte sich wieder zu ihm um. Das blutrünstige Starren war in seine Augen zurückgekehrt. »Das war keine Bitte. Wir werden das U-Boot gemeinsam öffnen. Ich lasse Sie nicht aus den Augen, bis das hier vorbei ist.«

Martin legte den Hörer auf. »Gut, aber zuerst muss ich mit Kate sprechen.« Martin holte tief Luft und straffte die Schultern. »Und das ist auch keine Bitte. Sie brauchen mich, das wissen Sie selbst.«

Sloane sah Martin in der Reflexion des Fensters an, und Martin meinte, ein Lächeln über seine Lippen huschen zu sehen. »Ich gebe Ihnen zehn Minuten mit ihr. Und nachdem Sie gescheitert sind, fahren wir in die Antarktis, und ich überlasse Kate Leuten, die sie zum Reden bringen werden.«

31

Slums am Flussufer
Jakarta, Indonesien

David beobachtete, wie die Männer von Immari Security umdrehten und in die aus Gipsplatten gezimmerte Fünf-Zimmer-Wohnung am Ende der Häuserreihe rannten. Er hatte diese Wohnung wegen ihres Grundrisses ausgesucht.

Die Männer liefen mit flinken routinierten Bewegungen durch die Zimmer und schwenkten ihre Pistolen zu beiden Seiten.

David belauschte aus seinem Versteck, wie die Männer meldeten: »Sauber. Sauber. Sauber. Sauber. Sauber.« Er hörte, wie ihre Schritte sich verlangsamten, als sie die nun »gesicherte« Wohnung verließen.

Als der zweite Mann an ihm vorbeiging, schob er sich lautlos hinter ihn, bedeckte seinen Mund mit einem feuchten Lappen und wartete, bis das Chloroform in seine Atemwege strömte. Der Mann schlug um sich und versuchte verzweifelt, David zu packen, während er von Sekunde zu Sekunde zunehmend die Kontrolle über seine Gliedmaßen verlor. David hielt ihm fest den Mund zu. Kein Laut drang heraus. Der Mann sackte zu Boden, und David wollte sich gerade seinem Kollegen widmen, als das Funkgerät im Nebenraum zu knistern begann.

»Immari Aufklärungsteam fünf, Achtung, Clocktower meldet, dass in ein Waffenlager in eurer Gegend eingedrungen wurde. Die Zielperson befindet sich vermutlich in der Nähe und könnte Waffen und Sprengstoff aus dem Lager besitzen. Vorsichtig vorgehen. Wir schicken Verstärkung.«

»Cole? Hast du das gehört?«

David hockte über dem Mann, den er gerade ausgeschaltet hatte – offenbar Cole.

»Cole?«, rief sein Kollege aus dem Nebenraum. David hörte, wie der Dreck unter seinen Stiefeln knirschte. Er ging nun langsam, wie ein Mann, der ein Minenfeld durchquerte und wusste, dass jeder Schritt sein letzter sein konnte.

Als David aufstand, stürmte der Mann durch die Tür und richtete die Pistole auf seine Brust. David warf sich auf ihn. Sie gingen beide zu Boden und kämpften um die Waffe. David schlug die Hand des Mannes auf den schmutzigen Boden, und die Pistole schlitterte zur Wand.

Der Mann stieß David von sich und kroch auf die Waffe zu, aber bevor er so weit gekommen war, lag David schon wieder auf ihm, schob den Unterarm unter seinen Hals und hielt ihn in festem Würgegriff. Er drückte ihm den Handballen in den Nacken, um einen besseren Hebel zu haben, und spürte, wie seinem Opfer die Luft abgeschnürt wurde. Es würde nicht mehr lange dauern.

Der Mann warf sich hin und her und zerrte an dem Arm um seinen Hals. Er griff nach unten. Was suchte er da? Wollte er an seine Tasche? Dann hatte er es gefunden – ein Messer aus seinem Stiefel. Er stach nach hinten und traf David an der Seite. David hörte, wie seine Kleider aufrissen, und sah das Blut an der Klinge, als sie erneut auf ihn zuschoss. Indem er zur Seite rutschte, konnte er dem Stich knapp ausweichen. Er schob die Hand aus dem Nacken seines Gegners zum Hinterkopf hinauf, während er mit dem Arm weiter den Hals umschlungen hielt, und drehte ihn ruckartig. Ein lautes Knacken ertönte, und der Mann erschlaffte.

David rollte sich von dem toten Söldner herunter und blickte zur Decke, wo sich zwei Fliegen jagten.

32

Hauptquartier von Immari Jakarta
Jakarta, Indonesien

Martins Männer hatten Kate tief unter die Erde gebracht und sie dann einen langen Gang entlanggeführt, der vor einer Art großem Aquarium endete. Die Glasscheibe war über vier Meter hoch und fast zwanzig Meter breit.

Kate verstand nicht, was sie dort sah. Hinter dem Glas lag eindeutig die Bucht von Jakarta, aber die Kreaturen, die sich durch das Wasser bewegten, verwirrten sie. Zuerst dachte sie, es wären angestrahlte Meerestiere, vielleicht Quallen, die sich dort auf den Boden sinken ließen und dann wieder zur Oberfläche schwebten. Aber die Lichter irritierten sie. Sie trat näher an die Scheibe. Ja – es waren Roboter. Sie sahen fast aus wie mechanische Krebse, mit Scheinwerfern, die sich wie Augen hin und her bewegten, und vier Armen mit jeweils drei Metallfingern. Sie gruben am Grund und tauchten dann mit Gegenständen in den Greifern wieder auf. Sie strengte ihre Augen an. Was waren das für Gegenstände?

»Unsere Grabungsmethoden haben sich weiterentwickelt.«

Kate wandte sich um und sah Martin. Sein Anblick ließ sie besorgt innehalten. Er wirkt müde, enttäuscht, resigniert. »Martin, bitte sag mir, was los ist. Wo sind die Kinder, die aus meinem Labor entführt wurden?«

»In Sicherheit, im Moment. Wir haben nicht viel Zeit, Kate. Ich muss dir ein paar Fragen stellen. Es ist sehr wichtig, dass du mir verrätst, womit du die Kinder behandelt hast. Wir wissen, dass es nicht ARC-247 war.«

Woher konnte er das wissen? Und warum interessierte es ihn überhaupt, womit sie die Kinder behandelt hatte? Kate dachte angestrengt nach. Irgendwas stimmte hier nicht. Was würde passieren, wenn sie es ihm verriet? Hatte der Soldat, David, recht?

Während der letzten vier Jahre war Martin der einzige Mann, der einzige Mensch gewesen, dem Kate völlig vertraut hatte. Er war immer distanziert gewesen, in seine Arbeit versunken – eher ein Vormund als ein Stiefvater. Aber er war immer da, wenn sie ihn brauchte. Es kam ihr unwahrscheinlich vor, dass er in die Entführung verwickelt war. Aber ... irgendwas stimmte hier nicht ...

»Ich sage dir, womit ich sie behandelt habe, aber erst will ich die Kinder zurück.«

Martin stellte sich neben sie vor die Glaswand. »Das geht leider nicht, aber ich verspreche dir: Ich werde sie beschützen. Du musst mir vertrauen, Kate. Es stehen viele Menschenleben auf dem Spiel.«

Beschützen? Wovor? »Ich will wissen, was hier verdammt noch mal vorgeht, Martin.«

Martin wandte sich ab, entfernte sich von ihr und schien nachzudenken. »Was, wenn ich dir sagen würde, dass es irgendwo auf dieser Welt eine unvorstellbar mächtige Waffe gibt? Eine Waffe, die die gesamte Menschheit auslöschen könnte? Und dass das, womit du die Kinder behandelt hast, unsere einzige Überlebenschance darstellt, unsere einzige Möglichkeit, Widerstand zu leisten?«

»Ich würde sagen, das klingt ziemlich abwegig.«

»Wirklich? Du kennst dich gut genug mit der Evolution aus, um zu wissen, dass das nicht stimmt. Die Menschheit ist nicht so sicher, wie wir glauben.« Er zeigte auf einen Roboter, der hinter der Glaswand hinabtauchte. »Was, glaubst du, was da draußen passiert?«

»Eine Schatzsuche? Vielleicht liegt da ein gesunkenes Handelsschiff.«

»Sieht das für dich wie eine Schatzsuche aus?« Als Kate nichts entgegnete, fuhr er fort. »Was, wenn ich dir sagen würde, dass sich dort eine untergegangene Küstenstadt befindet? Und dass es nur eine von vielen auf der Welt ist? Vor dreizehntausend Jahren lag der Großteil Europas unter einer drei Kilometer dicken Eisschicht. New York war von einem anderthalb Kilometer dicken Eisschild bedeckt. Innerhalb von ein paar hundert Jahren schmolzen die Gletscher, und der Meeresspiegel stieg um über hundert Meter, sodass jede Küstensiedlung vom Angesicht der Erde verschwand. Selbst heute lebt die Hälfte der Menschheit weniger als hundertfünfzig Kilometer vom Meer entfernt. Überleg mal, wie viele Menschen damals an der Küste lebten, als Fisch die verlässlichste Nahrungsquelle war. Stell dir die Siedlungen und frühen Städte vor, die Vergangenheit, die für immer verloren ist. Die einzige Aufzeichnung, die wir von diesem Ereignis haben, ist die Geschichte von der Sintflut. Die Menschen, die die Überschwemmungen nach der Gletscherschmelze überlebten, waren erpicht darauf, die nachfolgenden Generationen zu warnen. Die Sintflut ist eine historische Tatsache – und die Geschichte taucht in der Bibel auf und all den Texten, die wir aus der Zeit davor und danach wiederherstellen konnten. Akkadische Steintafeln, Keilschriften der Sumerer und die amerikanischen Ureinwohner – sie alle erzählen von der Sintflut, aber niemand weiß, was davor war.«

»Darum geht es also? Untergegangene Küstenstädte zu finden – Atlantis?«

»Atlantis ist nicht das, was du glaubst. Ich will darauf hinaus, dass es so viel unter der Oberfläche gibt, so vieles aus unserer eigenen Geschichte, das wir nicht kennen. Stell dir vor, was während der Flut noch alles verloren gegangen ist. Du kennst die genetische Geschichte. Wir wissen, dass mindestens zwei Menschenarten die Flut überlebt haben, vielleicht auch drei. Oder noch mehr. Vor Kurzem haben wir in Gibraltar dreiundzwanzigtausend Jahre alte Neandertalerknochen gefunden. Wir könnten Knochen finden, die noch jünger sind. Wir haben auch Knochen gefunden, die circa zwölftausend Jahre alt sind – also ungefähr aus der Zeit der Flut –, auf der Insel Flores, ein paar hundert Kilometer von der Hauptinsel Java entfernt. Wir glauben, dass diese Hobbit-ähnlichen Menschen fast dreihunderttausend Jahre lang die Erde bevölkert haben. Dann, vor zwölftausend Jahren, sind sie plötzlich ausgestorben. Die Neandertaler haben sich vor sechshunderttausend Jahren entwickelt – sie sind dreimal länger auf der Erde gewandelt als wir, als sie ausstarben. Du kennst die historischen Fakten.«

»Natürlich, aber ich verstehe nicht, was das mit der Entführung meiner Kinder zu tun hat.«

»Was, glaubst du, warum die Neandertaler und Hobbits ausgestorben sind? Sie waren schon lange da, bevor der moderndne Mensch auftauchte.«

»Wir haben sie getötet.«

»Das stimmt. Die menschliche Rasse ist der größte Massenmörder aller Zeiten. Man muss bedenken, dass wir für das Überleben konstruiert sind. Schon unsere Vorfahren waren von diesem Impuls getrieben, sodass sie die Neandertaler und Hobbits als gefährliche Feinde betrachtet haben.

Vielleicht haben sie Dutzende von menschlichen Subspezies niedergemetzelt. Und dieses schändliche Erbe lebt in uns fort. Wir greifen alles an, was anders ist, alles, was wir nicht verstehen, alles, was unsere Welt oder unsere Umgebung verändern und unsere Überlebenschancen verringern könnte. Rassismus, Klassenkampf, Sexismus, Osten gegen Westen, Norden gegen Süden, Kapitalismus und Kommunismus, Demokratie und Diktatur, Islam und Christentum, Israel und Palästina, das sind alles verschiedene Gesichter desselben Krieges, des Kampfes für eine homogene menschliche Rasse und gegen alle Unterschiede. Es ist ein Krieg, den wir vor langer Zeit begonnen haben und seitdem ununterbrochen ausfechten. Ein Krieg, der sich in jedem menschlichen Geist abspielt, noch unterhalb des Unbewussten, wie ein Computerprogramm, das permanent läuft und unsere Entscheidungen beeinflusst.«

Kate wusste nicht, was sie darauf sagen sollte, und verstand nicht, was das mit ihrer Forschung und den Kindern zu tun hatte. »Willst du mir weismachen, dass die beiden Jungen in einen uralten kosmischen Kampf um die menschliche Rasse verwickelt sind?«

»Ja. Denk an den Krieg zwischen den Neandertalern und den modernen Menschen. Die Kämpfe zwischen den Hobbits und den modernen Menschen. Warum haben wir gesiegt? Die Neandertaler hatten größere Gehirne und waren deutlich größer und stärker als wir. Aber unsere Gehirne waren anders vernetzt. Unser Verstand hat uns ermöglicht, fortschrittliche Werkzeuge zu bauen, Probleme zu lösen und für die Zukunft zu planen. Unsere geistige Software hat uns einen Vorteil verschafft, aber wir wissen immer noch nicht, wie es dazu gekommen ist. Vor fünfzigtausend Jahren waren wir Tiere, genau wie sie. Aber der Große Sprung nach vorn hat uns einen Vorteil verschafft, den wir immer noch nicht begreifen. Das Einzige, was wir mit Sicherheit wissen, ist, dass es eine Änderung in der Hirnvernetzung gegeben hat. Vermutlich hat das unsere Sprach- und Kommunikationsfähigkeiten verbessert. Es war eine plötzliche Veränderung. Das weißt du ja alles. Aber ... was, wenn eine neue Veränderung bevorsteht? Die Gehirne dieser Kinder sind anders vernetzt. Du weißt, wie die Evolution funktioniert. Sie läuft nie zielgerichtet ab, sondern nach dem Prinzip Versuch und Irrtum. Die Gehirne dieser Kinder könnten einfach die nächste Version des Betriebssystems des menschlichen Geistes darstellen – so wie die neue Version von Windows oder Mac OS –, schneller und besser als die alte, die wir haben. Was, wenn diese Kinder oder ihresgleichen die ersten Angehörigen eines neuen Zweiges im Baum der menschlichen Genetik sind? Eine neue Subspezies? Was, wenn irgendwo auf diesem Planeten eine Gruppe bereits mit dem neuen Betriebssystem ausgestattet ist? Was, glaubst du, wie sie mit uns umgehen würde, mit den alten Menschen? Vielleicht genauso, wie wir mit den letzten Menschen umgegangen sind, die nicht so schlau waren wie wir – den Neandertalern und Hobbits.«

»Das ist absurd. Diese Kinder sind keine Bedrohung für uns.« Kate betrachtete Martin. Er wirkte verändert ... der Ausdruck in seinen Augen, sie konnte es nicht einordnen. Und all das Gerede über Genetik und evolutionäre Entwicklung ... warum erzählte er ihr Sachen, die sie schon wusste?

»Es sieht vielleicht nicht so aus, aber wie können wir da sicher sein?«, fuhr Martin fort. »Aus der Vergangenheit wissen wir, dass jede weiterentwickelte menschliche Spezies jede Art ausgerottet hat, die sie als Bedrohung empfand. Beim letzten Mal waren wir das Raubtier, aber beim nächsten Mal werden wir die Beute sein.«

»Damit sollten wir uns beschäftigen, wenn es so weit ist.«

»Es ist bereits so weit, wir haben es nur noch nicht gemerkt. Das wird mit dem sogenannten Rahmenproblem beschrieben – in einer komplexen Umgebung können wir die Folgen unserer Handlungen nicht abschätzen, auch wenn sie im Moment noch so gut erscheinen. Ford dachte, er würde ein Massentransportmittel schaffen. Aber er hat der Menschheit zugleich ein Werkzeug gegeben, um die Umwelt zu zerstören.«

Kate schüttelte den Kopf. »Du müsstest dich selbst hören, Martin. Du klingst verrückt, geradezu wahnhaft.«

Martin lächelte. »Ich habe dasselbe gesagt, als mir dein Vater denselben Vortrag gehalten hat.«

Kate dachte über Martins Behauptung nach. Es war eine Lüge, da war sie sich ziemlich sicher. Zumindest war es ein Ablenkungsmanöver, ein Trick, um ihr Vertrauen zu gewinnen, ein Versuch, sie daran zu erinnern, dass er sie aufgenommen hatte. Sie starrte ihn an, bis er wegsah. »Du willst mir also erzählen, du hättest mir die Kinder weggenommen, um die Evolution aufzuhalten?«

»Nicht ganz ... ich kann dir nicht alles erklären, Kate. Ich wünschte, ich könnte es. Ich kann dir nur sagen, dass diese Kinder der Schlüssel sind, um einen Krieg zu verhindern, der die Menschheit auslöschen würde. Einen Krieg, der sich anbahnt, seit unsere Vorfahren vor sechzig- oder siebzigtausend Jahren Afrika verlassen haben. Du *musst* mir vertrauen. Ich muss wissen, was du getan hast.«

»Was ist Toba-Protokoll?«

Martin wirkte verwirrt. Oder hatte er Angst? »Wo ... hast du davon gehört?«

»Der Soldat, der mich aus der Polizeiwache geholt hat. Bist du darin verwickelt – in Toba?«

»Toba ... ist ein Notfallplan.«

»Bist du darin verwickelt?« Ihre Stimme war fest, doch sie fürchtete die Antwort.

»Ja, aber ... Toba wird nicht nötig sein, *wenn* du mit mir sprichst, Kate.«

Vier bewaffnete Männer kamen aus einer Seitentür, die Kate bisher noch nicht bemerkt hatte.

Martin wandte sich zu ihnen um. »Unser Gespräch ist noch nicht beendet!«

Zwei Wachmänner packten ihn bei den Armen und zogen ihn aus dem Raum und den langen Gang entlang, den Kate gekommen war.

Sie hörte Martin in der Ferne mit den Männern streiten.

»Direktor Sloane hat gesagt, Ihre Zeit ist um. Sie wird nicht reden, und sie weiß sowieso zu viel. Er wartet am Hubschrauberlandeplatz.«

33

Slums am Flussufer
Jakarta, Indonesien

David verpasste Cole eine weitere Ohrfeige, und er kam zu sich. Er war nicht älter als fünfundzwanzig. Seine schläfrigen Augen weiteten sich, als er David sah.

Er versuchte wegzukriechen, aber David hielt ihn fest. »Wie heißt du?«

Der Mann sah sich nach Hilfe oder einem Fluchtweg um. »William Anders.« Er tastete an seinem Körper nach Waffen, fand jedoch keine.

»Guck mich an. Siehst du den Körperpanzer, den ich trage? Erkennst du ihn wieder?« David stand auf und gab dem Mann Gelegenheit, den Immari-Kampfanzug zu betrachten, der ihn von Kopf bis Fuß bedeckte. »Komm mit«, sagte David.

Der Mann stand auf und taumelte benommen in den Nebenraum, wo sein toter Kollege lag, dessen Kopf in einem unnatürlichen Winkel abstand.

»Er hat mich auch angelogen. Ich frage dich zum letzten Mal: Wie heißt du?«

Der Mann schluckte und stützte sich am Türrahmen ab. »Cole. Ich heiße Cole Bryant.«

»Schon besser. Woher kommst du, Cole Bryant?«

»Abteilung Jakarta. Immari Security Spezialkräfte.«

»Nein, woher kommst du ursprünglich?«

»Was?« Die Frage schien den jungen Söldner zu verwirren.

»Wo bist du aufgewachsen?«

»Colorado. Fort Collins.«

David sah, dass sich Cole allmählich erholte. Bald würde er gefährlich werden. Er musste herausfinden, ob Cole Bryant geeignet war.

»Hast du Familie dort?«

Cole wich einige Schritte zurück. »Nein.«

Es war eine Lüge. Sehr vielversprechend. Jetzt musste David dafür sorgen, dass Cole ihm glaubte.

»Gehen die Kinder in Fort Collins an Halloween Süßigkeiten schnorren?«

»Was?« Cole näherte sich vorsichtig der Tür.

»Bleib stehen.« Davids Stimme klang jetzt härter. »Spürst du was an deinem Rücken? Drückt da was?«

Cole betastete seinen unteren Rücken und versuchte, eine Hand unter die Panzerung zu schieben. Seine Miene drückte Verwirrung aus.

David ging zu einer Reisetasche in der Ecke und klappte sie auf, sodass man mehrere rechteckige Blöcke sah, die an in Frischhaltefolie eingewickelten Knetgummi erinnerten.

»Weißt du, was das ist?«

Cole nickte.

»Ich habe ein paar Klumpen davon an deinem Rückgrat befestigt. Mit dieser Fernsteuerung kann man sie zünden.« David streckte die linke Hand aus und zeigte Cole einen zylindrischen Gegenstand von der Größe zweier Mignonzellen. An der Oberseite befand sich ein runder roter Knopf, den David mit dem Daumen unten hielt. »Weißt du auch, was das ist?«

Cole erstarrte. »Ein Totmannschalter.«

»Sehr gut, Cole. Es ist tatsächlich ein Totmannschalter.« David schlang sich den Tragegurt der Reisetasche über die Schulter. »Wenn mein Daumen von dem Knopf rutscht, geht der Sprengstoff hoch und verwandelt deine Eingeweide in glibberigen Brei. Denk dran, dass der Sprengstoff nicht ausreicht, um mich zu verletzen oder auch nur deine Körperpanzerung zu durchschlagen. Ich könnte direkt neben dir stehen, und wenn ich beschossen oder verwundet werde, würde die Explosion dein Inneres verflüssigen, ohne die äußere Schale zu beschädigen, wie bei einem gefüllten Schokoladenei. Magst du Schokoladeneier, Cole?« David sah, dass er jetzt richtig Angst hatte.

Cole schüttelte kaum merklich den Kopf.

»Wirklich nicht? Als Kind gab es für mich nichts Größeres. Ich war immer begeistert, wenn ich Ostern welche bekam. Meine Mutter hat sogar welche aufbewahrt, um sie mir zu geben, wenn ich an Halloween vom Schnorren zurückkam. Ich konnte es kaum erwarten, sie aufzubrechen. Die dicke Schokoladenschale und das zähflüssige gelbe Innere.« David blickte zur Seite, als erinnerte er sich, wie gut sie geschmeckt hatten. Dann sah er wieder Cole an. »Aber du willst doch kein Schokoladenei sein, oder, Cole?«

34

Hauptquartier von Immari Jakarta
Jakarta, Indonesien

Martin trat aus dem Aufzug auf den Hubschrauberlandeplatz. Die Sonne war fast untergegangen. Der Himmel färbte sich rot, und der Wind, der über das Dach des achtzigstöckigen Gebäudes blies, brachte den Geruch von Salzwasser mit sich. Dorian Sloane wartete mit dreien seiner Männer auf ihn. Als er Martin sah, wandte er sich um und signalisierte dem Piloten, den Startvorgang einzuleiten. Das Triebwerk zündete, und die Rotorblätter begannen sich zu drehen.

»Ich habe Ihnen doch gesagt, dass sie nicht den Mund aufmacht«, sagte Sloane.

»Sie braucht Zeit.«

»Das würde nichts bringen.«

Martin straffte die Schultern. »Ich kenne sie viel besser als Sie ...«

»Darüber kann man streiten ...«

»Noch ein Wort, und es wird Ihnen leidtun.« Martin trat näher zu Sloane und musste fast schreien, um das Brüllen des Helikopters zu übertönen. »Sie braucht Zeit, Dorian. Sie wird reden. Ich verlange, dass Sie sie in Ruhe lassen.«

»Sie haben uns das eingebrockt, Martin. Ich bringe die Sache nur in Ordnung.«

»Wir haben Zeit.«

»Wir wissen beide, dass das nicht stimmt – das haben Sie doch selbst gesagt. Und ich fand es ziemlich amüsant, was Sie noch gesagt haben. Ich dachte, Sie hassen mich wegen meiner Methoden und Pläne.«

»Ich hasse Sie wegen dem, was Sie ihr angetan haben.«

»Es war nicht mal ein Zehntel von dem, was sie meiner Familie angetan hat.«

»Sie hatte nichts damit zu tun.«

»Da gehen unsere Meinungen auseinander, Martin. Konzentrieren wir uns auf die bevorstehende Aufgabe.«

Sloane packte ihn am Arm und führte ihn ein Stück vom Hubschrauber weg, damit sie sich leichter unterhalten konnten. Und, dachte Martin, damit Sloanes Männer ihn nicht hören konnten.

»Hören Sie zu, Martin, ich mache Ihnen ein Angebot. Ich zögere Toba-Protokoll hinaus, bis wir sehen, ob das funktioniert. Sie lassen uns die Kleine bearbeiten, damit wir in ein oder höchstens zwei Stunden bekommen, was wir wollen. Wenn wir jetzt losfliegen, haben wir die Information, sobald wir in der Antarktis landen. Wir könnten ein echtes Atlantis-Gen-Retrovirus innerhalb von acht Stunden testen. Und ja, ich weiß, dass Sie nach einem Eingang suchen.« Martin wollte etwas entgegnen, aber Dorian winkte abschätzig ab. »Sparen Sie sich das Leugnen, Martin. Ich habe einen Mann im Team. In vierundzwanzig Stunden könnten wir beide zusammen durch die Tore der Gewölbe gehen. Dann können wir uns Toba sparen. Sie haben keine andere Wahl. Das wissen Sie selbst.«

»Sie müssen mir versprechen, dass sie nicht verletzt ... dass sie keine bleibenden Schäden behält.«

»Martin. Ich bin doch kein Unmensch. Wir müssen sie nur

zum Reden bringen. Ich würde ihr nie *bleibende* Schäden zufügen.«

»Da gehen unsere Meinungen auseinander.« Martin sah zu Boden. »Wir sollten jetzt aufbrechen. Die Antarktis-Fundstelle ist ziemlich schwer zu erreichen.«

Während sie zum Helikopter gingen, zog Sloane einen der Männer zu sich. »Holen Sie Tarea aus der Zelle und sagen Sie ihm, er soll rausfinden, was Warner mit diesen Kindern gemacht hat.«

35

Vor dem Hauptquartier von Immari Jakarta
Jakarta, Indonesien

Sie waren fast zehn Minuten schweigend gefahren, als David sagte: »Cole, mich würde interessieren, wie ein Junge aus Fort Collins bei Immari Security landet.«

Cole blickte geradeaus und konzentrierte sich auf die Straße. »Das klingt, als wäre es was Schlechtes.«

»Wenn du wüsstest.«

»Sagt der Mann, der meinen Partner getötet und mir Sprengstoff am Rücken befestigt hat.«

Da hatte Cole nicht unrecht. Aber David konnte es ihm nicht erklären, sonst hätte er sein Druckmittel aus der Hand gegeben. Manchmal musste man böse sein, um die Guten zu retten.

Sie fuhren weiter, bis sie das Gelände von Immari Jakarta erreichten – sechs Gebäude, die von einem hohen Maschendrahtzaun umgeben waren. Wachhäuser flankierten sämtliche Eingänge. David setzte Helm und Schutzbrille auf und gab Cole den Ausweis des Mannes, den er getötet hatte.

Am Tor trat der Wachmann aus seiner Baracke und schlenderte zum Auto. »Ausweise?«

Cole reichte ihm die beiden Immari-Ausweise. »Bryant und Stevens.«

Der Wachmann nahm sie entgegen. »Danke, Arschloch. Ich kann erst seit vierzig Jahren lesen.«

Cole hob eine Hand. »Ich wollte nur zuvorkommend sein.«

Der Wachmann beugte sich durch das Fenster. »Nimm den Helm ab«, sagte er zu David.

David setzte den Helm ab, sah nach vorn und dann zur Seite und hoffte, sein Blick würde vermitteln, dass er die genaue Musterung als Schikane eines unsicheren oder sich aufspielenden Wachmanns betrachtete.

Der Wachmann studierte den Ausweis und sah prüfend zu David. Immer wieder. »Einen Moment.« Er lief zurück zur Baracke.

»Ist das normal?«, fragte David Cole.

»Ist noch nie vorgekommen.«

Der Wachmann hatte das Telefon am Ohr. Er wählte, ohne sie aus den Augen zu lassen.

In einer einzigen flüssigen Bewegung zog David seine Pistole und beugte sich zur Beifahrerseite. Der Wachmann ließ das Telefon fallen und griff nach seiner Waffe. David gab einen einzelnen Schuss ab, der den Mann an der linken Schulter traf, knapp über der Schutzweste. Der Mann fiel zu Boden. Er würde es überleben, aber sein Auftreten würde wohl nicht freundlicher werden.

Cole warf David einen Blick zu, dann trat er das Gaspedal durch und steuerte den Wagen zum Hauptgebäude.

»Park am Hintereingang, neben der Bootanlegestelle.« David griff nach hinten und nahm den kleinen Rucksack voller Sprengladungen vom Rücksitz. Die Reisetasche mit dem restlichen Sprengstoff zog er auf den Wagenboden hinunter.

In der Ferne hörten sie überall auf dem Gelände Alarmsirenen aufheulen.

Sie betraten das Gebäude durch das Tor einer unbewachten Laderampe. David brachte eine Sprengladung an der Wand neben dem Tor an. Er gab einen Code in die Zündvorrichtung ein, und sie begann zu piepsen. Es war schwierig, das alles mit einer Hand zu machen, aber wegen Cole musste er den Daumen auf dem Totmannschalter halten.

Sie folgten dem Gang, und David platzierte ungefähr alle fünf Meter einen Sprengsatz.

David hatte beschlossen, Cole nicht einzuweihen, ehe sie ankamen – sein Gefangener hätte einen Weg finden können, die Informationen an das Immari-Hauptquartier weiterzuleiten, oder sie hätten abgehört werden können. Jedenfalls hätte er keinen Vorteil daraus gezogen. Jetzt musste er es ihm erklären. »Hör zu, Cole. Irgendwo im Gebäude wird eine Frau gefangen gehalten. Dr. Kate Warner. Wir müssen sie finden.«

Cole zögerte einen Moment, dann sagte er: »Die Arrestzellen und Verhörräume sind in der Mitte des Gebäudes, im siebenundvierzigsten Stock ... Aber selbst wenn sie da ist und du sie rausholen kannst, kommt ihr nie aus dem Gebäude. Der Sicherheitsdienst ist auf dem Weg hierher, und allein in diesem Gebäude sind Dutzende von Wachen. Und die Agenten, die vom Einsatz zurückgekommen sind.« Cole zeigte auf den Totmannschalter in Davids linker Hand. »Was passiert mit mir, wenn du ...«

David dachte nach. »Gibt es irgendwo Einsatzausrüstung in diesem Gebäude?«

»Ja, in der Hauptwaffenkammer im dritten Stock, aber die meisten Waffen und Schutzausrüstungen sind nicht da. Das gesamte Einsatzkommando wurde heute losgeschickt, um dich zu töten.«

»Spielt keine Rolle; das, was ich brauche, haben sie nicht mitgenommen. Sobald wir die Frau haben, gebe ich dir den

Auslöser. Das verspreche ich dir, Cole. Dann kämpfe ich mich allein raus.«

Cole nickte einmal, dann sagte er: »Es gibt ein Wartungstreppenhaus ohne Kameras.«

»Eine Sache muss ich noch erledigen, bevor wir hochgehen.« David öffnete einen Abstellraum und legte Feuer. Innerhalb von Sekunden schossen die Flammen am Holzregal zum Rauchmelder an der Decke empor

Der Feueralarm wurde ausgelöst, blinkende LED-Lampen begleiteten den Lärm, und Tumult brach aus. Türen wurden geöffnet, Leute kamen aus den Räumen links und rechts gerannt, Sprinkler gingen an und durchnässten die Flüchtenden.

»Jetzt können wir gehen.«

36

Hauptquartier von Immari Jakarta
Jakarta, Indonesien

Im Aufzug hatte Kate sich gegen die Wachen gewehrt, die ihre Arme im Griff hielten wie ein Schraubstock. Sie hatten sie gegen die Wand gedrückt, bis sich die Türen öffneten, und dann in einen Raum geschleift, in dem eine Art Zahnarztstuhl stand. Nachdem die Männer sie auf den Stuhl gestoßen hatten, schnallten sie sie fest, und einer von ihnen sagte höhnisch: »Der Doktor kommt gleich.« Sie lachten beim Hinausgehen.

Jetzt wartete sie. Ihre Erleichterung, als sie Martin gesehen hatte, schien eine Million Jahre zurückzuliegen. Angst breitete sich in ihr aus. Die Riemen schnitten ihr in die Arme, knapp über den Furchen, die die Kabelbinder an ihren Handgelenken hinterlassen hatten. Die Wände waren strahlend weiß, und außer dem Stuhl befand sich nur noch ein stählerner Rolltisch mit einem runden Bündel darauf im Raum. Sie konnte es nur aus dem Augenwinkel erkennen, denn der nach hinten geklappte Stuhl zwang sie, in die summenden Leuchtstofflampen an der Decke zu blicken.

Die Tür wurde geöffnet, und sie reckte den Kopf, um zu sehen, wer kam. Es war er – der Mann, der die Kinder entführt hatte. Der Mann, der sie aus dem Laster des Soldaten geholt hatte. Ein Grinsen verzerrte sein Gesicht. Es war ein gemeiner Ausdruck, der zu sagen schien: »Jetzt habe ich dich.«

Er blieb ein paar Schritte vor ihr stehen. »Du hast mich heute ziemlich in Schwierigkeiten gebracht, Kleine. Aber man sieht sich immer zweimal im Leben.« Er ging zu dem Stahltisch und rollte das Bündel auseinander. Kate sah lange spitze Metallinstrumente aufblitzen. Der Mann blickte sie über die Schulter an. »Und, ehrlich gesagt, gibt es kaum was Schöneres als Rache.« Er zog eines der Folterwerkzeuge, eine Art kleinen Grillspieß, heraus. »Du wirst mir sagen, was ich wissen muss, und ich hoffe, es dauert so lange, wie es körperlich möglich ist.«

Ein zweiter Mann kam herein. Er trug einen weißen Kittel und hielt etwas in der Hand, das Kate nicht richtig erkennen konnte, vermutlich eine Spritze. »Was machst du da?«, fragte er ihren Folterer.

»Ich komme zur Sache. Und du?«

»Das war so nicht geplant. Wir geben ihr zuerst die Droge. So lautet der Befehl.«

»Aber nicht mein Befehl.«

Kate lag hilflos da, während die Männer sich anstarrten, der eine mit dem silbernen Spieß, der andere mit der Spritze in der Hand.

Schließlich sagte der Spritzenmann: »Was auch immer. Ich gebe ihr das hier, dann kannst du mit ihr machen, was du willst.«

»Was ist das?«

»Etwas Neues, das wir in Pakistan benutzen. Es verwandelt das Gehirn in Brei, sodass die Gefangenen alles ausplaudern.«

»Sind das bleibende Schäden?«

»Manchmal. Es hat eine Menge Nebenwirkungen. Wir

arbeiten noch daran.« Er stieß Kate die Nadel der riesigen Spritze in den Arm und injizierte langsam das Mittel. Sie spürte, wie die kalte Flüssigkeit in ihre Adern strömte. Verzweifelt versuchte sie, sich aus den Riemen zu befreien, doch sie saßen zu stramm.

»Wie lange dauert es, bis es wirkt?«

»Zehn oder fünfzehn Minuten?«

»Wird sie sich erinnern?«

»Wahrscheinlich nicht.«

Der Folterer legte das silberne Werkzeug auf den Tisch und kam zu Kate. Er strich ihr mit einer Hand über die Brust und die Beine. »So süß. Und temperamentvoll. Vielleicht überlassen sie dich mir, wenn sie ihre Antworten bekommen haben.«

37

Kate wusste nicht, wie viel Zeit vergangen war; sie wusste nicht, ob sie geschlafen hatte und ob sie jetzt wach war. Sie hatte keine Schmerzen. Sie spürte weder die Riemen noch sonst etwas. Sie war nur durstig. Das Licht blendete sie. Sie wandte den Kopf zur Seite und leckte sich die Lippen. So durstig.

Der hässliche Mann tauchte vor ihr auf. Er packte sie am Kinn und drehte sie zurück zum Licht. Sie blinzelte. Sein Gesicht, so gemein. Wütend. »Ich würde sagen, es wird Zeit für unser erstes Date, Prinzessin.«

Er zog etwas aus der Tasche. Ein Blatt Papier?

»Aber zuerst müssen wir den Papierkram hinter uns bringen. Nur ein paar Fragen. Frage Nummer eins: Was hast du den Kindern gegeben?« Er zeigte auf das Blatt. »Ah, und hier steht eine Anmerkung: ›Wir wissen, dass es nicht A-R-C 2-4-7 war.‹ Was immer das auch sein mag. Sie wissen, dass es das nicht war, also versuch es erst gar nicht damit. Also, was war es? Eine endgültige Antwort bitte.«

Kate kämpfte gegen den Drang, ihm zu antworten. Sie schüttelte den Kopf, aber vor ihrem geistigen Auge sah sie sich selbst im Labor, während sie es zubereitete und sich fragte, ob es funktionieren würde oder ihren Gehirnen schaden und sie in … Brei verwandeln … die Droge, die sie ihr gegeben hatten … Sie musste …

»Was war es? Sag es uns.«

»Ich habe ... meine Babys ...«

Er beugte sich über sie. »Lauter, Prinzessin. Wir hören dich nicht. Die Techniker müssen deine Antworten aufnehmen.«

»Ich habe ... konnte nicht ... meine Babys ...«

»Ja, was hast du deinen Babys gegeben?«

»Ich habe meine Babys gegeben ...«

Er richtete sich auf. »Gott, hört ihr das, Jungs? Sie ist durchgeknallt.« Er schloss die Tür. »Zeit für Plan B.« Er machte etwas in der Ecke des Raums.

Sie konnte sich nicht konzentrieren.

Dann ein Alarm – Wasser regnete von der Decke. Lichter blinkten, noch heller als die Lichter zuvor. Kate kniff die Augen zu. Wie viel Zeit war vergangen? Ein lautes Geräusch, mehrmals. Schüsse. Die Tür explodierte.

Der hässliche Mann fiel zu Boden, blutend. Sie wurde losgebunden, aber sie konnte nicht aufstehen. Sie glitt vom Stuhl, wie ein Kind eine Wasserrutsche hinabschlitterte.

Sie konnte ihn erkennen – den Soldaten aus dem Laster. David. Er trug einen Rucksack. Er gab einem anderen Mann ein kleines Gerät. Der andere Mann hatte Angst; er drückte den Daumen auf das Ding. Ihre Stimmen klangen gedämpft, als wäre Kate unter Wasser.

Der Soldat nahm ihr Gesicht in die Hände. Sie sah in seine sanften braunen Augen. »Gate? Gannst du mich wören? Gate?« Seine Hande waren warm. Das Wasser war kalt. Sie leckte sich über die Lippen. Sie hätte etwas trinken sollen. Immer noch so durstig.

Er sprang auf, und weitere Schüsse fielen. Er ging weg. Er war wieder da. »Gannst du weine Arme um wich legen?« Er nahm ihre Arme, aber sie konnte sie nicht bewegen; sie sackten leblos zu Boden. Sie waren aus Beton.

Er stürmte zur Tür und warf etwas.

Er hob sie mit beiden Armen hoch, starken Armen. Er rannte. Vor ihnen explodierte eine Wand aus Stahl und Glas. Splitter trafen sie, aber sie spürte keinen Schmerz.

Sie flogen. Nein, sie fielen. Er hielt sie fest, jetzt nur noch mit einem Arm. Er griff nach hinten und suchte etwas.

Dann wurden sie nach oben gerissen und hingen an etwas. Sie rutschte aus seinen Armen, aber er hielt sie an einem Arm fest. Sie baumelte hin und her, während er über ihr schwebte und mit Schnüren an einer weißen Wolke hing. Seine Hand rutschte ab – sie war zu nass, ihre Kleider waren nass. Sie fiel.

Er fing sie mit den Beinen auf, und seine Füße bohrten sich in ihren Rücken und ihre Rippen. Seine Hand zog an ihrem Arm, und schließlich umklammerte er sie fest mit beiden Beinen. Ihr Gesicht war nach unten gerichtet, und sie sah sie.

Schießende Männer bevölkerten die Docks. Weitere Männer kamen aus dem Gebäude gerannt und schossen ebenfalls. Irgendwas piepste über ihr. Das Erdgeschoss des Gebäudes explodierte, und Trümmer und Körperteile flogen auf den Parkplatz.

Über ihr ein Geräusch, als risse etwas; sie fielen jetzt schneller. Der Mann wackelte hin und her, und sie spürte, wie sie wegflogen, weiter über die Bucht hinaus.

Wieder Lärm unter ihnen – aufheulende Motoren und erneut Schüsse. Sie drehten sich, und sie sah, dass der Hafen vor Menschen wimmelte. Über ihnen ein schnelles Piepsen. Ein Auto auf dem Parkplatz löste sich in Luft auf, und im Umkreis von dreißig Metern erhob sich eine Wand aus Feuer und Rauch, die alles und jeden verschlang. Die Schüsse hörten auf.

Es war jetzt still und friedlich. Sie sah die letzten Sonnenstrahlen über der Javasee, während die Dunkelheit hereinbrach. Sie hingen eine Weile dort. Kate wusste nicht, wie lange.

Über sich hörte sie ein weiteres Reißen, und sie stürzten dem schwarzen Wasser entgegen. Kate spürte, wie er sich über ihr abmühte und nach irgendetwas griff. Die Beine rutschten von ihr ab, und sie fiel schneller, allein. Sekunden verstrichen wie in Zeitlupe. Sie drehte sich beim Fallen und sah, wie der Mann über ihr von ihr wegschwebte.

Kate hörte einen lauten Knall, als sie ins Meer eintauchte, aber sie spürte nichts. Sie wurde nach unten gezogen, und Wasser, kaltes Salzwasser, war in ihrem Mund und ihrer Nase. Sie konnte nicht atmen, sie konnte nur Wasser einsaugen. Es brannte. Sie befand sich in fast völliger Dunkelheit, nur an der Oberfläche schimmerte ein Licht, wo der Mond das Meer küsste.

Sie trieb umher, die Arme an den Seiten, und wartete.

Warten. Sie bemühte sich, nicht noch mehr Wasser einzuatmen. Ihr Kopf war leer. Keine Gedanken. Nur kaltes Wasser, um sie herum und in ihrer Lunge.

Eine Leuchtfackel, ein brennender Stab, fiel herab, zu weit von ihr entfernt. Und etwas schwamm an der Oberfläche wie ein winziger Käfer, in weiter Ferne. Noch eine Leuchtfackel, näher, aber immer noch zu weit weg. Die Kreatur tauchte den Kopf ins Wasser, schwamm nach unten und tauchte wieder auf, um Atem zu holen. Eine dritte Leuchtfackel, und das Wesen tauchte zu ihr herab. Es packte sie, schlug wild mit den Beinen und zog sie der Oberfläche entgegen. Sie würden sie niemals erreichen. Kate schluckte wieder Wasser, sie konnte nicht anders, sie musste atmen. Es drang in sie ein und fühlte sich an wie kalter Beton, als es in ihren

Hals strömte. Und es zog sie nach unten und wollte sie nicht aufsteigen lassen, und da war der Mond, und dann war alles so dunkel.

Jetzt spürte sie die Luft, den Wind und die Regentropfen und hörte das Plätschern um sich herum. Das Plätschern hielt lange an, und der Arm hielt sie umschlungen, hob ihren Kopf aus dem Wasser.

Ein lautes Geräusch näherte sich, ein großes Boot mit Lichtern. Es würde sie rammen. Es kam direkt auf sie zu. Sie sah, dass ihr Retter winkte und sie aus der Bahn des Bootes zog.

Die Hände eines zweiten Mannes zogen sie hoch, und sie lag auf dem Rücken. Ihr Retter war über ihr, drückte auf ihren Brustkorb, hielt ihr die Nase zu und ... küsste sie. Sein Atem war so warm; er füllte ihren Mund und drang in ihre Lunge. Erst wehrte sie sich, aber dann erwiderte sie den Kuss. Das hatte sie schon so lange nicht mehr getan. Sie mühte sich, die Arme zu heben, doch es ging nicht, sie versuchte es erneut, schaffte es und wollte ihn festhalten. Er schob ihre Arme weg und hielt sie unten. Sie lag reglos da, bis ihre Brust explodierte. Wasser schoss aus Mund und Nase, als sie sich auf den Bauch drehte. Sie würgte und hustete, und es kam immer mehr Wasser. Ihr Magen verkrampfte sich. Verzweifelt saugte sie Luft ein.

Er hielt sie, bis ihre Atmung sich beruhigt hatte. Jedes Luftholen schmerzte, ihre Lunge füllte sich nicht richtig, die Atmung blieb flach.

Er rief dem anderen Mann etwas zu. »Das Wicht! Das Wicht!« Er fuhr sich mit der Hand über die Kehle. Nichts geschah.

Er stand auf und ging davon. Eine Sekunde später erloschen die Lichter, und sie bewegten sich, schnell. Der Regen peitschte Kate ins Gesicht, aber sie lag einfach da, unfähig, sich zu bewegen.

Er hob sie wieder hoch, genau wie in dem Hochhaus. Er brachte sie nach unten und legte sie auf ein schmales Bett in einem beengten Raum.

Sie hörte Stimmen. Sah, wie er auf einen Mann zeigte. »Arto, stopp, stopp!« Er zeigte erneut.

Dann kam er, hob sie mit seinen starken Armen hoch, trug sie vom Boot, und sie waren wieder an Land. Sie gingen einen Strand entlang, auf einen kleinen Ort zu, der aussah wie nach einem Bombenangriff im Zweiten Weltkrieg. Dann waren sie in einer Art Ferienhaus, und das Licht brannte. Sie war so müde, dass sie sich keine Sekunde länger wach halten konnte. Er legte sie auf ein Bett aus Blumen – nein, auf eine Steppdecke mit Blumenmuster. Sie schloss die Augen und wäre beinahe eingeschlafen, aber sie spürte, dass er vor ihren Füßen hockte und ihr die nasse Hose auszog. Sie lächelte. Er griff nach ihrem T-Shirt. Panik. Er würde sie sehen – die Narbe. Seine Hände packten den Stoff, aber sie hielt das T-Shirt fest und versuchte, es unten zu halten.

»Gate, du wusst droggene Wachen ansiehen.«

»Nein.« Sie schüttelte den Kopf und drehte sich weg.

»Du wusst ...«

Sie konnte ihn kaum verstehen.

Er zog an ihrem T-Shirt.

»Bitte nicht«, murmelte sie. »Bitte nicht ...«

Dann ließ er von ihr ab, das Bett wackelte, und er war fort.

Ein Motor sprang an, ein kleiner. Warme Luft hüllte sie ein. Sie drehte sich um, und der Luftstrom wärmte ihren Bauch, ihr Haar. Ihr ganzer Körper wurde warm.

38

Hauptquartier von Immari Jakarta
Jakarta, Indonesien

Cole lag auf dem Bauch und wartete. Er wartete schon seit fast einer Stunde, während der Bombenentschärfer an seiner Weste hantierte. Er musste sich zusammenreißen, um nicht herumzuzappeln, die Kontrolle über seine Blase zu verlieren oder zu schreien. Eine Gedanke schoss ihm ständig durch den Kopf: *Ich werde meine Familie nie wiedersehen.* Er hätte die Arbeit nicht annehmen sollen, egal, wie viel sie ihm zahlten. Sie hatten fast genug gespart – 150.000 der 250.000 Dollar, die sie brauchten, um eine kleine Autowerkstatt aufzumachen. Mit dem Geld seiner beiden Auslandseinsätze als Marine hätten sie genug gehabt. Aber er wollte ein kleines Polster – nur für den Fall, dass das Geschäft in den ersten Jahren nicht so gut lief. Der Anwerber von Immari hatte gesagt: »Sie sind in erster Linie dazu da, Präsenz zu zeigen, damit sich unsere Kunden sicher fühlen. Ihrem Wunsch entsprechend, werden wir Sie in eine ungefährliche Region schicken, auf keinen Fall in den Mittleren Osten oder nach Südamerika. Nach Europa kommen nur die Dienstälteren. Aber in Südostasien ist es auch sehr ruhig. Das Wetter in Jakarta wird Ihnen gefallen.« Jetzt würde irgendein Anzugträger von Immari bei seiner Frau an der Tür klopfen. »Ma'am, Ihr Mann ist bei einem unglücklichen Schokoladenei-Zwischenfall ums Leben gekommen. Unser tiefstes Beileid. Was? Nein, das ist bis jetzt noch nie vorgekommen. Hier sind seine flüssigen Überreste.« Cole stieß ein raues Lachen aus. Er drehte allmählich durch.

»Halt durch, Cole. Ich hab's gleich«, sagte der Bombenentschärfer hinter seinem dicken, gebogenen Schutzschild. Der Mann trug einen klobigen Helm und spähte durch das Fenster am oberen Ende des Schilds. Seine Arme steckten in silbernen, ziehharmonikaartigen Metallschützern, sodass er aussah wie der Roboter aus der Sechzigerjahre-Fernsehserie *Verschollen zwischen fremden Welten*.

Der Techniker schnitt die Gurte von Coles Schutzweste durch. Er hob die Weste vorsichtig an und beugte sich dichter an das Sichtfenster seines Schilds.

Schweißtropfen bildeten sich auf Coles ohnehin schon nassem Gesicht.

»Es hat keinen Berührungszünder«, sagte der Techniker. Zentimeter für Zentimeter zog er ihm die Weste von der Haut. »Mal sehen, was wir da haben.«

Cole hätte beinahe gezuckt, als der Mann die Weste mit einem Ruck nach oben klappte. Gab es einen Zeitzünder? Einen zusätzlichen Auslöser? Er spürte, wie die Hände des Mannes flink an seinem Rückgrat arbeiteten. Dann erschlafften die behandschuhten Hände. Er hörte das Kratzen von Metall, als der Techniker energisch seinen Schild zur Seite schob. Der Mann arbeitete jetzt mit bloßen Händen.

Cole spürte, wie er die Sprengladung von seinem Ruckgrat hob.

»Du kannst jetzt aufstehen, Cole.«

Cole drehte sich mit angehaltenem Atem um.

Der Techniker sah ihn verächtlich an. »Hier ist deine

Bombe, Cole. Sei vorsichtig, vielleicht hast du eine Polyester-Allergie.« Er reichte Cole ein aufgerolltes T-Shirt.

Cole konnte es nicht fassen. Er schämte sich, aber vor allem war er erleichtert.

Cole rollte das T-Shirt auseinander. Auf dem Stoff stand mit Filzstift in großen schwarzen Buchstaben: »BUMM!« Darunter in kleinerer Schrift: »Entschuldigung ...«

39

Jachthafen Batavia
Jakarta, Indonesien

Harto legte den Arm um seine Frau und zog Sohn und Tochter an seine Seite. Sie standen auf dem hölzernen Kai des Hafens, in dem Harto das Schiff abgeholt hatte, von dem der Soldat ihm erzählt hatte. Die vier betrachteten es, ohne ein Wort zu sagen. Es funkelte. Harto kam das alles wie ein Traum vor. Das Schiff war das Schönste, was er gesehen hatte, seit sein jüngstes Kind geboren wurde.

»Es gehört uns«, sagte er.
»Wie kann das sein, Harto?«
»Der Soldat hat es mir geschenkt.«

Seine Frau strich mit der Hand über die Reling, vielleicht um sich zu überzeugen, dass es wirklich dort war. »Es ist fast zu schön zum Fischen.«

Es war eine kleine Jacht. Mit einer Länge von zwanzig Metern konnte sie zwischen den Inseln der Javasee kreuzen. Auf Deck war Platz für bis zu dreißig Passagiere, und unten konnten acht Leute in der Hauptkabine und in den Gästekabinen achtern und backbords übernachten. Vom Oberdeck und der Flybridge würde man einen atemberaubenden Ausblick haben.

»Wir werden damit nicht fischen«, sagte Harto. »Wir fahren andere zum Fischen raus. Die Ausländer, die hier leben, und die Touristen. Sie zahlen viel Geld dafür – fürs Hochseefischen. Und für andere Sachen wie Tauchen oder Inseltouren.«

Seine Frau sah von Harto zum Schiff und wieder zurück, als schätzte sie ab, ob es funktionieren oder wie viel Arbeit das für sie bedeuten würde. »Lernst du jetzt endlich Englisch, Harto?«

»Das muss ich wohl. Es gibt nicht genug Fisch im Meer, um alle Fischer von Jakarta zu ernähren. Die Zukunft liegt im Dienstleistungsgewerbe.«

TEIL II

Ein tibetischer Gobelin

40

Irgendwo in der Javasee

Kate erwachte mit den schlimmsten Kopfschmerzen ihres Lebens. Jede Bewegung tat weh. Sie lag eine Weile still im Bett und schluckte mehrmals. Die Augen zu öffnen tat weh. Das Sonnenlicht tat weh. Sie drehte sich vom Fenster weg. Das Fenster. Das Bett. Wo war sie?

Als sie sich hochstemmte, breitete sich mit jedem Zentimeter der Schmerz in ihrem Körper aus. Ihre Muskeln brannten, aber es fühlte sich nicht wie Muskelkater an, sondern so, als wäre sie mit einem Holzlöffel verprügelt worden. Sie fühlte sich krank. *Was ist passiert?*

Das Zimmer nahm vor ihren Augen Kontur an. Eine Hütte oder ein Ferienhaus am Strand. In dem kleinen Raum standen ein Doppelbett und einige rustikale Holzmöbel. Vor dem Fenster sah sie eine große Veranda, hinter der ein verlassener Strand lag. Nicht makellos und gepflegt wie in einer Ferienanlage, sondern ein Strand, wie man ihn auf einer einsamen Insel vorfinden könnte – rau, verwildert, von Kokosnüssen und tropischen Pflanzen und toten Fischen übersät, die der letzte heftige Regen oder die Flut angespült hatte.

Kate schob die Laken zur Seite und stand langsam auf. Ein neues Gefühl überkam sie: Übelkeit. Sie wartete und hoffte, dass es nachlassen würde, aber es wurde immer stärker. Sie spürte, wie sich Speichel in ihrem Rachen sammelte.

Gerade noch rechtzeitig rannte sie ins Bad. Sie fiel auf die Knie und würgte über der Toilette. Einmal, zweimal, dreimal. Die Krämpfe sandten neue Schmerzwellen durch ihren gepeinigten Leib. Die Übelkeit ließ nach, und sie sank neben der Toilette auf den Hintern, stützte einen Ellbogen auf den Sitz und legte die Hand an die Stirn.

»Wenigstens musst du so nicht durch die Stadt laufen.«

Sie sah auf. Es war der Mann aus dem Laster, der Soldat. David.

»Wer bist du, wo sind wir ...«

»Wir reden später. Trink das.«

»Nein. Ich kotze es sowieso wieder aus.«

Er beugte sich über sie und neigte das Glas mit der orangefarbenen Flüssigkeit in ihre Richtung. »Versuch's.«

Er hielt ihren Hinterkopf, und ehe sie erneut widersprechen konnte, hatte sie den Saft schon getrunken. Er schmeckte süß und legte sich auf ihren wunden Rachen. Kate schluckte den Rest, und David half ihr auf die Beine.

Es gab etwas, das sie tun musste. Was war es? Etwas, das sie holen musste. Ihr Kopf pochte noch immer.

Er half ihr zum Bett, aber sie blieb stehen. »Warte, ich muss etwas erledigen.«

»Darum kümmern wir uns später. Du musst dich ausruhen.«

Ohne ein weiteres Wort manövrierte er sie auf das Bett. Sie war so müde, als hätte sie eine Schlaftablette genommen. Das süße orangefarbene Elixier.

41

Immari-Firmenjet
Irgendwo über dem Südatlantik

Martin Grey beugte sich zum Flugzeugfenster und spähte zu dem gigantischen Eisberg hinüber. Das Nazi-U-Boot ragte aus einem Eisblock in der Mitte der schwimmenden Insel, die eine Fläche von über hundertzwanzig Quadratkilometern einnahm. An der Schnittstelle zwischen dem U-Boot und dem Eis arbeiteten Männer mit schwerem Gerät hart daran, den Eingang des Bootes freizulegen. Notfalls bestand noch die Möglichkeit, ein Loch in die Seite zu schneiden, aber das würden sie nur tun, wenn sie nicht bald die Einstiegsluke erreichten.

Das Objekt unter dem U-Boot war noch mysteriöser; Forscherteams entwickelten gerade ihre Theorien dazu. Martin hatte seine eigene Idee, und wenn es nötig war, würde er sie mit ins Grab nehmen.

»Wann haben Sie es gefunden?«

Dorian Sloanes Stimme ließ Martin aufschrecken, und er sah ihn neben sich stehen und aus einem Fenster blicken.

Martin öffnete den Mund, um zu antworten, aber Sloane kam ihm zuvor. »Keine Lügen, Martin.«

Martin sackte in seinem Sitz zusammen und sah wieder aus dem Fenster. »Vor zwölf Tagen.«

»Ist es seins?«

»Die Beschriftung ist dieselbe. Die Materialuntersuchung hat das Alter bestätigt.«

»Ich will als Erster reingehen.«

Martin wandte sich ihm zu. »Das würde ich nicht empfehlen. Das Wrack ist wahrscheinlich instabil. Niemand kann wissen, was darin ist. Da könnten ...«

»Und Sie kommen mit.«

»Auf keinen Fall.«

»Was ist aus dem unerschrockenen Entdecker geworden, den ich aus meiner Jugend kenne?«

»Das ist eine Aufgabe für Roboter. Sie können an Orte gehen, die für uns unzugänglich sind. Sie halten die Kälte aus, und da drin ist es mit Sicherheit kalt, kälter, als Sie sich vorstellen können. Und Roboter sind außerdem leichter zu ersetzen.«

»Ja, es wird gefährlich. Aber noch gefährlicher wäre es, wenn ich allein gehe und Sie draußen bleiben.«

»Sie nehmen an, dass ich genauso moralisch verkommen bin wie Sie.«

»Ich bin nicht derjenige, der Kinder entführt und Geheimnisse hat.« Sloane setzte sich Martin gegenüber auf einen Sitz und schien sich auf eine Auseinandersetzung vorzubereiten.

Ein Stewart trat in ihr Abteil und sagte zu Sloane: »Sir, da ist ein Anruf für Sie. Es ist dringend.«

Dorian nahm den Telefonhörer, der an der Wand hing. »Sloane.«

Er hörte zu und warf Martin einen überraschten Blick zu. »Was?« Eine kurze Pause. »Das kann nicht Ihr Ernst sein ...« Er nickte mehrmals. »Nein, hören Sie, er muss per Boot geflüchtet sein. Suchen Sie die Inseln in der Umgebung ab, sie können nicht weit gekommen sein. Setzen Sie alle Männer ein, und ziehen Sie Einheiten von Immari Security und gesicherten Clocktower-Zellen hinzu.« Er hörte wieder zu. »Gut, wie auch immer, schalten Sie die Medien ein, um sie aufzuspüren. Töten Sie ihn, und nehmen Sie sie gefangen. Rufen Sie mich zurück, wenn Sie sie haben.«

Sloane legte auf und sah Martin prüfend an. »Die Kleine ist entkommen. Ein Clocktower-Agent hat ihr geholfen.«

Martin musterte weiter die Grabungsstelle unter ihnen.

Sloane stützte den Ellbogen auf den Tisch und beugte sich bedrohlich nah zu Martin. »Fünfzig meiner Männer sind tot, und drei Stockwerke unseres Hauptquartiers in Jakarta wurden weggesprengt, von den Hafenanlagen ganz zu schweigen. Und Sie scheint es nicht mal zu überraschen, Martin.«

»Ich sehe ein achtzig Jahre altes Nazi-U-Boot und ein Ding, das ein fremdes Raumschiff sein könnte, aus einem Eisberg vor der Antarktis ragen. Es gibt im Moment wenig, das mich überrascht, Dorian.«

Sloane lehnte sich zurück. »Wir wissen beide, dass es kein fremdes Raumschiff ist.«

»Wirklich?«

»Bald werden wir es wissen.«

42

Irgendwo in der Javasee

David lehnte eine Weile am Türrahmen des Schlafzimmers und wartete ab, ob Kate wieder aufwachte. Die Söldner von Immari hatten ihr übel mitgespielt, und seine Befreiungsaktion war auch nicht gerade sanft vonstatten gegangen.

Sie so schlafen zu sehen, während sich die Wellen am Strand brachen und eine Brise durchs Zimmer wehte, verschaffte ihm ein Gefühl des inneren Friedens. Er verstand es selbst nicht. Der Untergang der Jakarta-Zelle angesichts eines drohenden Terroranschlags – ausgelöst durch die Leute, die aufzuhalten seine Lebensaufgabe war – war ein Albtraum. Nein, *der ultimative Albtraum*. Aber Kates Rettung hatte David auf gewisse Weise berührt. Die Welt fühlte sich nun weniger bedrohlich und kontrollierbarer an. Zum ersten Mal, seit er sich erinnern konnte, war er voller ... Hoffnung. Fast glücklich. Er fühlte sich sicherer. Nein, das stimmte nicht. Vielleicht waren die Leute in seiner Umgebung sicher, oder er war zuversichtlicher. Zuversichtlich, dass er die Menschen beschützen konnte, die ...

Die Selbstanalyse würde warten müssen. Er musste sich an die Arbeit machen.

Als er sich sicher war, dass Kate so bald nicht aufwachen

würde, zog er sich von der Tür zurück und ging wieder in seine verborgene Kammer unter der Hütte.

Er hatte den Bauunternehmern mitgeteilt, dass er einen Luftschutzkeller wollte. Sie hatten nichts gesagt, doch ihre Blicke verrieten alles. *Der Typ ist verrückt, aber er zahlt, ohne mit der Wimper zu zucken, also an die Arbeit.* Sie hatten dem Raum einen postapokalyptischen Anstrich verpasst: nackte Betonwände, ein zweckmäßiger, fest montierter Metallschreibtisch und gerade genug Platz für ein kleines Bett und einige Vorräte. Es war genau das Richtige für die jetzige Lage.

Sein nächster Schachzug war entscheidend. Er hatte den ganzen Morgen überlegt, wie er vorgehen sollte. Sein erster Gedanke war, die Zentrale von Clocktower zu kontaktieren. Der Direktor, Howard Keegan, war sein Freund und Mentor. David vertraute ihm. Howard würde alles in seiner Macht Stehende tun, um Clocktower zu sichern, und er würde Davids Hilfe brauchen.

Das Problem war, Kontakt aufzunehmen. Clocktower hatte keine geheimen Kommunikationskanäle, nur das offizielle VPN und die Standardverfahren. Diese Verbindungen wurden zweifellos überwacht – wenn er sie benutzte, hätten sie ihn im Fadenkreuz.

David trommelte mit den Fingern auf dem Metallschreibtisch, lehnte sich in seinem Stuhl zurück und starrte auf die Glühbirne, die von der Decke hing.

Er öffnete ein Browserfenster und durchforstete die lokalen und nationalen Nachrichten. Reine Zeitverschwendung. Dort stand nichts, was ihm weiterhelfen könnte. Er stieß auf eine Pressemeldung über eine Frau und einen Mann, die in Zusammenhang mit möglichen Anschlägen und einem Kinderhändlerring gesucht wurden. Das könnte ihm Schwierigkeiten bereiten. Die Meldung war nicht mit Bildern versehen, aber sie würden bald folgen, und jeder Grenzbeamte in Südostasien würde nach ihnen beiden Ausschau halten.

David hatte mehrere Pässe in seinem Unterschlupf, aber nicht besonders viel Geld.

Er rief sein Bankkonto auf. Der Kontostand war nahe null. Josh – er hatte die Überweisungen ausgeführt. Lebte er noch? David hatte angenommen, dass das Hauptquartier von Jakarta angegriffen wurde, während er unterwegs war. Da war noch etwas. Mehrere Überweisungen, alles kleine Summen, insgesamt weniger als tausend Dollar. Allesamt glatte Beträge. Es war ein Code, aber was für einer? GPS-Koordinaten?

9.11
50.00
31.00
14.00
76.00
9.11

9.11 – das markierte den Beginn und das Ende des Codes. Der Rest lautete: 50.31.14.76. Eine IP-Adresse. Josh hatte ihm eine Nachricht geschickt.

David öffnete den Browser und tippte die IP ein. Die Seite bestand aus einem Brief von Josh.

David,

sie stehen vor der Tür. Sie wird nicht mehr lange standhalten. Ich habe die Nachrichten entschlüsselt. <u>Hier klicken</u>, um sie zu lesen. Ich habe nicht rausgefunden, was sie bedeuten. Tut mir leid.
Aber ich habe den Informanten gefunden, zumindest im In-

ternet. Er benutzt Craigslist von Roswell, um Nachrichten zu übermitteln. <u>Hier klicken</u>, um auf die Seite zu kommen. Ich hoffe, er schickt eine weitere Nachricht, und Sie können den Anschlag stoppen.
Es tut mir wirklich leid, dass ich Ihnen nicht mehr helfen konnte.

Josh

PS: Ich habe Ihren Brief gelesen und die Überweisungen ausgeführt (wie Sie wissen), weil ich dachte, Sie wären tot – der Sensor an Ihrer Weste hat zwischenzeitlich keine Lebenszeichen angezeigt. Hoffentlich bringt das Ihre Pläne nicht durcheinander.

David atmete tief aus und wandte den Blick vom Bildschirm ab. Nach einer Weile öffnete er die dechiffrierten Nachrichten aus den Todesanzeigen in der *New York Times*. Aus dem Jahr 1947. Josh hatte großartige Arbeit geleistet. Und er war mit dem Gefühl gestorben, versagt zu haben.

David öffnete die Craigslist-Seite von Roswell und sah sofort die neue Nachricht des Informanten.

Betreff: Die Uhr am Turm der Lügen läuft ab
Nachricht: An meinen unbekannten Verehrer
Leider ist meine momentane Beziehung schwierig geworden. Ich kann dich nicht treffen oder mit dir Kontakt aufnehmen. Tut mir leid. Es liegt nicht an mir. Es liegt an dir. Du bist zu gefährlich für mich.
Mir sind 30 Gründe und 88 Ausreden eingefallen, dich nicht zu treffen. 81 Lügen und 86 Geschichten sind mir durch den Kopf geschossen.

Ich habe mir gesagt, dass ich dich treffen würde.
Ich habe sogar schon ein Datum festgelegt. 12.03.2013.
Und eine Uhrzeit: 10:45:00.
Aber die Wahrheit ist, du bist zurzeit Nummer 44 auf meiner Liste. Und das reicht nicht, um mich um dich zu kümmern. Vielleicht, wenn du auf Position 33 wärst. Oder 23. Oder sogar 15. Es reicht einfach nicht.
Ich muss den Stecker ziehen und meine Kinder retten.
Das ist die einzige verantwortungsvolle Handlungsweise.

David kratzte sich am Kopf. Was hatte das zu bedeuten? Es war eindeutig ein Code. Jetzt könnte er dringend Joshs Hilfe gebrauchen.

David nahm einen Notizblock und versuchte sich zu konzentrieren. Solche Sachen lagen ihm nicht. Wo sollte er anfangen? Der erste Teil war ziemlich direkt: Der Informant stand unter Druck. Er konnten ihn weder treffen noch weitere Nachrichten schicken. Großartige Neuigkeiten. Der Rest bestand aus einer Reihe von Zahlen, die von unsinnigen Wörtern umgeben waren. Der Text passte in die Rubrik *Verpasste Gelegenheiten*, aber er war belanglos. Die Zahlen. Sie mussten etwas zu bedeuten haben.

David suchte sie heraus und kritzelte sie auf den Block. Der Reihe nach lauteten sie:

30,88. 81,86.
12.03.2013
10:45:00
Nummer 44
33-23-15

Die ersten Zahlen – 30,88 und 81,86 – waren möglicherweise GPS-Koordinaten. David überprüfte sie. West-China, gleich an der Grenze zu Nepal und Indien. Auf den Satellitenbildern gab es dort nichts Besonderes außer ... was war das? Ein verlassenes Gebäude. Ein alter Bahnhof.

Als Nächstes kamen 12.03.2013 und 10:45:00. Datum und Uhrzeit. Der Informant hatte ihm mitgeteilt, dass er ihn nicht treffen könne, was sollte dann an dem verlassenen Bahnhof sein? Eine Falle? Ein weiterer Hinweis? Wenn Josh seinen Brief gelesen und die Anweisungen befolgt hatte, hatte er alles, was er gefunden hatte, an die Zentrale von Clocktower geschickt. Falls die Zentrale unterwandert war, würde Immari über die Todesanzeigen und Craigslist Bescheid wissen. Die Nachricht könnte von Immari stammen. Mehrere Sonderkommandos könnten in China darauf warten, dass David in ihr Fadenkreuz spazierte.

David verdrängte den Gedanken und konzentrierte sich auf die letzten Zahlen in der Nachricht. Nummer 44 und 33-23-15. Es musste ein Schließfach in dem Bahnhof sein. Oder vielleicht ein Waggon mit der Nummer 44? David massierte sich die Nasenwurzel und las erneut die Nachricht.

Die Sätze nach den letzten Zahlen ... da steckte noch etwas anderes dahinter. Anweisungen?

Ich muss den Stecker ziehen und meine Kinder retten.
Das ist die einzige verantwortungsvolle Handlungsweise.

Den Stecker ziehen. Meine Kinder retten. David grübelte darüber nach.

Dann traf er eine Entscheidung: Er würde zu der angegebenen Zeit zu den Koordinaten gehen und sehen, was ihn dort erwartete. Kate würde er hierlassen, wo sie sicher war. Sie wusste etwas, aber er hatte keine Ahnung, wie das ins Bild passte. *Hier ist sie in Sicherheit.* Das war ihm wichtig.

Er hörte, wie über ihm jemand um die Hütte herumging.

43

Al Jazeera – Agenturmeldung

**Indonesische Behörden identifizieren zwei
US-Bürger, die mit Terroranschlägen
und Kinderhändlerring in Verbindung stehen**

Jakarta, Indonesien // Eine Reihe von Terroranschlägen gestern in Indonesiens Hauptstadt Jakarta löste eine Fahndung an Land, zur See und in der Luft aus. Die indonesische Nationalpolizei entsandte die Hälfte ihrer zwölftausend Mann starken Marineeinheit in die Javasee und zog Truppen aus allen Landesteilen zusammen, um Jakarta und die umliegenden Inseln abzusuchen. Die Nachbarländer beteiligten sich ebenfalls an der Suche, indem sie ihre Grenzbeamten und das Sicherheitspersonal an den Flughäfen in Alarmbereitschaft versetzten. Die Behörden schweigen sich bisher über den Hintergrund der Anschläge aus, veröffentlichten jedoch Bilder der Verdächtigen.

Die Frau, Dr. Katherine Warner, wurde als Genforscherin identifiziert, die nicht genehmigte Experimente an mittellosen Kindern aus Dörfern im Umkreis von Jakarta durchführte. »Wir sind noch dabei, uns ein Bild zu machen«, sagte Polizeiinspektor General Nakula Pang. »Wir wissen, dass Dr. Warners Klinik die Vormundschaft von über hundert indonesischen Kindern innehatte, die ohne Einwilligung der Eltern mitgenommen wurden. Außerdem wissen wir, dass Dr. Warner große Geldbeträge über Konten auf den Kaimaninseln bewegte – ein Zufluchtsort für Drogenschmuggler, Menschenhändler und andere international operierende Kriminelle. Zurzeit gehen wir davon aus, dass die Klinik als Tarnunternehmen für den Kinderhandel gedient hat und die Einkünfte möglicherweise für die Finanzierung der gestrigen Anschläge verwendet wurden.«

Diese Anschläge bestanden aus drei Bombenexplosionen in Wohngegenden, einem heftigem Feuergefecht im Marktbezirk und einer Reihe von Explosionen am Kai, die fünfzig Beschäftigte von Immari Jakarta das Leben gekostet hat. Adam Lynch, ein Sprecher von Immari Jakarta, äußerte sich folgendermaßen: »Wir betrauern die gestrigen Todesfälle und suchen heute nach Antworten. Die indonesische Polizei hat unseren Verdacht bestätigt, dass der Anschlag von David Vale ausgeführt wurde, einem ehemaligen CIA-Agenten, der früher mit Immari Security – einer anderen Abteilung von Immari International – zu tun hatte. Wir glauben, diese Anschläge sind Teil eines persönlichen Rachefeldzugs, und Mr. Vale wird Immari und seine Beschäftigten weiter angreifen. Er ist ein sehr gefährlicher Mann. Möglicherweise leidet er unter PTBS oder einer anderen psychischen Erkrankung. Es ist eine schlimme Situation für alle Beteiligten. Wir haben den indonesischen Behörden und den Regierungen der Nachbarländer unsere Hilfe und den Einsatz von Immari Security angeboten. Wir möchten diesem Albtraum ein Ende setzen. Wir wollen unseren Mitarbeitern so schnell wie möglich mitteilen können, dass sie sicher sind.«

44

Irgendwo in der Javasee

Als Kate zum zweiten Mal aufwachte, fühlte sie sich schon viel besser. Der Kopfschmerz hatte nachgelassen, ihre Glieder taten kaum noch weh – und sie konnte wieder klar denken.

Sie blickte sich im Zimmer um. Es war fast dunkel. Wie lange hatte sie geschlafen? Durch die Fenster sah sie die Sonne im Meer untergehen. Der wunderschöne Anblick fesselte eine Weile ihre Aufmerksamkeit. Die Brise war warm und roch nach Salzwasser. Auf der Veranda schaukelte eine verschlissene Hängematte an rostigen Ketten, die bei jedem Windstoß quietschten. Der Ort wirkte einsam und verlassen.

Sie stand auf und ging aus dem Schlafzimmer in ein großes Wohnzimmer, von dem die Küche und die Verandatür abgingen. War sie allein? Nein, da war ein Mann, aber ...

»Dornröschen ist aufgewacht.« Der Mann schien aus dem Nichts aufzutauchen. Wie hieß er noch mal? David.

Kate zögerte einen Augenblick und wusste nicht, was sie sagen sollte. »Du hast mir ein Schlafmittel gegeben.«

»Ja, aber bevor du auf mich losgehst: Ich habe es nicht gemacht, um dich mit Fragen zu traktieren oder deinen Kindern was anzutun.«

Mit einem Mal kehrte ihre Erinnerung zurück. Martin, die

Drogen, das Verhör. Aber was war danach passiert? Wie war sie hierhergekommen? Es spielte keine Rolle. »Wir müssen die Kinder finden.«

»*Wir* müssen gar nichts. Du musst dich ausruhen, und ich muss arbeiten.«

»Hör zu ...«

»Und vorher musst du was essen.« Er hielt etwas hoch, das aussah wie ein Diät-Fertiggericht, aber es war kompakter – eine Soldatenration.

Kate beugte sich vor. Rindereintopf mit Gemüse und dazu Kekse. Oder irgendwas, das so ähnlich aussah. Kate wäre am liebsten weggerannt, aber der Anblick und der Geruch ließen ihren Magen knurren – sie stand kurz vor dem Verhungern. Gestern hatte sie den ganzen Tag überhaupt nichts gegessen. Sie nahm das Fertiggericht und zog die Folie von dem dünnen Karton. Eine Dampfwolke stieg auf. Sie probierte ein Stück Fleisch und hätte es beinahe ausgespuckt. »Mein Gott, schmeckt das schrecklich.«

»Ja, tut mir leid, das Haltbarkeitsdatum ist schon eine Weile abgelaufen, und es war von Anfang an nicht so besonders. Und nein, ich habe nichts anderes.«

Kate nahm noch einen Bissen, kaute kurz und schluckte. »Wo sind wir?«

David setzte sich ihr gegenüber an den Tisch. »Ein aufgegebenes Bauprojekt vor der Küste von Java. Ich habe hier ein Haus gekauft, nachdem der Bauunternehmer pleitegegangen ist, weil ich dachte, es wäre ein gutes Versteck, falls ich irgendwann mal schnell aus Jakarta verschwinden muss.«

»Ich kann mich an kaum was erinnern.« Kate probierte das Gemüse. Der Würgereiz ließ nach – entweder schmeckte es besser als das Fleisch, oder sie gewöhnte sich allmählich an das ekelhafte Aroma. »Wir müssen uns an die Behörden wenden.«

»Das geht leider nicht.« Er schob einen Ausdruck über den Tisch, einen Artikel von Al Jazeera, in dem über die Fahndung nach ihnen berichtet wurde.

Kate schluckte etwas Gemüse herunter und rief halblaut: »Das ist absurd. Das ist ...«

Er nahm das Blatt zurück. »Es wird bald keine Rolle mehr spielen. Was immer sie planen, es geschieht jetzt. Sie suchen uns, und sie haben Verbindungen zur Regierung. Uns bleiben nicht viele Möglichkeiten. Ich habe eine Spur, der ich nachgehen muss. Du bist hier in Sicherheit. Du musst mir sagen ...«

»Ich bleibe auf keinen Fall hier.« Kate schüttelte den Kopf. »Auf keinen Fall.«

»Ich weiß, dass du dich nicht daran erinnerst, aber es war nicht so einfach, dich aus der Gewalt von Immari zu befreien. Das sind sehr schlechte Menschen. Es ist nicht wie im Film, wo der Held und das Mädchen losziehen, um ein großes Abenteuer zu erleben. Wir werden Folgendes tun: Du sagst mir alles, was du weißt, und ich verspreche dir, dass ich alles in meiner Macht Stehende tue, um die beiden Kinder zu retten. Du bleibst hier und überprüfst eine Website auf neue Nachrichten.«

»Vergiss es.«

»Hör zu, das war kein Vorschlag, ich sage dir ...«

»Ich mache es nicht. Du brauchst mich. Und ich bleibe nicht hier.« Sie aß den letzten Happen der Mahlzeit und warf die Plastikgabel in den leeren Karton. »Außerdem glaube ich, dass ich bei dir am sichersten bin.«

»Schön. Das ist ein netter Zug von dir, dass du meinem Ego schmeichelst, aber leider bin nicht so blöd, dass ich darauf reinfalle.«

»Du lässt mich hier, weil du glaubst, dass ich dir im Weg bin.«

»Ich versuche, für deine Sicherheit zu sorgen.«

»Das ist nicht meine größte Sorge.«

David öffnete den Mund, um etwas zu entgegnen, doch dann hielt er inne und drehte ruckartig den Kopf zur Seite.

»Was ...«

Er hob eine Hand. »Ruhe.«

Kate wandte sich auf ihrem Stuhl um. Dann sah sie es – ein Scheinwerferstrahl glitt über den Strand. Das leise Geräusch eines Hubschraubers. Wie hatte er das hören können?

David sprang auf, packte Kate am Arm und zog sie zu einem Wandschrank neben dem Eingang. Er stieß fest gegen die Rückwand. Sie schwang nach hinten, und dahinter tauchte eine Betontreppe auf.

Kate sah sich zu ihm um. »Was ist da ...«

»Geh runter. Ich komme sofort nach.«

»Was machst du?«, fragte Kate, aber er war schon weg.

Kate folgte ihm und sah, dass er ihre Sachen einsammelte: das Essen und seine Jacke. Sie rannte ins Schlafzimmer und strich die Laken glatt, dann wischte sie schnell durchs Bad. Das Helikoptergeräusch war noch weit entfernt, aber es kam näher. Die Nacht brach herein, und sie konnte kaum noch etwas erkennen. Nur ein schwacher Lichtschein fiel auf den Strand.

David kam ins Zimmer gestürmt und sah Kate an. »Gut gemacht, und jetzt komm.«

Sie rannte zurück zum Wandschrank und die Treppe hinunter in einen kleinen Raum, der aussah wie ein Luftschutzkeller. Es gab einen Schreibtisch mit einem Computer, eine nackte Glühbirne an der Decke und ein schmales Bett – eindeutig für eine Person.

David schob Kate auf das Bett und hielt sich den Zeigefinger vor die Lippen. Dann zog er an der Schnur am Schalter, sodass der Raum in völliger Dunkelheit versank.

Nach einer Weile hörte Kate Schritte in dem Raum über ihnen.

45

Immari-Forschungsstation Snow Island
96 Seemeilen vor der antarktischen Küste

Martin Grey beobachtete, wie der Roboter das Rad an der Luke des U-Bootes drehte. Er konnte sich in seinem Anzug kaum rühren – ein echter Astronautenanzug, den sie vor einer Woche eilig von der Nationalen Chinesischen Weltraumverwaltung besorgt hatten. Es war der einzige Schutzanzug, der den Temperaturen in der Antarktis standhielt, vor möglicher Strahlung abschirmte und genügend Sauerstoff lieferte, falls die Leitung gekappt wurde. Trotzdem hatte Martin eine höllische Angst davor, in das Nazi-U-Boot zu steigen. Und der Mann in dem Anzug neben ihm – Dorian Sloane – bereitete ihm zusätzliche Sorgen. Sloane war jähzornig, und was sie dort erwartete, könnte ihn leicht aus der Fassung bringen. In einem U-Boot würde selbst die kleinste Explosion tödliche Folgen haben.

Von der Luke ertönte das laute Knirschen von Metall auf Metall, aber sie bewegte sich noch immer nicht. Der Roboterarm löste sich, glitt ein Stück weiter, packte erneut zu, drehte wieder, und dann – BUMM – flog die Luke auf, als würde ein Springteufel hinausschießen. Der Roboter wurde gegen den Rumpf geschmettert, und Plastik- und Metallsplitter regneten in den Schnee, während Luft aus dem U-Boot zischte.

Über das Funkgerät in seinem Anzug hörte Martin Dorian Sloanes körperlose Stimme. Der hohle, mechanische Klang ließ ihn noch bedrohlicher klingen als sonst. »Nach Ihnen, Martin.«

Martin blickte in seine kalten Augen, dann drehte er sich wieder zur Luke. »Einsatzzentrale, haben Sie Video?«

»Verstanden, Dr. Grey, wir haben Videosignale aus beiden Anzügen.«

»Okay. Wir gehen jetzt rein.«

Martin stapfte den Eishügel hinauf zu der knapp einen Meter großen Öffnung. Als er die Luke erreicht hatte, drehte er sich um, ging in die Hocke und setzte einen Fuß auf die erste Sprosse. Er nahm einen LED-Leuchtstab von der Seite seines Anzugs und warf ihn in den Schacht. Das Licht fiel fünf oder sechs Meter in die Tiefe. Ein Klirren hallte durch die eisige Gruft, als das Hartplastik auf Metall traf, und der Lichtschein unter ihm enthüllte einen Gang auf der rechten Seite.

Er stieg einen Schritt hinunter. Eine Eisschicht überzog die Sprossen. Ein weiterer Schritt, und er fasste mit beiden Händen die Leiter, spürte jedoch, wie ein Fuß wegrutschte. Ehe er die Metallstangen fester umklammern konnte, glitt sein Fuß von der Sprosse. Er knallte mit dem Rücken gegen den Lukenrand, fiel hinab – erst umgeben von Licht, dann in der Dunkelheit – und landete mit einem dumpfen Schlag. Die Isolation hatte ihn gerettet. Aber wenn der Anzug gerissen war, würde die Kälte hineinströmen und ihn innerhalb von Sekunden töten. Martin legte die Hände auf den Helm und tastete ihn fieberhaft ab. Dann schwebte ein Licht den Schacht hinunter. Der Leuchtstab landete auf Martins Bauch und erhellte die Umgebung. Er begutachtete den Anzug. Er schien unversehrt.

Über ihm tauchte Sloane auf und versperrte den Blick hinaus. »Sie haben wohl zu lange am Schreibtisch gehockt, alter Mann.«

»Ich habe Ihnen gleich gesagt, dass das hier nichts für mich ist.«

»Machen Sie einfach den Weg frei.«

Kaum hatte sich Martin zur Seite gerollt, als Sloane schon die Leiter herunterrutschte, indem er Hände und Füße außen gegen die Stangen presste.

»Ich habe mir den Bauplan angesehen, Martin. Zur Brücke geht es geradeaus.«

Sie schalteten ihre Helmlampen an und gingen den Gang entlang.

Das U-Boot war in tadellosem Zustand – es war versiegelt und eingefroren gewesen. Vermutlich sah es noch genauso aus wie vor achtzig Jahren, als es aus dem Hafen in Norddeutschland ausgelaufen war. Es hätte ein Museumsstück sein können.

Der Gang war eng, besonders mit den klobigen Anzügen, und beide Männer mussten immer wieder ihre Luftschläuche nachziehen, während sie tiefer in das Relikt hineingingen. Schließlich gelangten sie in einen geräumigeren Bereich. Sie blieben stehen, schwenkten die Helmlampen nach links und rechts, und einzelne Teile im Raum blitzten auf, als schickte ein Leuchtturm seinen Strahl in die Nacht. Es handelte sich eindeutig um die Brücke oder eine Art Kommandozentrale. Alle paar Sekunden erhaschte Martin einen Blick auf das entsetzliche Szenario: ein verstümmelter Mann mit zerschmolzener Gesichtshaut hing über dem Stuhl; ein anderer war an der Schottwand zusammengesackt, die Kleidung voller Blutflecken; eine Gruppe von Männern lag mit dem Gesicht nach unten in einem gefrorenen Blutblock. Sie sahen aus, als hätte man sie in eine riesige Mikrowelle gesteckt und dann tiefgefroren.

Martin hörte, wie sein Funkgerät klickte. »Sieht das nach Strahlenschäden von der Glocke aus?«

»Schwer zu sagen, aber, ja, es hat Ähnlichkeit«, antwortete Martin.

Schweigend durchstreiften die beiden einige Minuten die Brücke und untersuchten jeden Mann.

»Wir sollten uns aufteilen«, schlug Martin vor.

»Ich weiß, wo seine Koje ist.« Sloane wandte sich ab und stakste den Gang entlang der Brücke tiefer ins Boot führte.

Martin folgte ihm. Er hatte gehofft, ihn ablenken zu können, um die Mannschaftsquartiere vor ihm zu erreichen.

Es war schwierig, sich mit dem Anzug durch den Gang zu bewegen, aber Sloane schien es viel besser zu gelingen als Martin.

Martin schloss zu ihm auf, als er die Luke zu der Koje aufdrehte. Sloane warf ein paar Leuchtstäbe hinein.

Mit angehaltenem Atem ließ Martin den Blick durch den Raum schweifen. Leer. Er stieß die Luft aus. Wäre es ihm lieber gewesen, eine Leiche zu finden? Vielleicht.

Sloane ging zu dem Schreibtisch, blätterte durch die Papiere und öffnete einige der Schubladen. Seine Helmlampe beleuchtete das Schwarzweißfoto eines Mannes in deutscher Militäruniform. Keine Naziuniform, irgendetwas Früheres, noch vor dem Ersten Weltkrieg. Der Mann hatte den rechten Arm um seine Frau und den linken um seine beiden Söhne gelegt. Die Jungen hatten große Ähnlichkeit mit ihm. Sloane starrte lange auf das Foto, dann schob er es in eine Tasche des Raumanzugs.

In diesem Moment hatte Martin fast Mitleid mit ihm.

»Dorian, er kann nicht überlebt haben ...«

»Was haben Sie zu finden erwartet, Martin?«

»Ich könnte Sie dasselbe fragen.«

»Ich habe zuerst gefragt.« Sloane durchsuchte weiter den Schreibtisch.

»Karten. Und wenn wir Glück haben, einen Gobelin.«

»Einen Gobelin?« Sloane drehte den Helm des klobigen Anzugs und blendete Martin mit seiner Lampe.

Martin hob eine Hand, um das Licht abzuhalten. »Ja, einen großen Teppich mit einer Bildergeschichte ...«

»Ich weiß, was ein Gobelin ist, Martin.« Er richtete seine Aufmerksamkeit wieder auf den Schreibtisch und durchstöberte einige Bücher. »Vielleicht habe ich Sie falsch eingeschätzt. Sie sind keine Bedrohung, Sie haben einfach den Verstand verloren. Sie haben zu lange an diesen Schwachsinn geglaubt. Was ist nur aus Ihnen geworden? Sie jagen hinter Wandteppichen und abergläubischen Legenden her.« Sloane warf einen Stapel Papiere und Bücher zurück auf den gefrorenen Schreibtisch. »Hier ist nichts, außer ein paar Tagebüchern.«

Tagebücher! Es könnte *das* Tagebuch sein. Martin gab sich Mühe, gleichgültig zu klingen. »Ich kann sie mitnehmen. Vielleicht steht irgendwas Nützliches drin.«

Sloane richtete sich auf, sah Martin in die Augen und blickte dann zurück auf die dünnen Bücher. »Nein, erstmal werfe ich einen Blick rein. Alles von *wissenschaftlichem* Interesse gebe ich weiter.«

Dorian hatte genug von dem Anzug. Er hatte sechs Stunden lang darin gesteckt: drei Stunden im U-Boot und drei Stunden in der Dekontaminationskammer. Martin und seine oberschlauen Forscher waren gründlich. Übertrieben vorsichtig. Sie verschwendeten seine Zeit.

Nun saß er Martin gegenüber in dem Reinraum und wartete auf das Ergebnis des Bluttests – auf grünes Licht. Warum dauerte das so lange?

Hin und wieder warf Martin einen Blick auf die Tagebücher. Es stand offenbar etwas darin, das er sehen wollte. Etwas, das Dorian nicht sehen sollte. Er zog den Bücherstapel näher zu sich.

Das U-Boot war die größte Enttäuschung in Dorians Leben. Er war zweiundvierzig Jahre alt, und seit er sieben war, war kein Tag verstrichen, an dem er nicht davon geträumt hatte, es zu entdecken. Und jetzt war es so weit, und er hatte nichts gefunden. Oder so gut wie nichts: sechs gefrorene Leichen und ein U-Boot in fast neuwertigem Zustand.

»Was jetzt, Martin?«, fragte Dorian.

»Dasselbe wie immer. Wir graben weiter.«

»Ich will Einzelheiten hören. Ich weiß, dass Sie unter dem U-Boot graben, bei dem Objekt.«

»Das wir für das andere Schiff halten«, fügte Martin schnell hinzu.

»Da gehen unsere Meinungen auseinander. Was haben Sie gefunden?«

»Knochen.«

»Wie viele?« Dorian lehnte sich gegen die Wand. Ein hohles Gefühl breitete sich in seinem Magen aus, als führe er gerade über den höchsten Punkt einer Achterbahn hinweg. Er fürchtete sich vor der Antwort.

»Genug für ein Dutzend Männer, bis jetzt. Aber wir gehen davon aus, dass da noch mehr sind«, sagte Martin erschöpft. Die Zeit in dem Anzug hatte ihm zugesetzt.

»Es gibt eine Glocke da unten, oder?«

»Ich vermute es. Der Bereich um das U-Boot ist eingebrochen, als sich zwei Forscher genähert haben. Ein Mann wurde verbrannt – so wie die, die wir im U-Boot gesehen haben. Der andere ist gestorben, weil das Eis einbrach. Ich rechne damit, dass wir den Rest der Besatzung da unten finden.«

Dorian war zu müde, um zu streiten, aber die Vorstellung erschreckte ihn zu Tode. Diese Endgültigkeit. »Was wissen Sie über das Gebilde?«

»Im Moment noch nicht viel. Es ist alt. Mindestens so alt wie das Wrack in Gibraltar. Einhunderttausend Jahre, vielleicht auch älter.«

Eine Sache gab Dorian zu denken, seit sie angekommen waren: der mangelnde Fortschritt bei den Grabungen. Obwohl Martins Männer die Stätte erst vor zwölf Tagen gefunden hatten, hätten sie mit ihren technischen Möglichkeiten den Eisberg mittlerweile tranchieren können wie eine Weihnachtsgans. Zudem befand sich nur wenig Personal vor Ort, als spielte sich die Haupthandlung woanders ab.

»Das ist nicht die wichtigste Grabungsstätte, stimmt's?«

»Wir haben auch Leute ... woanders hingeschickt ...«

Leute woanders hingeschickt. Dorian dachte darüber nach. Was könnte wichtiger sein als das hier? Das Objekt, nach dem sie Tausende von Jahren gesucht hatten. All die Opfer. Was konnte bedeutender sein?

Wichtiger. Ein größeres Objekt. Oder ... das Hauptobjekt.

Dorian beugte sich vor. »Das ist nur ein Teil, oder? Sie suchen nach einem größeren Objekt. Dieses Stück ist einfach von dem ursprünglichen Objekt abgebrochen.« Dorian war sich noch nicht sicher, ob das stimmte, aber wenn es so war ...

Martin nickte langsam, ohne ihm in die Augen zu sehen.

»Mein Gott, Martin.« Dorian stand auf und schritt durch den Raum. »Es könnte jeden Moment passieren. Sie könnten innerhalb von Tagen oder gar Stunden auf uns losgehen. Sie haben uns alle in Gefahr gebracht. Und Sie wissen seit zwölf Tagen davon! Haben Sie den Verstand verloren?«

»Wir haben geglaubt, es wäre das Haupt...«

»Glauben, wünschen, hoffen – vergessen Sie es. Wir müssen jetzt handeln! Sobald man uns aus diesem Plastikkäfig lässt, fliege ich zurück, um die Operation in China zu stoppen und mit Toba-Protokoll zu beginnen. Machen Sie sich nicht die Mühe zu widersprechen, Sie wissen, dass es so weit ist. Ich will, dass Sie mir Bescheid geben, wenn Sie das Hauptobjekt finden. Und, Martin, es sind mehrere Einheiten meiner Agenten auf dem Weg hierher. Sie werden Ihnen behilflich sein, falls Sie Probleme haben, Ihr Satellitentelefon zu bedienen.«

Martin stützte die Ellbogen auf die Knie und sah zu Boden.

Die Tür zur Dekontaminationskammer glitt zischend auf, und mit dem frischen Luftstrom trat eine Frau mit einem Clipboard in der Hand ein. Sie war Mitte zwanzig und trug einen hautengen Anzug – offenbar hatte sie sich einen ausgesucht, der ihr drei Nummern zu klein war.

»Meine Herren, Sie können beide wieder Ihren Aufgaben nachgehen.« Sie wandte sich zu Dorian. »Kann ich sonst noch was für Sie tun?« Sie ließ das Clipboard sinken, legte die Hände hinter den Rücken und ging ein wenig ins Hohlkreuz.

»Wie heißen Sie?«, fragte Dorian.

»Naomi. Aber Sie können mich nennen, wie Sie möchten.«

46

Irgendwo in der Javasee

Kate wusste nicht, ob sie wach war oder schlief. Einen Augenblick lang schwebte sie in völliger Dunkelheit und Stille. Das Einzige, was sie spürte, war der weiche Stoff unter ihrem Rücken. Als sie sich auf die Seite drehte, hörte sie die billige Matratze quietschen. Sie musste auf dem schmalen Bett im Schutzraum eingeschlafen sein. David und sie hatten abgewartet, während ihre Verfolger über ihnen umhergingen und das Ferienhaus durchsuchten. Es war ihr wie Stunden vorgekommen, und schließlich hatte sie jedes Zeitgefühl verloren.

War es inzwischen ungefährlich, aufzustehen?

Jetzt spürte sie noch etwas: Hunger. Wie lange hatte sie geschlafen?

Sie schwang ihre Beine vom Bett und stellte sie auf ...

»Au, verdammt!« Davids Stimme dröhnte durch den winzigen Raum, als er mit dem Oberkörper nach oben gegen ihre Beine schnellte. Er rollte sich zusammen und wand sich auf dem Boden.

Kate verlagerte ihr Gewicht wieder auf das Bett und tastete mit dem Fuß nach einem festen Halt – außerhalb von Davids Körper. Schließlich stellte sie ihren linken Fuß auf den Boden, stand auf und fuchtelte in der Luft herum, auf der Suche nach der Schnur, mit der man die Glühbirne an der

Decke einschaltete. Als sie sie ertastet hatte und daran zog, erhellte ein gelber Blitz den Raum. Sie blinzelte und wartete auf einem Bein stehend ab, bis sie etwas erkennen konnte. Dann ging sie in die Ecke, weg von David, der noch immer in Fötalstellung mitten auf dem Boden lag.

Sie hatte ihn *dort* getroffen. Oh Gott. Warum lag er auf dem Boden? »Wir sind keine Zehntklässler. Du hättest zu mir aufs Bett kommen können.«

David stöhnte, als er sich schließlich auf alle viere rollte. »Ritterlichkeit zahlt sich offenbar nicht aus.«

»Ich wollte nicht ...«

»Vergiss es. Wir müssen hier raus.« David setzte sich auf.

»Sind die Männer noch ...?«

»Nein, die sind vor eineinhalb Stunden gegangen, aber vielleicht warten sie draußen.«

»Es ist nicht sicher hier. Ich komme ...«

»Ich weiß, ich weiß.« David hob eine Hand. Er kam allmählich wieder zu Atem. »Aber ich stelle eine Bedingung, und die ist nicht verhandelbar.«

Kate sah ihn an.

»Du tust, was ich sage, und zwar sofort. Keine Fragen, keine Diskussionen.«

Kate straffte sich. »Ich kann Befehle befolgen.«

»Das glaube ich erst, wenn ich es sehe. Sobald wir hier raus sind, kann jede Sekunde entscheidend sein. Wenn ich dir sage, du sollst mich allein zurücklassen oder wegrennen, musst du es tun. Vielleicht hast du Angst oder bist verwirrt, aber du musst dich auf das konzentrieren, was ich dir auftrage.«

»Ich habe keine Angst«, log sie.

»Tja, ich schon.« David öffnete eine stählerne Doppeltür in der Betonwand. »Noch eine Sache.«

»Ich höre«, sagte Kate ein wenig skeptisch.

David sah sie von Kopf bis Fuß an. »Du kannst nicht in diesen Klamotten rumlaufen. Du siehst aus wie eine Obdachlose.« Er warf ihr ein paar Kleider zu. »Könnte sein, dass sie ein bisschen groß sind.«

Kate begutachtete ihre neue Garderobe: eine alte Jeans und ein schwarzes T-Shirt mit V-Ausschnitt.

David gab ihr einen grauen Pullover. »Den wirst du ebenfalls brauchen. Dort, wo wir hingehen, ist es kalt.«

»Und wo ist das?«

»Das erzähle ich dir unterwegs.«

Kate wollte ihr T-Shirt ausziehen, aber dann hielt sie inne. »Kannst du dich ...«

David grinste. »Wir sind keine Zehntklässler.«

Kate wandte das Gesicht ab und überlegte, was sie sagen sollte.

David schien sich an etwas zu erinnern. »Ah, klar. Die Narbe.« Er wirbelte herum, ging in die Knie und begann, in den Kisten am Boden des Schranks zu wühlen.

»Woher weißt du ...?«

David nahm eine Pistole und einige Päckchen Munition heraus. »Die Drogen.«

Kate errötete. Was hatte sie gesagt? Oder getan? Aus irgendeinem Grund beunruhigte sie diese Vorstellung, und sie wünschte, sie könnte sich erinnern. »Habe ich oder wir ...?«

»Keine Sorge. Bis auf die sinnlose Gewalt war der Abend absolut jugendfrei. Ist der Anblick wieder für Kinder geeignet?«

Kate zog das neue T-Shirt an. »Ja, und auch für unreife Soldaten.«

David ignorierte die spitze Bemerkung. Er stand auf und streckte ihr einen kleinen Karton entgegen – ein weiteres Fertigessen aus Militärbeständen. »Hungrig?«

Kate beäugte den Karton: gegrilltes Hühnchen mit schwarzen Bohnen und Kartoffeln. »Nicht *so* hungrig.«

»Wie du meinst.« Er zog die Plastikfolie ab, setzte sich auf den Metallschreibtisch und begann, das kalte Essen mit der beigelegten Plastikgabel zu verschlingen. Offenbar hatte er es gestern nur ihretwegen warm gemacht.

Kate setzte sich ihm gegenüber auf das Bett und zog die Turnschuhe an, die er für sie herausgesucht hatte. »Hey, ich weiß nicht, ob ich das schon gesagt habe, aber ich ... wollte mich bedanken für ...«

David hörte auf, in den Papieren zu blättern, und schluckte den Bissen, den er gerade kaute. »Nicht der Rede wert. Ich habe nur meinen Job gemacht«, sagte er, ohne sie anzusehen.

Kate band ihre Schuhe. Er hatte nur seinen Job gemacht. Warum war die Antwort so ... unbefriedigend?

David schob die Papiere in einen Ordner und reichte ihn ihr. »Das ist alles, was ich über die Leute weiß, die die Kinder entführt haben. Du hast auf dem Weg Zeit, es zu lesen.«

Kate klappte den Ordner auf und blätterte in den Unterlagen. Es mussten ungefähr fünfzig Seiten sein. »Auf dem Weg wohin?«

David schlang ein paar Bissen herunter. »Lies die erste Seite. Es ist die letzte geheime Nachricht von einer Quelle bei Immari. Jemand, mit dem ich seit fast zwei Wochen in Verbindung stehe.«

30,88. 81,86.
12.03.2013. 10:45:00
Nummer 44. 33-23-15
Den Stecker ziehen. Meine Kinder retten.

Kate legte das Blatt zurück in den Ordner. »Das verstehe ich nicht.«

»Die ersten Zahlen sind GPS-Koordinaten, anscheinend

von einem verlassenen Bahnhof im Westen Chinas. Die zweiten sind Datum und Uhrzeit, wahrscheinlich die Abfahrtszeit eines Zuges. Beim mittleren Teil bin ich mir nicht sicher, aber ich vermute, dass es die Nummer und die Kombination eines Schließfachs sind. Vielleicht hat der Informant etwas für uns in dem Schließfach hinterlegt – etwas, das wir brauchen, möglicherweise eine weitere Nachricht. Es ist nicht klar, ob die Kinder an dem Bahnhof sind oder das einfach ein weiterer Hinweis ist. Oder ich verstehe es falsch. Es könnte ein Code sein und etwas ganz anderes bedeuten. Ich hatte einen Mitarbeiter, der für mich die Nachrichten entschlüsselt hat.«

»Kannst du ihn zurate ziehen?«

David aß den letzten Bissen, warf die Gabel in den Karton und sammelte die Sachen ein, die er aus dem Schrank geholt hatte. »Nein, leider nicht.«

Kate schloss den Ordner. »West-China? Wie kommen wir dahin?«

»Dazu komme ich noch. Eins nach dem anderen. Zuerst müssen wir rausfinden, ob sie oben einen Trupp zurückgelassen haben. Bereit?«

Kate nickte und folgte ihm die Treppe hinauf. Sie wartete an der Tür, während er das Ferienhaus durchsuchte. »Niemand da. Hoffentlich sind sie weitergezogen. Bleib dicht bei mir.«

Sie liefen aus der Hütte und durch das dünne Buschwerk am Rand einer unbefestigten Straße, die keine frischen Fahrspuren aufwies. Die Straße endete in einer Sackgasse, an der vier große blaue Lagerhäuser standen, die offensichtlich ebenfalls seit Jahren unbenutzt waren. David führte Kate zum zweiten Lagerhaus und bog ein Stück der Wellblechwand hoch, sodass ein dreieckiges Loch entstand, gerade groß genug für Kate.

»Kriech rein.«

Sie wollte widersprechen, doch dann erinnerte sie sich an seine Bedingung und gehorchte wortlos. Aus Gründen, die sie selbst nicht verstand, versuchte sie zu vermeiden, die Knie in den Matsch zu setzen, aber so passte sie nicht durch das Loch. David schien ihr Dilemma zu erahnen und zog fest an dem Blech, damit Kate bequem hindurchkam.

Er folgte ihr hinein, dann schloss er das Rolltor auf und schob es zur Seite. Kate bestaunte den verborgenen Schatz im Inneren.

Es war ein Flugzeug – aber ein seltsames. Ein Wasserflugzeug, wie man es benutzte, um die entlegenen Gegenden von Alaska zu erreichen ... allerdings in den 50er-Jahren, stellte Kate sich vor. Wahrscheinlich war es nicht *so* alt, aber es war alt. Es hatte vier Sitze und einen großen Propeller an jedem Flügel. Wahrscheinlich müsste sie die Propeller manuell anwerfen wie Amelia Earhart. Wenn sie überhaupt ansprangen, und wenn David es fliegen konnte. Sie sah zu, wie er die Plane vom Heck zog und die Keile unter den Rädern zur Seite trat.

Vorhin in der Hütte hatte er gesagt »keine Fragen«, aber sie konnte nicht anders. »Du kannst das Ding doch fliegen, oder?«

Er hielt inne, zuckte die Achseln und sah sie an, als hätte sie ihn bei irgendetwas ertappt. »Im Prinzip schon.«

»Im Prinzip?«

47

Immari-Firmenjet
Irgendwo über dem Südatlantik

Dorian sah zu, wie Naomi den Rest ihres Martinis trank und sich auf dem Sofa auf der anderen Seite des Flugzeugs ausstreckte. Der weiße Frotteebademantel rutschte herab und entblößte ihre Brust, die sich immer langsamer hob und senkte, während ihr Atem sich beruhigte, wie bei einer zufriedenen Katze, die soeben ihre Beute gefressen hatte. Sie leckte sich die letzten Tropfen Martini von den Fingern und stützte sich auf die Ellbogen. »Bist du wieder so weit?«

Sie war unersättlich. Und wenn schon Dorian das so empfand, hatte das einiges zu bedeuten. Er nahm den Telefonhörer ab. »Noch nicht ganz.«

Naomi zog einen Schmollmund und ließ sich zurück aufs Sofa sinken.

Am Telefon hörte Dorian die Stimme des Kommunikationsoffiziers an Bord. »Ja, Sir?«

»Verbinden Sie mich mit der Anlage in China.«

»Immari Shanghai?«

»Nein, die neue – in Tibet. Ich muss mit Dr. Chase sprechen.

Dorian hörte im Hintergrund eine Maus klicken.

»Dr. Chang?«

»Nein, Chase. Aus der Nuklearabteilung.«

»Einen Augenblick.«

Dorian beobachtete, wie Naomi an dem Bademantel kratzte, der sich um ihren nackten Leib auf dem Sofa bauschte. Er fragte sich, wie lange sie es noch aushielt.

Das Telefon klickte. Eine zerstreute Stimme sagte: »Chase.«

»Hier ist Sloane. Wie weit sind wir mit den Atomwaffen?«

Der Mann hustete. »Mr. Sloane«, sagte er langsam, »ich glaube, wir haben fünfzig oder fünfundvierzig einsatzbereit.«

»Wie viele insgesamt?«

»Das sind alle, Sir. Wir versuchen, weitere zu bekommen, aber weder die Inder noch die Pakistaner wollen uns noch mehr verkaufen.«

»Geld spielt keine Rolle, was immer es ko...«

»Wir haben es versucht, Sir, sie verkaufen sie uns zu keinem Preis, jedenfalls nicht, solange wir keine bessere Geschichte haben, als dass wir sie als Reserve für unseren Reaktor brauchen.«

»Können Sie etwas mit sowjetischen Waffen anfangen?«

»Ja, aber dazu brauchen wir mehr Zeit. Sie sind älter und müssen überprüft und umgebaut werden. Und sie haben wahrscheinlich eine geringere Sprengkraft.«

»Gut. Ich werde sehen, was ich tun kann. Bereiten Sie sich auf eine neue Lieferung vor. Und apropos umbauen, Sie müssen für mich zwei Bomben tragbar machen ... sodass ein kleiner Mensch oder jemand, der ... erschöpft ist, sie leicht transportieren kann.«

»Das wird eine Weile dauern.«

»Wie lange?« Dorian schnaubte. Es war nie einfach mit diesen Spinnern.

»Kommt darauf an. Was ist die Gewichtsgrenze?«

»Ich weiß nicht. Vielleicht fünfzehn oder zwanzig Kilo. Warten Sie, das ist viel zu viel. Vielleicht acht Kilo oder so, schaffen Sie das?«

»Es wird die Sprengkraft verringern.«

»Schaffen Sie das?«, fuhr Dorian ihn ungeduldig an.

»Ja.«

»Wie lange?«

Der Wissenschaftler ächzte. »Ein oder zwei Tage.«

»Ich brauche sie in zwölf Stunden – keine Einwände, Dr. Chase.«

Eine lange Pause entstand. »Ja, Sir.«

Dorian hängte den Hörer ein.

Naomi hatte mittlerweile aufgegeben. Sie goss sich noch einen Martini ein und hielt ihm die Flasche hin.

»Im Moment nicht.« Dorian trank niemals bei der Arbeit.

Er dachte eine Minute nach, dann griff er wieder zum Telefon. »Verbinden Sie mich noch einmal mit der Anlage in Tibet. Dr. Chang.«

»Chase?«

»Nein, Chang, verdammt.«

Dieses Mal war das Klicken im Hintergrund schneller.

»Chang hier, Mr. Sloane.«

»Doktor, ich bin auf dem Weg zu Ihrer Anlage, und wir müssen einige Vorbereitungen treffen. Wie viele Probanden haben Sie da?«

»Ich glaube ...«, begann Chang. Dorian hörte, wie in Papieren geblättert und mit Schlüsseln geklappert wurde, dann war der Mann wieder in der Leitung. »382 Primaten, 119 Menschen.«

»Nur 119 Menschen? Ich dachte, es gäbe viel mehr Probanden. Der Projektplan sieht Tausende vor.« Dorian sah aus dem Flugzeugfenster. Hundertneunzehn Leichen könnten zu wenig sein.

»Ja, das stimmt, aber weil die Ergebnisse ausgeblieben sind, haben wir die Anwerbung unterbrochen. Wir haben uns stärker auf Versuche mit Nagetieren und Primaten konzentriert. Sollen wir Nachschub besorgen? Gibt es eine neue Therapie?«

»Nein. Es gibt einen neuen Plan. Wir müssen mit dem arbeiten, was wir haben. Ich möchte, dass Sie alle Menschen mit dem letzten Mittel behandeln: Dr. Warners Forschungsergebnis.«

»Sir, die Therapie war unwirksam ...«

»*War*, Doktor. Ich weiß etwas, das Sie nicht wissen. Sie müssen mir vertrauen.«

»Ja, Sir, wir bereiten sie vor. Geben Sie uns drei Tage ...«

»Heute, Dr. Chang. Die Zeit läuft uns davon.«

»Wir haben weder das Personal noch die Einrichtungen, um ...«

»Machen Sie es einfach.« Dorian lauschte. »Hallo?«

»Ich bin noch dran, Mr. Sloane. Wir machen es.«

»Eine Sache noch. Verbrennen Sie dieses Mal die Leichen nicht.«

»Aber das Risiko ...«

»Sie finden bestimmt eine Möglichkeit, sie sicher aufzubewahren. Sie haben doch Quarantäneräume dort, oder?« Dorian wartete, aber der Wissenschaftler sagte nichts. »Gut. Ach, das hätte ich fast vergessen. Was glauben Sie, wie viel Gewicht können die beiden Kinder tragen – jeweils?«

Chang schien von der Frage überrascht, oder vielleicht grübelte er noch über den Befehl nach, die Leichen nicht zu vernichten. »Gewicht? Wie meinen Sie das?«

»In einem Rucksack auf dem Rücken.«

»Ich weiß nicht genau ...«

Wissenschaftler: der Fluch in Dorians Leben. Risikoscheue, ängstliche Menschen, die seine Zeit vergeudeten.

»Eine Schätzung, Doktor. Ich brauche keine exakten Zahlen.«

»Ich vermute, ungefähr fünf bis acht Kilo. Es hängt davon ab, wie lange oder weit sie es tragen müssten, und ...«

»Gut, gut. Ich bin bald bei Ihnen. Bis dahin muss alles vorbereitet sein.« Dorian legte auf.

Naomi ließ ihm keine Gelegenheit, erneut zum Hörer zu greifen. Sie kippte den Rest ihres Martinis hinunter, schlenderte zu ihm, stellte ihr Glas auf den Tisch, setzte sich rittlings auf ihn, zog den Bademantel von den Schultern und ließ ihn zu Boden fallen. Als sie nach seinem Reißverschluss griff, packte Dorian ihre Handgelenke, drückte ihr die Arme fest an die Seiten, hob sie hoch und warf sie auf das Sofa neben sich. Er drückte die Ruftaste.

Fünf Sekunden später öffnete die Stewardess die Tür und wollte sich angesichts dessen, was sich vor ihren Augen abspielte, sofort wieder zurückziehen.

»Halt. Bleib hier«, befahl Dorian. »Komm zu uns.«

Auf dem Gesicht der jungen Frau zeichnete sich Verständnis ab. Sie schloss vorsichtig die Tür, wie eine Jugendliche, die sich nachts aus ihrem Zimmer schleicht.

Naomi erhob sich vom Sofa, legte die Hände um das Gesicht der Stewardess, küsste sie, zog ihr das Halstuch aus und widmete sich dann den Knöpfen des blauen Blazers über der weißen Bluse. Ehe der Kuss endete, hatte sie ihr das Oberteil abgestreift, und kurz darauf beförderte sie auch den Rock zu Boden.

48

Schneelager Alpha
Bohrstelle 4
Ost-Antarktis

Robert Hunt schloss die Tür seines Wohncontainers und griff zum Funkgerät.

»Bounty, hier spricht Snow King. Wir haben eine Tiefe von sieben-fünf-null-null Fuß erreicht, wiederhole, wir sind bei sieben-fünf-null-null Fuß. Status unverändert. Wir treffen nur auf Eis.«

»Snow King, hier spricht Bounty. Verstanden, Ihre Tiefe ist siebentausendfünfhundert Fuß. Bitte warten.«

Robert legte das Mikrofon auf den Klapptisch und lehnte sich auf dem wackeligen Stuhl zurück. Er konnte es kaum erwarten, diese Eishölle zu verlassen. Er hatte an den rausten Orten der Welt nach Öl gebohrt: in Nord-Kanada, Sibirien, Alaska und im Atlantik nördlich des Polarkreises. Aber das alles war nicht mit der Antarktis zu vergleichen.

Robert sah sich in dem Container um, der in den letzten sieben Tagen sein Zuhause gewesen war. Er unterschied sich nicht von den letzten drei Containern an den letzten drei Bohrstellen: ein drei mal fünf Meter großer Raum mit drei Pritschen, einem lauten Heizgerät, vier Truhen mit Ausrüstung und Essen und einem Tisch, auf dem das Funkgerät stand. Es gab keinen Kühlschrank; Dinge zu kühlen war ihr geringstes Problem.

Das Funkgerät knisterte. »Snow King, hier spricht Bounty. Ihre Anweisungen sind folgende: Ziehen Sie den Bohrer heraus, decken Sie das Loch ab, und fahren Sie zur nächsten Bohrstelle. Bitte bestätigen Sie, sobald Sie bereit sind, die neuen GPS-Koordinaten aufzunehmen.«

Robert bestätigte die Anweisungen, notierte die neuen Daten und meldete sich ab. Er saß eine Minute lang da und dachte über die Arbeit nach. Drei Bohrstellen, alle siebentausendfünfhundert Fuß tief, bei allen dasselbe Ergebnis: nichts als Eis. Sämtliche Ausrüstung war schneeweiß und wurde mit riesigen weißen Baldachins aus Fallschirmseide abgedeckt. Was immer sie auch taten, sein Arbeitgeber wollte nicht, dass jemand es aus der Luft sah.

Zuerst hatte er gedacht, sie würden nach Öl oder einem wertvollen Metall bohren. Es war nicht ungewöhnlich, heimlich zu bohren. Man fuhr hin, bohrte, fand etwas, verbarg die Bohrstelle und sicherte sich die Rechte. Aber es gab keine Bohrrechte für die Antarktis, und an anderen Orten war es viel einfacher und billiger, Öl oder andere Rohstoffe zu finden. Wirtschaftlich ergab das keinen Sinn. Aber Geld schien kein Problem zu sein. An jeder Bohrstelle stand Ausrüstung im Wert von ungefähr dreißig Millionen Dollar – und es kümmerte sie anscheinend nicht, was damit geschah. Sie zahlten ihm zwei Millionen Dollar, und dafür sollte er ihrer Aussage nach höchstens zwei Monate bohren. Er hatte eine Geheimhaltungsvereinbarung unterzeichnet. Das war alles.

Zwei Millionen Dollar, bohre, wo wir es dir sagen, und halt die Klappe. Robert hatte vor, genau das zu tun. Zwei Millionen Dollar würden die Schwierigkeiten lösen, in denen er steckte, und vielleicht blieb genug übrig, um nie wieder eine Ölbohrinsel betreten zu müssen. Möglicherweise könnte er sich sogar aus der Klemme befreien, die ihn überhaupt erst dorthin gebracht hatte. Aber das war wohl reines Wunschdenken, genauso wahrscheinlich, wie in der Antarktis auf Öl zu stoßen.

49

Irgendwo über den Bergen von West-China

Sie hatten drei Anläufe gemacht, auf dem kleinen See zu landen, und Kate hielt es nicht mehr aus. »Du hast doch gesagt, du kannst das Ding fliegen.«

David konzentrierte sich weiter auf die Instrumente. »Landen ist viel schwieriger als Fliegen.«

Kate war der Meinung, dass Landen zum Fliegen gehörte, aber sie ließ es dabei bewenden. Zum hundertsten Mal überprüfte sie die Schnalle ihres Sicherheitsgurts.

David wischte den Niederschlag von einer altertümlichen Anzeige und richtete das Flugzeug für einen weiteren Landeversuch aus.

Kate hörte ein Stottern und spürte, wie das Flugzeug an einer Seite absackte. »Warst du das?«

David tippte gegen das Armaturenbrett, erst leicht, dann fester. »Wir haben kein Benzin mehr.«

»Hast du nicht gesagt ...«

»Die Anzeige muss kaputt sein.« David ruckte mit dem Kopf. »Geh nach hinten.«

Kate kroch über ihn hinweg in die hintere Sitzreihe, ausnahmsweise ohne zu widersprechen oder sich zu beschweren. Sie schnallte sich an. Das würde ihr letzter Landeversuch werden.

Nach ein paar Sekunden starb auch der andere Motor ab, und das Flugzeug kam wieder in die Waagerechte und glitt durch eine unheilvolle Stille.

Kate blickte nach unten und inspizierte den dichten grünen Wald, der den kleinen blauen See umgab. Es war wunderschön, wie eine Landschaft in der kanadischen Wildnis. Sie wusste, dass es kalt dort unten war; sie mussten irgendwo in Nord-Indien oder West-China sein.

Den Großteil der Strecke waren sie über dem Meer geflogen, knapp über dem Wasser, um dem Radar zu entgehen. Sie hatten sich nördlich gehalten, sodass die Sonne zu Kates rechter Seite hoch am Himmel stand, bis sie an einem tiefliegenden Monsungebiet, wahrscheinlich in Bangladesch, die Küste erreichten. Kate hatte keine Fragen gestellt – allerdings war das bei dem Lärm der nun abgestorbenen Motoren auch gar nicht möglich gewesen. Wo immer sie sich befanden, es war eine abgelegene und unberührte Gegend. Wenn sie sich bei der Landung verletzten, bedeutete das wahrscheinlich ihren Tod.

Der See kam jetzt schnell näher. David brachte das Flugzeug in die Waagerechte. Oder versuchte es – ohne die Kraft der Motoren war es offenbar schwieriger zu kontrollieren.

Horrorszenarien schossen Kate durch den Kopf. Was, wenn sie mit der Nase voran im See landeten? Sie waren in einer Berglandschaft. Der See würde tief und kalt sein. Das Flugzeug würde sie mit nach unten reißen. Diesen eisigen Abgrund würden sie niemals überleben. Und selbst wenn es ihm gelang, das Flugzeug zu stabilisieren, wie sollten sie zum Stehen kommen? Sie würden mit vollem Tempo in die Bäume rasen. Sie stellte sich vor, dass ein Dutzend Äste sie durchbohrte wie die Nadeln in Voodoopuppen. Oder die

Benzindämpfe im Tank würden explodieren; der kleinste Funke genügte, um sie sofort zu erledigen.

Die Pontons ruckelten über das Wasser, und das Flugzeug schlitterte hin und her.

Einer der Schwimmer könnte abbrechen. Dann würde das Flugzeug in Stücke gerissen – und sie mit ihm.

Kate zog ihren Beckengurt straff. Sollte sie ihn lösen? Er könnte sie in der Mitte durchschneiden.

Die Schwimmer berührten erneut die Oberfläche, prallten ab und zitterten angeschlagen in der Luft.

Kate beugte sich nach vorn, legte die Arme um Davids Hals, zog ihn fest in seinen Sitz und drückte sich gegen die Rückenlehne. Dann legte sie die Stirn in seinen Nacken. Sie konnte nicht hinschauen. Sie spürte, wie das Flugzeug durch das Wasser pflügte. Der Boden ruckelte ununterbrochen. Die Vibrationen breiteten sich durch die dünnen Metallwände aus, es knallte mehrmals, und sie wurde in ihren Sitz geworfen, sodass es ihr den Atem verschlug. Sie öffnete die Augen und schnappte nach Luft. Das Flugzeug stand auf dem flachen Ufer. Äste! Im Cockpit. Davids Kopf hing leblos herab.

Kate warf sich vor, und der Gurt schnitt ihr in den Bauch. Ohne sich darum zu kümmern, streckte sie die Arme nach David aus. Sie betastete seine Brust. War er von einem Ast durchbohrt worden? Sie fühlte nichts

Er hob träge den Kopf. »Hey, willst du mich nicht wenigstens erst auf einen Drink einladen?«

Kate ließ sich zurück in ihren Sitz sinken und stieß ihm gegen die Schulter. Sie war froh, dass sie noch lebte. Und froh, dass er noch lebte. Aber sie sagte: »Ich bin schon besser gelandet.«

Er warf ihr über die Schulter einen Blick zu. »Auf dem Wasser?«

»Das ist zufällig meine erste Landung auf dem Wasser, also nein.«

»Ja, das ist auch meine erste Wasserlandung.« David löste seinen Gurt und kletterte aus der Beifahrertür. Als er auf der Stufe stand, klappte er den Sitz nach vorn, damit Kate aussteigen konnte.

»Ist das dein Ernst? Du bist noch nie auf dem Wasser gelandet? Hast du den Verstand verloren?«

»Nein, das war ein Witz. Ich lande ständig auf dem Wasser.«

»Geht dir auch ständig das Benzin aus?«

David begann, Vorräte aus dem Flugzeug zu laden. »Benzin?« Er blickte nach oben, als erinnerte er sich an etwas. »Uns ist nicht das Benzin ausgegangen. Ich habe die Motoren nur wegen des dramatischen Effekts ausgeschaltet. Ich habe gehofft, dass du dich an mich klammern würdest.«

»Sehr witzig.« Kate sortierte die Vorräte, als wäre das ihre alltägliche Standardbeschäftigung. Sie sah zu David. »Du bist irgendwie ... *lebhafter* als in Jakarta.« Sie hatte eigentlich nichts sagen wollen, aber sie wunderte sich. »Ich meine, ich will mich nicht beschweren ...«

»Tja, wenn ich dem Tod von der Schippe springe, kriege ich immer gute Laune. Apropos überleben ...« Er reichte ihr das Ende einer großen grünen Plane. »Hilf mir, dies über das Flugzeug zu ziehen.«

Kate ging unter dem Flugzeug hindurch und fing das andere Ende auf, als er es hinüberwarf, dann trafen sie sich wieder an dem kleinen Haufen mit den Vorräten. Sie warf einen Blick auf das abgedeckte Flugzeug. »Auf dem Rückweg ... wir fliegen doch nicht damit ...«

David grinste sie an. »Nein, ich würde sagen, das war sein letzter Flug. Außerdem ist kein Benzin mehr im Tank.« Er nahm drei Fertiggerichte und fächerte sie wie Spielkarten auf. »Setzt du deinen Hungerstreik fort, oder möchtest du an dem köstlichen Mahl teilhaben?«

Kate schürzte die Lippen und beugte sich vor, als wollte sie die braunen Packungen begutachten. »Hmmm. Was steht denn heute Morgen auf der Speisekarte?«

David drehte die Kartons um. »Mal sehen, womit wir deinen Gaumen erfreuen können: Hackbraten, Bœuf Stroganoff und Nudelsuppe mit Hühnchen.«

Kate hatte nichts mehr gegessen, seit sie sich gestern am späten Nachmittag in den Schutzkeller unter dem Ferienhaus zurückgezogen hatten. »Also, eigentlich bin ich nicht *so* hungrig, aber Nudelsuppe mit Hühnchen klingt einfach unwiderstehlich.«

David drehte den Karton um und riss ihn auf. »Hervorragende Wahl, Ma'am. Gedulden Sie sich einen Augenblick, bis ich Ihre Mahlzeit aufgewärmt habe.«

Kate trat auf ihn zu. »Du musst es nicht warm machen.«

»Unsinn, das ist doch kein Problem.«

Kate dachte an die Plane über dem Flugzeug. »Wäre ein Feuer nicht zu auffällig? Würden wir uns nicht in Gefahr …«

David schüttelte den Kopf. »Meine liebe Frau Doktor, ich gebe zu, dass unsere Reise ziemlich unkomfortabel ist, aber wir leben nicht in der Steinzeit und kochen wie Neandertaler über dem offenen Feuer.« Er zog etwas aus seinem Rucksack, das wie eine Stiftlampe aussah, und hielt es in der Luft. Als er an der Oberseite drehte, schoss eine Flamme heraus. Er hielt sie unter Kates Essen und bewegte sie hin und her.

Kate ging vor ihm in die Hocke und beobachtete, wie die »Hühnersuppe« zu kochen begann. Es war mit Sicherheit Tofu oder ein anderer Fleischersatz darin. »Wenigstens kommen keine Tiere zu Schaden«, sagte sie.

David blieb auf die Flamme und den Karton konzentriert, als reparierte er mit einem Lötkolben ein empfindliches Gerät. »Ich glaube, es ist echtes Fleisch. In den letzten Jahren wurden die Fertigessen stark verbessert. In Afghanistan habe ich welche gegessen, die für den menschlichen Konsum nicht geeignet waren. Oder für den hominiden Konsum, wie du wahrscheinlich sagen würdest.«

»Sehr beeindruckend – ja, wir sind Hominiden. Hominini, um exakt zu sein. Die einzigen Verbliebenen.«

»Ich habe meine Kenntnisse über die Evolutionsgeschichte aufgefrischt.« David reichte ihr die aufgewärmte Nudelsuppe, dann riss er die Packung mit dem Hackbraten auf und begann, ihn kalt zu essen.

Kat rührte mit dem Plastiklöffel in der Suppe und probierte sie. Gar nicht so übel. Oder gewöhnte sie sich allmählich an den schrecklichen Geschmack? Es spielte keine Rolle. Sie schlürfte schweigend die Suppe. Der See lag still da, und der dichte Wald, der sie umgab, rauschte im Wind und knackte manchmal, wenn ein Tier im Schutz des Grüns von einem Ast zum anderen sprang. Wenn nicht die dramatischen Ereignisse von gestern gewesen wären, hätten sie Camper in der unberührten Wildnis sein können; und einen Moment lang fühlte es sich für Kate tatsächlich so an. Sie aß den letzten Löffel von ihrer Suppe, eine Minute nachdem David fertig war, und er nahm ihr den Karton ab und sagte: »Wir sollten uns beeilen; noch dreißig Minuten bis zur Verabredung mit dem Informanten.« Und schon löste sich die friedliche Stimmung in Luft auf. David schulterte einen schweren Rucksack und versteckte ihren Müll unter der Plane.

Er schlug ein scharfes Tempo an, als sie durch den Bergwald wanderten, und Kate bemühte sich, Schritt zu halten und ihr Schnaufen zu verbergen. Er war viel besser in Form als sie. Wenn er gelegentlich stehen blieb, atmete er immer noch durch die Nase, während Kate sich abwandte und die Luft durch den Mund einsaugte.

Bei der dritten Rast lehnte er sich an einen Baum und sagte: »Ich weiß, dass du noch nicht bereit bist, über deine Forschung zu reden, aber verrate mir eines: Was, meinst du, warum Immari die Kinder entführt hat?«

»Darüber habe ich viel nachgedacht, seit wir aus Jakarta geflohen sind.« Kate beugte sich vor und stützte die Hände auf die Knie. »Einiges von dem, was Martin zu mir gesagt hat, bevor sie mich verhört haben, kam mir äußerst seltsam vor.«

»Zum Beispiel?«

»Er hat angedeutet, es gäbe eine Waffe, eine Art Superwaffe, die die ganze Menschheit auslöschen ...«

David stieß sich von dem Baumstamm ab. »Hat er gesagt ...«

»Nein, er hat nichts weiter darüber gesagt. Es war wirres Gerede. Eine Tirade über versunkene Städte und Genetik und ... was noch?« Kate schüttelte den Kopf. »Er meinte, dass autistische Kinder eine Bedrohung darstellen könnten, dass sie die nächste Stufe der menschlichen Evolution wären.«

»Ist das möglich? Die Sache mit der Evolution?«

»Ich weiß nicht. Vielleicht. Wir wissen, dass der letzte große Durchbruch bei der Evolution eine Veränderung in der Gehirnvernetzung war. Wenn man das Genom der Menschen vor hunderttausend mit dem der Menschen vor fünfzigtausend Jahren vergleicht, gibt es kaum Veränderungen, aber die Gene, die sich verändert haben, hatten große Auswirkungen – vor allem auf unser Denken. Die Menschen haben begonnen, Sprachen zu benutzen, und ihr Gehirn diente nicht mehr nur der Triebsteuerung, sondern funktionierte eher wie ein Computer. Es ist strittig, aber es gibt Hinweise darauf, dass eine weitere Neuvernetzung des Gehirns stattfindet. Autismus ist im Wesentlichen eine Veränderung der Gehirnvernetzung, und die Fallzahlen für Erkrankungen aus dem autistischen Spektrum explodieren. In den USA sind sie in den letzten zwanzig Jahren um fünfhundert Prozent gestiegen. Jeder Achtundachtzigste ist betroffen. Zum Teil geht der Anstieg auf bessere Diagnoseverfahren zurück, aber es gibt keinen Zweifel, dass diese Krankheitsbilder auf dem Vormarsch sind – in jedem Land der Welt. Die Industrieländer scheinen am stärksten betroffen.«

»Ich kann dir nicht folgen. Was hat Autismus mit der Evolutionsgenetik zu tun?«

»Wir wissen, dass fast alle Leiden aus dem autistischen Spektrum eine starke genetische Komponente haben. Sie werden alle von einer Abweichung in der Gehirnvernetzung ausgelöst, die von einer kleinen Gruppe von Genen gesteuert wird. Meine Forschung konzentriert sich darauf, wie diese Gene die Hirnvernetzung beeinflussen – und noch wichtiger, wie eine Gentherapie die sozialen Fähigkeiten und die Lebensqualität der Betroffenen verbessern könnte. Es gibt massenhaft Menschen im autistischen Spektrum, die ein unabhängiges und erfülltes Leben führen. Zum Beispiel Leute, bei denen Asperger diagnostiziert wurde. Es fällt ihnen schwer, soziale Kontakte zu knüpfen, und sie konzentrieren sich meist auf ein Interessengebiet – Computer, Comics, Finanzwesen, was auch immer –, aber das ist nicht immer eine Einschränkung. Heutzutage ist Spezialisierung der Schlüssel zum Erfolg. Wirf mal einen Blick auf die Forbes-Liste. Wenn man die Menschen untersuchen würde, die ein Vermögen mit Computern, Biotechnologie oder Aktien gemacht haben, würden sich garantiert die meisten irgendwo im autistischen Spektrum befinden. Aber sie haben Glück gehabt – sie haben in der Gen-Lotterie gewonnen. Ihre Gehirne ermöglichen ihnen, komplexe Probleme zu lösen *und* genug soziale Fähigkeiten zu entwickeln, um in der Gesellschaft zu funktionieren. Und das war mein Anliegen, den Kindern eine Chance im Leben zu verschaffen.« Kates Atem hatte sich beruhigt, aber sie sah weiter zu Boden.

»Dazu ist es noch nicht zu spät. Beeilen wir uns. Wir haben nur noch fünfzehn Minuten.«

Sie nahmen wieder ihr altes Tempo auf, und dieses Mal hielt Kate mit David Schritt. Fünf Minuten vor dem Termin lichtete sich der Wald, und ein weitläufiger Bahnhof tauchte auf.

»Er ist auf jeden Fall nicht verlassen«, sagte Kate.

Der Bahnhof wimmelte von Menschen, die alle weiße Kittel, die Kleidung von Wachleuten oder andere Uniformen trugen. David und Kate würden aus der in den Bahnhof strömenden Menge herausstechen.

»Schnell, bevor sie sehen, dass wir aus dem Wald kommen.«

50

Forschungskomplex der Immari Corporation
Nahe Burang, China
Autonomes Gebiet Tibet

Dorian sah auf die Monitore, während die Forscher die ungefähr zwanzig chinesischen Probanden aus dem Raum führten. Die Behandlung hatte ihnen übel zugesetzt. Die Hälfte von ihnen konnte kaum laufen.

Im Beobachtungsraum standen eine große Bildschirmwand, mit der man jede Ecke der Forschungseinrichtung überwachen konnte, und mehrere Reihen von Computerarbeitsplätzen, an denen irgendwelche Schlaumeier den ganzen Tag mit ihren Tastaturen klapperten und Gott weiß was taten.

Auf der anderen Seite des Raums lehnte Naomi offensichtlich gelangweilt an der Wand. Es war seltsam, sie angezogen zu sehen. Dorian winkte sie zu sich. Sie war nicht berechtigt, die Berichte der Wissenschaftler zu hören.

»Willst du hier verschwinden?«, fragte Naomi.

»Gleich. Mach dich schon mal mit dem Komplex vertraut. Ich muss noch arbeiten. Ich komme gleich nach.«

»Ich begutachte die örtlichen Nachwuchskräfte.«

»Tu nichts, was ich nicht auch tun würde.«

Sie schlenderte ohne ein weiteres Wort aus dem Raum.

Dorian wandte sich zu dem nervösen Wissenschaftler, der ihm folgte und um ihn herumschlich und ihn belauerte, seit er angekommen war.

»Dr. Chang?«

Der Mann trat vor. »Ja, Sir?«

»Was sehe ich da gerade?«

»Das ist die dritte Kohorte. Wir arbeiten, so schnell wir können, Mr. Sloane.« Als Dorian nichts entgegnete, fuhr Chang fort. »Wird, äh, Dr. Grey zu uns stoßen?«

»Nein. Von jetzt an werden Sie bei diesem Projekt mit mir zusammenarbeiten. Verstanden?«

»Ja, Sir. Gibt es ... ein ...?«

»Dr. Grey arbeitet an einem neuen Projekt. Ich möchte, dass Sie mich auf den aktuellen Stand bringen.«

Chang öffnete den Mund, um etwas zu sagen.

»Und fassen Sie sich kurz.« Dorian sah ihn ungeduldig an.

»Natürlich, Sir.« Chang rieb sich die Hände, als wärmte er sich an einem Lagerfeuer. »Also, wie Sie wissen, reicht das Projekt zurück bis in die 30er-Jahre, aber erst in den letzten Jahren haben wir wesentliche Fortschritte gemacht – und das ist alles einigen Durchbrüchen in der Genforschung zu verdanken, besonders der schnellen Genomsequenzierung.«

»Ich dachte, das menschliche Erbgut wäre schon in den Neunzigern entschlüsselt worden.«

»Das ist fal..., äh, ein Missverständnis, wenn man so will. Es gibt nicht *ein* menschliches Genom. Das *erste* menschliche Genom wurde in den Neunzigern sequenziert, und die kartierte Sequenz wurde im Februar 2001 veröffentlicht – es war das Genom von Dr. Craig Venter. Aber wir haben alle unser eigenes Genom, und jedes ist anders. Das gehört auch zur Herausforderung.«

»Ich kann Ihnen nicht folgen.«

»Ja, Entschuldigung, ich spreche nicht oft über das Projekt.« Er kicherte nervös. »Aus offensichtlichen Gründen! Und vor allem nicht mit jemandem in Ihrer Position. Ja, wo soll ich anfangen? Vielleicht ein kleiner Ausflug in die Geschichte. Ah, die 30er-Jahre – die Forschungsmethoden damals waren ... drastisch, aber sie haben trotzdem einige interessante Ergebnisse hervorgebracht.« Chang sah sich um, als fragte er sich, ob er Dorian beleidigt hatte. »Wir haben Jahrzehnte damit verbracht, zu studieren, was die Glocke tatsächlich mit ihren Opfern macht. Wie Sie wissen, ist es eine Form der Strahlung, die wir nicht ganz verstehen, aber die Auswirkungen sind ...«

»Halten Sie mir keinen Vortrag über die Auswirkungen, Doktor. Niemand auf der Welt weiß mehr darüber als ich. Sagen Sie mir, was Sie wissen. Und machen Sie es kurz.«

Chang sah zu Boden. Er ballte ein paarmal die Hände zu Fäusten, dann wischte er sie sich an der Hose trocken. »Natürlich wissen Sie das, ich wollte nur unsere Forschung in der Vergangenheit vergleichen mit ... Ja, heutzutage sequenzieren wir ... Wir ... Der ... Durchbruch hat die Forschung auf den Kopf gestellt. Statt die Auswirkungen der Glocke zu studieren, konzentrieren wir uns darauf, wie man sie überleben kann. Seit den Dreißigern wissen wir, dass manche Probanden besser damit zurechtkommen als andere, aber da sie letztlich alle sterben ...« Chang sah auf und begegnete Dorians wütendem Blick. Er zog den Kopf ein und quälte sich weiter. »Wir, also, unsere Theorie ist, dass wir, wenn wir die Gene isolieren können, die uns immun gegen die Maschine machen, eine Gentherapie entwickeln können, die uns schützt. Wir würden einen Retrovirus verwenden, um dieses Gen einzuschleusen. Wir nennen es das ›Atlantis-Gen‹.«

»Und warum haben Sie es noch nicht gefunden?«

»Vor ein paar Jahren dachten wir, wir wären kurz davor, aber niemand war vollständig immun. Unsere Prämisse lautete, wie Sie wissen, dass es irgendwann eine Gruppe von Menschen gab, die der Maschine standhalten konnte, und dass ihre DNS über die ganze Erde verteilt wurde, deshalb haben wir im Wesentlichen weltweit dieses Gen gesucht. Aber ehrlich gesagt, nachdem wir so viele Experimente an einer so großen Stichprobe durchgeführt hatten, fingen wir an zu glauben, dass das Atlantis-Gen nicht existiert – dass es niemals bei einem Menschen vorhanden war.«

Dorian hob die Hände, und Dr. Chang hielt inne, um Luft zu holen. Wenn es stimmte, was er sagte, würde das ihr gesamtes Wissen in Frage stellen. Und es würde Dorians Vorgehen rechtfertigen. Aber war das möglich? Es gab da ein paar Probleme. »Wie haben dann die Kinder überlebt?«, fragte Dorian.

»Das wissen wir leider nicht. Wir sind nicht einmal sicher, womit sie behandelt ...«

»Ich weiß. Sagen Sie mir, was Sie wissen.«

»Wir wissen, dass ihre Behandlung innovativ war. Wahrscheinlich so neu, dass wir nichts haben, womit wir sie vergleichen können. Aber wir haben einige Theorien. Es gab vor Kurzem einen weiteren Durchbruch in der Genforschung – wir nennen es die Epigenetik. Man muss es sich so vorstellen, dass unser Genom keine statische Blaupause ist, sondern eher eine Art Klaviatur. Die Tasten repräsentieren die Gene. Wir haben alle verschiedene Tasten, und sie verändern sich während unseres Lebens nicht: Wir sterben mit denselben Tasten oder Genen, mit denen wir geboren wurden. Aber die Noten ändern sich, die Epigenetik. Die Noten bestimmen, welche Melodie gespielt wird – welche Gene aktiviert werden –, und diese Gene bestimmen unsere Merkmale, vom IQ bis zur Haarfarbe. Die komplexe Interaktion zwischen dem Genom und der Epigenetik bestimmt also die Genexpression, die unsere Entwicklung festlegt.

Es ist interessant, dass wir an der Komposition der Musik, der Entwicklung der Epigenetik, beteiligt sind. Und auch unsere Eltern und unsere Umwelt. Wenn eine bestimmte Genexpression bei unseren Eltern und Großeltern stattfindet, ist es wahrscheinlicher, dass dieses Gen auch bei uns aktiviert wird. Im Grunde beeinflussen unsere Handlungen und die Handlungen unserer Eltern und die Umwelteinflüsse, welche Gene aktiviert werden. Die Gene bestimmen das Potenzial, aber die Epigenetik bestimmt das Schicksal. Es ist ein unglaublicher Durchbruch. Auch wenn wir schon einige Zeit wussten, dass mehr am Werk ist als unveränderliche Gene. Das haben wir bei unseren Zwillingsversuchen in den Dreißigern und Vierzigern herausgefunden. Einige überlebten länger als ihre Zwillingsbrüder, obwohl sie fast das gleiche Genom hatten. Die Epigenetik ist das fehlenden Glied in der Kette.«

»Was hat das mit den Kindern zu tun?«

»Meine persönliche Theorie ist, dass bei den Kindern mit einer neuartigen Therapie neue Gene eingeschleust wurden und diese Gene einen Kaskadeneffekt ausgelöst haben, wahrscheinlich auch auf epigenetischer Ebene. Wir glauben, um die Glocke zu überleben, braucht man die richtigen Gene *und* das aktivierte Atlantis-Gen. Es ist merkwürdig; die Behandlung hat Ähnlichkeit mit einer Mutation.«

»Einer Mutation?«

»Ja, eine Mutation ist einfach eine zufällige Änderung im genetischen Code, ein genetisches Würfeln, wenn man so will. Manchmal macht es sich bezahlt, indem es einen genetischen Vorteil bringt, und manchmal ... hat man sechs oder vier Finger! Aber in diesem Fall macht es immun gegen die Glocke. Es ist so faszinierend! Ich frage mich, ob ich mit Dr. Warner sprechen könnte. Es wäre ungeheuer hilfreich ...«

»Vergessen Sie Dr. Warner.« Dorian rieb sich die Schläfen. Genetik, Epigenetik, Mutationen. Es lief alles auf dasselbe hinaus: erfolglose Forschung, keine brauchbare Therapie zur Immunisierung gegen die Glocke und keine Zeit mehr. »Wie viele Probanden fasst der Glockenraum?«

»Normalerweise begrenzen wir die Versuche auf fünfzig Probanden, aber vielleicht passen auch hundert oder ein paar mehr rein, wenn wir sie stopfen.«

David blickte auf die Bildschirme. Eine Gruppe von studierten Trotteln in weißen Kitteln trieb eine neue Kohorte zu den Liegestühlen und hängte sie an die durchsichtigen Plastikbeutel des Todes. »Wie lange dauert ein Durchgang?«

»Nicht lange. Länger als fünf oder zehn Minuten hält kein Proband durch.«

»Fünf oder zehn Minuten.« Seine Stimme war kaum lauter als ein Flüstern. Er lehnte sich auf seinem Stuhl zurück, während er die Idee überdachte. Dann stand er auf und ging auf die Tür zu. »Schicken Sie alle verbliebenen Probanden durch den Glockenraum – so schnell wie möglich.« Dr. Chang trat einen Schritt vor, um zu protestieren, aber Dorian war schon halb aus der Tür. »Ach, und denken Sie daran, die Leichen nicht zu vernichten. Wir brauchen sie. Ich bin in der Nuklearabteilung, Doktor.«

51

Zug der Immari Corporation
Nahe Burang, China
Autonomes Gebiet Tibet

Kate saß schweigend da und sah zu, wie die grüne Landschaft mit hundertvierzig Stundenkilometern vorbeiflog. Ihr gegenüber rutschte David ein wenig tiefer in den Sitz des geschlossenen Zugabteils. *Wie kann er in so einem Moment schlafen? Er bekommt einen steifen Hals, wenn er so schläft.* Kate beugte sich vor und schob seinen Kopf zurecht.

Selbst wenn Kates Nerven nicht zum Zerreißen gespannt gewesen wären, hätten ihre Beine zu sehr geschmerzt, um zu schlafen. Davids scharfes Tempo auf dem Weg von der Landestelle des Flugzeugs zum Bahnhof hatte seinen Preis gefordert. Und der Sprint hinein zu den Schließfächern, zur Nummer vierundvierzig, die ihre Rettung gewesen war.

Im Schließfach hatten sie zwei Kleidungsstücke vorgefunden: die Uniform eines Wachmanns für David und einen weißen Kittel für Kate. Außerdem lagen dort Werksausweise. Kate war Dr. Emma West, wissenschaftliche Mitarbeiterin in »Glocke – Hauptabteilung: Genetik«, was immer das auch sein mochte. David war Conner Anderson. Die Bilder auf den Ausweisen passten nicht, aber sie mussten sie nur durch einen Kartenleser ziehen, um in den Zug um 10:45 Uhr zu gelangen, offenbar der letzte an diesem Morgen.

Als sie eingestiegen waren, wandte sich Kate zu David und fragte: »Was jetzt?«

David drehte sie wieder um und sagte: »Nicht reden, es könnte jemand mithören. Halt dich einfach an den Plan.«

»Plan« war maßlos übertrieben. Sie sollte die Kinder finden und wieder in den Zug steigen; David würde die Stromversorgung zerstören und ihr folgen. Es war nicht einmal ein halber Plan. Vermutlich würde man sie schon erwischen, bevor sie aus dem Zug stiegen. Und jetzt schlief er.

Aber ... wahrscheinlich hatte er letzte Nacht kaum geschlafen. War er wach geblieben, um aufzupassen, ob die Männer, die die Hütte durchsucht hatten, den Eingang zum Schutzraum fanden? Wie lange hatte er auf dem Betonboden gelegen? Und dann all die Stunden in dieser vibrierenden Todesfalle von einem Flugzeug. Kate knüllte einige Kleider aus ihrer Tasche zusammen und schob sie zwischen sein Gesicht und die Zugwand.

Eine halbe Stunde später spürte Kate, wie der Zug abbremste. Im Gang drängelten sich Leute.

David griff nach ihrem Arm. Wann war er aufgewacht? Als Kate ihn ansah, breitete sich Panik in ihrem Gesicht aus.

»Ruhig bleiben«, sagte er. »Denk dran, du arbeitest hier. Du holst die Kinder für einen Versuch ab. Im Auftrag des Direktors.«

»Welcher Direktor?«, zischte Kate.

»Wenn sie dich danach fragen, sag einfach, das ist Chefsache, und geh weiter.«

Kate wollte noch weitere Fragen stellen, aber David zog die Abteiltür auf und schob sie in die vorrückende Schlange. Als sie sich nach ihm umsah, waren bereits einige Leute zwischen ihnen, und er ging in die andere Richtung. Sie war allein. Ruckartig wandte sie sich wieder nach vorn und schluckte ein paarmal. Sie würde es schaffen.

Sie bewegte sich mit dem Strom der Leute und versuchte, einen entspannten Eindruck zu vermitteln. Die meisten Arbeiter waren Asiaten, doch es waren einige Europäer darunter und vermutlich auch ein paar Amerikaner. Sie war in der Minderheit, aber sie fiel nicht besonders auf.

Es gab mehrere Eingänge zu der riesigen Anlage, und vor jedem hatten sich drei Schlangen gebildet. Sie sah sich um, wo die meisten weißen Kittel waren, und stellte sich dort an. Während sie darauf wartete, ihren Ausweis durch das Lesegerät zu ziehen, warf sie einen Blick auf die Karten der anderen. »Glocke – Unterabteilung: Primatenunterbringung.« Sie sah zu der Schlange neben ihrer. »Glocke – Steuerung: Wartung und Pflege.« Wozu gehörte sie noch gleich? Irgendwas mit Glocke und Genetik. Sie wurde von der Angst überwältigt, ein Blick auf ihren gefälschten Ausweis könne dazu führen, dass jemand auf sie zeigte und rief: »Betrügerin! Haltet sie fest!«

Vor ihr marschierten die weißen Kittel weiter und zogen ihre Ausweise durch die Automaten wie Roboter. Die Schlange bewegte sich schnell, genau wie am Bahnhof. Und jetzt entdeckte sie noch etwas: sechs bewaffnete Wachmänner. Drei hatten sich auf die Schlangen verteilt und musterten jedes Gesicht. Die anderen drei lungerten hinter dem Maschendrahtzaun herum, tranken Kaffee, unterhielten sich und alberten miteinander wie Büroangestellte am Wasserspender. Jeder von ihnen hatte eine Maschinenpistole so lässig über der Schulter hängen, als wäre es eine Tasche mit Papierkram.

Sie musste sich konzentrieren. Der Ausweis. Kate zog ihn

aus dem Kartenhalter und warf unauffällig einen Blick darauf. ›Glocke – Hauptabteilung: Genetik.‹ In der Schlange neben sich sah sie einen großen blonden Mann Anfang vierzig, der zur selben Abteilung gehörte. Er stand ein Stück weiter hinten. Sie würde warten, bis er hindurchging, und ihm dann folgen.

»Ma'am ...«

Sie war gemeint!

»Ma'am.« Der Wachmann zeigte auf den Pfosten mit dem Magnetkartenleser. Neben ihr zogen Leute ihre Ausweise durch die Geräte und eilten weiter.

Kate hatte Mühe, ihre Hand ruhig zu halten, als sie die Karte durch den Schlitz führte. Ein anderer Piepston. Rotes Licht.

Neben ihr zogen zwei weitere Angestellte ihre Karten hindurch. Grünes Licht, das normale Piepsen.

Der Wachmann legte den Kopf schräg und trat einen Schritt auf sie zu.

Ihre Hände zitterten jetzt deutlich. *Bleib locker.* Sie schaffte es, die Karte in den Schlitz zu stecken, und zog sie erneut durch, dieses Mal langsamer. Rotes Licht. Das falsche Piepsen.

Die Wachen hinter dem Zaun hatte ihre Unterhaltung eingestellt. Sie sahen sie an. Der Wachmann an ihrer Schlange blickte zu seinen Kollegen.

Sie wollte die Karte noch einmal einführen, aber jemand packte ihre Hand. »Falsch rum, Süße.«

Kate sah auf. Der blonde Mann. Ihr Verstand setzte aus. Was hatte er gesagt? »Ich arbeite hier«, sagte sie schnell und blickte sich um. Alle sahen sie an. Sie blockierten zwei der drei Durchgänge.

»Das will ich doch hoffen.« Der Mann nahm ihre Karte.

»Sie müssen neu sein«, sagte er, während er den Ausweis betrachtete. »Ich habe Sie noch nie gese... Hey, das Foto sieht aber nicht aus wie Sie.«

Kate riss ihm die Karte aus der Hand. »Nicht ... nicht das Foto ansehen. Ich, äh, bin neu hier.« Sie fuhr sich mit der Hand durchs Haar. Sie würde erwischt werden, sie wusste es. Der Mann starrte sie immer noch an. Kate dachte angestrengt nach. »Sie haben ein altes Foto genommen. Ich habe ... abgenommen.«

»Anscheinend haben Sie sich auch die Haare gefärbt«, sagte der Mann skeptisch.

»Ja, hm ...« Kate atmete tief ein. »Ich hoffe, Sie verraten mein Geheimnis nicht. Blondinen haben einfach mehr Spaß im Leben.« Sie versuchte zu lächeln, hatte aber das Gefühl, eher ängstlich als selbstsicher zu wirken.

Der Mann nickte und lächelte ebenfalls. »Ja, das stimmt.«

Von hinten aus der Schlange rief jemand: »Hey, Casanova, Frauen anbaggern kannst du in deiner Freizeit.« Ein paar Leute lachten.

»Wie funktioniert das?«, fragte Kate und steckte den Ausweis erneut in das Gerät. Rotes Licht, der falsche Ton. Sie sah auf.

Der Mann nahm ihre Hand, drehte die Karte um und zog sie durch. Grün. Er drehte sich zu seinem Durchgang und führte den eigenen Ausweis ein. Grün. Zögerlich ging er an den finster blickenden Wachen vorbei, und Kate lief ihm hinterher.

»Danke, Doktor ...«

»Prendergast. Barnaby Prendergast.« Sie bogen um eine Ecke.

»Barnaby Prendergast. Beinahe hätte ich es erraten.«

»Sie sind ziemlich vorlaut.« Er sah sie an. »Ziemlich

schlagfertig für jemanden, der den Kartenleser nicht bedienen kann.«

Durchschaute er sie? Kate tat, als wäre es ihr unangenehm; es war nicht besonders schwierig. »Waffen machen mich nervös.«

»Dann wird es Ihnen hier nicht gefallen. Anscheinend läuft jeder, der keinen weißen Kittel trägt, mit einer Knarre rum.« Bei den letzten Worten bemerkte sie seinen amerikanischen Akzent. Er zog seinen Ausweis durch einen weiteren Kartenleser, und eine breite Doppeltür, wie man sie zwischen den unterschiedlichen Stationen eines Krankenhauses fand, öffnete sich. »Falls die Bäume mal angreifen sollten, sind sie vorbereitet.« Er schnaufte und murmelte: »Diese verdammten Idioten.«

Vor ihnen kreuzten mehrere schwergewichtige Männer mit metallenen Rollkäfigen den Gang. Kate betrachtete sie. In den Käfigen waren Schimpansen. Als sie vorbei waren, merkte Kate, dass sie allein im Flur stand. Sie lief den Gang entlang, und Barnabus, oder wie er hieß, kam wieder in Sicht. Schnell schloss sie zu ihm auf.

Er blieb an dem Lesegerät einer weiteren Doppeltür stehen. »Was haben Sie gesagt, wo Sie hinwollen, Dr. West?«

»Ich ... hab gar nichts gesagt.« Kate versuchte, ihm schöne Augen zu machen. Sie kam sich vor wie eine Idiotin. »Wo ... gehen Sie denn hin?«

»Ach, zu meinem Labor in der virologischen Abteilung. Mit wem arbeiten Sie hier?« Er sah sie verwirrt an. Oder war er misstrauisch?

Kate stand kurz davor, in Panik auszubrechen. Es war viel schwieriger, als sie es sich im Zug vorgestellt hatte. Hatte sie wirklich gedacht, sie könnte einfach hier reinspazieren und sagen: »Ich bin hier, um die indonesischen Kinder abzuholen«? Davids Rat – *sag einfach, das ist Chefsache* – erschien ihr jetzt furchtbar einfältig und abwegig. Es war offensichtlich, dass er es nur gesagt hatte, um sie zu beruhigen und sie dazu zu bringen, auszusteigen und loszulegen. Aber ihr Kopf war leer. »Das ist Chefsache«, stieß sie hervor.

Barnaby hatte gerade seinen Ausweis durch das Gerät ziehen wollen, doch jetzt hielt er inne und ließ ihn herabbaumeln. »Wie bitte?« Er sah sie an, dann blickte er durch die Gegend, als hätte er von irgendwo ein Geräusch gehört.

Kate verspürte den Drang, so schnell wie möglich wegzurennen, aber sie hatte keine Ahnung, wohin. Sie musste herausfinden, wo die Kinder festgehalten wurden. »Ich betreibe Autismusforschung.«

Barnaby sah Kate an. »Wirklich? Ich wusste gar nicht, dass hier Autismusforschung betrieben wird.«

»Mit Dr. Grey.«

»Dr. Grey?« Barnaby verdrehte die Augen nach oben, als dächte er nach. »Nie gehört ...« Der skeptische Ausdruck wich allmählich aus seinem Gesicht, während er zu einem weißen Telefon an der Wand neben der Tür ging. »Vielleicht sollte ich jemanden herholen, der Ihnen den Weg zeigt.«

»Nein!«

Er blieb abrupt stehen.

»Nicht. Ich habe mich nicht verlaufen. Ich arbeite ... mit zwei Kindern.«

Er zog die ausgestreckte Hand zurück. »Ach, dann stimmt es also. Wir haben Gerüchte gehört, aber alle tun so geheimnisvoll. Wie in einem Agentenfilm.«

Er wusste nicht, wo die Kinder waren. Was hatte das zu bedeuten? Kate musste Zeit gewinnen, um nachzudenken. »Hm, ja. Tut mir leid, ich kann nicht mehr sagen.«

»Tja, es ist Chefsache, stimmt's?« Er murmelte, dass sie

verdammt noch mal keine Ahnung habe, wo er in der Hierarchie überhaupt stehe, oder etwas in der Art. »Ehrlich gesagt, weiß ich sowieso nicht, was Sie mit den Kindern hier anfangen wollen. Wir reden von einer Überlebensrate von null Prozent. *Null Prozent.* Aber wenn es *Chefsache* ist, ist es ja kein Problem, oder?«

Ein neuer Gedanke quälte Kate, eine schreckliche Möglichkeit, die sie noch nicht in Betracht gezogen hatte: null Prozent Überlebensrate. Die Kinder könnten schon tot sein.

»Haben Sie mich gehört?«

Kate konnte nicht antworten. Sie stand wie gelähmt da.

Er bemerkte sie – die Angst in ihren Augen. Er legte den Kopf schräg. »Ich weiß nicht was, aber irgendwas stimmt mit Ihnen nicht.« Er griff nach dem Telefon.

Kate sprang auf ihn zu und riss ihm den Hörer aus der Hand.

Seine Augen weiteten sich, als wollte er sagen: *Wie können Sie es wagen?*

Kate sah sich um. Davids Worte – *es könnte jemand mithören* – schossen ihr durch den Kopf. Vielleicht war es schon zu spät. Sie hängte den Hörer auf, legte die Arme um Barnaby und flüsterte ihm ins Ohr. »Hören Sie. Zwei Kinder werden hier festgehalten. Sie sind in Gefahr. Ich bin gekommen, um sie zu retten.«

Er schob sie von sich. »Was? Sind Sie verrückt?«

Sein Gesichtsausdruck war genauso ungläubig wie Kates, als David sie vor zwei Tagen in dem Laster ausgefragt hatte.

Sie beugte sich wieder vor. »Bitte. Sie müssen mir vertrauen. Ich brauche Ihre Hilfe. Ich muss die Kinder finden.«

Er musterte ihr Gesicht. Sein Mund verzog sich, als hätte er etwas Ekelhaftes probiert und könnte es nicht ausspucken. »Hören Sie, ich weiß nicht, was Sie hier abziehen, ob

Sie meine Zuverlässigkeit testen wollen oder irgendein krankes Spiel mit mir treiben, aber ich habe Ihnen doch schon gesagt, dass ich nichts über diese Kinder weiß – wenn es hier überhaupt welche gibt. Ich habe nur Gerüchte gehört.«

»Wo würde man sie unterbringen?«

»Keine Ahnung. Ich habe die Probanden noch nie gesehen. Ich habe nur Zugang zu den Labors.«

»Was glauben Sie? Bitte. Ich brauche Ihre Hilfe.«

»Ich weiß nicht ... im Wohnbereich vermutlich.«

»Bringen Sie mich hin.«

Er wedelte mit seinem Ausweis vor ihrem Gesicht. »Hallo? Ich habe keinen Zugang. Ich habe doch gerade gesagt, dass ich nur in die Labors kann.«

Kate sah auf ihre eigene Karte. »Aber ich bestimmt.«

Der Wachmann beobachtete, wie die Frau den Mann belästigte, ihm den Hörer abnahm, ihn packte und ihm etwas ins Ohr flüsterte – wahrscheinlich eine Drohung. Der Mann wirkte auf jeden Fall verängstigt. Sie hatten gerade erst eine weitere Fortbildung über sexuelle Belästigung absolviert, aber da war es meistens um Männer gegangen, die Frauen zum Sex zwingen wollten. Also musste es etwas anderes sein. Irgendwas stimmte da jedenfalls nicht. Der Wachmann griff zum Telefon. »Ja, hier ist Posten sieben. Ich glaube, wir haben ein Problem in der Hauptabteilung Glocke.«

52

Forschungskomplex der Immari Corporation
Nahe Burang, China
Autonomes Gebiet Tibet

David wartete in der Schlange vor dem Eingang, an dem die Sicherheitsleute abgefertigt wurden. Das Gebäude war riesig – viel größer, als er erwartet hatte. Drei vasenförmige gigantische Kühltürme ragten in den Himmel und stießen weißen Dampf in die Wolken.

Der Komplex musste eine Kombination aus medizinischer Einrichtung und Kraftwerk sein. Weitere Züge trafen auf anderen Gleisen ein. Sämtliches Personal musste von außerhalb hergebracht werden, denn die Anlage war von einem Quarantänebereich umgeben, im Umkreis von vielleicht hundertfünfzig Kilometern. Warum? Es musste schwindelerregende Kosten verursachen, so eine Anlage mitten in der Einöde zu bauen und Vorräte und Personal jeden Tag herbeizuschaffen.

»Sir!«

David blickte auf. Er war an der Reihe. Er zog seinen Ausweis durch den Kartenleser. Ein Piepston und rotes Licht. Er sah auf seinen Ausweis. Verkehrt herum. Er drehte ihn um und bekam grünes Licht.

Er ging ins Gebäude. Jetzt kam der schwierige Teil: Wohin?

Ein anderer Gedanke schwirrte durch seinen Kopf: Kate. Sie war der Sache nicht gewachsen. Er musste seine Aufgabe erledigen und sie finden, und zwar schnell.

Er entdeckte einen Plan an der Wand: Die Fluchtwege für den Notfall. Auf dieser Etage war kein Reaktorraum eingezeichnet. Aus der Lage der Kühltürme schloss er, dass er sich nicht einmal in diesem Gebäude befand.

Er verließ den Hauptflur und folgte dem Strom der Männer in eine Halle mit mehreren Reihen von Schließfächern. Die meisten Wachleute unterhielten sich oder nahmen ihre Waffen und Funkgeräte und eilten weiter.

Er hörte, wie einige Wachleute über das Kraftwerk sprachen und folgte ihnen, nachdem er sich ein Funkgerät und eine Pistole aus dem Regal geschnappt hatte. Der Hinterausgang des Wachgebäudes führte auf einen kleinen Hof, und David konnte einen Blick auf die drei dahinterliegenden Gebäude werfen: ein gewaltiges Kraftwerk, eine fast fensterlose Halle, bei der es sich um eine medizinische Einrichtung handeln könnte, und ein kleineres Gebäude, auf dem die Immari-Fahne wehte – wahrscheinlich das Verwaltungszentrum.

Die Männer vor ihm waren in ihre Unterhaltung vertieft.

David betastete den Rucksack auf seinem Rücken und fragte sich, ob er genug Sprengstoff hatte. Wahrscheinlich nicht. Die Anlage war größer, als er erwartet hatte.

Am Eingang zum Kraftwerk saß ein fetter Wachmann auf einem Barhocker, kontrollierte die Ausweise und verglich sie mit einer Liste auf dem Pult vor sich. Wortlos streckte er David seine Wurstfinger entgegen.

David reichte ihm den Ausweis. In dem Gedränge auf dem Bahnhof hatte er vorsichtshalber das Foto zerkratzt.

»Was ist mit Ihrem Ausweis passiert?«

»Das war mein Hund.«

Der Mann schnaufte und ging die Liste durch. Er verzog das Gesicht, als hätte sich die Schrift auf dem Blatt in eine fremde Sprache verwandelt. »Sie stehen für heute nicht auf dem Plan.«

»Das habe ich auch gesagt, als man mich heute Morgen geweckt hat. Aber wenn Sie sagen, ich kann gehen, dann bin ich sofort weg.« David griff nach seinem Ausweis.

Der Herr der Liste hob seine dicke Hand. »Nein, warten Sie.« Er vertiefte sich erneut in die Tabelle und zog einen Stift hinter dem Ohr hervor. Ständig zwischen der Liste und dem Ausweis hin und her blickend, kritzelte er in kindlicher Schrift »Conner Anderson« unten auf das Blatt. Er gab David den Ausweis zurück und winkte den nächsten Mann in der Schlange heran.

David gelangte in eine Art Eingangshalle, in der ein Rezeptionist an seinem Pult saß und zwei Wachleute standen und sich unterhielten. Sie musterten ihn, als er vorbeiging, dann redeten sie weiter. David fand einen weiteren Evakuierungsplan und machte sich auf den Weg zum Reaktorbereich.

Erleichtert stellte er fest, dass seine Karte an allen Türen funktionierte. Er hatte den Reaktorraum fast erreicht.

»Hey, stehen bleiben.«

David wandte sich um. Es war einer der Wachmänner aus der Eingangshalle.

»Wer sind Sie?«

»Conner Anderson.«

Der Wachmann warf ihm einen irritierten Blick zu, dann zog er seine Waffe. »Nein, das stimmt nicht. Keine Bewegung.«

53

Man konnte Barnaby ansehen, dass er genauso viel Angst hatte wie Kate. Aus irgendeinem Grund steigerte es Kates Selbstvertrauen, die Anstifterin zu sein.

Doch ihre neue Zuversicht geriet ins Wanken, als sie den dünnen asiatischen Wachmann sah, der vor den Doppeltüren zum Wohnflügel saß und einen Comic las. Er bemerkte sie, warf sein Heft auf den Tisch und beobachtete, wie sie zu dem Kartenleser an der Wand gingen.

Kate zog ihre Karte durch. Grün.

Sie öffnete die Tür und trat hindurch. Barnaby folgte ihr auf den Fersen.

»Nein! Sie – Sie müssen auch scannen!« Der Wachmann zeigte auf Barnaby, der mit weit aufgerissenen Augen zurücktrat, als sollte er erschossen werden.

»Sie müssen Ihre Karte einlesen.« Der Mann zeigte auf den Scanner.

Barnaby drückte seinen Ausweis an die Brust, dann zog er ihn durch. Rot.

Der Wachmann stand auf. »Ihren Ausweis.« Er streckte Barnaby die Hand entgegen.

Der blonde Wissenschaftler wich bis zur Wand zurück und ließ den Ausweis fallen. »Sie hat mich dazu gezwungen. Sie ist verrückt!«

Kate trat zwischen sie. »Schon okay, Barnaby.« Sie hob den

Ausweis auf und gab ihn ihm. »Ich wollte, dass er mich zu meinem Arbeitsplatz begleitet, aber kein Problem.« Sie legte ihm eine Hand auf den Rücken und schob ihn weg. »Schon in Ordnung. Bis später, Barnaby.« Sie wandte sich wieder dem Wachmann zu, hielt ihren Ausweis hoch und zog ihn noch einmal durch das Gerät. »Sehen Sie – grün.« Sie hastete durch die Tür und wartete einen Augenblick.

Die Tür blieb geschlossen; vielleicht war sie in Sicherheit. Kate ging tiefer in den Wohnflügel hinein. Alle zehn Meter gab es eine große Tür, offenbar ein Durchgang zu einem anderen Bereich. So weit das Auge reichte, war es dasselbe: Türen und symmetrische Gänge. Und es herrschte Stille.

Sie öffnete mit ihrer Karte die nächste Tür und wagte sich hinein. Es sah aus wie in einer Kaserne oder ... einem College-Schlafsaal, ging es ihr durch den Kopf. Sie stand in einem großen Gemeinschaftsraum, von dem sechs kleinere Zimmer mit Etagenbetten abzweigten. Nein, es sah doch nicht aus wie am College ... die Zimmer waren zu spartanisch, eher wie Gefängniszellen. Und sie waren leer. Offenbar verlassen. Decken und Kleider bedeckten unordentlich den Boden, persönliche Gegenstände lagen in den kleinen Waschbecken zwischen den Betten. Es wirkte, als hatten die Bewohner ihre Zellen in Eile verlassen.

Kate kehrte um und ging weiter den Hauptflur entlang. Bei jedem Schritt quietschten ihre Turnschuhe auf dem Boden. In der Ferne hörte sie Stimmen. Sie musste dorthin, aber etwas in ihr sträubte sich dagegen. Hier in den menschenleeren Räumen war sie sicher.

An der nächsten Kreuzung bog sie ab und folgte den Stimmen. Sie sah etwas, das an ein Schwesternzimmer im Krankenhaus erinnerte: eine hohe Theke mit Akten darauf und zwei oder drei Frauen dahinter.

Dann hörte sie ein neues Geräusch aus einer anderen Richtung – das laute, rhythmische Pochen von Stiefeln, das durch die leeren Gänge hallte. Es kam näher. Langsam ging sie auf die Schwestern zu. Sie hörte sie reden: »Sie wollen jetzt alle haben.« – »Ich weiß.« – »Hab ich doch gleich gesagt.« – »Ich versteh überhaupt nicht, was sie machen.« – »Sie behandeln sie nicht ...«

Die Schritte waren jetzt dicht hinter ihr. Sie wirbelte herum. Sechs Männer, Wachen. Sie rannten mit gezogenen Pistolen auf sie zu. »Keine Bewegung!«

Wenn sie rennen würde, könnte sie es vielleicht bis zum Schwesternzimmer schaffen. Die Wachmänner waren keine zehn Meter mehr entfernt und kamen schnell näher. Kate machte einen Schritt, dann noch einen, aber sie holten sie ein und richteten ihre Waffen auf sie.

Kate hob die Hände.

54

David hob die Hände.

Der Wachmann richtete die Waffe auf ihn und kam näher. »Sie sind nicht Conner Anderson.«

»Was du nicht sagst«, entgegnete David leise. »Steck die Knarre weg, und halt die Klappe, womöglich hört jemand mit.«

Der Wachmann blieb stehen und sah ihn verwirrt an. »Was?«

»Er hat gesagt, ich soll für ihn einspringen.«

»Was?«

»Hör zu, wir hatten eine wilde Nacht. Er meinte, dass er rausgeschmissen wird, wenn ich nicht für ihn einspringe«, beharrte David.

»Wer bist du?«

»Ein Freund von ihm. Und du musst sein wahnsinnig cleverer Arbeitskollege sein.«

»Was?«

»Kannst du noch was anderes sagen? Steck die Waffe weg, und benimm dich unauffällig.«

»Conner ist für heute nicht eingeteilt.«

»Ja, das habe ich jetzt auch kapiert, du Genie. Das hat er sich im Suff wohl nur eingebildet. Ich bringe ihn um, wenn ihr Idioten mich nicht zuerst umbringt.« David breitete die Hände aus, als wollte er sagen: *Und, erschießt du mich jetzt, oder nicht?* Der Wachmann reagierte nicht. »Kumpel, erschieß mich, oder lass mich gehen.«

Der Mann schob unwillig die Pistole ins Holster und wirkte ganz und gar nicht überzeugt. »Wo willst du hin?«

David ging auf ihn zu. »Ich verschwinde hier. Wie geht's auf dem schnellsten Weg raus?«

Der Wachmann drehte sich um und deutete den Gang entlang, aber er kam nicht mehr dazu, etwas zu sagen. David schlug ihn mit einem harten Hieb gegen die Schädelbasis bewusstlos.

David musste sich jetzt beeilen. Er rannte tiefer in die Anlage hinein. Es gab noch ein anderes Problem, das er bisher zugunsten der dringenderen Angelegenheiten verdrängt hatte. Aber jetzt musste er darüber nachdenken, *wie* er die Stromversorgung unterbrach. Er hatte sich überlegt, nicht den Atomreaktor direkt zu sabotieren, weil dieser abgeschirmt und gut geschützt wäre, falls er überhaupt bis dorthin vordringen könnte. Außerdem gab es drei Stück. Die Stromleitungen waren eine bessere Idee. Wenn er die Leitungen sprengte, würde das die Stromversorgung der kompletten Anlage kappen, selbst wenn noch Strom aus dem Reaktor gespeichert war. Aber das fiel nicht in sein Fachgebiet. Was, wenn die Leitungen unter der Erde verliefen oder auf andere Art unerreichbar waren? Oder durch ein schwer bewachtes Gebäude außerhalb der Reaktoranlage führten? Würde er sie überhaupt erkennen, wenn er sie sah? Das waren reichlich offene Fragen ...

David entdeckte einen weiteren Plan an der Wand und ließ den Blick über die verschiedenen Bereiche schweifen. Reaktor 1, Reaktor 2, Reaktor, 3, Turbine, Steuerwarte, Hauptschaltraum ... Schaltraum – das könnte der richtige sein. Er lag den Reaktoren gegenüber, und aus allen Reaktoren schienen Leitungen dorthin zu führen. Als er sich von dem Übersichtsplan abwandte, kamen zwei Wachmänner um die Ecke und marschierten auf ihn zu. Er grüßte sie mit einem Nicken und machte sich auf den Weg zum Schaltraum. Je näher er kam, desto lauter wurden das tiefe Dröhnen der Maschinen und das Sirren der Hochspannungsleitungen. Die Geräusche schienen durch die Wände und den Boden zu dringen. Der Boden selbst vibrierte nicht, aber als er seine Karte einlas und den Raum betrat, übertrug sich das Pulsieren der schweren Maschinen auf seinen Körper.

Der Raum war riesig – und vollgestopft. Rohre und Metallleitungen wanden sich in alle Richtungen und summten und knackten regelmäßig. David hatte das Gefühl, geschrumpft zu sein und sich mitten in einer Computerplatine zu befinden.

Er schlängelte sich tiefer in den Raum und platzierte Sprengladungen an den Stellen, wo die größeren Leitungen durch die Wand kamen. Es gab mehrere Metallschränke, die er ebenfalls mit Sprengladungen versah, obwohl ihm ihre Funktion nicht ganz klar war. Es blieben nur noch wenige Sprengsätze übrig. Würde das reichen? Welche Zeit sollte er einstellen? Er programmierte den Zünder auf fünf Minuten und schob den Sprengsatz unter den Schrank. Wo sollte er die letzten Ladungen anbringen?

Durch den Lärm der Leitungen hörte er ein anderes Geräusch. Oder hatte er sich getäuscht? Er nahm eine Sprengladung und schob sie zwischen zwei kleinere Leitungen. Nachdem er sie eine Sekunde dort gehalten hatte, damit sie nicht herunterfiel, zog er langsam die Hand zurück.

Aus dem Augenwinkel sah er sie – drei Wachmänner, die schnell näher kamen. Dieses Mal konnte er sich nicht herausreden.

55

Die sechs Wachmänner umringten Kate.

Einer von ihnen sagte in sein Funkgerät: »Wir haben sie. Sie hat sich in Korridor zwei herumgetrieben.«

»Was soll das?«, beschwerte sich Kate.

»Mitkommen«, sagte der Mann mit dem Funkgerät.

Zwei Männer packten sie an den Armen und führten sie von dem Schwesternzimmer weg.

»Halt!«

Kate drehte sich um und sah, dass von hinten eine Frau angerannt kam. Sie war jung, vielleicht Mitte zwanzig. Ihre Kleidung war irgendwie ... unangemessen, so aufreizend wie die eines Playboy-Häschens. Sie passte überhaupt nicht hierher.

»Ich übernehme sie«, sagte sie zu den Männern.

»Wer sind Sie?«

»Naomi. Ich arbeite für Mr. Sloane.«

»Nie gehört.« Der Wachmann, der eindeutig das Kommando innehatte, gab seinen Kollegen ein Zeichen. »Wir nehmen sie auch fest.«

»Das würde ich an eurer Stelle sein lassen«, sagte Naomi. »Frag nach. Ich warte. Sag deinem Chef, er soll Mr. Sloane anrufen.«

Die Wachleute sahen sich an.

Naomi griff sich eines der Funkgeräte. »Dann mach ich es

eben selbst.« Sie drückte auf den Sprechknopf. »Hier ist Naomi, ich muss mit Mr. Sloane sprechen.«

»Einen Augenblick.«

»Sloane.«

»Hier ist Naomi. Ich will dir ein Mädchen bringen, aber hier sind ein paar Wachmänner, die uns belästigen.«

»Warte.« Sie hörte Sloanes Stimme im Hintergrund. »Sagen Sie Ihren Witzfiguren, sie sollen meine Leute in Ruhe lassen.«

Eine neue Stimme meldete sich am Funkgerät. »Hier ist Captain Zhào. Mit wem spreche ich?«

Naomi wollte dem Wachmann das Funkgerät geben, aber er wich zurück, als wäre es eine Pestdecke. Sie warf es dem Mann zu, der mit ihr geredet hatte. »Viel Glück.« Sie nahm Kate am Arm und flüsterte ihr zu: »Sei still und komm mit.«

Naomi führte Kate von den Wachen fort, die verzweifelt versuchten, den Mann am Funkgerät zu beschwichtigen.

Sie bogen erst nach rechts ab, dann nach links und folgten einem weiteren menschenleeren Gang. An einer Doppeltür bat Naomi Kate um ihren Ausweis.

»Wer bist du?«, fragte Kate.

»Spielt keine Rolle. Ich bin hier, um dir zu helfen, die Kinder zu befreien.«

»Wer hat dich geschickt?«

»Derselbe, der euch die Ausweise hinterlegt hat.«

»Danke«, sagte Kate; etwas anderes fiel ihr nicht ein.

Naomi nickte. Sobald sie die Tür öffnete, hörte Kate Adi und Surya reden. Ihr Herz setzte einen Schlag aus. Die Tür schwang auf, und da saßen sie, an einem Tisch in einem Zimmer mit weißen Wänden. Kate rannte hinein und kniete sich hin, um sie in die Arme zu schließen. Wortlos liefen sie zu ihr und warfen sich ihr an den Hals, sodass sie umfiel. Sie lebten. Sie würde es schaffen. Sie würde sie retten. Kate spürte, wie sie mit festem Griff hochgezogen wurde.

»Tut mir leid, aber wir haben keine Zeit. Wir müssen uns wirklich beeilen«, sagte Naomi.

56

Der Sicherheitschef gab Dorian das Funkgerät zurück. »Sie werden Ihrer Begleitung keine Schwierigkeiten mehr machen. Ich möchte mich dafür entschuldigen, Mr. Sloane. Bei den ganzen neuen Gesichtern hier ...«

»Verschonen Sie mich damit.« Dorian wandte sich dem Nuklearwissenschaftler Dr. Chase zu. »Fahren Sie fort.«

»Die Lieferungen, die wir aus dem Norden erhalten haben – ich bin nicht sicher, ob wir die verwenden können.«

»Warum nicht?«

»An den Atomsprengköpfen aus Weißrussland wurde herumgebastelt. Wenn wir genügend Zeit hätten, könnten wir sie wahrscheinlich zerlegen und in Ordnung bringen.«

»Und die anderen?«, fragte Dorian.

»Die ukrainischen und russischen Sprengköpfe sehen in Ordnung aus, sie sind bloß alt. Und die Lieferung aus China war einwandfrei, neuester Bauart. Wie haben Sie ...«

»Zerbrechen Sie sich darüber nicht den Kopf. Wie viele?«

»Mal sehen.« Er überflog einen Ausdruck. »Insgesamt hundertsechsundzwanzig Sprengköpfe. Und die meisten mit hoher Sprengkraft. Es wäre hilfreich, das Ziel zu kennen, ansonsten kann ich nicht sagen ...«

»Was ist mit den tragbaren Atomwaffen?«

»Ah, ja, die sind fertig.« Dr. Chase gab einem Assistenten auf der anderen Seite des Raums ein Zeichen. Der junge

Mann ging hinaus und kam mit einem überdimensionierten silbernen Ei zurück, das knapp in einen Einkaufswagen gepasst hätte. Er bekam kaum die Arme um das glatte Ei, deshalb trug er es wie einen Haufen Feuerholz vor der Brust und musste sich zurücklehnen, damit es nicht herunterrollte. Am Tisch legte er es vorsichtig ab und trat zurück, aber das Ei rollte wackelnd auf die Kante zu. Der Assistent sprang nach vorn und stabilisierte es mit einer Hand.

Dr. Chase schob die Hände in die Taschen, nickte Dorian zu und lächelte erwartungsvoll.

Dorian warf einen Blick auf das Ei, dann sah er Dr. Chase an. »Was zum Teufel ist das?«

Der Wissenschaftler zog die Hände aus den Taschen, trat einen Schritt vor und zeigte auf das Ei. »Das ist ... der tragbare Sprengkopf, um den Sie gebeten haben. Er wiegt sieben Komma vier Kilo.« Er schüttelte den Kopf. »Wir konnten ihn nicht weiter verkleinern, dazu bräuchten wir mehr Zeit.«

Dorian lehnte sich auf dem Stuhl zurück und sah zwischen Dr. Chase und dem Ei hin und her.

Der Wissenschaftler ging näher an das Ei und musterte es genau. »Stimmt etwas nicht damit? Wir haben noch ein anderes ...«

»Tragbar. Ich brauche zwei tragbare Atomwaffen.«

»Aber es ist doch tragbar. Sie haben gesehen, wie Harvey es getragen hat. Zugegeben, es ist ein bisschen sperrig, aber ...«

»Über eine längere Strecke und in einem Rucksack, kein magisches Ei, das vielleicht ein Seeungeheuer über das Wasser hüpfen lassen könnte. Wie lange dauert es, das zu verkleinern, sodass es in einen, aufgepasst, Doktor, *Koffer* passt?«

»Hm, na ja ... davon haben Sie nichts gesagt ...« Er warf einen Blick auf das Ei.

»Wie lange?«, drängte Dorian ihn.

»Ein paar Tage, wenn ...«

»Mr. Sloane, es gab einen Vorfall im Kraftwerk. Das müssen Sie sich ansehen.«

Dorian rollte mit seinem Stuhl zu dem Tablet, das der Sicherheitschef ihm hinhielt. Er hörte, wie Dr. Chase hinter seinem Rücken auf und ab ging und sich bei Harvey beklagte. »Es ist nicht wie im Film, wo man nur das grüne Kabel abknipsen muss, und schon kann man das Ding in den Rucksack stecken und damit auf den Mount Everest klettern. Ich meine, wir müssen ...« Dorian blendete sein Gerede aus und konzentrierte sich auf das Video auf dem Tablet: Ein Mann ging durch eine Art Maschinenraum.

»Wo ist das?«

»Im Hauptschaltraum neben den Reaktoren. Das ist noch nicht alles.« Der Sicherheitschef spulte das Video zurück.

Dorian sah, wie der Mann mehrere Sprengladungen anbrachte. Aber da war noch etwas. Dorian tippte auf den Bildschirm, um das Video anzuhalten, und vergrößerte das Gesicht. Das war unmöglich.

»Kennen Sie ihn, Sir?«

Dorian betrachtete das Gesicht und dachte an ein Bergdorf in Nord-Pakistan zurück, in dem die Flammen aus allen Hütten loderten, Frauen und Kinder davonrannten, die Männer vor ihren brennenden Behausungen lagen ... und ein Mann seine Schüsse erwiderte. Er erinnerte sich, ihn getroffen zu haben, er wusste nicht, wie oft. Und dann hatte er die Sache zu Ende gebracht. »Ja, ich kenne ihn. Er heißt Andrew Reed. Er ist ein ehemaliger CIA-Agent. Sie werden eine Menge Männer brauchen, um ihn unschädlich zu machen.«

»Sollen wir ihn erschießen?«

Dorian sah abwesend zur Seite. Im Hintergrund hörte er das Funkgerät knistern und den Wachmann Anweisungen bellen. Reed war hier und versuchte, ihnen den Strom auszuknipsen. Er würde nicht allein sein. Wo war er in den letzten vier Jahren gewesen, wenn er nicht tot war? Warum griff er das Kraftwerk an?

Der Sicherheitschef beugte sich vor. »Wir haben die Ladungen und die Zeitzünder gefunden. Ich lasse sie aus dem Gebäude bringen. Wir haben uns die Aufzeichnungen der Überwachungskameras angesehen, seit er eingedrungen ist – die Sprengladungen sind die einzige Gefahr. Wir haben den Mann eingekreist. Sollen wir ihn ...«

»Erschießen Sie ihn nicht. Wo ist er jetzt?«, sagte Dorian.

Der Sicherheitschef hielt das Tablet hoch und zeigte auf die Karte.

Dorian tippte auf eine andere Stelle auf der Karte. »Was ist das für ein Raum?«

»Eine der Reaktor-Hallen, nur ein Durchgang zwischen Reaktor eins und zwei.«

Dorian wies auf die Tore zu beiden Seiten. »Sind das die einzigen Ein- und Ausgänge?«

»Ja, und alle Wände sind aus drei Meter dickem Beton.«

»Perfekt. Treiben Sie ihn da rein und schließen Sie das Tor«, sagte Dorian. Hatte er etwas übersehen? Er wartete, während der Sicherheitschef die Anweisungen über Funk weitergab. Die Kinder. »Wie sieht es bei den Kindern aus?«

Die Frage schien den Sicherheitschef zu verwirren. »Sie sind in ihrer Zelle.«

»Zeigen Sie es mir.«

Der Mann stach mit dem Finger auf das Tablet ein. Dann sah er überrascht auf.

»Finden Sie sie«, sagte Dorian.

Der Sicherheitschef brüllte in sein Funkgerät. Er wartete, während das Funkgerät ein paarmal quäkte, dann tippte er auf dem Tablet herum und reichte es Dorian. Ein weiteres Video wurde abgespielt: Naomi, und bei ihr Kate Warner und die Kinder. War das die beste oder die schlechteste Nachricht aller Zeiten?

Der Sicherheitschef schrie in sein Funkgerät.

Dorian dachte nach. War es möglich, dass sie nur zu zweit waren?

»Wir werden sie jeden Moment wieder einfangen, Sir. Ich weiß nicht, wie ...«

Dorian hob eine Hand und sagte, ohne den Mann anzusehen: »Seien Sie still.«

Wie sollte er vorgehen? Es gab eindeutig ein Sicherheitsleck, und zwar ein gravierendes. Und es gab nur wenige Verdächtige. Dorian winkte einem der Angestellten, die er mitgebracht hatte. »Logan, schicken Sie eine Nachricht an das Immari-Führungsgremium: ›Die Anlage in China wird angegriffen. Wir versuchen, sie zu sichern, aber rechnen Sie damit, dass sämtliche Forschungseinrichtungen zerstört werden. In diesem Fall muss Toba-Protokoll in aller Eile durchgeführt werden. Wir halten Sie auf dem Laufenden.‹ Senden Sie auch die Videos von dem Mann im Kraftwerk und den beiden Frauen, die die Kinder mitnehmen wollten. Ich will sofort informiert werden, wenn jemand antwortet.«

Der Sicherheitschef wippte auf den Fußballen. »Wir haben sie, Sir.«

»Hervorragende Arbeit, wirklich«, sagte Dorian spöttisch.

Der Sicherheitschef schluckte und sagte kleinlauter: »Sollen wir ...«

»Bringen Sie die Frauen mit allen anderen Probanden, die bereit sind, in den Glockenraum. Aber ich will, dass sie sofort drankommen. Chang soll so schnell wie möglich den Knopf drücken – und keine Ausflüchte.« Dorian schwieg einen Moment. Kate Warner im Glockenraum, das war so gerecht, eine solche Genugtuung. Und Martin konnte nichts dagegen unternehmen. Bald würde ihm niemand mehr irgendwelche Steine in den Weg legen. Es lief besser, als er es hätte planen können. Dorian winkte Dr. Chase. »Sind alle Sprengköpfe in den Waggons?«

»Ja, bis auf die aus Weißrussland und die ... tragbaren ...«

»Gut.« Dorian wandte sich wieder an den Sicherheitschef. »Schaffen Sie die Kinder in einen der Waggons mit den Sprengköpfen und lassen Sie den Zug sofort losfahren.« Er drehte sich zu Dr. Chase. »Ich will, dass Sie auch in den Zug steigen, und bis er die Küste erreicht hat, passen diese Eier in einen Rucksack – wenn Sie nicht selbst bald in einen Rucksack passen wollen. Kapiert?«

Dr. Chase nickte und wich seinem Blick aus.

Der Sicherheitschef lauschte an seinem Funkgerät, dann ließ er es sinken. »Der Saboteur ist in Reaktorhalle zwei eingesperrt.«

»Gut. Sorgen Sie dafür, dass die übrigen Waggons hierbleiben. Wir brauchen sie, um etwas anderes zu transportieren.« Dorian ging zu Dmitry Kozlov, dem stellvertretenden Befehlshaber von Dorians persönlicher Immari-Sicherheitstruppe.

»Wenn die Glocke fertig ist, bringen Sie die Leichen in die Waggons und schicken den Zug los«, sagte Dorian. »Wir müssen eine Verladestelle einrichten, wahrscheinlich irgendwo in Nord-Indien, wo wir Zugang zu Flughäfen haben.«

»Was ist mit dem restlichen Personal hier?«

»Darüber habe ich auch schon nachgedacht.« Dorian führte Dmitry weiter von den übrigen Angestellten weg. »Sie sind ein Sicherheitsrisiko. Wir können niemanden gehen lassen, zumindest nicht, bis Toba-Protokoll in vollem Gange ist. Und wir haben noch ein anderes Problem. Es gibt nur hundertneunzehn menschliche Probanden in der Anlage.«

Der Mann begriff die Konsequenzen sofort. »Nicht genügend Leichen.«

»Nicht einmal annähernd. Ich glaube, wir können zwei Fliegen mit einer Klappe schlagen, aber es wird nicht einfach ...«

Dmitry nickte und warf einen Blick zu den Wissenschaftlern, die im Labor umherliefen. »Die Leute durch die Glocke zu schicken? Stimmt, wir bräuchten Changs Team, um die Maschine zu bedienen ... mit ihren eigenen Leuten im Glockenraum. Machbar, aber es könnte hässlich werden. Es gibt mindestens hundert Wachleute in der Anlage. Sie werden nicht widerstandslos reingehen, selbst wenn wir sie aufteilen und das Ganze als Übung kaschieren.«

»Was brauchen Sie?«, fragte Dorian.

»Fünfzig oder sechzig Männer. Immari-Sicherheitsleute oder Agenten von Clocktower wären optimal. Die Immari-Sicherheitsleute bereinigen gerade die Clocktower-Niederlassung von Neu-Delhi. Wir könnten die verbliebenen Agenten damit beauftragen.«

»Erledigen Sie das«, sagte Dorian, während er zurücktrat.

»Wo werden Sie sein?«

»Jemand bei Immari muss mit Reed zusammenarbeiten. Ich werde herausfinden, wer das ist.«

57

Kate schrie, als die Wachmänner ihr die Kinder aus den Händen rissen und sie zu Boden rangen. Sie zerkratzte ihnen das Gesicht und trat nach ihnen. Auf keinen Fall wollte sie die Kinder noch einmal verlieren. Sie musste kämpfen.

»Nein, zum Zug«, sagte einer der Männer. Die Jungen versuchten, sich ihnen zu entwinden.

Kate streckte sich nach den Kindern, aber ein Mann drückte ihre Arme zu Boden. Ein zweiter kam angelaufen, und sie sah, wie ein Gewehrkolben auf ihr Gesicht zuschoss.

Der Raum war düster und überfüllt. Kate war von allen Seiten eingeklemmt. Sie stieß mit den Ellbogen nach den Leuten links und rechts, aber niemand reagierte – sie waren völlig erschöpft. Wenn sie nicht so dicht gedrängt gestanden hätten, wären sie umgefallen.

Über sich hörte Kate ein lautes Dröhnen. Ein großes Metallgerät wurde von der Decke herabgelassen. An der Oberseite blinkten Lichter im Rhythmus des pulsierenden Geräuschs. Sie spürte das Dröhnen in ihrer Brust und in den Körpern der Zombies um sie herum.

Waren die Kinder hier? Sie ließ den Blick durch den Raum schweifen und sah nur ausdruckslose Gesichter im Halbschlaf. Dann entdeckte sie Naomi. Die selbstbewusste Frau, die sie gerettet hatte, wirkte verängstigt.

Das Bum-Bum-Bum über ihr schwoll zu ohrenbetäubender Lautstärke an, und das Licht schien grell. Kate spürte, wie sich das Fleisch um sie herum aufheizte. Sie wollte sich den Schweiß vom Gesicht wischen, aber ihre Hand war bereits ganz nass und klebrig – voller Blut.

58

Die Betontore der Reaktorhalle schlugen zu. Durch das Dröhnen der Reaktoren war das Geräusch kaum zu hören. David ging tiefer in den Raum hinein, um zu sehen, wo er sein letztes Gefecht bestreiten würde. Vielleicht war wenigstens Kate entkommen.

Er zog das Magazin aus der Pistole. Zwei Kugeln. Sollte er die letzte aufbewahren? Die Drogen, die sie Kate verabreicht hatten, waren eine ernste Gefahr. Wer weiß, was sie anrichten konnten. Er kannte wertvolle Geheimnisse. Das war der selbstlose Grund, aber es gab auch andere. Er schob den Gedanken zur Seite. Damit würde er sich befassen, wenn es so weit war.

Der Raum verband die beiden aufragenden Reaktoren miteinander und ähnelte einer Turnhalle mit einem Metallgerüst an der hohen Decke. Er war geformt wie eine Eieruhr; in der Mitte befanden sich runde Einbuchtungen – die dicken Betonwände der Reaktoren. An den Seiten gab es jeweils ein hochfahrbares Betontor. Metallrohre und Leitungen überzogen die glatten Wände, die meisten silbern, aber einige auch blau oder rot, sodass es aussah, als quöllen Krampfadern aus der grauen Stirn über dem Mund des Tores.

»Hallo, Andrew«, dröhnte eine Stimme aus dem Lautsprecher, der zweifellos für Evakuierungswarnungen eingebaut worden war. David kannte die Stimme: Sie stammte aus einer Zeit vor Clocktower. Aber er konnte sie nicht einordnen.

David musste auf Zeit spielen. Nur so konnte er Kate helfen. »Ich heiße nicht mehr so.« Er hörte, wie die Reaktoren zu beiden Seiten ansprangen, und fragte sich, ob »die Stimme« ihn durch den Lärm verstehen konnte.

Wie lange war es her, dass er die Sprengladungen angebracht hatte? Sie müssten bald explodieren. Ein Stromausfall würde sein Schicksal besiegeln, aber er könnte Kate helfen.

»Wir haben die Kleine. Und wir haben deine Bomben gefunden. Nicht gerade einfallsreich. Ich hätte mehr von dir erwartet.«

David sah sich um. Log die Stimme? Warum sagte sie ihm das? Was konnte er tun? Auf die Reaktoren schießen? Dämliche Idee – massive Betonwände. Eine der Leitungen zerschießen und hoffen, dass er Glück hatte? Unwahrscheinlich. Die Decke? Sinnlos.

Die Stimme wollte etwas von ihm; warum sollte sie sonst mit ihm reden? Vielleicht sagte die Stimme die Unwahrheit. Kate könnte am Zug auf ihn warten. Vielleicht war sie nicht erwischt worden. »Was willst du?«, rief David.

»Wer hat dich geschickt?«, ertönte die Stimme.

»Lass sie gehen, dann sage ich es dir.«

Die Stimme lachte. »Klar, abgemacht.«

»Klingt gut, komm runter, dann mache ich eine offizielle Aussage. Ich male dir sogar ein Bild. Und die E-Mail-Adresse habe ich auch.«

»Wenn ich da reinkommen muss, prügele ich es aus dir raus. Ich habe einen engen Zeitplan. Keine Zeit für Drogen.«

Die Reaktoren dröhnten immer lauter. War das normal?

Die Stimme fuhr fort: »Du hast keine Chance mehr, Andrew, das weißt du selbst. Trotzdem machst du weiter. Das ist dein Problem, deine Schwäche. Du bist der letzte Idiot, der für eine verlorene Sache kämpft. Es spricht dein Helfersyndrom an. Pakistanische Dorfbewohner, indonesische Kinder, darauf springst du an. Weil du Mitleid hast, weil du wie ein Opfer fühlst – das ist deine Mentalität. Du glaubst, wenn du es den Leuten heimzahlst, die dir Böses angetan haben, dann kommt alles wieder in Ordnung. Aber das wird nicht passieren. Es ist vorbei. Du weißt, dass es stimmt. Hör dir meine Stimme an. Du kennst mich. Ich halte meine Versprechen. Ich sorge dafür, dass die Kleine einen schnellen Tod stirbt. Mehr kann ich nicht tun. Sag mir, wer dich geschickt hat. Es ist deine letzte Gelegenheit.«

Die üblichen Verhörtechniken: Demoralisieren, Überlegenheit demonstrieren und die Zielperson überzeugen, dass ihr keine Wahl bleibt, als zu reden. Nur dass es im Moment tatsächlich ziemlich überzeugend war. David wusste, dass sie ihn vergasen, eine Granate hineinwerfen oder Wachleute den Raum stürmen lassen konnten. Er saß in der Falle. Aber jetzt war ihm eingefallen, wer der Mann am Mikrofon war: Dorian Sloane, der Immari-Einsatzleiter in Afghanistan und Pakistan. Er musste davon ausgehen, dass Sloane mittlerweile bei Immari Security die gesamte Region unter sich hatte. Er war skrupellos, kompetent ... und eitel. Konnte David das ausnutzen? Seine beste Möglichkeit war, auf Zeit zu spielen, für den unwahrscheinlichen Fall, dass irgendetwas passierte. Oder dass Sloane log und Kate entkommen konnte.

»Ich muss schon sagen, Sloane, du hast deinen Beruf verfehlt. Diese Psychoanalyse ... einfach großartig. Du bringst mich dazu, mein ganzes Leben in Frage zu stellen. Kannst du mir ein bisschen Zeit lassen, um mich mit den tiefgehenden Problemen zu beschäftigen, die du aufgeworfen hast? Ich meine ...«

»Hör auf, unsere Zeit zu verschwenden, Andrew. Es nützt weder dir noch ihr etwas. Hörst du, wie die Reaktoren hochfahren? Das ist der Strom, der zu der Maschine fließt, die gerade Kate tötet. Du bist jetzt allein. Clocktower ist vor ein paar Stunden gefallen. Und jetzt sag mir ...«

»In dem Fall bist du es, der Zeit verschwendet. Ich habe nichts zu sagen.« David fletschte die Zähne und warf die Pistole auf den Boden. Sie schlitterte bis zum Tor. »Wenn du es aus mir rausprügeln willst, komm runter und versuch es. Ich bin unbewaffnet. Vielleicht hast du eine kleine Chance.« Er stand an der Engstelle in der Mitte des Raums, sah von einem Tor zum anderen und fragte sich, welches sich öffnen würde ... und ob er es dann hinaus schaffen würde.

Die Reaktoren brummten jetzt noch lauter, und David spürte die Hitze, die sie abstrahlten. War es eine technische Störung? Hinter ihm rumpelte das Betontor, als es sich aus der sechzig Zentimeter tiefen Rinne im Boden hob. Die Pistole lag vor dem anderen Tor.

David rannte auf das sich öffnende Tor zu. Fünfzehn Meter. Zehn Meter. Es war seine einzige Chance: unter dem Tor durchzurutschen, Mann gegen Mann zu kämpfen und dann ihre Umzingelung zu durchbrechen. Fünf Meter.

Sloane bückte sich unter dem Tor durch und tauchte mit einer Pistole in der rechten Hand auf. Er schoss dreimal schnell hintereinander. Das erste Projektil traf David an der Schulter und warf ihn auf den Betonboden. Eine Blutlache breitete sich unter ihm aus, als er sich auf den Bauch drehte und aufzustehen versuchte. Sloane kam zu ihm und trat ihm die Beine weg.

»Wer hat dir von dieser Einrichtung erzählt?«

David konnte ihn durch den Lärm der Reaktoren kaum verstehen. Seine Schulter pochte. Die Wunde fühlte sich an, als wäre ein Stück seines Körpers abgerissen. Er spürte den linken Arm nicht mehr.

Sloane zielte auf Davids linkes Bein. »Stirb wenigstens in Würde, Andrew. Sag's mir, dann bringe ich es zu Ende.«

David dachte angestrengt nach. *Ich muss Zeit gewinnen.* »Ich kenne seinen Namen nicht.«

Sloane hielt die Pistole dichter an Davids Bein.

»Aber ich habe eine IP-Adresse. Darüber habe ich mit ihm kommuniziert.«

Sloane zog die Waffe zurück und schien zu überlegen.

David holte ein paarmal tief Luft. »Sie ist in meiner linken Hosentasche. Du musst sie dir rausholen.«

Sloane beugte sich vor, drückte den Abzug und jagte David eine Kugel ins Bein.

David wand sich wild auf dem Boden und schrie vor Schmerz. Sloane umkreiste ihn. »Hör. Auf. Zu. Lügen.«

Als David nichts sagte, hob Sloane den Stiefel und schmetterte Davids Kopf mit einem Tritt gegen die Stirn auf den Beton. David sah Sterne. Er glaubte, das Bewusstsein zu verlieren. Das Geräusch der Reaktoren um ihn herum hatte sich erneut verändert. Sloane blickte auf. Eine Sirene heulte, und kurz darauf erschütterte eine Explosion den Raum. Betonsplitter und Metallteile flogen durch die Luft. Aus den Rohren an den Wänden zischte Gas und breitete sich im Raum aus. Das andere Tor öffnete sich, und Leute stürmten herein.

David drehte sich auf den Bauch. Mit einem Arm und einem Bein kroch er los und schleifte die schlaffen Glieder hinter sich her. Der Schmerz überwältigte ihn. Er musste anhalten, schlucken und nach Luft schnappen. Er schleppte sich einen Meter weiter. Er versuchte, nicht den Dreck und den Staub einzuatmen, die den Boden bedeckten. Er wusste, dass der Schmutz in die Einschusslöcher im Bein und an der Schulter drang, aber es war egal, er musste hier raus. Er sah Sloane den Rauch wegwedeln, der durch den Raum wallte.

Eine weitere Explosion.

Der andere Reaktor?

Der Rauch war zu dicht, um etwas zu erkennen.

Stimmen in der Ferne. »Sir, wir müssen das Gebäude evakuieren, es gibt ein Problem ...«

»Gut. Geben Sie mir Ihre Pistole.«

Überall Schüsse. Der Boden und die Wände bebten. David erstarrte. Er hielt seinen Kopf reglos an den Boden gedrückt, als würde er lauschen und auf ein Zeichen warten. In der klareren Luft knapp über dem Beton sah er Männer zu Boden gehen. In dem verzweifelten Versuch, David noch eine Kugel zu verpassen, erschoss Sloane seine eigenen Leute.

»Sir, wir müssen ...«

»Okay!«

David hörte, wie Leute um ihn herumrannten. Er versuchte vergeblich, sich mit seinem unverletzten Arm nach oben zu drücken. Er war zu schwach. Ihm war sehr kalt. Er beobachtete, wie sein Atem den weißen Staub auf dem Boden aufwirbelte. Das Weiß wurde von allen Seiten von etwas Rotem verzehrt. Das erinnerte ihn an etwas. Woran? Ans Rasieren. Es sah aus wie das Blut aus einem Schnitt in der Wange, das sich in einem weißen Taschentuch ausbreitete. Er sah zu, wie das Rot über den weißen Staub auf sein Gesicht zukroch, während die Sirenen heulten.

59

Kate hatte gedacht, die Menschenmenge im Raum würde zu Boden fallen, aber nun begriff sie voller Entsetzen, dass sie von unten zerschmolz oder sich zersetzte. Lichtblitze zuckten durch den Raum, und sie sah, wie bei jedem Dröhnen eine todbringende Welle durch die Masse ging.

Aber das Dröhnen hatte sich verändert. Und das Licht wurde schwächer; es blendete kaum noch. Sie konnte jetzt das Gerät sehen, das an den Wänden hing. Es war geformt wie eine Glocke oder wie ein riesiger Bauer aus einem Schachspiel, an dessen Kopf sich Fenster befanden. Sie kniff die Augen zusammen und sah noch etwas anderes. Es ... tropfte. Eiserne Tränen fielen herab und bedeckten die unglücklichen Leute unter der Glocke mit einem flüssigen Teppich des Todes.

Weitere Menschen sanken zu Boden, aber es gab über den Raum verteilt auch Überlebende – einige wirkten verwirrt, als wunderten sie sich, dass ihr Todesurteil noch nicht vollstreckt wurde, andere rannten in die Ecken, und drei oder vier hämmerten gegen die Tür.

Kate sah zum ersten Mal, seit sie aufgewacht war, an sich herab. Sie war von Blut bedeckt, aber es war nicht ihr eigenes Blut. Bis auf das Pochen in ihrem Kopf war sie unversehrt. Sie musste diesen Leuten helfen. Sie kniete nieder und untersuchte den Mann zu ihren Füßen – oder was von ihm übrig geblieben war. Es sah aus, als hätte sich sein Blut verdickt und die Adern platzen lassen, sodass die Haut aufriss und es durch die Augen und unter den Nägeln austrat.

Die Glocke veränderte sich – das Licht blitzte jetzt heller als je zuvor. Kate beschirmte mit einer Hand die Augen und wandte sich ab. Sie sah Naomi, die durch die Leichen zur Tür gewatet sein musste. Kate kroch zu ihr.

Das Dröhnen war zu einem tiefen Wummern geworden, wie ein nicht enden wollender Gongschlag. War es das Geräusch von sich dehnendem Eisen?

Kate hob Naomis Kopf an und strich ihr das Haar aus dem Gesicht. Sie war tot. Aber noch immer schön. Das Gesicht war von Blut verschont geblieben.

Die Überlebenden umringten Kate und drängten sich zur Tür. Sie schlugen dagegen und schrien. Kate wollte aufstehen, doch sie stiegen über sie hinweg, schlugen mit den Armen durch die Luft und stießen sich gegenseitig.

Die Explosion war ohrenbetäubend und warf die Menge nieder, sodass fünf oder sechs Menschen auf Kate fielen. Sie drohten, sie zu erdrücken und zu ersticken. Kate schlug um sich, wand sich und schaffte es, den Kopf zu heben. Es regnete. Nein – Trümmer fielen herab. Und dann Wasser, eine ganze Flut ergoss sich in den Raum, und sie war frei, trieb in der Welle, die über die einstürzenden Wände des Todesraums schwappte.

Sie saugte scharf die Luft ein. Es war eine Erleichterung, auch wenn es wehtat. In diesem Moment schossen ihr zwei Gedanken durch den Kopf:

Ich lebe.

David muss mich gerettet haben.

60

Im Hubschrauber bedeutete Dorian Sloane Dr. Chang, eines der Headsets aufzusetzen.

Unter ihnen erschütterte eine weitere Explosion den Forschungskomplex, sodass der Helikopter wackelte und ein wenig aus der Flugbahn gedrückt wurde.

Sobald Dr. Chang den Kopfhörer aufgesetzt hatte, meldete sich Dorian. »Was, zum Teufel, ist passiert?«

»Irgendein Problem mit der Glocke.«

»Sabotage?«

»Nein, ich glaube nicht. Alles lief normal: Energie, Strahlung, Leistung. Aber es gab ... eine Fehlfunktion.«

»Unmöglich.«

»Hören Sie, wir wissen immer noch nicht hundertprozentig, wie die Glocke funktioniert. Sie ist alt, über hunderttausend Jahre, und wir benutzen sie seit ungefähr achtzig Jahren ...«

»Das ist kein Garantiefall, Doktor. Sie müssen rausfinden, was passiert ist ...«

Eine andere Stimme drängte sich in die Leitung. »Sir, wir haben einen Anruf aus der Anlage. Der Sicherheitschef, er sagt, es ist dringend.«

Dorian riss das Headset vom Kopf und griff zum Satellitentelefon. »Was ist?«

»Mr. Sloane, wir haben noch ein Problem.«

»Rufen Sie mich nicht an, um zu sagen, dass wir ein Problem haben. Das ist ziemlich offensichtlich. Sagen Sie mir, was das Problem ist, und verschwenden Sie nicht meine Zeit.«

»Natürlich, es tut mir leid ...«

»Was? Raus mit der Sprache?«

»Der Glockenraum. Er ist explodiert. Möglicherweise ist Strahlung ausgetreten.«

In Dorians Kopf überschlugen sich die Gedanken. Wenn Leichen – oder sogar Strahlung – aus dem Glockenraum gelangt waren, konnte er Toba-Protokoll noch retten. Er musste es den Leuten am Boden nur richtig verkaufen.

»Sir?«, sagte der Sicherheitschef zögerlich. »Ich richte eine Quarantänezone nach unserem Standardprozedere ein. Ich wollte nur bestätigen ...«

»Nein, wir richten keine Quarantäne ...«

»Aber meine Befehle ...«

»Haben sich geändert. Genau wie die Lage. Wir müssen unsere Leute retten. Ich möchte, dass Sie alle Kräfte darauf konzentrieren, sämtliche Mitarbeiter in die Züge und weg von der Anlage zu bringen. Und schaffen Sie auch die Leichen in die Züge. Ihre Familien haben das Anrecht auf ein anständiges Begräbnis.«

»Aber wird es keinen Ausbruch ...«

»Kümmern Sie sich darum, dass die Leute in die Züge kommen. Den Rest erledige ich. Es gibt Faktoren, die Sie nicht kennen. Rufen Sie mich an, wenn der letzte Zug abgefahren ist. Immari ist eine Familie. Wir lassen niemanden zurück. Haben Sie mich verstanden?«

»Ja, Sir, wir lassen keine Menschenseele zurück ...«

Dorian trennte die Verbindung und setzte wieder das Headset auf. Er wandte sich zu Dmitry Kozlov, der ihm ge-

genübersaß. »Ist Chase mit den Sprengköpfen und den Kindern rausgekommen?«

»Ja, sie sind auf dem Weg zur Küste.«

»Gut.« Dorian dachte einen Augenblick lang nach. Sie würden trotz allem Leichen aus dem Glockenraum bekommen – das war die gute Nachricht. Aber die Explosionen in der Anlage würden Aufmerksamkeit erregen. Wenn die Welt herausfand, was dort vor sich ging ... Fünftausend Jahre Arbeit und gut gehütete Geheimnisse wären verloren, und die gesamte Immari-Organisation stünde auf dem Spiel. »Lassen Sie Drohnen aus Afghanistan herfliegen. Sobald der letzte Zug abgefahren ist, sollen sie die Anlage zerstören.«

61

David spürte, wie er hochgehoben und wie eine Stoffpuppe weggetragen wurde. Um ihn herum spielten sich kriegsähnliche Szenen ab: Sirenen heulten, weißer Staub schwebte durch die Luft wie Schneeflocken, Feuer spuckten schwarzen Rauch in den Himmel, und Stimmen riefen auf Chinesisch. Er beobachtete alles durch halbgeschlossene Augen, als wäre es ein Traum.

Aus dem Lautsprecher schallte immer wieder die gleiche Ansage: »Reaktorkern beschädigt. Evakuieren. Evakuieren. Evakuieren ...« Die Stimme wurde leiser, und David spürte Sonnenlicht auf dem Gesicht. Er wurde durchgerüttelt, als die Männer ihn durch unwegsames Gelände trugen.

»Halt! Lasst mich einen Blick darauf werfen.« Ein Mann stand über ihm. Jemand mit einem weißen Kittel. Blond, um die vierzig. Vermutlich Amerikaner. Er packte Davids Gesicht, schob seine Augenlider hoch, betrachtete ihn von Kopf bis Fuß und inspizierte die Verletzungen. »Nein, der kommt nicht durch.« Der Mann zeigte auf den Boden und fuhr sich mit einer Hand über die Kehle. »Legt ihn ab. Holt die anderen.« Er wies auf das Gebäude. Die chinesischen Arbeiter ließen David fallen wie einen Sack verfaulter Kartoffeln und rannten zurück zur Anlage.

Vom Boden aus beobachtete David, wie der Mann zu einer anderen Gruppe lief, die gerade eine Frau aus den Trümmern zog. Er musterte sie kurz. »Ja, die kommt durch.« Er zeigte auf den Zug. Die Männer trugen die Frau die letzten zehn Meter und warfen sie in den Waggon, wo sie von anderen Arbeitern tiefer hineingezerrt wurde.

Der Weißkittel wandte sich zu einer anderen Gruppe. »Material? In den Zug. Schnell.«

Der Zug. Zehn Meter bis zur Freiheit. Aber David konnte sich nicht rühren.

62

Kate kam an, als der Passagierzug gerade abfuhr. Sie rannte hinterher, bis ihre Beine brannten und ihr schwindelig wurde, aber der Zug war bereits ein halbes Fußballfeld entfernt.

Keuchend blieb sie stehen und stützte die Hände auf die Knie, während das rhythmische Tschak-tschak-tschak des Zuges in den grünen Weiten des Waldes verklang.

Die Kinder waren in diesem Zug. Irgendwo tief in ihrem Inneren wusste sie das. Sie konnte sie nicht mehr erreichen. Und ihr wuchs das alles über den Kopf. Die Glocke, dieser Ort. Ihr war zum Heulen zumute.

Sie sah sich um. Es gab keinen anderen Zug. Auf der Hinfahrt waren sie fast eine Stunde nur durch dichten Wald gefahren. Sie konnte unmöglich zu Fuß gehen. Und es gab noch ein weiteres Problem: Es wurde kälter. Sie brauchte Schutz, aber wie lange konnte sie sich hier verstecken, bis ein Wachmann von Immari sie entdeckte?

Ein anderer Gedanke schoss ihr durch den Kopf: David. Würde er sie suchen? Seine Bomben hatten ziemlichen Schaden angerichtet. Er war vermutlich in dem Zug und ging davon aus, dass sie sich ebenfalls darin befand. Durchsuchte er gerade einen Waggon nach dem anderen in der Hoffnung, sie dort mit den Kindern sitzen zu sehen? Was würde er tun, wenn er sie nicht fand? Sie wusste es nicht, aber sie wusste, was die Leute von Immari tun würden, wenn sie sie ergriffen.

Sie warf einen Blick zurück auf den brennenden Gebäudekomplex. Es war ihre einzige Chance.

Das Signalhorn eines anderen Zuges ertönte. Kate wirbelte herum. Woher kam das Geräusch? Sie drehte sich um die eigene Achse und versuchte verzweifelt, die Richtung auszumachen. Es musste von der anderen Seite des Geländes kommen. Sie rannte los, und die kalte Luft brannte in ihrer schon im Glockenraum in Mitleidenschaft gezogenen Lunge.

Als sie das Forschungsgebäude erreichte, dröhnte das Signalhorn erneut. Sie senkte den Kopf und stürmte durch das Chaos im Inneren. Der Hinterausgang führte zu einem kleinen Hof, hinter dem das Kraftwerk lag, das offenbar am schwersten beschädigt worden war. Es war eine rauchende, zerfallende Ruine. Zwei der riesigen vasenförmigen Kühltürme waren komplett eingestürzt. Wieder erklang das Signalhorn – es kam von der anderen Seite des Gebäudes. Kate rannte mit letzter Kraft. Eine weitere Explosion im Kraftwerk zerriss die Luft und warf sie beinahe zu Boden. Sie fing sich und lief weiter.

Sobald sie um die Ecke des Kraftwerkgebäudes bog, sah sie ihn – einen Güterzug. Arbeiter warfen Material und Leichen durch die breiten Schiebetüren, während der Zug langsam vorbeirollte, sodass sie die Ladung auf die verschiedenen Waggons verteilen konnten.

Der Anblick des Massakers vor dem Kraftwerk beschwor einen neuen Gedanken herauf: Was, wenn David es nicht geschafft hatte, herauszukommen? Er könnte noch im Gebäude sein. Oder in diesem Zug. Sie sah in den Güterwaggons Leute zwischen den Leichen umherschwanken. David konnte einer von ihnen sein. Sie würde den Zug durchsuchen, bevor er abfuhr, und auch das Kraftwerk. Sie würde nicht ohne ihn gehen.

Hinter sich hörte sie eine bekannte Stimme. Der amerikanische Arzt. Barnaby Prendergast?

Sie lief zu ihm. »Barnaby, haben Sie einen Mann gesehen, der ...« Aber er war mit einem Verwundeten oder Toten beschäftigt. Er ignorierte Kate und rief einer Gruppe von chinesischen Wachleuten etwas zu. Kate packte ihn an den Aufschlägen seines blutigen weißen Kittels und drehte ihn um. »Barnaby, ich suche jemanden, einen Wachmann, blond, Mitte dreißig ...«

»Sie!« Barnaby wollte sich losreißen, aber Kate hielt ihn fest. Als er ihre blutgetränkten Kleider sah und bemerkte, dass sie anscheinend unverletzt war, taumelte er zurück. »*Sie* haben das angerichtet!« Er winkte einem der Wachmänner. »Hilfe! Diese Frau ist eine Betrügerin, eine Terroristin, sie ist an allem schuld, helfen Sie mir!«

Alle in der Umgebung hielten inne und sahen zu ihnen. »Er lügt! Ich habe nichts ...« Aber mehrere Wachleute kamen auf sie zu. Sie musste hier verschwinden. Hektisch blickte sie sich auf dem Bahnsteig nach einem Fluchtweg um.

Dann sah sie David, der reglos und mit geschlossenen Augen auf dem mit Trümmern übersäten Beton lag. Allein. Sterbend. Oder schon tot?

Kate rannte zu ihm und inspizierte seine Verletzungen. Schusswunden. Zwei, an der Schulter und am Bein. Was war ihm zugestoßen? Die Verletzungen waren schlimm, aber noch mehr beunruhigte Kate, dass er kaum blutete. Sie erschauderte, und ihr Magen verkrampfte sich.

Sie durfte nicht aufgeben. Sie sah ihn sich genauer an. Seine Kleider waren zerfetzt, und unzählige Brandwunden und Splitterverletzungen bedeckten Beine und Oberkörper, aber nichts davon war so schwerwiegend wie die Einschüsse. Sie brauchte ...

Sie spürte eine Hand auf ihrer Schulter – ein Wachmann. Zwei weitere kamen hinzu. Sie hatte alles ausgeblendet, als sie David sah. Einer der Männer packte sie an den Armen und zog sie hoch. Barnaby stand hinter ihnen, zeigte auf Kate und hetzte die Meute auf. »Ich habe versucht, sie aufzuhalten!«

Kate versuchte, sich aus der Umklammerung zu befreien, aber der Wachmann hielt sie fest. Mit einer Hand ertastete sie die Pistole an seiner Seite. Sie zog daran, doch sie hing fest. Mit aller Kraft zerrte sie an der Waffe, dann hörte sie ein *Plopp*, und sie rutschte aus dem Holster. Die Männer hielten sie immer noch fest im Griff, jetzt zu dritt, und zogen sie zu Boden. Sie zielte in die Luft und drückte ab. Die Pistole flog ihr beinahe aus der Hand, aber die Männer stoben auseinander. Barnaby trat den Rückzug an. Er sah sich noch einmal hektisch um und rannte dann mit gesenktem Kopf davon.

Kate hielt die Waffe vor sich und schwenkte sie nach links und rechts, während die Männer die Hände hoben und zurückwichen. Ihre Hand zitterte stark, und sie musste sie mit der anderen abstützen. Sie warf einen Blick über die Schulter. Der Zug – er war jetzt fast abgefahren. Die letzten Leute auf dem Bahnsteig waren in die hinteren drei Waggons gesprungen, die bald auch weg wären.

»Legt ihn in den Zug«, befahl sie den Wachen. Sie wichen weiter zurück. Kate zeigte mit der Pistole auf David, dann auf den Zug. »Los. Sofort!« Um den Männern Platz zu machen, trat sie einen Schritt von David zurück. Sie hoben ihn hoch, trugen ihn zum Waggon und legten ihn auf die Kante. Kate hielt sie in Schach, während sie zu einem Haufen medizinischer Ausrüstung ging, die offenbar von panischen Arbeitern fallen gelassen worden war. Was war das Wichtigste? Antibiotika. Etwas, um die Wunden zu säubern und zu verbinden. Wahrscheinlich würde sie ihn nicht retten können, aber sie musste es zumindest versuchen, auch wenn sie es nur für sich selbst tat.

Eine weitere Explosion erschütterte das Gebäude, gefolgt von einer wütenden chinesischen Stimme aus den Funkgeräten der Wachen. Die Männer beschlossen anscheinend, dass sie Dringenderes zu tun hatten, als sich mit einer Verrückten herumzuschlagen, die Medikamente stahl, und Kate blieb plötzlich allein zurück.

Hinter ihr beschleunigte der Zug. Kate wollte sich die Pistole in den Hosenbund schieben, aber dann zögerte sie und sah sie sich genauer an. War sie gespannt? Der Hammer war zurückgezogen. Wahrscheinlich würde sie sich das Bein abschießen. Vorsichtig legte sie die Waffe auf den Boden, sammelte so viele Medikamente und Verbandszeug ein, wie sie tragen konnte, und rannte dem Zug hinterher. Ein paar Packungen flogen auf den Boden, aber sie lief weiter. Sie konnte kaum mit dem Waggon Schritt halten. Als sie ihre Beute hineinwarf, prallte ein Teil von der Kante ab. Sie packte den Türgriff, sprang und landete auf dem Bauch im Waggon. Ihre Beine baumelten noch aus dem Zug. Sie zog sie herein und sah zu, wie zuerst der Bahnsteig, dann das Kraftwerk aus ihrem Blickfeld verschwand.

Sie kroch zu David. »David? Hörst du mich? Du wirst wieder gesund.«

Sie beugte sich vor und begann, in dem armseligen Haufen von medizinischen Vorräten zu wühlen.

63

David drehte sich entsetzt um, als das Gebäude einstürzte und ihn unter Beton, Staub und Metallteilen begrub. Er spürte, wie der Schutt ihn einquetschte und sich in seine Wunden bohrte. Er atmete Staub und Ruß ein und hörte die Schreie, manche nah, andere fern. Und er wartete. Wie lange, wusste er nicht. Dann kamen sie und zogen ihn raus.

»Wir haben dich. Bleib ganz ruhig liegen, Kumpel.«

Die New Yorker Feuerwehr. Um ihn herum gruben sie und zogen Menschen aus den Trümmern. Sie riefen nach einer Trage, banden ihn darauf und transportierten ihn durch unwegsames Gelände. Sonnenlicht fiel ihm ins Gesicht.

Ein Arzt schob sein Augenlid hoch und leuchtete ihn an, dann band er irgendetwas um sein Bein.

»Hörst du mich?« Sie verarztete sein Bein, dann näherte sie sich seinem Gesicht. »Dein Bein ist gebrochen, und du hast eine große Schnittwunde am Rücken, aber du wirst wieder gesund. Verstehst du das?«

Kate band die Wunden an Davids Bein und Schulter ab, aber es brachte nichts – es floss ohnehin kaum Blut heraus. Er fühlte sich schon kalt an.

Sie redete sich ein, dass es nur an dem eisigen Wind läge, der durch die offene Tür in den Waggon blies. Der Zug fuhr jetzt schnell, schneller als der, mit dem sie gekommen waren.

Die Sonne ging unter, und die Temperatur fiel. Sie stand auf und kämpfte mit der Schiebetür. Bei dieser Geschwindigkeit gelang es ihr nicht, sie zu schließen.

Erschöpft ließ sie sich auf den Boden fallen, packte David am Arm und schleifte ihn in eine Ecke, so weit wie möglich weg von der Tür. Sie hatte ihm ein Antibiotikum gespritzt und die Wunden gereinigt und geschlossen. Mehr konnte sie nicht tun. Sie lehnte sich gegen die Wand, zog ihn auf ihren Schoß und legte ihre Beine um seine, um ihn zu wärmen. Sein schlaff herabhängender Kopf ruhte auf ihrem Bauch, und sie strich ihm mit der Hand durch das kurze Haar. Trotz allem wurde er immer kälter.

64

Durch die Fenster des Hubschraubers sah Dorian die Sonne über dem tibetanischen Hochland untergehen. Er versuchte, die Anlage in den ausgedehnten grünen Wäldern zu entdecken. Dort war nur noch eine grauweiße Rauchsäule zu sehen, wie von einem Lagerfeuer in der unberührten Wildnis.

»Der letzte Zug ist abgefahren«, sagte Dmitry.

»Drohnen?« Dorian ließ die Rauchsäule nicht aus den Augen.

»Dreißig Minuten entfernt.« Da Dorian nichts sagte, fuhr Dmitry fort: »Was jetzt?«

»Lassen Sie die Züge anhalten und alle darin registrieren, auch die Leichen. Sorgen Sie dafür, dass unsere Männer die komplette Schutzausrüstung tragen.«

65

Kate blickte in die Schwärze der Nacht. Die Mondsichel warf ein schwaches Glitzern auf die Baumwipfel, die vorbeirasten. Oder vorbeigerast waren. Der Zug wurde langsamer. Aber dort draußen war nichts, nur Wald.

Kate schob Davids Kopf aus ihrem Schoß. Sie ging zur Tür, beugte sich hinaus und sah in beide Richtungen am Zug entlang. Sie befanden sich im letzten Waggon, und hinter ihnen waren die Gleise leer. Als Kate sich wieder nach innen wandte, sah sie es – vor der Tür auf der gegenüberliegenden Seite stand ein anderer Zug auf den Schienen, still und düster wie die Nacht und beinahe unsichtbar. Und auf dem Dach des Zuges standen dunkle Gestalten. Worauf warteten sie?

Sobald ihr Zug angehalten hatte, hörte sie das dumpfe Geräusch von Stiefeln, die auf dem Dach landeten. Kate zog sich tiefer in den Schatten des Waggons zurück, als die Soldaten sich wie Reckturner durch die Tür schwangen. Sie verteilten sich schnell und leuchteten ihr ins Gesicht und in jeden Winkel des Waggons. Dann spannten sie eine Seilrutsche zwischen den Zügen und prüften, ob sie hielt.

Ein Mann klinkte sich am Seil ein, packte Kate und sprang aus der Tür auf den anderen Zug zu. Kate blickte zurück. David! Aber sie holten auch ihn; gleich hinter ihr hielt ein anderer Mann David an seiner Brust, als trüge er ein schlafendes Kind.

Kates Entführer brachte sie in einen Speisewagen und schob sie in eine Sitznische. »Warte hier«, sagte er mit chinesischem Akzent, ehe er sich entfernte.

Der andere Mann trug David herein und ließ ihn auf ein Sofa fallen. Kate eilte zu ihm. Er sah nicht schlechter aus als zuvor, aber das hieß nicht viel. Vermutlich hatte er nicht mehr lange zu leben.

Kate lief zur Tür, die der Soldat gerade schließen wollte. Sie griff danach und hielt ihn auf. »Hey, wir brauchen Hilfe.«

Er sah sie an, dann versuchte er erneut, die Tür zuzuziehen.

»Halt! Wir müssen ins Krankenhaus. Wir brauchen Medikamente. Blutkonserven.« Verstand der Mann auch nur ein Wort von dem, was sie sagte? »Einen Verbandskasten«, sagte sie verzweifelt und suchte in seinem Gesicht nach einem Zeichen des Begreifens.

Er legte ihr eine Hand auf die Brust, schob sie in den Speisewagen und knallte die Tür zu.

Kate ging zurück zu David. Die Verletzungen an der Schulter und am Bein waren glatte Durchschüsse. Kate hatte die Wunden so gut sie konnte geschlossen. Sie musste sie gründlich säubern, aber eine Infektion war im Moment nicht die größte Bedrohung für sein Leben. Er brauchte Blut, und zwar sofort. Kate könnte ihm welches geben – sie hatte Blutgruppe 0-negativ, die für jeden Empfänger geeignet war.

Der Zug ruckte, und Kate fiel zu Boden. Sie fuhren los. Während der Zug keuchend und rumpelnd beschleunigte, stand Kate wieder auf. Vor dem Fenster sah sie den Güterzug, in dem sie gewesen waren. Sie wurden in die entgegengesetzte Richtung gebracht. Von wem? Kate verbannte die Frage aus ihrem Kopf. Im Moment war das einzig Wichtige, David zu retten.

Sie sah sich um. Vielleicht fand sie etwas, das sie benutzen konnte. Der Speisewagen war ungefähr fünfzehn Meter lang und bestand größtenteils aus Essnischen, aber am anderen Ende stand eine kleine Theke mit einem Getränkespender, Gläsern und Schnapsflaschen. Vielleicht könnte sie den Schlauch ...

Die Tür wurde aufgeschoben, und ein anderer Soldat kam schwankend herein, während der Zug weiter beschleunigte. Er stellte einen olivfarbenen Koffer mit einem roten Kreuz auf der Seite auf den Boden.

Kate stürmte darauf zu.

Der Soldat hatte den Waggon schon wieder verlassen und die Tür geschlossen, als Kate den Koffer erreichte. Sie riss ihn auf und wühlte darin herum. Erleichterung durchströmte sie, als sie den Inhalt sah.

Fünfzehn Minuten später verband ein Schlauch Kates Arm mit Davids. Sie ballte eine Faust. Das Blut floss. Sie war so hungrig. Und müde. Aber es fühlte sich sehr gut an, etwas für ihn zu tun.

66

Als Kate aufwachte, drang Vogelgezwitscher durch das große Fenster in der Nische, in der ihr Doppelbett stand. Ein kühler frischer Bergwind ließ die weißen Leinenvorhänge über ihr Bett flattern, sodass sie fast ihr Gesicht berührten.

Sie hob die Hand, um nach dem Stoff zu greifen, zuckte aber vor Schmerz zurück. In der Armbeuge hatte sie einen üblen Bluterguss. Violette und schwarze Flecken erstreckten sich über den Unterarm bis zum Bizeps hinauf.

David.

Sie sah sich in dem Raum um. Möglicherweise war es eine Art Klassenzimmer, lang und breit, mit rustikalem Holzboden, weiß verputzten Wänden und Holzbalken alle drei Meter.

Sie konnte sich kaum entsinnen, wie sie aus dem Zug gelangt war. Es war spät in der Nacht gewesen. Die Männer hatten sie endlose Treppen hinaufgetragen, in eine Bergfestung. Jetzt erinnerte sie sich ... ein Tempel oder vielleicht ein Kloster.

Kate richtete sich halb auf, aber etwas erschrak sie – eine Bewegung im Raum, eine Gestalt, die sich vom Boden erhob. Der junge Mann hatte so still dagesessen, dass sie ihn nicht bemerkt hatte. Jetzt kam er näher. Er sah aus wie ein jugendlicher Dalai Lama. Eine purpurfarbene Robe war an einer Seite an seiner Schulter befestigt und reichte fast bis zu den Ledersandalen hinab. Sein Kopf war rasiert. Er lächelte Kate an und sagte erwartungsvoll: »Guten Morgen, Dr. Warner.«

Sie setzte die Füße auf den Boden. »Tut mir leid, du hast mich erschreckt.« Ihr war schwindelig.

Er verbeugte sich tief und streckte dabei einen Arm zum Boden aus. »Ich wollte Sie nicht beunruhigen, Madam. Ich bin Milo, stets zu Ihren Diensten.« Er sprach jedes Wort sorgfältig aus.

»Uh, danke.« Sie rieb sich den Kopf und versuchte sich zu konzentrieren. »Es war ein Mann bei mir.«

»Ah, ja, Mr. Reed.«

Reed?

Milo schritt zu dem Tisch neben dem Bett. »Ich bin gekommen, um Sie zu ihm zu bringen.« Er hob mit beiden Händen eine Keramikschüssel hoch, kam zu Kate und hielt sie ihr entgegen. »Aber zuerst Frühstück!« Er zog die Brauen hoch.

Als Kate aufstand und die Schüssel wegschieben wollte, wurde ihr schwarz vor Augen. Sie fiel verwirrt zurück auf das Bett.

»Frühstück tut Dr. Warner gut.« Milo lächelte und streckte ihr erneut die Schüssel entgegen.

Kate beugte sich vor, roch an dem dickflüssigen Haferbrei, nahm den Löffel und probierte zögerlich. Köstlich. Oder lag es daran, dass sie so ausgehungert war und die Militärrationen so schrecklich geschmeckt hatten? Sie leerte die Schüssel innerhalb von Sekunden und fuhr sich mit dem Handrücken über den Mund. Milo stellte die Schüssel zurück auf den Tisch. Er reichte ihr ein dickes Stofftuch. Kate lächelte verlegen und wischte sich den Mund ab.

»Und jetzt möchte ich zu ...«

»Mr. Reed. Natürlich. Hier entlang.« Milo führte sie aus dem Raum und durch einen Laubengang, der verschiedene Gebäude miteinander verband.

Die Aussicht war atemberaubend. Eine grüne Hochebene erstreckte sich unter ihnen bis zum Horizont, durchbrochen nur von schneebedeckten Bergketten. Aus den tiefer gelegenen Dörfern stieg Rauch auf. In der Ferne klammerten sich andere Klöster an die steilen Berghänge.

Kate musste sich zwingen, nicht stehen zu bleiben und die Landschaft zu genießen. Milo ging ein wenig langsamer, damit sie zu ihm aufschließen konnte.

Sie bogen um eine Ecke. Unter ihnen befand sich eine große rechteckige Holzterrasse, von der aus man auf die Täler und Berge blicken konnte. Zwanzig oder dreißig Männer, alle mit rasierten Köpfen und in purpurfarbenen Roben, saßen dort reglos im Schneidersitz und sahen in die Ferne.

Milo drehte sich zu Kate um. »Morgenmeditation. Möchten Sie mitmachen?«

»Äh, heute nicht.« Kate hatte Mühe, sich von dem Anblick loszureißen.

Milo führte sie in ein Zimmer, in dem David in einer Nische lag, die ihrer eigenen ähnelte. Kate lief zu ihm. Sie kniete sich neben das Bett und untersuchte ihn kurz. Er war wach, aber völlig apathisch. Antibiotika – er brauchte mehr davon, um die Infektion zu bekämpfen. Unbehandelt würde sie ihn mit Sicherheit töten. Früher oder später würde Kate die Schusswunden desinfizieren und sorgfältig verschließen müssen.

Aber eins nach dem anderen. Die Antibiotika waren im Zug zurückgeblieben, als sie verschleppt worden war. Oder gerettet? Es gab so viele ungeklärte Fragen.

»Milo, ich brauche Medikamente, Antibiotika ...«

Der junge Mann zeigte auf einen Tisch, der genauso aussah wie der, von dem er ihr den Haferbrei serviert hatte. »Das haben wir uns schon gedacht, Dr. Warner. Ich habe einige Heilmittel für Sie vorbereitet.« Er wies auf eine Ansammlung dreckverkrusteter Wurzeln, einen Haufen orangefarbenen Pulvers und ein Bündel Pilze. Lächelnd neigte er den Kopf, als wollte er sagen: *Nicht schlecht, oder?*

Kate stemmte die Hände in die Seiten. »Milo, das sind sehr, ähm, nützliche Mittel, aber ... sein Zustand ist leider ernst ... wir brauchen richtige Medika...«

Milo trat einen Schritt zurück, grinste breit und zeigte mit dem Finger auf sie. »Ha, ich habe Sie reingelegt, Dr. Warner!« Er riss die Türen eines hölzernen Wandschranks auf, hinter denen sich eine Vielzahl von modernen Medikamenten verbarg.

Kate lief zum Schrank und ging Reihe für Reihe durch. Es war von allem etwas da: Antibiotika, Schmerzmittel, Antimykotika, Verbandszeug. Womit sollte sie anfangen? Kate schüttelte den Kopf und bedachte Milo mit einem herzlichen Lächeln, während sie sich die Antibiotika ansah. »Ja, du hast mich wirklich reingelegt, Milo.« Sie las die Beschriftung. Einige stammten aus Europa, andere vermutlich aus Kanada. Ein Teil hatte das Verfallsdatum überschritten, aber sie fand welche, die sie verwenden konnte. »Dein Englisch ist hervorragend. Wo hast du das gelernt?«

»Der Stein von Rosetta.«

Kate warf ihm einen skeptischen Blick zu.

Das Grinsen wich aus Milos Gesicht. Er sah aus dem Fenster in das Tal hinunter. »Er wurde in einer Höhle am Fuß dieser Berge gefunden. Dreißig Tage und dreißig Nächte lang haben hundert Mönche die Felsbrocken weggeschleppt, bis ein kleiner Durchgang frei war. Sie haben mich hineingeschickt – ich war der Einzige, der durch die Öffnung passte. Tief in der Höhle schien ein gelbes Licht auf einen Steintisch. Und dort habe ich die Steintafel gefunden. Ich habe sie hinausgetragen und mir so meine Robe verdient.«

Kate stand mit den Antibiotika in den Händen da und wusste nicht, was sie sagen sollte.

Milo wirbelte zu ihr herum. »Ha, ich habe Sie schon wieder reingelegt, Dr. Warner!« Er lehnte sich zurück und schüttelte sich vor Lachen.

Kate kehrte zu Davids Bett zurück. »Dir sitzt wohl der Schalk im Nacken, was?« Sie öffnete ein Röhrchen mit Antibiotika.

»Milo ist voller Leben, Dr. Warner, und es macht ihm Spaß, Gäste zu unterhalten.«

Gäste? Offenbar wollte Milo die Gelegenheit nutzen, um sich mit ihr anzufreunden. »Du kannst Kate zu mir sagen.«

»Ja, gern, Dr. Kate.«

»Im Ernst, wie hast du hier draußen Englisch gelernt?«

»Der Stein von Rosetta ...«

Kate warf ihm einen belustigten Blick zu, aber der junge Mann nickte. »Es stimmt. Rosetta Stone ist ein Sprachkurs. Ein anonymer Wohltäter hat mir die DVDs per Post geschickt – das ist sehr geheimnisvoll. Und großes Glück für Milo. Wir bekommen nicht viele Besucher. Und weil Sie Englisch sprechen, wurde Milo ausgesucht, niemand sonst kann Englisch, nicht so gut wie Milo. Ich habe es nur aus Spaß gelernt, aber sehen Sie, was ich für ein Glück habe!«

Kate nahm ein Glas Wasser vom Tisch und half David, ein paar Tabletten zu schlucken. Sie hatte ein Breitbandantibiotikum ausgewählt und hoffte, dass es ausreichen würde. Ideal wäre eine intravenöse Verabreichung im Krankenhaus gewesen. Sie gab ihm auch eine starke Schmerztablette. Wenn er aus seinem Delirium erwachte, würde er den Schmerz spüren, und dem wollte sie vorbeugen.

Was nun? Ihr kam eine Idee. Das Sprachlernprogramm.

»Milo, habt ihr einen Computer?«

»Natürlich, so haben wir euch gefunden.« Er zog verschwörerisch die Brauen hoch. »Eine mysteriöse E-Mail.«

Kate stand auf. »E-Mail? Kann ich ...?«

Milo verbeugte sich. »Nein, leider nicht, Dr. Kate. Qian möchte Sie sprechen. Er hat gesagt, sobald Sie Mr. Reed die Medikamente gegeben haben, muss ich Sie zu ihm bringen. Er ist ein sehr ernster Mann, nicht so lustig wie Milo. Er hat gesagt, er müsse Ihnen etwas geben.«

67

Großes Auditorium
Bürogebäude von Indo-Immari
Neu-Delhi, Indien

Die Unterhaltungen erstarben, während zweihundert Menschen die Augen auf ihn richteten, um zu erfahren, warum sie um sechs Uhr morgens aus dem Bett geworfen worden waren. Dorian ging zur Mitte der Bühne und ließ den Blick über die Zuschauermenge schweifen. Die meisten waren von Immari Security. Einige Dutzend kamen von andern Abteilungen: Immari Research, Immari Logistics, Immari Communications und Immari Capital. Sie alle würden eine Rolle in der bevorstehenden Operation spielen. Und dann gab es noch die Clocktower-Agenten.

Der Chef der Niederlassung in Neu-Delhi schwor, alle, die Probleme bereiten könnten, ausgeschaltet zu haben. Immari Security hatte bei der Säuberungsaktion geholfen, und es waren noch immer einige Analysten und Agenten inhaftiert, bei denen man zu keiner abschließenden Beurteilung gekommen war. Nur der Niederlassungsleiter und Dorians Einheit von Immari Security kannten die Einzelheiten von Toba-Protokoll und wussten, was getan werden musste. Dorian musste dafür sorgen, dass das so blieb, aber er brauchte auch Unterstützung, jede Menge sogar, von all den Leuten im Raum. Deshalb musste er diese Rede halten und Überzeugungsarbeit leisten – etwas, das ihm fremd war. Dorian gab Befehle, und sie wurden befolgt. Er bat nicht; er gab Anweisungen, und seine Leute stellten keine Fragen. Aber diese Leute würden Fragen stellen, denn sie waren es gewohnt, analytisch und unabhängig zu denken. Dafür war keine Zeit.

»Sie fragen sich sicher alle, warum Sie hier sind, zu dieser Uhrzeit, in diesem Raum mit so vielen neuen Gesichtern«, begann Dorian. »Wenn Sie in diesem Raum stehen, dann sind Sie auserwählt. *Auserwählt* als Mitglied einer Task-Force, einer ganz besonderen Arbeitsgruppe, eines Elite-Teams, auf das die Immari Corporation und all ihre Vorläuferorganisationen ihre Hoffnungen setzen. Was ich Ihnen nun mitteile, darf diesen Raum nicht verlassen. Sie werden meine Worte mit ins Grab nehmen. Einiges davon werden Sie kaum glauben können. Und manche Dinge, um die ich Sie bitten werde, sind so kompliziert, dass Sie sie jetzt noch nicht verstehen können. Ich kann Ihnen leider nicht auf alles eine Antwort geben. Ich kann Ihr Gewissen nicht beruhigen, jedenfalls jetzt noch nicht. Wenn es vorbei ist, wird Ihnen alles einleuchten. Sie werden die unverzichtbare Rolle begreifen, die Sie in der Geschichte spielen, und die anderen werden es ebenfalls verstehen. Aber Sie verdienen *einige* Antworten, einige Gründe für die schrecklichen Dinge, die man Sie zu tun bitten wird.«

Dorian legte eine Pause ein, schritt über die Bühne und musterte die Gesichter.

»Folgendes kann ich Ihnen sagen: Die Immari Corporation ist der Nachfahre, die moderne Verkörperung eines Stammes, der diese Region – vermutlich Indien, Pakistan oder Tibet – vor ungefähr zwölftausend Jahren verlassen hat, also kurz nach der letzten Kaltzeit, als das Schmelzwasser die Meeresspiegel um über hundert Meter steigen ließ und die Küstenorte auf der ganzen Welt zerstört wurden. Diese Gruppe hatte ein Ziel: die wahre Herkunft und Geschichte der Menschheit aufzudecken. Sie hatte einen starken Glauben, und wir vermuten, dass sie auf der Suche nach Antworten die Religion geschaffen hat. Aber im Laufe der Zeit entwickelte sich die Menschheit weiter, und ein neuer Weg zur Wahrheitsfindung öffnete sich: die Wissenschaft. Und die Wissenschaft bildet auch heute noch den Kern unserer Arbeit. Einige von Ihnen haben kleine Teile dieser gewaltigen Operation mitbekommen: archäologische Grabungen, Forschungsprojekte, genetische Experimente. Das ist unsere großartige Arbeit. Aber wir haben etwas gefunden, das jenseits unserer Vorstellungskraft lag.

Ich komme zum Ende dessen, was ich Ihnen erzählen kann, aber eines müssen Sie noch wissen: Vor vielen Jahren haben wir eine eindeutige und konkrete Gefahr für die menschliche Rasse entdeckt. Eine Bedrohung sondergleichen. Wir wussten seit fast hundert Jahren, dass der Tag kommen würde, an dem wir den Feind bekämpfen müssen. Jetzt ist es soweit. Jeder von Ihnen ist ein Soldat in der Armee, die die bevorstehende Apokalypse aufhalten wird. Die nächsten beiden Tage und die Zeit danach werden schwierig. Ich rede nicht über ein Scharmützel in einem abgelegenen Land. Dies wird eine Schlacht für die menschliche Rasse, um unser Recht, zu leben. Wir haben nur ein Ziel: Das Überleben der Menschheit.«

Dorian zog sich in die Mitte der Bühne zurück, um dem Publikum Zeit zu geben, seine Ansprache zu verarbeiten. Es gab verwirrte Blicke, aber auch Zustimmung und Nicken.

»Natürlich gehen Ihnen Fragen durch den Kopf. Warum können wir uns nicht an die Öffentlichkeit wenden? Warum bitten wir nicht die Regierungen überall auf der Welt um Hilfe? Ich wünschte wirklich, das wäre möglich. Es würde mein Gewissen erleichtern wegen der Dinge, die getan werden müssen. In den kommenden Tagen werden auch Sie gegen Ihr Gewissen ankämpfen müssen. Und wenn wir uns an die Öffentlichkeit wenden könnten, würde das Schicksal der Welt nicht nur auf unseren Schultern lasten, weil wir dann wüssten, dass wir nicht die letzte Verteidigungslinie sind, dass Hilfe kommt, dass andere den Feind bekämpfen, dass wir scheitern dürfen. Aber wir dürfen nicht scheitern, genauso wenig wie wir die Einzelheiten der Bedrohung enthüllen können. Aus demselben Grund, aus dem ich hier stehe und mich nicht für alles rechtfertigen kann, um das ich Sie bitten werde, auch wenn es mir lieber wäre. Wenn wir uns an die Öffentlichkeit wenden würden, gäbe es Massenpanik, Hysterie, einen Zusammenbruch der Gesellschaften, obwohl wir gerade jetzt Stabilität brauchen.

Es gibt sieben Milliarden Menschen auf diesem Planeten. Stellen Sie sich vor, sie würden ihrer Auslöschung ins Gesicht sehen. Unser Ziel ist es, so viele Leben wie möglich zu retten. Es werden nicht sehr viele sein, aber wenn wir alle unseren Teil dazu beitragen, können wir das Überleben der Menschheit sicherstellen, denn genau das steht auf dem Spiel. Und wir werden nicht nur mit dieser großen Bedrohung konfrontiert. Es gibt andere, kleinere Hindernisse: Regierungen, Medien, Geheimdienste. Wir können sie nicht besiegen, aber wir können sie so lange in Schach halten, bis unser Plan funktioniert. Und damit müssen wir sofort beginnen. Die Päckchen, die meine Männer verteilen, enthalten Ihre Aufträge – die Aufteilung in Gruppen, die Zuständigkeiten, die Marschbefehle. Die Maßnahmen sind drastisch, aber das ist auch unsere Situation.«

Dorian straffte die Schultern. »Ich bin ein Soldat. Ich wurde in diese Sache hineingeboren. Ich habe ihr mein ganzes Leben gewidmet. Mein Vater hat sein Leben für die Sache gegeben. Für *unsere* Sache. Aber ich weiß, dass Sie keine Soldaten sind. Sie wurden eingezogen. Aber ich werde Sie nicht um etwas bitten, wozu Sie nicht in der Lage sind. Das wäre grausam, und ich bin kein grausamer Mensch. Immari ist keine grausame Organisation. Falls Sie irgendwann an den folgenden Operationen nicht teilnehmen können, informieren Sie einfach einen der Sicherheitsleute aus meiner persönlichen Einheit. Das ist keine Schande. Wir sind alle nur Glieder einer Kette. Wenn ein Glied reißt, reißt die Kette, und die Katastrophe geschieht. Und darum geht es hier – die Katastrophe zu verhindern. Lassen Sie sich vom Schein nicht trügen. Ich danke Ihnen und wünsche Ihnen viel Glück.«

Ein Sicherheitsmann von Immari grüßte Dorian, als er die Bühne verließ. »Tolle Rede, Boss.«

»Sparen Sie sich die Vertraulichkeiten. Sie müssen diese Leute scharf im Blick behalten. Ein Einziger reicht, um die gesamte Operation scheitern zu lassen. Wie weit sind wir mit dem Führungsstab?«

»Sie kommen alle ins Clocktower-Hauptquartier.«

»Gut. Geben Sie ihnen dreißig Minuten, um ihre Informationen aufzubereiten, dann sollen sie sich versammeln. Wie sieht es mit Zügen aus?«

»In einer Stunde müssten wir die Auflistung der Überlebenden und der Toten haben.«

»Beschleunigen Sie das. Ich will die Liste für das Meeting vorliegen haben.«

68

Autonomes Gebiet Tibet

Milo hielt die Laterne hinter sich, um die Steinstufen zu beleuchten. »Es ist nicht mehr weit, Dr. Kate.«

Es kam ihr vor, als stiegen sie schon seit einer Stunde die Wendeltreppe hinab. Sie mussten mittlerweile irgendwo mitten im Berg oder eine Meile unter dem Kloster sein. Milo hüpfte die Stufen hinab und schwang unermüdlich die Laterne wie ein Kind seinen Süßigkeitenbeutel an Halloween. Kates Beine schmerzten. Sie hatte sich noch nicht von den gestrigen Strapazen erholt. Und sie fürchtete sich jetzt schon vor dem Rückweg.

Vor ihr hielt Milo an und wartete auf sie, aber dieses Mal stand er auf ebenem Grund, in einer großen runden Grotte am Fuß der Treppe. Endlich. Er trat zurück und streckte die Laterne nach vorn, sodass das Licht auf eine Holztür fiel, die oben abgerundet war wie ein Grabstein.

Kate zögerte einen Moment, weil sie nicht sicher war, ob sie vorgehen sollte.

»Gehen Sie bitte rein, Dr. Kate. Er erwartet Sie.«

Kate nickte und öffnete die Tür, hinter der sich ein kleines rundes Zimmer befand. An den Wänden hingen Karten und Regalbretter voller Glasflaschen, Statuetten und alter Metallwerkzeuge. Der Raum wirkte ... mittelalterlich, wie ein Laboratorium in einem Burgturm, in dem jemand wie Merlin seiner Arbeit nachging. Und es war tatsächlich ein Zauberer im Zimmer, oder zumindest sah er so aus. Ein alter Mann saß an einem abgenutzten Schreibtisch und las. Er drehte langsam den Kopf, als bereitete es ihm Schmerzen. Es war ein Asiat, der kein einziges Haar mehr auf dem Kopf hatte und dessen Gesicht so faltig war, wie Kate es noch nie gesehen hatte. Er hätte leicht hundert Jahre alt sein können.

»Dr. Warner.« Seine Stimme war nur ein Flüstern. Er stand auf und trottete auf Kate zu, wobei er sich schwer auf seinen Holzstock stützte.

»Mister ...«

»Hier gibt es keine Mister, Dr. Warner.« Er schwieg einen Moment lang. Gehen und Reden gleichzeitig war offenbar zu anstrengend für ihn. Er blickte geduldig auf den Steinboden, während er Atem schöpfte. »Nennen Sie mich Qian. Ich habe etwas für Sie. Ich warte seit fünfundsiebzig Jahren darauf, es Ihnen zu geben. Aber vorher muss ich Ihnen etwas zeigen. Können Sie mir mit der Tür helfen?« Er zeigte auf eine kleine Holztür, die Kate bisher nicht aufgefallen war. Sie war gerade einmal einen Meter zwanzig hoch. Kate öffnete sie und stellte erleichtert fest, dass der Gang dahinter nicht so niedrig war. Sie wartete an der Tür, während Qian an ihr vorbeiging und alle paar Schritte stehen blieb. Wie lange hatte er gebraucht, um hier herunterzukommen?

Kate sah in den Gang und stellte überrascht fest, dass er mit modernen Lampen beleuchtet war. Er war kurz, höchstens fünf Meter lang, und schien an einer Steinmauer zu enden. Es dauerte einige Minuten, bis Qian dort angekommen war und auf einen Knopf zeigte.

Kate ging zu ihm und drückte auf den Knopf, und die

Steinmauer hob sich. An ihren Füßen spürte sie, wie Luft in den Raum strömte. Er musste versiegelt gewesen sein.

Sie folgte Qian in das Zimmer, das überraschend groß war, vielleicht zwölf mal zwölf Meter. Es war leer, bis auf einen quadratischen, mindestens zehn Meter breiten Teppich in der Mitte. Kate warf einen Blick nach oben und sah, dass ein Leinentuch den gesamten Raum überspannte. Darüber entdeckte sie weitere identische Tücher, so weit sie sehen konnte, wie Schichten von Moskitonetzen, die bis zum Gipfel des Berges hinaufreichten. War das eine Methode, die Feuchtigkeit abzuleiten? Wahrscheinlich, aber Kate sah auch, dass der Stoff Schmutz und Steinpartikel aufgefangen hatte.

Qian nickte zu dem Teppich. »Das ist der Schatz, den wir hier aufbewahren. Unsere Überlieferung. Wir haben einen hohen Preis dafür bezahlt.« Er räusperte sich, ehe er langsam weitersprach. »Als ich jung war, kamen fremde Männer in mein Dorf. Sie trugen Uniformen. Damals wusste ich es nicht, aber es waren Nazi-Uniformen. Die Männer suchten nach einer Gruppe von Mönchen, die in den Bergen jenseits meines Dorfes lebten. Niemand wollte über die Mönche sprechen. Ich wusste es nicht besser. Die Männer bezahlten mich und einige andere Kinder, damit wir sie zu den Mönchen führten. Die Mönche hatten keine Angst vor diesen Männern, aber das war ein Fehler. Die Männer, die in unserem Dorf freundlich aufgetreten waren, gingen in den Bergen brutal vor. Sie durchsuchten das Kloster, folterten die Mönche und setzten schließlich den ganzen Berg in Brand.«

Qian pausierte, um Atem zu schöpfen. »Meine Freunde waren tot, und die Soldaten suchten mich in dem Kloster. Und dann haben sie mich gefunden. Einer der Soldaten nahm mich auf den Arm und trug mich durch das Kloster in einen Tunnel. Drei Mönche warteten dort. Der Mann sagte ihnen, dass ich der einzige Überlebende war. Er gab mir ein Tagebuch und sagte, ich müsse es aufbewahren, bis der richtige Zeitpunkt gekommen sei. In dieser Nacht verließen die drei Mönche das Kloster, und sie nahmen nur mich, die Kleider, die sie am Leib trugen, und diesen Gobelin mit.« Qian richtete den Blick auf das gewaltige Kunstwerk, auf dem eine Art biblischer Geschichte mit Göttern, Helden, Ungeheuern, Himmeln, Licht, Blut, Feuer und Wasser dargestellt war.

Kate stand schweigend da. Sie fragte sich, was sie damit zu tun hatte, und musste sich zusammenreißen, um nicht zu sagen: »Wirklich schön, kann ich jetzt Ihren Computer benutzen?«

»Und Sie fragen sich sicher, was Sie damit zu tun haben.«

Kate errötete und schüttelte den Kopf. »Nein, ich meine, er ist wunderschön ...« Und das war er wirklich. Die Farben waren kräftig und lebhaft wie bei einem Fresko in einer katholischen Kirche, und die Fäden gaben der Darstellung Tiefe. »Aber der Mann, mit dem ich gekommen bin, und ich – wir sind in Gefahr.«

»Sie und Andrew sind nicht die Einzigen.«

Ehe Kate etwas entgegnen konnte, fuhr Qian mit überraschend fester Stimme fort. »Ihr Feind ist dieselbe Gruppe, die vor fünfundsiebzig Jahren das Kloster niedergebrannt hat und bald unbeschreibliches Unheil entfesseln wird. Das ist es, was auf dem Gobelin dargestellt ist. Der Schlüssel, um sie aufzuhalten, liegt im Verständnis des Gobelins und des Tagebuchs. Ich klammere mich seit fünfundsiebzig Jahren an mein Leben und warte auf den Tag, an dem ich meine Bestimmung erfüllen kann. Und gestern, als ich erfuhr, was in China geschehen ist, wusste ich, dass der Tag gekommen ist.« Qian griff in seine Kutte und reichte Kate mit seiner zarten Hand einen kleinen Ledereinband.

Er wies auf den Teppich. »Was sehen Sie, mein Kind?«

Kate betrachtete die bunten Bilder. Engel, Götter, Feuer, Wasser, Blut, Licht, Sonne. »Eine religiöse Darstellung?«

»Religion ist unser verzweifelter Versuch, die Welt zu verstehen. Und unsere Vergangenheit. Wir leben in der Dunkelheit, umgeben von Geheimnissen. Woher kommen wir? Was ist unsere Bestimmung? Was geschieht mit uns nach dem Tod? Die Religion gibt uns noch mehr: einen Verhaltenskodex, eine Einordnung in richtig und falsch, eine Richtschnur für den Anstand. Wie jedes Werkzeug kann sie missbraucht werden. Aber dieses Stück wurde geschaffen, lange bevor die Menschheit Trost in den Religionen fand.«

»Wie?«

»Ich glaube, es stellt mündliche Überlieferungen dar.«

»Eine Legende?«

»Vielleicht. Aber wir glauben, dass es sowohl die Vergangenheit als auch die Zukunft beschreibt. Eine Darstellung der Ereignisse vor dem Erwachen der Menschheit und der Tragödien, die noch bevorstehen. Wir nennen es das ›Epos der vier Fluten‹.« Qian zeigte auf die linke obere Ecke des Gobelins.

Kate folgte mit dem Blick seinem Finger und betrachtete das Bild: nackte Menschen, kaum mehr als Tiere, in einem lichten Wald oder einer afrikanischen Savanne. Sie flohen vor einer Dunkelheit, die sich aus dem Himmel herabsenkte – einer Ascheschicht, die sie zu ersticken drohte und das pflanzliche Leben auslöschte. Gleich darunter waren die Menschen allein in einer toten Ödnis. Dann tauchte ein Licht auf und wies ihnen den Weg. Ein Beschützer sprach zu den Wilden und reichte ihnen einen Becher mit Blut.

Qian räusperte sich. »Die erste Szene ist die Feuerflut. Eine Flut, die beinahe die Erde zerstört, die Menschen unter Asche begraben und alles Essbare vernichtet hätte.«

»Ein Schöpfungsmythos«, flüsterte Kate. Alle großen Religionen hatten einen Schöpfungsmythos, eine Geschichte, die schilderte, wie Gott die Menschen nach seinem Abbild schuf.

»Das ist kein Mythos. Es ist eine historische Darstellung.« Qians Tonfall war sanft wie der eines Lehrers oder Vaters. »Bedenken Sie, dass die Menschen schon vor der Feuerflut existierten und wie Tiere im Wald lebten. Die Flut hätte sie getötet, aber der Erlöser hat sie gerettet. Doch er kann nicht immer da sein, um sie zu beschützen. Und deshalb gibt er ihnen das größte aller Geschenke: sein Blut. Eine Gabe, die sie beschützen wird.«

In Kates Hinterkopf formte sich ein Gedanke: die Toba-Katastrophe und der Große Sprung nach vorn. Blut. Eine genetische Mutation – eine Änderung in der Gehirnvernetzung –, die der Menschheit einen Überlebensvorteil verschaffte und ihr half, dem Ascheregen zu trotzen, der dem Ausbruch des Supervulkans vor siebzigtausend Jahren folgte. Die Feuerflut. War das möglich?

Kates Blick wanderte am Teppich herab. Die Szene war seltsam. Die Menschen aus dem Wald schienen sich in Ninjas oder Geister verwandelt zu haben. Sie trugen Kleider und hatten begonnen, Tiere zu töten. Es wurde blutig, mit jedem Zentimeter wurden die Abbildungen auf dem Teppich entsetzlicher. Sklaverei, Mord, Krieg.

»Das Geschenk hat den Menschen klug und stark gemacht und ihn vor der Auslöschung bewahrt, aber er musste einen hohen Preis dafür bezahlen. Zum ersten Mal sah er die Welt so, wie sie wirklich war, und er entdeckte überall Gefahr – in den Tieren des Waldes und in seinen Mitmenschen. Als tierähnliches Wesen hatte er in einer glückseligen Welt gelebt, sich von seinen Instinkten leiten lassen, nur nachgedacht, wenn es sein musste, sich nie selbst erkannt, sich nicht um seine Sterblichkeit gesorgt, niemals versucht, den Tod zu überlisten. Aber jetzt wurde er von seinen Gedanken und Ängsten geleitet. Zum ersten Mal wusste er, was das Böse ist. Sigmund Freud ist diesem Konzept mit seinem Es und Ich sehr nahe gekommen. Der Mensch verwandelte sich in Dr. Jekyll und Mr. Hyde. Er kämpfte mit seinem tierischen Bewusstsein, seinen animalischen Instinkten. Leidenschaft, Wut – egal, wie sehr wir uns entwickeln, der Mensch kann diesen Instinkten nicht entrinnen: sie sind unser tierisches Erbe. Wir können nur versuchen, das Tier in uns zu kontrollieren. Der Mensch wünschte sich auch, seinen erwachenden Geist zu verstehen, mit all seinen Ängsten, Träumen und Fragen nach unserer Herkunft und unserer Bestimmung. Und vor allem träumte er davon, den Tod zu überlisten. Er baute Ortschaften an den Küsten und beging unzählige Gräueltaten, um das Überleben zu sichern und nach Unsterblichkeit zu streben, durch seine Taten oder durch Magie oder Alchemie. Die Küste ist der natürliche Ort für die Menschheit; so haben wir die Feuerflut überlebt. Als das Land versengt war, war das Meer unsere Nahrungsquelle. Aber die Herrschaft des Menschen war kurzlebig.«

Kate blickte zum linken unteren Viertel des Teppichs: eine riesige Wasserwand hinter einem Streitwagen auf dem Meer, in dem der Erlöser aus der Feuerflut saß.

»Der Erlöser kehrt zurück und warnt die Stämme, dass eine große Flut kommt und sie sich vorbereiten müssen.«

»Das kommt mir bekannt vor«, sagte Kate.

»Ja. In jeder Religion auf der Welt, egal ob jung oder alt, gibt es einen Flutmythos. Und die Flut ist eine Tatsache. Vor ungefähr zwölftausend Jahren endete die letzte Kaltzeit. Die Gletscher schmolzen. Die Erdachse verschob sich. Der Meeresspiegel stieg in diesem Zeitraum um über hundert Meter, manchmal allmählich, manchmal in Form von zerstörerischen Wellen und Tsunamis.«

Kate ließ die Bilder auf sich einwirken – Städte, die der Welle zum Opfer fielen, ein Gewimmel von Ertrinkenden, die Herrscher und die Reichen, die dastanden und lächelnd auf das Wasser blickten, und ganz zum Schluss eine kleine Gruppe von armselig gekleideten Menschen, die ins Landesinnere zogen, den Bergen entgegen. Sie trugen eine Truhe mit sich.

Qian ließ Kate den Teppich eine Weile ansehen, dann fuhr er fort. »Die Menschen ignorierten die Warnung vor der Flut. Sie hatten sich die Welt untertan gemacht, oder zumindest glaubten sie das. Sie waren überheblich und dekadent. Sie scherten sich nicht um die bevorstehende Katastrophe und fuhren mit ihrem niederträchtigen Treiben fort. Manche sagen, Gott habe die Menschen bestraft, weil sie ihre Brüder und Schwestern töteten. Ein Stamm beherzigte die Warnung, baute eine Lade und zog sich vom Meer in die Berge zurück. Die Flut kam, zerstörte die Küstenstädte und verschonte nur die primitiven Dörfer im Inland und die verstreuten nomadischen Stämme. Es hatte sich das Gerücht verbreitet, Gott sei tot und der Mensch der neue Gott auf Erden. Die Erde gehöre ihm, und er könne damit tun und lassen, was er will. Aber ein Stamm hielt am Glauben fest. Diese Leute hegten vor allem die Überzeugung, dass der Mensch nicht makellos ist, dass er nicht Gott ist, dass die Bereitschaft zur Demut die wahre Menschlichkeit ausmacht.«

»Und das war Ihr Stamm.«

»Ja. Wir beherzigten die Warnung des Erlösers und taten, was er gebot. Wir trugen die Lade ins Hochland.«

»Und dieser Teppich war in der Lade?«, fragte Kate.

»Nein. Nicht einmal ich weiß, was in der Lade war. Aber

es muss sie wirklich gegeben haben; ihre Geschichte hat bis in die Gegenwart überlebt. Und es ist eine sehr mächtige Geschichte, die eine große Sogwirkung ausübt. Es ist eine von vielen Geschichten, die in der menschlichen Psyche verankert sind. Wir betrachten sie als wahr, genau wie wir die verschiedenen Versionen des Schöpfungsmythos anerkennen. Diese Geschichten haben schon immer existiert, und sie werden auf ewig in unseren Köpfen bleiben.«

»Was ist aus dem Stamm geworden?«

»Er hat sich der Wahrheitssuche verschrieben und versucht, den Gobelin zu entschlüsseln und die vorsintflutliche Welt zu verstehen. Eine Gruppe glaubte, die Antwort läge im menschlichen Geist, im Verständnis unserer Existenz durch Reflexion und Selbstbetrachtung. Aus diesen Leuten entwickelten sich die Bergmönche, die Immaru, das Volk des Lichts. Ich bin der Letzte der Immaru. Aber einige der Mönche wurden ungeduldig. Sie suchten die Antworten in der Welt. Sie zogen weiter, und im Laufe der Zeit verloren sie ihre Religion. Ihre Hoffnungen richteten sich auf etwas Neues: die Wissenschaft. Sie hatten genug von Mythen und Gleichnissen. Sie wollten Beweise. Und sie fanden welche – aber sie zahlten einen hohen Preis dafür. Der Wissenschaft fehlt etwas sehr Wichtiges, das in der Religion enthalten ist: ein Moralkodex. Das Überleben des Stärkeren ist eine wissenschaftliche Tatsache, aber in ethischer Hinsicht ist es grausam; so leben Tiere, keine zivilisierten Gesellschaften. Gesetze allein genügen nicht, sie müssen auf etwas basieren – auf einem gemeinsamen Moralkodex, der irgendwo herkommt. Und wenn sich die moralische Basis auflöst, zerfallen auch die gesellschaftlichen Werte.«

»Ich glaube nicht, dass man religiös sein muss, um moralisch zu sein. Ich bin Wissenschaftlerin, und ich bin nicht ...

besonders religiös ... aber ich bin, glaube ich zumindest, ein ziemlich moralischer Mensch.«

»Sie sind auch viel schlauer und einfühlsamer als die überwiegende Mehrheit der Menschen. Aber eines Tages werden die anderen aufholen, und die Welt wird in Frieden leben, auch ohne Gleichnisse und Moralvorträge. Ich fürchte nur, dieser Tag ist weiter entfernt, als die meisten glauben. Ich spreche von dem heutigen Stand, von den Massen, nicht von der Minderheit. Aber eigentlich sollte ich überhaupt nicht davon reden. Ich predige über die Dinge, die mich interessieren, so wie alte Männer es oft tun, besonders wenn sie einsam sind. Sie haben zweifellos schon erraten, wer die Mönche sind, die sich vor so langer Zeit von den Immaru abgespalten haben.«

»Die Immari.«

Qian nickte. »Wir glauben, dass die abtrünnigen Mönche zur Zeit der Griechen ihren Namen in Immari geändert haben. Vielleicht wollten sie, dass es griechisch klingt, damit sie von den griechischen Gelehrten, denen damals so viele Durchbrüche auf dem neuen Feld der Wissenschaft gelangen, akzeptiert wurden. Die wahre Tragödie und der Veränderungsprozess dieser Gruppe sind in dem Tagebuch dokumentiert. Deshalb müssen Sie es lesen.«

»Was ist mit dem Rest des Gobelins – die anderen beiden Fluten?«

»Das sind Ereignisse, die uns noch bevorstehen.«

Kate betrachtete die andere Hälfte des Teppichs. Das blaue Meer, das die Welt während der Wasserflut verschlungen hatte, verwandelte sich in ein purpurnes Blutmeer, als es in das untere rechte Viertel des Teppichs floss. Oberhalb des Blutmeeres schlachtete eine Gruppe von Übermenschen niedrigere Wesen ab. Die Erde war eine Einöde; Dunkelheit überzog das Land, und Blut floss aus jedem Mann, jeder Frau und jedem Kind in das purpurne Meer. Die Blutflut. Noch weiter oben, im letzten Viertel, kämpfte ein Held gegen ein Ungeheuer, tötete es und stieg in den Himmel auf, wo er eine Lichtflut auslöste, die die Welt erhellte und befreite. Im Ganzen betrachtet, wandelte sich die Farbgebung des Teppichs vom Schwarz und Grau der Feuerflut über das Blau und Grün der Wasserflut und das Rot und Purpur der Blutflut zum Weiß und Gelb der Lichtflut. Es war wunderschön. Faszinierend.

Qian riss sie aus ihren Gedanken. »Ich muss mich jetzt ausruhen. Und Sie müssen Ihre Hausaufgaben machen, Dr. Warner.«

69

Großer Konferenzraum
Clocktower-Hauptquartier
Neu-Delhi, Indien

Dorian hob die Hand, um den Analysten zu unterbrechen. »Was ist ein ›Barnaby-Prendergast-Bericht‹?«

Der Mittdreißiger wirkte verwirrt. »Es ist der Bericht von Barnaby Prendergast.«

Dorian ließ den Blick über das versammelte Personal von Clocktower und Immari Security schweifen. Die neuen Angestellten mussten sich noch in den Immari-Clocktower-Zusammenschluss integrieren, und die Klärung der Funktionen und Zuständigkeiten verzögerte das Meeting. »Kann mir jemand erklären, was Barnaby Prendergast ist?«

»Ach, das ist sein Name – Barnaby Prendergast«, sagte der Analyst.

»Im Ernst? Haben wir ihm den gegeben? Nein, vergessen Sie es. Was hat er gesagt? Fangen Sie von vorn an.«

Der Analyst blätterte durch einen kleinen Papierstapel. »Prendergast ist einer von ungefähr zwanzig Angestellten, die noch auf dem Gelände der Anlage sind.«

»Auf dem Gelände *waren*«, verbesserte Dorian ihn.

Der Analyst neigte den Kopf. »Hm, streng genommen ist er noch dort, oder zumindest seine Leiche.«

»Mein Gott, jetzt tragen Sie endlich den Bericht vor.«
Der Analyst schluckte. »Gut, äh, vor dem Drohnenschlag, hat er – also Prendergast – gesagt, eine unidentifizierte Frau habe ihn, wie er es ausdrückt, ›vor dem Büro angequatscht und genötigt, ihr bei der angeblichen Rettung irgendwelcher Kinder zu helfen‹.« Der Analyst blätterte eine Seite um. »Er berichtet weiter, er habe ›versucht, sie aufzuhalten‹ und glaube, ›sie verwendet einen gefälschten oder gestohlenen Werksausweis‹. Und jetzt kommt's: Er sagt, sie sei nach den Angriffen, ich zitiere, ›blutverschmiert, aber unverletzt‹ aus dem Gebäude gelaufen und habe ihn ›erneut angegriffen und daran gehindert, die Arbeiter zu retten‹ und schließlich ›einem Wachmann die Pistole abgenommen und versucht, mich zu erschießen‹. Danach sei sie mit einem im Sterben liegenden Komplizen, der laut Prendergast zahlreiche Schusswunden hatte, in den Güterzug gestiegen.«

Dorian lehnte sich auf seinem Stuhl zurück und blickte zur Monitorwand. Kate Warner hatte die Glocke überlebt. Wie? Reed war wahrscheinlich tot; Dorian hatte den Idioten praktisch in einen Schweizer Käse verwandelt.

Der Analyst räusperte sich. »Sir, sollen wir das ignorieren? Glauben Sie, dass es Schwachsinn ist und der Typ nur ins Rampenlicht wollte?«

»Nein, glaube ich nicht.« Dorian nagte an seinem Fingernagel. »Das ist zu kompliziert, um es sich auszudenken. Warten Sie – warum haben Sie gesagt ›ins Rampenlicht‹?«

»Prendergast hat kurz vor dem Drohnenschlag bei der BBC angerufen; so haben wir den Bericht erhalten. Wir überwachen sämtliche ein- und ausgehende Kommunikation der Anlage seit dem ... Störfall. Wir planen, Prendergast zu diskreditieren; seine Geschichte widerspricht der ursprünglichen Pressemitteilung von Immari, dass es sich um einen Störfall gehandelt habe. Deshalb ...«

»Okay, Stopp. Hören Sie auf. Immer der Reihe nach. Wir müssen uns konzentrieren.« Dorian drehte sich mit seinem Stuhl zu Dr. Chang um, der in einer Ecke saß und auf den billigen Teppich des Konferenzraums starrte. »Chang. Wachen Sie auf.«

Dr. Chang setzte sich auf wie ein Schüler, der von seinem Lehrer zurechtgewiesen wurde. Seit der Explosion in China wirkte er erschöpft und abwesend. »Ja. Ich bin hier.«

»Im Moment noch, Doktor, aber wenn Sie nicht rausfinden, wie Kate Warner die Glocke überlebt hat, kann sich das schnell ändern.«

Chang zuckte die Achseln. »Ich ... kann nicht mal spekulieren ...«

»Sie werden sofort damit anfangen. Wie könnte sie überlebt haben?«

Chang hielt die Hand vor den Mund und räusperte sich. »Also, hm, mal überlegen, sie könnte sich selbst mit dem Mittel behandelt haben, das sie den Kindern gegeben hat. Vielleicht hat sie getestet, ob es unbedenklich ist.«

Dorian nickte. »Interessant. Andere Möglichkeiten?«

»Nein. Oder nur die offensichtliche: Sie könnte schon immun gewesen sein, weil sie das Atlantis-Gen hat.«

Dorian kaute weiter an seinen Nägeln. Das war interessant. Sehr interessant. »Okay, das kann man leicht testen ...«

Chang schüttelte den Kopf. »Mein Labor wurde zerstört, und wir wissen nicht mal, wo wir anfangen sollen ...«

»Sie bekommen ein neues Labor.« Dorian wandte sich an einen seiner Angestellten. »Finden Sie ein neues Labor für Dr. Chang.« Er konzentrierte sich wieder auf Chang. »Ich bin kein Wissenschaftler, aber ich würde damit anfangen, ihr Genom zu sequenzieren und nach Besonderheiten zu suchen.«

Chang nickte. »Natürlich, das ist einfach, aber bei dem Zustand der Anlage werden wir wahrscheinlich keine DNS ...«

Dorian warf den Kopf in den Nacken. »Um Gottes willen, jetzt seien Sie mal kreativ. Warner hat eine Eigentumswohnung in Jakarta. Sie sind doch schlau genug, um eine Bürste oder einen gebrauchten Tampon aufzutreiben, Doktor.«

Chang errötete. »Ja, das könnte funktionieren.«

Eine Analystin von Clocktower meldete sich zu Wort. »Manche Frauen spülen ihre Tampons im Klo ...«

Dorian schloss die Augen und hob die Hände. »Vergessen Sie den Tampon. Es muss tonnenweise DNS von Kate Warner in Jakarta geben. Treiben Sie welche auf. Oder noch besser, finden Sie *sie*. Wenn sie entkommen ist, muss sie in einem der Züge sein.« Dorian wandte sich zu Dmitry Kozlov, dem stellvertretenden Befehlshaber der Immari-Sicherheitstruppe.

Der Soldat schüttelte den Kopf. »Ich habe gerade die Liste gekriegt. Wir haben sie mit dem Dienstplan abgeglichen. Sie ist in keinem der Züge. Und Reed auch nicht. Es gibt eine Menge Verwundete und Tote, mehrere Leute mit offenen Wunden, aber niemanden mit Schussverletzungen.«

»Das kann nicht Ihr Ernst sein. Lassen Sie die Züge noch mal durchsuchen.«

»Das wird zu Verzögerungen bei Toba ...«, sagte Dmitry.

»Tun Sie es einfach.«

Der Analyst mit dem Prendergast-Bericht schaltete sich ein. »Sie könnte abgesprungen sein.«

Dorian rieb sich die Schläfen. »Sie ist nicht abgesprungen.«

Der Analyst schüttelte den Kopf. »Woher wissen Sie, dass ...«

»Weil sie Reed bei sich hatte.«

»Sie könnte ihn runtergestoßen haben.«

»Hat sie aber nicht.«

Der Analyst wirkte verwirrt. »Warum nicht?«

»Weil sie nicht so blöd ist wie Sie. Warner ist einen Meter zweiundsiebzig groß und wiegt sechzig Kilo. Reed ist einen Meter neunzig und wiegt mindestens neunzig Kilo. Warner könnte schon allein nicht zu Fuß aus Tibet fliehen, und mit neunzig Kilo Ballast erst recht nicht. Und glauben Sie mir, falls Reed überlebt hat, kann er ganz sicher nicht laufen.«

»Sie könnte ihn zurückgelassen haben.«

»Das würde sie nicht tun.«

»Woher wissen Sie das?«

»Weil ich sie kenne. Bringen wir das zu Ende, los, Leute, raus hier.« Dorian stand auf und winkte seine Untergebenen aus dem überfüllten Raum.

»Was ist mit dem Barnaby-Prendergast-Bericht?«, fragte der Analyst.

»Was soll damit sein?«

»Sollen wir dementieren ...«

»Verdammt, nein. Bestätigen Sie ihn. Die Medien bringen ihn sowieso, weil das Wort *Terrorist* darin vorkommt. Und es ist wahr: Ein Terrorist hat unsere Anlage in China angegriffen. Das ist eine einmalige Gelegenheit. Geben Sie die Videoaufnahmen von Reed heraus, wie er die Bomben anbringt, um die Sache zu untermauern. Sagen Sie der Presse, dass dieselben Leute schon in Jakarta einen Anschlag auf uns verübt haben. Liefern Sie auch Aufnahmen von Dr. Warner.« Dorian dachte kurz nach. Das könnte ihnen ein wenig Zeit verschaffen und als Ablenkungsmanöver dienen. »Wir sagen ihnen, dass wir gerade untersuchen, ob Dr. Warner an einer biologischen Waffe gearbeitet hat, und fordern die

Einrichtung einer strikten Quarantänezone.« Dorian sah seine Angestellten ungeduldig an. »Okay, die Uhr läuft, Leute, los geht's.«

Er zeigte auf Dmitry. »Sie bleiben hier.«

Der großgewachsene Soldat stapfte zu Dorian, während sich der Raum leerte. »Jemand hat sie aus dem Zug geholt.«

»Stimmt.« Dorian ging zurück zum Tisch. »Das müssen sie gewesen sein.«

»Unmöglich. Wir haben die Berge seit dem 11. September ununterbrochen durchkämmt, sie sind nicht da. Sie wurden 1938 alle getötet. Oder sie sind sowieso nur ein Mythos. Vielleicht hat es die Immaru nie gegeben.«

»Haben Sie eine bessere Idee?«, fragte Dorian. Da Dmitry keine Antwort gab, fuhr Dorian fort: »Ich will, dass die Berge von unseren Teams durchsucht werden.«

»Tut mir leid, Sir, aber wir haben nicht genug Personal. Die Säuberungsaktion bei Clocktower und das Ende der Kampfhandlungen in Afghanistan – unsere Kräfte in der Region waren sowieso schon minimal. Alle, die wir vor Ort haben, sind mit Toba beschäftigt. Wenn Sie ein Einsatzteam wollen, müssen sie davon abgezogen werden.«

»Nein. Toba hat Priorität. Was ist mit Satellitenüberwachung? Können wir sie aufspüren?«

Dmitry schüttelte den Kopf. »Wir haben keine Überwachungstechnik über West-China, und auch sonst niemand. Das ist einer der Gründe, warum Immari Research den Standort ausgesucht hat – dort ist nichts, was sich zu überwachen lohnt. Keine Städte, kaum Dörfer und Straßen. Wir können Satelliten neu positionieren, aber das braucht Zeit.«

»Machen Sie das. Und starten Sie die restlichen Drohnen in Afghanistan ...«

»Wie vie...«

»Alle. Sie sollen jeden Zentimeter des Hochlands absuchen, angefangen bei den Klöstern. Und kommandieren Sie zwei Männer ab – wir können auf sie verzichten. Toba ist wichtig, aber Warner zu erwischen auch. Sie hat die Glocke überlebt. Wir müssen wissen, warum. Lassen Sie die beiden Männer die Strecke sämtlicher Züge zurückverfolgen. Sie sollen die Dorfbewohner befragen, jeden, der etwas gesehen haben könnte. Machen Sie Druck. Ich will, dass sie gefunden wird.«

70

Immaru-Kloster
Autonomes Gebiet Tibet

David schlief noch, als Kate in sein Zimmer zurückkehrte. Sie setzte sich auf das Fußende des Bettes in der Nische und sah aus dem Fenster. Die Ruhe, die von diesem Ort ausging, war unvergleichlich. Sie sah zu David. Er wirkte fast genauso friedlich wie das grüne Tal und die weißen Berggipfel. Kate lehnte sich gegen die Wand und streckte ihre Beine neben seinen aus.

Als sie das Tagebuch aufschlug, fiel ein Brief heraus. Das Papier fühlte sich so alt und spröde an wie Qians Haut. Die Buchstaben zogen sich in dicker schwarzer Tinte über das Blatt, und sie spürte den Abdruck auf der Rückseite, als wäre es Brailleschrift. Kate las laut, weil sie hoffte, David könnte es hören und darin Trost finden.

An die Immaru,

ich bin zu einem Vasall der Gruppe geworden, die Ihnen als Immari bekannt ist. Ich schäme mich für die Dinge, die ich getan habe, und ich bin in Sorge um die Welt, weil ich weiß, was sie planen. Zu diesem Zeitpunkt, im Jahre 1938, scheinen sie unaufhaltsam. Ich bete, dass ich mich irre. Für den Fall, dass dem nicht so ist, sende ich Ihnen dieses Tagebuch. Ich hoffe, es hilft Ihnen, das Armageddon der Immari zu verhindern.

Patrick Pierce
15. November 1938

15. April 1917
Lazarett der Entente
Gibraltar

Als ich vor einem Monat an der Westfront aus dem Tunnel gezogen und in dieses Lazarett gebracht wurde, dachte ich, ich wäre gerettet. Aber dieser Ort frisst mich von innen auf wie ein Krebsgeschwür, zunächst still und unbemerkt, dann stürzt er mich mit einem Mal in ein dunkles Elend, aus dem es kein Entrinnen gibt. Zu dieser Stunde ist es ruhig im Lazarett, und dann ist es am unheimlichsten. Die Geistlichen kommen jeden Morgen und jeden Abend, beten, nehmen die Beichte ab und lesen bei Kerzenlicht vor. Jetzt sind sie alle gegangen, genau wie die Krankenschwestern und Ärzte.
Aus meinem Zimmer heraus kann ich sie in der großen offenen Station mit den Bettreihen hören. Männer schreien – die meisten vor Schmerz, aber manche auch, weil sie Albträume haben –, andere weinen, reden oder spielen im Mondlicht Karten und lachen, als würden nicht ein halbes Dutzend Männer noch vor Sonnenaufgang sterben.
Sie haben mir ein Einzelzimmer gegeben. Ich habe nicht darum gebeten. Aber man kann die Tür schließen und die Schreie und das Gelächter aussperren, und ich bin froh darüber, denn ich will beides nicht hören.
Ich greife nach der Flasche mit dem Laudanum und trinke, bis es mir über das Kinn läuft, dann versinke ich in der Nacht.

Die Ohrfeige reißt mich aus dem Schlaf, und aus einem unrasierten Gesicht grinst mich ein lückenhaftes verfaultes Gebiss gemein an. »Er is wach!«
Bei dem grässlichen Gestank von Alkohol und Krankheit dreht sich mir der Magen um.
Zwei andere Männer zerren mich aus dem Bett, und ich schreie vor Schmerz, als ich mit den Beinen aufschlage. Ich winde mich auf dem Boden und kämpfe gegen die Ohnmacht an, während sie lachen. Ich will wach sein, wenn sie mich töten.
Die Tür wird geöffnet, und ich höre die Stimme der Krankenschwester. »Was ist hier ...«
Sie packen sie und schlagen die Tür zu. »Wir machen nur ein bisschen Spaß mit dem Jungen vom Senator, aber du bist irgendwie hübscher als er.« Der Mann schlingt seine Arme um sie und schiebt sich hinter sie. »Vielleicht fangen wir mit dir an, Fräulein.« Er reißt ihr an der linken Seite das Kleid und die Unterwäsche bis zur Hüfte herunter. Ihre Brust fällt heraus, und sie hebt einen Arm, um die Blöße zu bedecken. Mit dem anderen Arm wehrt sie sich verzweifelt, aber der Mann schnappt ihn und klemmt ihn flink hinter ihrem Rücken ein.
Der Anblick ihres halbnackten Leibes scheint die Betrunkenen anzuspornen.
Ich stehe mühsam auf, aber sobald ich auf den Beinen bin, ist der nächste Mann bei mir und hält mir ein Messer an die Kehle. Fr sieht mir in die Augen, während er lallt: »Dein böser Papi, der große Senator, hat dich in den Krieg geschickt und uns auch, aber jetzt kann er dir nich mehr helfen.«
Die Klinge bohrt sich in meinen Hals, während der Verrückte mich anfunkelt. Der zweite Mann hält die Schwester von hinten fest und reckt den Hals, um sie zu küssen, aber sie dreht sich weg. Der dritte Mann zieht sich aus.
Schmerzwellen schießen aus meinem Bein durch den ganzen

Körper – es tut so weh, dass mir übel und schwindelig wird. Bald werde ich das Bewusstsein verlieren. Es ist unerträglich, trotz des Laudanums. Das Laudanum – an einem solchen Ort lässt es sich nicht mit Gold aufwiegen.
Ich zeige auf den Tisch und versuche, den Blick des Mannes abzulenken. »Da ist Laudanum, auf dem Tisch, eine ganze Flasche.«
Seine Konzentration lässt eine Sekunde lang nach, und ich habe das Messer. Ich ziehe es ihm über die Kehle, während ich ihn herumwirble, dann stoße ich ihn weg, springe auf den nackten Mann zu und versenke die Klinge bis zum Heft in seinem Bauch. Ich lande auf ihm, reiße das Messer heraus und bohre es in seine Brust. Seine Arme zucken, und Blut gurgelt aus seinem Mund. Der Schmerz, den der Sprung ausgelöst hat, überwältigt mich. Ich habe keine Kraft mehr für den letzten Mann, der die Schwester festhält, aber seine Augen weiten sich, und er lässt sie los und rennt aus dem Zimmer, während ich ohnmächtig werde.

– 2 Tage später –
Ich wache woanders auf, vielleicht in einem Cottage auf dem Land – so riecht es jedenfalls –, und die Sonne scheint durch ein offenes Fenster herein. Es ist ein helles Zimmer, das aussieht, als hätte eine Frau es dekoriert, mit allem möglichen Schnickschnack und den kleinen Dingen, die Frauen mögen und Männer niemals bemerken, außer in solchen Augenblicken.
Und dort in der Ecke sitzt sie und liest, schaukelt ein wenig mit dem Stuhl und wartet. Ihr sechster Sinn scheint ihr zu sagen, dass ich aufgewacht bin. Sie legt das Buch beiseite, vorsichtig, als wäre es eine feine Porzellantasse, und kommt zu mir ans Bett.
»Hallo, Major.« *Nervös wirft sie einen Blick auf mein linkes Bein.* »Ihr Bein musste noch einmal operiert werden.«
Jetzt bemerke ich, dass mein Bein verbunden ist. Es ist fast dop-

pelt so dick wie das andere. In den ersten beiden Wochen nach meiner Einlieferung drohten sie, mir das Bein zu amputieren. Später sind Sie uns dankbar. Vertrauen Sie uns, guter Mann. Klingt schrecklich, aber es ist das Beste. Zuhause werden Sie nicht der Einzige sein, das kann ich Ihnen garantieren. Es gibt Tausende von jungen Männern, die auf ihren Metallbeinen rumschlittern, das ist so normal, wie einen Schluck Wasser zu trinken.

Ich versuche mich aufzurichten, um einen Blick auf das Bein zu werfen, aber der Schmerz packt mich und wirft mich flach aufs Bett.

»Es ist noch dran. Ich habe darauf bestanden, dass Ihre Wünsche respektiert werden. Aber die Ärzte haben eine Menge Gewebe entfernt. Sie haben gesagt, es ist infiziert und wird niemals heilen. Im Lazarett gibt es zu viele Keime, und nach dem ...« Sie schluckt. »Sie haben gesagt, Sie müssten zwei Monate das Bett hüten.«

»Was waren das für Männer?«

»Deserteure, vermutet man. Es gibt eine Untersuchung, aber ... das ist nur eine Formalität, nehme ich an.«

Jetzt sehe ich sie, die weiße Flasche auf dem Tisch, genau wie im Lazarett. Mein Blick bleibt daran hängen. Ich weiß, dass sie es bemerkt hat. »Sie können das wegräumen.« *Wenn ich noch einmal damit anfange, werde ich niemals aufhören. Ich weiß, wo das hinführt.*

Sie macht einen Schritt nach vorn und schnappt sich die Flasche, als drohte sie, vom Tisch zu fallen.

Wie heißt sie? Mein Gott, der letzte Monat liegt im Nebel, ein einziger opium- und alkoholgesteuerter Albtraum. Barnes? Barrett? Barnett?

»Haben Sie Hunger?« *Sie steht da, drückt sich mit einer Hand die Flasche an die Brust und hält mit der anderen ihre Tracht.*

Vielleicht liegt es an der Droge oder daran, dass ich so lange nichts zu mir genommen habe, aber ich habe nicht das geringste Bedürfnis nach Essen.
»Ich bin kurz vor dem Verhungern«, sage ich.
»Dauert nur einen Moment.« Sie geht zur Tür.
»Schwester ... wie war noch gleich ...«
Sie bleibt stehen und sieht sich um, vielleicht ein wenig enttäuscht. »Barton. Helena Barton.«
Zwanzig Minuten später duftet es nach Maisbrot, Bohnen und Schinken. Es riecht besser als alles, was ich jemals gekostet habe. Zu meiner eigenen Überraschung esse ich an diesem Abend drei Teller leer. Ich war wohl doch hungrig.

71

Großer Konferenzraum
Clocktower-Hauptquartier
Neu-Delhi, Indien

Dorian sah die Liste der Überlebenden und Toten aus den beiden Zügen durch. »Ich will, dass mehr Leichen in die USA geschafft werden. Europa sieht gut aus, glaube ich. Das Kontingent für Japan sollte ebenfalls ausreichen. Die hohe Bevölkerungsdichte ist von Vorteil.« Er wünschte, er könnte Chang oder einen anderen Wissenschaftler zurate ziehen, aber er musste die Zahl der Mitwisser begrenzen.

Dmitry studierte die Liste. »Wir können sie noch umverteilen, aber wo sollen wir die Anzahl verringern?«

»Afrika und China. Sie werden langsamer reagieren, als wir denken. China neigt dazu, Krankheitsausbrüche zu ignorieren oder zu verdrängen, und Afrika hat nicht die Infrastruktur, um damit fertigzuwerden.«

»Aber wegen des schlechten Transportsystems kann es sich dort auch nicht so gut ausbreiten. Deshalb haben wir die Verteilung ...«

»Die Industrieländer sind die echte Bedrohung. Unterschätzen Sie nicht die amerikanische Seuchenschutzbehörde. Sie wird schnell handeln, wenn es losgeht. Und um Afrika können wir uns später immer noch kümmern.«

72

Immaru-Kloster
Autonomes Gebiet Tibet

Kate hielt Davids Kopf hoch, während er das Antibiotikum mit Wasser aus der Keramiktasse schluckte. Etwas Flüssigkeit lief ihm aus dem Mund, und sie wischte sie mit ihrem T-Shirt ab. Er war den ganzen Morgen über immer wieder aufgewacht und erneut in die Bewusstlosigkeit abgeglitten.

Sie schlug das Tagebuch auf.

Ich führe meine Männer mit einer Kerze in der Hand durch den Tunnel. Wir sind fast da, aber ich bleibe stehen und hebe die Hände, und die Männer stolpern gegen meinen Rücken. War da ein Geräusch? Ich bohre meine Stimmgabel in den Boden und warte aufmerksam auf das Ergebnis. Wenn sie vibriert, graben die Deutschen in unserer Nähe einen Tunnel. Wir haben schon zwei Gänge verlassen, weil wir befürchteten, auf sie zu stoßen. Den zweiten haben wir in der Hoffnung, sie aufzuhalten, unter ihnen gesprengt.
Die Stimmgabel rührt sich nicht. Ich stecke sie zurück in meinen Werkzeuggürtel, und wir stapfen tiefer in die Dunkelheit hinein. Die Kerze wirft schwache Schatten auf die Wände aus Erde und Stein. Staub und Kiesel rieseln auf unsere Köpfe.

Dann endet der Schmutzregen. Ich blicke auf und halte die Kerze dichter an die Decke, um zu sehen, was geschehen ist.
Ich drehe mich um und rufe: »Zurück!« Die Decke stürzt ein, und es bricht die Hölle los. Der Kerzenschein verlischt, als ich zu Boden geworfen werde. Der herabfallende Schutt zermalmt mein Bein, und ich werde beinahe ohnmächtig.
Die Deutschen landen praktisch auf mir, beginnen zu schießen und töten sofort zwei meiner Männer. Ich kann das Massaker nur anhand des Mündungsfeuers ihrer Maschinenpistolen und der Schreie meiner sterbenden Männer orten.
Ich ziehe meine Pistole, schieße aus nächster Nähe und töte die ersten beiden Männer, die entweder dachten, ich wäre tot, oder mich in der Dunkelheit nicht sahen. Weitere Männer strömen herein, und ich erschieße auch sie. Fünf, sechs, sieben töte ich, aber die Reihe nimmt kein Ende; es ist ein ganzes Regiment, das durch den Tunnel hinter die Reihen der Entente vordringen will. Es wird ein Massaker geben. Mir geht die Munition aus.
Ich werfe die leere Pistole zur Seite und hole eine Handgranate hervor. Mit den Zähnen ziehe ich den Sicherungsstift, dann werfe ich sie mit aller Kraft der nächsten Welle von Soldaten in dem deutschen Tunnel über mir vor die Füße. Zwei lange Sekunden verstreichen, in denen Männer herunterspringen und auf mich schießen, aber dann erwischt sie die Explosion, ihr Tunnel stürzt ein, und auch unser Tunnel bricht über mir zusammen. Ich bin eingeklemmt. Ich kann nicht aufstehen und werde niemals hinauskommen, die Trümmer drohen, mich zu ersticken, aber dann spüre ich plötzlich Hände ...
Die Schwester ist da, wischt mir den Schweiß von der Stirn und hält meinen Kopf.
»Sie haben auf uns gewartet ... in der Nacht eine Verbindung zu unserem Tunnel gegraben ... wir hatten keine Chance ...«, bemühe ich mich zu erklären.

»Es ist vorbei. Es ist nur ein schlechter Traum.«
Ich greife nach meinem Bein, als könnte die Berührung den pochenden Schmerz lindern. Der Albtraum ist nicht vorbei. Er wird niemals enden.
Das Schwitzen und der Schmerz sind von Nacht zu Nacht schlimmer geworden; sie muss es bemerken. Und so ist es. Sie hält die weiße Flasche in der Hand. »Nur ein kleines bisschen«, sage ich. »Ich muss davon loskommen.«
Ich trinke einen Schluck, und die Bestie weicht zurück. Endlich kann ich richtig schlafen.

Als ich aufwache, sitzt sie in der Ecke und strickt. Auf dem Tisch neben mir stehen drei kleine Schnapsgläser mit der dunkelbraunen Flüssigkeit – die Tagesration der Tinktur, die das Morphin und Codein enthält, die ich so dringend brauche. Gott sei Dank. Ich habe wieder Schweißausbrüche, und der Schmerz ist ihr Begleiter.
»Ich bin zurück, bevor es dunkel ist.«
Ich nicke und trinke das erste Glas.

Zwei Gläser pro Tag.
Sie liest mir jeden Tag vor, nach der Arbeit und dem Abendessen.

Ich liege da und gebe hin und wieder kluge Kommentare oder witzige Bemerkungen von mir. Sie lacht, und wenn ich ein wenig zu vulgär werde, tadelt sie mich scherzhaft.
Der Schmerz ist fast erträglich.

Ein Glas pro Tag. Freiheit.
Fast. Aber der Schmerz hält an.
Ich kann noch immer nicht laufen.

Ich habe mein halbes Leben in Minen verbracht, in dunklen beengten Räumen. Aber ich halte es nicht mehr aus. Vielleicht liegt es am Licht oder an der frischen Luft oder daran, dass ich Tag für Tag und Nacht für Nacht im Bett liege. Ein Monat ist vergangen.
Jeden Tag, wenn es auf drei Uhr zugeht, zähle ich die Minuten, bis sie nach Hause kommt. Ein Mann, der darauf wartet, dass eine Frau nach Hause kommt. Ist dieser Satz nicht ein Widerspruch in sich?
Ich habe darauf bestanden, dass sie aufhört, im Lazarett zu arbeiten. Keime. Bomben. Chauvinisten. Ich habe alles versucht. Sie hört nicht auf mich. Ich kann mich nicht durchsetzen. Ich habe einen schlechten Stand. Ich bekomme einfach keinen Fuß auf den Boden. Und außerdem verliere ich langsam den Verstand. Ich mache lahme Witze mit mir selbst über mich selbst.
Draußen vor dem Fenster sehe ich sie den Weg entlangkommen. Wie spät ist es? Halb drei. Sie kommt früher als sonst. Und – es ist ein Mann bei ihr. In dem Monat, den ich nun hier bin, hat sie noch nie einen Verehrer mit nach Hause gebracht. Der Gedanke kam mir nie, und jetzt stößt es mir übel auf. Ich bemühe mich, einen besseren Blick aus dem Fenster zu bekommen, aber ich kann sie nicht sehen. Sie sind schon im Haus.
Hektisch streiche ich die Laken glatt und setze mich trotz des dumpfen Schmerzes auf, damit ich stärker wirke, als ich bin. Ich nehme ein Buch und beginne zu lesen. Kurz bevor Helena hereinkommt, bemerke ich, dass ich es verkehrt herum halte, und drehe es schnell um. Der Angeber mit Schnauzbart, Monokel und Dreiteiler folgt ihr auf den Fersen wie ein geifernder Hund auf der Jagd.
»Ah, Sie haben zu lesen angefangen. Welches Buch haben Sie sich ausgesucht?« Sie neigt es ein wenig zu mir, um den Titel zu

lesen, und legt den Kopf schräg. »Hm, Stolz und Vorurteil. Eines meiner Lieblingsbücher.«
Ich schlage das Buch zu und werfe es auf den Tisch, als hätte sie mir gesagt, es sei mit der Pest infiziert. »Ja, gut, ein Mann muss sich in solchen Dingen auf dem Laufenden halten. Und ich schätze ... die Klassiker.«
Der Mann mit dem Monokel sieht sie ungeduldig an. Er will zum Zweck seines Besuchs kommen – und weg von dem Krüppel im zweiten Schlafzimmer.
»Patrick, das ist Damien Webster. Er ist aus Amerika gekommen, um Sie zu treffen. Er wollte mir nicht sagen, worum es geht.« *Sie zieht verschwörerisch die Brauen hoch.*
»Sehr erfreut, Mr. Pierce. Ich kannte Ihren Vater.«
Er macht ihr nicht den Hof. Moment, er kannte meinen Vater. Webster scheint meine Verwirrung zu bemerken. »Wir haben ein Telegramm an das Lazarett geschickt. Haben Sie es nicht erhalten?«
Mein Vater ist also tot, aber er ist nicht deswegen gekommen. Warum dann?
Helena antwortet, ehe ich dazu komme. »Major Pierce ist seit einem Monat hier. Das Lazarett bekommt jeden Tag viele Telegramme. Was ist Ihr Anliegen, Mr. Webster?« *Sie hat jetzt einen ernsten Ton angeschlagen.*
Webster wirft ihr einen bösen Blick zu. Wahrscheinlich ist er es nicht gewohnt, dass eine Frau in diesem Tonfall mit ihm spricht. Er könnte es öfter gebrauchen. »Verschiedene Angelegenheiten. Zunächst einmal wegen des Erbes ...«
Draußen vor dem Fenster landet ein Vogel auf dem Brunnen. Er hüpft herum, taucht seinen Kopf unter, richtet sich auf und schüttelt das Wasser ab.
»Wie ist er gestorben?«, *frage ich, ohne den Blick von dem Vogel zu wenden.*

Webster spricht schnell, als wäre das ein lästiges Hindernis, das er ausräumen müsste. »Unfall mit einem Automobil. Er und Ihre Mutter waren sofort tot. Gefährliche Maschinen, meiner Meinung nach. Es ging schnell. Sie haben nicht gelitten, das kann ich Ihnen versichern. Und nun ...«
Ich spüre einen neuen Schmerz, ein erdrückendes Gefühl der Einsamkeit und Leere, als wäre ein Loch in mir, das ich nicht ausfüllen könnte. Meine Mutter, tot. Bereits begraben. Ich werde sie nie mehr sehen.
»Ist das für Sie annehmbar?«
»Was?«
»Das Konto an der First National Bank in Charleston. Ihr Vater war ein sehr sparsamer Mann. Es befinden sich fast zweihunderttausend Dollar auf dem Konto.«
Übertrieben sparsam.
Webster ist offensichtlich verdrossen und fährt rücksichtslos fort, um endlich Antwort zu erhalten. »Das Konto läuft auf Ihren Namen. Es gibt kein Testament, aber da Sie keine Geschwister haben, sehe ich keine Schwierigkeiten.« *Er pausiert einen Augenblick.* »Wir können das Geld zu einer Bank hier überweisen.« *Er sieht Helena an.* »Oder nach England, wenn Ihnen das lieber ...«
»An das West Virginia Children's Home, das Kinderheim in Elkins. Sorgen Sie dafür, dass es das Geld bekommt. Und die Leute sollen erfahren, dass es von meinem Vater stammt.«
»Äh, ja, das ... wäre möglich. Darf ich fragen, warum?«
Eine ehrliche Antwort würde lauten, »weil er nicht wollen würde, dass ich es bekomme«, *oder genauer,* »weil es ihm nicht gefiel, was aus mir geworden ist«. *Aber ich sage keines von beidem, vielleicht weil Helena dabei ist oder weil ich finde, dass dieser Winkeladvokat die Wahrheit nicht verdient hat. Stattdessen murmele ich etwas wie:* »Er hätte es so gewollt.«

Webster sieht auf mein Bein und sucht die richtigen Worte. »Das ist alles schön und gut, aber die Pensionen der Armee sind ... ziemlich mager, selbst für einen Major. Ich glaube, es wäre klug, ein bisschen von dem Geld zu behalten, sagen wir hunderttausend Dollar?«
Ich sehe ihm jetzt direkt ins Gesicht. »Warum sagen Sie mir nicht, warum Sie gekommen sind? Ich bezweifle, dass das Erbe meines Vaters der Grund ist.«
Er ist verdutzt. »Natürlich, Mr. Pierce. Ich wollte Ihnen nur einen Rat geben ... zu Ihrem Besten. Tatsächlich bin ich aus folgendem Grund hier: Ich überbringe eine Botschaft von Henry Drury Hatfield, dem Gouverneur von West Virginia. Seine Exzellenz wünscht – also, zunächst einmal möchte er sein tiefstes Mitgefühl für Ihren Verlust ausdrücken, auch im Namen des Landes und unserer großen Nation. Außerdem möchte er Sie wissen lassen, dass er bereit ist, Sie auf den Sitz Ihres Vaters im US-Senat zu berufen, wie es ihm nach dem Gesetz zusteht.«
Ich begreife allmählich, wieso die McCoys diese Schlangen so gehasst haben. Henry Hatfield ist der Neffe von Devil Hatfield, dem Oberhaupt der berüchtigten Siedlerfamilie. Der Gouverneur kann nicht ein zweites Mal antreten. Vor zwei Jahren stellte er sich darauf ein, einen Sitz im Senat zu erringen, aber dann wurde der 17. Zusatzartikel zur Verfassung verabschiedet, der die Direktwahl der Senatoren ermöglichte und den bestechlichen Parlamenten der Bundesstaaten und Strippenziehern wie Hatfield die Macht entriss. Mein Vater gehörte zur ersten Riege der Senatoren, die direkt vom Volk gewählt wurden. Sein Tod und das Gerede vom Geld ergeben jetzt mehr Sinn. Aber nicht die Berufung.
Webster lässt mich nicht lange rätseln. Er lehnt sich gegen das Fußende des Bettes und redet mit mir, als wären wir alte Freunde. »Durch Ihren Status als Kriegsheld wird Ihre Ernen-

nung natürlich das Volk begeistern. Es wird eine Nachwahl geben. Sie wissen ja, dass die Senatoren mittlerweile vom Volk gewählt werden«, sagt er nickend, »so wie es sein sollte. Der Gouverneur ist bereit, Sie auf den Sitz Ihres Vaters zu berufen, wenn Sie ihn bei der Nachwahl unterstützen und für ihn Wahlkampf machen. Als Gegenleistung wird er Ihnen bei Ihrem weiteren Werdegang den Rücken stärken. Vielleicht als Kandidat für den Kongress. Congressman Patrick Pierce klingt nicht übel, finde ich.« Er stößt sich vom Bett ab und lächelt mich an. »Also, kann ich dem Gouverneur die gute Nachricht überbringen?«
Ich sehe ihn wütend an. Nie zuvor hatte ich ein so starkes Bedürfnis, aufzustehen. Ich will diesen Dämon zur Tür bringen und hinauswerfen.
»Ich weiß, dass die Umstände nicht ideal sind, aber wir alle müssen zeigen, was in uns steckt.« Webster zeigt auf mein Bein. »Und mit Ihrer ... Einschränkung könnte es eine gute Gelegenheit sein. Sie werden wahrscheinlich keine bessere Arbeit ...«
»Verschwinden Sie.«
»Aber Mr. Pierce, ich weiß ...«
»Sie haben gehört, was ich gesagt habe. Und kommen Sie nicht zurück. Eine andere Antwort werden Sie nicht erhalten. Sagen Sie diesem Verbrecher Hatfield, dass er seine dreckige Arbeit allein erledigen soll, oder vielleicht kann er einen seiner Cousins beauftragen. Ich habe gehört, sie sind gut in so etwas.«
Er tritt auf mich zu, aber Helena packt seinen Arm. »Hier entlang, Mr. Webster.«
Als er gegangen ist, kommt sie zurück. »Es tut mir sehr leid mit Ihren Eltern.«
»Mir auch. Meine Mutter war sehr freundlich und liebevoll.« Ich weiß, dass sie sieht, wie traurig ich bin, aber ich kann es nicht länger unterdrücken.

»Kann ich Ihnen etwas bringen?« Es ist keine Absicht, doch ihr Blick schweift zu der Stelle neben dem Bett, wo immer die Flasche steht.
»Ja. Einen Arzt. Für mein Bein.«

73

Lagezentrum
Clocktower-Hauptquartier
Neu-Delhi, Indien

Dorian blieb an der Tür stehen und ließ den Blick durch den Raum schweifen. Es sah fast aus wie bei der Bodenkontrolle der NASA. Mehrere Reihen von Analysten sprachen in Headsets und arbeiteten an Computern, die die Drohnen steuerten. An der Längsseite zeigten bunt zusammengewürfelte Monitore die Signale der Drohnen: Bilder von Bergen und Wäldern.

Dmitry koordinierte die Suche. Der Russe sah aus, als hätte er seit den Explosionen in China nicht mehr geschlafen. Er drängte sich durch die Analysten und gesellte sich im hinteren Teil des Raums zu Dorian. »Bis jetzt haben wir noch nichts. Das Suchgebiet ist einfach zu groß.«

»Was ist mit der Satellitenüberwachung?«

»Wir warten noch darauf.«

»Warum? Wieso dauert das so lange?«

»Die Neupositionierung braucht Zeit, und das Gebiet ist riesig.«

Dorian sah einen Augenblick lang auf die Bildschirme. »Klopfen Sie auf den Busch.«

»Was?«

»Machen wir ihnen die Hölle heiß«, sagte Dorian, während er Dmitry zur Tür führte, wo sie außer Hörweite der Analysten waren. »Mal sehen, was rausgerannt kommt. Ich vermute, dass Dr. Warner in einem der Klöster ist. Wie weit sind wir mit Toba?«

»Die Leichen sind in Flugzeugen nach Europa, Nordamerika, Australien und China. Die Überlebenden sind in Krankenhäusern in Indien und« – er sah auf die Uhr – »mittlerweile auch Bangladesch.«

»Gibt es schon Meldungen?«

»Bis jetzt nicht.«

Das zumindest war eine gute Nachricht.

74

Immaru-Kloster
Autonomes Gebiet Tibet

Wie an den Tagen zuvor wartete Milo auch an diesem Morgen auf Kate. *Wie lange sitzt er schon da und wartet darauf, dass ich aufwache?*, fragte sie sich.

Kate stand auf und fand die Schüssel mit ihrem Frühstück an derselben Stelle. Sie tauschten die üblichen Höflichkeiten aus, und er führte sie wieder zu David.

Das Tagebuch lag auf dem Tisch neben dem Bett, aber Kate ignorierte es und ging zuerst zu David. Sie verabreichte ihm das Antibiotikum und inspizierte die Verletzungen an der Schulter und dem Bein. Die roten Ringe hatten sich in der Nacht bis zur Hüfte und zum Oberschenkel ausgebreitet. Kate kaute auf der Innenseite ihrer Wange und sah abwesend aus dem Fenster.

»Milo, ich brauche deine Hilfe bei etwas. Es ist sehr wichtig.«

»Wie ich schon bei unserer ersten Begegnung sagte, Madam« – er verbeugte sich –, »Milo ist stets zu Diensten.«

»Kannst du Blut sehen, Milo?«

Einige Stunden später befestigte Kate den letzten Verband an Davids Schulter. Ein Haufen blutiger Gaze lag in einer

Lache aus Blut und Eiter in einer Schüssel auf dem Tisch. Milo hatte bewundernswert mitgearbeitet; nicht ganz wie eine OP-Schwester, aber seine Zen-Disziplin war sehr hilfreich gewesen, vor allem, um Kates Nerven zu beruhigen.

Als sie mit den Verbänden fertig war, strich Kate über Davids Brust und atmete tief aus. Jetzt konnte sie nur noch abwarten. Sie lehnte sich gegen die Wand der Nische und sah zu, wie seine Brust sich kaum merklich hob und senkte.

Nach einer Weile schlug sie das Tagebuch auf und begann zu lesen.

3. Juni 1917

»Und jetzt?«, fragt Dr. Carlisle, als er seinen Füllfederhalter gegen mein Bein drückt.
»Ja«, sage ich durch zusammengebissene Zähne.
Er schiebt den Stift weiter nach unten und sticht erneut zu.
»Und hier?«
»Tut höllisch weh.«
Er richtet sich auf und denkt über die Ergebnisse seines Stocherns nach.
Ehe er sich das Bein ansah, hatte er sich die Mühe gemacht, die Krankengeschichte aufzunehmen. Es war eine willkommene Abwechslung zu den Armeeärzten, die nur auf die Wunden sahen, niemals auf den Menschen, und meistens wortlos ihrer Arbeit nachgingen. Ich sagte ihm, ich sei sechsundzwanzig Jahre alt und ansonsten bei guter Gesundheit, habe keine Süchte und mir die Verletzung zugezogen, als ein Tunnel unter der Westfront zusammenbrach. Er nickte, untersuchte die Wunde gewissenhaft und meinte, sie unterscheide sich nicht sehr von denen, die er in seiner Praxis bei Bergarbeitern und Sportlern zu sehen bekomme.

Ich warte auf sein Urteil und frage mich, ob ich etwas sagen soll. Der Arzt aus der Stadt kratzt sich am Kopf und setzt sich neben das Bett. »Ich muss sagen, dass ich den Armeeärzten zustimme. Es wäre besser gewesen, es zu amputieren, wahrscheinlich knapp unter dem Knie; jedenfalls hätte ich an der Stelle angefangen.«
»Und jetzt?« *Ich fürchte mich vor der Antwort.*
»Jetzt ... ich bin mir nicht sicher. Sie werden damit nicht laufen können, zumindest nicht normal. Es hängt vor allem davon ab, wie stark die Schmerzen sind. Zweifellos sind viele Nerven geschädigt. Ich würde empfehlen, dass Sie in den nächsten ein oder zwei Monaten zu laufen versuchen, so gut Sie können. Wenn der Schmerz unerträglich ist, wovon ich ausgehe, amputieren wir es unter dem Knie. Das meiste Gefühl ist im Fuß; da sind mehr Nerven. Das wird Ihnen Erleichterung verschaffen.« *Als spürte er meine Verzweiflung, fügt er hinzu:* »Wir bekämpfen nicht nur den Schmerz. Eitelkeit spielt auch eine Rolle. Niemand will die Hälfte seines Beines verlieren, aber auch nach einer Amputation sind Sie noch ein ganzer Mann. Am besten betrachtet man die Sache nüchtern. Hinterher werden Sie dankbar dafür sein. Und ich bin der Meinung, dass man auch bedenken muss, welcher Arbeit Sie nachgehen werden, Captain – nein, Major, oder? Ich bin noch nie einem Major in Ihrem Alter begegnet.«
»Man wird rasch befördert, wenn alle um einen herum sterben«, *sage ich, um die Antwort auf die andere Frage hinauszuzögern, vor der ich mich seit dem Einsturz des Tunnels drücke. Bergbau ist das Einzige, was ich kann.* »Ich weiß noch nicht, was ich mache, wenn ... wenn ich wieder auf den Beinen bin.« *Es ist der naheliegende Ausdruck.*
»Eine Schreibtischarbeit würde, äh, Ihrer Verfassung zugute kommen, wenn Sie eine finden können.« *Er nickt und steht auf.* »Also dann, wenn Sie keine Fragen mehr haben, rufen Sie mich

an, oder schreiben Sie mir in einem Monat.« Er reicht mir eine Karte mit seiner Anschrift in London.
»Vielen Dank, Doktor.«
»Nun, ich konnte wohl kaum eine Bitte von Lord Barton ablehnen. Wir kennen uns noch aus Eton, und als er mir gesagt hat, dass Sie ein Kriegsheld sind und seine Tochter so hartnäckig war, dass er befürchtete, ihr Herz würde brechen, wenn ich mir Sie nicht ansehe, habe ich mich am nächsten Tag in den Zug gesetzt.«
Aus dem Flur ertönt Getöse, als hätte jemand etwas von einem Regal geworfen. Dr. Carlisle und ich sehen in die Richtung, aber keiner von uns sagt etwas. Er nimmt seine schwarze Tasche.
»Ich erkläre Helena, wie Ihr Bein verbunden werden muss. Viel Glück, Major.«

5. August 1917

Zwei Monate sind vergangen, und seit einem Monat »gehe« ich jetzt. Eigentlich ist es eher ein Hüpfen. An guten Tagen wird mit Hilfe eines Stocks ein Humpeln daraus.
Carlisle war vor einer Woche hier, um sich meinen Krüppelauftritt anzusehen. Er stand neben Helena und hat Beifall geklatscht wie ein stolzer Tierbesitzer auf einer Hundeschau.
Das ist ungerecht. Und unfreundlich – gegenüber jemandem, der immer freundlich zu mir war.
Die Tabletten. Sie dämpfen den Schmerz und auch alles andere, einschließlich meiner Gedanken. Sie machen mich gefühllos, wenn sie wirken, und fuchsteufelswild, wenn sie nachlassen. Der Krieg in meinem Geist gleicht einer seltsamen Folter. Ich glaube, ich würde lieber die Soldaten des Kaisers erschießen; da wusste ich wenigstens, auf welcher Seite ich stand und kam manchmal einen Moment zur Ruhe, wenn ich nicht an der Front war. Die

wochenlangen mühseligen Gehversuche und das Pillenschlucken haben eine andere Angst in mir wachsen lassen: dass ich mich niemals von der Bestie in meinem Nacken befreien kann, die mich ständig drängt, den Schmerz zu unterdrücken. Ich brauche die Tabletten, komme ohne sie nicht zurecht und will es auch nicht. Ich habe den Teufel – das Laudanum – gegen zwei Krücken eingetauscht, eine an meiner Seite, die andere in der Hosentasche.

Carlisle sagt, das Gehen wird mir leichter fallen, sobald ich mich »an das Bein gewöhnt« und die Schmerzmittel aufs Notwendigste reduziert habe. Er hat gut reden.

Aber die Tabletten sind nicht meine größte Sucht, seit ich aus dem Lazarett gekommen bin. Sie ist anders als alle, denen ich bisher begegnet bin. Die Vorstellung, hier auszuziehen und auf Wiedersehen zu sagen, jagt mir Angst ein. Ich weiß, was ich will: sie an der Hand nehmen, auf ein Schiff steigen und von Gibraltar wegsegeln, fort von dem Krieg, fort von der Vergangenheit, einem neuen Anfang entgegen, irgendwo in Sicherheit, wo unsere Kinder sorglos und unbeschwert aufwachsen können.

Es ist fast drei Uhr, und ich habe noch keine Tablette genommen. Ich brauche einen klaren Kopf, wenn ich mit ihr rede. Ich will nicht, dass mir etwas entgeht, egal wie groß der Schmerz in meinem Bein oder meinem Herzen ist.

Ich benötige all meine Sinne. Vielleicht liegt es an ihrer britischen Erziehung mit ihrem Stoizismus und ihrem trockenen Humor oder an den zwei Jahren, die sie jetzt im Lazarett arbeitet, wo Gefühle ebenso ansteckend und gefährlich sind wie die Infektionen, gegen die man dort ankämpft, aber diese Frau ist nahezu undurchschaubar. Sie lacht, sie lächelt, sie ist voller Leben, aber sie verliert niemals die Kontrolle, nie rutscht ihr etwas heraus, nie verrät sie ihre Gedanken. Ich würde mein anderes

Bein dafür geben, wenn ich erfahren könnte, was sie wirklich für mich empfindet.
Ich habe über meine Möglichkeiten nachgedacht und arrangiert, was in meiner Macht steht. Am Tag nachdem dieser Dämon Damien Webster mich heimsuchte, habe ich drei Briefe geschrieben. In dem ersten wies ich die First National Bank in Charleston an, das Guthaben meines Vaters an das Kinderheim in Elkins auszuzahlen. Den zweiten schickte ich an das Heim, um sie über die bevorstehende Spende zu informieren und ihnen mitzuteilen, dass sie Mr. Damien Webster kontaktieren sollen, falls sie die Erbschaft nicht unverzüglich erhalten, weil er der Letzte war, der Zugriff auf das Konto hatte. Ich hoffe inständig, dass sie das Geld bekommen.
Den letzten Brief schrieb ich an die City Bank von Charleston, wo mein eigenes Vermögen liegt. Anderthalb Wochen später erhielt ich Antwort, dass mein Kontostand 5.752,34 Dollar betrage und für die Übersendung eines Barschecks nach Gibraltar eine Gebühr anfalle. Ich hatte fest damit gerechnet, über den Tisch gezogen zu werden, wenn ich das Konto auflöse, wie Banken es oft tun, und bedankte mich bei ihnen und bat sie, den Scheck so schnell wie möglich zu übersenden. Gestern lieferte ein Kurier ihn ab.
Ich habe auch meinen bescheidenen Sold erhalten, den die Armee zum Großteil aufbewahrt, während man im Kampfeinsatz ist. Letzte Woche wurde ich ehrenhaft entlassen; es ist also das letzte Geld, das ich bekommen werde.
Insgesamt besitze ich 6.382,79 Dollar – viel zu wenig, um eine Frau zu versorgen und mich niederzulassen. Ich muss eine sitzende Tätigkeit finden, wahrscheinlich im Bankgeschäft oder im Investment, am besten in einem Bereich, in dem ich mich auskenne – im Bergbau oder vielleicht im Waffenhandel. Aber um eine solche Arbeit zu bekommen, muss man eine bestimmte Art

von Mensch sein, mit den richtigen Verbindungen und der richtigen Ausbildung. Wenn ich mein eigenes Kapital hätte, könnte ich es selbst aufziehen, und mit ein wenig Glück würde ich einen guten Fund machen — Kohle, Gold, Diamanten, Kupfer oder Silber —, und Geld wäre kein Problem mehr. Fünfundzwanzigtausend Dollar habe ich mir als Ziel gesetzt. Viele Fehler kann ich mir damit nicht erlauben.
Ich höre, wie Helena die Tür öffnet, und gehe in den kleinen Vorraum, um sie zu begrüßen. Ihre Schwesternuniform ist blutbefleckt und bildet einen scharfen Kontrast zu dem freundlichen Lächeln, das sich auf ihrem Gesicht ausbreitet, als sie mich sieht. Ich würde alles dafür geben, um zu erfahren, ob es ein mitleidiges Lächeln ist oder ein Ausdruck der Freude. »Sie sind auf. Entschuldigen Sie meinen Aufzug, ich ziehe mich schnell um«, sagt sie und eilt aus dem Raum.
»Ziehen Sie sich etwas Hübsches an«, rufe ich ihr hinterher. »Ich führe Sie zu einem Spaziergang und danach zum Essen aus.«
Sie streckt den Kopf aus der Schlafzimmertür. »Wirklich?« Ihr Lächeln ist breiter geworden, und eine Spur von Überraschung hat sich hineingeschlichen. »Soll ich Ihnen Ihre Uniform rauslegen?«
»Nein danke, aber ich trage keine Uniform mehr. Heute Abend geht es um die Zukunft.«

75

Lagezentrum
Clocktower-Hauptquartier
Neu-Delhi, Indien

Dorian schritt durch den Raum und wartete auf die Signale der Drohnen. An der Monitorwand leuchtete ein Bildschirm nach dem anderen auf und zeigte Aufnahmen eines Klosters, das sich an den Berghang schmiegte.

Der Techniker wandte sich zu Dorian um. »Sollen wir ein paarmal vorbeifliegen, um ein optimales Ziel ...«

»Nein, nicht nötig. Schießen Sie einfach auf einen Punkt rechts vom Fundament, es muss nicht genau sein. Wir wollen es nur in Brand setzen. Die andere Drohne soll hinterherfliegen und filmen, was passiert«, sagte Dorian.

Eine Minute später beobachtete er, wie die Raketen der Drohne in dem Berg einschlugen. Er wartete und hoffte, Kate Warner aus dem brennenden Gebäude rennen zu sehen.

76

Immaru-Kloster
Autonomes Gebiet Tibet

Kate legte das Tagebuch zur Seite und bemühte sich, zu erkennen, was in der Ferne geschah. Es klang wie Explosionen. Ein Bergrutsch? Ein Erdbeben? Hinter der letzten Bergkette stieg Rauch in den Himmel, erst weiß, dann schwarz.

Suchten die Immari nach ihnen?

Und wenn es so wäre, was könnte sie schon dagegen unternehmen? Sie gab David seine nachmittägliche Dosis Antibiotika und las ihm weiter aus dem Tagebuch vor.

5. August 1917

Helena und ich gehen über das Kopfsteinpflaster am Kai, genießen die warme Brise vom Meer und hören, wie die Schiffe ihre Hörner blasen, wenn sie in die Bucht einfahren und anlegen. Die hölzernen Hafenanlagen wirken unter dem aufragenden Fels von Gibraltar so klein wie ein Haufen Zahnstocher. Ich stecke meine Hände in die Taschen, und sie kommt näher, hakt sich bei mir ein und passt ihren Schrittrhythmus dem meinen an. Ich betrachte es als gutes Zeichen. In den Straßen gehen allmäh-

*lich die Lichter an, als die Ladenbesitzer, die diese Angewohnheit von den Spaniern übernommen haben, aus ihrer Siesta zurückkehren und sich auf den abendlichen Andrang vorbereiten.
Bei jedem Schritt fühlt es sich an, als stäche mir jemand ein Messer in das Bein. Ich spüre, wie der Schmerz mir den Schweiß auf die Stirn treibt, aber ich wage nicht, den Arm zu heben, um ihn abzuwischen, weil ich fürchte, dass sie mich dann loslässt.
Helena bleibt stehen. Sie hat es gesehen. »Patrick, haben Sie Schmerzen?«
»Nein, natürlich nicht.« Ich wische mir mit dem Ärmel über die Stirn. »Ich bin nur nicht an die Hitze gewöhnt, weil ich die ganze Zeit im Haus unter den Ventilatoren gelegen habe. Außerdem bin ich in West Virginia aufgewachsen.«
Sie zeigt auf den Felsen. »In den Höhlen ist es kühler. Und dort gibt es Affen. Haben Sie die schon gesehen?«
Ich frage sie, ob das ein Scherz ist, aber sie verspricht mir, dass es stimmt. Ich sage, dass wir noch Zeit haben vor dem Abendessen, und lasse mich von ihr dorthin führen, vor allem, weil sie wieder meinen Arm nimmt und ich mit ihr in diesem Moment überall hingehen würde.
Ein englischer Sergeant gibt uns eine private Führung durch die Affengehege tief in der St. Michael's Cave. Unsere Stimmen hallen von den Wänden wider. Die Affen heißen Berberaffen und sind eine schwanzlose Makakenart. Die Berberaffen von Gibraltar sind die einzigen freilebenden Primaten Europas. Außer dem Menschen, wenn man der Evolutionstheorie Glauben schenken kann, aber da bin ich mir nicht so sicher.
Danach, auf dem Weg zum Abendessen, frage ich sie, woher sie von den Affen weiß.
»Wenn sie krank sind, werden sie im British Naval Hospital behandelt«, sagt sie.
»Das ist nicht Ihr Ernst, oder?«*

»Doch.«

»Ist das nicht gefährlich? Affen und Menschen so dicht beieinander zu behandeln?«

»Ich glaube nicht. Ich wüsste nicht, welche Krankheit vom Affen auf den Menschen übertragen werden könnte.«

»Und warum die Mühe?«

»Man sagt, solange die Affen in Gibraltar überleben, werden die Briten es regieren.«

»Sie gehören einem sehr abergläubischen Volk an.«

»Vielleicht sind wir auch nur erpicht darauf, uns um alles zu kümmern, was uns am Herzen liegt.«

Wir spazieren eine Weile schweigend weiter. Ich frage mich, ob ich wie ein Haustier oder ein Mündel für sie bin oder ob sie das Gefühl hat, mir etwas schuldig zu sein, weil ich sie im Krankenhaus beschützt habe.

Ich verliere die Kontrolle über den Schmerz, und sie bleibt wortlos stehen und dreht sich mit mir am Arm um, sodass wir wieder auf den Fels blicken, während die Sonne über der Bucht untergeht. »Es gibt noch eine andere Sage über den Fels. Die Griechen glaubten, er sei eine der Säulen des Herkules, und die Höhlen darunter erstreckten sich tief in die Erde bis zu den Toren des Hades.«

»Die Tore der Unterwelt.«

Sie zog scherzhaft die Brauen hoch. »Glauben Sie nicht, dass sie da unten ist?«

»Nein, das bezweifele ich. Ich bin mir ziemlich sicher, dass die Hölle tausend Meilen von hier entfernt ist, in einem Schützengraben an der Westfront.«

Ihr Gesicht wird ernst, und sie sieht zu Boden.

Sie hat einen Scherz gemacht, und ich wollte geistreich sein, aber das hat uns an den Krieg erinnert. Die Stimmung ist verdorben, und ich wünschte, ich könnte es rückgängig machen.

Ihre Miene hellt sich ein wenig auf, und sie zieht an meinem Arm. »Also, ich bin jedenfalls froh, dass Sie weit weg von dort sind ... und nicht zurückkehren werden.«
Ich öffne den Mund, aber sie fährt schnell fort, wahrscheinlich um mich daran zu hindern, etwas Düsteres zu sagen. »Haben Sie Hunger?«

Der Wein wird serviert, und ich trinke schnell zwei Gläser als Medizin gegen den Schmerz. Sie trinkt ein halbes Glas, vermutlich nur aus Höflichkeit. Ich wünschte, sie würde mehr trinken – ich hätte es so gern, dass die Fassade bröckelt, nur einen Augenblick lang, damit ich sehen kann, was sie denkt und fühlt. Aber das Essen kommt, und wir riechen beide daran und sagen, wie gut es aussieht.
»Helena, ich wollte mit Ihnen etwas besprechen.« *Mein Tonfall ist zu ernst. Ich wollte es beiläufig sagen, damit sie sich nicht rüsten kann.*
Sie legt ihre Gabel auf den Teller und kaut den kleinen Bissen, den sie genommen hat, fast ohne die Kiefer zu bewegen.
Schnell fahre ich fort. »Es war sehr anständig von Ihnen, mich aufzunehmen. Ich weiß nicht, ob ich mich schon bedankt habe, aber ich weiß es wirklich zu schätzen.«
»Es hat keine Umstände gemacht.«
»Es hat eine Menge Umstände gemacht.«
»Aber es macht mir nichts aus.«
»Trotzdem glaube ich, dass ich mir eine Unterkunft suchen sollte, jetzt, da meine ... Genesung voranschreitet.«
»Vielleicht ist es klüger, damit noch zu warten. Ihr Bein ist noch nicht vollständig verheilt. Dr. Carlisle hat gesagt, die Verletzung könnte wieder aufbrechen, wenn Sie zu viel laufen.« *Sie schiebt das Essen auf ihrem Teller herum.*
»Ich mache mir keine Sorgen um mein Bein. Die Leute werden

anfangen zu reden. Ein lediger Mann und eine ledige Frau, die zusammenwohnen.«
»Die Leute haben immer etwas zum Reden.«
»Ich lasse nicht zu, dass sie über Sie reden. Ich werde eine Unterkunft und eine Arbeit finden. Ich muss anfangen, meine Angelegenheiten in Ordnung zu bringen.«
»Es scheint mir ... vernünftig ... zu warten, bis Sie wissen, wo Sie arbeiten, bevor Sie diesbezüglich etwas unternehmen.«
»Das stimmt.«
Sie wirkt etwas fröhlicher. »Apropos, es gibt ein paar Männer, die mit Ihnen über eine Arbeit sprechen wollen. Freunde meines Vaters.«
Zu meiner Bestürzung kann ich den Ärger in meiner Stimme nicht unterdrücken. »Sie haben ihn gebeten, eine Arbeit für mich zu finden.«
»Nein, das verspreche ich Ihnen. Ich hätte es gern getan, aber ich wusste, wie Sie sich dabei fühlen würden. Er hat mich vor ungefähr einer Woche angerufen, weil diese Männer sich mit Ihnen treffen möchten. Ich habe es hinausgezögert, weil ich nicht wusste, was Sie vorhaben.«
»Es kann ja nicht schaden, sich mit ihnen zu treffen«, sage ich. Das war der größte Irrtum meines Lebens.

David hörte sie oder jemand anderen vorlesen, als er die Tür zu ihrer gemeinsamen Wohnung aufdrückte. Allison sah zu ihm auf, ging zur Stereoanlage und drückte auf Pause.

»Du kommst früh.« Sie lächelte und begann, sich an der Spüle die Hände zu waschen.

»Ich konnte mich nicht aufs Lernen konzentrieren.« Er zeigte auf die Stereoanlage. »Eine neues Hörbuch?«

»Ja, damit ist das Kochen nicht so langweilig.« Sie drehte den Wasserhahn zu.

»Ich weiß was weniger Langweiliges als kochen.« Er zog sie an sich und küsste sie auf den Mund.

Sie hielt sich die nassen Hände vor die Brust und versuchte, sich aus seiner Umarmung zu befreien. »Ich kann nicht, hey, komm schon, morgen ziehe ich in ein neues Büro, ich muss früh da sein.«

»Ohhh, die große Investmentbankerin kriegt schon ein Büro mit Fenstern?«

»Keine Chance. Ich bin im 104. Stock. Es dauert wahrscheinlich zwanzig Jahre, bis ich da oben ein Büro mit Fenstern bekomme. Vermutlich ist es eine Kammer neben den Klos.«

»Und genau deswegen solltest du das Leben ein bisschen genießen.« David hob sie hoch. Er warf sie auf das Bett, küsste sie erneut und ließ die Hände an ihr hinabgleiten.

Ihr Atem ging jetzt schneller. »Wann musst du zur Uni? Was ist morgen überhaupt für ein Tag? Dienstag, der elfte?«

Er zog seinen Pullover aus. »Weiß ich nicht, ist mir auch egal.«

77

Pressemitteilung
Centers for Disease Control and Prevention
1600 Clifton Rd.
Atlanta, GA 30333, USA

Zur sofortigen Veröffentlichung
Kontakt: Abteilung für Nachrichten und
elektronische Medien, Pressestelle
(404) 639-3286

Neuer Grippestamm aus Dörfern im
Norden Indiens gemeldet

Das indische Ministerium für Gesundheit und Familie hat einen neuen Grippestamm mit dem Namen NII.4 Burang gemeldet. Es ist ungewiss, ob es sich um eine Mutation eines bestehenden Stamms oder ein völlig neues Virus handelt. Das CDC hat ein Einsatzteam entsandt, um die indischen Gesundheitsbehörden bei der Analyse zu unterstützen.

Der Ausbruch wurde zuerst unter Dorfbewohnern in der Gegend von Dharchula gemeldet.

Das Gefahrenpotenzial und die Sterberate des neuen Stamms sind zurzeit ebenfalls unbekannt.

Das CDC hat dem State Department empfohlen, momentan noch keine Reisewarnung auszusprechen.

Eine weitere Pressemitteilung wird folgen, sobald das CDC mehr Informationen über NII.4 Burang erhalten hat.

78

Immaru-Kloster
Autonomes Gebiet Tibet

Am nächsten Morgen wartete Milo nicht auf Kate, doch die Schüssel mit dem Haferbrei stand wie immer auf dem Tisch. Er war ein wenig kalt, aber trotzdem köstlich.

Kate ging über die Holzdielen in den Flur.

»Dr. Kate!« Milo kam auf sie zugerannt. Er blieb kurz vor ihr stehen, stützte die Hände auf die Knie und schnappte nach Luft. »Entschuldigung, Dr. Kate. Ich war ... ich musste an meinem Spezialprojekt arbeiten.«

»Spezialprojekt? Milo, du musst nicht jeden Morgen zu mir kommen.«

»Ich weiß. Ich will es aber.« Allmählich kam er wieder zu Atem.

Sie gingen gemeinsam über den hölzernen Laubengang zu Davids Zimmer.

»Woran arbeitest du, Milo?«

Er schüttelte den Kopf. »Das kann ich Ihnen nicht sagen, Dr. Kate.«

Kate fragte sich, ob er ihr wieder einmal einen Streich spielen wollte. Als sie Davids Zimmer erreichten, verbeugte sich Milo und rannte in die Richtung davon, aus der sie gekommen waren.

Davids Zustand hatte sich kaum verändert, abgesehen davon, dass er vielleicht wieder etwas Farbe im Gesicht hatte.

Sie gab ihm seine morgendliche Ration Antibiotika und Schmerztabletten und schlug das Tagebuch auf.

7. August 1917

Ich stehe auf, um die beiden Männer zu begrüßen, die Helena in den kleinen Wintergarten führt. In meinem Gesicht ist keine Spur von Schmerz zu sehen. Ich habe heute vorbeugend drei von den großen weißen Tabletten geschluckt, damit ich den Eindruck erwecke, jeder Aufgabe gewachsen zu sein.

Es ist kurz vor Mittag, und die hoch am Himmel stehende Sonne taucht die weißen Korbmöbel und die Pflanzen im Wintergarten in helles Licht.

Der größere Mann schiebt sich an Helena vorbei und ergreift das Wort, ohne darauf zu warten, dass sie uns vorstellt. »Sie haben also endlich beschlossen, sich mit uns zu treffen.« Ein Deutscher, ein Soldat. Seine Augen blicken kalt und entschlossen.

Ehe ich etwas sagen kann, taucht der andere Mann hinter ihm auf und streckt mir die Hand entgegen. »Mallory Craig, Mr. Pierce. Sehr erfreut.« Ein Ire, ziemlich unscheinbar.

Der Deutsche knöpft sein Jackett auf und nimmt ungebeten Platz. »Und ich bin Konrad Kane.«

Craig trippelt um das Sofa herum und setzt sich neben Kane, der sich naserümpfend umsieht.

»Sie sind Deutscher«, sage ich, als beschuldigte ich ihn des Mordes, was mir nur gerecht erscheint. Ohne die Medikamente hätte ich mich wahrscheinlich im Ton gemäßigt, aber ich bin froh, dass ich es so hervorgebracht habe.

»Hm-m. Aus Bonn, aber ich muss sagen, dass ich mich mittlerweile nicht mehr für Politik interessiere«, antwortet Kane ge-

mächlich, als hätte ich ihn gefragt, ob er sich mit Pferden auskennt, als würde sein Land nicht Millionen von Soldaten der Entente vergasen und ermorden. Er legt den Kopf schief. »Ich meine, es gibt doch so viele andere faszinierende Dinge auf der Welt, oder?«
Craig nickt. »Allerdings.«
Helena stellt ein Tablett mit Kaffee und Tee zwischen uns, und Kane kommt mir zuvor, als wäre das sein Haus und er würde mich bewirten. »Ah, danke, Lady Barton«, sagt er.
Ich zeige auf den Sessel und sage, nur um Kane zu zeigen, wer der Herr im Hause ist, zu Helena: »Bleiben Sie.« Er wirkt verärgert, und ich fühle mich ein wenig besser.
Kane schlürft seinen Kaffee. »Ich habe gehört, Sie brauchen Arbeit.«
»Ich suche Arbeit, ja.«
»Wir haben eine besondere Arbeit zu vergeben. Dafür brauchen wir einen speziellen Typ Mann. Jemanden, der den Mund halten und schnelle Entscheidungen treffen kann.«
In diesem Moment denke ich: Geheimdienstarbeit – für die Deutschen. Ich hoffe, dass es darum geht. In dem Nachttisch neben dem Bett habe ich noch meine Armeepistole. Ich stelle mir vor, wie ich sie heraushole und in den Wintergarten zurückgehe.
»Was für eine Arbeit?«, bricht Helena die Stille.
»Archäologie. Eine Grabung.« Kane lässt mich nicht aus den Augen und wartet auf meine Reaktion. Craig beobachtet vor allem Kane. Seit seinem »allerdings« hat er keinen Ton mehr herausgebracht, und ich bezweifle, dass sich das ändern wird.
»Ich suche eine Stelle in der Nähe«, sage ich.
»Das spricht nicht dagegen. Die Grabungsstelle befindet sich unter der Bucht von Gibraltar. Ziemlich tief darunter. Wir graben dort schon eine ganze Weile. Seit fünfundvierzig Jahren.« Kane beobachtet mich, aber ich lasse mir keine Regung anmerken.

Ohne den Blick abzuwenden, trinkt er langsam einen Schluck Kaffee. »Wir haben gerade erst ... richtige Fortschritte gemacht, aber der Krieg hat uns in Zugzwang gebracht. Wir glauben zwar, dass er bald enden wird, aber bis dahin müssen wir die Sache anders organisieren. Deshalb sind wir hier und unterbreiten Ihnen dieses Angebot.« *Endlich wendet er den Blick ab.*
»Ist es gefährlich?«, *fragt Helena.*
»Nein. Nicht gefährlicher als beispielsweise an der Westfront.« *Kane wartet, bis sie die Stirn runzelt, dann streckt er den Arm aus und tätschelt ihr das Bein.* »Nein, das war nur ein Scherz, meine Liebe.« *Er lächelt mich an.* »Wir würden unseren kleinen Kriegshelden doch nicht in Gefahr bringen.«
»Was ist aus Ihrer letzten Crew geworden?«, *frage ich.*
»Wir hatten deutsche Bergleute, eine sehr fähige Mannschaft, aber der Krieg und die britische Kontrolle über Gibraltar haben die Angelegenheiten verkompliziert.«
Ich stelle die Frage, die ich zuerst hätte stellen sollen. »Wie viele Leute haben Sie verloren?«
»Verloren?«
»Wie viele Tote?«
Kane zuckt herablassend die Achseln. »Keinen.« *Craigs Gesichtsausdruck straft ihn Lügen, und ich frage mich, ob Helena es auch bemerkt.*
»Wonach graben Sie?« *Er wird wieder lügen, aber ich bin gespannt, welchen Vorwand er sich überlegt hat.*
»Nach Artefakten.« *Kane spuckt die Worte aus wie ausgelutschten Kautabak.*
»Klar.« *Meine Vermutung: eine Schatzsuche, wahrscheinlich ein gesunkenes Piraten- oder Handelsschiff auf dem Grund der Bucht. Es muss etwas Wertvolles sein, wenn sie seit fünfundvierzig Jahren danach graben, und das auch noch unter Wasser. Eine gefährliche Mission.* »Bezahlung?«, *frage ich.*

»Fünfzig Papiermark die Woche.«
Fünfzig egal wovon wären ein Witz, aber Papiermark sind ein Schlag ins Gesicht. Sie könnten mich genauso gut mit Katzengold bezahlen. So wie der Krieg sich für Deutschland entwickelt, kann man in ein oder zwei Jahren die Papiermark im Ofen verheizen. Deutsche Familien werden sie schubkarrenweise zum Bäcker fahren, um einen Laib Brot zu kaufen.
»Ich lasse mich in US-Dollar bezahlen.«
»Wir haben Dollar«, sagt Kane salopp.
»Und ich nehme viel mehr. Ich will fünftausend Dollar im Voraus – nur um mir Ihre Stollen anzusehen.« Ich sehe zu Helena. »Wenn sie schlecht gegraben oder mangelhaft abgestützt ist, gehe ich wieder und nehme die fünftausend Dollar Vorschuss mit.«
»Sie sind hervorragend gemacht, Mr. Pierce. Schließlich wurden sie von Deutschen gegraben.«
»Und ich will eintausend pro Woche.«
»Absurd. Sie wollen eine königliche Entlohnung für die Arbeit eines Proletariers.«
»Unsinn. Ich habe gehört, König, Kaiser und Zaren werden auch nicht mehr so hoch geschätzt, wie es einmal der Fall war. Aber eine eindeutige Befehlskette hat ihre Berechtigung. Sie kann einem das Leben retten, besonders an gefährlichen Orten wie Unterwasserminen. Falls ich diese Arbeit annehme, habe ich das Kommando, wenn ich in der Mine bin, ausnahmslos. Ich lege mein Leben nicht in die Hände irgendwelcher Narren. Das sind meine Bedingungen; Sie können sie annehmen oder es bleiben lassen.«
Kane schnauft und stellt seine Kaffeetasse ab.
Ich lehne mich zurück und sage: »Natürlich können Sie auch darauf warten, dass der Krieg endet. Ich stimme Ihnen zu, dass es nicht mehr lange dauern wird. Dann können Sie eine deut-

sche Mannschaft hineinschicken, vorausgesetzt, dass dann noch Deutsche übrig sind, aber darauf würde ich mich nicht verlassen.«

»Ich werde Ihre Bedingungen nicht annehmen.« Kane steht auf, nickt Helena zu, geht hinaus und lässt Craig verwirrt zurück. Der zurückhaltende Mann erhebt sich, zögert einen Augenblick, sieht zwischen mir und seinem davoneilenden Gebieter hin und her und läuft ihm schließlich nach.

Als die Tür zufällt, lehnt sich Helena in ihrem Sessel zurück und streicht sich mit der Hand durchs Haar. »Gott, ich hatte solche Angst, dass Sie die Arbeit annehmen.« Sie blickt einen Moment lang zur Decke. »Sie haben mir erzählt, sie wollten Sie für ein Forschungsprojekt einstellen. Ich habe ihnen gesagt, Sie seien ziemlich schlau und könnten der Richtige für sie sein. Wenn ich gewusst hätte, was diese Halunken vorhaben, hätte ich sie niemals ins Haus gelassen.«

Am nächsten Tag, als Helena auf der Arbeit ist, kommt mich Mallory Craig besuchen. Er steht auf der Veranda und hält sich seine Schiebermütze vor die Brust. »Entschuldigen Sie unser scheußliches Benehmen gestern, Mr. Pierce. Mr. Kane steht unter großem Druck wegen ... also, ich bin gekommen, äh, um zu sagen, dass es uns leidtut, und um Ihnen das hier zu geben.« Er reicht mir einen Scheck. Fünftausend Dollar zu Lasten des Kontos von Immari Gibraltar.

»Es wäre uns eine Ehre, wenn Sie die Grabungen leiten könnten, Mr. Pierce. Zu Ihren Bedingungen natürlich.«

Ich sage ihm, das gestrige Gespräch habe mich nicht gerade begeistert, und ich werde mich melden, um ihm meine Entscheidung mitzuteilen.

Den Rest des Tages verbringe ich damit, herumzusitzen und nachzudenken, zwei Dinge, die ich nicht gut konnte, bevor ich *in den Krieg zog, und in denen ich seitdem eine Menge Übung habe. Ich male mir aus, wie ich in den Minenschacht gehe und das Tageslicht allmählich dem Kerzenschein weicht, während die Luft kälter und feuchter wird. Ich habe Männer gesehen, harte Kerle, die nach einem Einsturz oder einem anderen Grubenunglück zurückkehrten und zerbrachen wie Eier, die man am Pfannenrand aufschlägt, sobald das Tageslicht verschwand. Wie werde ich reagieren? Ich versuche, es mir vorzustellen, aber ich werde es erst wissen, wenn ich in den Schacht steige.*

Ich überlege, welche Arbeit ich sonst noch ausüben könnte. Ich könnte in einer Mine arbeiten, zumindest bis der Krieg vorbei ist. Danach wird es wahrscheinlich mehr Bergleute geben als je zuvor, einige, die es erst im Krieg gelernt haben, und sehr viele ehemalige Minenarbeiter, die aus dem Krieg zurückkehren. Aber ich werde Gibraltar verlassen müssen, um ein Bergwerk zu finden, das einen Mann wie mich brauchen kann – daran führt kein Weg vorbei. Kurz geht mir der Gedanke durch den Kopf, wie irrwitzig es wäre, nach Amerika oder Südafrika zu segeln, nur um mir in einem Minenschacht in die Hose zu machen und wieder hinauszurennen.

Ich beäuge den Scheck. Fünftausend Dollar würden mir eine Menge Möglichkeiten eröffnen, und ihre Grabungsstätte zu besichtigen könnte ... aufschlussreich sein ... in persönlicher Hinsicht.

Ich beschließe, nur mal einen Blick hineinzuwerfen. Ich kann jederzeit wieder gehen oder, falls ich meinen Schließmuskel nicht unter Kontrolle habe, hinausrennen.

Ich sage mir, dass ich die Arbeit wahrscheinlich ablehnen werde und es deshalb keinen Grund gibt, es Helena zu erzählen. Warum soll ich sie beunruhigen? Als Krankenschwester in einem Lazarett zu arbeiten ist aufreibend genug.

Im Lagezentrum des Clocktower-Hauptquartiers in Neu-Delhi massierte sich Dorian die Schläfen, während er auf die Computermonitore sah.

»Wir bekommen Satellitenaufnahmen, Sir«, sagte der Techniker.

»Und?«, fragte Dorian.

Der nervöse Mann beugte sich vor und betrachtete den Bildschirm. »Mehrere Ziele.«

»Schicken Sie die Drohnen.«

Die Klöster waren wie Stecknadeln in dem tibetischen Heuhaufen, aber endlich hatten sie sie im Blick. Jetzt würde es nicht mehr lange dauern.

79

Kate untersuchte die Wunden und wechselte Davids Verbände. Der Heilungsprozess schritt voran. Er würde bald zu sich kommen. Hoffte sie. Sie griff zum Tagebuch.

9. August 1917

Als Craig mich gestern besuchte, erzählte er mir, Immari Gibraltar sei »nur eine kleine lokale Firma«. Schnell fügte er hinzu: »Aber wir gehören zu einer größeren Organisation mit anderen Unternehmensbeteiligungen hier in Europa und in Übersee.« Kleine lokale Firmen besitzen nicht den halben Kai und versuchen nicht, dies mit einem halben Dutzend Tarnfirmen zu verschleiern.

Die Besichtigung der Grabungsstätte gibt den ersten Hinweis darauf, dass Immari nicht das ist, was es zu sein scheint. Ich komme zu der Adresse, die auf Mallorys Karte steht, und finde ein dreistöckiges Gebäude im Herzen der Hafenanlagen vor. Die Firmenschilder an den umstehenden Gebauden enden alle auf Varianten von »Import/Export«, »Spedition für Seefracht« oder »Schiffsbau und Wartung«. Die langen Namen und die Belebtheit der Gebäude kontrastieren scharf mit dem schwach beleuchteten, scheinbar leer stehenden Betongebäude, auf dem über der Tür in schwarzen Blockbuchstaben »Immari Gibraltar« geschrieben steht.

Im Inneren springt eine schlanke Empfangsdame auf und sagt: »Guten Morgen, Mr. Pierce. Mr. Craig erwartet sie bereits.« Entweder sie erkennt mich an meinem Hinken, oder es kommen nicht viele Besucher.

Als ich durch das Büro gehe, muss ich an ein Divisionshauptquartier denken, das eilig in einer gerade eroberten Stadt errichtet wurde – ein Ort, der schnell wieder verlassen wird, sobald weiteres Land erobert oder ein plötzlicher Rückzug nötig wird. Ein Ort, an dem man es sich gar nicht erst gemütlich zu machen braucht.

Craig ist liebenswürdig und sagt, wie sehr er sich freue, dass ich beschlossen habe, bei ihnen anzufangen. Wie ich schon vermutete, ist Kane nirgendwo zu sehen, aber da ist ein anderer Mann, jünger, Ende zwanzig, ungefähr in meinem Alter, der verblüffende Ähnlichkeit mit Kane aufweist – besonders durch sein herablassendes Grinsen. Craig bestätigt meinen Verdacht.

»Patrick Pierce, das ist Rutger Kane. Sie haben ja seinen Vater schon kennengelernt. Ich habe Rutger gebeten, uns auf der Besichtigung zu begleiten, weil Sie beide zusammenarbeiten werden.«

Wir begrüßen uns. Seine Hand ist stark, und er drückt fest zu. Die Monate im Bett haben mich geschwächt.

Kane Junior scheint zufrieden. »Schön, dass Sie endlich gekommen sind, Pierce. Ich rede seit Monaten auf Papa ein, damit er mir einen neuen Bergingenieur sucht; dieser verdammte Krieg hat mich lange genug aufgehalten.« Er setzt sich und schlägt die Beine übereinander. »Gertrude!« Er blickt über die Schulter, als die Sekretärin an die Tür kommt. »Bring Kaffee. Möchten Sie Kaffee, Pierce?«

Ich ignoriere ihn und wende mich mit flacher Stimme an Craig. »Meine Bedingungen waren eindeutig. Ich habe unter Tage das Sagen – falls ich die Arbeit annehme.«

Craig kommt Rutger zuvor, indem er beschwichtigend die Hände hebt und schnell sagt: »Es hat sich nichts geändert, Mr. Pierce. Rutger arbeitet seit einem Jahrzehnt an dem Projekt und ist praktisch in den Stollen aufgewachsen! Sie haben wahrscheinlich eine Menge gemeinsam, könnte ich mir vorstellen, äh, nach dem, was ich gehört habe. Nein, Sie werden zusammenarbeiten. Er wird Ihnen wertvolle Ratschläge geben, und mit seinem Wissen und Ihrer Kompetenz werden wir schnelle Fortschritte erzielen.« *Er hält die Sekretärin auf, als sie sich vorsichtig mit einem Tablett hereinschleicht.* »Gertrude, könnten Sie den Kaffee in eine Thermoskanne füllen? Wir nehmen ihn mit. Ach, und Tee für Mr. Pierce.«

Der Eingang zu der Grabungsstelle liegt einen Kilometer vom Immari-Büro entfernt – in einem Lagerhaus im Hafen in der Nähe des Felsens. Eigentlich sind es zwei Lagerhäuser mit unterschiedlichen Fassaden, die im Inneren verbunden sind, denn ein Lagerhaus dieser Größe würde auffallen und Neugier erregen. Im Inneren erwarten uns vier Männer mit dunkler Hautfarbe, Marokkaner vermutlich. Sobald sie uns sehen, beginnen sie, eine Plane von einem Gerüst in der Mitte des Lagerhauses zu ziehen. Es stellt sich heraus, dass sich darunter kein Gerüst befindet, sondern der Eingang zum Stollen. Ein riesiger Schlund. Ich habe mit einem vertikalen Schacht gerechnet, aber das ist noch die geringste Überraschung, die mich erwartet.
Dort steht ein Lastwagen mit Elektroantrieb. Und zwei Schienen führen in den Stollen. Es wird eindeutig eine Menge Erdreich hinausbefördert.
Craig zeigt auf eine leere Lore und dann zum Hafen und auf das Meer hinter dem Lagerhaustor. »Wir graben tagsüber und entsorgen bei Nacht, Mr. Pierce.«
»Sie kippen die Erde ...«

»In die Bucht, wenn es geht. Bei Vollmond segeln wir weiter hinaus«, sagt Craig.
Das ist einleuchtend. Es ist die einzige Möglichkeit, so viel Erde loszuwerden.
Ich gehe dichter heran und inspiziere den Stollen. Er ist mit stabilen Holzbalken abgestützt, genau wie unsere Minen in West Virginia, aber von einem Stempel zum nächsten erstreckt sich, so weit ich sehen kann, eine dicke schwarze Schnur. Eigentlich sind es sogar zwei, auf jeder Seite des Stollens eine. Die linke Schnur ist neben dem Eingang mit einem Telefon verbunden. Die rechte führt zu einem Kasten, der an einem Pfosten angebracht ist. Daran befindet sich ein Metallhebel, wie bei einem Schaltkasten. Strom? Ich kann es mir nicht vorstellen.
Als die Marokkaner die letzte Plane zur Seite geworfen haben, geht Rutger zu ihnen und schilt die Männer auf Deutsch. Ich verstehe ein wenig, vor allem das Wort »Feuer«. Ich bekomme eine Gänsehaut. Er zeigt auf den Lastwagen, dann auf die Schienen. Die Männer wirken verwirrt. Das Ganze dient zweifellos dazu, mich zu beeindrucken, aber ich wende mich ab und weigere mich, die Demütigung mit anzusehen. Ich höre, dass Rutger etwas holt, und die Schienen klirren. Als ich mich umdrehe, sehe ich, dass er einen Docht in einer runden Papiertüte anzündet, die sich auf einem tellergroßen Schienenfahrzeug befindet. Rutger setzt das Gerät auf eine Schiene, und die Marokkaner helfen ihm, die Plattform mit der zischenden Flamme mithilfe eines Katapults in den dunklen Stollen zu befördern. Das Paper schützt die Flamme davor, sofort ausgeblasen zu werden.
Eine Minute später hören wir den fernen Knall einer Explosion. Schlagwetter. Wahrscheinlich ein Methaneinschluss. Rutger bedeutet den Marokkanern, einen weiteren Schuss abzufeuern, und sie eilen mit einer Flamme in einer Papiertüte auf einem

zweiten Fahrzeug zur Schiene. Ich bin beeindruckt. Leider muss ich zugeben, dass unsere Methoden in West Virginia bei Weitem nicht so fortschrittlich sind. Auf einen Methaneinschluss zu stoßen ist wie eine scharfe Granate zu finden – die Explosion erfolgt sofort und allumfassend. Wenn man die Stichflamme überlebt, stirbt man beim Einsturz.
Dies ist eine gefährliche Grube.
Wir hören den Knall der zweiten Explosion, dieses Mal tiefer im Stollen.
Die Marokkaner schicken ein drittes Gerät hinterher.
Wir warten eine Weile, aber es bleibt still. Rutger legt den Hebel am Schaltkasten um und setzt sich hinter das Steuer des Lastwagens. Craig gibt mir einen Klaps auf den Rücken. »Es kann losgehen, Mr. Pierce.« Craig steigt auf den Beifahrersitz, und ich setze mich auf die Bank dahinter. Rutger fährt waghalsig in den Stollen hinein und rammt beinahe die Schienen, kann aber im letzten Moment den Lenker herumreißen, sodass sie sich zwischen unseren Rädern befinden, als wir geradewegs in die Tiefe rasen wie Figuren aus einem Roman von Jules Vernes. Vielleicht Die Reise zum Mittelpunkt der Erde.
Der Stollen ist völlig dunkel bis auf die schwachen Scheinwerfer des Lastwagens, deren Schein kaum drei Meter weit reicht. Wir fahren mit hoher Geschwindigkeit, meinem Empfinden nach eine ganze Stunde lang, und ich bin sprachlos, wobei in dem Lärm im Tunnel ohnehin jedes Wort vergeudet wäre. Das Ausmaß der Grube ist überwältigend, unvorstellbar. Die Stollen sind breit und hoch und – zu meinem Verdruss – sehr, sehr gut gearbeitet. Das sind nicht die Tunnel von Schatzsuchern, das sind unterirdische Straßen, die auf Dauer angelegt sind.
Die ersten Minuten folgen wir einem spiralförmigen Tunnel, der sich wie ein Korkenzieher in die Erde schraubt, tief genug, um unter die Bucht zu gelangen.

Die Spirale bringt uns in ein großes Zwischenlager, in dem zweifellos Material sortiert und bereitgestellt wird. Ich kann einen kurzen Blick auf Kisten und Gitterboxen werfen, ehe Rutger erneut beschleunigt und noch schneller in den geraden Stollen hineinrast. Wir fahren unaufhörlich bergab, und ich spüre, wie die Luft immer feuchter wird. Es gibt mehrere Abzweigungen, aber nichts kann Rutger bremsen. Er fährt wie ein Wahnsinniger, schlingert nach links und nach rechts und kommt kaum durch die Kurven. Craig beugt sich zu ihm hinüber und berührt seinen Arm, aber ich kann seine Stimme über den ohrenbetäubenden Lärm des Lastwagens nicht hören. Was immer er auch sagt, Rutger interessiert es nicht. Er streift Craigs Arm ab und schießt noch schneller in die Tiefe. Der Motor brüllt, und die Tunnelwände rasen an uns vorbei.

Rutger inszeniert seine kleine Schreckensfahrt, um zu beweisen, dass er die Stollen im Dunkeln kennt, dass dies sein Revier ist, dass mein Leben in seinen Händen liegt. Er will mich einschüchtern. Es funktioniert.

Die Grube ist die größte, in der ich je gewesen bin. Und in den Bergen von West Virginia gibt es einige gigantische.

Schließlich öffnet sich der Stollen zu einem großen, ungleichmäßig geformten Raum, als hätten die Bergleute nicht gewusst, in welche Richtung sie weitergraben sollten, mehrere Versuche unternommen und abgebrochen. Elektrische Lampen hängen von der Decke und beleuchten Einkerbungen und Bohrlöcher in den Wänden, wo neue Gänge hineingesprengt worden waren, die jedoch aufgegeben wurden. Ich sehe eine Rolle des anderen schwarzen Kabels auf dem Boden neben einem Tisch mit einem Telefon, das eindeutig mit seinem überirdischen Gegenstück verbunden ist.

Die Schienen enden hier ebenfalls. Die drei winzigen Fahrzeuge stehen in einer Reihe vor dem Prellbock am anderen Ende

des Raums. Bei den beiden vorderen wurde der Aufbau weggesprengt. Auf dem dritten zuckt die Flamme auf der Suche nach Sauerstoff an diesem nasskalten Ort wild umher.
Rutger schaltet den Motor aus, springt aus dem Wagen und bläst die Kerze aus.
Craig folgt ihm und sagt zu mir: »Also, was denken Sie, Pierce?«
»Nicht übel.« *Ich sehe mich in dem seltsamen Raum um.*
Rutger tritt zu uns. »Machen Sie uns nichts vor, Pierce. So etwas haben Sie noch nie gesehen.«
»Das habe ich auch nicht behauptet.« *Ich wende mich an Craig.* »Sie haben ein Methan-Problem.«
»Ja, eine ziemlich neue Entwicklung. Wir sind erst im letzen Jahr auf Einschlüsse gestoßen. Darauf waren wir nicht vorbereitet. Wir hatten angenommen, das Wasser wäre die größte Gefahr bei der Grabung.«
»Eine vernünftige Annahme.« *Methan ist eine ständige Gefahr in vielen Kohlebergwerken. Aber hier unten, wo es offenbar weder Kohle noch Öl noch andere Brennstoffe gibt, hätte ich es nicht erwartet.*
Craig zeigt nach oben. »Sie haben sicher bemerkt, dass der Stollen ein konstantes Gefälle hat – ungefähr neun Grad. Und Sie sollten wissen, dass der Meeresboden über uns sich um circa elf Grad senkt. An dieser Stelle befindet er sich nur siebzig Meter über uns, glauben wir.«
Ich ziehe sofort die logische Schlussfolgerung und kann meine Überraschung nicht verbergen. »Sie glauben, die Methaneinschlüsse kommen aus dem Meeresboden?«
»Leider ja.«
Rutger grinst, als wären wir tratschende alte Weiber.
Ich inspiziere die Decke. Craig reicht mir einen Helm und einen kleinen Rucksack. Dann bedient er einen Schalter an der Seite, und der Helm leuchtet auf. Ich starre ihn einen Augenblick lang

verwundert an, dann setze ich ihn auf und beschließe, mich zuerst um das größere Rätsel zu kümmern.
Der Fels an der Decke ist trocken – ein gutes Zeichen. Die unausgesprochene Gefahr besteht darin, dass ein Methaneinschluss explodiert, der sich bis zum Meeresboden hinaufzieht. Der starken Explosion würde dann ein Wassereinbruch folgen, der die gesamte Grube sofort zum Einsturz brächte. Jeder hier unten würde entweder verbrennen, ertrinken oder zerquetscht werden. Vielleicht auch alles drei. Ein Funke von einer Spitzhacke, einem herabfallenden Stein oder der Reibung eines Wagenrades an den Schienen könnte alles in die Luft gehen lassen.
»Wenn das Gas über uns ist, zwischen Stollen und Meeresboden, dann sehe ich nur eine Möglichkeit. Sie müssen hier abbrechen und einen anderen Weg finden«, sage ich.
Rutger lacht höhnisch. »Ich habe es Ihnen gleich gesagt, Mallory. Er ist der Sache nicht gewachsen. Wir verschwenden unsere Zeit mit diesem hinkenden amerikanischen Feigling.«
Craig hebt eine Hand. »Augenblick, Rutger. Wir haben Mr. Pierce dafür bezahlt, herzukommen, jetzt sollten wir uns auch anhören, was er zu sagen hat.«
»Was würden Sie tun, Mr. Pierce?«
»Nichts. Ich würde das Unternehmen abbrechen. Der Ertrag wird wohl kaum den Einsatz rechtfertigen – an Kapital und Menschenleben.«
Rutger verdreht die Augen und beginnt, im Raum umherzulaufen, ohne Craig und mir weiter Beachtung zu schenken.
»Das ist leider nicht möglich«, sagt Craig.
»Sie suchen nach einem Schatz.«
Craig verschränkt die Hände hinter dem Rücken und schreitet tiefer in den Raum hinein. »Sie haben gesehen, welches Ausmaß die Grabung hat. Sie wissen, dass wir keine Schatzsucher sind. 1861 haben wir ein Schiff in der Bucht von Gibraltar versenkt:

die Utopia. Der Name ist ein kleiner Scherz für Eingeweihte. In den nächsten fünf Jahren haben wir an dem Wrack getaucht, das nur als Tarnung diente für das, was wir darunter gefunden hatten – ein Bauwerk ungefähr eine Meile vor der Küste von Gibraltar. Aber wir stellten fest, dass wir es vom Meeresboden aus nicht erreichen konnten – es war zu tief darin vergraben, und unsere Tauchausrüstung war einfach nicht fortschrittlich genug und konnte nicht schnell genug weiterentwickelt werden. Und wir hatten Angst, Aufmerksamkeit zu erregen. Wir hatten uns schon viel zu lange bei dem gesunkenen Handelsschiff aufgehalten.«
»Ein Bauwerk?«
»Ja. Eine Stadt oder eine Art Tempel.«
Rutger kommt zu uns zurück, dreht mir den Rücken zu und sieht Craig an. »Er braucht das nicht zu wissen. Wenn er glaubt, dass wir nach etwas Wertvollem graben, will er mehr Geld. Amerikaner sind fast so gierig wie Juden.«
Craig erhebt die Stimme. »Seien Sie still, Rutger.«
Es fällt mir leicht, das Balg zu ignorieren. Mein Interesse ist geweckt. »Woher wussten Sie, wo Sie das Schiff versenken und graben mussten?«, *frage ich.*
»Wir ... hatten eine ungefähre Vorstellung.«
»Woher?«
»Aus historischen Dokumenten.«
»Woher wissen Sie, dass wir unter der Tauchstelle sind?«
»Wir haben einen Kompass verwendet und die Entfernung unter Berücksichtigung des Gefälles des Stollens berechnet. Wir sind genau unter der Fundstelle. Und dafür gibt es Beweise.« *Craig geht zur Wand und greift nach dem Stein – nein, nach einer schmutzigen Stoffbahn, die ich für Stein gehalten habe. Er zieht die Decke zu Boden und enthüllt ... einen Durchgang, der aussieht wie das Schott eines gewaltigen Schiffes.*

Ich gehe näher heran und leuchte mit meiner Helmlampe in den seltsamen Raum. Die Wände sind schwarz, eindeutig aus Metall, aber sie haben einen merkwürdigen, unbeschreiblichen Glanz an sich, fast so, als wären sie lebendig und würden auf das Licht reagieren, wie eine spiegelnde Wasseroberfläche. Und auf dem Boden und an der Decke blinken Lichter. Ich spähe um die Kurve und sehe, dass der Gang zu einer Art Tür oder Pforte führt.
»Was ist das?«, *flüstere ich.*
Craig beugt sich über meine Schulter. »Wir glauben, es ist Atlantis. Die Stadt, die Platon beschreibt. Der Ort stimmt. Platon hat geschrieben, Atlantis habe sich aus dem Ozean erhoben und sei eine Insel in der Meerenge jenseits der Säulen des Herkules gewesen ...«
»Die Säulen des Herkules ...«
»Was wir als solche bezeichnen. Der Fels von Gibraltar ist eine der Säulen des Herkules. Platon hat beschrieben, dass Atlantis große Teile Europas und Afrikas beherrschte und das Tor zu anderen Kontinenten darstellte. Aber es ging unter. In Platons Worten: ›Späterhin aber entstanden gewaltige Erdbeben und Überschwemmungen, und da versank während eines schlimmen Tages und einer schlimmen Nacht das ganze streitbare Geschlecht bei euch scharenweise unter die Erde; und ebenso verschwand die Insel Atlantis, indem sie im Meere unterging.‹«
Craig entfernt sich von dem seltsamen Objekt. »Das ist es. Wir haben es gefunden. Jetzt wissen Sie, warum wir nicht aufhören können, Mr. Pierce. Wir sind sehr dicht dran. Sind Sie dabei? Wir brauchen Sie.«
Rutger lacht. »Sie verschwenden Ihre Zeit, Mallory. Er hat Todesangst, das sehe ich in seinen Augen.«
Craig konzentriert sich ganz auf mich. »Ignorieren Sie ihn. Ich

weiß, dass es gefährlich ist. Wir können Ihnen mehr zahlen als tausend Dollar die Woche. Sagen Sie mir, wie viel Sie wollen.«
Ich blicke in den Gang, dann untersuche ich noch einmal die Decke. Die trockene Decke. »Lassen Sie mich darüber nachdenken.«

80

Schneelager Alpha
Bohrstelle 5
Ost-Antarktis

»Wie tief sind wir?«, fragte Robert Hunt den Bohrtechniker.

»Knapp über sechstausend Fuß. Sollen wir anhalten?«

»Nein. Mach weiter. Ich erstatte Bericht. Hol mich, wenn wir bei sechstausendfünfhundert sind.« Seit über einem Kilometer waren sie auf nichts anderes gestoßen als auf Eis – genau wie an den vier vorigen Bohrstellen.

Robert zog seinen Parka zu und ging von der Bohrplattform zu seiner Unterkunft. Auf dem Weg begegnete er dem zweiten Mann. Er wollte ihn ansprechen, konnte sich aber nicht an seinen Namen erinnern. Die beiden Männer, die sie ihm zugeteilt hatten, waren still; niemand erzählte etwas von sich selbst, aber sie arbeiteten hart und tranken nicht – mehr konnte man von Bohrtechnikern unter extremen Bedingungen nicht erwarten. Sein Arbeitgeber würde wahrscheinlich bald aufgeben. Das fünfte Loch sah genauso aus wie die vier davor: nichts als Eis. Der ganze Kontinent war ein gewaltiger Eiswürfel. Er erinnerte sich, gelesen zu haben, dass in der Antarktis neunzig Prozent des Eises und siebzig Prozent des Süßwassers der Erde gebunden waren. Wenn man das Wasser aus jedem See, Teich und Fluss und sogar aus den Wolken zusammenrechnete, kam man nicht einmal auf die Hälfte des gefrorenen Wassers in der Antarktis. Wenn all das Eis schmölze, wäre die Erde völlig verändert. Der Meeresspiegel würde um sechzig Meter steigen, ganze Völker würden zugrunde gehen – oder genauer gesagt ertrinken –, und tief liegende Länder wie Indonesien verschwänden von der Landkarte. New York, New Orleans, Los Angeles und der Großteil Floridas lägen ebenfalls unter Wasser.

Eis schien das Einzige, was in der Antarktis im Überfluss vorhanden war. Wonach konnten sie hier unten suchen? Öl war die naheliegende Antwort. Robert war schließlich ein Ölbohrfachmann. Aber die Ausrüstung eignete sich nicht für Ölbohrungen. Der Bohrdurchmesser war falsch. Für Öl brauchte man eine Pipeline. Diese Bohrspitzen schufen Löcher, die groß genug waren, um mit einem Lastwagen durchzufahren. Oder Lastwagen herunterzulassen. Was konnte dort unten sein? Erze? Etwas wissenschaftlich Interessantes, vielleicht Fossilien? Oder nur ein Trick, um sich die Schürfrechte zu sichern? Die Antarktis war riesig – dreizehn Millionen Quadratkilometer. Wenn sie ein Land wäre, wäre sie das zweitgrößte der Welt. Die Antarktis war nur vier Millionen Quadratkilometer kleiner als Russland, einem anderen Drecksloch, in dem er gebohrt hatte – sehr viel erfolgreicher. Vor rund zwanzig Millionen Jahren war die Antarktis ein üppig bewachsenes Paradies gewesen. Es war einleuchtend, dass sich dort unvorstellbare Ölreserven unter der Oberfläche verbargen, und wer weiß, was sonst noch ...

Robert hörte einen lauten Knall hinter sich.

Das Bohrgestänge drehte sich wild – die Bohrspitze traf auf keinen Widerstand mehr. Sie mussten auf einen Hohlraum gestoßen sein. Er hatte damit gerechnet, denn Forscher hatten kürzlich große Höhlen und Spalten im Eis entdeckt, vermutlich Wasserläufe, wo das Eis auf den Fels darunter traf.

»Abschalten!«, schrie Robert. Der Mann auf der Plattform hörte ihn nicht. Robert fuhr sich mit der Hand über die Kehle, aber der Techniker sah ihn nur erstaunt an. Er nahm sein Funkgerät und rief: »Alles anhalten!«

Auf der Plattform begann das lange, aus dem Boden ragende Rohr zu eiern wie ein Kreisel, der bald umfiel.

Robert warf das Funkgerät auf den Boden und rannte zur Plattform. Er stieß den Techniker aus dem Weg und gab Befehle ein, um den Bohrer anzuhalten.

Er stürmte von der Plattform herunter und zog den Mann mit sich. Sie hatten es fast bis zu den Wohncontainern geschafft, als sie hörten, wie die Plattform ins Schwanken geriet und umkippte. Das Bohrgestänge war abgebrochen und wirbelte durch die Luft. Selbst fünfzig Meter entfernt war der Lärm ohrenbetäubend, als liefe eine Flugzeugturbine auf Hochtouren. Die Plattform fiel in den Schnee, und das Gestänge wühlte sich durch das Eis wie ein Tornado durch die Prärie von Kansas.

Robert und der andere Mann lagen auf dem Bauch und erduldeten den Regen aus Eissplittern und Schnee, der auf sie niederging, bis das Gestänge endlich zur Ruhe kam.

Robert blickte auf. Sein Arbeitgeber würde nicht gerade begeistert sein. »Nichts anfassen«, sagte er zu dem Techniker.

Im Wohncontainer griff Robert zum Funkgerät. »Bounty, hier ist Snow King. Ich habe einen Statusbericht.« Robert fragte sich, was er melden sollte. Sie waren nicht auf einen Hohlraum gestoßen. Es war etwas anderes. Die Bohrspitze hätte sich durch jede Art von Stein oder Boden gefressen, auch wenn er gefroren war. Was immer sie auch getroffen hatten, es hatte die Bohrspitze abgerissen. Das war die einzige Möglichkeit.

»Verstanden, Snow King. Geben Sie Ihren Statusbericht.«

Manchmal war weniger mehr. Er würde nicht spekulieren.

»Wir sind auf etwas gestoßen«, sagte Robert.

Dr. Martin Grey sah aus dem Fenster des aus mehreren Containern bestehenden Hauptquartiers, als der Immari-Techniker hereinkam. Er blickte nicht zu ihm. Irgendwie hatte die endlose weiße Schneefläche eine beruhigende Wirkung auf ihn.

»Sir, Bohrteam drei hat sich gerade gemeldet. Wir glauben, dass sie auf das Objekt gestoßen sind.«

»Ein Eingang?«

»Nein, Sir.«

Martin ging durch den Raum und wies auf den großen Bildschirm, der eine Karte der Antarktis wiedergab. »Zeigen Sie mir, wo.«

81

Immaru-Kloster
Autonomes Gebiet Tibet

Als Kate an diesem Morgen in sein Zimmer trat, war David wach. Und wütend.

»Du musst gehen. Der Junge hat mir gesagt, dass wir schon seit drei Tagen hier sind.«

»Schön, dass es dir besser geht«, sagte Kate gut gelaunt.

Sie holte das Antibiotikum, Schmerztabletten und eine Tasse Wasser. David wirkte noch ausgemergelter als am Tag zuvor; sie würde ihm auch etwas zu essen holen müssen. Sie wollte sein Gesicht berühren, über die hervorstehenden Wangenknochen streichen, aber in wachem Zustand schüchterte er sie ein.

»Ignoriere mich nicht einfach«, sagte David.

»Wir reden darüber, sobald du deine Pillen genommen hast.« Sie hielt ihm zwei Tabletten hin.

»Was ist das?«

Kate zeigte darauf. »Ein Antibiotikum. Eine Schmerztablette.«

David nahm das Antibiotikum und spülte es mit Wasser hinunter.

Kate hielt ihm die Schmerztablette unter die Nase. »Du musst auch ...«

»Das nehme ich nicht.«

»Als du geschlafen hast, warst du ein besserer Patient.«

»Aber jetzt habe ich genug geschlafen.« David lehnte sich im Bett zurück. »Du musst hier verschwinden, Kate.«

»Ich gehe nirgendwohin ...«

»Hör auf. Lass das. Weißt du noch, was du mir versprochen hast? In dem Ferienhaus am Meer? Du hast gesagt, dass du meine Befehle befolgen würdest. Das war meine einzige Bedingung. Und jetzt sage ich dir, du sollst hier verschwinden.«

»Ja ... gut ... Das ist eine medizinische Entscheidung, keine, wie soll man sagen, Frage von Befehl und Gehorsam.«

»Hör mit der Wortklauberei auf. Sieh mich an. Du weißt, dass ich nicht von hier weggehen kann, und ich weiß, wie lang der Weg ist. Ich bin ihn schon mal gegangen ...«

»Apropos, wer ist Andrew Reed?«

David schüttelte den Kopf. »Unwichtig. Er ist tot.«

»Aber sie haben dich so genannt.«

»Er wurde in den pakistanischen Bergen getötet, nicht weit von hier, als er gegen die Immari kämpfte. Hier ist ein Menschenleben nicht viel wert. Das ist kein Spiel, Kate.« Er nahm ihren Arm und zog sie auf das Bett. »Sei still. Hörst du das Geräusch, das tiefe Brummen, wie von einer weit entfernten Biene?«

Kate nickte.

»Das sind Drohnen – Predator-Drohnen. Sie suchen uns, und wenn sie uns gefunden haben, gibt es keinen Ausweg mehr. Du musst gehen.«

»Ich weiß. Aber nicht heute.«

»Ich werde nicht mit dir ...«

»Morgen gehe ich, das verspreche ich.« Kate nahm seine Hand und drückte sie. »Gib mir nur noch einen Tag.«

»Du brichst beim ersten Tageslicht auf, sonst schleppe ich mich zum Berghang und ...«

»Hör auf, mir zu drohen.«

»Dann tu einfach, was ich sage.«

Kate ließ seine Hand los. »Morgen bin ich weg.« Sie stand auf und ging hinaus.

Kate kehrte mit zwei Schüsseln mit dickem Haferbrei zurück. »Ich dachte, du hättest vielleicht Hunger.«

David nickte nur und begann zu essen, zuerst schnell, dann, nach ein paar Bissen, langsamer.

»Ich habe dir vorgelesen.« Sie hielt das Tagebuch hoch. »Stört es dich?«

»Was hast du vorgelesen?«

»Ein Tagebuch. Der alte Mann ... unten ... er hat es mir gegeben.«

»Ach, er. Qian.« David schob sich schnell hintereinander zwei Löffel Brei in den Mund. »Worum geht es darin?«

Kate setzte sich aufs Bett und streckte ihre Beine neben Davids aus, wie sie es während seiner Bewusstlosigkeit getan hatte. »Um Bergbau.«

David sah von seiner Schüssel auf. »Bergbau?«

»Oder um den Krieg, nein, ich weiß nicht genau. Es spielt in Gibraltar.«

»Gibraltar?«

»Ja. Ist das wichtig?«

»Vielleicht. Der Code.« David wühlte in seinen Taschen, als suchte er seinen Schlüsselbund oder sein Portemonnaie. »Nein, Josh hatte es ...«

»Wer ist Josh? Was hatte er?«

»Er ist ... ich habe mit ihm zusammengearbeitet. Wir haben von einem Informanten einen Code erhalten – von demselben, der uns den Tipp mit der Anlage in China gegeben hat. Darüber müssen wir übrigens auch noch reden. Jedenfalls war es ein Foto von einem Eisberg, in dem ein U-Boot steckt. Auf der Rückseite stand ein Code. Der Code verwies auf Todesanzeigen in der *New York Times* von 1947. Es gab drei Stück.« David senkte den Blick, als er sich zu erinnern versuchte. »Die erste hatte etwas damit zu tun, dass die Briten in Gibraltar an einer Grabungsstätte Knochen fanden.«

»Die Grabungsstätte könnte das Bergwerk aus dem Tagebuch sein. Die Immari wollten einen amerikanischen Bergingenieur, einen ehemaligen Soldaten, anheuern, um ein Objekt einige Kilometer unter der Bucht von Gibraltar auszugraben. Sie glauben, es wäre Atlantis.«

»Interessant«, murmelte David, in Gedanken versunken.

Ehe er noch etwas sagen konnte, schlug Kate das Tagebuch auf und begann zu lesen.

9. August 1917

Es ist schon spät, als ich nach Hause komme, und Helena sitzt an dem kleinen Küchentisch. Sie hat die Ellbogen aufgestützt und hält sich mit beiden Händen das Gesicht, als würde es zu Boden fallen, wenn sie es losließe. Ich sehe keine Tränen, aber ihre Augen sind gerötet, als hätte sie geweint, bis sie nicht mehr konnte. Sie sieht aus wie die Frauen, die ich öfter aus dem Lazarett habe gehen sehen, gefolgt von zwei Männern mit einer von einem weißen Laken bedeckten Trage.

Helena hat drei Brüder, zwei davon leisten Militärdienst, der dritte ist noch zu jung oder vielleicht gerade einberufen worden. Das ist mein erster Gedanke: Wie viele Brüder hat sie jetzt noch?

Beim Geräusch der Tür springt sie auf und sieht mich mit wildem Blick an.
»Was ist passiert?«, frage ich.
Sie umarmt mich. »Ich dachte, Sie hätten die Arbeit angenommen oder wären ausgezogen.«
Ich erwidere ihre Umarmung, und sie vergräbt das Gesicht an meiner Brust. Als sie zu schluchzen aufhört, blickt sie mit ihren großen braunen Augen zu mir auf. Es liegt eine Frage darin, die ich nicht entschlüsseln kann. Ich küsse sie auf den Mund. Es ist ein gieriger, verwegener Kuss, als bisse ein Tier in seine Beute, die es den ganzen Tag gejagt hat und die es zum Überleben braucht. Sie fühlt sich so zart und verletzlich an in meinen Armen. Ich greife nach ihrer Bluse und nestele an den Knöpfen, aber sie nimmt meine Hand und tritt einen Schritt zurück.
»Patrick, ich kann das nicht. Ich bin in vielen Dingen ... traditionell.«
»Ich kann warten.«
»Darum geht es nicht. Ich möchte, also, dass du meinen Vater kennenlernst. Meine ganze Familie.«
»Ich würde ihn sehr gern kennenlernen, sie alle.«
»Gut. Ich habe nächste Woche frei. Morgen früh rufe ich ihn an. Wenn es ihm passt, können wir nachmittags den Zug nehmen.«
»Lass uns ... das um einen Tag verschieben. Ich muss noch etwas erledigen.«
»Einverstanden.«
»Und da ist noch etwas.« Ich suche nach den richtigen Worten. Ich brauche die Arbeit, zumindest den Lohn für ein paar Wochen, dann bin ich bereit. »Die Arbeit, ich habe sie mir angesehen, und es scheint nicht besonders gefährlich ...«
Ihr Gesichtsausdruck verändert sich schlagartig, als hätte ich ihr eine Ohrfeige verpasst, und spiegelt eine Empfindung zwischen Sorge und Ärger wider. »Ich kann das nicht. Ich mache das nicht.

Jeden Tag warten und mich fragen, ob du nach Hause kommst. So kann ich nicht leben.«
»Mir bleibt nichts anderes übrig, Helena. Ich kann nichts anderes. Ich weiß nicht, was ich sonst tun soll.«
»Das glaube ich nicht. Es gibt doch viele Männer, die noch einmal von vorn anfangen.«
»Und das tue ich auch, ich verspreche es dir. Sechs Wochen, mehr brauche ich nicht, dann werfe ich das Handtuch. Vielleicht ist der Krieg bis dahin vorbei, und sie haben eine neue Mannschaft. Dann reist du hier ab, und ich brauche Geld, um ... Vorkehrungen zu treffen.«
»Dazu brauchst du kein Geld. Ich habe ...«
»Das kommt nicht in Frage.«
»Wenn du in dieser Mine stirbst, werde ich niemals darüber hinwegkommen. Kannst du damit leben?«
»Bergbau ist wesentlich ungefährlicher, wenn man dabei nicht bombardiert wird.«
»Und was ist, wenn man das Meer über sich hat? Die ganze Bucht von Gibraltar ist über deinem Kopf. All das Wasser, das auf die Tunnel drückt. Wie soll man da bei einem Einsturz rausgezogen werden? Das ist Selbstmord.«
»Man sieht das Wasser kommen.«
»Wie?«
»Der Fels schwitzt«, sage ich.
»Es tut mir leid, Patrick, ich kann das nicht.« Ich sehe in ihren Augen, dass sie es ernst meint.
Manche Entscheidungen fallen einem leicht. »Dann steht es fest. Ich sage ihnen ab.«
Wir küssen uns erneut, und ich schließe sie fest in die Arme.

David legte seine Hand auf Kates. »Das hast du die ganze Zeit gelesen? *Vom Winde verweht* im Ersten Weltkrieg?«

Sie stieß seine Hand weg. »Nein! Ich meine, bis jetzt war es nicht so ... obwohl ein bisschen Romantik auf deinem literarischen Speiseplan nicht schaden würde. Das könnte dein hartes Soldatenherz erweichen.«

»Mal sehen. Vielleicht können wir den schmalzigen Teil einfach überspringen und gleich da weitermachen, wo steht: Hier sind die Bomben und die Geheimlabore versteckt.«

»Wir überspringen nichts. Es könnte wichtig sein.«

»Gut, wenn es dir solchen Spaß macht. Ich werde es klaglos erdulden.« Er verschränkte die Hände vor dem Bauch und sah mit stoischem Blick zur Decke.

Kate lächelte. »Unser großer Märtyrer.«

82

Lagezentrum
Clocktower-Hauptquartier
Neu-Delhi, Indien

»Sir?«

Dorian sah zu dem Sicherheitsoffizier von Immari auf, der nervös an der Tür herumlungerte.

»Was ist?«

»Wir sollten Sie über den Verlauf der Operation ...«

»Erstatten Sie Bericht.«

Der Mann schluckte. »Die Pakete sind in Amerika und Europa eingetroffen.«

»Und die Drohnen?«

»Sie haben ein neues Ziel ausgemacht.«

83

Immaru-Kloster
Autonomes Gebiet Tibet

Kate hatte den Eindruck, das Brummen in der Ferne – die Biene, die nach ihnen suchte –, würde lauter, doch sie ignorierte es. Auch David sprach das Thema nicht an.

Sie saßen nebeneinander in der kleinen Nische, von der aus sie ins Tal hinabblicken konnten, und Kate las weiter. Nur einmal legte sie eine Pause ein, um ein frühes Mittagessen zu sich zu nehmen und David das Antibiotikum zu geben.

10. August 1917

Der Pfandleiher beobachtet mich wie ein Raubvogel, der in seinem Baum lauert, während ich den Blick über die Vitrinen im vorderen Teil des Ladens schweifen lasse. Sie sind voller Ringe, alle glitzernd und schön. Ich habe erwartet, dass es drei oder vier zur Auswahl geben und die Entscheidung nicht schwerfallen würde. Was nun …
»Ein junger Mann sucht einen Verlobungsring. Nichts erwärmt mein Herz mehr, besonders in diesen dunklen Zeiten.« Der Pfandleiher steht mit einem stolzen, einfühlsamen Lächeln vor der Vitrine. Ich habe ihn nicht durch den Raum kommen hören. Er muss sich bewegen wie ein Dieb in der Nacht.

»Ja, ich ... ich habe nicht damit gerechnet, dass es so viele verschiedene geben würde.« Ich durchsuche weiter die Auslage und warte darauf, dass mir etwas ins Auge springt.
»Es gibt so viele Ringe, weil es so viele Witwen hier in Gibraltar gibt. Großbritannien ist seit fast vier Jahren im Krieg, und der Krieg raubt den armen Frauen ihre Männer und ihr Einkommen. Sie verkaufen ihre Ringe, damit sie Brot kaufen können. Brot im Bauch ist mehr wert als ein Stein am Finger oder eine Erinnerung im Herzen. Wir zahlen ihnen nur einen Bruchteil des Werts.« Der Pfandleiher greift in die Vitrine und nimmt einen mit Samt bespannten Halter heraus, auf dem die größten Ringe präsentiert werden. Er stellt ihn auf die Vitrine, gleich unter meine Nase, und breitet die Hände darüber aus, als wollte er einen Zaubertrick vorführen. »Aber ihr Unglück kann zu Ihrem Nutzen sein, mein Freund. Werfen Sie nur mal einen Blick auf die Preise. Sie werden überrascht sein.«
Unwillkürlich weiche ich einen Schritt zurück. Ich sehe zu dem Mann auf, der mit gierigem Grinsen auf die Ringe zeigt. »Keine Sorge, Sie können sie ruhig anfassen ...«
Wie in einem Traum bin ich schon aus der Tür und laufe durch die Straßen von Gibraltar, ehe ich überhaupt begreife, was geschieht. Ich gehe schnell, so schnell, wie es mir mit anderthalb funktionierenden Beinen möglich ist. Ich weiß nicht, warum, aber ich verlasse das Geschäftsviertel und nähere mich dem Fels. Nachdem ich die neueren Ortsteile im Westen hinter mir gelassen habe, umrunde ich den Fels und erreiche das ursprüngliche Dorf, das im Osten an der Catalan Bay am Mittelmeer liegt.
In Gedanken versunken gehe ich eine Weile weiter. Mein Bein tut höllisch weh. Ich habe keine Tabletten mitgenommen, weil ich nicht vorhatte, so weit zu laufen. Stattdessen habe ich fünfhundert von den fast elftausend Dollar dabei, die ich gespart habe.

Ich habe lange überlegt, wie viel ich ausgeben soll. Erst wollte ich mehr investieren, vielleicht sogar tausend Dollar, aber zwei Erwägungen haben mich meine Meinung ändern lassen. Erstens brauche ich Kapital, um ein neues Leben zu beginnen. Elftausend Dollar reichen wahrscheinlich nicht, aber ich kann eine Möglichkeit finden. Die Arbeit bei Immari werde ich sicher nicht annehmen, also muss ich mit dem zurechtkommen, was ich habe. Der zweite, wichtigere Grund ist, dass ich nicht glaube, dass Helena es wollen würde. Sie würde lächeln und den protzigen Ring höflich annehmen, aber sie würde ihn nicht wollen. Sie ist in einer Welt aufgewachsen, in der edler Schmuck, Seidenkleider und herrschaftliche Anwesen so gewöhnlich sind wie ein Glas Wasser. Ich glaube, solche Dinge haben für sie ihren Glanz verloren. Sie sehnt sich nach authentischen Dingen, nach echten Menschen. Wir streben oft nach dem, woran es uns in der Kindheit gemangelt hat. Behütete Kinder entwickeln sich zu Draufgängern. Arme Kinder streben nach Wohlstand. Und manche Kinder, wie Helena, denen es nie an etwas mangelt, die privilegiert unter Menschen aufwachsen, die nicht in der echten Welt leben, sondern jeden Abend ihren Brandy trinken und über die Söhne und Töchter aus diesem oder jenem Haus schwatzen ... solche Kinder wollen manchmal nur die echte Welt erleben und etwas darin bewirken. Sie wollen unverfälschten Kontakt zu ihren Mitmenschen und spüren, dass ihr Leben einen Sinn hat.

Vor mir endet die Straße am Fels. Ich muss mich irgendwo hinsetzen, um mein Bein auszuruhen. Ich bleibe stehen und sehe mich um. Zu meiner Rechten steht im Schatten des weißen Felsens eine einfache katholische Kirche. Die hölzernen Bogentüren öffnen sich, und ein Pfarrer mittleren Alters tritt hinaus in die sengende Sonne von Gibraltar. Wortlos weist er auf den dunklen Eingang, und ich steige die Treppe hinauf und betrete die kleine Kirche.

Licht fällt durch die Buntglasscheiben herein. Es ist eine wunderschöne Kirche mit dunklen Holzbalken und unglaublichen Fresken an den Wänden.

»Willkommen in Our Lady of Sorrow, mein Sohn«, sagt der Pfarrer, während er die schweren Holztüren schließt. »Sind Sie gekommen, um zu beichten?«

Ich überlege, wieder hinauszugehen, aber ihre Schönheit zieht mich tiefer in die Kirche hinein. »Äh, nein, Pater«, *sage ich abwesend.*

»Wonach suchen Sie dann?« *Er folgt mir mit vor dem Bauch verschränkten Händen.*

»Suchen? Nichts, oder ich war am Marktplatz, um einen Ring zu kaufen, und ...«

»Es war klug von Ihnen, herzukommen. Wir leben in seltsamen Zeiten. Unsere Pfarrei hat in den letzten Jahren Glück gehabt. Wir haben viele Erbschaften von Gemeindeangehörigen erhalten, die aus der Welt der Lebenden geschieden sind. Höfe, Kunstwerke, Schmuck und in letzter Zeit viele Ringe.« *Er führt mich aus dem Altarraum in ein kleines Zimmer mit einem Schreibtisch und Bücherregalen voller Ledereinbände vom Boden bis zur Decke.* »Die Kirche bewahrt diese Gegenstände auf, verkauft sie, wenn sich die Gelegenheit bietet, und verwendet den Ertrag, um sich um die Überlebenden zu kümmern.«

Ich nicke und weiß nicht recht, was ich sagen soll. »Ich suche ... nach etwas Besonderem ...«

Der Pfarrer runzelt die Stirn und setzt sich an den Schreibtisch.
»Die Auswahl ist leider nicht so groß wie anderswo.«

»Es geht mir nicht um die Auswahl. Ich suche einen Ring ... mit einer Geschichte.«

»Jeder Ring erzählt eine Geschichte, mein Sohn.«

»Eine mit einem glücklichen Ende.«

Der Pfarrer lehnt sich auf seinem Stuhl zurück. »In diesen finsteren Zeiten ist ein glückliches Ende selten. Aber ... vielleicht habe ich so einen Ring. Erzählen Sie mir von der glücklichen jungen Dame, für die er bestimmt ist.«
»Sie hat mir das Leben gerettet.« *Es ist mir unangenehm, darüber zu reden, und mehr bringe ich nicht heraus.*
»Sie wurden im Krieg verletzt.«
»Ja.« *Mein Hinken ist kaum zu übersehen.* »Aber nicht nur das, sie hat mich verändert.« *Es ist eine erbärmliche Zusammenfassung dessen, was sie für mich getan hat – sie hat mir die Lust am Leben zurückgegeben –, aber der Pfarrer nickt nur.*
»Ein liebenswertes Ehepaar hat sich vor einigen Jahren hierher zurückgezogen. Sie war eine ehrenamtliche Helferin in Südafrika. Waren Sie schon einmal in Südafrika?«
»Nein.«
»Kein Wunder. Bis vor Kurzem hat sich niemand dafür interessiert. Seit ungefähr 1650 war es eine Versorgungsstation auf den Handelsrouten in den Osten. Die Niederländische Ostindien-Kompanie errichtete Kapstadt als Zwischenhalt. Sie bauten es mit Hilfe von Sklaven aus Indonesien, Madagaskar und Indien auf. Bis ins 19. Jahrhundert war es nur ein Handelsposten, dann wurden Gold und Diamanten gefunden, und es wurde die Hölle auf Erden. Die Niederländer hatten die einheimische Bevölkerung seit Jahrhunderten in zahlreichen Grenzkriegen massakriert, aber dann kamen die Briten und brachten den modernen Krieg. Die Art von Krieg, die nur europäische Länder führen können, aber ich glaube, darüber wissen Sie Bescheid. Krieg mit unzähligen Toten, Hungersnöten, Seuchen und Konzentrationslagern.
Es gab einen Soldaten, der für die Briten im Zweiten Burenkrieg kämpfte. Und da die Beute an die Sieger ging, hatte er einige Jahre nach dem Ende des Konflikts etwas Geld übrig. Er inves-*

tierte es in den Bergbau. Ein Fund machte ihn reich, aber er wurde krank. Die ehrenamtliche Helferin, eine spanische Krankenschwester, die im Krieg im Lazarett gearbeitet hatte, pflegte ihn gesund. Und erweichte sein Herz. Sie sagte, sie werde ihn heiraten, aber nur unter der Bedingung, dass er sich für immer von den Minen trenne und die Hälfte seines Vermögens dem Krankenhaus spende.
Er stimmte zu, und sie segelten von Südafrika fort. Hier in Gibraltar ließen sie sich nieder, in dem alten Dorf an der Mittelmeerküste. Aber der Ruhestand tat dem Mann nicht gut. Er war sein ganzes Leben lang Soldat und Minenarbeiter gewesen. Man könnte sagen, er kannte nur die Dunkelheit, den Schmerz und den Kampf, und das Licht Gibraltars schien zu hell für sein finsteres Herz. Das unbeschwerte Leben gab ihm die Möglichkeit, über seine Sünden nachzudenken, und sie quälten ihn Tag und Nacht. Was immer auch der Grund war, ein Jahr später starb er. Die Frau folgte ihm einige Monate darauf.«
Ich warte, ob die Geschichte noch weitergeht. Schließlich sage ich: »Pater, wir haben sehr unterschiedliche Vorstellungen von einem glücklichen Ende.«
Ein Lächeln breitet sich auf seinem Gesicht aus, als hätte er soeben ein Kind etwas Lustiges sagen hören »Die Geschichte ist glücklicher, als Sie denken – wenn man an die Lehren der Kirche glaubt. Für uns ist der Tod nur ein Übergang, dem die Rechtschaffenen freudig entgegensehen können. Ein Anfang, kein Ende. Verstehen Sie, der Mann hat Buße getan und sein Leben aus Unterdrückung und Gier aufgegeben. Er hat für seine Sünden bezahlt – in vielfacher Hinsicht. Wie so viele Männer wurde er von einer guten Frau gerettet. Aber manche Leben sind härter als andere, und manche Sünden verfolgen uns, egal wie sehr wir büßen oder wie weit wir davonsegeln. Vielleicht ist es ihm so ergangen. Vielleicht tut auch den Arbeitsamen unter

uns der Ruhestand nicht gut. Vielleicht findet ein hart arbeitender Mann keinen Trost im Müßiggang.
Aber es gibt noch eine andere Möglichkeit. Der Mann hatte in Südafrika Krieg und Reichtum gesucht. Er strebte nach Macht und dem Gefühl, in einer gefährlichen Welt in Sicherheit zu sein. Aber er gab alles auf, als er die Frau kennenlernte. Womöglich wollte er nur geliebt und nicht verletzt werden. Und als er das erreicht hatte, als er nach einem Leben ohne Liebe endlich geliebt wurde, starb er glücklich. Und die Frau wollte nur wissen, dass sie die Welt verändern konnte, und wenn sie das Herz des finstersten Mannes erreichen konnte, gab es Hoffnung für die gesamte Menschheit.«

Der Pfarrer legt eine Pause ein, holt Luft, beobachtet mich.
»Oder vielleicht bestand ihre einzige Dummheit darin, in den Ruhestand zu gehen und ein sesshaftes Leben zu führen, sodass die Vergangenheit sie einholen konnte, wenn auch nur nachts in ihren Träumen. Was auch immer der Grund für ihren Tod war, an ihrer Bestimmung gibt es keinen Zweifel: Das Himmelsreich wartet auf diejenigen, die Buße tun, und ich glaube, dass dieser Mann und diese Frau bis heute dort leben.«

Ich denke über die Geschichte des Pfarrers nach, während er sich erhebt.
»Möchten Sie den Ring sehen?«
»Ich muss ihn nicht sehen.« Ich zähle fünf Einhundertdollar-Silberzertifikate ab und lege sie auf den Tisch.
Der Priester macht große Augen. »Wir freuen uns über jede Spende, die unsere Unterstützer für angemessen halten, aber ich muss Sie warnen, damit Sie keine Rückzahlung verlangen: Der Ring ist erheblich weniger als fünfhundert Dollar wert ... zum gegenwärtigen Marktpreis.«
»Für mich ist er jeden Penny wert, Pater.«
Auf dem Rückweg zum Cottage spüre ich den Schmerz in mei-

nem Bein kaum. Ich habe eine Vision, in der Helena und ich um die Welt segeln und nirgendwo länger als einige Jahre verweilen. Sie arbeitet in Krankenhäusern. Ich investiere in Minen und nutze meine Kenntnisse, um erfahrenes Personal und vielversprechende Standorte zu finden. So kann ich den Arbeitern einen gerechten Lohn zahlen und für gute Bedingungen sorgen. Zu Beginn wird es nicht besonders profitabel sein, aber wir werden die besten Leute anziehen, und beim Bergbau ist wie in jedem Geschäft gutes Personal das Entscheidende. Wir werden die Konkurrenz verdrängen und das Geld benutzen, um Gutes zu tun. Und wir werden niemals in den Ruhestand gehen und uns niemals von der Vergangenheit einholen lassen.

Kate schlug das Tagebuch zu und beugte sich vor, um die Verbände an Davids Brust zu überprüfen. Sie zog an den Ecken und strich sie glatt.

»Was ist los?«

»Nichts, aber ich glaube, du blutest noch ein bisschen aus einer der Wunden. Ich wechsele gleich den Verband.«

David seufzte theatralisch. »Ich bin so mitfühlend, mir blutet eben leicht das Herz.«

Kate grinste. »Das glaubt dir kein Mensch.«

84

13. August 1917

Das Haus, in dem Helena aufwuchs, ist noch prachtvoller, als ich es mir vorgestellt habe. Umgeben von englischem Wald und sanften Hügeln, thront es über einem riesigen See. Es ist ein Meisterwerk aus Stein und Holz, das an ein restauriertes mittelalterliches Schloss erinnert. Dichter Nebel hängt in der Luft, als uns das lärmende Automobil vom Bahnhof die baumgesäumte Kiesstraße zum Haus hinaufbringt.

Ihr Vater, ihre Mutter und ihr Bruder erwarten uns in Habachtstellung, als wären wir hohe Würdenträger. Sie begrüßen uns freundlich. Hinter uns lädt das Hauspersonal den Wagen aus und verschwindet mit unseren Reisetaschen.

Helenas Vater ist ein großer, kräftiger Mann, nicht korpulent, aber auch keineswegs dünn. Er schüttelt mir die Hand und sieht mir forschend in die Augen, als inspizierte er irgendetwas. Meine Seele vielleicht.

Die nächsten Stunden ziehen wie hinter einem Dunstschleier an mir vorbei. Das Abendessen, die oberflächliche Unterhaltung im Salon, die Führung durch das Haus. Ich denke die ganze Zeit nur an den Moment, wenn ich ihn um die Hand seiner Tochter bitten werde. Hin und wieder werfe ich ihm verstohlene Blicke zu, um herauszufinden, was er für ein Mensch ist und wie er reagieren wird.

Schließlich lockt Helena ihre Mutter mit einer Frage über ein Möbelstück aus dem Zimmer, und zu meiner Erleichterung bittet ihr jüngerer Bruder Edward seinen Vater, sich zurückziehen zu dürfen.

Als wir endlich allein in dem holzgetäfelten Salon sind, beginnen meine Nerven zu flattern. Ich habe mich mit den Tabletten heute zurückgehalten und nur eine einzige genommen. In letzter Zeit hat der Schmerz nachgelassen, oder ich habe mich »an das Bein gewöhnt«, wie Dr. Carlisle sagen würde. Aber er ist noch immer da, und trotz meiner Nervosität spüre ich ihn zwicken. Trotzdem bleibe ich stehen und warte darauf, dass Lord Barton sich hinsetzt.

»Was trinken Sie, Pierce? Brandy, Scotch, Bourbon?«

»Gern einen Bourbon.«

Er füllt ein Glas fast bis zum Rand, spart sich das Eis und reicht es mir. »Ich weiß, weshalb Sie gekommen sind und um was Sie mich bitten wollen, und die Antwort lautet nein, also bringen wir die kleinen Unannehmlichkeiten hinter uns, damit wir den Abend genießen können. Kane hat mir gesagt, Sie seien zur Grabungsstätte in Gibraltar gekommen, und Craig habe Ihnen eine Führung durch unser kleines Projekt gegeben.« Er wirft mir ein zurückhaltendes Lächeln zu. »Ich würde gern wissen, welchen Eindruck Sie gewonnen haben – als Bergingenieur. Wird der Stollen halten, bis wir durchbrechen?«

Ich setze mehrmals an, etwas zu entgegnen. Böse Gedanken schießen mir durch den Kopf. Er hat dich abgewimmelt wie einen lästigen Vertreter. Er ist von Immari, eine Schlange, genauso schlimm wie Kane. Ich trinke einen großen Schluck und spreche so ruhig wie möglich. »Ich würde gern wissen, warum.«

»Wir wollen doch nicht unhöflich werden, Mr. Pierce.«

»Sie liebt mich.«

»Bestimmt. Der Krieg ist eine emotionale Zeit. Aber der Krieg

wird enden, und die Gefühle werden vergehen. Wenn die echte Welt sich zurückmeldet, wird Helena nach England zurückkehren und jemanden heiraten, der ihr das Leben bieten kann, das sie sich wirklich wünscht, ein Leben in Würde und Anstand. Ein Leben, das man nicht zu schätzen weiß, bis man die Unzivilisiertheit des Rests der Welt kennengelernt hat. Das ist es, was sie erwartet. Ich habe schon gewisse Arrangements getroffen.« Er schlägt die Beine übereinander und nippt an seinem Brandy. *»Wissen Sie, als Helena ein kleines Mädchen war, hat sie jedes verflohte, kranke, verletzte oder halbtote Tier aufgenommen, das über das Anwesen gekrochen ist. Sie hat nicht aufgegeben, bis es entweder gestorben ist oder sich erholt hat. Sie hat ein gutes Herz. Aber sie ist erwachsen geworden und hat jedes Interesse an verletzten Tieren verloren. Jeder macht solche Phasen durch, und Mädchen ganz besonders. Und jetzt möchte ich Ihre Meinung über unsere Schächte in Gibraltar hören.«*

»Die Schächte und das, was da unten ist, interessieren mich einen Dreck. Es ist eine gefährliche Grube, und ich werde dort nicht arbeiten. Aber ich heirate Ihre Tochter, mit oder ohne Ihre Erlaubnis. Ich bin kein verwundetes Tier, und sie ist kein kleines Mädchen mehr.« Ich stelle den Whiskey so fest ab, dass der Glastisch beinahe zerbricht und die braune Flüssigkeit alles vollspritzt. *»Danke für den Drink.«* Ich stehe auf und will gehen, aber er stellt ebenfalls sein Glas auf den Tisch und fängt mich an der Tür ab.

»Nur einen Moment noch. Das kann nicht Ihr Ernst sein. Sie haben doch gesehen, was dort unten ist. Würden Sie die Sache aufgeben?«

»Ich habe etwas gefunden, das mich viel mehr interessiert als versunkene Städte.«

»Ich habe Ihnen doch gerade erklärt, dass ich bereits jeman-

den für Helena gefunden habe. Das ist abgemacht. Reden wir nicht mehr darüber. Was die Grabungen angeht, wir können Ihnen mehr bezahlen. Das ist meine Rolle bei der Angelegenheit, nebenbei bemerkt. Ich verwalte die Kasse – das Vermögen von Immari. Kane leitet die Expeditionen und einiges mehr, wie Sie sicher mittlerweile begriffen haben. Mallory leitet unsere Spionageabteilung. Unterschätzen Sie ihn nicht, er ist ziemlich gut darin. Also, was brauchen Sie? Wir können Ihr Gehalt verdoppeln. Zweitausend Dollar die Woche. In ein paar Monaten könnten Sie auf eigenen Füßen stehen und tun, was Sie wollen.«
»Ich arbeite für kein Geld der Welt in der Grube.«
»Warum nicht? Wegen der mangelnden Sicherheit? Das können Sie beheben; da bin ich sicher. Die Leute von der Armee haben uns gesagt, Sie seien ziemlich schlau. Der Beste, haben sie behauptet.«
»Ich habe ihr gesagt, dass ich nicht in der Grube arbeite. Ich habe es versprochen. Und ich werde sie nicht zur Witwe machen.«
»Sie gehen davon aus, dass Sie sie heiraten werden. Sie wird aber ohne meine Zustimmung nicht heiraten.« Lord Barton holt Luft und beobachtet meine Reaktion. Er scheint mit sich zufrieden, weil er mich in die Ecke gedrängt hat.
»Sie unterschätzen sie.«
»Sie überschätzen sie. Aber wenn das Ihre Forderung ist, können Sie sie haben, und die zweitausend Dollar pro Woche noch dazu. Allerdings müssen Sie an Ort und Stelle zustimmen, dass Sie die Grabungen bis zum Ende durchführen werden. Danach geben ich Ihnen sofort meinen Segen.«
»Sie tauschen Ihre Zustimmung gegen das, was da unter der Erde liegt?«
»Problemlos. Ich bin ein praktisch veranlagter Mann. Und ein verantwortungsvoller Mann. Vielleicht werden Sie das ja auch

einmal. Was bedeutet schon die Zukunft meiner Tochter im Vergleich zum Schicksal der Menschheit?«
Ich muss beinahe lachen, aber er fixiert mich mit todernstem Blick. Nachdenklich reibe ich mir das Gesicht. Ich habe nicht erwartet, dass der Mann mit mir feilschen würde, und am wenigsten über die Unternehmung unter der Bucht von Gibraltar. Ich weiß, dass ich einen Fehler mache, aber ich sehe keinen anderen Ausweg. »Ich brauche Ihre Zustimmung sofort, nicht erst nach der Grabung.«
Barton sieht zur Seite. »Wie lange dauert es, bis wir in das Objekt vordringen?«
»Ich weiß nicht …«
»Wochen, Monate, Jahre?«
»Monate, vermute ich. Man kann es unmöglich …«
»Gut, gut. Sie haben meine Zustimmung. Wir verkünden es heute Abend, und wenn Sie Ihren Teil der Abmachung in Gibraltar nicht einhalten, werde ich Helena zur Witwe machen.«

85

Associated Press – Internet-Sondermeldung

Krankenhäuser in den USA und Westeuropa
melden neue Grippewelle

New York City (AP) // Aus den Notaufnahmen und Ambulanzen der Krankenhäuser in den USA und Westeuropa wird eine Welle von neuen Grippefällen gemeldet. Das hat die Befürchtung ausgelöst, es könne sich um den Beginn des Ausbruchs eines bisher unbekannten Grippestamms handeln.

86

Immaru-Kloster
Autonomes Gebiet Tibet

Kate lehnte den Kopf gegen die Holzwand der Nische und sah zur Sonne. Sie wünschte, sie könnte ihren Lauf aufhalten. Aus dem Augenwinkel bemerkte sie, dass David wach war und sie ansah. Sie schlug das Tagebuch auf und begann zu lesen, ehe er etwas sagen konnte.

20. Dezember 1917

Die marokkanischen Arbeiter ducken sich, als um sie herum der Fels herabstürzt. Der Hohlraum füllt sich mit Rauch, und wir ziehen uns in den Stollen zurück. Wir warten und horchen, um uns beim ersten Anzeichen von Schwierigkeiten – Feuer oder in diesem Fall wohl eher ein Wassereinbruch – in den Lastwagen zu quetschen, der über den Schienen steht, und aus dem Stollen zu verschwinden.
Der erste Ruf eines Kanarienvogels durchbricht die Stille, und wir atmen alle erleichtert auf und kehren in den großen Raum zurück, um zu sehen, wie weit uns der Vorstoß gebracht hat.
Wir sind dicht dran. Aber noch nicht ganz dort.
»Ich habe doch gesagt, wir hätten das Loch tiefer bohren müssen«, behauptet Rutger.

Ich kann mich nicht erinnern, dass er irgendetwas gesagt hätte. Eigentlich bin ich sogar ziemlich sicher, dass er faul herumgesessen und das Loch nicht einmal inspiziert hat, bevor wir den Sprengstoff hineingepackt haben. Er geht auf die Sprengstelle zu, um sie sich genauer anzusehen, und fährt mit gekrümmten Fingern über einen der Kanarienvogelkäfige, sodass der Vogel in Panik ausbricht.
»Fassen Sie die Käfige nicht an«, sage ich.
»Sie lassen die Vögel am Methan ersticken, um sich ein paar Minuten Vorsprung zu verschaffen, und ich darf nicht einmal an den Käfigen rütteln?«
»Die Vögel können uns allen das Leben retten. Ich lasse nicht zu, dass Sie sie zum Vergnügen quälen.«
Rutger lässt seine Wut auf mich an dem marokkanischen Vorarbeiter aus. Er schreit den armen Mann auf Französisch an, und die zwölf Arbeiter beginnen, den Schutt von der Sprengung wegzuräumen.
Es ist fast vier Monate her, seit ich die Grabungsstelle besichtigt und zum ersten Mal einen Fuß in diesen seltsamen Raum gesetzt habe. In den ersten Monaten der Grabungsarbeiten wurde deutlich, dass der Teil des Objekts, den sie gefunden hatten, ein Eingangstunnel an der Unterseite war. Er führte zu einer Tür, deren Verschlussmechanismus wir nicht überwinden konnten. Wir versuchten alles: Feuer, Eis, Sprengstoff, Chemikalien. Die Berber unter den Arbeitern vollzogen sogar ein seltsames Stammesritual, vermutlich um sich selbst zu schützen. Aber es stand bald fest, dass wir nicht durch diese Tür kommen würden. Unsere Theorie ist, dass es sich dabei um eine Art Entwässerungsschacht oder Notausgang handelt, der seit wer weiß wie vielen Jahren versiegelt ist.
Nach einiger Diskussion hat der Immari-Rat – das sind Kane, Craig und mein Schwiegervater Lord Barton – beschlossen, dass

wir uns über das Objekt graben, durch den Bereich, in dem sich die Methaneinschlüsse befinden. Das hat unseren Fortschritt gebremst, aber in den letzten Wochen haben wir Hinweise gefunden, dass wir uns einem Eingang nähern. Die glatte metallische Oberfläche des Objekts, die härter ist als Stahl und kaum Geräusche absondert, wenn man dagegenschlägt, neigt sich nach unten. Vor einer Woche sind wir auf Stufen gestoßen.
Der Staub legt sich, und ich kann weitere Stufen erkennen. Rutger schreit die Männer an, sie sollen schneller arbeiten, als bestünde die Gefahr, dass das Objekt sich aus dem Staub macht. Jenseits der Staubwolke hinter mir höre ich Schritte und sehe meinen Assistenten auf mich zurennen. »Mr. Pierce. Ihre Frau ist im Büro. Sie sucht Sie.«
»Rutger!«, brülle ich. Er dreht sich um. »Ich fahre mit dem Lastwagen. Führen Sie keine Sprengungen durch, bis ich zurück bin.«
»Sie können mich mal! Wir sind dicht dran, Pierce.«
Ich nehme die Schachtel mit den Zündkapseln und renne zum Lastwagen. »Fahren Sie mich nach oben«, sage ich zu meinem Assistenten.
Hinter mir ergeht sich Rutger in einer Tirade über meine Feigheit.
Oben ziehe ich mich schnell um und schrubbe mir die Hände. Ehe ich zum Büro hinübergehen kann, klingelt das Telefon im Lagerhaus, und der Verwalter kommt heraus. »Tut mir leid, Mr. Pierce. Sie ist wieder gegangen.«
»Was hat man ihr gesagt?«
»Tut mir leid, Sir, das weiß ich nicht.«
»War sie krank? Wollte sie ins Krankenhaus?«
Der Mann zuckt entschuldigend die Achseln. »Ich ... es tut mir leid, Sir, ich habe nicht gefragt ...«
Bevor er den Satz beendet hat, bin ich schon aus der Tür und

sitze im Automobil. Wir rasen zum Krankenhaus, aber dort ist sie nicht, und niemand hat sie gesehen. Vom Krankenhaus aus verbindet mich die Telefonistin mit dem kürzlich installierten Anschluss in unserem Haus. Das Telefon klingelt zehnmal. Das Fräulein schaltet sich ein. »*Tut mir leid, Sir, es nimmt niemand ...*«
»*Lassen Sie es klingeln. Ich warte.*«
Noch fünfmal. Noch dreimal, dann meldet sich endlich Desmond, unser Butler. »*Haus Pierce, Desmond am Apparat.*«
»*Desmond, ist Mrs. Pierce zu Hause?*«
»*Ja, Sir.*«
Ich warte. »*Also, dann holen Sie sie ans Telefon*«, *sage ich und versuche vergeblich, meine Nervosität zu verbergen.*
»*Natürlich, Sir!*«, *sagt er verlegen. Er ist das Telefonieren nicht gewöhnt. Deshalb hat er wahrscheinlich auch so lange gebraucht, um abzuheben.*
Drei Minuten verstreichen, dann meldet sich Desmond wieder.
»*Sie ist in ihrem Zimmer, Sir. Soll ich Myrtle hineinschicken, um nach ihr ...*«
»*Nein. Ich bin gleich da.*« *Ich lege auf, renne aus dem Krankenhaus und springe in das Automobil.*
Ich treibe meinen Assistenten an, schneller und schneller zu fahren. Rücksichtslos preschen wir durch die Straßen von Gibraltar, drängen mehrere Kutschen von der Straße und jagen hinter jeder Kurve Einkaufsbummler und Touristen auseinander.
Als wir am Haus ankommen, springe ich aus dem Automobil, renne die Treppe hoch, stoße die Tür auf und stürme durch die Eingangshalle. Bei jedem Schritt sticht der Schmerz in mein Bein, und ich schwitze stark, aber die Angst treibt mich voran. Ich steige die prachtvolle Treppe in den ersten Stock hinauf, gehe schnurstracks zu unserem Schlafzimmer und trete ein, ohne anzuklopfen.

Helena dreht sich zu mir um, eindeutig überrascht, mich zu sehen. Und überrascht von meinem Erscheinungsbild – Schweißtropfen rinnen mir über die Stirn, ich keuche und verziehe vor Schmerz das Gesicht. »Patrick?«

»Geht es dir gut?«, *frage ich, während ich mich zu ihr aufs Bett setze und die dicke Decke zurückschlage. Ich streiche über ihren geschwollenen Bauch.*

Sie setzt sich auf. »Das wollte ich dich auch gerade fragen. Natürlich geht es mir gut, warum denn nicht?«

»Ich dachte, du wärst gekommen, weil du … weil es ein Problem gäbe.« *Ich stoße die Luft aus, und die Sorgen fallen von mir ab. Ich werfe ihr einen tadelnden Blick zu.* »Der Arzt hat gesagt, du sollst im Bett bleiben.«

Sie lässt sich wieder in die Kissen sinken. »Versuch du mal, monatelang im Bett zu bleiben und …«

Ich lächle, als sie begreift, was sie gesagt hat.

»Entschuldigung, aber soweit ich mich erinnere, warst du auch nicht sehr gut darin.«

»Nein, du hast recht. Tut mir leid, dass wir uns verpasst haben. Worum ging es?«

»Was?«

»Wieso warst du im Büro?«

»Ach ja. Ich wollte fragen, ob du zum Mittagessen rauskommen kannst, aber sie haben mir gesagt, du wärst unterwegs.«

»Ja. Ein … Problem unten an den Docks.« *Es ist das hundertste Mal, dass ich Helena belüge. Es wird nicht einfacher, aber die Alternative ist noch schlimmer.*

»Die Tücken eines Lebens als großer Fuhrunternehmer.« *Sie lächelt.* »Tja, vielleicht ein anderes Mal.«

»Vielleicht können wir in ein paar Wochen zu dritt zum Mittagessen gehen.«

»Ja, oder zu viert. Ich fühle mich so dick.«

»Man sieht es dir kaum an.«
»Du bist ein brillanter Lügner.«
Brillanter Lügner, das kann man wohl sagen.
Unser fröhliches Beisammensein wird von einem Klopfen im Nebenzimmer gestört. Ich drehe den Kopf.
»Sie vermessen den Salon und das Wohnzimmer darunter«, sagt Helena.
Wir haben schon ein Zimmer für das Baby eingerichtet und drei weitere zu Kinderzimmern umgebaut. Ich habe uns ein riesiges Stadthaus mit einem Nebengebäude für das Personal gekauft und kann mir nicht vorstellen, was wir sonst noch brauchen könnten.
»Ich dachte, wir könnten einen Tanzsaal mit Parkettboden herrichten, so wie im Haus meiner Eltern.«
Irgendwann stößt jeder Mann an seine Grenzen. Helena kann im Haus machen, was sie will; darum geht es nicht. »Und wenn wir einen Sohn bekommen?«, frage ich.
»Keine Sorge.« Sie tätschelt meine Hand. »Ich würde deinen starken amerikanischen Sohn nicht mit den Feinheiten des englischen Gesellschaftstanzes langweilen. Aber wir bekommen ein Mädchen.«
Ich ziehe die Brauen hoch. »Woher weißt du das?«
»Ich fühle es.«
»Dann brauchen wir einen Tanzsaal«, sage ich lächelnd.
»Apropos tanzen, heute hat ein Kurier eine Einladung gebracht. Die Jahresversammlung und der anschließende Weihnachtsball von Immari finden dieses Jahr in Gibraltar statt. Es wird ein bemerkenswertes Fest werden. Ich habe meine Mutter angerufen. Sie und Vater werden kommen. Ich würde auch gern hingehen. Ich überanstrenge mich auch nicht, das verspreche ich.«
»Klar. Abgemacht.«

87

Kate musste ihre Augen anstrengen, um die Schrift im Tagebuch noch lesen zu können. Die Sonne versank hinter den Bergen, und in ihrem Magen breitete sich Furcht aus. Sie warf einen Blick zu David. Seine Miene war leer, ausdruckslos. Vielleicht düster.

Als könnte er ihre Gedanken lesen, kam Milo mit einer Gaslaterne ins Zimmer. Kate mochte den Geruch; er beruhigte sie irgendwie.

Milo kam über die Holzbohlen näher und stellte die Laterne neben das Bett, sodass ihr Licht auf das Tagebuch fiel, und sagte: »Guten Abend, Dr. Kate ...« Als er sah, dass David wach war, strahlte er. »Freut mich, Sie wiederzusehen, Mr. Ree...«

»Ich heiße jetzt David Vale. Freut mich auch, Milo. Du bist ganz schön groß geworden.«

»Und das ist noch nicht alles, Mr. David. Milo hat die altertümliche Art der Kommunikation gelernt, die Sie als Englisch bezeichnen.«

David lachte. »Und er hat es gut gelernt. Ich habe mich damals gefragt, ob sie ihn wegwerfen oder wirklich dir geben würden – den Rosetta-Stone-Sprachkurs.«

»Ah, mein geheimnisvoller Wohltäter gibt sich endlich zu erkennen!« Milo verbeugte sich. »Ich danke Ihnen, dass Sie mir Ihre Sprache geschenkt haben. Darf ich mich nun mit einem kleinen Geschenk revanchieren?« Er zog verschwörerisch die Augenbrauen hoch. »Indem ich Ihnen ein Abendessen serviere?«

»Gern«, sagte Kate lachend.

David sah aus dem Fenster. Der letzte Rand der Sonnenscheibe verschwand hinter dem Berg wie ein Pendel im Uhrenkasten. »Du solltest dich ausruhen, Kate. Es ist ein sehr langer Weg.«

»Ich ruhe mich aus, wenn ich fertig bin. Beim Lesen kann ich mich gut entspannen.« Sie schlug erneut das Tagebuch auf.

23. Dezember 1917

Während der Staub sich allmählich legt, versuche ich, etwas zu erkennen. Ich blinzele und traue meinen Augen kaum. Wir haben weitere Stufen freigelegt, aber dort ist noch etwas anderes, rechts der Stufen – eine Öffnung, ein Riss im Metall.

»Wir sind drin!«, ruft Rutger und stürmt in die Dunkelheit und die Staubwolke hinein.

Ich will ihn zurückhalten, aber er reißt sich los. Mein Bein ist besser geworden, sodass ich nur noch eine oder manchmal zwei Schmerztabletten am Tag nehmen muss, aber ich kann ihn unmöglich einholen.

»Sollen wir hinterher?«, fragt der marokkanische Vorarbeiter.

»Nein«, sage ich. Ich würde keinen einzigen von ihnen opfern, um Rutger zu retten. »Geben Sie mir einen der Vögel.« Ich nehme den Käfig mit dem Kanarienvogel entgegen, schalte meine Helmlampe an und schreite in den dunklen Durchgang.

Die gezackte Öffnung ist eindeutig durch eine Explosion oder andere Gewalteinwirkung entstanden. Aber wir waren es nicht. Wir haben sie lediglich entdeckt – die Metallwand ist nahezu

eineinhalb Meter dick. Während ich das Objekt betrete, nach dem die Immari seit fast sechzig Jahren gegraben und getaucht haben, überkommt mich endgültig tiefe Ehrfurcht. Zuerst gelange ich in einen drei Meter breiten und zehn Meter langen Gang. Er führt in einen runden Raum, dessen Wunder ich kaum zu beschreiben vermag. Eine Einbuchtung in der Wand zieht meinen Blick auf sich. Dort stehen vier große Röhren, die aussehen wie überdimensionierte Einweckgläser und vom Boden bis zur Decke reichen. Sie sind leer, bis auf ein schwaches weißes Licht sowie Nebel, der über dem Boden schwebt. Weiter drüben stehen zwei weitere Röhren. Eine ist beschädigt, glaube ich. Das Glas ist gesprungen, und es befindet sich kein Nebel darin. Aber in der Röhre daneben ... da ist etwas. Rutger sieht es auch und geht zu der Röhre, die unsere Gegenwart zu spüren scheint. Während wir näher kommen, lichtet sich der Nebel wie ein Vorhang, der sich hebt, um ein Geheimnis zu lüften.
Es ist ein Mensch. Nein, ein Affe. Oder irgendetwas dazwischen. Rutger sieht sich zu mir um, und zum ersten Mal spiegelt sein Gesichtsausdruck etwas anderes als Arroganz oder Verachtung wider. Er ist verwirrt. Vielleicht hat er auch Angst; mir ergeht es jedenfalls so.
Ich lege ihm eine Hand auf die Schulter und sehe mich weiter im Raum um. »Fassen Sie bloß nichts an, Rutger.«

88

24. Dezember 1917

Helena erstrahlt in dem Kleid. Der Schneider brauchte eine Woche, um es auszulassen, und hat mir ein kleines Vermögen berechnet, aber es war das Warten und jeden Schilling wert. Sie ist einfach umwerfend. Wir tanzen und ignorieren ihr Versprechen, sich nicht anzustrengen. Ich kann ihr nichts abschlagen. Meistens stehe ich auf der Stelle, sodass der Schmerz erträglich ist, und wenigstens einmal im Leben harmonieren wir gut auf dem Tanzboden. Die Musik wird langsamer, Helena legt den Kopf an meine Schulter, und ich vergesse den Affenmenschen in der Röhre. Zum ersten Mal, seit der Tunnel an der Westfront eingestürzt ist, fühlt sich die Welt wieder normal an.
Dann löst sich alles auf wie der Nebel in der Röhre. Die Musik endet. Lord Barton beginnt zu reden und hebt sein Glas. Er bringt einen Toast auf mich aus – Immaris neuer Leiter der Speditionsabteilung, der Mann seiner Tochter und ein Kriegsheld. Überall im Raum wird genickt. Jemand reißt einen Witz über einen modernen Lazarus, der von den Toten auferstanden ist. Gelächter. Ich lächele. Helena umarmt mich fester. Schließlich ist Barton fertig, und die Feiernden kippen ihren Sekt herunter und nicken mir zu. Ich vollführe eine alberne kleine Verbeugung und geleite Helena zurück an unseren Tisch.
In diesem Augenblick kann ich aus mir unerfindlichem Grund

nur daran denken, wie ich zum letzten Mal meinen Vater gesehen habe – am Tag, bevor ich eingeschifft wurde, um in den Krieg zu ziehen. Er betrank sich an diesem Abend wie ein Seemann und verlor die Kontrolle – etwas, das ich noch nie zuvor erlebt hatte. Er erzählte mir von seiner Kindheit, und ich verstand ihn, oder zumindest glaubte ich das. Wie tief kann man überhaupt einen anderen Menschen verstehen?

Wir wohnten in einem bescheidenen Haus in West Virginia inmitten der Menschen, die für meinen Vater arbeiteten. Seinesgleichen – die anderen Geschäftsinhaber, Händler und Bankiers – wohnten gewöhnlich auf der anderen Seite der Stadt, aber meinem Vater gefiel es so.

Er schritt durch das Wohnzimmer und spuckte beim Sprechen. Ich saß dort in meiner makellosen braunen Armeeuniform mit dem Bronzestreifen eines Second Lieutenant am Kragen.

»Du siehst genauso albern aus wie ein anderer Mann, den ich kannte und der in die Armee eingetreten ist. Er war trunken vor Freude, als er zurück in die Hütte gerannt kam. Er hat den Brief durch die Luft geschwenkt, als hätte ihn der König persönlich geschrieben. Er las ihn uns vor, aber ich habe damals nicht alles verstanden. Wir zogen runter in die Vereinigten Staaten, nach Virginia. Der Sezessionskrieg war vor zwei Jahren ausgebrochen. Ich weiß nicht mehr genau, wann es geschah, aber mittlerweile war er ziemlich blutig geworden. Und beide Seiten brauchten mehr Männer, frisches Kanonenfutter. Aber wenn man reich genug war, musste man nicht mitmachen. Man musste nur einen Ersatzmann schicken. Ein reicher Südstaatenfarmer hatte deinen Großvater als Ersatzmann angeheuert. Ein Ersatzmann. Der für einen anderen Mann im Krieg sterben sollte, nur weil dieser Geld hatte. Wenn sie dieses Mal die Wehrpflicht einführen, sorge ich im Senat dafür, dass niemand einen Ersatzmann schicken kann.«

»Wir brauchen keine Wehrpflicht. Mutige Männer melden sich zu Tausenden ...«

Er lachte und goss sich einen neuen Drink ein. »Mutige Männer zu Tausenden. Ganze Waggons voller Narren, die sich melden, weil sie glauben, sie könnten Ruhm ernten oder Abenteuer erleben. Sie kennen den Preis des Krieges nicht.« Er schüttelte den Kopf und trank das Glas in einem Zug fast leer. »Es wird sich bald herumsprechen, und dann müssen sie die Wehrpflicht einführen, so wie im Bürgerkrieg. Da gab es am Anfang auch keine Wehrpflicht, aber als die Leute sahen, was sich abspielte, haben sie mit der Einberufung begonnen, und die Reichen haben armen Leuten wie meinem Vater Briefe geschrieben. Aber in Kanada dauerte es, bis die Post ankam, besonders wenn man Holzfäller war und weit außerhalb der Stadt wohnte. Als wir nach Virginia kamen, hatte der Farmer schon einen anderen Ersatzmann angeheuert. Weil er von deinem Großvater nichts gehört hatte, bekam er Angst, dass er selbst einrücken müsste, Gott bewahre. Aber wir waren in Virginia, und dein Großvater war ganz versessen darauf, für Geld in den Krieg zu ziehen, denn als Ersatzmann bekam man bis zu tausend Dollar, und das war ein Vermögen, falls man noch dazu kam, es einzustreichen. Tja, er kam nicht dazu. Er fand einen anderen Farmer, der dasselbe Problem hatte, und er wurde in diese erbärmliche graue Uniform gesteckt und starb darin. Als der Süden verlor, brach die Gesellschaft auseinander, und die riesige Parzelle Land, die deinem Großvater als Bezahlung versprochen worden war, wurde von einem Spekulanten aus dem Norden bei einer Zwangsversteigerung für einen Apfel und ein Ei gekauft.« Sein Glas war leer, und er setzte sich endlich hin.

»Aber das war bei Weitem nicht das Schlimmste bei der Wiedereingliederung. Ich musste zusehen, wie mein einziger Bruder an Typhus starb, während wir in einer kleinen heruntergekom-

menen Hütte auf der Plantage wohnten und die Besatzungssoldaten aus dem Norden uns die Haare vom Kopf fraßen. Der neue Besitzer wollte uns rauswerfen, aber meine Mutter schloss einen Handel mit ihm: Sie würde auf den Feldern arbeiten, wenn wir bleiben konnten. Und so kam es. Sie schuftete sich auf den Feldern zu Tode. Ich war zwölf, als ich die Plantage verließ und mich nach West Virginia durchschlug. Es war schwierig, Arbeit in den Minen zu finden, aber sie brauchten Jungen, je kleiner, desto besser – um in die engen Schächte zu kriechen. Das ist der Preis des Krieges. Jetzt weißt du es. Wenigstens hast du keine Familie. Aber das erwartet dich: Tod und Elend. Wenn du dich jemals fragst, warum ich so hart zu dir war, so unfreigiebig und fordernd – das ist der Grund. Das Leben ist hart – für jeden –, aber wenn man dumm oder schwach ist, ist es die Hölle auf Erden. Du bist keines von beidem, dafür habe ich gesorgt, und so zahlst du es mir zurück.«

»Dieser Krieg ist anders ...«

»Es ist immer der gleiche Krieg. Nur die Namen der Toten ändern sich. Es geht immer um dasselbe: Welche Gruppe von Reichen teilt sich die Beute auf? Sie nennen es Weltkrieg, eine raffinierte Propaganda. Es ist ein europäischer Bürgerkrieg; die einzige Frage ist, welche Könige und Königinnen den Kontinent unter sich aufteilen werden, wenn alles vorbei ist. Amerika hat da drüben nichts zu gewinnen, deshalb habe ich gegen den Kriegseintritt gestimmt. Die Europäer waren so vernünftig, sich aus unserem Bürgerkrieg herauszuhalten, deshalb sollten wir dasselbe tun. Die ganze Angelegenheit ist praktisch eine Fehde zwischen den Königsfamilien, sie sind alle miteinander verwandt.«

»Und es sind auch unsere Verwandten. Unser Mutterland steht mit dem Rücken zur Wand. Sie würden uns auch zu Hilfe kommen, wenn wir vor der Vernichtung stünden.«

»Wir schulden ihnen nichts. Amerika gehört uns. Wir haben für dieses Land mit Blut, Schweiß und Tränen bezahlt – der einzigen Währung, die etwas bedeutet.«
»Sie brauchen dringend Bergleute. Der Einsatz von Tunneln könnte den Krieg verkürzen. Soll ich zu Hause bleiben, wenn ich Menschenleben retten kann?«
»Du kannst keine Menschenleben retten.« Er wirkte empört. »Du hast kein Wort verstanden von dem, was ich erzählt habe, oder? Verschwinde. Und selbst wenn du es aus dem Krieg zurückschaffst, komm nicht wieder her. Aber tu mir einen Gefallen, als Gegenleistung für all das, was ich für dich getan habe. Wenn du herausfindest, dass du den Krieg eines anderen führst, mach dich davon. Und gründe keine Familie, bevor du die Uniform abgelegt hast. Sei nicht so grausam und gierig wie dein Großvater. Er kam auf dem Weg nach Virginia durch die verwüsteten Gebiete im Norden. Er wusste, worauf er sich einließ, aber er hat trotzdem weitergemacht. Wenn du den Krieg siehst, wirst du es verstehen. Ich hoffe, du triffst dann vernünftigere Entscheidungen als die, die du heute getroffen hast.« Er ging aus dem Zimmer, und ich sah ihn nie wieder.
Ich bin so in meinen Erinnerungen versunken, dass ich die Menschenschar, die an uns vorbeizieht, sich vorstellt und Helenas Bauch tätschelt, kaum bemerke. Wir sitzen da wie ein Königspaar bei einem Staatsempfang. Es sind Dutzende von Wissenschaftlern gekommen, die zweifellos den Raum untersuchen wollen, den wir kürzlich freigelegt haben. Ich lerne die Vorsitzenden der Immari Abteilung in Übersee kennen. Die Organisation ist riesig. Konrad Kane kommt herübermarschiert. Seine Beine und Arme sind steif, der Rücken durchgedrückt, als wäre er auf einen unsichtbaren Pfahl gespießt. Er stellt die Frau an seiner Seite vor – seine Ehefrau. Sie lächelt warmherzig und spricht zu meiner Überraschung freundlich mit uns. Ich schäme mich ein

wenig für mein harsches Benehmen. Ein kleiner Junge kommt hinter ihrem Rücken hervorgerannt, springt auf Helenas Schoß und prallt dabei gegen ihren Bauch. Ich packe ihn am Arm und ziehe ihn von ihr herunter. Mir steht die Wut ins Gesicht geschrieben, und der Junge sieht aus, als finge er gleich an zu weinen. Konrad wirft mir einen scharfen Blick zu, aber seine Frau nimmt den Jungen in die Arme und ermahnt ihn. »Sei vorsichtig, Dieter. Helena ist schwanger.«

Helena richtet sich auf ihrem Stuhl auf und beugt sich zu dem Jungen. »Schon in Ordnung. Gib mir deine Hand, Dieter.« Sie zieht ihn zu sich und legt sich seine Hand auf den Bauch. »Spürst du das?« Der Junge blickt zu Helena auf und nickt. Helena lächelt ihn an. »Ich weiß noch, als du im Bauch deiner Mutter warst. Ich erinnere mich, wie du geboren wurdest.«

Lord Barton tritt zwischen Konrad und mich. »Es wird Zeit.« Er sieht zu der Frau und ihrem Jungen, der Helenas geschwollenen Bauch betastet. »Entschuldigen Sie uns, meine Damen.« Barton führt uns aus dem Saal in einen großen Konferenzraum. Die anderen Apostel der Apokalypse warten schon auf uns: Rutger, Mallory Craig und ein Stab aus Wissenschaftlern und anderen Männern. Die Vorstellungsrunde ist nur kurz. Diese Leute gehören offenbar nicht zu meinen Bewunderern. Sie gratulieren mir zwar überschwänglich, als hätten wir die Pest besiegt, aber dann kommen sie schnell zur Sache.

»Wann werden wir durchkommen – zum oberen Ende der Treppe?«, fragt Konrad.

Ich weiß schon, was ich sagen will, aber meine Neugierde siegt. »Was sind das für Apparate in dem Raum, den wir gefunden haben?«

Einer der Wissenschaftler meldet sich zu Wort. »Wir untersuchen sie noch. Eine Art Konservierungskammer.«

Das habe ich bereits vermutet, aber es klingt weniger verrückt, wenn ein Wissenschaftler es sagt. »*Der Raum ist ein Laboratorium?*«

Der Wissenschaftler nickt. »*Ja. Wir glauben, das Ganze ist ein Forschungsgebäude, vielleicht ein riesiges Labor.*«

»*Was, wenn es gar kein Gebäude ist?*«

Der Wissenschaftler wirkt verwirrt. »*Was soll es sonst sein?*«

»*Ein Schiff*«, *sage ich.*

Barton stößt ein Lachen aus. »*Das ist absurd, Patty*«, *sagt er jovial.* »*Warum konzentrieren Sie sich nicht auf die Grabungen und überlassen die Wissenschaft diesen Männern?*« *Er nickt ihnen anerkennend zu.* »*Ich versichere Ihnen, dass sie darin besser sind als Sie. Also, Rutger hat uns gesagt, Sie seien besorgt, dass sich oberhalb der Treppe Wasser und Gas befände. Was planen Sie diesbezüglich?*«

Ich hake nach. »*Die Wände in dem Objekt. Sie sehen aus wie die Schotten eines Schiffes.*«

Der leitende Wissenschaftler zögert, dann sagt er: »*Ja, das stimmt. Aber sie sind zu dick, fast eineinhalb Meter. Kein Schiff bräuchte so dicke Wände, und es könnte damit nicht schwimmen. Außerdem ist das Ding zu groß für ein Schiff. Es ist eine Stadt, da sind wir ziemlich sicher. Und diese Treppe. Eine Treppe auf einem Schiff, das wäre seltsam.*«

Barton hebt eine Hand. »*Wir werden all diese Rätsel lösen, wenn wir drin sind. Können Sie eine Schätzung abgeben, Pierce?*«

»*Nein.*«

»*Warum nicht?*«

Einen Augenblick lang kehre ich in Gedanken an diesen Abend in West Virginia zurück, dann bin ich wieder in dem Konferenzraum und blicke auf den Immari-Rat und die Wissenschaftler.

»*Weil ich nicht mehr weitergrabe. Suchen Sie sich jemand anderen*«, *sage ich.*

»*Hören Sie, mein Junge, das hier ist kein geselliger Klub, kei-*

ne Veranstaltung zu Ihrem Amüsement, der Sie beitreten und die Sie wieder verlassen können, wenn die Pflichten zu mühselig werden. Sie werden die Arbeit zu Ende bringen und sich an Ihr Versprechen halten«, sagt Lord Barton.
»Ich habe gesagt, ich würde einen Durchbruch schaffen, und das habe ich getan. Das ist nicht mein Krieg. Ich habe jetzt eine Familie.«
Barton springt auf, um mich anzuschreien, aber Kane greift nach seinem Arm und schaltet sich zum ersten Mal ein. »Krieg. Eine interessante Wortwahl. Sagen Sie, Mr. Pierce, was glauben Sie, was in der letzten Röhre ist?«
»Ich weiß es nicht, und es kümmert mich auch nicht.«
»Das sollte es Sie aber«, sagt Kane. »Es ist kein Mensch, und es passt zu keinem Knochen, den wir je gefunden haben.« Er wartet auf meine Reaktion. »Wenn Sie unfähig oder zu träge sind, um die Schlussfolgerungen zu ziehen, werde ich es für Sie tun. Jemand hat dieses Bauwerk geschaffen – die am höchsten entwickelte Technologie auf diesem Planeten. Und es wurde vor Tausenden oder sogar Hunderttausenden von Jahren gebaut. Dieser eingefrorene Affenmensch ist seit Zigtausenden von Jahren dort drin. Und wartet.«
»Worauf?«
»Das wissen wir nicht, aber ich versichere Ihnen, dass die menschliche Rasse auf der Erde ausgedient hat, wenn er und die anderen, die dieses Bauwerk erschaffen haben, aufwachen. Sie sagen also, dies sei nicht Ihr Krieg, aber das stimmt nicht. Man kann vor diesem Krieg nicht weglaufen, kann sich nicht einfach heraushalten oder wegziehen, weil dieser Feind uns bis in die letzten Winkel der Welt verfolgen und auslöschen wird.«
»Sie gehen davon aus, dass sie feindselig sind. Weil Sie selbst feindselig sind und Krieg und Machtstreben Ihre Gedanken beherrschen, vermuten Sie von ihnen dasselbe.«

»Das Einzige, was wir mit Sicherheit wissen, ist, dass dieses Ding menschenähnlich ist. Meine Annahmen sind fundiert. Und pragmatisch. Wenn wir sie töten, sichern wir unser Überleben. Wenn wir uns mit ihnen anfreunden, nicht.«
Ich denke über seine Worte nach und muss leider zugeben, dass sie einleuchtend klingen.
Kane scheint mein Schwanken zu spüren. »Sie wissen, dass ich recht habe, Pierce. Die sind schlauer als wir, unendlich viel schlauer. Falls sie uns am Leben lassen, zumindest einige von uns, werden wir für sie nicht mehr als Haustiere sein. Vielleicht züchten sie uns so, dass wir unterwürfig und brav sind, so wie wir aus den Wölfen vor Tausenden von Jahren Hunde gemacht haben. Wir werden so manierlich sein, dass wir uns nicht einmal vorstellen können, uns zu wehren, dass wir nicht mehr jagen und uns nicht mehr selbst ernähren können. Vielleicht geschieht es jetzt schon, und wir merken es nicht einmal. Oder vielleicht finden sie uns auch nicht so niedlich. Sie könnten uns zu ihren Sklaven machen. Sie wissen, wie das läuft, vermute ich. Eine Gruppe von brutalen, aber intelligenten Menschen mit fortschrittlicher Technologie unterwirft eine weniger entwickelte Gruppe. Aber dieses Mal wird es für die Ewigkeit sein; wir würden uns niemals weiterentwickeln. Denken Sie darüber nach. Wir können dieses Schicksal abwenden. Es scheint brutal, dort einzudringen und sie im Schlaf zu ermorden, aber bedenken Sie die Alternative. Wir werden als Helden gefeiert werden, wenn die Wahrheit ans Licht kommt. Wir sind die Befreier der Menschheit, die ...«
»Nein. Was immer auch geschieht, es geschieht ab jetzt ohne mich.« Ich sehe immerzu Helenas Gesicht vor mir und muss daran denken, wie ich unser Kind im Arm halte, wie ich meinen Lebensabend an einem See verbringe und unseren Enkeln im Sommer das Fischen beibringe. Ich kann zu dem Plan von Immari nichts beitragen. Sie werden einen anderen Bergingenieur

finden. Vielleicht wirft es sie um ein paar Monate zurück, aber was immer auch dort unten ist, es wird warten.
Ich stehe auf und werfe Kane und Barton einen langen Blick zu. »Meine Herren, Sie müssen mich jetzt entschuldigen. Meine Frau ist schwanger, und ich sollte sie nach Hause bringen.« Ich richte mich an Barton. »Wir erwarten unser erstes Kind. Ich wünsche Ihnen alles Gute bei Ihrem Vorhaben. Wie Sie wissen, war ich Soldat. Und Soldaten können Geheimnisse für sich behalten. Fast so gut, wie sie kämpfen können. Aber ich hoffe, dass für mich die Zeit des Kämpfens vorbei ist.«

David setzte sich auf. »Ich weiß, was sie tun.«

»Wer?«

»Die Immari. Toba-Protokoll. Jetzt verstehe ich es. Sie bauen eine Armee auf. Jede Wette. Sie glauben, die Menschheit stehe einem hoch entwickelten Feind gegenüber. Toba-Protokoll soll die Bevölkerung reduzieren, einen genetischen Flaschenhals schaffen und einen zweiten Großen Sprung nach vorn auslösen – sie wollen eine Rasse von Supersoldaten züchten, weiter entwickelte Menschen, die diejenigen bekämpfen können, die das Ding in Gibraltar gebaut haben.«

»Vielleicht. Aber da ist noch etwas. In China, da gab es so einen Apparat. Ich glaube, er hat etwas damit zu tun«, sagte Kate.

Sie erzählte David von ihren Erlebnissen in China, von dem glockenförmigen Gerät, das die Versuchspersonen massakriert hatte, ehe es geschmolzen und schließlich explodiert war.

Als sie geendet hatte, nickte David. »Ich glaube, ich weiß, was das ist.«

»Wirklich?«

»Ja. Vielleicht. Lies weiter.«

89

18. Januar 1918

Als der Butler in mein Arbeitszimmer stürmt, ist mein erster Gedanke: Helena, ihre Fruchtblase ist geplatzt ... oder sie ist gestürzt oder ...
»Mr. Pierce, Ihr Büro ist am Telefon. Der Herr sagt, es sei dringend. Es geht um das Lagerhaus an den Docks.«
Ich gehe in das Büro des Butlers und nehme den Hörer. Mallory beginnt zu reden, bevor ich ein Wort gesagt habe. »Patrick. Es hat einen Unfall gegeben. Rutger wollte nicht, dass Sie angerufen werden, aber ich dachte, Sie sollten es erfahren. Er hat zu viel Druck gemacht. Sie sind zu schnell zu weit vorgedrungen. Einige der marokkanischen Arbeiter sind eingeschlossen, sie sagen ...«
Mitten im Satz springe ich auf und laufe aus der Tür. Ich fahre zum Lagerhaus und springe zu meinem ehemaligen Assistenten in den elektrischen Lastwagen. Wir fahren so waghalsig wie Rutger, als er mir die Grube zeigte. Der Narr hat es getan – er hat sie so sehr angetrieben, dass es zu einem Einsturz kam. Ich fürchte mich vor dem Anblick, trotzdem treibe ich meinen Assistenten an, noch schneller zu fahren.
Als der Stollen sich zu dem gewaltigen steinernen Raum verbreitert, in dem ich die letzten vier Monate gearbeitet habe, bemerke ich, dass das elektrische Licht erloschen ist. Aber es

ist nicht dunkel – die Strahlen von einem Dutzend Helmlampen fallen kreuz und quer durch den Raum. Ein Mann, der Vorarbeiter, packt mich am Arm. »Rutger ist für Sie am Gerät, Mr. Pierce.«

»Am Apparat«, *verbessere ich ihn, während ich durch das Halbdunkel stolpere. Ich bleibe stehen. Auf meiner Stirn ist Feuchtigkeit. Ist das Schweiß? Nein, es tropft von der Decke – der Fels schwitzt.*

Ich nehme den Hörer. »Rutger, man hat mir gesagt, es gäbe einen Unfall. Wo sind Sie?«

»An einem sicheren Ort.«

»Treiben Sie keine Spielchen mit mir. Wo ist der Unfall passiert?«

»Ach, Sie sind schon an der richtigen Stelle.« *Rutger klingt belustigt und selbstbewusst. Zufrieden.*

Ich sehe mich um. Die Bergleute laufen verwirrt umher. Warum ist das Licht aus? Ich lege den Hörer auf und gehe zu dem Stromkabel. Dort ist eine neue Leitung angeschlossen. Ich richte mein Licht darauf und folge ihr durch den Raum. Sie führt an der Wand hoch ... zur Decke und dann hinüber zu der Treppe zu einer ... »Raus hier!«, *brülle ich. Ich taumele über den unebenen Boden in den hinteren Teil des Raums, um die Arbeiter hinauszutreiben, aber sie stolpern übereinander in dem unruhigen Meer aus Licht und Schatten.*

Über mir zerreißt eine Explosion die Luft, und Steine fallen herab. Staub verhüllt den Raum. Es ist genau wie in dem Tunnel an der Westfront. Ich kann sie nicht retten. Ich kann sie nicht einmal sehen. Ich stolpere zurück – in den Gang zu dem Labor. Die Staubwolke folgt mir, und ich höre, wie der herabstürzende Fels den Eingang versperrt. Die Schreie verklingen, als würde eine Tür geschlossen, und nur der sanfte Schein des weißen Lichts aus dem Nebel in den Röhren erhellt die Dunkelheit.

Ich weiß nicht, wie viel Zeit vergangen ist, aber ich habe Hunger. Großen Hunger. Meine Helmlampe ist schon lange verloschen. Ich sitze in der Dunkelheit und Stille mit dem Rücken an der Wand und denke nach. Helena muss krank sein vor Sorge. Wird sie jetzt mein Geheimnis erfahren? Wird sie mir vergeben? Das setzt voraus, dass ich hier rauskomme.
Auf der anderen Seite der herabgestürzten Steine höre ich Schritte. Und Stimmen. Die Lücken zwischen den Steinen sind groß genug, um die Geräusche gedämpft durchdringen zu lassen.
»HEEEYYY!«
Ich muss genau überlegen, was ich sage. »Gehen Sie zum Telefon und rufen Sie Lord Barton an. Sagen Sie ihm, Patrick Pierce ist in der Grube eingeschlossen.«
Ich höre Gelächter. Rutger. »Sie sind ein Überlebenskünstler, Pierce, das muss ich Ihnen lassen. Und Sie sind ein hervorragender Bergingenieur, aber was Menschenkenntnis angeht, sind Sie ein Idiot.«
»Barton macht Sie einen Kopf kürzer, wenn Sie mich töten.«
»Barton? Was glauben Sie denn, wer den Befehl dazu gegeben hat? Glauben Sie, ich könnte Sie einfach so umbringen? Wenn das so wäre, hätte ich Sie schon lange beseitigt. Nein. Barton und mein Vater hatten schon geplant, dass Helena und ich heiraten, bevor wir überhaupt geboren waren. Aber sie war nicht gerade begeistert von der Vorstellung; vielleicht ist sie deshalb in den ersten Zug nach Gibraltar gestiegen, sobald der Krieg ausbrach. Aber wir können unserem Schicksal nicht entkommen. Die Grabung hat mich ebenfalls hierher geführt, und alles lief wieder so, wie es sollte, bis das Methan meine Mannschaften getötet hat und Sie hier aufgetaucht sind. Barton hat mit Ihnen eine Abmachung getroffen, aber er hat meinem Papa versprochen, dass er sie rückgängig machen kann. Die Schwangerschaft hat das Fass zum Überlaufen gebracht, aber keine Sorge,

ich kümmere mich darum. So viele Kinder sterben gleich nach der Geburt an allen möglichen rätselhaften Krankheiten. Und dann werde ich da sein, um sie zu trösten. Wir kennen uns schon seit Ewigkeiten.«

»Ich komme hier raus, Rutger. Und dann werde ich Sie töten. Haben Sie mich verstanden?«

»Seien Sie ruhig, Patty. Sie stören die Männer bei der Arbeit.«
Rutger entfernt sich von dem verschütteten Durchgang. Er ruft etwas auf Deutsch, und ich höre überall Schritte im Nebenraum. In den nächsten Stunden durchsuche ich das mysteriöse Labor. Es gibt dort nichts, was mir weiterhilft. Alle Türen sind verschlossen. Das wird meine Gruft sein. Es muss einen Ausweg geben. Schließlich setze ich mich wieder und starre die Wände an, die schimmern wie Glas und das Licht aus den Röhren schwach widerspiegeln. Es ist eine stumpfe, verschwommene Reflexion, wie polierter Stahl sie hervorruft.

Ich höre, wie über mir gelegentlich gebohrt wird und Spitzhacken auf Stein schlagen. Sie versuchen, die Arbeit abzuschließen. Bald müssen sie das obere Ende der Treppe erreicht haben. Plötzlich hört der Lärm auf, und ich höre jemanden auf Deutsch schreien: »Wasser! Wasser!« Dann ein lautes Poltern. Das unverwechselbare Geräusch von herabstürzendem Gestein. Ich renne zum Eingang und lausche. Schreie, Wasserrauschen. Und noch etwas. Ein Trommeln. Oder ein pulsierendes Dröhnen. Es wird von Sekunde zu Sekunde lauter. Weitere Schreie. Männer rennen. Der Lastwagen springt an und fährt mit aufjaulendem Motor davon.

Ich strenge mich an, aber jetzt kann ich nichts mehr hören. In der Stille bemerke ich, dass ich bis zu den Knien im Wasser stehe. Es dringt durch den verschütteten Eingang herein, und zwar schnell.

Ich stürme zurück in den Gang. Es muss einen Ausweg aus dem

Labor geben. Ich schlage gegen die Wände, aber nichts tut sich. Das Wasser fließt jetzt in das Labor; in wenigen Minuten wird es mich überspülen.

Eine der vier Röhren steht offen. Welche Wahl habe ich? Ich wate durch das Wasser und werfe mich hinein. Der Nebel hüllt mich ein, und die Tür schließt sich.

90

Schneelager Alpha
Bohrstelle 6
Ost-Antarktis

Robert Hunt saß in seinem Wohncontainer und wärmte sich die Hände an einer frisch gebrühten Tasse Kaffee. Nach der Beinahe-Katastrophe an der letzten Bohrstelle war er froh, dass sie ohne Zwischenfall siebentausend Fuß erreicht hatten. Keine Hohlräume mit Luft, Wasser oder Sediment. Vielleicht würde diese Bohrstelle so sein wie die ersten vier – nichts als Eis. Er schlürfte seinen Kaffee und überlegte, was an der letzten Bohrstelle für den abweichenden Verlauf verantwortlich war.

Durch die Tür des Containers drang ein hohes Geräusch – der Bohrer drehte sich eindeutig unter keinem oder nur geringem Widerstand.

Er rannte hinaus, fing den Blick des Technikers auf und fuhr sich mit der Hand über die Kehle. Der Mann sprang vor und schlug auf den Notschalter. Er hatte dazugelernt.

Robert lief zur Plattform. Der Techniker wandte sich zu ihm um und fragte: »Sollen wir zurückdrehen?«

»Nein.« Robert überprüfte die Tiefe. Das Messgerät zeigte 7.309 Fuß. »Fahr den Bohrer runter, damit wir sehen können, wie tief der Hohlraum ist.«

Der Techniker ließ den Bohrer weiter hinab, und Robert beobachtete die Anzeige: 7.400 ... 7.450 ... 7.500 ... 7.550 ... 7.600. Sie blieb bei 7.624 Fuß stehen.

Robert schossen verschiedene Möglichkeiten durch den Kopf. Ein Hohlraum über zwei Kilometer unter dem Eis. Es könnte etwas über dem Untergrund sein. Aber was? Die Höhle war nahezu hundert Meter hoch. Zwischen den Boden und die Decke passte fast ein Fußballfeld. Das widersprach den Gesetzen der Schwerkraft. Was war stark genug, um eine zwei Kilometer dicke Eisschicht zu stützen?

Der Techniker drehte sich zu Robert und fragte: »Soll ich weiterbohren?«

Robert fuhr gedankenverloren mit der Hand über die Anzeigen und murmelte: »Nein. Nein, mach nichts. Ich muss das melden.«

Als er wieder im Container war, schaltete er das Funkgerät ein. »Bounty, hier ist Snow King. Ich habe einen Statusbericht.«

Es dauerte einige Sekunden, bis das Funkgerät knisterte und die Antwort kam: »Wir hören, Snow King.«

»Wir sind auf sieben-drei-null-neun, ich wiederhole, auf sieben-drei-null-neun auf einen Hohlraum gestoßen. Der Holraum endet bei sieben-sechs-zwei-vier, ich wiederhole, bei sieben-sechs-zwei-vier. Bitte um Anweisungen. Ende.«

»Bitte warten, Snow King.«

Robert setzte einen neuen Kaffee auf. Sein Team würde ihn vermutlich gebrauchen können.

»Snow King, wie ist die Position des Bohrers?«

»Bounty, der Bohrer befindet sich noch im Loch, auf maximaler Tiefe, Ende.«

»Verstanden, Snow King. Folgende Anweisungen: Bohrer

herausfahren, Bohrstelle zurückbauen und zur siebten Stelle weiterfahren. Halten Sie sich bereit für die GPS-Daten.«

Wie beim letzten Mal schrieb er die Koordinaten auf und ließ die überflüssige Ermahnung, mit niemandem vor Ort Kontakt aufzunehmen, über sich ergehen. Er faltete den Zettel mit den GPS-Daten, steckte ihn in die Hosentasche, nahm die beiden Tassen mit frischem Kaffee und verließ den Container.

Sie drehten den Bohrer heraus und richteten die Bohrstelle sorgfältig her. Die Männer arbeiteten schweigend und effizient, fast mechanisch. Aus der Luft hätten sie drei Eskimo-Spielzeugsoldaten sein können, die wie auf Schienen über das Eis glitten, Kisten trugen und stapelten, große weiße Schirme aufspannten, um kleinere Geräte zu verbergen, und weiße Metallstangen für den riesigen Baldachin, der die Bohrstelle verdecken sollte, in den Boden trieben. Als sie fertig waren, stiegen die beiden Techniker auf ihre Schneemobile und warteten, dass Robert vorausfuhr.

Er stützte die Arme auf die Plastikkiste, in der die Kameras aufbewahrt wurden, und sah zur Bohrstelle. Zwei Millionen Dollar waren eine Menge Geld.

Die beiden Männer blickten sich nach ihm um. Sie hatten ihre Schneemobile angelassen, aber einer von ihnen schaltete es wieder aus.

Robert wischte Schnee von der Kiste und öffnete einen Verschluss. Die Stimme aus dem Funkgerät erschreckte ihn. »Snow King, hier ist Bounty. Lagebericht.«

Robert drückte den Sprechknopf und zögerte einen Moment. »Bounty, hier Snow King.« Er sah zu den Technikern. »Wir räumen jetzt die Bohrstelle.«

Er klappte den Verschluss wieder zu und blieb einen Augenblick reglos stehen. Irgendwas war faul an der Sache. Die

Funkstille, die Geheimhaltung. Aber was wusste er schon? Er wurde bezahlt, um zu bohren. Vielleicht taten sie nichts Unrechtes, vielleicht wollte sein Arbeitgeber nur nicht, dass alle Welt aus der Presse von seinen Geschäften erfuhr. Dagegen war nichts einzuwenden. Das wäre ein Ding, wenn er rausgeworfen würde, weil er zu neugierig war. So dumm war er nicht. Er stellte sich vor, wie er es seinem Sohn erklärte: »Tut mir leid, das College muss warten. Ich kann es mir im Moment nicht leisten. Ja, ich hätte das Geld gehabt, aber ich musste einfach hinter das Geheimnis kommen.«

Andererseits ... falls sich etwas Illegales abspielte und er sich daran beteiligte ... »Mein Junge, du kannst nicht aufs College, weil dein Vater ein Krimineller ist, und übrigens: Er war so blöd, dass er es nicht mal gemerkt hat.«

Der zweite Techniker schaltete jetzt ebenfalls den Motor seines Schneemobils ab. Beide Männer sahen ihn an.

Robert ging zu den überschüssigen Tarnmaterialien. Er nahm einen geschlossenen, zweieinhalb Meter langen Schirm und band ihn an sein Schneemobil. Dann ließ er den Motor an und machte sich auf den Weg zur nächsten Bohrstelle. Die beiden Techniker hielten sich dicht hinter ihm.

Nach einer halben Stunde entdeckte Robert eine aus dem Schnee aufragende Felsformation, die einen Überhang bildete. Er war nicht so tief, dass man ihn als Höhle bezeichnen konnte, reichte jedoch ungefähr zehn Meter in den Fels hinein und warf einen langen Schatten. Robert passte ihren Kurs an, sodass sie die Stelle passierten, und im letzten Moment riss er das Steuer herum und fuhr in die Dunkelheit hinein. Die beiden Techniker folgten seinem Manöver reaktionsschnell und parkten ihre Schneemobile neben seinem. Robert blieb sitzen. Auch die beiden anderen stiegen nicht ab.

»Ich habe etwas an der Bohrstelle vergessen. Ich bin gleich wieder da. Wartet hier und, äh, bleibt unter dem Felsen.« Keiner der Männer entgegnete etwas. Robert wurde immer nervöser. Er war ein miserabler Lügner. Um seine Anordnungen zu rechtfertigen, fügte er hinzu: »Wir sollen darauf achten, dass wir nicht aus der Luft gesehen werden.« Er klappte den weißen Schirm auf und befestigte ihn neben sich am Schneemobil, als wäre er ein Ritter, der mit seiner Lanze einen Angriff reitet.

Er wendete und fuhr über denselben Weg, den sie gekommen waren, zur Bohrstelle zurück.

91

Immaru-Kloster
Autonomes Gebiet Tibet

Kate gähnte und blätterte um. Es war kalt im Zimmer, und sie und David hatten sich in dicke Decken gewickelt.

»Lies es auf dem Weg hier raus zu Ende«, sagte David mit müden Augen. »Du wirst öfter mal Pause machen müssen.«

»Okay, ich will nur eine gute Stelle zum Unterbrechen finden«, sagte sie.

»Du hast als Kind abends heimlich gelesen, oder?«

»Fast jede Nacht. Und du?«

»Videospiele.«

»Typisch.«

»Manchmal habe ich auch mit Lego gespielt.« David gähnte jetzt ebenfalls. »Wie viele Seiten noch?«

Kate blätterte durch das Tagebuch. »Nicht mehr viele. Ich kann noch so lange wach bleiben. Und du?«

»Wie gesagt, ich habe genug geschlafen. Und ich habe morgen keine Wanderung vor mir.«

Ich erwache zu dem leisen Zischen der kalten, feuchten Luft, die in die Röhre strömt. Zuerst fühlt sie sich schwer an, als würde Wasser in meine Lunge fließen, aber nach einigen tiefen Zügen normalisiert sich meine Atmung, und ich mache eine kurze Be-

standsaufnahme. Das Labor ist noch immer dunkel, aber aus dem Gang fällt ein schwacher Lichtschein herein.
Ich steige aus der Röhre und sehe mich im Raum um, während ich mich dem Gang nähere. Keine der anderen Röhren ist besetzt, bis auf die mit dem Affenmann, der offenbar die Flut ungestört verschlafen hat. Ich frage mich, was er noch alles verschlafen hat.
Im Gang steht das Wasser noch dreißig Zentimeter hoch. Ich bemerke es, aber es hält mich nicht auf. Ich wate zu der gezackten Öffnung. Die Steine, die mich eingeschlossen haben, sind fast vollständig verschwunden – zweifellos wurden sie weggespült. Weiches bernsteinfarbenes Licht fällt von oben auf die verbliebenen Steine. Ich schiebe sie zur Seite und trete hinaus in die Grube.
Das seltsame Licht geht von einem Gerät aus, das zehn Meter über mir am oberen Ende der Treppe hängt. Es sieht aus wie eine Glocke oder wie ein riesiger Bauer aus einem Schachspiel mit Fenstern an der Oberseite. Ich betrachte es und überlege, was es sein könnte. Es scheint meinen Blick zu erwidern, und das Licht pulsiert langsam wie das Herz eines Löwen, der soeben in der Serengeti seine Beute verschlungen hat.
Ich stehe still da und frage mich, ob es mich angreifen wird, aber nichts passiert. Meine Augen gewöhnen sich an das Licht, und von Sekunde zu Sekunde kann ich den Raum besser erkennen. Der Boden ist von einer grauenhaften Brühe aus Wasser, Asche, Staub und Blut bedeckt. Ganz unten liegen die Leichen der marokkanischen Bergarbeiter, eingeklemmt unter Geröll. Darüber liegen in Stücke gerissene Europäer, manche von ihnen verbrannt, aber alle verstümmelt von einer Waffe, die mein Vorstellungsvermögen übersteigt. Es war kein Sprengstoff, keine Schusswaffe, kein Messer. Und sie sind schon eine Weile tot. Die Wunden sehen alt aus. Wie lange bin ich schon hier unten?

*Ich sehe mir die Leichen an und hoffe, jemanden unter ihnen zu entdecken. Aber Rutger ist nicht dabei.
Ich reibe mir über das Gesicht. Ich muss mich konzentrieren. Ich muss nach Hause. Zu Helena.
Der elektrische Lastwagen ist weg. Ich bin schwach, müde und hungrig und weiß nicht, ob ich es jemals ans Tageslicht schaffen werde, aber ich setze einen Fuß vor den anderen und begebe mich auf den mühseligen Weg aus der Grube. Ich gehe, so schnell ich kann, und rüste mich für den Schmerz im Bein, aber er kommt nicht. Eine Kraft und ein inneres Feuer, von deren Existenz ich bisher nichts wusste, treiben mich hinaus.
Wie im Flug ziehen die Stollen an mir vorbei, und als ich die letzte Windung der Spirale hinter mir lasse, sehe ich das Licht. Sie haben den Eingang mit einem weißen Zelt oder einer Plastikplane abgedeckt.
Ich schlage die Plane zur Seite, und Soldaten mit Gasmasken und merkwürdigen Plastikanzügen umzingeln mich. Sie stürzen sich auf mich und halten mich am Boden. Ich sehe einen großen Soldaten auf mich zukommen. Selbst in dem unförmigen Plastikanzug erkenne ich ihn. Konrad Kane.
Einer meiner Bewacher blickt zu ihm auf und sagt durch die Maske gedämpft: »Er ist gerade rausgekommen, Sir.«
»Nehmt ihn mit«, sagt Kane mit dunkler körperloser Stimme.
Die Männer zerren mich tiefer in das Lagerhaus hinein zu sechs weißen Zelten, die mich an ein Feldlazarett erinnern. Im ersten Zelt stehen reihenweise Liegen, die alle mit weißen Laken bedeckt sind. Ich höre Schreie aus dem nächsten Zelt. Helena.
Ich versuche mich loszureißen, aber ich bin zu schwach – ausgehungert, erschöpft von dem Weg nach oben und dem, was die Röhre mit mir gemacht hat. Sie halten mich fest, trotzdem wehre ich mich weiter.
Jetzt höre ich sie deutlich, vom anderen Ende des Zelts hinter*

einem weißen Vorhang. Ich will zu ihr rennen, aber die Soldaten reißen mich zurück und führen mich an den Reihen von schmalen Pritschen vorbei, sodass ich mir die Toten darauf gut ansehen kann. Entsetzen erfasst mich. Lord Barton und Lady Barton sind hier. Rutger. Kanes Frau. Alle tot. Und da sind andere, Menschen, die ich nicht kenne. Wissenschaftler. Soldaten. Krankenschwestern. Wir kommen an einem Feldbett vorbei, auf dem ein Junge liegt. Kanes Sohn. Dietrich? Dieter?
Ich höre, wie die Ärzte mit Helena reden, und als wir um den Vorhang herumgehen, sehe ich, wie sie sie umringen, ihr eine Spritze geben und sie niederhalten.
Die Soldaten halten mich weiter fest. Kane dreht sich zu mir. »Ich will, dass Sie das sehen, Pierce. Sie können sie sterben sehen, so wie ich Rutger und Marie habe sterben sehen.«
Sie ziehen mich näher heran. »Was ist passiert?«, frage ich.
»Sie haben die Hölle entfesselt, Pierce. Sie hätten uns helfen können. Was immer dort unten ist, hat Rutger und die Hälfte seiner Männer getötet. Diejenigen, die es nach oben geschafft haben, waren krank. Eine Seuche unvorstellbaren Ausmaßes. Sie hat Gibraltar verwüstet und breitet sich in Spanien aus.« Er zieht den weißen Vorhang zur Seite, sodass ich alles sehen kann: Helena, die sich auf dem Bett wälzt, während drei Männer und zwei Frauen fieberhaft an ihr arbeiten.
Ich stoße die Soldaten weg, und Kane hindert sie mit einem Handzeichen daran, mir zu folgen. Ich renne zu Helena, streiche ihr das Haar aus dem Gesicht und küsse ihre Wange, ihren Mund. Als ich ihre glühend heiße Haut spüre, erschrecke ich, und sie scheint es zu bemerken. Sie streckt die Hand aus und streichelt mir über das Gesicht. »Schon gut, Patrick. Es ist nur die Grippe. Die Spanische Grippe. Sie wird vorbeigehen.«
Ich sehe zu einem der Ärzte. Schnell senkte er den Blick.
Eine Träne quillt aus meinem Auge und läuft langsam über die

Wange. Helena wischt sie weg. »Ich bin so froh, dass du in Sicherheit bist. Man hat mir gesagt, du wärst bei einem Grubenunglück getötet worden, als du versucht hast, deine marokkanischen Arbeiter zu retten.« Sie hält mein Gesicht in den Händen. »Wie tapfer.«
Sie schlägt eine Hand vor den Mund, um den Husten zu unterdrücken, der ihren ganzen Körper und das Rollbett erschüttert. Mit der anderen Hand hält sie sich den geschwollenen Bauch, damit er nicht gegen das Bettgeländer stößt. Ich habe das Gefühl, der Husten hält eine Ewigkeit an. Es klingt, als würde er ihr die Lunge zerreißen.
Ich halte ihre Schultern unten. »Helena ...«
»Ich verzeihe dir. Dass du es mir nicht gesagt hast. Ich weiß, dass du es für mich getan hast.«
»Verzeih mir nicht, bitte nicht.«
Ein neuerlicher Hustenanfall plagt sie, und die Ärzte schieben mich aus dem Weg. Sie verabreichen ihr Sauerstoff, aber es scheint nicht zu helfen.
Ich sehe zu. Und weine. Kane beobachtet mich. Helena strampelt und kämpft – und als ihr Leib erschlafft, wende ich mich an Kane, mit einer Stimme, die fast so flach und leblos ist wie die, die unter seiner Maske hervordringt. In diesem Moment schließe ich in dem provisorischen Lazarett von Immari einen Pakt mit dem Teufel.

Tränen rollten über Kates Gesicht. Sie schloss die Augen und lag nicht mehr in Tibet neben David im Bett. Sie war zurück in San Francisco, in jener kalten Nacht vor fünf Jahren, auf der Trage. Sie zogen sie aus dem Rettungswagen und rollten sie ins Krankenhaus. Ärzte und Schwestern umschwirrten sie laut rufend, und Kate schrie sie an, aber sie hörten ihr nicht zu. Sie packte einen Arzt am Arm. »Retten

Sie das Baby, wenn Sie sich entscheiden müssen, dann retten Sie ...«

Der Arzt löste sich von ihr und sagte zu dem korpulenten Mann, der die Trage schob: »OP zwei. Sofort!«

Sie rollten sie schneller durch den Gang, drückten ihr eine Maske auf den Mund, und Kate kämpfte gegen die Betäubung an.

Sie erwachte in einem großen, leeren Krankenzimmer. Alles tat ihr weh. In ihrem Arm steckten mehrere Schläuche. Sofort tastete sie nach ihrem Bauch, aber sie wusste es schon, bevor sie ihn berührte. Als sie das Nachthemd hochzog, sah sie die lange, hässliche Narbe. Sie vergrub das Gesicht in den Händen und weinte so lange, bis sie jegliches Zeitgefühl verlor.

»Dr. Warner?«

Erschrocken sah sie auf. Hoffnungsvoll. Eine schüchterne Krankenschwester stand vor ihr. »Mein Baby?«, sagte Kate mit brechender Stimme.

Die Schwester blickte auf ihre Füße.

Kate sank verzweifelt zurück aufs Kissen. Die Tränen kamen jetzt in Schüben.

»Ma'am, wir waren unsicher, in der Akte steht niemand, den wir im Notfall benachrichtigen können – sollen wir jemanden anrufen? Den ... Vater?«

Die aufflammende Wut bremste die Tränenflut. Die siebenmonatige Affäre, die romantischen Abendessen, der Zauber. Der Internetunternehmer, der Traummann, fast zu perfekt, um wahr zu sein. Die nachlässige Verhütung. Sein Verschwinden. Ihre Entscheidung, das Kind zu behalten.

»Nein, es gibt niemanden, den Sie anrufen sollen.«

David nahm sie fest in die Arme und wischte ihr die Tränen aus den Augen.

»Normalerweise bin ich nicht so rührselig«, brachte Kate zwischen zwei Schluchzern hervor. »Es ist nur ... ich ... als ich ...« Ein Damm schien zu brechen; Gefühle und Gedanken, die sie ausgesperrt hatte, überwältigten sie. Sie spürte, wie die Worte sich formten, um aus ihr herauszusprudeln – zum ersten Mal war sie bereit, die Geschichte zu erzählen, und das auch noch einem Mann. Vor wenigen Tagen wäre das undenkbar gewesen, aber bei ihm fühlte sie sich so geborgen. Mehr als das: Sie *vertraute* ihm.

»Ich weiß.« Er wischte einen neuen Schwall von Tränen von ihrer Wange. »Die Narbe. Schon gut.« Er nahm ihr das Tagebuch aus der Hand. »Genug gelesen für heute. Wir sollten uns ausruhen.« Er zog sie neben sich auf das Kissen, und sie glitten in den Schlaf.

92

Lagezentrum
Clocktower-Hauptquartier
Neu-Delhi, Indien

»Sir, wir sind ziemlich sicher, dass wir sie gefunden haben«, sagte der Techniker.

»Was heißt ziemlich?«, fragte Dorian.

»Ein paar Einheimische haben unserem Zwei-Mann-Team am Boden erzählt, dass ein Zug durch dieses Gebiet gekommen ist.« Der Techniker kreiste mit einem Laserpointer eine bewaldete Bergregion auf dem riesigen Bildschirm ein. »Die Gleise sind eigentlich stillgelegt, deshalb kann es kein Güterzug gewesen sein. Und die Drohnen haben ein Kloster in der Nähe entdeckt.«

»Wie weit sind die Drohnen jetzt entfernt?«

Der Techniker drückte einige Tasten auf seinem Laptop. »Ein paar Stunden ...«

»Was? Mein Gott, wir waren genau über ihnen!«

»Tut mir leid, Sir, sie mussten tanken. In einer Stunde können sie wieder in der Luft sein. Aber jetzt ist es dunkel. Das Satellitenbild stammt von früher. Es wird ...«

»Sind die Drohnen mit Infrarotkameras ausgestattet?«

Der Techniker tippte auf dem Laptop. »Nein. Wir sollten ...«

»Haben irgendwelche der Drohnen in der Nähe Infrarot?«, schnauzte Dorian.

»Augenblick.« In der Brille des Technikers spiegelten sich die Monitorbilder. »Ja, sie stehen ein Stück entfernt, aber sie können das Ziel erreichen.«

»Starten Sie sie.«

Ein weiterer Techniker kam in das Lagezentrum gerannt. »Wir haben gerade eine geheime Nachricht von der Antarktis-Operation bekommen. Sie haben einen Eingang gefunden.«

Dorian lehnte sich auf seinem Stuhl zurück. »Ist das bestätigt?«

»Sie überprüfen es gerade, aber die Tiefe und die Ausmaße stimmen.«

»Sind die tragbaren Sprengköpfe bereit?«, fragte Dorian.

»Ja. Dr. Chase meldet, dass sie umgebaut wurden, damit sie in einen Rucksack passen.« Der dürre Mann hielt einen Packen Blätter hoch, der so dick war, dass man ihn nicht klammern konnte. »Chase hat einen ziemlich ausführlichen Bericht ...«

»Ab in den Schredder damit.«

Der Mann klemmte sich den Bericht wieder unter den Arm. »Und Dr. Grey hat angerufen. Er möchte mit Ihnen über Schutzmaßnahmen an der Bohrstelle reden.«

»Das kann ich mir vorstellen. Sagen Sie ihm, wir sprechen darüber, wenn ich vor Ort bin. Ich fahre jetzt los.« Dorian stand auf und wollte hinausgehen.

»Da ist noch etwas, Sir. Die Infektionsraten in Südostasien, Australien und Amerika steigen.«

»Unternimmt jemand etwas dagegen?«

»Nein, anscheinend nicht. Sie glauben, es wäre nur ein neuer Grippestamm.«

93

Immaru-Kloster
Autonomes Gebiet Tibet

In ihrer Nische öffnete Kate verschlafen die Augen. Es war weder Nacht noch richtig Tag. Die ersten Strahlen der aufgehenden Sonne fielen durch das große Fenster, und sie drehte sich weg und versuchte, die Helligkeit zu ignorieren. Sie schmiegte sich mit dem Kopf dichter an David und schloss die Augen.

»Ich weiß, dass du wach bist«, sagte er.

»Nein, stimmt nicht.« Sie legte ihren Kopf aufs Kissen und rührte sich nicht.

Er lachte. »Du sprichst mit mir.«

»Ich rede im Schlaf.«

David setzte sich im Bett auf. Er betrachtete sie einen Moment, dann strich er ihr das Haar aus dem Gesicht. Sie öffnete die Augen und fing seinen Blick auf. Sie hoffte, er würde sich vorbeugen und ...

»Kate, du musst gehen.«

Abrupt wandte sie sich ab. Sie fürchtete sich vor dem Streit, aber sie würde nicht nachgeben. Sie wollte ihn nicht allein zurücklassen. Aber ehe sie widersprechen konnte, tauchte wie aus dem Nichts Milo auf. Er trug wie gewöhnlich einen heiteren Ausdruck zur Schau, doch sowohl sein

Gesicht als auch seine Haltung verrieten unübersehbare Zeichen der Erschöpfung.

»Guten Morgen, Dr. Kate, Mr. David. Sie müssen mit Milo kommen.«

David drehte sich zu ihm. »Gib uns eine Minute, Milo.«

Der junge Mann trat näher. »Wir haben keine Minute zu verschenken. Qian sagt, es ist Zeit.«

»Zeit wofür?«, fragte David.

Kate setzte sich auf.

»Zeit zu gehen. Zeit für« – Milo zog die Brauen hoch – »den Fluchtplan. Milos Projekt.«

David legte den Kopf schräg. »Fluchtplan?«

Das war eine Gelegenheit für Kate, dem bevorstehenden Streit mit David aus dem Weg zu gehen oder ihn zumindest hinauszuzögern, und sie ergriff sie. Sie rannte zum Schrank und holte die Fläschchen mit Antibiotika und Schmerztabletten heraus. Milo hielt ihr einen kleinen Stoffbeutel hin, und sie warf die Fläschchen zusammen mit dem Tagebuch hinein. Sie entfernte sich vom Schrank, doch dann kehrte sie noch einmal zurück und schnappte sich zur Sicherheit noch Verbandszeug und Klebeband. »Danke, Milo.«

Hinter sich hörte Kate, wie David seine Füße auf den Boden stellte und fast im selben Moment zusammenbrach. Kate war gerade noch rechtzeitig bei ihm, um ihn aufzufangen. Sie griff in die Tasche, fischte eine Schmerztablette und ein Antibiotikum heraus und stopfte sie ihm in den Mund, bevor er widersprechen konnte. Er schluckte die Pillen ohne Wasser, während Kate ihn hinaus in den hölzernen Laubengang schleifte.

Die Sonne stieg nun schnell, und Kate sah gleich hinter dem Gang Fallschirme am Himmel. Nein, es waren keine Fallschirme – es waren Heißluftballons. Drei. Verwundert betrachtete sie den ersten Ballon. Die Oberseite war grün und braun. Eine Tarnbemalung. Bäume, ein Wald. Merkwürdig.

Das Geräusch. Das Summen. Es war nah. David wandte sich zu ihr. »Die Drohnen.« Er hatte sich von ihr unter dem Arm stützen lassen, doch jetzt stieß er sie weg. »Lauf zum Ballon.«

»David«, begann Kate.

»Nein. Mach es.« Er griff nach Milos Arm. »Mein Gewehr. Das, das ich beim ersten Mal dabeihatte. Hast du es noch?«

Milo nickte. »Wir haben all Ihre Sachen ...«

»Hol es, schnell. Ich brauche einen erhöhten Standpunkt. Wir treffen uns auf der Aussichtsplattform.«

Kate dachte, er würde sich noch ein letztes Mal zu ihr umdrehen und ... aber er war schon weg, humpelte durch das Kloster und quälte sich eine Steintreppe am Berghang hinauf.

Kate sah zu den Ballons und wieder zurück zu David, aber er war verschwunden. Die Treppe war leer.

Sie lief den Laubengang entlang, der an einer hölzernen Wendeltreppe endete. Unterhalb der Treppe standen die Gondeln der riesigen Ballons. Fünf Mönche warteten dort auf sie und winkten ihr zu.

Als sie näher kam, sprangen zwei der Mönche in den ersten Ballon, lösten das Seil und stießen sich von der Plattform ab. Während der Ballon vom Berg wegtrieb, gestikulierten die beiden, um Kates Aufmerksamkeit zu gewinnen. Sie bedienten die Seile und den Brenner, mit denen der Ballon gesteuert wurde, um ihr die Funktionsweise zu verdeutlichen. Einer der Mönche nickte ihr zu, dann zog er an einem Seil, sodass einer der Säcke an der Seite des Korbs herabfiel, und der Ballon stieg schnell in den Himmel. Es war wunderschön, die Ruhe des Flugs, die Farben – rot und gelb mit blauen und grünen Flecken. Der Ballon segelte über die Hochebene wie ein überdimensionierter Schmetterling auf der Flucht.

In dem zweiten Schmetterlings-Ballon befanden sich ebenfalls zwei Mönche, aber sie hoben nicht ab. Sie schienen auf sie zu warten. Der fünfte Mönch bedeutete ihr, in den dritten Ballon zu steigen, auf dessen Oberseite die Waldszene prangte. Kate bemerkte, dass die Unterseite einem bewölkten Himmel nachempfunden war – blau und weiß. Aus entsprechender Entfernung würde eine Drohne von unten nur Himmel sehen. Wenn sie über dem Ballon flog, würde sie nur Wald sehen. Raffiniert.

Sie kletterte in den Wolken-und-Wald-Ballon. Der zweite Schmetterlings-Ballon hob vor ihr ab, und der auf der Plattform verbliebene Mönch zog zwei Seile an ihrem Korb, um die Säcke zu lösen und den Ballon in die Luft zu schicken. Wie in einem surrealen Traum stieg er lautlos auf. Kate drehte sich um und sah über der Hochebene Dutzende – nein, Hunderte von bunten Ballons, die einen erhabenen Anblick boten, während sie in Sonnenlicht getaucht in den Himmel stiegen. Jedes Kloster musste welche losgeschickt haben.

Kates Ballon stieg nun schneller und ließ die hölzerne Startplattform und das Kloster unter sich zurück.

David.

Als Kate nach den Steuerseilen griff, wurde der Ballon von einer Explosion erschüttert. Der Berghang schien sich innerhalb eines Wimpernschlags aufzulösen. Der Ballon wackelte. Holz und Steine flogen durch die Luft. Rauch, Feuer und Asche stiegen zwischen Kate und dem Kloster auf.

Sie konnte nichts sehen. Aber der Ballon war offenbar unbeschädigt; die Rakete der Drohne war auf der gegenüberliegenden Seite des Klosters in den Berg eingeschlagen. Kate kämpfte mit den Steuerseilen. Sie stieg zu schnell auf. Ein anderer Lärm. Ein Schuss – von oben.

94

Der Schuss verfehlte das Ziel. Die Drohne hatte eine Sekunde, bevor David den Abzug gedrückt hatte, eine ihrer beiden Raketen abgefeuert. Durch den Gewichtsverlust hatte die Drohne leicht beschleunigt und war dem Geschoss aus Davids Scharfschützengewehr entgangen.

Er transportierte eine weitere Patrone in die Kammer und suchte erneut die Drohne. Der Rauch stieg jetzt in dichten Schwaden auf. Das Kloster war von Flammen umhüllt, und auch die Bäume in der Umgebung hatten Feuer gefangen. David verzog das Gesicht, als er aufstand, aber seine Beine gehorchten ihm. Die Schmerztablette wirkte. Er brauchte einen besseren Aussichtspunkt. Er drehte sich um und erschrak, weil er Milo im Schneidersitz und mit geschlossenen Augen am Rand der Holzplattform sitzen sah.

David packte ihn an der Schulter. »Was machst du da?«

»Ich suche den inneren Frieden, Mr. ...«

David zog ihn hoch und stieß ihn gegen die Felswand. »Such ihn auf dem Gipfel.« David zeigte nach oben, und als Milo sich zu ihm wandte, drehte er ihn wieder um und schob ihn auf den Hang zu. »Kletter immer weiter, Milo, egal, was passiert. Los. Ich meine es ernst.«

Zögerlich schob Milo eine Hand in einen gezackten Felsspalt. David sah einen Augenblick lang zu, wie er die Wand erklomm, ehe er sich wieder der Drohne widmete.

Er ging zum Rand der Plattform und wartete. Dann kam sie – eine Lücke im Rauch. Er kniete sich hin, spähte durch das Zielfernrohr und sah, ohne das Gewehr neu ausrichten zu müssen, die Drohne – eine andere Drohne. Diese war noch mit beiden Raketen bestückt. Wie viele Drohnen waren hier? David zögerte nicht. Er holte Luft und drückte langsam den Abzug. Die Drohne explodierte, und eine dünne Rauchsäule stieg in den Himmel, als sie auf dem Boden aufschlug.

David suchte den Himmel nach der ersten Drohne ab, konnte sie jedoch nicht entdecken. Er stand auf und humpelte über die Plattform. Durch den Rauch stieg ein buntes Gebilde auf, Wolken und Wald teilten den schwarzen Qualm. Der Ballon. Kate. Ihre Augen trafen sich in dem Moment, als der Berg unter ihm explodierte. Mit einem Mal war die Plattform zur Hälfte verschwunden, und er verlor das Gleichgewicht. Das Gewehr fiel ihm aus der Hand und schlug mit einem Klirren auf die Felsen. Das Kloster stürzte ein. Die erste Drohne hatte ihre letzte Rakete abgeschossen – der Todesstoß.

Der Ballon wackelte, aber er war noch da, vielleicht drei Meter unter ihm. Der Rest der Plattform brach jetzt schnell ein.

David rannte zum Rand und sprang. Er landete mit dem Oberkörper auf dem Rand des Korbs, und die Luft pfiff aus seiner Lunge. Verzweifelt versuchte er sich festzuhalten, aber er rutschte ab, bis er den festen Griff von Kates Fingern an den Unterarmen spürte. Sein Fall war gestoppt, doch er schwang hilflos hin und her. Er streckte sich vergeblich nach dem Rand des Korbs. Der Schmerz der Wunden drohte, ihn zu überwältigen.

Er spürte die Hitze, die an seinen Beinen hochkroch und immer näher kam. Er riss den Ballon ins Verderben. Kate musste ihn loslassen. Wenn er aus dieser Höhe fiele, wäre es ein schneller Tod.

»Kate, ich schaffe es nicht!« Trotz der Tabletten war der Schmerz der Schulterwunde unerträglich. »Du musst mich ...«

»Ich lasse dich nicht los«, schrie Kate. Sie stemmte die Füße gegen die Seite des Korbs und zog mit aller Kraft. David packte den Rand. Jetzt ließ sie ihn los und verschwand.

Davids Arme ermüdeten, während er wartete, und die Hitze hüllte ihn ein. Unter sich hörte er einen, dann noch einen und noch einen Sandsack aufschlagen. Er spürte, wie seine verschwitzten Handflächen den Halt verloren. Gerade als er abrutschte und in das brennende Kloster zu fallen drohte, packte Kate wieder seine Unterarme, zerrte ihn über den Rand, und sie fielen gemeinsam auf den Boden des Korbs.

Sie war schweißnass vor Anstrengung, und er triefte von der Hitze des Feuers. Ihr Gesicht war zehn Zentimeter vor ihm. Er sah ihr in die Augen. Ihr Atem strich über seine Wangen. Er drückte sich an sie und näherte sich mit den Lippen ihrem Mund.

Kurz bevor sie sich berührten, stieß sich Kate nach oben und drehte ihn auf den Rücken.

David schloss die Augen. »Tut mir leid ...«

»Nein, ich habe bloß was gespürt. Du blutest. Deine Verbände sind aufgerissen.« Kate zog sein Hemd hoch und begann, die Wunden zu versorgen.

David starrte keuchend auf die Wolken auf dem Ballon. Er hoffte, dass unter ihnen Milo irgendwo sicher auf einem Gipfel saß und er eines Tages den inneren Frieden fand.

TEIL III

Die Gewölbe von Atlantis

95

Autonome Region Tibet

Nachdem Kate Davids Verbände in Ordnung gebracht hatte, kroch sie zur anderen Seite des Ballonkorbs und ließ sich gegen die Wand sinken. Lange trieben sie einfach durch die Luft, ließen sich den Wind ins Gesicht wehen und blickten auf die schneebedeckten Gipfel und die grünen Ebenen hinab. Keiner von ihnen sprach ein Wort. Kates Muskeln brannten von der Anstrengung, David in den Korb zu ziehen.

Schließlich brach David das Schweigen. »Kate.«

»Ich möchte das Tagebuch zu Ende lesen.« Sie zog den kleinen Ledereinband aus dem Beutel mit den Medikamenten. »Danach können wir Pläne schmieden. Okay?«

David nickte, lehnte den Kopf gegen den Korb und hörte zu, während Kate die letzten Seiten vorlas.

4. Februar 1919

Ein Jahr, nachdem ich in der Röhre erwachte

Die Welt stirbt. Und wir haben sie getötet.
Ich sitze mit Kane und Craig am Tisch und höre mir die Statistiken an, als wären es die Quoten für ein Pferderennen. Die Spanische Grippe (so haben wir die Pandemie getauft) hat fast

jedes Land der Welt erreicht. Nur ein paar Inseln sind verschont geblieben. Sie hat schon Millionen Menschen getötet. Sie rafft die Starken dahin und verschont die Schwachen, ganz im Gegensatz zu anderen Grippeepidemien.

Craig berichtet ausführlicher, als es nötig wäre. Der langen Rede kurzer Sinn ist, dass kein Impfstoff gefunden wurde, und natürlich rechnen die Immari auch nicht damit. Aber sie glauben, die Krankheit werde weiterhin als Grippe durchgehen. Das ist die »gute Nachricht«, verkündet Craig.

Und es gibt weitere Hoffnungsschimmer. Insgesamt verbessert sich die Stimmung, und die Lage wird optimistischer eingeschätzt: Die Menschheit wird überleben, auch wenn die Verluste enorm sind. Zwei bis fünf Prozent der Erdbevölkerung, zwischen sechsunddreißig und neunzig Millionen Menschen, werden voraussichtlich an der Seuche sterben, die wir entfesselt haben. Ungefähr eine Milliarde wird sich infizieren. Man schätzt die gegenwärtige Weltbevölkerung auf eins Komma acht Milliarden. In Craigs Worten: »Die Chancen sind gar nicht so übel.« Inseln bieten guten Schutz, aber die Wahrheit ist, dass die Menschen Angst haben und alle Welt sich verkriecht, um den Infizierten aus dem Weg zu gehen. Der Krieg hat schätzungsweise zehn Millionen Soldaten das Leben gekostet. Die Spanische Grippe könnte fast zehnmal so viele Menschen töten. Das lässt sich kaum verbergen. Der Krieg und die Seuche zusammen werden ungefähr fünfzig bis hundert Millionen Menschen vom Angesicht der Erde verschwinden lassen.

Aber ich denke nur an einen einzigen. Ich frage mich, warum sie sterben musste und ich überlebt habe. Ich fühle mich wie eine leere Hülle. Aber ich halte aus einem einzigen Grund durch.

Kane sieht mich mit kalten, gemeinen Augen an, und ich erwidere seinen Blick. Er verlangt, dass ich Bericht erstatte.

Langsam und mit lebloser Stimme erzähle ich, dass wir den Be-

reich um das Artefakt ausgegraben haben. »Die Waffe«, *berichtigt er mich. Ich ignoriere ihn und sage, ich sei der Meinung, wir könnten in das Bauwerk hineingehen, sobald wir den Apparat abgekoppelt haben. Sie stellen mir Fragen, und ich antworte mechanisch.*
Sie reden über das Kriegsende, davon, dass die Presse sich auf die Pandemie konzentrieren wird, aber natürlich gibt es bereits Pläne für diesen Fall.
Sie reden von Ärzten in Afrika, die das Virus untersuchen und möglicherweise etwas entdecken könnten. Craig beschwichtigt, wie immer. Er habe die Lage unter Kontrolle, versichert er allen. Er behauptet, das Virus laufe ins Leere wie ein Waldbrand, der keine Nahrung mehr findet. Wenn die Pandemie nachlasse, werde auch das Interesse der Forscher verebben.
Unsere Arbeitshypothese lautet, dass die apokalyptische Seuche mit jeder erneuten Übertragung an Kraft verliert. Die Leute in der Grube wurden auf der Stelle getötet. Die Menschen, die sie gefunden haben, wurden krank und starben kurz darauf. Jeder, der sich jetzt infiziert, ist wahrscheinlich fünf oder sechs Übertragungen entfernt, daher die steigende Überlebensrate. Es gab zwei nachfolgende Ausbruchswellen. Wir glauben, beide wurden ausgelöst, weil schon früher Infizierte aus Gibraltar oder Spanien in dicht bevölkerte Regionen gelangten.
Ich plädiere dafür, dass wir uns an die Öffentlichkeit wenden und jeden aufspüren, der Gibraltar verlassen hat. Kane widerspricht. »Alle sterben, Pierce. Daran muss ich Sie ja wohl nicht erinnern. Die Toten dienen einem Zweck. Bei jeder Ausbruchswelle lernen wir dazu.« *Wir brüllen uns an, bis wir beide heiser sind. Ich kann mich nicht einmal erinnern, was ich gesagt habe. Es spielt keine Rolle. Kane kontrolliert die Organisation. Und ich kann mir nicht erlauben, ihm in die Quere zu kommen.*

Kate schlug das Tagebuch zu und sah auf. »Sie haben in China Leichen in die Züge geladen.«

David blickte einen Moment lang aus dem Korb in die Ferne. »Wir sollten erst alle Fakten sammeln. Wie viele Einträge gibt es noch?«

»Nur einen.«

12. Oktober 1938

Seit meinem letzten Eintrag sind fast zwanzig Jahre vergangen. Das ist eine lange Pause, aber glauben Sie nicht, seitdem wäre nichts geschehen. Versuchen Sie, mich zu verstehen.
Ich habe dieses Tagebuch begonnen, um mich von der tiefen Verzweiflung abzulenken, die mich als Kriegsverletzter an einem trostlosen Ort überkommen hatte. Eine Methode, um meine hoffnungslosen Gedanken zu ordnen, ein Weg der Selbstbetrachtung. Dann wurde es zu einem Beleg für die Verschwörung, die ich zu erkennen glaubte. Aber wenn man die Frau, die man mehr liebt als alles andere, sterben sieht, einer Katastrophe zum Opfer gefallen, die man selbst nichtsahnend entfesselt hat, wenn das ganze eigene Dasein sich in Rauch auflöst, dann ist es schwer, einen Stift in die Hand zu nehmen und über ein Leben zu schreiben, das keine Bedeutung mehr hat.
Hinzu kommt, dass man sich für das schämt, was man nach dem Tag im Zelt getan hat.
Aber jetzt geht es zu weit. Ich kann diesen Weg nicht weitergehen. Ich kann mich nicht an einem Massenmord beteiligen, aber ich kann ihn auch nicht verhindern. Ich hoffe, Sie können es.
Seit meinem letzten Eintrag ist Folgendes geschehen:
Der Apparat:
Wir nennen ihn »the Bell« oder, wie Kane und seine deutschen Kumpane sagen, »die Glocke«. Kane ist überzeugt, dass es

sich um eine Superwaffe handelt und sie entweder die gesamte Menschheit ausrotten oder eine Zäsur herbeiführen wird, indem sie die genetisch Überlegenen verschont und alle tötet, die eine Bedrohung für diese auserwählte Rasse darstellen. Er ist mittlerweile besessen von seinen Rassentheorien und der Suche nach der Herrenrasse, die die kommende Apokalypse, ausgelöst durch die Glocke, überlebt. Praktischerweise glaubt er, zu dieser Rasse zu gehören. Die Forschungsbemühungen konzentrieren sich darauf, eine solche Herrenrasse auf kontrollierte Weise zu schaffen, bevor die mutmaßlichen Atlanter angreifen. Seit die Glocke herausgeholt wurde, stehe ich abseits, aber ich bekomme noch so manches mit. Er hat die Glocke nach Deutschland schaffen lassen, um in der Nähe von Dachau Experimente durchzuführen. Die Lage in seinem Vaterland ist katastrophal, viele Menschen leiden Hunger, und die Arbeitslosigkeit hat ein gefährliches Ausmaß erreicht. Die Regierung dort ist leicht zu beeinflussen. Kane nutzt das hemmungslos aus.

Die Immaru:
Ich habe mehr über die Geschichte der Immari und der mit ihr verwandten Gruppe der Immaru erfahren. Irgendwann in der Vergangenheit gehörten die Immari und die Immaru zusammen, vermutlich noch bis zur Zeit der Sumerer, als die ersten schriftlichen Aufzeichnungen entstanden. In der sumerischen Mythologie bedeutet Immaru »das Licht«. Kane glaubt, die Immaru wussten seit Tausenden von Jahren, schon vor der Sintflut, von der Glocke und dem Schicksal der Menschheit. Seine Theorie lautet, dass die Immari, sein Volk, eine Gruppe von Rebellen innerhalb der Immaru waren und glaubten, die Menschheit könne gerettet werden, aber ihre Brüder nicht überzeugen konnten. Kanes Immari-Vorfahren hätten ihre sichere arische Heimat verlassen und seien nach Europa gezogen, wo sie die Ruinen des

*von Platon beschriebenen Atlantis zu finden glaubten – und damit den Schlüssel zur Rettung der Menschheit.
Als er dieses revisionistische Geschichtsbild verkündete, fragte ich ihn trocken, warum das den Immari nicht früher enthüllt worden sei, schließlich handele es sich doch um nützliche historische Tatsachen. Er belehrte mich auf herablassende Weise und sagte Dinge wie: »Verantwortung ist eine große Last« und »Das Wissen, dass nur wir die Menschheit vor der Auslöschung retten können, hätte uns zerstört. Unsere Vorfahren waren weise. Sie haben uns diese Last erspart, damit wir uns darauf konzentrieren konnten, die Wahrheit zu finden und durch unser Handeln die Welt zu retten.«
Es ist schwierig, mit einem Wahnsinnigen zu diskutieren, der von Tag zu Tag mächtiger wird.*

*Kanes Expeditionen
Kane hat Expeditionen in die asiatischen Gebirgsregionen entsandt: nach Tibet, Nepal und Nord-Indien. Er ist überzeugt, dass die Immaru sich dort verbergen und Geheimnisse hüten, die uns vor dem bevorstehenden Weltuntergang bewahren können. Er behauptet, die Immaru lebten in kalter Umgebung, in den Bergen. Er verweist darauf, dass die nordeuropäischen Völker den Kontinent so lange beherrschten, weil sie mit dem ursprünglichen Immari-Geschlecht verbunden seien, das in kalten, eisigen Gefilden gedeiht. Meinen Hinweis auf die hoch entwickelten römischen und griechischen Zivilisationen im milden Mittelmeerklima wischt er vom Tisch. »Produkte der genetischen Gaben, die die Immari hinterlassen haben, als sie auf der Suche nach Atlantis und ihrem natürlichen, bevorzugten Lebensraum nach Norden zogen«, sagt er. Er besteht darauf, dass das »Atlantis-Gen«, das alle menschlichen Begabungen hervorruft und vor allem bei den Immari beheimatet ist, mit kaltem Klima verbun-*

den sei. Also müsse der Rest der atlantischen Rasse irgendwo dort draußen sein, in der Kälte, und im Winterschlaf darauf warten, den Planeten zurückzuerobern.
Deshalb wurde er so besessen von der Antarktis. Er hat auch dort eine Expedition hingeschickt, aber bisher keine Nachricht erhalten. Er plant, persönlich in einem speziellen U-Boot, das er in einer Werft in Norddeutschland bauen lässt, hinterherzureisen. Ich habe verzweifelt versucht, das Boot zu lokalisieren, um eine Bombe darin zu platzieren. Aber ich habe gehört, dass es fast fertig ist und bald nach Fernost auslaufen wird, damit Kane sich der Immaru ein für alle Male entledigen kann, bevor er mit dem U-Boot nach Süden in die Antarktis fährt, um die atlantische Hauptstadt aufzuspüren. Ich habe gehofft, seine Abwesenheit würde mir die Möglichkeit geben, die Kontrolle über Immari zu übernehmen, aber er hat auch das einberechnet. Wenn ich mich nicht täusche, bin ich bald aus dem Rennen, vielleicht für immer. Deshalb habe ich andere Pläne geschmiedet.
Ich habe einen Soldaten bei der Expedition überredet, Ihnen dieses Tagebuch zu bringen, vorausgesetzt, Kane findet die Immaru überhaupt. Wenn er damit ertappt wird, bedeutet das seinen Tod (und auch meinen).

Eine Kammer der Kuriositäten

Es gibt noch eine letzte Sache, die ich Ihnen mitteilen möchte. Ich habe etwas gefunden. Eine Art Kammer, tief in dem Objekt bei Gibraltar. Ich glaube, sie enthält den Schlüssel zum Verständnis des Gebildes und vielleicht auch der Atlanter. Die Technologie dort ist hoch entwickelt – und gefährlich, wenn sie in die falschen Hände gelangt. Ich habe großen Aufwand betrieben, um sie vor Kane zu verbergen. Ich lege einen Lageplan der Kammer bei, die ich hinter einer falschen Wand versteckt habe. Beeilen Sie sich.

Kate faltete das dünne gelbe Blatt auseinander und betrachtete die Karte eine Weile, ehe sie sie David reichte. »In China hatten sie dasselbe Gerät – die Glocke. Sie haben es bei mir und Hunderten von anderen Leuten angewendet. Jetzt weiß ich, was sie vorhaben: Sie wollen einen genetischen Code finden, der einen gegen das Gerät immun macht. Bei meiner ganzen Forschung, bei allen Genforschungsprojekten von Immari ging es nur darum, dieses Atlantis-Gen zu finden. All die Lügen von Martin, mein gesamtes Leben ... sie haben mich benutzt.«

David gab ihr die Karte zurück und blickte aus dem Korb auf die Berge und den Wald, die unter ihnen vorbeizogen. »Ich bin froh darüber.«

Kate sah ihn durchdringend an.

David erwiderte ihren Blick. »Es hätte jemand anders sein können. Jemand, der nicht so stark ist. Oder so schlau. Du kannst alles rausfinden und sie immer noch aufhalten.«

»Ich verstehe nicht ...«

»Fassen wir zusammen, was wir wissen. Lass uns einfach alle Teile des Puzzles ausbreiten und sehen, welche zusammenpassen. Okay?« Als Kate nickte, fuhr David fort. »Im Kloster habe ich gesagt, ich wüsste, was die Glocke ist. Es ist eine Legende aus dem Zweiten Weltkrieg. Verschwörungstheoretiker reden immer noch darüber. Sie sagen, es wäre ein fortschrittliches Waffenprojekt der Nazis oder vielleicht auch eine bahnbrechende Energiequelle. Die Theorien wurden immer wilder. Alles von Antigravitation bis zu Zeitreisen. Aber wenn die Glocke 1918 die Spanische Grippe ausgelöst hat und jetzt Leichen aus China ...«

»Es könnte eine neue Pandemie geben, dieses Mal noch viel schlimmer als die Spanische Grippe.«

»Ich meine, ist das möglich?«, fragte David. »Stimmen die

Zahlen von Immari überhaupt? Wieso haben wir für eine Krankheit, die zwei bis fünf Prozent der Bevölkerung getötet hat, keinen Impfstoff?«

»Wir haben uns an der medizinischen Hochschule mit der Spanischen Grippe beschäftigt. Ihre Zahlen sind ziemlich nah dran. Man geht davon aus, dass die Spanische Grippe fünfzig bis hundert Millionen Menschenleben gefordert hat – also ungefähr vier Prozent der Weltbevölkerung ...«

»Das würde heute bedeuten ... zweihundertachtzig Millionen – fast die gesamte Bevölkerung der USA. Bestimmt haben sie einen Impfstoff. Und wie konnten die Immari den Ausbruch als Grippeepidemie darstellen?«

»Zuerst glaubten die Ärzte nicht, dass es die Grippe war. Die Krankheit wurde am Anfang fälschlicherweise als Denguefieber, Cholera oder Typhus diagnostiziert, weil die Symptome sehr untypisch für eine Grippe waren. Die Patienten litten unter Blutungen der Schleimhäute, besonders in der Nase, im Magen und im Darm, manche bluteten sogar aus der Haut und den Ohren.« Kate dachte zurück an den dunklen Raum, in dem die Glocke über der am Boden kauernden Menge hing, und an die blutenden Leichen. Sie musste sich konzentrieren. »Jedenfalls gibt es keinen anderen Grippestamm, über den wir so wenig wissen – und der so tödlich ist. Es existiert kein Impfstoff. Die Spanische Grippe führte zu einer Selbstzerstörung des Körpers. Sie tötete durch einen Zytokinsturm – der Körper wurde von seinem eigenen Immunsystem zerstört. Die meisten Grippestämme sind verheerend für Menschen mit schwachem Immunsystem, also Kinder und Ältere. Deshalb werden die Leute geimpft: um das Immunsystem zu stimulieren. Die Spanische Grippe war grundlegend anders. Sie tötete Menschen mit *starkem* Immunsystem. Je stärker das Immunsystem des

Betroffenen war, desto schlimmer war der Zytokinsturm. Sie war vor allem für Menschen im Alter von fünfundzwanzig bis fünfunddreißig tödlich.«

»Das ist fast, als hätte sie jeden getötet, der eine Bedrohung gewesen sein könnte. Kein Wunder, dass die Immari sie für eine Waffe halten«, sagte David. »Aber warum sollte man sie lostreten? Die Welt hätte keine Chance. 1918, am Ende des Ersten Weltkriegs, waren alle Grenzen geschlossen, und die Welt war zum Stillstand gekommen. Überleg doch mal, wie vernetzt wir heute sind; ein einziger Ausbruch würde uns innerhalb von Tagen auslöschen. Wenn es stimmt, was du sagst, hat der Erreger schon China verlassen und zieht durch die Welt, während wir uns unterhalten. Warum sollten sie das tun?«

»Vielleicht haben sie keine Wahl.«

»Man hat immer eine Wa...«

»Aus ihrer Sicht«, sagte Kate. »Ich habe ein paar Theorien, die auf den Gedanken im Tagebuch basieren. Ich glaube, dass sie nach dem Atlantis-Gen gesucht haben, damit sie die Glocke überleben können. Deswegen haben sie sich für meine Forschung interessiert und die Kinder entführt. Ihnen muss die Zeit davonlaufen.«

»Das Satellitenbild mit dem Code auf der Rückseite. Darauf war ein U-Boot zu sehen.«

»Kanes U-Boot«, sagte Kate.

»Bestimmt. Und darunter war ein Objekt. Wir wissen, dass sie seit 1947 nach dem U-Boot gesucht haben – eine der Todesanzeigen in der *New York Times* lautete decodiert: ›Antarktis, U-Boot nicht gefunden, benachrichtigen, ob Suche fortgesetzt werden soll.‹ Also haben sie das U-Boot endlich gefunden und darunter ein weiteres Atlantis – eine Bedrohung.« David schüttelte den Kopf. »Aber ich kapiere den wissenschaftlichen Teil immer noch nicht – warum wollen sie eine neue Pandemie auslösen?«

»Ich glaube, die Toten von der Glocke gehören zu Toba-Protokoll. Anscheinend ist der direkte Kontakt mit der Glocke die tödlichste Form, aber es gibt nur eine Glocke, zumindest war das früher der Fall. Vielleicht wollen sie die Leichen über die ganze Welt verteilen. Der darauf folgende Ausbruch würde die Erdbevölkerung drastisch reduzieren, sodass nur diejenigen übrigbleiben, die die Glocke überleben können, weil sie das Atlantis-Gen haben.«

»Ja, aber warum – gibt es keine besseren Methoden? Könnten sie nicht, ich weiß nicht, reihenweise Genome sequenzieren oder die Daten stehlen, um diese Leute zu finden?«

»Nein, ich glaube nicht. Man könnte wahrscheinlich die Menschen mit dem Atlantis-Gen ausfindig machen, aber da fehlt noch etwas: die Epigenetik und die Genaktivierung.«

»Epi...«

»Es ist ziemlich kompliziert, aber im Wesentlichen geht es darum, dass es nicht nur wichtig ist, welche Gene man hat, sondern auch, welche Gene aktiviert werden und wie sie interagieren. Die Seuche könnte einen zweiten Großen Sprung nach vorn auslösen, indem sie bei jedem, der es hat, das Atlantis-Gen aktiviert. Oder vielleicht ist es völlig anders, vielleicht wird die Seuche die Bevölkerung reduzieren und uns zu Mutationen und Weiterentwicklung zwingen, wie es bei der Toba-Katastrophe war ...« Kate massierte sich die Schläfen. Da war noch etwas, ein anderes Puzzleteil, das sie gerade nicht zu fassen bekam. Die Unterhaltung mit Qian ging ihr durch den Kopf: der Wandteppich, die Feuerflut, die sterbenden Menschen, die unter der Ascheschicht kauerten ... der Erlöser, der einen Becher seines Blutes darreichte, und die Wilden aus dem Wald, die sich zu modernen Menschen entwickelten. »Ich glaube, wir haben etwas übersehen.«

»Du meinst ...«

»Was ist, wenn der erste Große Sprung nach vorn kein natürliches Ereignis war? Was, wenn es nichts mit Evolution zu tun hatte? Was, wenn die Menschheit vor dem Aussterben stand und die Atlanter uns gerettet haben? Was, wenn die Atlanter der sterbenden Menschenschar etwas gegeben haben, mit dessen Hilfe sie Toba überleben konnte? Ein Gen, einen genetischen Vorteil, der sie intelligent genug machte, um zu überleben. Eine Änderung in der Gehirnvernetzung. Was, wenn sie uns das Atlantis-Gen geschenkt haben?«

96

David sah sich um, als wüsste er nicht recht, was er sagen sollte. Schließlich öffnete er den Mund, aber Kate hob die Hand und kam ihm zuvor.

»Ich weiß, dass es verrückt klingt, aber lass mich ausreden. Wir können schließlich im Moment sowieso nichts anderes machen.« Sie gestikulierte in Richtung des Ballons.

»Einverstanden, aber ich muss dich warnen, ich bin da nicht in meinem Element. Ich weiß nicht, ob ich eine große Hilfe bin.«

»Sag mir einfach Bescheid, wenn es zu verrückt klingt.«

»Gilt das auch rückwirkend? Das, was du gerade gesagt hast, klingt nämlich ...«

»Okay, hör mir kurz zu, dann kannst du mir alle Verrücktheiten um die Ohren hauen. Folgendes sind Tatsachen: Vor ungefähr siebzigtausend Jahren ist der Supervulkan Toba ausgebrochen. Es gab einen sechs bis zehn Jahre langen globalen vulkanischen Winter und wahrscheinlich eine tausendjährige Klimaabkühlung. Südasien und Afrika waren von einem Ascheteppich bedeckt. Die Gesamtbevölkerung ist auf drei- bis fünftausend Menschen geschrumpft, vielleicht gab es nur noch eintausend reproduktionsfähige Paare.«

»Okay, das stimmt, ich kann bestätigten, dass das nicht verrückt ist.«

»Weil ich dir in Jakarta von der Toba-Katastrophe erzählt habe.«

David hob die Hände. »Hey, ich will dir nur helfen.«

Kate erinnerte sich an ihre eigene Reaktion, als sie vor einigen Tagen mit David in dem Lastwagen gesessen hatte. Es kam ihr vor, als wäre es eine Ewigkeit her. »Sehr witzig. Jedenfalls hat die Bevölkerungsabnahme damals zu einem genetischen Flaschenhals geführt. Es ist bekannt, dass jeder Mensch auf der Erde von einer extrem kleinen Gruppe aus tausend bis zehntausend Paaren abstammt, die vor ungefähr siebzigtausend Jahren lebten. Alle außerhalb Afrikas stammen von einer Schar von lediglich hundert Menschen, die vor fünfzigtausend Jahren Afrika verließ. Und jeder heute lebende Mensch ist ein direkter Nachfahre eines Mannes, der vor sechzigtausend Jahren in Afrika beheimatet war.«

»Adam?«

»Wir nennen ihn den Adam des Y-Chromosoms, schließlich sind wir Wissenschaftler. Es gibt auch eine Eva – die mitochondriale Eva –, aber sie lebte viel früher, vermutlich vor hundertneunzig- bis zweihunderttausend Jahren.«

»Zeitreisende? Soll ich immer noch Bescheid sagen, wenn etwas verrückt ...«

»Nein, keine Zeitreisenden, aber vielen Dank. Das sind nur Bezeichnungen in der Genetik für die Menschen, von denen jeder heute auf der Erde lebende Mensch abstammt. Es ist kompliziert, aber das Entscheidende ist, dass dieser Adam einen riesigen genetischen Vorteil hatte – seine Nachkommen waren viel weiter entwickelt als all ihre Mitmenschen.«

»Sie hatten das Atlantis-Gen.«

»Bleiben wir erst einmal bei den Tatsachen. Sie hatten einen Vorteil, was immer es auch war. Vor ungefähr fünfzigtausend Jahren begann sich das Verhalten der Menschen zu ändern. Es gab einen sprunghaften Anstieg von komplexen Kulturtechniken: Sprache, Werkzeugherstellung, Höhlenmalerei. Es ist der größte Fortschritt in der Menschheitsgeschichte – der Große Sprung nach vorn. Wenn man die menschlichen Fossilien aus der Zeit davor und danach betrachtet, gibt es keinen gravierenden Unterschied. Und auch ihre Gene unterscheiden sich nicht sehr stark. Wir wissen nur, dass es eine subtile Genveränderung gab, die unsere Art des Denkens beeinflusst hat; vermutlich war es eine Veränderung in der Gehirnvernetzung.«

»Das Atlantis-Gen.«

»Was immer diese neue Vernetzung ausgelöst hat, es war der Hauptgewinn in der Gen-Lotterie. Die Menschheit wuchs von weniger als zehntausend Exemplaren, die als Jäger und Sammler die Wildnis durchstreiften und am Rande des Aussterbens standen, auf sieben Milliarden, die die Welt beherrschen, und das innerhalb von nur fünfzigtausend Jahren. In evolutionären Maßstäben ist das bloß ein Wimpernschlag. Ein ungewöhnlicher Wiederaufstieg, den man sich als Genetiker kaum erklären kann. Ich meine, sechs Prozent der Menschen, die jemals gelebt haben, leben heutzutage. Wir sind erst vor ungefähr zweihunderttausend Jahren entstanden. Wir schwimmen immer noch auf der Welle des Großen Sprungs nach vorn, und wir haben keine Ahnung, wie er zustande kam oder wo das alles hinführen wird.«

»Ja, aber warum wir, warum hatten wir solches Glück? Es gab noch andere Unterarten, oder? Die Neandertaler, die ... ich weiß nicht mehr, was du gesagt hast; was ist mit denen? Wenn die Atlanter uns zu Hilfe geeilt sind, warum dann nicht den anderen?«

»Ich habe eine Theorie. Es ist bekannt, dass es vor fünfzigtausend Jahren mindestens vier Subspezies gab: moderne Menschen, Neandertaler, Denisova-Menschen und Homo floresiensis. Wahrscheinlich gab es noch mehr, die wir nicht gefunden haben, aber das sind die vier Subspezies ...«

»Subspezies?«, sagte David.

»Ja. Wissenschaftlich betrachtet, sind es Subspezies; sie waren alle Menschen. Eine Spezies ist als Gruppe von Organismen definiert, die sich untereinander fortpflanzen kann und fruchtbare Nachkommen produziert, und alle vier Menschenarten konnten sich kreuzen. Es gibt sogar einen genetischen Beweis dafür, dass sie es taten. Als man vor ein paar Jahren das Neandertaler-Genom sequenziert hat, wurde festgestellt, dass jeder Mensch außerhalb Afrikas ein bis vier Prozent Neandertaler-DNS hat. Am stärksten ausgeprägt ist sie in Europa, der Heimat der Neandertaler. Das Gleiche wurde bei der Sequenzierung des Denisova-Genoms entdeckt. Einige Menschen in Melanesien, vor allem in Papua-Neuguinea, teilen bis zu sechs Prozent ihres Genoms mit den Denisova-Menschen.«

»Interessant. Wir sind also alle Mischlinge.«

»Eigentlich ja.«

»Also haben wir die anderen Unterarten absorbiert und eine gemeinsame Art gebildet?«

»Nein. Also, zu einem kleinen Prozentsatz vielleicht, aber die archäologischen Funde legen nahe, dass die vier Gruppen als getrennte Subspezies weiterlebten. Ich glaube, die anderen Unterarten haben das Atlantis-Gen nicht bekommen, weil sie es nicht brauchten.«

»Sie ...«

»... standen nicht kurz vor dem Aussterben«, sagte Kate. »Man geht davon aus, dass die Neandertaler schon vor sechshundert- bis dreihundertfünfzigtausend Jahren in Europa existierten. Alle anderen Subspezies sind ebenfalls älter als unsere; wahrscheinlich waren ihre Populationen größer. Und sie waren nicht unmittelbar von dem Ausbruch betroffen: Die Neandertaler waren in Europa, die Denisova-Menschen im heutigen Russland und die Homo floresiensis in Süostasien – weiter entfernt oder auf der windabgewandten Seite.«

»Ihnen ist es also besser ergangen, und wir sind beinahe ausgestorben. Dann haben *wir* das große Los in der Gen-Lotterie gezogen, und *sie* sind ausgestorben – wegen uns.«

»Ja. Und sie sind schnell ausgestorben. Die Neandertaler waren stärker als wir, hatten ein größeres Gehirn und hatten schon seit Hunderttausenden von Jahren in Europa gelebt, als wir auftauchten. Dann, innerhalb von zehn- oder zwanzigtausend Jahren, sind sie ausgestorben.«

»Vielleicht gehört das auch zum Masterplan der Immari«, sagte David. »Vielleicht geht es bei Toba-Protokoll um mehr als das Aufspüren des Atlantis-Gens. Was, wenn die Immari glauben, diese hoch entwickelten Menschen, die Atlanter, befinden sich im Schlafmodus, aber wenn sie aufwachen, werden sie alle konkurrierenden Menschen, die eine Bedrohung darstellen, töten – genau wie wir es in den fünfzigtausend Jahren, nachdem wir das Atlantis-Gen erhalten haben, getan haben? Du hast gelesen, was Kane gesagt hat: Er dachte, ein Krieg mit den Atlantern würde bevorstehen.«

Kate dachte über Davids Theorie nach, und ihre Gedanken schweiften zu ihrer Unterhaltung mit Martin. Seine Behauptung, jede weiter entwickelte Rasse würde schwächere Menschen auslöschen, wenn sie eine Bedrohung darstellten; seine Theorie, dass die Menschheit wie ein Computeralgorithmus nach einem einzigen Ziel strebe: einer homogenen Rasse. Das war das letzte Puzzleteil. »Du hast recht. Bei Toba geht es um mehr als um das Atlantis-Gen. Es geht darum,

Atlanter zu *erschaffen*, die Menschheit in etwas Besseres zu verwandeln. Sie versuchen, die Menschen an die Atlanter anzugleichen – eine einheitliche Rasse zu schaffen, damit die Atlanter, wenn sie zurückkommen, uns nicht als Bedrohung betrachten. Martin hat gesagt, Toba-Protokoll sei ein Notfallplan. Die Immari glauben, dass die Atlanter uns abschlachten werden, wenn sie aufwachen und sieben Milliarden Menschen antreffen. Aber wenn sie auftauchen und nur eine kleine Gruppe von Menschen vorfinden, die ihnen genetisch sehr ähnlich sind, werden sie sie am Leben lassen – sie werden sie als Teil ihres eigenen Stammes oder ihrer Rasse ansehen.«

»Ja, aber das ist nur eine Hälfte des Plans«, sagte David. »Das ist die wissenschaftliche Grundlage, der genetische Ansatz, der Notfallplan. Die Immari glauben, sie befinden sich im Krieg. Sie halten sich für Soldaten. Ich habe schon mal gesagt, dass ich glaube, dass sie eine Armee aufbauen, und das glaube ich immer noch. Ich nehme an, sie testen die Versuchspersonen aus einem speziellen Grund an der Glocke.«

»Damit sie sie überleben können.«

»Ja, aber vor allem, damit sie darunter durchgehen können. In Gibraltar mussten die Immari die Glocke ausgraben und entfernen. Vielleicht gibt es in jedem Bauwerk der Atlanter so eine Glocke – eine Art Schutzmechanismus, der den Eingang bewacht. Falls die Immari eine Möglichkeit finden, das Atlantis-Gen zu aktivieren, könnten sie eine Armee reinschicken und die Atlanter töten. Toba-Protokoll wäre dann nur eine Absicherung – wenn sie erfolglos wären und die Atlanter aufwachen, wären nur Mitglieder ihrer eigenen Rasse übrig.«

Kate nickte. »Sie wollen die Leute massakrieren, die uns vor dem Aussterben gerettet haben und uns vielleicht als

Einzige helfen könnten, die von der Glocke ausgelöste Seuche aufzuhalten.«

Kate seufzte. »Aber das ist nur Spekulation. Wir können uns auch irren.«

»Halten wir uns an das, was wir wissen. Wir wissen, dass sie Leichen aus China herausgeschafft haben und die Opfer der Glocke schon einmal eine Pandemie ausgelöst haben.«

»Sollen wir die Gesundheitsbehörden warnen?«

David schüttelte den Kopf. »Du hast doch das Tagebuch gelesen. Sie wissen, wie man einen Ausbruch verschleiert. Und wahrscheinlich sind sie mittlerweile noch viel besser darin geworden – sie haben sich sehr lange auf Toba-Protokoll vorbereitet. Wir müssen rausfinden, ob unsere Theorien stimmen, und wir brauchen einen Trumpf – etwas, das uns hilft, Kontakt mit den Atlantern aufzunehmen oder Immari aufzuhalten.«

»Gibraltar.«

»Das ist unsere beste Option. Die Kammer, die Patrick Pierce gefunden hat.«

Kate sah zu dem Ballon auf. Sie verloren an Höhe und hatten nur noch wenige Sandsäcke zum Abwerfen. »Ich glaube nicht, dass wir so weit kommen.«

David grinste und blickte sich in dem Korb um, als suchte er nach etwas, das ihnen weiterhelfen könnte. In der Ecke lag ein Bündel. »Hast du das mitgenommen?«

Kate bemerkte es erst jetzt. »Nein.«

David rutschte hinüber und wickelte es aus. In dem grob gewebten Tuch fand er indische Rupien, Kleidung zum Wechseln für sie beide und eine Landkarte von Nord-Indien, über das sie zweifellos gerade flogen. David faltete die Karte auseinander, und ein kleines Blatt Papier fiel heraus. Er legte die Karte zur Seite, las den Zettel und reichte ihn Kate.

Verzeiht uns unsere Untätigkeit.
Krieg liegt nicht in unserer Natur.
– Qian.

Kate ließ den Zettel sinken und betrachtete den Ballon. »Ich glaube, wir landen bald.«

»Vermutlich. Ich habe eine Idee. Aber sie ist riskant.«

97

2 Kilometer hinter Bohrstelle 6
Ost-Antarktis

Robert Hunt musste langsamer fahren; der riesige Schirm hatte ihn schon zweimal beinahe vom Schneemobil gezogen. Schließlich fand er eine Geschwindigkeit, bei der er sich festhalten konnte. Durch den Lärm des Motors und des flatternden Schirms nahm er ein ungewöhnliches Geräusch wahr. Er sah sich um. Waren die beiden Techniker ihm gefolgt? Es war kein Motorenlärm. Es war eine Stimme.

Er riss seine Jacke auf und suchte nach dem Funkgerät. Die Ruflampe leuchtete – er wurde angefunkt. Robert schaltete den Motor aus, aber jetzt war das Signal erloschen. Er wartete. In der Ferne blies ein Windstoß eine Schneewolke von einem runden Gipfel.

Er drückte die Ruftaste und sagte: »Hier ist Snow King.«

Er atmete tief durch. Die plötzliche Antwort und der scharfe Ton des Funkers erschreckten ihn. »Snow King, warum antworten Sie nicht?«

Robert dachte kurz nach, dann drückte er die Taste und sagte so ruhig wie möglich: »Wir sind gerade unterwegs. Man hört die Funkgeräte schlecht.«

»Unterwegs? Wie ist Ihre Position?«

Robert schluckte. Sie hatten ihn noch nie zwischen zwei

Bohrstellen kontaktiert oder nach seinem Standort gefragt. Was sollte er sagen? Konnten sie ihn aus der Luft sehen?

»Snow King! Haben Sie mich verstanden?«

Er rutschte auf dem Sitz herum, dann hielt er sich das Funkgerät wieder an den Mund. »Bounty, hier Snow King. Ich schätze, wir sind drei Kilometer vor Bohrstelle sieben.« Er ließ den Sprechknopf kurz los und holte Luft. »Wir haben ... wir haben ein Problem mit einem der Schneemobile. Wir reparieren es gerade.«

»Warten Sie, Snow King.«

Die Sekunden schienen sich zu dehnen. Es war bitterkalt, aber er spürte nur den Herzschlag an seinem Hals.

»Snow King, brauchen Sie Unterstützung?«

Er antwortete sofort. »Negativ, Bounty. Wir haben alles im Griff.« Er wartete einen Moment, dann fügte er hinzu: »Sollen wir unseren Kurs ändern?«

»Negativ, Snow King. Fahren Sie so schnell wie möglich weiter, und halten Sie sich an die Tarnvorschriften.«

»Verstanden, Bounty.«

Er ließ das Funkgerät auf den Sitz fallen. Es hatte sich so schwer angefühlt wie ein Amboss. Als sein Adrenalinspiegel allmählich sank, bemerkte er den Schmerz in seinem rechten Arm, mit dem er den Schirm gehalten hatte. Er konnte kaum eine Faust ballen, und seine Schulter pochte bei der kleinsten Bewegung. Er biss die Zähne zusammen und hob den Schirm auf die andere Seite des Schneemobils.

Durch die Kälte und den Schmerz rief eine innere Stimme: *Fahr zurück.* Er überlegte, warum sie ihn angefunkt hatten. Es gab nur zwei Möglichkeiten: Entweder waren sie ihm auf die Schliche gekommen, oder sie wollten sich vergewissern, dass er die letzte Bohrstelle verlassen hatte. Falls sie ihn durchschaut hatten, war er ohnehin erledigt. Wenn sie etwas an der Bohrstelle taten, das er nicht sehen sollte, war er in der Zwickmühle.

Als er losgefahren war, hatte er sich vorgenommen, einfach zu sagen, er habe etwas an der Bohrstelle vergessen, falls sie ihn erwischten. Kein Problem. Vielleicht den Schirm? *Ich halte mich nur an die Tarnvorschriften.*

Aber das Funkgespräch hatte diese Ausrede zunichte gemacht. Falls sie ihn jetzt ertappten, wäre er bestenfalls seine Arbeit los, und wenn sie Kriminelle waren, könnte die Sache schlimm für ihn ausgehen.

Er beschloss, auf den nächsten Hügel zu fahren, um zu sehen, ob er von dort etwas erkennen konnte, und dann schnellstens umzukehren. So hätte er es immerhin versucht.

Robert musste jetzt langsam fahren. Er hielt den Schirm in der linken Armbeuge und stützte ihn mit dem Oberkörper. Es dauerte fast eine Stunde, bis er den Gipfel erreicht hatte. Er zog seinen Feldstecher heraus und suchte den Horizont nach der Bohrstelle ab.

Er traute seinen Augen kaum.

Die an der Bohrstelle aufragenden Maschinen waren größer als alle, die er jemals gesehen hatte, und er hatte schon gewaltige Maschinen gesehen. Dadurch wirkte die verwüstete Bohrstelle geradezu winzig. Der Bohrturm war umgekippt und lag neben den Baumaschinen halb im Schnee vergraben, als hätte ein Kind seine Spielsachen im Sandkasten vergessen. Aber das war kein Sandkasten, und die Schneeketten der »Spielzeuge« waren bestimmt fünfzehn Meter hoch. Das größte Fahrzeug sah aus wie ein Tausendfüßler. Es war vielleicht hundertfünfzig Meter lang und hatte einen kleinen Kopf, in dem sich das Führerhaus befand. Der Körper bestand aus einer Reihe von ballonförmigen Segmenten. Es wand sich im Halbkreis um die Bohrstelle.

Neben dem Tausendfüßler stand ein weißer Kranwagen, der ungefähr zehnmal so groß war wie ein normaler Baukran, und streckte seinen Arm hoch in die Luft. Zog er etwas heraus? Oder, wahrscheinlicher, ließ er etwas hinab?

Robert zoomte dichter heran. Ehe er auf das Drahtseil des Krans scharfstellen konnte, sah er flüchtig eine Gestalt vor dem Tausendfüßler. Er schwenkte nach links, aber wegen der starken Vergrößerung verlor er die Bohrstelle völlig aus den Augen. Er zoomte zurück, fand die Bohrstelle wieder, zoomte heran und fokussierte auf die Mitte des Tausendfüßlers.

Waren es Menschen oder Roboter? Auf jeden Fall trugen sie eine Art weißen ABC-Schutzanzug, der jedoch dicker war als gewöhnlich, und bewegten sich langsam und schwerfällig. Sie sahen fast aus wie Michelin-Männchen. Von der Größe her hätten es Menschen sein können. Robert verfolgte einen von ihnen mit dem Feldstecher, während er auf das Bohrloch zustapfte. Der Kran drehte sich zu dem Tausendfüßler. Er hatte etwas aus dem Loch gezogen. Ein weiteres Michelin-Männchen kam in Sicht und half dem anderen, die Beute des Krans vom Haken zu lösen und auf den Boden herabzulassen. Der Gegenstand sah aus wie eine schwarze Diskokugel. Hinter den Männern öffnete sich im letzten Segment des Tausendfüßlers ein Tor. Es glitt zur Decke hinauf, sodass Robert in der gelben Innenbeleuchtung eine Reihe von Bildschirmen erkennen konnte. Zwei Männer in Anzügen schoben eine große weiße Kiste eine Rampe hinunter. Die anderen beiden Männer nahmen sie am Boden in Empfang und entfernten die weiße Verkleidung an den Seiten. Sie ließ sich leicht lösen; es musste sich um Stoff oder ein anderes weiches Material handeln.

Robert stellte den Feldstecher scharf. Es war keine Kiste, sondern ein Käfig. Darin befanden sich zwei Affen, vielleicht

Schimpansen. Sie hüpften herum, klammerten sich aneinander und hielten sich von dem Gitter fern. Sie mussten kurz vor dem Erfrieren stehen. Einer der Männer ließ sich schnell auf die Knie sinken und drückte auf eine Schalttafel am Boden des Käfigs. Der schwache orangefarbene Schein an der Decke des Käfigs wurde zu einem roten Glühen, und die Affen beruhigten sich ein wenig.

Ein anderer Mann winkte dem Kran, und dieser schwenkte herüber. Sie befestigten den Käfig an dem Drahtseil und brachten auch die schwarze Kugel an.

Die Männer traten zur Seite, als der Kran den Käfig hochhob, zum Bohrloch schwenkte und seine Last wieder hinabließ. Die beiden Männer verschwanden hinter dem Kran und kehrten auf krabbenähnlichen Maschinen zurück. Sie fuhren zum Bohrloch und verbanden die Maschinen miteinander, sodass sie das Loch komplett abdeckten und nur einen kleinen Spalt für das Drahtseil freiließen.

Alle vier Männer liefen in den Tausendfüßler, und das Tor schloss sich hinter ihnen.

Einige Minuten geschah gar nichts. Roberts Arm wurde allmählich schwer, und er fragte sich, wie lange er noch warten sollte. Eines stand fest – sie bohrten nicht nach Öl. Aber was taten sie dann? Und warum brauchten sie dazu Schutzanzüge? Warum brauchte er keinen – oder die Affen?

Er könnte bald eine Antwort bekommen. Die Michelin-Männchen sprangen aus dem Tausendfüßler und liefen zum Loch. Sie setzten die Abdeckmaschinen zurück, und der Käfig schoss aus dem Loch. Er hüpfte ein paarmal am Drahtseil auf und ab. Schließlich kam er knapp über dem Boden zur Ruhe, und die Männer hielten ihn fest und rissen die Tür auf.

Die Affen waren von etwas Weißem oder Grauem bedeckt ... Schnee vielleicht? Beide lagen leblos am Käfigboden. Als die Männer sie herauszogen, blieb das Weiße an ihnen haften – es war kein Schnee. Die Arbeiter warfen die Affen einzeln in weiße Leichensäcke und rannten mit ihnen zum Eingang des zweiten Segments des Tausendfüßlers. Als sich das Tor öffnete, konnte Robert zwei Kinder sehen, die in einem Glaskasten auf einer Bank saßen und warteten, als wären sie als Nächste an der Reihe.

98

Neu-Delhi, Indien

»Warte hier. Wenn ich in einer Viertelstunde nicht wieder draußen bin, suchst du einen Polizisten und erzählst ihm, dass der Laden gerade ausgeraubt wird«, sagte David.

Kate ließ den Blick über die Straße und die Geschäftsfassade schweifen: Chronometer-Handelsgesellschaft. Die Straße war voller alter Autos und Inder, die auf ihren Rädern vorbeistrampelten. David hatte ihr gesagt, dass das Geschäft einer von vielen geheimen Clocktower-Außenposten war, in dem örtliche Informanten und Agenten ihre Nachrichten an die Zentrale senden konnten. Er ging davon aus, dass es noch diesem Zweck diente, wenn Clocktower nach wie vor aktiv war. Das war ein großes *Wenn*. Falls Clocktower vollständig untergegangen war, würde Immari das Geschäft überwachen oder diese Außenposten sogar mit eigenen Männern besetzt haben, um die verbliebenen Agenten auszuschalten.

Kate nickte, und David trat auf die Straße und humpelte auf das Geschäft zu. Kurz darauf war er im Inneren verschwunden. Kate biss sich auf die Unterlippe und wartete.

Das Geschäft war vollgestellt. Sämtliche Uhren außer den Standuhren befanden sich in Glasvitrinen. Alles wirkte sehr zerbrechlich und fein gearbeitet. David fühlte sich wie der sprichwörtliche Elefant im Porzellanladen, während er sich mit seinem verwundeten Bein mühsam zwischen zwei Vitrinen hindurchquetschte.

Es war dunkel im Inneren, und nach der Helligkeit draußen konnte er kaum etwas erkennen. Er stieß gegen eine Vitrine mit antiken Taschenuhren, wie sie Männer mit glänzenden Westen und Monokeln tragen mochten. Der Glaskasten wackelte, und die Uhren klirrten und klingelten, als die winzigen Teilchen in ihrem Inneren vibrierten. David blieb auf seinem gesunden Bein stehen und hielt die Vitrine fest, damit sie zur Ruhe kam. Er hatte das Gefühl, eine falsche Bewegung könnte den ganzen Laden zum Einstürzen bringen.

Tief aus dem Raum ertönte eine Stimme. »Willkommen, Sir, wie kann ich Ihnen behilflich sein?«

David musste das Geschäft zweimal absuchen, bis er den Mann hinter einer hohen Theke im hinteren Teil entdeckte. Er humpelte zu ihm und versuchte, den gläsernen Minen aus dem Weg zu gehen. »Ich suche nach einem besonderen Stück.«

»Dann sind Sie hier genau richtig, Sir. Was für ein Stück?«

»Einen Uhrenturm.«

Der Angestellte musterte ihn. »Eine ungewöhnliche Anfrage. Aber Sie haben Glück. Wir haben im Laufe der Jahre schon einige Uhrentürme für unsere Kunden ausfindig gemacht. Können Sie mir genauer beschreiben, wonach Sie suchen? Alter, Form, Größe? Jede Information ist hilfreich.«

David versuchte, sich an den genauen Wortlaut zu erinnern. Er hätte nicht gedacht, dass er die Losung jemals benutzen müsste. »Ein Exemplar, das nicht nur die Zeit anzeigt. Geschmiedet aus unzerbrechlichem Stahl.«

»Möglicherweise weiß ich von einem solchen Exemplar. Ich muss jemanden anrufen.« Sein Tonfall veränderte sich.

»Warten Sie hier«, sagte er mit flacher Stimme. Ehe David etwas entgegnen konnte, verschwand der Mann hinter einem Vorhang vor der Tür.

David bemühte sich, etwas zu erkennen oder zu hören, aber durch den Stoff drang nichts hindurch. Er sah auf die Uhr an der Wand. Er war schon fast zehn Minuten im Geschäft. Würde Kate sich an ihre Abmachung halten?

Der Angestellte kehrte zurück. Seine Miene war ausdruckslos. »Der Verkäufer möchte mit Ihnen sprechen.« Er wartete.

In diesem Augenblick hätte David alles für eine Pistole gegeben. Er nickte und trat hinter die Theke. Der Angestellte zog den Vorhang zur Seite und schob ihn in die Dunkelheit. David spürte, wie der Angestellte über seinen Rücken griff, in Richtung seines Kopfes, aber bevor er sich umdrehen konnte, riss der Mann den Arm wieder auf Brusthöhe hinunter.

99

David wirbelte herum.

Helligkeit blitzte um ihn herum auf. An der Decke schwang eine nackte Glühbirne hin und her. Der Angestellte hielt die Schalterschnur in der Hand. »Das Telefon ist gleich da vorn.« Er zeigte auf einen Tisch in der Ecke. Der Hörer war aus dickem Plastik gegossen, wie in den Telefonzellen aus den Achtzigern. Man hätte jemanden damit erschlagen können. Das Telefon selbst war genauso alt. Es hatte noch eine Wählscheibe.

David ging zu dem Tisch und nahm den Hörer. Er wandte sich zu dem Angestellten um. Der Mann war einen Schritt auf ihn zugekommen.

Es klang, als wäre die Leitung tot. »Zentrale?«, sagte David.

»Identifizieren«, entgegnete eine Stimme.

»Vale, David Patrick.«

»Niederlassung?«

»Jakarta«, sagte David. Er konnte sich nicht mehr genau erinnern, aber das war definitiv nicht der normale Ablauf.

»Warten Sie.« Die Leitung blieb einen Moment lang stumm. »Zugangscode?«

Zugangscode? Es gab keinen Zugangscode. Das hier war kein Pfadfinderversteck. Sie hätten ihn mittels Stimmidentifikation erkennen müssen, sobald er seinen Namen nannte. Vielleicht spielten sie auf Zeit und umstellten das Gebäude.

David versuchte, im Gesicht des Angestellten zu lesen. Wie lang war er jetzt im Laden? Schon fast fünfzehn Minuten?

»Ich ... habe keinen Zugangscode.«

»Bleiben Sie dran.« Die Stimme meldete sich wieder. Nervöser? »Taufname?«

David dachte kurz nach. Was hatte er schon zu verlieren? »Reed. Andrew Michael.«

»Ich verbinde mit dem Direktor«, kam die knappe Antwort.

Zwei Sekunden verstrichen, bis Howard Keegans großväterliche Stimme erklang. »David, mein Gott, wir haben Sie überall gesucht. Geht es Ihnen gut? Wie ist die Lage?«

»Ist das eine sichere Leitung?«

»Nein. Aber ehrlich gesagt haben wir im Moment größere Probleme.«

»Clocktower?«

»Geschlagen. Aber nicht zerstört. Ich organisiere einen Gegenschlag. Es gibt noch ein Problem. Eine Seuche jagt über den Erdball. Es ist ein Wettlauf gegen die Zeit.«

»Ich glaube, ich kann ein Puzzleteil beitragen.«

»Was?«

»Ich bin nicht sicher. Ich brauche einen Lift.«

»Wohin?«

»Nach Gibraltar.«

»Gibraltar?« Keegan klang verwirrt.

»Ist das ein Problem?«

»Nein. Das ist die beste Nachricht seit Langem. Ich bin gerade in Gibraltar – die verbliebenen Agenten und ich planen einen Angriff auf das Immari-Hauptquartier. Der Angestellte kann Ihre Reise organisieren, aber bevor Sie aufbrechen ... muss ich Ihnen noch etwas sagen, David. Etwas, das Sie wissen müssen, falls Sie es nicht bis hierher schaffen oder ...

falls ich nicht mehr hier bin, wenn Sie ankommen. Sie waren nicht der Einzige, der die Machenschaften von Immari untersucht hat, aber als mir die Zeit davonlief, wusste ich, dass Sie meine beste Chance sind, sie aufzuhalten. Ich war Ihr Informant. Ich habe all meine Kontakte bei Immari genutzt, um Ihnen zu helfen, aber es hat nicht gereicht. Die taktischen Fehler waren alle meine Schuld ...«

»Schwamm drüber. Wir haben neue Informationen, die uns vielleicht weiterhelfen. Es ist noch nicht vorbei. Wir sehen uns in Gibraltar.«

100

Immari-Forschungsstation Prisma
Ost-Antarktis

Eines musste Dorian zugeben: Martin Grey war in technischer Hinsicht kompetent. Die Forschungsstation in der Antarktis war atemberaubend. In der letzten halben Stunde hatte Martin Dorian durch sämtliche Abteilungen des riesigen tausendfüßlerähnlichen mobilen Labors geführt: durch das Primatenlabor mit den beiden Kadavern, die Bohrsteuerungswarte, die Mannschaftsbaracken, die Besprechungsräume und den Hauptkontrollraum, in dem sie jetzt saßen.

»Wir sind hier wie auf dem Präsentierteller, Dorian. Wir sollten Vorkehrungen treffen. Es gibt mehrere Forschungsstationen hier in der Antarktis. Jemand könnte über uns stolpern und ...«

»Und was?«, sagte Dorian. »Wem sollten sie es melden?«

»Den Ländern, die sie finanzieren, zum Beispiel ...«

»Diese Länder werden von dem Ausbruch in die Knie gezwungen. Glauben Sie mir, die interessieren sich nicht für ungenehmigte Forschungsprojekte auf einem Eiswürfel am Ende der Welt. Hören wir auf, Zeit zu verschwenden, und kommen wir zur Sache. Sagen Sie mir, was Sie bei dem U-Boot gefunden haben.«

»In etwa das, was wir erwartet haben.«

»Ihn?«

»Nein. General Kane« – Martin zuckte kaum merklich, als er den Namen aussprach – »war nicht unter den Toten, die wir identifi...«

»Dann ist er in dem Objekt.« Dorians stoische Haltung wurde von einem Aufflackern der Hoffnung durchbrochen.

»Nicht unbedingt. Es gibt auch andere Möglichkeiten.«

»Wohl kaum.«

»Er könnte bei dem Angriff in Tibet getötet worden sein«, beharrte Martin. »Oder unterwegs. Es war eine lange Reise. Oder ...«

»Er ist da drin. Ich weiß es.«

»Falls das stimmt, wirft es mehrere Fragen auf. Vor allem, warum ist er nicht wieder rausgekommen? Und warum haben wir nichts von ihm gehört? Außerdem muss man die Zeitachse beachten. Kane ist 1938 in die Antarktis aufgebrochen. Vor fünfundsiebzig Jahren. Wenn er wirklich da drin ist, wäre er über hundertzwanzig Jahre alt. Schon lange tot.«

»Vielleicht hat er versucht, mit uns Kontakt aufzunehmen. Der Roswell-Zwischenfall. Eine Warnung.«

Martin dachte darüber nach. »Interessant. Trotzdem bringt Ihre besessene Suche nach Kane uns alle in Gefahr. Sie müssen einen klaren Kopf bewahren, um diese Operation zu leiten.«

»Ich habe einen klaren Kopf, Martin.« Dorian stand auf. »Ich gebe zu, dass ich davon besessen bin, Konrad Kane zu finden, aber Ihnen erginge es genauso, wenn Ihr Vater verschollen wäre.«

Robert Hunt ließ den Motor des Schneemobils laufen. Er stieg ab und ging unter den kleinen Felsüberhang, wo er die beiden Männer zurückgelassen hatte. Sie waren weg. Aber ein Schneemobil stand noch dort. Waren sie zur nächsten Bohrstelle aufgebrochen? Hatten sie ihn gemeldet? Waren sie seinen Spuren zur letzten Bohrstelle gefolgt? Das käme auf dasselbe hinaus, wie ihn zu melden.

Er rannte auf die offene Eisfläche hinaus, zog den Feldstecher hervor und blickte in alle Richtungen.

Nichts.

Er ging zurück unter den Überhang. Es war kalt dort. Tödlich kalt. Er versuchte, das zurückgebliebene Schneemobil anzulassen, aber es hatte kein Benzin mehr. Wieso? Waren sie ihm gefolgt und hatten es mit dem letzten Tropfen zurückgeschafft? Nein – die Spuren waren alt. Sie hatten es hier in der Höhle laufen lassen. Warum? Um sich zu wärmen? Vermutlich. Sie hatten gewartet, bis der Motor ausgegangen und es wieder kalt geworden war. Dann waren sie beide auf das andere Schneemobil gestiegen und weggefahren. Aber wohin?

101

»Ich flehe Sie an, das nicht zu tun, Dorian.« Martin trat vor die Tür und breitete die Arme aus.

»Seien Sie vernünftig, Martin. Sie wissen doch, dass die Zeit gekommen ist.«

»Wir wissen nicht, was ...«

»Wir wissen, dass ein großer Brocken ihrer Stadt abgebrochen ist. Und dass vor fünfundsiebzig Jahren eine ihrer Glocken aktiviert wurde – die Leichen aus dem U-Boot beweisen das. Wollen Sie das Risiko eingehen? Wir wissen beide, dass sie bald aus ihrem Schlaf erwachen werden, wenn es nicht schon passiert ist. Wir haben keine Zeit, zu forschen und zu diskutieren. Wenn sie da rausmarschieren, ist die Menschheit verloren.«

»Sie vermuten ...«

»Ich weiß es. Und Sie wissen es auch. Wir haben gesehen, was die Glocke anrichten kann. Und das ist sozusagen nur die Lampe über der Tür – dem Eingang zu einer Stadt, die wir in Tausenden von Jahren nicht bauen könnten, falls wir überhaupt jemals eine solche Technologie entwickeln. Stellen Sie sich vor, welche Waffen sie da drin haben. Die Glocke ist nur eine Art Insektenfalle, damit sie nicht in ihrem Schlaf gestört werden. Sie wollen aus gutem Grund nicht, dass jemand dort reinkommt. Ich sichere unser Überleben. Das ist die einzige Möglichkeit.«

»Eine so folgenschwere Maßnahme, basierend auf Mutmaßungen ...«

»Große Führer werden im Feuer harter Entscheidungen geschmiedet«, sagte Dorian. »Und jetzt gehen Sie mir aus dem Weg.«

In der Zelle kniete Dorian nieder, um den beiden indonesischen Kindern in die Augen zu sehen. Sie saßen auf einer weißen Bank gleich neben dem Primatenlabor. Ihre Füße baumelten ein paar Zentimeter über dem Boden in der Luft.

»Ihr seid bestimmt froh, dass ihr nicht mehr in den Anzügen steckt, oder?«

Die Jungen sahen ihn nur an.

»Ich heiße Dorian Sloane. Und ihr?«

Die ausdruckslosen Blicke der Jungen wanderten von Dorians Gesicht zum Boden.

»Schon okay, wir brauchen keine Namen für unser Spiel. Kennenlern-Spiele sind sowieso langweilig. Wir spielen etwas Besseres, ein sehr lustiges Spiel. Habt ihr schon mal Verstecken gespielt? Das war als Kind eines meiner Lieblingsspiele. Ich war sehr gut darin.« Er wandte sich zu seinem Assistenten. »Holen Sie die Rucksäcke von Dr. Chase.«

Dorian sah die Jungen durchdringend an. »Wir bringen euch in ein Labyrinth, einen riesigen Irrgarten. Eure Aufgabe ist es, einen bestimmten Raum zu finden.« Dorian hielt ihnen ein Bild unter die Nase. »Seht ihr das? Das ist ein Raum voller Glasröhren. Die sind so groß, dass ein Mensch reinpasst! Kaum zu glauben, was? Wenn ihr diesen Raum findet und euch darin versteckt, bekommt ihr die Belohnung.« Dorian legte ihnen den glänzenden Ausdruck in den Schoß. Es war ein Computerbild, die Extrapolation eines großen Röhrenraums.

Die Jungen betrachteten es. »Was für eine Belohnung?«, fragte einer der beiden.

Dorian breitete die Arme aus. »Das hätte ich auch gefragt. Ihr seid schlau, richtig schlau.« Dorian sah sich um. Tja, was für eine Belohnung? Er hätte nicht gedacht, dass sie danach fragen würden. Er hasste Kinder. Fast so sehr wie ihre dummen Fragen. »Es gibt mehrere Belohnungen. Was ... was hättet ihr denn gern?«

Der andere Junge legte den Ausdruck auf die Bank. »Kate.«

»Ihr wollt zu Kate?«, sagte Dorian.

Die Jungen nickten in dem Rhythmus ihrer hin und her schwingenden Beine.

»Also, ich verrate euch was. Wenn ihr diesen Raum findet und euch darin versteckt und abwartet, wird Kate kommen und euch finden.« Dorian nickte, als er sah, dass die Augen der Jungen größer wurden. »Genau. Ich kenne Kate nämlich. Wir sind sogar alte Freunde.« Dorian grinste über seinen Insiderwitz, und das Grinsen hatte den gewünschten Effekt. Die Jungen hüpften aufgeregt auf der Bank herum.

Ein Laborassistent trat mit den Rucksäcken ein. »Hier sind sie, Sir.« Er half Dorian, den Kindern die Rucksäcke aufzusetzen. »Der Verschluss aktiviert die Sprengköpfe. Wir haben alles getan, um Manipulationen zu verhindern. Wenn man den Verschluss öffnet, explodieren die Sprengköpfe. Wie Sie verlangt haben, kann man sie weder manuell noch per Fernsteuerung deaktivieren, sobald sie scharf sind. Wir haben den Zeitzünder auf vier Stunden eingestellt.«

»Hervorragende Arbeit.« Dorian zog die Brustgurte fest. Er legte den Jungen die Hände auf die Schultern. »Es ist sehr wichtig, dass ihr die Rucksäcke nicht absetzt. Wenn ihr das tut, ist das Spiel sofort vorbei. Keine Belohnung. Keine Kate. Ich weiß, dass sie ziemlich schwer sind. Ihr könnt euch zwischendurch ausruhen, aber denkt dran: Wenn ihr sie absetzt, kommt Kate nicht. Und noch eine letzte Sache.«

Dorian zog einen Umschlag hervor und befestigte ihn mit einer Stecknadel an der Brust des größeren Jungen. Auf dem Papier stand in großer Schreibschrift: »Papa.«

Dorian sicherte den Umschlag mit weiteren Nadeln. »Falls ihr da drin einen Mann seht, einen älteren Mann in Militäruniform, gewinnt ihr das Spiel auch – wenn ihr ihm diesen Umschlag gebt. Falls ihr ihn seht, rennt ihr also zu ihm und sagt, dass Dieter euch geschickt hat. Könnt ihr euch das merken?«

Die Jungen nickten.

Fünfzehn Minuten später beobachtete Dorian aus dem Kontrollraum, wie die beiden Jungen drei Kilometer unter dem Labor auf die Glocke zuwatschelten.

Der tödliche Apparat flackerte nicht einmal. Vor ihnen öffnete sich ein Tor, das aus mehreren ineinandergreifenden Schichten bestand. Wie ein Reptilienauge, dachte Dorian.

Er sah auf die Monitore, die die Bilder aus den Helmkameras der Jungen zeigten. Die Kameras schwenkten nach oben, als die Jungen zu der Glocke blickten, die mehrere hundert Meter über ihnen in einer gewaltigen Eiskuppel hing.

Dorian drückte eine Taste. »Sie tut euch nichts. Geht einfach rein. Denkt an den Raum mit den Röhren.« Er ließ die Taste los und wandte sich an den Techniker im Kontrollraum. »Können Sie ihnen das Bild von den Röhren auf das Helmdisplay legen? Gut.« Er aktivierte wieder die Funkverbindung. »Da seht ihr sie. Geht rein und sucht die Röhren.«

Dorian lehnte sich auf seinem Stuhl zurück und sah zu,

wie die Jungen durch das Tor gingen. Als sich das Tor schloss, brach die Verbindung zu den Kameras ab, und die Monitore rauschten. Auf den anderen Bildschirmen sah Dorian den gewölbten Vorraum und die Glocke. Dort rührte sich nichts. Es war totenstill.

An der Monitorwand zählte eine Digitalanzeige die Sekunden herunter: 03:23:57, 03:23:56, 03:23:55.

102

Protokoll

**Pressekonferenz des Weißen Hauses
zum Thema »Blitz-Grippe«**

Adam Rice (Pressesprecher des WH): Guten Morgen zusammen. Ich werde ein kurzes Statement verlesen und anschließend einige Fragen beantworten. »Der Präsident und die Regierung haben Schritte eingeleitet, um die Gesundheitsgefährdung durch die ›Blitz-Grippe‹, wie die Presse sie bezeichnet, einzuschätzen und gegebenenfalls Gegenmaßnahmen einzuleiten. Heute Morgen hat der Präsident die Seuchenschutzbehörde aufgefordert, alle verfügbaren Mittel einzusetzen, um das Bedrohungspotenzial zu analysieren. Abhängig vom Ausgang dieser Untersuchung wird das Weiße Haus weitere Maßnahmen ergreifen, die die Sicherheit Amerikas gewährleisten.«
[Rice legt das Manuskript nieder und zeigt auf den ersten Reporter.]
Reporter: Hat der Präsident einen Zeitplan aufgestellt, wann die Grenzen geschlossen werden?
[Rice atmet tief aus und wendet den Blick von der Kamera ab.]
Rice: Der Präsident hat wiederholt darauf hingewiesen,

dass die Schließung der Grenzen der letzte Ausweg ist. Wir wissen, welche Auswirkungen das für amerikanische Firmen hätte, sowohl für die großen als auch für die kleinen. Uns ist bewusst, dass es eine Gesundheitsgefahr gibt. Aber es gibt auch ein ökonomisches Risiko. Die Schließung der Grenzen stellt ein sehr konkretes Risiko für die amerikanische Wirtschaft dar. Die Grippe könnte viele Amerikaner treffen, aber die Schließung der Grenzen würde in jedem Fall eine sofortige Rezension auslösen, die mehr Bürger gefährdet als ein Ausbruch. Wir verfolgen eine ausgewogene Vorgehensweise. Der Präsident wird kein Risiko eingehen und uns sowohl vor der Grippe als auch vor einer Rezension schützen.

Reporter: Wie lautet Ihre offizielle Antwort auf die Meldungen aus Asien und Europa?

Rice: Wir nehmen sie ernst, aber wir überprüfen sie auch sorgfältig. Die Informationen sind noch immer unvollständig und ehrlich gesagt auch nicht immer glaubwürdig.

Reporter: Beziehen Sie sich auf die Augenzeugenberichte, die Videos ...

[Rice hebt eine Hand.]

Rice: Was die Videos im Internet angeht, da bekommt man ein schlimmes Bild vermittelt. Niemand macht ein YouTube-Video darüber, wie er kerngesund zu Hause sitzt, Müsli isst und Yoga übt. Diese Videos sind auf Sensationen aus. Wir haben sie mittlerweile alle gesehen, und es wird weitere geben. Wenn man sein Leben danach ausrichtet, was man auf YouTube sieht, trifft man falsche Entscheidungen, und das wollen wir gerade vermeiden. Es ist nicht einmal sicher, dass die Videos echt sind, und wenn sie es sind, dann könnten sie alle möglichen Krankheiten darstellen.

[Rice hebt die Arme.]

Rice: Okay, das war's für heute. Vielen Dank.

103

Clocktower-Safehouse
Gibraltar

Der Sonnenuntergang über der Bucht von Gibraltar war atemberaubend. Sanfte Abstufungen von Rot, Orange und Violett trafen in der Ferne auf das dunkelblaue Wasser des Atlantiks. In ungefähr hundert Metern Entfernung endeten die Hafenanlagen, und der Fels erhob sich über das Land und das Meer. Seine grauen und schwarzen Farbtöne kontrastierten mit den glühenden Sonnenstrahlen, die über seine Flanke strichen.

Kate schob die Glastür auf und trat auf den gefliesten Balkon vier Stockwerke über der Straße, die durch den Hafen führte. Unter ihr patrouillierten bewaffnete Wachen um das große Haus. Eine warme Mittelmeerbrise hüllte Kate ein, und sie lehnte sich gegen das Geländer.

Sie hörte hinter sich am Tisch Gelächter ausbrechen. David fing ihren Blick auf. Er wirkte so glücklich, wie er dort zwischen einem Dutzend anderer Niederlassungsleiter und Agenten saß – den Überlebenden der Zerschlagung von Clocktower, die sich nun »Der Widerstand« nannten. Von hier draußen hätte man es für ein Treffen alter Studienkollegen halten können, die miteinander scherzten, Geschichten erzählten und für den nächsten Tag den Besuch eines großen Footballspiels samt Picknick planten. Aber Kate wusste, dass sie einen Angriff auf das Immari-Hauptquartier in Gibraltar vorbereiteten. Das Gespräch hatte sich in eine technische Besprechung verwandelt, über die beste Taktik, den Gebäudeaufbau und die Frage, ob die Pläne und die anderen Informationen zuverlässig waren. Kate hatte sich auf den Balkon verzogen wie eine neue Freundin, die nicht zum angestammten Freundeskreis gehörte.

Während des Flugs von Indien hatten sie und David offen miteinander gesprochen, zum ersten Mal ohne jegliche Vorbehalte. Sie erzählte ihm, wie sie ihr Kind verloren und einen Mann kennengelernt hatte, der sich quasi in Luft auflöste, sobald sie schwanger wurde. Eine Woche nach der Fehlgeburt war sie von San Francisco nach Jakarta gezogen, und in den nächsten Jahren hatte sie sich ganz auf ihre Arbeit und die Autismusforschung konzentriert.

David war genauso mitteilsam. Er erzählte Kate von seiner Verlobten, die bei den Anschlägen vom 11. September getötet worden war, von seinen schweren Verletzungen, die beinahe zur Lähmung geführt hätten, und von seinem Entschluss, die Verantwortlichen aufzuspüren. Vor einer Woche hätte Kate seine Behauptungen über Immari und eine weltweite Verschwörung rundheraus abgestritten, aber im Flugzeug nickte sie nur. Sie wusste nicht, wie die Teile zusammenpassten, aber sie glaubte ihm.

Danach schliefen sie, als hätte es ihnen Seelenfrieden geschenkt, alles herauszulassen. Aber Kates Schlaf war unruhig. Die Geräusche des Flugzeugs und der unbequeme Sitz weckten sie ständig. Jedes Mal, wenn sie die Augen aufschlug, schlief David. Sie stellte sich vor, dass auch er sie im Schlaf beobachtete, bis er wieder einschlummerte. Sie hatte ihm noch so viel zu erzählen. Als sie zum letzten Mal aufwachte, steuerte das Flugzeug die Landebahn in Gibraltar an. David sah aus dem Fenster, und als er bemerkte, dass Kate wach war, sagte er: »Denk dran, dass du nichts über das Tagebuch oder Tibet oder die Anlage in China erzählst, bevor wir mehr wissen. Ich traue der Sache noch nicht ganz.«

Clocktower-Agenten umstellten das Flugzeug, sobald sie gelandet waren, und sie wurden sofort in das Haus gebracht. Seitdem hatte sie kaum ein Wort mit David gewechselt.

Hinter ihr öffnete sich die Glastür, und Kate drehte sich lächelnd um. Es war Howard Keegan, der Direktor von Clocktower. Kates Lächeln verschwand schlagartig, und sie hoffte, dass er es nicht bemerkt hatte. Er trat auf den Balkon und schloss die Tür. »Darf ich Ihnen Gesellschaft leisten, Dr. Warner?«

»Bitte. Und nennen Sie mich Kate.«

Keegan trat neben sie an das Geländer, ohne sich anzulehnen oder Kate anzusehen. Er blickte auf die dunkler werdende Bucht hinaus. Er war eindeutig schon über sechzig, aber er wirkte fit. Robust.

Die Stille war ein wenig unangenehm. »Wie läuft die Planung?«, fragte Kate.

»Gut. Obwohl es keine Rolle spielt.« Keegans Stimme war flach und gefühllos.

Kate lief ein Schauder über den Rücken. Sie versuchte, die Stimmung aufzuhellen. »Sind Sie so zuversicht...«

»Allerdings. Es wurde schon vor Jahren geplant, wie die Sache morgen ausgeht.« Er zeigte auf die Wachen auf der Straße unter ihnen. »Das sind keine Clocktower-Agenten. Es sind Mitarbeiter von Immari Security. Genau wie die Wachleute im Haus. Morgen werden die letzten Agenten bei Clocktower, die nicht zu Immari gehören, sterben, auch David.«

Kate stieß sich vom Geländer ab und blickte über die

Schulter zu den Männern am Tisch, die noch immer lachten und gestikulierten. »Ich versteh...«

»Drehen Sie sich nicht um. Ich bin hier, um Ihnen ein Angebot zu machen.« Keegans Stimme war nur ein Flüstern.

»Was für ein Angebot?«

»Sein Leben. Im Austausch für Ihres. Sie werden hier weggebracht, in ein paar Stunden, wenn alle Feierabend gemacht haben. Die Männer werden früh zu Bett gehen; der Überfall findet in der Morgendämmerung statt.«

»Sie lügen.«

»Wirklich? Ich will ihn nicht töten. Ich mag ihn wirklich. Wir stehen nur zufällig auf unterschiedlichen Seiten. Aber Sie brauchen wir dringend.«

»Warum?«

»Sie haben die Glocke überlebt. Das ist der Schlüssel zu allem, was wir tun. Wir müssen verstehen, warum. Ich will Sie nicht anlügen: Sie werden verhört und anschließend untersucht werden, aber er wird verschont. Was bleibt Ihnen anderes übrig? Wir könnten die Agenten einfach sofort da drin töten. Es wäre unschöner, hier in der Wohngegend, aber durchaus machbar. Wir haben diese Operation schon zu lange in der Schwebe gehalten, abgewartet, wer herkommt, und gehofft, dass er sich meldet. Es steht noch mehr auf dem Spiel. Wenn Sie geschickt verhandeln, können Sie vielleicht die Kinder befreien oder sich selbst gegen sie eintauschen. Sie werden in derselben Einrichtung festgehalten.« Keegan sah Kate in die Augen. »Und, wie lautet Ihre Antwort?«

Sie schluckte und nickte. »Okay.«

»Noch etwas. Aus den Aufzeichnungen im Flugzeug wissen wir, dass Sie und Vale über ein Tagebuch gesprochen haben. Wir wollen es haben. Wir suchen schon sehr lange danach.«

104

Schneelager Alpha
Bohrstelle 7
Ost-Antarktis

Robert Hunt war erleichtert, das Schneemobil vor den kleinen weißen Baracken an Bohrstelle sieben stehen zu sehen. Er parkte sein Schneemobil und rannte hinein. Die Männer wärmten sich an dem Heizkörper an der Wand. Beide standen auf, als er eintrat.

»Wir wollten auf dich warten, aber wir haben zu sehr gefroren. Wir haben es nicht mehr ausgehalten.«

»Ich weiß. Schon okay«, sagte Robert. Er sah sich im Raum um. Genau wie die vorigen sechs. Er warf einen Blick auf das Funkgerät. »Haben sie sich gemeldet?«

»Dreimal, immer zur vollen Stunde. Sie wollten dich sprechen. Sie sind ungeduldig.«

Robert überlegte, was er sagen sollte. »Was habt ihr ihnen erzählt?« Die Antwort würde ihm verraten, wie sie zu der ganzen Sache standen.

»Den ersten Ruf haben wir nicht beantwortet. Beim zweiten Mal haben sie gesagt, sie würden Verstärkung schicken. Wir haben behauptet, du würdest an der Bohrstelle arbeiten, und wir bräuchten keine Hilfe. Was hast du gesehen?«

Roberts Gedanken überschlugen sich. *Was, wenn sie mich*

auf die Probe stellen? Was, wenn sie mit unserem Auftraggeber gesprochen haben und beauftragt wurden, mich zu töten? Kann ich ihnen trauen? »Ich habe nicht ...«

»Hör zu, ich bin keine große Leuchte, verdammt, ich hab noch nicht mal die Highschool abgeschlossen, aber ich habe mein halbes Leben auf einer Ölbohrinsel im Golf gearbeitet, und ich weiß, dass wir hier nicht nach Öl bohren, also, warum verrätst du uns nicht, was du gesehen hast?«

Robert setzte sich an den kleinen Tisch mit dem Funkgerät. Er war mit einem Mal furchtbar müde. Und hungrig. Er zog Mütze und Handschuhe aus. »Ich bin mir nicht sicher. Da waren Affen. Sie haben sie irgendwie getötet. Dann habe ich Kinder gesehen, in einem Glaskasten.«

105

Clocktower-Safehouse
Gibraltar

Kate schätzte die Entfernung zwischen den Balkons ab. Einen Meter zwanzig? Einen Meter fünfzig? Könnte sie es schaffen? Unten hörte sie einen Wachmann vorbeigehen, und sie schlich sich zurück in ihr Zimmer. Sie lauschte. Das Knirschen des Kieses unter seinen Stiefeln wurde leiser. Sie kehrte auf den Balkon zurück.

Sie trat an die Kante, schwang ein Bein über das Geländer und zog das andere hinterher. Jetzt stand sie auf der schmalen Umrandung und hielt sich mit beiden Händen am Geländer hinter ihrem Rücken fest.

Sie streckte ein Bein aus und hielt sich nur noch mit einer Hand fest, wie eine Balletttänzerin bei einem Spagatsprung. Sie streckte sich, so weit sie konnte, spürte, wie ihre Hand abrutschte, und drohte zu stürzen. Gerade noch rechtzeitig zog sie das Bein zurück, sodass sie mit dem Rücken gegen das Geländer stieß. Sie würde sich noch den Hals brechen. Der andere Balkon war knapp außer Reichweite.

Sie setzte gerade zum Sprung an, als auf dem anderen Balkon die Tür aufglitt und David heraustrat. Bei ihrem Anblick schreckte er zurück, aber dann erkannte er sie und kam zum Geländer. Er lächelte sie an. »Wie romantisch.« Er streckte den unverletzten Arm aus. »Spring. Ich ziehe dich hoch. Das hast du noch gut bei mir.«

Kate warf einen Blick nach unten. Sie spürte den Schweiß an ihren Händen. Davids Arm war ein gutes Stück entfernt. Sie wollte springen, aber würde sie es schaffen? Wenn sie hinunterfiel, würden die Wachen sie schnappen, und Keegan wüsste sofort Bescheid. Die Abmachung wäre geplatzt. Konnte David sie fangen? Konnte er sie hier rausholen? Sie vertraute ihm, aber ...

Sie sprang, und er fing sie und zog sie über das Geländer in seine Arme. Dann geschah alles schnell, wie in einem Traum. Er schob sie ins Zimmer. Ohne sich die Mühe zu machen, die Tür zu schließen, warf er sie aufs Bett. Er legte sich auf sie, streifte sein Hemd ab und fuhr mit den Händen durch ihr Haar. Er küsste sie auf den Mund und ließ nur kurz von ihr ab, um ihr die Bluse über den Kopf zu ziehen.

Sie musste es ihm sagen. Sie musste die Sache beenden. Aber sie konnte nicht widerstehen. Sie wollte es. Bei seiner Berührung schien ein Strom zwischen ihnen zu fließen, der Teile von ihr erleuchtete, die vor langer Zeit in der Dunkelheit versunken waren. Er war wie eine übernatürliche Kraft, die sie überwältigte und erweckte und alles andere ausblendete. Sie konnte keinen klaren Gedanken mehr fassen.

Er zog ihr den BH und die Hose aus.

Es fühlte sich so gut an. Wie eine Befreiung. Sie konnten später reden.

Kate sah zu, wie sich Davids Brust hob und senkte. Er lag im Tiefschlaf. Sie musste ihre Entscheidung treffen.

Sie ließ sich wieder mit dem Rücken auf die Matratze sinken, starrte zur weißen Decke empor, dachte nach und versuchte, ihre Gefühle zu verstehen. Sie fühlte sich ... wieder lebendig, als Ganzes ... sicher, trotz Keegans Drohung. Einerseits wollte sie David wecken, um ihm zu sagen, dass sie in Gefahr waren und fliehen mussten. Aber was könnte er schon tun? Die Schussverletzungen an seinem Bein und seiner Schulter waren noch lange nicht verheilt. So würde sie ihn nur töten.

Sie zog sich an, verließ leise das Zimmer und schloss vorsichtig die Tür.

»Ich habe mich deutlich ausgedrückt.«

Die Stimme erschreckte sie. Sie drehte sich um. Keegan stand hinter ihr, und in seiner Miene spiegelte sich ... Traurigkeit, Enttäuschung, Bedauern?

»Ich habe ihm nichts gesagt.«

»Das glaube ich nicht.«

»Es stimmt aber.« Kate schob die Tür einen Spalt weit auf, sodass Keegan sehen konnte, wie David, nur bis zur Hüfte von einem Laken bedeckt, auf dem Bett lag. Langsam zog Kate die Tür wieder zu. »Wir haben überhaupt nicht geredet.« Sie senkte den Blick. »Ich habe mich nur verabschiedet.«

Eine halbe Stunde später blickte Kate aus dem Fenster des Flugzeugs, das nach Süden Richtung Antarktis flog, auf die Lichter von Nordafrika.

106

»Aufwachen, David.«

David schlug die Augen auf. Er lag nackt an derselben Stelle, wo er eingeschlafen war. Er betastete die andere Bettseite. Leer. Kalt. Kate musste schon seit Stunden weg sein.

»David.« Howard Keegan stand vor ihm.

David setzte sich auf. »Was ist los? Wie spät ist es?«

Sein ehemaliger Mentor reichte ihm einen Zettel. »Es ist ungefähr zwei Uhr. Wir haben diese Nachricht in Kates Zimmer gefunden. Sie ist verschwunden.«

David faltete den Zettel auseinander.

Lieber David,

sei nicht böse auf mich. Ich muss versuchen, etwas gegen die Kinder einzutauschen. Ich weiß, dass ihr morgen früh das Immari-Hauptquartier angreift. Ich hoffe, ihr habt Erfolg. Ich weiß, was sie dir genommen haben.
Viel Glück,

Kate

David schwirrte der Kopf. Würde Kate so etwas tun? Irgendetwas schien nicht zu stimmen.

»Wir glauben, dass sie vor ein paar Stunden aufgebrochen

ist. Ich dachte, du solltest es erfahren. Es tut mir leid, David.« Howard ging zur Tür.

David versuchte, die taktische Lage objektiv zu analysieren. *Was übersehe ich?* Vor seinem inneren Auge tauchten Bilder von Kate aus der letzten Nacht auf – wie eine Diashow, die er nicht stoppen konnte. Sie war in Sicherheit gewesen und hatte sich freiwillig in die Hände seiner Feinde begeben. *Warum?* Das war sein schlimmster Albtraum.

Keegan legte die Hand auf den Türgriff.

»Warten Sie.« David sah ihn nachdenklich an. Welche Möglichkeiten blieben ihm? »Ich weiß, wo sie hingegangen ist.«

Howard wandte sich um und blickte David skeptisch an.

»Wir haben in Tibet ein Tagebuch erhalten.« David zog sich an, während er weitersprach. »Es enthielt eine Karte der Stollen unter dem Fels von Gibraltar. Da unten ist etwas, etwas, das die Immari brauchen.«

»Was?«

»Ich weiß es nicht. Aber ich glaube, Kate will es holen – um es einzutauschen. Wie ist bei uns die Lage?«

»Alle ziehen sich gerade an. Wir sind beinahe bereit zum Angriff.«

»Ich muss mit den Männern reden.«

Dreißig Minuten später führte David die letzten dreiundzwanzig Clocktower-Agenten der Welt durch die Gänge unter dem Fels von Gibraltar. Er hatte den Männern gesagt, dass er dies tun und Kate finden musste und deswegen möglicherweise später zum Angriff auf Immari stoßen werde. Seine Rolle war ohnehin eher symbolischer Natur. Die Verletzungen, vor allem die Beinwunde, hinderten ihn an einer aktiven Beteiligung. Er würde am Schreibtisch sitzen, die Monitore und Anzeigen beobachten und den Ablauf der Aktion koordinieren.

Seine Kollegen hatten einmütig beschlossen, dass sie zusammenbleiben und zuerst die Stollen durchsuchen würden, um Kate herauszuholen, und dann den ursprünglichen Plan ausführen würden. Vielleicht befand sich in der Kammer etwas, das ihnen bei der Hauptoperation einen taktischen Vorteil verschaffen würde.

Sie hatten wenig Widerstand an den Lagerhäusern erwartet und wurden nicht enttäuscht. Die Lagerhäuser wurden nicht einmal bewacht. Und abgeschlossen waren sie auch nicht. Das Clocktower-Team fand jedoch ein gewöhnliches Zahlenschloss, wie man es an einem Schließfach in der Schule verwendete. Es lag am Boden und war durchgeknipst. Anscheinend Kates Werk. Immari hatte die Grabungsstelle offenbar schon lange aufgegeben und als wenig wertvoll betrachtet. Doch der Mangel an Sicherheitsvorkehrungen erweckte Davids Misstrauen.

Der Eingang zu den Stollen war so, wie er im Tagebuch beschrieben wurde – fast unverändert. Eine schwarze Plane war von der Öffnung gezogen worden, und die Lampen im Stollen brannten. Eine Veränderung gab es allerdings: Eine elektrische Einschienenbahn mit einzelnen Wagen war eingebaut worden, um den schnellen und sicheren Transport im Bergwerk zu gewährleisten. In jeden Wagen passten zwei Passagiere, und das Team verteilte sich auf ein Dutzend Fahrzeuge, wobei Howard und David in das vorderste stiegen. Nach der schwindelerregenden Spirale, die in die Tiefe führte, verlief der Stollen geradeaus und begann sich zu verzweigen. Damit hatte David nicht gerechnet; er hatte erwartet, dass die Immari alle Sackgassen verschlossen hätten. Auf der Karte im Tagebuch war nur das Innere des Atlantis-Gebildes dargestellt, und er hatte keine Ahnung, welche Richtung sie einschlagen mussten. Sie hatten keine Wahl. Howard teilte die Einsatzkräfte auf, und die Schienen verzweigten sich immer weiter, bis David und Howard schließlich allein fuhren, hoffentlich auf dem richtigen Gleis.

Sie hatten geplant, sich in einer Stunde am Eingang zu treffen. Dann würden sie noch rechtzeitig vor Sonnenaufgang den Angriff auf Immari-Gibraltar beginnen können.

David blickte nach vorn, während die Lampen an den Wänden in endloser Monotonie an ihnen vorbeischweiften. Was hatte er übersehen? Howard steuerte den Wagen und regulierte die Geschwindigkeit. Irgendwo, weit in der Ferne, knallten schnell hintereinander drei Schüsse. David drehte sich zu Howard, und sie tauschten einen vielsagenden Blick. Howard bremste ab, und sie warteten auf weitere Geräusche, um die Richtung bestimmen zu können.

»Wir können umkehren«, sagte Howard ruhig.

Sie warteten. Es war still in den Stollen. Was sollten sie tun? Es waren eindeutig Schüsse gewesen, aber David war nicht einsatzfähig, und Howard war zwar Geheimdienstler, aber ein Manager, kein Soldat. Keiner von ihnen hätte nennenswerten Widerstand leisten können. Wahrscheinlich wären sie nur hinderlich.

»Nein, wir fahren weiter«, sagte David.

Fünf Minuten später hörten sie wieder Gewehrfeuer aufflackern, aber sie hielten nicht an. Nach weiteren fünf Minuten erreichten sie den Raum, der als Zugang zum Atlantis-Gebilde diente. In der Mitte befand sich die vollständig freigelegte Treppe. Auf der rechten Seite lag die gezackte Öffnung, die im Tagebuch beschrieben wurde. David konnte in das Objekt hineinblicken, aber er sah vor allem glattes, dunkles Metall. Schwere Träger stützten die Decke ab.

David sah nach oben und betrachtete den Bereich über der Treppe. Dort befand sich eine riesige Kuppel, und das hineinragende Atlantis-Gebilde war an einer Stelle von unten weggeschnitten worden.

»Was ist das?«, fragte Howard.

»Hier haben sie die Glocke ausgegraben«, sagte David mehr zu sich selbst.

Howard ging zur Treppe, setzte den Fuß auf die erste Stufe und sah sich nach David um.

Ohne ein weiteres Wort humpelte David los und stieg auf seinen Stock gestützt die Treppe hinauf. Während er vor Schmerz das Gesicht verzog, hatte er ein Déjà-vu. Der Tunnelbauer, Patrick Pierce, war ebenfalls unter dem Vorwand einer Rettungsaktion hier herabgelockt worden, um anschließend selbst verschüttet zu werden. David schritt über die Schwelle, und Howard folgte ihm auf den Fersen. Er blieb stehen und sah seinem Mentor in die Augen. Hatte er etwas übersehen? Was konnte er jetzt noch dagegen tun?

Das Objekt war mit LED-Lampen beleuchtet, die sich in Reihen über den Boden und die Decke zogen. Die Gänge waren ungefähr zweieinhalb Meter hoch – nicht eng, aber auch nicht gerade geräumig. Sie waren nicht rechtwinklig. Am Boden und an der Decke bogen sich die Wände ein wenig, sodass die Korridore eine ovale Form aufwiesen. Es fühlte sich an, als wäre man in einem Schiff – einem Raumschiff aus *Star Trek*.

David hatte das Bild der Karte vor Augen und führte Howard durch die Gänge. Sich Karten und Codes einzuprägen gehörte zum essenziellen Agentenhandwerk, und David war gut darin.

Das Gebilde war unglaublich. Viele Türen standen offen, und David sah im Vorbeigehen in den angrenzenden Räumen eine Reihe von provisorischen Laboren, in denen es aussah wie in einem Museum, wo die Kuratoren in Glaskästen historische Artefakte ausstellten. Offenbar hatten die Immari in den letzten hundert Jahren jeden Winkel des Objekts seziert.

Es war surreal. David hatte die Geschichte des Tunnelbauers nur halb geglaubt und war davon ausgegangen, dass es genau das war – bloß eine Geschichte. Aber jetzt sah er alles vor sich.

Sie näherten sich der falschen Wand der Kammer. Als sie um die nächste Kurve gingen, lag sie vor ihnen. David stockte der Atem. Die Kammer war ... offen.

Kate. War sie darin?

»Kate!«, rief David. Er hatte nichts zu verlieren. Jeder im Inneren konnte seinen Stock aus einer Meile Entfernung auf dem Metallboden klackern hören, deshalb war das Überraschungsmoment ohnehin nicht auf ihrer Seite.

Keine Antwort.

Howard trat von hinten zu ihm.

David schob sich zum Rand der Öffnung vor und spähte hinein. Der Raum sah aus wie eine Art Kommandozentrale. Eine Brücke, in der Stühle vor glatten Pulten standen – Computer? Etwas Fortschrittlicheres?

David trat vorsichtig in den Raum. Er drehte sich auf seinen Stock gestützt im Kreis und spähte in jede Ecke. »Sie ist nicht hier«, sagte er. »Aber das Tagebuch, die Geschichte ist wahr.«

Howard folgte ihm in den Raum und drückte hinter ihm auf einen Schalter. Zischend glitt die Schiebetür von links nach rechts zu. »Oh ja, es ist wahr.«

David sah ihn an. »Sie haben es gelesen?« Er legte die Finger um den Griff der Pistole, die in seinem Gürtel steckte.

Howards Miene hatte sich verändert. Der gewöhnliche, milde Ausdruck war verschwunden. Er wirkte zufrieden. Selbstsicher. »Ich habe es gelesen, ja. Aber aus reiner Neugierde. Ich wusste bereits, was darin steht, weil ich dabei war. Ich habe es mit eigenen Augen gesehen. *Ich* habe Patrick Pierce angeheuert, um die Grabungen voranzutreiben. Ich bin Mallory Craig.«

107

Immari-Forschungsstation Prisma
Ost-Antarktis

Kate saß auf der niedrigen Plastikbank und blickte auf die weißen Wände. Sie befand sich in einer Art Labor oder Forschungseinrichtung, aber sie hatte keine Ahnung, wo. Sie rieb sich die Schläfen. Gott, sie war so benommen. Irgendwo über dem Meer war ein Mann in die Kabine gekommen und hatte ihr eine Flasche Wasser angeboten. Als sie abgelehnt hatte, hatte der Mann sie niedergedrückt und ihr einen weißen Lappen vor den Mund gehalten, wodurch sie sofort das Bewusstsein verloren hatte. Was hatte sie auch erwartet?

Sie stand auf und schritt durch den Raum. In der weißen Tür gab es einen kleinen Sehschlitz, aber sie konnte nur den Flur und weitere Türen wie ihre eigene dahinter erkennen.

In eine der Wände war ein rechteckiger Spiegel einige Zentimeter tief eingelassen. Sie war eindeutig in einem Beobachtungsraum, wie es ihn auch in ihrem Labor in Jakarta gab, nur dass dieser hier viel unheimlicher war. Sie sah in den Spiegel. War jemand dahinter und beobachtete sie in diesem Moment?

Sie stellte sich direkt davor und starrte auf die Oberfläche, als könnte sie den geheimnisvollen Mann dahinter sehen. »Ich habe meinen Teil geleistet. Ich bin hier. Ich will die Kinder sehen.«

Eine Stimme ertönte aus einem Lautsprecher. Sie war gedämpft und elektronisch verfremdet. »Sagen Sie uns, womit Sie sie behandelt haben.«

Kate dachte nach. Wenn sie ihr Wissen offenbarte, hatte sie kein Druckmittel mehr. »Ich will die Kinder erst sehen, dann lassen Sie sie frei, dann verrate ich es Ihnen.«

»Sie sind nicht in der Position, um zu verhandeln, Kate.«

»Da bin ich anderer Meinung. Sie sind auf mein Wissen angewiesen. Und jetzt zeigen Sie mir die Kinder, oder es gibt nichts zu bereden.«

Eine Minute lang geschah nichts, dann flackerte auf einer Seite des Spiegels ein Videobild auf. Dort musste sich eine Art Computerbildschirm befinden. Das Video zeigte die Kinder, wie sie in einen dunklen Gang hineingingen. Kate trat näher an den Spiegel und streckte eine Hand aus. Vor den Kindern öffnete sich ein gewaltiges Tor, hinter dem nichts als Dunkelheit lag. Die Kinder gingen hindurch. Das Video endete mit einer Aufnahme des sich schließenden Tores.

»Sie haben das Tagebuch des Tunnelbauers gelesen. Sie wissen von dem Objekt in Gibraltar. Hier gibt es etwas Ähnliches, allerdings zwanzigmal so groß. Es liegt seit unzähligen Jahrtausenden unter einer drei Kilometer dicken Eisschicht. Die Kinder sind darin.«

Auf dem Bildschirm tauchte eine Nahaufnahme der Kinder auf, kurz bevor sie durch das Tor gingen. Die Kamera zoomte auf ihre Rucksäcke. Daran befand sich eine einfache Digitalanzeige wie von einem Wecker. Ein Countdown.

»Die Kinder tragen Atomsprengköpfe in ihren Rucksäcken, Kate. Ihnen bleibt weniger als eine halbe Stunde. Wir können die Sprengköpfe per Fernsteuerung deaktivieren, aber Sie müssen uns sagen, was Sie mit ihnen gemacht haben.«

Kate trat von dem Spiegel zurück. Das war Wahnsinn. Wer würde Kindern so etwas antun? Sie konnte ihnen nicht trauen. Wenn sie es ihnen verriet, würden sie nur weiteren Kindern wehtun, da war sie sich sicher. Sie musste nachdenken. »Ich brauche ein bisschen Zeit«, murmelte sie.

Das Bild der Rucksäcke verschwand vom Monitor.

Einige Sekunden verstrichen, dann schwang die Tür auf. Ein Mann in einem langen schwarzen Trenchcoat schritt mechanisch in den Raum und ...

Kate kannte ihn.

Wie war das möglich? Bilder aus der Vergangenheit blitzten vor ihrem inneren Auge auf: teure Abendessen, sie selbst, wie sie lachte, während er sie umschwärmte, eine Wohnung voller Kerzen in San Francisco. Und der Tag, an dem sie ihm mitteilte, dass sie schwanger war – das letzte Mal, dass sie ihn sah ... bis heute, an diesem Ort.

»Du ...« Mehr brachte Kate nicht heraus. Sie wich zurück, während er näher kam, bis sie mit dem Rücken gegen die Wand stieß.

»Es wird Zeit, dass wir uns unterhalten, Kate. Und nenn mich Dorian Sloane. Oder nein, Schluss mit den Decknamen. Ich heiße Dieter. Dieter Kane.«

108

Immari-Grabungsstätte
Gibraltar

David beobachtete, wie der Mann durch den Raum schritt, der Mann, den er als Howard Keegan, den Direktor von Clocktower, kannte, der Mann, der jetzt behauptete, Mallory Craig zu sein.

»Sie lügen. Es ist über hundert Jahre her, dass Craig Pierce angestellt hat.«

»Es ist wahr, ich war es. Und wir suchen schon fast genauso lange nach seinem Tagebuch. Pierce war ungewöhnlich schlau. Wir wussten, dass er das Tagebuch 1938 an die Immaru geschickt hat, aber wir waren nicht sicher, ob es dort angekommen ist. Ich war neugierig, was er geschrieben hatte, wie viele Geheimnisse er verraten hatte. Als Sie es gelesen haben, haben Sie sich da nicht gefragt, was für eine Abmachung er mit uns getroffen hat? Warum er geblieben ist und zwanzig Jahre lang für die Immari gearbeitet hat, nachdem die Spanische Grippe seine Frau und sein ungeborenes Kind getötet hat? Wie hat er es genannt? Seinen Pakt mit dem Teufel.« Er lachte.

David zog die Pistole aus dem Gürtel. Er musste ihn dazu bringen, weiterzureden, wenigstens noch eine Weile. »Ich verstehe nicht, was Sie damit zu tun haben.«

»Nein? Was glauben Sie, warum Pierce weiter für uns gearbeitet hat?«

»Weil Sie ihn sonst getötet hätten.«

»Ja, aber er hatte keine Angst zu sterben. Sie haben das Ende des Tagebuchs gelesen. Ihm wäre am liebsten gewesen, wir wären alle mit Pauken und Trompeten untergegangen. Wir haben ihm alles genommen, alles, was er geliebt hat. Aber seine Liebe zu seinem Kind war größer als sein Hass. Wie gesagt, Patrick Pierce war sehr schlau. Sobald er aus der Röhre kam, wusste er, worum es sich handelte. Schlafröhren, Ruhekammern. In dem provisorischen Lazarett in dem Lagerhaus über uns hat er einen Handel geschlossen. Er würde Helenas Leiche in eine Röhre legen, und Kane würde seinen Sohn Dieter in eine andere stecken. Beide Männer wurden später besessen von der medizinischen Forschung. Sie träumten von dem Tag, an dem sie die Röhren öffnen und ihre Lieben retten konnten. Natürlich waren Kanes Vorstellungen radikaler, eher rassisch motiviert. Er hat sich ganz der Suche nach einer Möglichkeit, die Glocke zu überleben, gewidmet. Er hat sie nach Deutschland gebracht und ... Sie wissen ja von den Experimenten. Wir ahnten, dass Pierce gegen uns arbeitete und irgendetwas plante. 1938, am Vorabend von Kanes Expedition, hat Kane seinen Truppen befohlen, Pierce festzunehmen und in eine Röhre zu schaffen.«

»Warum hat er ihn nicht einfach getötet?«

»Das hätten wir gern getan, aber, wie gesagt, wir wussten, dass er ein Tagebuch geschrieben und Pläne gegen uns geschmiedet hatte. Wir vermuteten, sein Tod würde diese Pläne ins Rollen bringen, deshalb waren wir in einer schwierigen Lage. Es war zu riskant, ihn zu töten. Trotzdem habe ich gelacht, als Pierce sich mit aller Kraft wehrte, bis die Truppen ihn kampfunfähig gemacht und in eine der Röhren geworfen haben. Dann befahl Kane zu meiner Überraschung und meinem Entsetzen seinen Männern, mich ebenfalls in eine Röhre zu stecken. Trotz all der Jahre meiner Loyalität hat er mir nicht getraut. Kane versprach mir, mich rauszuholen, wenn er zurückkehrte. Er hätte sich niemals träumen lassen, dass er nicht zurückkam, aber natürlich war es so. Wir haben sein U-Boot erst vor ein paar Wochen in der Antarktis entdeckt.

Pierce und ich wurden 1978 aufgeweckt, in einer anderen Welt. Unsere Organisation, die Immari, war praktisch aufgelöst – unser Unternehmen existierte nur noch pro forma, und bis auf einige Besitztümer in den USA war nicht mehr viel übrig. Der Zweite Weltkrieg hatte uns geschwächt. Die Nazis hatten einen großen Teil unseres Eigentums beschlagnahmt, darunter auch die Glocke. Die damalige Führung von Immari war verzweifelt – so verzweifelt, dass sie die alten Männer zurückholte, die Leute, die Immari International aufgebaut hatten. Immerhin war sie so vernünftig. Aber natürlich kannte sie nicht die ganze Geschichte. Patrick Pierce und ich wurden gleichzeitig aufgeweckt, und wir machten da weiter, wo wir aufgehört hatten. Ich habe Immari wieder aufgebaut, und Patrick fuhr fort, meine Pläne zu durchkreuzen. Ich fing an, indem ich die Organisation wiederbelebte, die ich gegründet hatte, meine eigene Immari-Abteilung, die erste globale Geheimdienstorganisation. Sie kennen sie. Clocktower. Die Geheimdienstabteilung von Immari.«

»Sie lügen.«

»Nein. Machen Sie sich nichts vor. Sie haben die Nachrichten gesehen, die wir 1947 in den Todesanzeigen der *New York Times* übermittelt haben. Warum sollte Immari seine Botschaften sonst mit den Wörtern ›clock‹ und ›tower‹ markieren? Sie hätten es begreifen müssen, als Sie die decodierten Nachrichten gelesen haben – oder vielleicht schon früher. In irgendeinem Winkel Ihres Kopfes wussten Sie, was Clocktower war, sobald Sie erfahren haben, wie viele Agenten Immari kontrolliert. Sie wussten es, als die Zellen so schnell zerstört wurden. Denken Sie darüber nach. Clocktower wurde nicht von Immari unterwandert. Es war eine Abteilung von Immari, die dazu diente, das Vertrauen der Geheimdienste in aller Welt zu gewinnen, sie zu infiltrieren und sicherzustellen, dass sie machtlos und völlig unwissend sind, wenn der Tag kommt, an dem wir die Atlantis-Seuche verbreiten. Clocktower diente noch einem anderen Zweck: alle einzusammeln und im Zaum zu halten, die dem Immari-Plan auf der Spur waren – Leute wie Sie. Die ganze Zeit, während Sie bei Clocktower waren, haben wir Sie beobachtet und herauszufinden versucht, wie viel Sie wissen und wem Sie es erzählt haben. Das ist die einzige Möglichkeit. Menschen wie Sie halten jedem Verhör stand. Und es gibt noch einen anderen Vorteil. Im Laufe der Jahre haben wir festgestellt, dass die meisten Agenten sich uns anschließen, wenn sie die ganze Wahrheit erfahren. Und das werden Sie auch tun. Deshalb sind Sie hier.«

»Um indoktriniert zu werden? Sie glauben, dass ich die Seiten wechsle, wenn ich Ihre Gründe höre?«

»Die Dinge sind nicht so, wie sie schein...«

»Ich habe genug gehört.« David hob die Pistole und drückte ab.

109

Immari-Forschungsstation Prisma
Ost-Antarktis

Kate schüttelte den Kopf. Wie war es möglich, dass er hier war? Sie würde nicht weinen. »Warum?«, brachte sie mit brechender Stimme hervor.

Dorians Miene veränderte sich, als erinnerte er sich an etwas Belangloses, einen nutzlosen Artikel, den er im Supermarkt vergessen hatte. »Ach das. Ich habe nur eine alte Rechnung beglichen. Aber das ist nichts, verglichen mit dem, was ich mit dir anstelle, wenn du mir nicht verrätst, womit du die Kinder behandelt hast.« Er kam näher und drängte sie in die Ecke.

Jetzt *wollte* Kate es ihm sagen, um seinen Gesichtsausdruck zu sehen. »Nabelschnurblut.«

»Was?« Dorian wich einen Schritt zurück.

»Ich habe das Kind verloren. Aber einen Monat vorher habe ich aus der Nabelschnur embryonale Stammzellen entnommen, nur für den Fall, dass das Kind eine Krankheit entwickelt, bei der es sie braucht.«

»Du lügst.«

»Es ist die Wahrheit. Ich habe die Kinder mit einer experimentellen Stammzellentherapie behandelt und dazu die Zellen unseres toten Kindes benutzt. Ich habe sie alle aufgebraucht. Es ist nichts mehr übrig.«

110

Immari-Grabungsstätte
Gibraltar

David drückte erneut den Abzug. Wieder klickte es.

»Ich habe den Schlagbolzen entfernt«, sagte Craig. »Ich wusste, dass Sie merken würden, ob die Waffe geladen ist oder nicht.«

»Was wollen Sie von mir?«

»Das habe ich Ihnen bereits gesagt. Ich bin hier, um Sie zu rekrutieren. Wenn unser Gespräch beendet ist, wissen Sie die Wahrheit und werden ...«

»Vergessen Sie es. Sie können mich jetzt töten.«

»Das würde ich lieber nicht tun. Gute Männer sind schwer zu finden. Und es gibt noch einen weiteren Grund: Sie wissen mehr als jeder andere. Sie sind in der einzigartigen Lage ...«

»Sie wissen, warum ich bei Clocktower eingestiegen bin und was die Immari mir genommen haben. Was *Sie* mir genommen haben.«

»Nicht ich. Dorian. Dieter Kane. Zugegeben, ich habe mithilfe von Clocktower dafür gesorgt, dass kein Geheimdienst Wind von der Sache bekommt, aber *er* hat den 11. September geplant. Er hat es ausgebrütet. Er war besessen von der Idee, in diesen Bergen nach seinem Vater zu suchen. Er musste unbedingt Gewissheit erlangen. Aber das war nicht der einzige

Grund. Wie gesagt, unsere Organisation war ein Trümmerhaufen, als ich 1978 erwachte, und 2001 waren wir noch dabei, uns zu erholen. Wir brauchten Geld und eine weltweite Tarnung für unsere Arbeit.«

»Dorian Sloane ist Dieter Kane?«

»So ist es. Als ich 1978 erwachte, befahl ich den Angestellten, seine Röhre zu öffnen, und er spazierte kerngesund heraus. Die Röhre verfügt offenbar auch über eine Heilfunktion. Aber sie kann nur die Lebenden behandeln. Ich habe gesehen, wie Patrick Pierce, der die letzten zwanzig Jahre unerschütterlich wie ein Fels war, zusammengebrochen ist, als sie Helenas Leiche aus der Röhre gezogen haben. Er durchlebte ihren Tod noch einmal. Aber immerhin ist es uns gelungen, das Kind in ihr zu retten.«

»Sein Kind?«

»Seine Tochter. Sie kennen sie schon. Kate Warner.«

111

Immari-Forschungsstation Prisma
Ost-Antarktis

Kate studierte Dorians Gesichtsausdruck. Verwirrung? Unglaube? Bedauern? Er blickte nachdenklich auf den Punkt, an dem die Wand auf den Boden traf.

Dann sah er sie an und setzte ein gemeines Grinsen auf. »Das war sehr schlau, Kate. Du bist eine brillante Wissenschaftlerin, aber unfähig, andere Leute einzuschätzen.« Er wandte sich von ihr ab und ging zur Tür. »Du bist in dieser Hinsicht genau wie dein Vater. Genial, aber dumm.«

Wovon redete er? Ihr Vater war vor achtundzwanzig Jahren gestorben. Dorian oder Dieter oder wie immer er hieß ... er musste verrückt sein. »Du bist der einzige Dummkopf hier«, sagte Kate.

»Ach ja? Das alles ist die Schuld deines Vaters. Er hat es ausgelöst. Er hat meine Mutter und meinen Bruder getötet und meinen Vater gezwungen, auf eine riskante Mission zu gehen, um die Welt zu retten – eine Mission, von der er nicht zurückgekehrt ist. Das ist die Antwort auf dein *Warum*, Kate. Ich habe mein Leben der Aufgabe gewidmet, die Arbeit meines Vaters abzuschließen und das Unrecht wiedergutzumachen, das dein Vater meiner Familie angetan hat, und heute hast du mir den Schlüssel dazu gegeben.«

Ehe Kate etwas entgegnen konnte, ertönte ein Alarm.
Ein Wachmann, eine Art Soldat, kam zur Tür gestürmt.
»Sir, wir werden angegriffen.«

112

Immari-Grabungsstätte
Gibraltar

David schwirrte der Kopf. »Kate Warner ist Patrick Pierces Tochter?«, murmelte er vor sich hin. »Wie ...«

»Ich dachte, neue Namen wären angebracht. Falls jemand uns mit den Ereignissen während und nach dem Zweiten Weltkrieg in Verbindung gebracht hätte, hätte das ... unser Leben verkompliziert. Pierce hat den Namen Tom Warner angenommen und seine neugeborene Tochter Katherine genannt. Er hat ihr erzählt, ihre Mutter sei bei ihrer Geburt gestorben, was ja auch der Wahrheit entspricht. Dieter wurde zu Dorian Sloane. Schon bald war er besessen von der Vergangenheit und dem Vermächtnis seines Vaters. Er war ein hasserfülltes Kind. Er hatte so viel Leid gesehen und war allein in einem Zeitalter, das er nicht verstand. Stellen Sie sich einen siebenjährigen Jungen vor, der 1918 grippekrank schlafen geht, als seine Eltern noch leben, und 1978, sechzig Jahre später, in einer fremden Welt gesund und ganz allein wieder aufwacht. Ich habe versucht, ein Vater für ihn zu sein, aber er war so gequält, so vereinsamt. Wie Sie hat er sein Leben der Aufgabe gewidmet, sich an denen zu rächen, die ihm alles genommen haben. Für ihn waren das Tom Warner und die Atlanter.

Zu unser aller Unglück ist Dorian äußerst fähig. Und er hatte Unterstützung in der Immari-Organisation. Für die Immari war er der zurückgekehrte Thronfolger und Retter, der lebende Beweis, dass die Seuche und die Glocke besiegt werden konnten und die Menschheit überleben konnte. Das alles stieg Dorian zu Kopf. Er wurde zu einem Monster. Er plant, die Menschheit auf wenige Auserwählte zu reduzieren, auf die genetisch Überlegenen, die er als seinen Stamm betrachtet. Er hat die Seuche bereits entfesselt. Während wir uns hier unterhalten, geschieht die Apokalypse. Aber wir können ihn aufhalten. Sie können ihn töten, dann werde ich die Immari führen, mit Ihnen an meiner Seite.«

Craig beobachtete David und wartete auf eine Reaktion auf sein Angebot. »Ich nehme Sie als meinen Gefangenen mit. Er wird Sie persönlich verhören und foltern wollen. Ich gebe Ihnen die Mittel, ihn zu töten, wenn Sie mit ihm allein sind.«

David schüttelte den Kopf. »Das ist Ihr Ziel? Dafür das ganze Theater? Sie wollen, dass ich Sloane töte, damit Sie auf den Thron steigen können?«

»Wollen Sie es nicht? Er ist verantwortlich für den 11. September. Er ist Ihr Feind. Und Sie können Kate retten. Sie ist jetzt bei ihm. Er wird ihr wehtun. Das hat er schon einmal getan, in San Francisco. Das Baby? Es war seins.«

»Was?«

»Das war seine Rache. Da Tom Warner weg war, blieb nur noch seine Tochter. Dorian zögerte nicht. Er wollte, dass Kate denselben Schmerz spürte wie er, dass sie aufwachte und ihr die Familie entrissen worden war. Er ist ein Monster. Nur Martin hat ihn davon abgehalten, Kate zu töten, aber jetzt kann Martin Dorian nicht aufhalten. Sie schon. Sie können sie retten. Niemand sonst wird es tun.«

Craig ließ seine Worte eine Weile wirken, dann wandte er sich ab und schritt durch den Raum. »Denken Sie darüber nach, David. Sie wissen doch, dass Sie nicht gewinnen können. Es ist sinnlos, gegen uns zu kämpfen. Die Schüsse in den Stollen, das waren meine Immari-Security-Agenten, die die letzten loyalen Männer von Clocktower getötet haben. Niemand ist mehr übrig. Sie sind ganz allein hier. Sie können Immari nicht besiegen. Niemand kann das. Die Welt kämpft schon gegen die Seuche. Sie können die Katastrophe nicht abwenden. Aber wir können den Lauf der Dinge beeinflussen, aus dem Inneren von Immari heraus. Wir können die zukünftige Welt formen.«

David dachte über das Angebot nach – sein eigener Pakt mit dem Teufel. Dann sah er sich im Raum nach irgendeiner Waffe um. Da war etwas – der Schaft einer Lanze, die aus der Wand ragte. Die Waffe aus Holz und Eisen wirkte extrem deplatziert in diesem Raum voller seltsamem Metall und Glas und Technologien, die Davids Vorstellungsvermögen überstiegen.

Auf der anderen Seite des Raums flackerte ein Hologramm auf.

»Was ist ...«

»Wir wissen es nicht genau«, sagte Craig. Er ging näher zu der Stelle, an der sich das Hologramm aufbaute. »Eine Art Videofilme, die sich ständig wiederholen. Sie werden alle paar Minuten abgespielt. Ich glaube, sie zeigen die Vergangenheit. Sie sind der andere Grund, aus dem ich Sie hier runtergebracht habe. Sie sind das Geheimnis dieses Raums. Wir glauben, dass Patrick Pierce sie noch nicht entschlüsselt hatte, als er das Tagebuch 1938 abschickte. Oder, das ist die andere Theorie, er fand den Raum, aber dort passierte nichts, bis er 1978 aus der Röhre kam. Wir sind noch dabei, es abzuklären. Vermutlich hat er sie in den sieben Jahren gesehen, nachdem er seine Arbeit als Tom Warner wiederaufnahm. Wir wissen nicht, was sie zu bedeuten haben, aber er hat sich große Mühe gegeben, sie vor uns zu verbergen. Wir glauben, sie sind eine Art Botschaft.«

113

Immari-Forschungsstation Prisma
Ost-Antarktis

Kate sah auf, als die zweite Explosion ertönte. Sie versuchte erneut, die Tür zu öffnen. Noch immer verschlossen. Sie meinte, Rauch zu riechen. Dorians verrückte Behauptungen und die Bilder der Kinder, wie sie mit den Rucksäcken auf den Rücken durch das gewaltige Tor gingen, kreisten in Kates Kopf.

Die Tür schwang auf, und Martin Grey trat schnell ein. Er packte Kate am Arm und zog sie in den Gang hinaus.

»Martin«, begann Kate, doch er fiel ihr ins Wort.

»Sei still. Wir müssen uns beeilen.« Er führte sie durch den Korridor mit den weißen Wänden. Sie bogen um eine Ecke, und der Gang endete vor etwas, das aussah wie eine Luftschleuse in einer Raumstation. Als sie die Schleuse durchquerten, zischte ein Luftschwall an ihnen vorbei, und sie gelangten in einen großen Raum – eine Art Hangar oder Lager mit hoher, gewölbter Decke. Martin drückte ihren Arm und führte sie zu einem Stapel Plastikkisten, hinter dem sie niederknieten und still warteten. Sie hörte vom anderen Ende des Raums Männerstimmen und die Motoren von schweren Maschinen – Gabelstaplern vielleicht.

»Bleib hier«, sagte Martin.

»Martin ...«

»Ich bin gleich zurück«, flüsterte er, ehe er aufstand und schnell davonging.

Kate hörte, wie seine Schritte verstummten, als er die Männer erreichte. Seine Stimme klang so autoritär und kraftvoll, wie Kate es bei ihrem Stiefvater noch nie erlebt hatte. »Was machen Sie hier?«

»Auslad...«

»Sloane hat sämtliches Personal zum Nordeingang gerufen.«

»Was? Uns wurde gesagt ...«

»Jemand ist in die Station eingedrungen. Wenn sie fällt, spielt es keine Rolle, was Sie hier tun. Er hat Sie gerufen. Wenn Sie unbedingt wollen, können Sie hierbleiben, aber das wäre Ihr Todesurteil.«

Kate hörte, wie die Männer an ihr vorbeigingen und den Raum durch eine andere Schleuse verließen. Jetzt hörte sie nur noch Martins Schritte. Er ging tiefer in den Hangar hinein und ergriff erneut das Wort. »Er hat alle gerufen ...«

»Wer soll dann die Bohrstelle kontrollieren?«

»Meine Herren, was glauben Sie, warum ich hier bin?«

Weitere schnelle Schritte, das Geräusch einer Schleuse, die sich öffnete und schloss, dann war Martin zurück. »Komm schnell, Kate.«

Martin geleitete sie an Reihen von Kisten und einer improvisierten Steuerwarte vorbei, in der zahlreiche Computer und Bildschirme standen. Auf den Monitoren waren ein langer Eisgang und das Tor zu sehen, durch das die Kinder gegangen waren.

»Bitte, Martin, sag mir, was hier los ist.«

Martins Augen waren weich und verständnisvoll. »Zieh den Anzug an. Ich erzähle dir so viel wie möglich in den Sekunden, die uns noch bleiben.« Er zeigte auf einen weißen klobigen Anzug, der neben einer Reihe von Schließfächern an der Wand hing. Kate begann hineinzuschlüpfen, und Martin wandte sich ab.

»Es tut mir leid, Kate«, sagte er. »Ich bin derjenige, der dich gedrängt hat, Ergebnisse zu produzieren. Und als das passiert ist ... habe ich die Kinder entführen lassen. Ich habe es getan, weil wir sie brauchten.«

»Die Glocke ...«

»Ja, um an der Glocke vorbeizukommen und in die Gewölbe zu gelangen – in das Objekt, das hier in der Antarktis drei Kilometer unter dem Eis liegt. Seit wir die Glocke untersucht haben, wissen wir, dass es Menschen gibt, die sie länger aushalten als andere. Sie sterben alle, aber vor ein paar Jahren haben wir ein Gen identifiziert, das mit der Widerstandsfähigkeit korreliert. Wir nennen es das Atlantis-Gen. Es wirkt sich stark auf die Gehirnvernetzung aus. Wir glauben, es ist für alle höheren kognitiven Fähigkeiten verantwortlich: Problemlösung, logisches Denken, Sprache, Kreativität. Wir, die Homo sapiens, besitzen es im Gegensatz zu allen anderen menschlichen Subspezies, die wir kennen. Es unterscheidet uns von den anderen. Meine Theorie ist, dass die Atlanter es uns vor ungefähr sechzigtausend Jahren gegeben haben – zum Zeitpunkt der Toba-Katastrophe. Es hat uns ermöglicht, zu überleben. Aber wir waren noch nicht ganz dafür bereit. Wir haben noch zu sehr unseren Verwandten, den Menschenaffen, geähnelt, nach dem Instinkt gehandelt und in der Wildnis gelebt. Das Seltsame ist, dass das Atlantis-Gen vermutlich von einer Art neuronalem Überlebensprogramm aktiviert wird – von der Amygdala, wo die Flucht- oder Wutreaktionen ausgelöst werden. Vielleicht sind wir deshalb ständig auf der Suche nach Nervenkitzel und so anfällig für Gewalt. Es ist faszinierend.«

Martin schüttelte den Kopf und versuchte sich zu konzentrieren. »Jedenfalls untersuchen wir noch, wie es funktioniert. Jeder hat das Atlantis-Gen oder zumindest einige der genetischen Bestandteile davon, aber das Problem ist, es zu aktivieren. Bei einigen Gehirnen – denen von Genies – ist die Aktivierung häufiger. Wir glauben, dass diese genialen Momente, dieses Aufblitzen von Erkenntnis und Klarheit, sich mit dem Flackern einer Glühbirne vergleichen lassen: Das Atlantis-Gen wird aktiviert, und einen winzigen Moment lang können wir die ganze Kapazität unseres Geistes nutzen. Diese Leute können das Atlantis-Gen ohne den Flucht- oder Wutreflex aktivieren. Also haben wir unsere Forschung auf Gehirne konzentriert, die diese Art von dauerhafter Aktivierung aufweisen. Wir haben die Aktivierung bei einigen Menschen im autistischen Spektrum beobachtet: bei Savants. Deshalb haben wir deine Forschung finanziert. Aus diesem Grund hat der Immari-Rat Dorians Übergriff auf dich vergeben – er hat dich in ein Gebiet gelenkt, das die Interessen der Immari berührt. Und als du Erfolg hattest, als sich bei den Kindern eine Aktivierung des Atlantis-Gens zeigte, habe ich die Kinder holen lassen, bevor er es herausfand. Ich habe ein Ablenkungsmanöver inszeniert, mittels Clocktower, damit er beschäftigt war.«

»*Du* warst die Quelle. Du hast David die Informationen geschickt.«

»Ja. Es war ein verzweifelter Versuch, Toba-Protokoll zu stoppen. Ich wusste, dass David der Verschwörung der Immari auf der Spur war. Ich habe ihm eine Nachricht geschickt, in der ich die Immari-Doppelagenten enttarnt habe, die als Clocktower-Analysten arbeiteten, und ich habe versucht, ihm mitzuteilen, dass Clocktower selbst der Geheimdienst der Immari ist, und ihn zu warnen, den falschen Leuten zu vertrauen. Ich habe gehofft, dass er rechtzeitig die Wahrheit erfahren würde. Aber ich musste vorsichtig sein – einige der Informationen waren nur der Führungsspitze bekannt, und ich stand ohnehin schon unter Verdacht. Zumindest sollte der Kampf um Clocktower Immari so belasten, dass er Toba-Protokoll verzögern ...«

»Was genau ist Toba-Protokoll?«

»Toba ist Sloanes Plan, die durch die Glocke ausgelöste Seuche zu benutzen, um die genetische Transformation der menschlichen Rasse abzuschließen.«

»Warum?«

»Um uns genetisch mit den Atlantern auf eine Ebene zu stellen. So haben Sloane und Keegan es jedenfalls der Organisation gegenüber dargestellt. Aber das ist nur die halbe Wahrheit. Sein wahres Ziel ist, eine Armee für einen Präventivschlag zu schaffen. Sloane und Keegan wollen in das Objekt unter der Antarktis eindringen und die Atlanter töten.«

»Das ist Wahnsinn.«

»Ja. Aber zu ihrer Zeit, 1918, hat der Ausbruch weltweit zehn Millionen Menschen getötet, einschließlich Sloanes Mutter und Bruder. Sie glauben, wer auch immer sich in dem Objekt befindet, ist uns feindlich gesinnt und wird die Menschheit vernichten, wenn er aufwacht. Sie sind der Meinung, es wäre besser, eine kleine, genetisch überlegene Gruppe zu retten, als die Ausrottung der Menschheit zu riskieren.«

Viele Fragen schossen Kate durch den Kopf. Sie versuchte, Martins Enthüllungen zu verarbeiten. »Warum hast du es mir nicht erzählt? Warum hast du mich nicht um Hilfe gebeten?«, fragte sie, ohne lange nachzudenken.

Martin seufzte. »Um dich zu schützen. Und ich brauchte die Kinder schnell. Ich hatte keine Zeit für Erklärungen, außerdem hätte ich dich so in die Immari-Verschwörung mit hineingezogen. Ich habe versucht, ein Versprechen zu halten, das ich vor langer Zeit gegeben habe: dich aus der Sache rauszuhalten. Aber ich habe versagt. Der Einsatztrupp sollte die Kinder ohne Aufsehen aus dem Labor holen. Du solltest zu dieser Uhrzeit gar nicht dort sein. Ich war entsetzt, als ich hörte, dass dein Assistent getötet wurde. Und ich habe weitere Fehler gemacht. Ich habe unterschätzt, wie schnell Dorian reagieren würde. Als wir uns in Jakarta getroffen haben, wollte ich dir durch meine theatralische Tirade im Beobachtungsraum Hinweise geben. Ich war mir nicht sicher, ob du dir alles zusammenreimen konntest. Dann hatten Dorians Männer dich, und ... die ganze Situation geriet außer Kontrolle. Nachdem wir uns in Jakarta gesehen haben, wurde ich in die Antarktis gebracht. Dorians Agenten haben mich beobachtet. Ich konnte nicht viel tun, um dir zu helfen. Aber ich hatte eine eigene Agentin hier – Naomi. Ich habe es riskiert, David eine weitere codierte Nachricht zu schicken, in der ich ihn auf die Anlage in China hingewiesen habe, und Naomi ... fand eine Möglichkeit, Dorian dorthin zu begleiten.«

»Naomi hat die Werksausweise am Bahnhof hinterlegt.«

»Ja. Ich hatte gehofft, dass ihr drei die Kinder retten und das Kraftwerk sabotieren könntet, um Toba-Protokoll zu verhindern. Es war ein verzweifelter Schachzug. Aber bei dem, was auf dem Spiel stand – buchstäblich Milliarden von Menschenleben – war auch die kleinste Chance besser, als nichts zu tun.«

Kate schloss den Anzug. »Die Jungen ... du wolltest ...«

»Ich wollte Kontakt aufnehmen. Ich gehöre zu einer kleinen Gruppe bei Immari, die für einen anderen Weg plädiert. Unser Ziel war, eine Behandlung zu finden, die das Atlantis-Gen aktiviert und uns so ermöglicht, in die Gewölbe einzudringen und die Atlanter zu begrüßen, wenn sie erwachen, nicht als Mörder, sondern als ihre Kinder, die sie um Hilfe bei der Bewältigung der wachsenden Probleme der Menschheit bitten. Und um sie zu bitten, uns bei der dauerhaften Aktivierung des Atlantis-Gens zu unterstützen. Wir haben noch andere interessante Aspekte des Gens entdeckt, Rätsel, die wir noch nicht gelöst haben. Ich habe keine Zeit, um es zu erklären, aber wir brauchen ihre Hilfe. Und das ist deine Aufgabe, Kate. Du kannst in die Gewölbe gehen. Du hast gesehen, was Dorian vorhat – die Atlanter mit Hilfe der Kinder zu vernichten. Du musst dich beeilen. Dein Vater hat sein Leben für diese Sache gegeben, und er hat für dich so viele Opfer gebracht. Und er hat verzweifelt versucht, deine Mutter zu retten.«

»Meine Mutter ...« Kate verstand nicht, wovon er redete.

Martin schüttelte den Kopf. »Natürlich. Ich habe es dir noch nicht erzählt. Das Tagebuch. Es ist von deinem Vater.«

»Das kann nicht sein ...« Kate blickte Martin forschend an. Ihre Mutter war Helena Barton? Patrick Pierce war ihr Vater? Wie war das möglich?

»Es stimmt. Er war wider Willen Mitglied der Immari. Er hat es getan, um dich zu retten. An jenem Tag in dem Lazarett in Gibraltar hat er dich im Bauch deiner Mutter in die Röhre gesteckt. Er tauchte 1978 wieder auf und nahm den Namen Tom Warner an. Ich war damals schon Wissenschaftler bei den Immari, aber ich schwankte ... diese Methoden, die Grausamkeit. In ihm habe ich einen Verbündeten gefunden, jemanden in der Organisation, der den Wahnsinn stoppen wollte, jemand, der für den Dialog plädierte statt für den

Genozid. Aber er hat mir nie völlig vertraut.« Martin sah zu Boden. »Ich habe mich so sehr bemüht, für deine Sicherheit zu sorgen und mein Versprechen ihm gegenüber einzuhalten, aber ich bin so elendig gescheitert ...«

Eine weitere Explosion erschütterte die Anlage. Martin nahm den Anzughelm. »Du musst dich beeilen. Ich lasse dich runter. Wenn du drin bist, musst du die Kinder finden und herausführen. Dann suche die Atlanter. Es bleibt nicht mehr viel Zeit, weniger als dreißig Minuten, bis die Bomben hochgehen, die die Kinder bei sich tragen.« Er eilte zu einer Schleuse am Ende des Lagerraums. »Sobald du draußen bist, steig in den Korb. Ich kann ihn von hier aus steuern. Wenn er am Boden des Eisschachts ankommt, musst du durch das Tor rennen, genau wie die Kinder.« Er setzte ihr den Helm auf und schob sie durch die Schleuse, ehe sie noch etwas sagen konnte.

Als sich die äußere Schleusentür öffnete, sah Kate den Korb, der an einem dicken Stahlseil vom Kran herabhing. Er schwankte leicht im antarktischen Wind, der durch das Metallgitter an den Seiten strich.

Mit einiger Mühe stapfte sie los. Der Wind blies sie beinahe um, als sie den Korb erreichte. Mit den Handschuhen war der Hebel schwer zu bedienen, aber es gelang ihr, hineinzukommen. Sobald sie das Gitter geschlossen hatte, senkte er sich in das runde Loch.

Der Korb quietschte, und der Lichtkreis über ihr schrumpfte von Sekunde zu Sekunde. Es erinnerte Kate an das Ende eines Zeichentrickfilms, wenn sich ein schwarzer Kreis um die Szene legte und immer kleiner wurde, bis schließlich alles dunkel war. Das Quietschen des Korbs war der nervenaufreibende Soundtrack zu ihrem Abstieg in die Dunkelheit.

Nach einer Weile bewegte der Korb sich schneller, und das

letzte bisschen Licht über ihr verschwand. Durch die Geschwindigkeit und die verwirrende Dunkelheit breitete sich Übelkeit in ihrem Magen aus, und sie stützte sich gegen das Geländer des Korbs. Es kann nicht mehr lange dauern, sagte sie sich, aber sie hatte keine Ahnung. Das Loch war drei Kilometer tief.

Dann tauchte Licht auf – ein versprengtes Funkeln unter ihr, wie Sterne in einer klaren Nacht. Für einen Moment blickte Kate hinab und bewunderte die Schönheit, ohne darüber nachzudenken, was es wirklich war. Sterne, dachte sie. Dann ging ihr wissenschaftlicher Geist allmählich die Möglichkeiten durch und blieb an dem wahrscheinlichsten Kandidaten hängen: winzige LED-Lampen, die hinabgeworfen worden waren, um den Boden des Schachts zu beleuchten. Sie lagen dort in einem Zufallsmuster und glühten in der Dunkelheit, als wiesen sie Kate auf einer kosmischen Reise den Weg zu einem unbekannten Planeten. Sie waren geradezu ... bezaubernd ...

Ein lautes Geräusch, eine Explosion, hallte durch den Schacht, und Kate spürte, dass der Korb sich schneller senkte. Und noch schneller. Das Stahlseil, das an der Oberseite befestigt war, erschlaffte und sammelte sich in Schlingen über ihr. Sie stürzte hinab – im freien Fall. Das Seil war gekappt worden.

114

Immari-Grabungsstätte
Gibraltar

Craig trat näher zu David, als sich das Hologramm aufbaute.

Die Farben waren lebhaft, und das Hologramm füllte fast den ganzen Raum aus. Die Szene wirkte real. David sah, wie sich ein gewaltiges Schiff aus dem Meer erhob. Als der Fels von Gibraltar in Sicht kam, wurden David die Ausmaße der Maschine bewusst. Der Fels sah daneben wie ein Kieselstein aus. Merkwürdigerweise befand sich der Fels am falschen Ort. Er war im Landesinneren, nicht an der Küste, und rechts des Felsens erstreckte sich das Land bis nach Afrika. Europa und Afrika waren durch eine Landbrücke verbunden.

»Mein Gott«, flüsterte David.

»Es ist genau, wie Platon es beschrieben hat«, sagte Craig. »Eine riesige Insel erhebt sich aus dem Meer. Wir versuchen noch, den genauen Zeitpunkt zu bestimmen, aber wir glauben, dass der Holo-Film vor zwölf- bis fünfzehntausend Jahren gemacht wurde. Auf jeden Fall vor dem Ende der letzten Kaltzeit. Sobald wir den Meeresspiegel bestimmt haben, wissen wir mehr. Laut Platons Schilderung versank die Insel vor zwölftausendfünfhundert Jahren, das könnte also hinkommen. Und Sie haben bemerkt, wie groß das Schiff ist.«

»Unglaublich. Sie haben nur einen Teil davon gefunden.«

»Ja, und zwar einen kleinen. Wir vermuten, das Schiff ist über hundertfünfzig Quadratkilometer groß, vorausgesetzt, der Fels war vor fünfzehntausend Jahren genauso hoch wie heute. Das Objekt, oder der Teil davon, wie Sie sagen, in dem wir gerade stehen, ist weniger als zweieinhalb Quadratkilometer groß. Das Schiff in der Antarktis ist viel größer, ungefähr sechshundertfünfzig Quadratkilometer.« Craig wies auf das Hologramm. »Der nächste Film enthüllt, worum es sich bei dem Schiff handelt – glauben wir.«

David beobachtete, wie sich das Schiff zum Ufer bewegte und anhielt. Das Hologramm flackerte, als wechselte jemand bei einem alten Filmprojektor die Rolle. Das Schiff war immer noch da, aber das Wasser stand jetzt höher. Gleich neben dem Schiff, unmittelbar an der Küste, lag eine Stadt, wenn man es denn so nennen wollte. Primitive Steinbauten, die an Stonehenge erinnerten, erstreckten sich in einem Halbkreis um das Schiff. Hütten mit Strohdächern waren über das Land verteilt. Das Hologramm zoomte auf ein riesiges Lagerfeuer, das inmitten der Steinbauten brannte. Eine Gruppe von Menschen in dicken Fellen schleifte etwas hinter sich her – einen anderen Menschen oder einen Affen. Oder etwas dazwischen. Das Wesen war groß und nackt und wehrte sich wild gegen seine Fänger. Die Menschen im Umkreis verbeugten sich, als es näher zum Feuer gebracht wurde.

Aus dem Schiff stiegen zwei Flugobjekte auf. Sie sahen aus wie Streitwagen oder futuristische Segways. Sie schwebten einen halben Meter über dem Boden und rasten auf das Feuer zu. Als sie dort ankamen, wichen die Menschen zurück, verbeugten sich und blickten zu Boden.

Die Atlanter stiegen von ihren Streitwagen, packten den Wilden und injizierten ihm etwas. Sie trugen eine Art Körperpanzer mit Helmen, die außer an der Rückseite vollständig von verspiegeltem Glas bedeckt waren. Nachdem sie den Affenmenschen über einen der Streitwagen geworfen hatten, flogen sie zurück zum Schiff.

Das Hologramm flackerte kurz und zeigte dann eine Szene aus dem Inneren des Schiffes. Der Affenmensch lag auf dem Boden. Die Atlanter trugen noch ihre Anzüge, und David war sich nicht sicher, aber sie schienen miteinander zu reden ... die dezente Körpersprache, ein paar Gesten.

Craig räusperte sich. »Wir versuchen noch herauszufinden, was da vor sich geht. Bedenken Sie, dass wir die Hologramme vor ein paar Stunden zum ersten Mal gesehen haben, nachdem wir die Karte aus dem Tagebuch bekommen haben und in die Kammer gelangt sind, aber wir glauben, das Video zeigt, wie die Atlanter ein Opferritual unterbrechen. Der Mann ist ein Neandertaler. Wir vermuten, unsere Vorfahren haben es als ihre Pflicht angesehen, jeden Menschen, der nicht nach dem Abbild Gottes geschaffen ist, zu jagen und zu opfern. Eine Art frühe ethnische Säuberung.«

»Ist es derselbe Frühmensch, den Pierce in der Röhre gesehen hat?«

»Ja, wie Sie noch sehen werden.«

»Was ist aus ihm geworden?«

Craig schnaufte und schüttelte den Kopf. »Kane hat ihn in den frühen Dreißigern aufgetaut, sobald die Glocke einsatzbereit war. Wir brauchten eine Weile, bis die Stromversorgung funktionierte. Einige Jahre lang wurden Experimente durchgeführt. Kane hat sogar versucht, den Affenmenschen nachzuzüchten, indem er Menschen mit Schimpansen kreuzte: sein irrsinniges ›Menschpansen-Projekt‹. Als es keine Fortschritte gab, hat er schließlich das Interesse verloren. Er hat den Affenmenschen 1934 der Glocke geopfert.«

»Er hat nicht überlebt?«

»Nein, selbst nach Tausenden von Jahren in der Röhre. Deshalb waren wir natürlich verwundert, dass Kate Warner überlebte. Vermutlich hat es etwas mit den Röhren zu tun, aber es funktioniert offenbar nur bei unserer Subspezies. Die Röhren müssen irgendwie das Atlantis-Gen aktivieren. Das Mittel, mit dem sie die Kinder behandelt hat, muss auch irgendwie mit den Röhren zusammenhängen. Unsere Theorie ist, dass jeder Mensch das Atlantis-Gen besitzt, es aber nur gelegentlich und bei wenigen Auserwählten aktiviert wird. Der Neandertaler verfügte eindeutig nicht über die richtigen genetischen Voraussetzungen.«

Craig nickte zu dem Hologramm. »Jetzt kommt der Höhepunkt.«

Das Hologramm zeigte jetzt wieder eine Außenaufnahme. Hinter dem Schiff erhob sich ein gewaltiger Tsunami in die Luft. Er überragte das Schiff, das vermutlich selbst schon gut sechzig Meter hoch war, um bestimmt dreißig Meter. Die Flutwelle spülte über das Schiff und zerstörte die primitive Stadt in einem einzigen brutalen Streich.

Das Schiff wurde in die Stadt getrieben und zermalmte auf seinem Weg die Steinbauten und Hütten. Dann floss das Wasser zurück und zog das halbversunkene Schiff auf das Meer hinaus. Funken flogen, als die Unterseite über den Meeresboden schabte. Eine gewaltige Explosion unter dem Schiff ließ das Hologramm rot und weiß aufblitzen. Das Schiff wurde in zwei, drei und schließlich vier Stücke gerissen.

»Wir nehmen an, dass sich unter dem Meeresboden eine riesige Methanblase befand. Sie ist mit der Kraft von einem Dutzend Atomsprengköpfen explodiert.«

Das Wasser überspülte das zerbrochene Schiff, und das Hologramm zeigte wieder das Labor und die Atlanter. Einer von ihnen war gegen das Schott geworfen worden. Sein Körper war schlaff. Tot? Der überlebende Atlanter schwang sich den Neandertaler auf die Schulter wie eine Stoffpuppe und warf ihn in die Röhre. Seine Kraft war erstaunlich. David fragte sich, ob es an dem Anzug lag oder ob er von Natur aus so stark war.

Der Atlanter wandte sich zu seinem Kollegen und hievte ihn hoch. Das Bild erlosch kurz, als der Mann den Raum verließ. Dann zeigte das Hologramm, wie er durch das Schiff rannte. Er wurde hin und her geworfen – zweifellos durch die Wellen, die das Schiff durchrüttelten, während es steuerungsunfähig auf den Meeresboden sank. Der Atlanter erreichte die Kammer, in der Craig und David jetzt standen. Er arbeitete einen Moment lang an den Bedienelementen, ohne sie zu berühren. Seine Finger bewegten sich über der Steuerung, während er seinen Kollegen auf der Schulter trug.

Die Computer fuhren einer nach dem anderen herunter.

»Vermutlich aktiviert er gerade die Glocke. Eine Sicherheitsvorkehrung, um Tiere wie uns draußen zu halten. Das ist logisch. Dann schaltet er die Computer ab. Über den nächsten Teil zerbrechen wir uns noch den Kopf.«

Das Hologramm zeigte einen dunklen Raum, in dem nur die Notbeleuchtung schwach glühte. Der Mann trat in den hinteren Teil und berührte etwas an seinem Unterarm. Vor ihm glitt eine Tür auf. David suchte die Tür – sie war dort, aber jetzt steckte eine Lanze darin. Der Atlanter sah sich um, zögerte und schritt hindurch. Die Tür schloss sich hinter ihm – ohne Lanze darin.

David sah wieder zur Tür.

»Sparen Sie sich die Mühe.« Craig schüttelte den Kopf. »Wir haben es versucht. Stundenlang.«

»Was steckt in der Tür?« David trat näher heran.

»Wissen wir nicht genau. Einige Wissenschaftler meinen, es sei die Heilige Lanze. Wir vermuten, Patrick oder eher Tom Warner hat sie hier heruntergebracht, um ein Loch in die Tür zu schneiden.«

»Die Heilige Lanze?« David wusste, was das war, aber er musste Zeit gewinnen und Craig ablenken.

»Ja. Ist Ihnen das kein Begriff?«

David schüttelte den Kopf.

»Kane war besessen davon, und Hitler später auch. Die Legende erzählt, dass die Lanze Jesus in die Seite gestoßen wurde, als er am Kreuz hing. Früher glaubte man, dass eine Armee, die diese Lanze besitzt, niemals besiegt werden könnte. Als Hitler Österreich annektiert hatte, ließ er die Lanze nach Deutschland bringen, wo sie erst ein paar Wochen vor der Kapitulation verloren ging. Es ist eines von vielen Artefakten, die wir im Laufe der Jahre gesammelt haben, weil wir hofften, sie würden uns Hinweise auf die Atlanter liefern.«

»Interessant«, sagte David, während er nach dem Schaft der Lanze griff. Er zog daran und spürte, wie die Tür sich ein wenig bewegte. Als er fester riss, löste sich die Lanze, und die Tür öffnete sich. Er ließ seinen Stock fallen und sprang durch die Tür. Craig zog seine Pistole und schoss.

115

Immari-Forschungsstation Prisma
Ost-Antarktis

»Nein, erschießt sie nicht!«, brüllte Dorian in das Funkgerät, aber es war zu spät. Er sah, wie der zweite Mann zwei Schüsse in die Brust abbekam und der dritte von Kugeln in die Schulter und den Unterleib niedergestreckt wurde. »Feuer einstellen! Ich erschieße den nächsten Idioten, der abdrückt!«

Die Schüsse endeten. Dorian kam aus der Deckung hervor und ging auf den letzten Mann zu. Als er Dorian sah, kroch er auf seine Waffe zu und hinterließ dabei eine breite Blutspur.

Dorian lief zu der Pistole und trat sie zur gegenüberliegenden Wand des Labors. »Stopp, ich tue dir nichts. Ich hole sogar Hilfe. Ich will nur wissen, wer euch geschickt hat.«

»Geschickt?« Der Mann hustete, und Blut lief über sein Kinn.

»Ja ...« Dorians Ohrhörer knisterte, und er wandte den Blick von dem sterbenden Mann ab.

Einer der Techniker meldete sich. »Sir, wir haben die Männer identifiziert. Sie gehören zu uns – eines unserer Bohrteams.«

»Ein Bohrteam?«

»Ja. Es ist sogar das Team, das den Eingang gefunden hat.«

Dorian drehte sich wieder zu dem Mann. »Wer hat euch geschickt?«

Der Mann wirkte verwirrt. »Niemand ... hat uns geschickt ...«

»Das glaube ich nicht.«

»Ich habe gesehen ...« Der Mann verlor jetzt mehr Blut. Der Bauchschuss würde ihn bald erledigen.

»Was hast du gesehen?«, drängte Dorian ihn.

»Kinder.«

»Oh Gott«, sagte Dorian. Was war nur aus der Welt geworden? Selbst Ölbohrtechniker waren mittlerweile gefühlsduselige Trottel. Er hob die Waffe und schoss dem Mann in den Kopf. Dann ging er zurück zu seinem Trupp von Immari Security. »Machen Sie hier sauber.«

»Sir, es hat einen Vorfall an der Mundlochsteuerung gegeben.« Der Soldat blickte auf. »Jemand lässt gerade den Korb runter.«

Dorian sah zu Boden, dann wanderte sein Blick unruhig durch den Raum. »Martin. Schicken Sie ein Team. Sichern Sie die Steuerwarte. Niemand darf den Raum verlassen.« Ein Gedanke schoss Dorian durch den Kopf: Der Korb war unterwegs. Kate? »Wie lange noch?«

»Was?«

»Die Bomben, die die Kinder tragen.«

Der Immari-Agent zog einen Tablet-Computer hervor und tippte darauf. »Weniger als fünfzehn Minuten.«

Sie könnte sie noch erreichen. »Kappen Sie das Seil des Korbs«, sagte Dorian. Das wäre ein passendes Ende. Kate Warner – Patrick Pierces Tochter – würde in einem kalten dunklen Stollen sterben, genau wie Dorians Bruder Rutger.

116

Immari-Grabungsstätte
Gibraltar

David fiel zu Boden, während die Geschosse von der sich hinter ihm schließenden Tür abprallten. Er wirbelte herum, ging in die Hocke und hob die Lanze über die Schulter wie ein prähistorischer Jäger, der seine Beute aufspießen wollte.

Aber die Tür blieb geschlossen. David stieß die Luft aus und setzte sich auf den Boden, um sein verletztes Bein auszuruhen. Er verstand nicht, wie Patrick Pierce es geschafft hatte, so lange Strecken hier unten zurückzulegen.

Als der Schmerz nachließ, stand er auf und sah sich um. Der Raum ähnelte dem, den er soeben verlassen hatte – die gleichen metallisch grauen Wände und die gleichen Lichter am Boden und an der Decke. Es schien sich um eine Art Flur zu handeln. Sieben Türen gingen in einem Halbkreis ab, fast wie die Türen einer Aufzugsanlage.

Der Raum war leer, bis auf ein brusthohes Pult gegenüber den ovalen Schiebetüren. Eine Steuerung? Die Oberfläche war wie in der Kammer nebenan mit schwarzem Plastik oder Glas bedeckt.

David trat an das Pult und lehnte die Lanze dagegen, sodass er seinen unverletzten Arm benutzen konnte. Er hielt die Hand über die Oberfläche, wie er es bei dem Atlanter in dem Hologramm gesehen hatte. Leuchtende weiße und blaue Nebelfetzen wirbelten um seine Hand und versetzten ihm winzige Stromschläge. Er krümmte die Finger, und das Licht und der Nebel veränderten sich; das elektrische Prickeln wanderte über seine Finger.

David zog die Hand zurück. Das war alles andere als sein Fachgebiet. Er hatte halb damit gerechnet oder besser gesagt darauf gehofft, dass ein Hilfemenü auftauchen würde.

Er nahm wieder die Lanze. *Bleib bei dem, was du kannst, du bist eben ein Jäger und Sammler*, sagte er sich. Neben dem Steuerpult war eine weitere Tür, abseits der anderen. Ein Ausgang? Als er darauf zuging, glitt sie auf und gab den Blick auf einen weiteren futuristischen Gang frei. Davids Augen hatten sich nun vollständig an das schwache Licht der LED-Lampen an Boden und Decke angepasst.

Wenn die Atlanter vor zwölf- bis fünfzehntausend Jahren, als das Schiff explodierte, in diesen Raum gerannt waren, war es naheliegend, dass es sich um eine Art Rettungskapsel oder einen verstärkten Bereich in der Mitte des Schiffes handelte. Ein weiterer Gedanke ging David durch den Kopf: Wenn sie sich hierher zurückgezogen hatten, konnten sie auch jetzt noch hier sein. Vielleicht hatten sie hier geschlafen, in weiteren Röhren.

David sah sich um. Es gab keine Spuren von Leben.

Aus dem Aufzugsraum kam man zu einer T-Kreuzung. In beiden Richtungen endete der Gang vor einer ovalen Tür. David entschied sich für den kürzeren Korridor und humpelte auf die Lanze gestützt los. Das erleichterte das Gehen ungemein.

Am Ende des Gangs glitt die Tür automatisch auf, und David trat hindurch.

»Keine Bewegung.« Eine Männerstimme. Sie klang heiser, als wäre sie eine Weile nicht benutzt worden.

David hörte Schritte hinter sich. Aus dem Echo schloss er, dass der Mann (oder Atlanter) ungefähr in seiner Gewichtsklasse war. David hob die Arme, die Lanze noch immer in der Hand. »Ich bin nicht gekommen, um Ihnen etwas zu tun.«

»Ich habe gesagt, keine Bewegung.« Der Mann war fast bei ihm.

David drehte sich schnell um und konnte einen kurzen Blick auf den Mann oder was immer es war erhaschen, bevor er spürte, wie der Elektroschocker sich in seine Haut bohrte. Er fiel zu Boden und in die Bewusstlosigkeit.

117

3 Kilometer unter der Forschungsstation Prisma
Ost-Antarktis

Der Stahlkorb geriet ins Trudeln, während er den Eisschacht hinabschoss. Er kippte, bohrte sich in die weiche Wand, und Eissplitter spritzten gegen Kates Anzug und Visier. Sie hob die Hände, um den Helm zu bedecken. Der Korb ruckte nach hinten, und sie wurde beinahe hinausgeschleudert. Das schwere Drahtseil war auf den Korb gefallen. Der Korb stabilisierte sich kurz, dann kippte er plötzlich wieder, sodass der Boden sich in die eine Seite des Schachts bohrte und die Decke in die andere. Kate umklammerte eine Stange an der Decke und stemmte sich mit den Füßen gegen den Drahtboden für den Fall, dass der Korb sich überschlagen sollte. Sie hing dort wie ein Astronaut beim Schwerelosigkeitstraining im Spacecurl. Mit geschlossenen Augen drückte sie mit aller Kraft gegen die Gitter und wartete. Weiteres Eis sprühte durch die Luft, als der Korb gegen die Schachtwände schlug. Die Kollisionen bremsten den Sturz. Dann verschwanden die Wände, und zwei lange Sekunden vergingen. Ein ohrenbetäubendes Klirren. Der Korb grub sich in einen Eishügel. Kate wurde zu Boden geworfen, und die Luft zischte aus ihrer Lunge.

Sie keuchte. In dem Anzug fühlte es sich an, als atmete

man durch einen winzigen Strohhalm. Als sie sich erholt hatte, drehte sie sich um und untersuchte die Lage.

Der Korb war durch das Bohrloch in die Eiskammer gefallen. Er lag in einem Hügel aus Eissplittern, die bei der Bohrung und ihrem Sturz herabgefallen waren. Dieses Eisbett hatte ihr das Leben gerettet.

Der Hügel erinnerte an einen weißen, von innen beleuchteten Globus. Kate betrachtete die Lichter, die fast aussahen wie Glühwürmchen. Es mussten die LED-Lampen sein, die in den Schacht geworfen worden waren, um die riesige Kammer zu beleuchten. Sie waren tief unter den Splittern begraben, und ihr Licht wurde vom Eis gebrochen. Kate konnte genug in der Kammer erkennen, um ihre Situation einzuschätzen.

Der Korb lag halb in dem Hügel vergraben, und sie war unter dem Stahlgitter gefangen. Doch es gab eine kleine Öffnung. Nicht groß genug, um hindurchzukriechen ... aber ... sie könnte sich einen Weg ins Freie graben.

Kate begann, mit beiden Händen zu scharren wie ein Hund, der unter einem Maschendrahtzaun hindurchwollte. Der Korb hatte das zusammengepresste Eis ein wenig aufgebrochen, aber es war trotzdem mühsam. Schließlich hielt sie das Loch für groß genug und wollte hinauskriechen. Mit Kopf und Armen gelang es ihr, doch der voluminöse Anzug blieb an dem scharfkantigen Gitter hängen. Als Kate sich zurückschieben wollte, riss das Metall den Anzug auf. Kälte strömte durch das Loch und schmerzte an ihrem Rücken, während sie sich zu befreien versuchte. Sie drückte den Bauch fest auf das Eis, stieß sich mit den Händen ab und gelangte zurück in den Korb.

Die Kälte breitete sich vom Rücken über den gesamten Körper aus und betäubte ihn Stück für Stück. Ihre Hände begannen zu zittern. Der Anzug hatte mehr Wärme gespendet, als sie dachte. Es war tödlich kalt hier unten. Sie würde erfrieren, wenn sie nicht schnell etwas unternahm.

Sie schaufelte mit beiden Händen das Eis zur Seite und versuchte fieberhaft, das Loch zu vergrößern. Ihre Beine wurden allmählich steif, und sie verlor beinahe das Gleichgewicht, als sie eine weitere Handvoll Eis in den Korb warf. Jetzt war das Loch fast groß genug.

Die kalte Luft brannte in ihrer Lunge, und ihr Atem gefror am Glasvisier des Helms. Bald würde die Kälte ihre Lunge lähmen. Sie würde nicht erfrieren, sondern vorher ersticken. Die Eisschicht bedeckte jetzt fast das ganze Visier. Sie wischte mit der Hand darüber. Nichts veränderte sich. Sie wischte noch einmal. Wieder nichts. Natürlich – das Visier war von innen vereist, das wusste sie doch. Warum hatte sie überhaupt versucht, es von außen abzuwischen? Was geschah mit ihr? Die Kälte. Sie legte ihren Körper lahm. Kate konnte keinen klaren Gedanken mehr fassen. Was hatte sie getan, bevor der Helm vereiste? Die Innenseite war jetzt vollständig von einer Eisschicht bedeckt – sie konnte nichts mehr sehen. Sie drehte sich orientierungslos um die eigene Achse, auf allen vieren wie ein Hund im Käfig, der nach einem Geräusch in der Nacht lauschte.

Ein Hund. Ein Käfig. Das Loch. Ja, sie hatte gerade gegraben. Sie musste hier raus. Wo war das Loch? Kate tastete hektisch das Eis ab. Sie kroch durch den Korb. Überall Drahtgitter. Gab es überhaupt ein Loch? Dann spürte sie etwas – ja, da war es. Aber sie konnte nicht weitergraben. Sie hatte kein Gefühl mehr in den Fingern.

Sie warf sich in das Loch und stieß sich mit den Füßen ab. Sie spürte das spitze Metallgitter an ihrem Rücken, aber sie ignorierte es und schob sich noch fester voran. Das Gitter war jetzt an ihren Beinen. Sie bewegte sich. Sie grub die Ellbogen in das Eis und zog sich Zentimeter um Zentimeter weiter wie ein Soldat, der unter einem Stacheldraht hindurchkroch. Wie weit war sie? Sie warf ein Bein in die Luft. Sie war frei.

Sie drehte sich auf den Rücken und stand auf. Das Eis im Helm nahm ihr jegliche Sicht. In welcher Richtung befand sich das Tor? Sie rannte los, aber ihre Beine fühlten sich an, als wären sie aus Blei. Der Anzug und ihre eingefrorenen Beine – sie würde es niemals schaffen. Wohin sollte sie gehen? Es war überall dasselbe – Eis, und darunter ein schwaches Leuchten.

Der Boden kam ihr entgegen. Sie rollte über das Eis. Es berührte ihren Rücken und schickte eine neue Kältewelle durch ihren Leib, die ihren Kreislauf beinahe kollabieren ließ. Sie drückte den Rücken nach oben und riss die Augen weit auf. Scharf sog sie die Luft ein, dann warf sie sich auf die Knie.

Schwer atmend, dachte sie nach. Sie stand auf und drehte sich im Kreis. Lichter. Auf einer Seite waren mehr als auf der anderen. Die gewölbte Kammer war riesig. Das Licht – der Schneeglobus, die Glühwürmchen darin ... wo der Bohrer durchgebrochen war ... die Lichter mussten dem Eingang gegenüberliegen.

Kate wandte sich um und stapfte vom Licht weg. Ihr war so kalt. Dann ertönte das Dröhnen von Metall auf Metall. Es kam von vorn, aber etwas weiter rechts. Kate passte ihren Kurs an und schleppte sich weiter. Sie fiel erneut, stand aber sofort wieder auf, indem sie sich mit beiden Händen auf ein Knie hochdrückte und das andere Bein hinterherzog. Ihr gesamter Körper war jetzt gefühllos. Sie setzte ein Bein vor das andere und hoffte auf ein Wunder.

Das Knirschen unter ihren Füßen endete. Ihre Schritte waren jetzt leiser, aber es war immer noch kalt. Ihr wurde schwindelig. Sie machte einen weiteren Schritt, dann noch einen. Immer weiter.

Hinter ihr das Geräusch von Metall auf Metall. Schloss sich das Tor?

Ihr war immer noch so kalt. Sie fiel auf die Knie und sank mit dem Gesicht zu Boden.

118

Immari-Forschungsstation Prisma
Ost-Antarktis

Dorian sah zu, wie Kate stürzte, wieder aufstand und durch das gewaltige Tor ging. Die Glocke darüber blieb still. Er sah auf die Countdown-Anzeige: 00:01:32

Weniger als zwei Minuten. Er war fest davon ausgegangen, dass der Sturz sie töten würde, aber eine Atombombenexplosion in den Gewölben? Auch gut. Dasselbe Resultat.

»Lassen Sie mich gehen, Dorian.«

Dorian wandte sich um und betrachtete Martin Grey. Der grauhaarige Mann wehrte sich gegen die beiden Immari-Agenten, die ihn zwischen sich festhielten. Dorian war so fasziniert davon gewesen, Kate sterben zu sehen – oder darauf zu hoffen –, dass er die Anwesenheit des alten Geiers im Kontrollraum ganz vergessen hatte.

Dorian grinste. »Sie waren es. Das ganze Theater mit Clocktower, der Hinweis auf die Anlage in China, damit sie die Kinder retten und mich daran hindern, Toba-Protokoll auszuführen.« Er dachte kurz nach. »Und Sie haben ihnen geholfen zu fliehen. Sie waren es, oder? Sie haben die Immaru benachrichtigt, die die beiden nach der Explosion der Glocke gerettet haben. Wie haben Sie das angestellt? Wie haben Sie sie gefunden?«

»Sie sind wahnsinnig, Dorian. Lassen Sie mich gehen und hören Sie auf, sich lächerlich zu machen.«

»Sie sind sehr gerissen, Martin, aber dieses Mal können Sie sich nicht rausreden. Sie haben vorhin Kate geholfen zu entkommen.«

»Das streite ich nicht ab. Ich habe aus meiner Liebe zu ihr nie ein Geheimnis gemacht. Sie zu schützen ist für mich das Wichtigste. Wenn es nötig gewesen wäre, hätte ich dafür die ganze Anlage hier abgefackelt.«

Dorian lächelte. »Sie geben es also zu: Das Bohrteam, das uns angegriffen hat, hat in Ihrem Auftrag gehandelt.«

Martin schüttelte herablassend den Kopf. »Unsinn. Überlegen Sie doch mal, Dorian. Ich hatte überhaupt nicht die Möglichkeit, sie zu kontaktieren. Ich habe sie noch nie gesehen.«

»Tja, es spielt auch keine Rolle. Ich habe mir jetzt alles zusammengereimt, Martin.« Dorian sah den älteren Mann an und wartete auf eine Reaktion. »Und Sie? Ja, Sie bestimmt auch. Die Kinder haben die Glocke überlebt, weil sie mit Stammzellen von Kates und meinem Kind behandelt wurden. Wir sind beide durch die Röhren gerettet worden: Kate als Fötus im Mutterleib und ich als Kind, das unter der Atlantis-Seuche litt – oder unter der Spanischen Grippe, wenn Ihnen das lieber ist. Deshalb kann ich auch durch das Tor gehen. Aber ich warte noch ein paar Minuten.« Er zeigte auf den großen Monitor mit dem Countdown. Die letzten Sekunden tickten herunter. 00:00:00. Die Zahlen leuchteten rot auf.

Dorian hatte erwartet, dass die Explosionen an der Erdoberfläche Erschütterungen auslösen würden, aber es war nichts zu spüren. Das Objekt musste unglaublich dicke Wände haben, und die drei Kilometer Eis dienten als zusätzliche Dämmung.

Dorian lächelte. »Da unten sind soeben zwei Atomsprengköpfe detoniert. Kate hat es nicht zu den Kindern geschafft, dass kann ich Ihnen versichern. Sie hatte weniger als zwei Minuten, um sie zu erreichen, und ich glaube, sie war nicht in der Verfassung für ein Wettrennen. Sie haben es selbst gesehen. Kate musste leiden, Martin. Vielleicht ist sie in ihrem Anzug erfroren. Oder zumindest hat sie die meisten Finger und Zehen verloren, bevor sie gestorben ist.«

Dorian wartete, aber da Martin nichts entgegnete, nickte er einem der Sicherheitsmänner zu, der daraufhin zu den Schließfächern ging und einen Raumanzug vorbereitete. »Ich gehe runter und sehe nach ihr, sobald meine Leute Gurtzeug aufgetrieben haben, um mich abzuseilen. Ich sagen Ihnen Bescheid, wenn wir irgendwelche Überreste finden, aber ich bezweifle es. Bevor ich gehe, möchte ich Ihnen noch etwas mitteilen. Ich habe ein weiteres Rätsel gelöst.« Dorian schritt vor Martin auf und ab. »Möchten Sie es hören?«

»Das ist Ihr Auftritt, Dorian. Wenn auch ein ziemlich erbärmlicher.«

»Beleidigen Sie mich nicht. Ihr Leben liegt in meinen Händen.«

»Sie riskieren Ihr eigenes. Kein Ratsmitglied darf ein anderes töten.«

»Das werden wir noch sehen. Mallory Craig hat mir vor ein paar Jahren verboten, Sie zu töten, aber er hat jetzt eingelenkt – er hat mir Kate geschickt. Dieses Mal wird er kein Veto gegen Ihre Exekution einlegen. Aber was ich sagen wollte: die Explosion in China. Die Kinder waren nur mit der Atlantis-Gen-Therapie behandelt worden. Die Strahlung der Glocke konnte ihnen nichts anhaben. Aber als Kate mit der Glocke in Kontakt kam, war es anders – sie hat sich abgeschaltet. Das war es, was in China passiert ist. Die Glocke hat sie als Atlanter erkannt – als eine von den eigenen Leuten –, und sie hat sich abgeschaltet und einen enormen Spannungsstoß durch unser Netz geschickt, der den Kernreaktor und sämtliche Relais in der Anlage zerstört hat. Begreifen Sie, was das bedeutet, Martin?«

Martin blickte in die Ferne. »Sie werden es mir bestimmt gleich verraten.«

»Werden Sie nicht unverschämt. Es wird Sie interessieren. Es bedeutet, dass unser Kind der erste Nachkomme zweier Atlanter ist – der Erste einer neuen Menschenrasse, einer neuen Evolutionsstufe. Sein Genom enthält den Schlüssel, um zu verstehen, wie wir uns vor fünfzigtausend Jahren verändert haben und wie wir uns weiterentwickeln können.«

»*Hätten können*, Dorian. Ihr eigenes ...«

»Ich habe es nicht übers Herz gebracht.« Dorian wandte sich ab. »So sehr ich Kate auch dafür gehasst habe, was ihr Vater meiner Familie angetan hat, ich konnte mich nicht überwinden, mein eigenes Kind zu töten. Es ist in einem Labor in San Francisco, in einer der Röhren der Atlanter. Das wollte ich Ihnen sagen, Martin. Ihr ganzes Störfeuer hat zu nichts geführt. Ich habe gewonnen. Ein Wissenschaftlerteam holt den Fötus gerade heraus, um ihn zu untersuchen. Wir werden bald einen wirksamen Impfstoff gegen die Atlantis-Seuche haben, vielleicht in ein paar Wochen oder Monaten. Und wir werden ihn selektiv einsetz...«

Ein Techniker unterbrach Dorian. »Wir sind bereit, Sir.«

»Ich muss los, Martin.«

»Ich an Ihrer Stelle würde es nicht tun.« Martin sah ihn eindringlich an.

»Ich bin sicher, Sie würd...«

»Ich weiß, warum Sie da runtergehen.«

»Sie wissen ...«

»Der Zettel«, sagte Martin, »den sie dem Kind auf die Brust geheftet haben. Ich weiß, was das war. Ein Brief auf Deutsch, von einem hoffnungsvollen kleinen Jungen, der seinem Papa mitteilt, dass die Kinder Bomben bei sich tragen und er so schnell wie möglich zu einem Ausgang gehen soll. Sie sind verblendet, Dorian. Betrachten Sie die Fakten. Die Kadaver der Primaten in Labor drei. Die Glocke unten war aktiv, als wir angekommen sind. Und die auf dem Eisberg mit dem U-Boot vor ein paar Wochen auch. Sie hat unser Forschungsteam getötet. Wir haben Knochen darunter gefunden. Ihr Vater hat nie in einer der Röhren geschlafen. Er war menschlich, sehr menschlich sog...«

»Er war ein Gott. Und er ist nicht tot. Ich habe seine Gebeine nicht gesehen«, sagte Dorian trotzig.

»Noch nicht. Aber wir werden ...«

»Er ist da unten!«, beharrte Dorian.

»Selbst wenn das so ist, was ich bezweifle, wäre er mittlerweile hundertsiebenundzwanzig Jahre alt.«

»Dann finde ich seine Gebeine und habe Gewissheit. Und ich werde auch noch andere Knochen finden. Weiblich, Anfang dreißig. Endlich kann ich meine Bestimmung erfüllen. Ich werde die Bedrohung durch die Atlanter ein für alle Male beseitigen.« Dorian gab den Wachleuten ein Zeichen. »Passen Sie auf, dass er hier nicht rauskommt. Scharfe Bewachung. Und wenn er nicht für die Forschung an dem Fötus gebraucht wird ...« Er drehte sich zu Martin und sah ihm in die Augen. »Dann töten Sie ihn.«

In Martins Gesicht ließ sich keine Gefühlsregung ablesen.

Einer der Techniker kam herüber und führte Dorian zur Seite. »Sir, was das Runtergehen angeht«, sagte er zögerlich. »Wir glauben, dass Sie noch warten sollten.«

»Warum? Sie haben gesagt, der Anzug schützt mich vor der Strahlung.«

»Ja, das stimmt, aber die Explosion könnte andere Schäden verursacht haben. Feuer. Vermutlich Beschädigungen an der Struktur. Das ganze Ding könnte zusammenbrechen. Wir bekommen gerade Daten aus dem Objekt in Gibraltar – Direktor Craig hat archivierte Videoaufnahmen gefunden. Das Objekt wurde durch die Explosion einer Methanblase in Stücke gerissen. Das ist so ähnlich wie die Atomsprengköpfe, die wir runtergeschickt haben, na ja, vielleicht ein bisschen stärker, aber wir wissen jedenfalls, dass die Gebilde nicht unzerstörbar ...«

»Was schlagen Sie vor?«

»Warten Sie ein paar Tage.«

»Kommt nicht in Frage. Höchstens ein paar Stunden.«

Der Techniker nickte.

»Noch etwas. Wenn ich in den Gewölben bin, lassen Sie drei Sprengköpfe in den Bohrschacht hinunter. Falls irgendjemand außer mir oder meinem Vater herauskommen sollte – Mensch, Atlanter oder sonst was –, zünden Sie sie. Deponieren Sie die übrigen Atomwaffen an den anderen Bohrlöchern und stellen Sie sie so ein, dass sie gleichzeitig detonieren.«

»Die Explosionen würden das Eis schmelzen ...«

»Die Explosionen würden die Menschheit retten. Tun Sie es einfach.«

119

David schlug die Augen auf und sah sich um. Er lag auf einer schmalen Pritsche mit einer Gel-Matratze, die sich perfekt an seine Konturen anpasste. Als er sich vorbeugte, reagierte das Gel und half ihm beim Aufsetzen. Er roch etwas, das an eine Mischung aus Knoblauch und Lakritz erinnerte. Nur unangenehmer. David wollte sich die Nase zuhalten, aber der Geruch wurde nur noch schlimmer. Er begriff, dass er von ihm selbst ausging – von einer schwarzen Paste auf seiner Schulter und seinem Bein. Mein Gott, was für ein Gestank; allerdings fühlten seine Verletzungen sich besser an. Die Paste hatte sich durch sein Hemd gefressen und schien die Wunden zu heilen. Er stand auf, fiel jedoch sofort zurück auf die Gel-Matratze. Noch nicht in Topform.

»Immer mit der Ruhe.« Das war der Mann, der ihn außer Gefecht gesetzt hatte.

David blickte sich nach einer Waffe um. Die Lanze war verschwunden.

»Entspannen Sie sich, ich tue Ihnen nichts. Zuerst habe ich gedacht, Sie wären geschickt worden, um mich zu töten, aber als ich Ihre Wunden gesehen habe ... Ich nehme an, sie hätten jemanden gesandt, der in besserer Verfassung ist.«

David musterte den Mann. Es war definitiv ein Mensch, das konnte er jetzt sehen. Er war Ende vierzig oder Anfang fünfzig. Sein Gesicht war ausgezehrt, als hätte er lange nicht gegessen oder geschlafen. Aber das war nicht alles ... Sein Gesicht war hart. Ein Soldat oder vielleicht ein Söldner.

»Wer sind Sie?« David stieg erneut der Gestank der schwarzen Schmiere auf seiner Schulter in die Nase, und er drehte vergeblich den Kopf zur Seite. »Und was haben Sie mit mir gemacht?«

»Ehrlich gesagt, weiß ich das selbst nicht so genau. Es ist eine Salbe. Sie scheint so ungefähr alles heilen zu können. Ich weiß nicht, wie es funktioniert. Ich habe mich verletzt, lag flach und dachte, ich müsste sterben. Der Computer hat ein Fach aufgehen lassen, in dem ein Teller mit diesem stinkenden Zeug stand, und mir dann einen Film gezeigt, in dem ich es mir selbst auftrage – es sah sehr realistisch aus. Also habe ich es getan, und es wurde besser, und zwar schnell. Ihnen wird es bald wieder gut gehen. Vielleicht in ein paar Stunden.«

»Wirklich?« David betrachtete seine Wunden.

»Vielleicht auch schneller. Aber Sie werden sowieso nirgendwo hingehen. Und jetzt sagen Sie mir, wer Sie sind.«

»David Vale.«

»Welche Organisation?«

»Clocktower, Jakarta-Niederlassung«, sagte David unwillkürlich.

Der Mann kam näher und zog eine Pistole.

David begriff, was er gerade gesagt hatte. »Nein. Ich habe gegen die Immari gearbeitet und gerade erst rausgefunden, dass Clocktower Ihre Organisation ist.«

»Lügen Sie mich nicht an. Wie haben Sie mich gefunden?«

»Gar nicht. Ich habe nicht nach Ihnen gesucht. Hören Sie, ich weiß nicht mal, wer Sie sind.«

»Was machen Sie hier unten? Wie sind Sie reingekommen?«

»Durch die Stollen unter Gibraltar. Ich habe die Kammer gefunden, die mit der Lanze ...«

»Wie?«

»Ein Tagebuch.« David schüttelte den Kopf. Die Paste wirkte sich aus wie eine Erkältung; sie erschwerte es, einen klaren Gedanken zu fassen. »Ich habe es in Tibet bekommen, von einem Mönch. Kennen Sie es?«

»Natürlich. Ich habe es geschrieben.«

120

Kate hörte um sich herum Luft zischen. Sie spürte noch immer ihren Körper nicht, doch die Luft war warm, zuerst nur ein wenig, aber mit jeder Sekunde stieg die Temperatur. Sie versuchte, sich hochzustemmen, fiel jedoch sofort wieder auf den Bauch. Sie war so erschöpft. Ihre Glieder erschlafften in dem kalten Anzug.

Allmählich drang die Wärme in den Anzug ein, und das Gefühl kehrte zurück. Irgendjemand sorgte dafür, dass ihre Körpertemperatur stieg. Das Eis in ihrem Helm schmolz. Die Wassertropfen flossen an der Innenseite des Visiers herab, sodass sich vor ihren Augen der Boden materialisierte, als würde ein geschreddertes Bild Streifen um Streifen wieder zusammengesetzt. Es war ein Metallgitter, aber ... sie konnte nicht durchblicken. Nein, es war ein massiver Metallboden mit Rillen.

Sie drehte sich auf den Rücken und blickte zur glatten Metalldecke. Der Helm war jetzt frei. Es war immer noch kalt, aber im Vergleich zur Temperatur in der Eiskathedrale draußen kam es ihr geradezu mild vor. Wo befand sie sich? In einer Art Dekontaminationskammer?

Kate setzte sich auf. Sie spürte ihre Finger wieder und machte sich an den Schnallen an den Handgelenken zu schaffen. Mit einiger Mühe gelang es ihr, die Handschuhe auszuziehen und den Helm abzusetzen. Zehn Minuten später hatte sie sich aus dem Anzug befreit und trug nur noch die Kleider, die sie bei ihrer Abreise aus Gibraltar angehabt hatte. Sie blickte sich um. Der Raum war gut beleuchtet, ungefähr zwölf Meter breit und doppelt so lang. Hinter sich sah sie das Tor, durch das sie hereingekommen war – es war viel größer als das auf der anderen Seite. Sie ging tiefer in den Raum hinein, und das kleinere Tor öffnete sich. Als sie hindurchschritt, leuchteten an der Decke und am Boden Lämpchen auf. Jedes einzelne war schwach, aber zusammen spendeten sie genug Licht, um den grauen Gang zu erhellen. Sie erinnerten sie an die flackernden Lämpchen im Boden einer Party-Limousine.

Sie stand an einer breiten T-Kreuzung. Wohin sollte sie gehen? Ehe sie eine Entscheidung treffen konnte, hörte sie, wie etwas auf sie zukam. Schritte.

121

David versuchte zu begreifen, was der Mann gesagt hatte. Sein Kopf war vernebelt von der Nano-Paste, die die Wunden an Schulter und Bein behandelte und deren fauliger Geruch in seiner Nase brannte.

Der Mann behauptete, Patrick Pierce alias Tom Warner zu sein – Kates Vater und Schreiber des Tagebuchs. Ein amerikanischer Soldat, der für die Immari die Grabungen geleitet hatte, um die Erlaubnis zu bekommen, die Tochter einer ihrer Leiter zu heiraten. Aber das war unmöglich – es passte zeitlich nicht zusammen. Obwohl ... er war eine Weile in den Schlafröhren der Atlanter gewesen ... Ging das auf? Konnte es sein, dass er die Wahrheit sagte?

David rekapitulierte, was er wusste.

Von 1917 bis 1918 erholt Patrick Pierce sich von seinen Verletzungen aus dem 1. Weltkrieg, stößt zu dem Schiff der Atlanter unter Gibraltar vor und legt die Glocke frei, die eine tödliche Epidemie entfesselt, von der behauptet wird, es sei die »Spanische Grippe«. Zwischen fünfzig und hundert Millionen Menschen sterben. Über alle Kontinente hinweg infizieren sich bis zu einer Milliarde Menschen.

1918 steckt Pierce seine Frau und sein ungeborenes Kind in eine der Röhren.

Von 1918 bis 1938 ist Pierce widerwillig Mitglied der Immari-Führung, um seine Frau und sein Kind zu schützen. Er beendet die Grabungsarbeiten in Gibraltar, wird aber ebenfalls in eine Röhre gesteckt, als Kane sich zu seiner Expedition einschifft, die ihn zuerst nach Tibet führt, um die Immaru zu massakrieren, und dann in die Antarktis, um nach der Hauptstadt der Atlanter zu suchen. Kane kehrt niemals zurück.

1978, vierzig Jahre später, werden Mallory Craig, Patrick Pierce und Dieter Kane in ihren Röhren geweckt. Pierces Frau ist immer noch tot, aber ihre Tochter wird zur Welt gebracht. Pierce nennt sie Katherine Warner. Die anderen nehmen neue Namen an: Aus Patrick Pierce wird Tom Warner, aus Mallory Craig wird Howard Keegan und aus Dieter Kane Dorian Sloane.

1985 verschwindet Tom Warner – es wird vermutet, dass er bei einem wissenschaftlichen Experiment ums Leben kam.

War das möglich? Konnte Tom Warner seit 1985 hier unten sein?

Wenn man davon ausging, dass Pierce im 1. Weltkrieg Mitte zwanzig war, wie es im Tagebuch stand, wäre er 1938, als er in die Röhre kam, Mitte vierzig gewesen ... Dann müsste er 1985 vielleicht zweiundfünfzig gewesen sein und heute ... achtzig Jahre alt. Der Mann, der vor ihm stand, war viel jünger, wahrscheinlich nicht älter als fünfzig.

David fühlte sich durch die Paste schon besser. Er stand auf, und der Mann hob seine Pistole. »Bleiben Sie, wo Sie sind. Sie glauben mir nicht, oder?«

Man kann schlecht diskutieren, wenn man verletzt ist und von einem Mann mit einer Pistole bedroht wird, dachte David. Er zuckte die Achseln und setzte eine unterwürfige Miene auf. »Doch, ich glaube Ihnen.«

»Sie halten sich wohl für clever. Hören Sie auf, mich anzulügen.«

»Ich versuche nur, es zu verstehen. Das Tagebuch ging von 1918 bis 1936 ...

»Ich weiß, von wann bis wann das Tagebuch geht. Sie erinnern sich vielleicht, dass ich es geschrieben habe. Und jetzt sagen Sie mir, wie genau Sie hier runtergekommen sind.«

David setzte sich auf die Pritsche. »Ich wurde in eine Falle gelockt. Von Mallory Craig, dem Direktor von Clock...«

»Ich weiß, was er macht. Was war der Köder?« Er sprach schnell und versuchte, David in die Enge zu treiben, damit er einen Fehler beging und sich verriet.

»Kate Warner. Er hat mir erzählt, sie wäre in den Schacht gegangen. Ich wollte sie suchen. Die Immari haben vor einer Woche zwei Kinder aus ihrem Labor in Jakarta entführt. Sie wurden mit einer neuen Autismustherapie behandelt ...«

»Was zum Teufel reden Sie da?«

»Ich weiß nicht genau, sie wollte mir nicht sagen ...«

»Kate Warner ist ein sechsjähriges Mädchen. Sie hat kein Labor in Jakarta oder sonst wo.«

David taxierte sein Gegenüber. Er schien zu glauben, was er sagte. »Kate Warner ist Genforscherin. Und sie ist ganz sicher nicht sechs Jahre alt.«

Der Mann ließ die Pistole sinken und blickte zu Boden. »Unmöglich«, murmelte er.

»Warum?«

»Ich bin erst seit einem Monat hier unten.«

122

Kate traute ihren Augen kaum. Adi und Surya kamen um die Ecke gelaufen, und als sie Kate sahen, rannten sie noch schneller. Kate beugte sich herab, um sie in die Arme zu nehmen, aber die Jungen wollten nicht stehen bleiben.

Sie zogen an ihren Armen und drängten Kate, ihnen zu folgen. »Komm, Kate, wir müssen los. Sie kommen.«

Dorian schnallte das orangefarbene Geschirr ab und ließ sich den letzten Meter auf das Eis hinabfallen. Das Licht an seinem Helm beleuchtete den verbeulten Korb, der halb aus dem Eishügel ragte wie eine Hummerfalle am Meeresboden. Daneben lag in losen Schlingen ein dickes Drahtseil. Es war auf Kate herabgefallen, aber der Korb hatte sie geschützt. Schade.

Dorian stapfte zum Tor. Er blieb genau unter der hohen Kuppel stehen, in der die Glocke hing. Das Licht seines Helms schweifte ein paar Mal über das Metall, und er lächelte. Die Glocke rührte sich nicht. Der teuflische Apparat, der seinen Bruder sofort und seine Mutter später durch die Seuche getötet hatte, war nun still.

Das Tor öffnete sich, als wüsste es, dass der schicksalhafte Moment gekommen war. Er ging hindurch.

123

Davids Gedanken überschlugen sich. »Hören Sie, ich weiß nicht, was ich sagen soll. Wir haben das Jahr 2013.«

»Unmöglich.« Der Mann hielt seine Pistole auf David gerichtet, während er zu einem Schrank ging, hineingriff und etwas Goldenes herausnahm. Er warf es David zu.

Es war eine Uhr. David drehte sie herum und las das Datum ab: 19. September 1985. »Ja. Hm. Ich habe zwar keine goldene Uhr mit dem falschen Datum, aber ...« Er griff in die Tasche.

Der Mann hob die Pistole.

David erstarrte. »Ganz ruhig. Ich habe auch eine Zeitkapsel. Ein Foto in meiner Tasche. Nehmen Sie es und sehen Sie es sich an.«

Der Mann trat vor und zog das glänzende Foto aus Davids Tasche. Er betrachtete den Eisberg, aus dem das U-Boot herausragte.

»Ich vermute, die Immari haben 1985 keine Satellitenaufnahmen von Eisbergen angefertigt.«

Der Mann schüttelte den Kopf und blickte zur Seite, als müsste er sich erst einen Reim darauf machen. »Es ist Kanes U-Boot, oder?«

David nickte. »Vermutlich haben sie es vor ein paar Wochen gefunden. Ich bin genauso verwirrt wie Sie. Lassen Sie uns einfach miteinander reden, um das alles zu verstehen. Wie sind Sie hierhergekommen?«

»Ich habe in der Geheimkammer gearbeitet. Ich habe rausgefunden, wie man ihre Maschinen bedient.«

»Haben Sie die Videos in einer Endlosschleife laufen lassen?«

»Videos? Ja, für den Fall, dass ich nicht zurückkomme und jemand die Kammer findet.« Er setzte sich auf die Pritsche, sah auf seine Füße und schien seine Gedanken zu sammeln. »Ich habe auch die Lanze in die Tür gesteckt. Ich habe verschiedene Artefakte aus der Schatzkammer der Immari getestet, in der Hoffnung, dass sie weitere Maschinen zum Leben erwecken würden.

Es ist mir gelungen, die Tür zu öffnen, aber ich trat auf der Stelle; es gab in der Kammer nichts Weiteres zu entdecken. Ich habe vermutet, dass es im nächsten Raum noch eine Steuerung geben würde, deshalb bin ich hineingegangen. Ich wollte die Tür mit der Lanze offen halten, leider hat es nicht funktioniert. Ich konnte nicht mehr zurück. Die Maschinen hier sind irgendwie anders. Die meisten sind abgeschaltet. Es gibt noch einige Rätsel zu lösen ... aber ich bin im letzten Monat nicht sehr weit gekommen, bis kurz vor Ihrem Auftauchen. Alles hier scheint zum Leben zu erwachen, weitere Maschinen funktionieren, und Türen, die vorher verschlossen waren, öffnen sich. Ich war auf Erkundung, als ich gehört habe, wie die Tür aufging und Sie reingekommen sind.«

»Reden wir noch mal über den Zeitunterschied. Ich weiß, dass Sie nicht Patrick Pierce oder, wie war der Name noch, Tom Warner sind. Er müsste mittlerweile ungefähr achtzig sein. Sagen Sie mir einfach, wer Sie ...«

»Ich bin Patrick Pierce.« Der Mann beugte sich vor. »Die Zeit vergeht hier langsamer. Ein Tag hier muss draußen ... ein ganzes Jahr sein.«

»Warum?«

»Weiß ich nicht. Aber ich vermute, dass es etwas mit der Glocke zu tun hat. Sie könnte zwei Funktionen haben. Sie dient als Wachmechanismus, um Nicht-Atlanter draußen zu halten, aber das ist nur die eine Hälfte. Als wir angefangen haben, das Gerät zu untersuchen, dachten wir zuerst, es wäre eine Zeitmaschine. Es schuf ein Feld um sich herum, eine Art Blase, in der sich die Zeit dehnt. Wie gesagt, die Zeit vergeht langsamer in der Nähe der Glocke. Wir dachten, es hätte etwas mit Gravitationsverschiebungen zu tun – eine Faltung und Verkrümmung der Raumzeit. Wir haben gedacht, es könnte sogar ein Wurmlochgenerator sein.«

»Ein was?«

»Vergessen Sie die Fachausdrücke. Die Ideen basierten auf Einsteins allgemeiner Relativitätstheorie. Die wurde mittlerweile bestimmt schon aktualisiert oder verworfen. Es genügt zu wissen, dass wir in den Jahren, nachdem wir die Glocke in Gibraltar ausgegraben hatten, feststellten, dass die Zeit in dem Raum um sie herum langsamer verstrich. Wir dachten, dass sie so Energie erzeugte. Wir konnten diese Gravitationseffekte minimieren, indem wir die Glocke mit externer Energie versorgten.«

»Das ist interessant, aber es gibt ein Problem dabei. Die Glocke in Gibraltar wurde vor fast hundert Jahren entfernt.«

»Ich weiß. Ich habe sie schließlich ausgegraben. Aber ich habe eine andere Theorie. Ich glaube, als das Schiff vor Gibraltar explodiert ist, waren die Atlanter in dem abgebrochenen Teil gefangen. Die Tür, durch die sie gingen, führte nicht zu einem anderen Raum in dem Schiff. Ich glaube, es war das Tor zu einem anderen Schiff. Ich glaube nicht, dass wir in Gibraltar sind.«

124

Hinter der nächsten Ecke gelang es Kate endlich, die Jungen aufzuhalten.

»Sagt mir, was los ist«, bat sie.

»Wir müssen uns verstecken, Kate«, sagte Adi.

»Vor wem?«

»Wir haben keine Zeit«, sagte Surya.

Zeit – das Wort hallte durch Kates Kopf und löste eine neue Angst aus. Sie wirbelte die Jungen herum und suchte nach der Digitalanzeige.

02:51:37. Es blieben noch fast drei Stunden. Martin hatte gesagt, es seien weniger als dreißig Minuten bis zur Detonation. Wieso? Es spielte keine Rolle – die Uhr tickte noch. Sie musste nachdenken.

Die Jungen zogen wieder an ihr, und hinter ihnen öffnete sich eine Doppeltür.

Dorian befreite sich vollständig aus dem Anzug und inspizierte den Raum – eine Art Dekontaminationskammer. Er ging zu dem kleineren Tor. Seine Schritte hallten laut von den Metallwänden wider. Das Tor öffnete sich, als er sich näherte, und er trat in den Gang dahinter. Genau wie in Gibraltar. Es stimmte alles. Das war eine weitere atlantische Stadt.

Am Boden und der Decke leuchtete Licht auf. Der Korridor wirkte makellos, unversehrt. Er hatte sicher keine Kernwaffenexplosion überstehen müssen. Warum nicht? Hatten die Kinder es tiefer ins Innere geschafft? Hatten die Atlanter sie eingefangen? Und die Bomben entschärft?

Von vorn hörte Dorian Schritte – Stiefel, die im Gleichschritt auf den Metallboden trafen. Er zog seine Pistole und drückte sich im Schatten eines Stützbalkens an die Wand.

125

Kate blieb stehen und spähte in den Raum.

Dort standen ein Dutzend Glasröhren, so wie Patrick Pierce – ihr Vater – sie in dem Tagebuch beschrieben hatte. Und jede dieser Röhren enthielt einen Affen oder einen Menschen oder etwas dazwischen. Kate wagte sich hinein und bestaunte die Röhren. Es war unglaublich: eine Halle voller vergessener Vorfahren. All die fehlenden Glieder in der Kette der menschlichen Evolution wurden in diesem ovalen Raum drei Kilometer unter der Antarktis ordentlich aufgehoben und katalogisiert, wie die Sammlung eines Kindes, das Schmetterlinge in Einweckgläsern aufbewahrt. Einige Exemplare waren kleiner als Kate, höchstens einen Meter zwanzig; die meisten waren ungefähr genauso groß wie sie und ein paar ein gutes Stück größer. Alle Hautfarben waren vertreten: schwarz, braun, weiß. Wissenschaftler hätten eine Ewigkeit in diesem Raum verbringen können. Viele hatten ihr halbes Leben lang Knochen ausgegraben, nur um einige Fragmente der Menschen zu finden, die hier in den Glasröhren schwebten.

Die Jungen folgten Kate, und die Doppeltür schloss sich hinter ihnen.

Kate ließ den Blick durch den Raum schweifen. Außer den Röhren gab es dort nicht viel, nur ein brusthohes Pult mit einer gläsernen Oberfläche. Kate ging darauf zu, blieb jedoch abrupt stehen, als sich die Türen erneut öffneten.

126

Patrick Pierce ließ die Hand auf dem Pistolengriff liegen, während er den Mann beobachtete, der sich David Vale nannte. Er hatte ihn vorgehen lassen. Seine Geschichte war schlüssig, aber Patrick traute ihm trotzdem nicht. *Oder vielleicht will ich es einfach nicht glauben.*

Sie gingen durch einen langen Gang nach dem anderen, und Patricks Gedanken schweiften zu Helena, zu dem Tag vor sieben Jahren, als sich die Glasröhre zischend geöffnet hatte ...

Der weiße Nebel hatte sich geteilt. Er dachte, seine Hand würde sich in Sand verwandeln, zerbröseln und weggeweht werden, als er ihre kalte Haut spürte. Er sank auf die Knie, und Tränen flossen ihm über das Gesicht. Mallory Craig legte ihm einen Arm um die Schultern, aber Patrick stieß ihn zu Boden und schlug ihm zweimal, dreimal, viermal ins Gesicht, ehe zwei Immari-Wachleute ihn von ihm herunterzogen. Craig – die rechte Hand des Teufels, der Mann, der ihn in eine tödliche Falle hatte locken wollen. Ein verängstigter Junge – Dieter Kane – kauerte in einer Ecke. Craig stand auf, wischte sich das Blut aus dem Gesicht, hob Dieter auf und flüchtete aus dem Raum.

Patrick hatte Helena bei ihrer Familie beisetzen lassen wollen, in England, aber Craig erlaubte es nicht. »Wir brauchen alle neue Namen, Pierce. Jede Verbindung zur Vergangenheit muss gekappt werden.« Neue Namen. Katherine. Kate hatte der Mann – David Vale – sie genannt.

Patrick versuchte sich vorzustellen, wie es für sie gewesen war. Er war selten bei ihr gewesen, und wenn, dann konnte man ihn bestenfalls als unbeholfen bezeichnen. Seit dem Augenblick, als er Katherine zum ersten Mal in den Armen gehalten hatte, hatte er sein Leben der Vereitelung der Bedrohung durch die Immari und der Aufdeckung der Geheimnisse von Gibraltar und der Glocke verschrieben – um die Welt für seine Tochter sicher zu machen. Das war das Beste, was er für sie tun konnte. Aber er hatte versagt. Wenn es stimmte, was David Vale sagte, waren die Immari stärker denn je. Und Kate ... er hatte ihr ganzes Leben verpasst. Schlimmer noch – sie war von einem Fremden aufgezogen worden. Und nicht nur das, sie war in die Verschwörung der Immari hineingezogen worden. Es war ein Albtraum. Er versuchte, die Gedanken zu verdrängen, aber sie schienen hinter jeder Ecke zu lauern, um die sie bogen, und aus dem Boden jedes Gangs aufzusteigen wie ein hartnäckiges Gespenst.

Patrick betrachtete den Mann, der vor ihm herging. Würde Vale ihm Antworten liefern können? Würde er überhaupt die Wahrheit sagen? Patrick räusperte sich. »Wie ist sie denn so?«

»Wer? Ach, Kate?« David blickte über die Schulter und lächelte. »Sie ist ... fantastisch. Unglaublich schlau und extrem willensstark.«

»Das glaube ich gern.« Es erschien ihm so unwirklich, Vale über sie reden zu hören. Aber irgendwie half es ihm, sich damit abzufinden, dass seine Tochter ohne ihn aufgewachsen war. Er hatte das Gefühl, etwas sagen zu müssen, wusste jedoch nicht, was. »Es ist seltsam, darüber zu reden, Vale«, begann er nach einer Weile. »Für mich ist es erst ein paar Wochen her, dass ich mich in West-Berlin von ihr verabschiedet habe. Es ist ... quälend zu wissen, dass meine Tochter ohne Vater aufgewachsen ist.«

»Sie hat sich gut entwickelt, glauben Sie mir.« David zögerte kurz. »Ich habe noch nie jemanden wie sie kennengelernt. Sie ist wundersch...«

»Okay, das, äh, reicht jetzt. Wir sollten uns konzentrieren, Vale.« Patrick beschleunigte seine Schritte. Gewisse Enthüllungen brauchten ein wenig Zeit. Er schob sich an Vale vorbei und ging voran. Vale war am Arm und am Bein verletzt und unbewaffnet, vermutlich war er keine große Bedrohung. Und seine letzte Antwort hatte Patrick überzeugt: Der Mann sprach die Wahrheit.

David mühte sich, mitzuhalten. »Genau«, sagte er.

Sie marschierten schweigend durch die Gänge. Nach einer Weile blieb Patrick stehen, damit Vale wieder zu Atem kam. »Entschuldigung«, sagte er. »Ich weiß, dass das schmierige Zeug einen schwächt.« Er zog die Brauen hoch. »Ich hatte letzten Monat während meiner Erkundung selbst ein paar Unfälle.«

»Ich halte schon durch«, sagte David keuchend.

»Klar. Denken Sie daran, mit wem Sie reden. Ich bin schon hundert Jahre vor Ihnen durch diese Gänge gehumpelt. Sie müssen es langsam angehen.«

David sah ihn an. »Apropos, Sie gehen wieder ganz normal.«

»Ja. Auch wenn ich darauf verzichten würde, wenn ich die Vergangenheit ungeschehen machen könnte. Die Röhre. Ich bin 1918 geheilt rausgekommen. Ein paar Tage darin haben gereicht. Ich habe es nicht ins Tagebuch geschrieben, weil ich damals nur an das dachte, was um mich herum geschah. Helena ... die Spanische Grippe ...« Patrick blickte einen Moment lang auf die Wand. »Ich glaube, die Röhren haben noch etwas anderes mit mir gemacht. Als ich 1978 rauskam, konnte ich die Maschinen bedienen. Ich glaube, dass ich deshalb auch das Tor in Gibraltar passieren konnte.« Patrick musterte David. »Aber ich verstehe immer noch nicht, wieso Sie das konnten. Sie waren nie in einer Röhre.«

»Stimmt. Ich gebe zu, ich verstehe es auch nicht.«

»Haben die Immari Sie mit irgendwas behandelt?«

»Nein, ich glaube nicht. Aber ich bin behandelt worden ... Ich habe Blut von jemandem bekommen, der in der Röhre war – von Kate. Ich war verwundet in Tibet. Ich habe eine Menge Blut verloren, und sie hat mir das Leben gerettet.«

Patrick nickte und lief im Gang umher. »Das ist interessant.« Er warf einen Blick auf die mit der Paste bedeckten Wunden an Davids Schulter und Bein. »Die Verletzungen sind gereinigt worden, aber sie sehen aus wie Schusswunden. Wie ist das passiert?«

»Dorian Sloane.«

»Er ist also den Immari beigetreten und hat sein Familienerbe angetreten. Der kleine Teufel wurde 1985 von Tag zu Tag gemeiner. Damals war er fünfzehn.«

»Daran hat sich nichts geändert.« David richtete sich auf. »Danke für die Pause. Ich bin so weit.«

Patrick ging wieder vor und schlug ein zügiges, aber etwas langsameres Tempo an. Sie näherten sich einer Doppeltür, die sich bisher für ihn nicht geöffnet hatte, jetzt jedoch knackte und auseinanderglitt. »Es ist aufregend, Durchgänge zu öffnen, die gestern noch verschlossen waren. Aber ich klinge schon wie die Narren, die mich während des Krieges angeheuert haben.«

David schüttelte den Kopf. »Der Krieg.«

»Was?«

»Nichts. Es ist nur seltsam, wenn jemand mit ›Krieg‹ den Ersten Weltkrieg meint. Heutzutage meint man damit den Krieg in Afghanistan.«

Patrick blieb stehen. »Die Sowjets? Führen wir Krieg mit ...«

»Nein, die sind schon 1989 abgezogen. Die Sowjetunion gibt es gar nicht mehr.«

»Mit wem dann?«

»Al-Qaida, oder eigentlich mittlerweile mit den Taliban, einem ... einem radikalislamischen Stamm.«

»Amerika befindet sich im Krieg mit einem afghanischen Stamm ...«

»Ja, das ist, äh, eine lange Geschichte.«

Die Lichter in dem Korridor flackerten und erloschen. Beide Männer erstarrten.

»Ist das schon mal passiert?«, flüsterte David.

»Nein.« Patrick zog einen LED-Stab hervor und schaltete ihn an. Das Licht erhellte ihre Umgebung. Er fühlte sich wie Indiana Jones, der eine Fackel anzündete, um uralte Steingänge zu beleuchten. Er wollte eine diesbezügliche Bemerkung machen, aber David würde wahrscheinlich nicht wissen, wer Indiana Jones war. *Jäger des verlorenen Schatzes* müsste mittlerweile über dreißig Jahre alt sein, und die jüngere Generation sah vermutlich keine alten Filme mehr. David hob den gesunden Arm, um seine Augen vor dem Licht zu schützen, und blinzelte.

Patrick ging Schritt für Schritt vorsichtig weiter. Das Licht im Korridor flackerte auf und erlosch wieder. Die Tür am Ende des Gangs öffnete sich nicht automatisch, als sie sich näherten. Patrick streckte die Hand zu der Glasplatte daneben aus. Spärliche Nebelfetzen traten aus, und das Knistern an seiner Hand war weniger intensiv als sonst. Was ging hier vor?

»Ich glaube, es gibt ein Problem mit der Energieversorgung oder so«, sagte Patrick. Er hantierte an den Steuerelementen, und die Tür glitt langsam auf.

Patrick hielt den LED-Stab hoch, sodass Licht in den Raum fiel, der viel größer war als alle, die er je gesehen hatte, hier oder anderswo. Er schien kilometerlang und kilometerbreit zu sein.

Reihen von Glasröhren stapelten sich höher, als er sehen konnte. Sie erstreckten sich meilenweit in die Dunkelheit.

Es waren die gleichen Röhren, die Patrick vor so vielen Jahren in Gibraltar gesehen hatte, nur dass diese hier voller Körper waren und der weiße Nebel im Inneren sich veränderte. Sich auflöste. Durch die verschwindenden Wolken konnte man gelegentlich die Menschen in den Röhren erkennen. Falls es Menschen waren. Sie wirkten jedenfalls menschlicher als der Affenmensch in Gibraltar. Waren das die Atlanter? Wenn nicht, wer dann? Und was geschah mit ihnen? Wachten sie auf?

Patrick wurde durch ein Geräusch tief im Inneren des Raums aus seiner faszinierten Betrachtung der Röhren gerissen: Schritte.

127

Die Doppeltür glitt auf, und Kate versuchte, ihre Überraschung zu verbergen, als ein großer Mann mittleren Alters in Wehrmachtsuniform hereinkam. Der Mann blieb mit durchgedrücktem Rücken reglos stehen. Er ließ den Blick über Kate und die Kinder schweifen.

Unwillkürlich trat Kate einen Schritt vor und stellte sich zwischen den Mann und die Kinder. Er zog die Mundwinkel ein wenig hoch, als hätte ihre unbewusste Handlung ihm ein Geheimnis offenbart. Vielleicht hatte der Schritt sie verraten, aber sein Lächeln tat dasselbe mit ihm: Sie kannte diese kalte Miene. Und sie wusste, wer der Mann war.

»Hallo, Herr Kane«, sagte Kate auf Deutsch. »Wir haben sehr lange nach Ihnen gesucht.«

128

Patrick lauschte, als die Schritte irgendwo in der Dunkelheit endeten. Er und David erstarrten und sahen sich an.

»Was ist das hier für ein Ort?«, flüsterte David.

»Ich weiß es nicht genau.«

»Waren Sie noch nie hier?«

»Nein. Aber ich glaube ... ich habe eine Idee«, sagte Patrick mit einem Blick zu den Röhren. Der Raum war fast dunkel; das einzige Licht kam von den Röhren, die in Bündeln an den Metallgestängen hingen wie Bananen an ihren Stauden. War es möglich? Konnten die Immari die ganze Zeit recht gehabt haben? »Ich glaube, das könnte ein riesiger Schlafsaal sein. Die Tür in Gibraltar – das war ein Tor zu einem anderen Ort. Vermutlich zu dem Objekt in der Antarktis. Und das Objekt ist ... Es ist das, was sie gedacht haben.«

»Wer?«

»Kane, die Immari. Ihre Theorie war, dass das Objekt in Gibraltar ein kleiner Außenposten der Heimat der Atlanter war, die sie unter der Antarktis vermuteten. Sie haben geglaubt, die Atlanter seien schlafende Übermenschen, die darauf warteten, die Erde wieder einzunehmen.«

In diesem Augenblick waren in der Ferne erneut Schritte zu hören.

Patrick warf einen Blick auf Davids Stock – die Lanze.

Seine Miene verriet seine Gedanken: Wenn sie den Schritten entgegengingen, würde der Lärm sie verraten.

»Ich kann hier warten«, sagte David. »Oder wir könnten rufen.«

»Nein«, flüsterte Patrick schnell. »Wenn die Immari einen Eingang in der Antarktis gefunden haben ... könnten die Schritte ... nichts Gutes bedeuten. Oder ...« Er zeigte auf die Röhren. »Auf jeden Fall warten wir hier.«

Die beiden Männer zogen sich hinter das nächste Bündel von Röhren zurück und gingen in ihrem Schatten in die Hocke, während die näher kommenden Schritte laut durch das Gewölbe hallten.

129

Dorian beobachtete, wie die Nazi-Soldaten in dem schwach beleuchteten Gang an ihm vorbeimarschierten. Es stimmte also. Einige von ihnen hatten überlebt. Sein Vater könnte noch leben.

Er trat aus dem Schatten, straffte die Schulter und sagte mit kraftvoller Stimme auf Deutsch: »Ich bin Dieter Kane.«

Die beiden Männer wirbelten herum und richteten ihre Maschinenpistolen auf ihn. »Halt!«, rief einer von ihnen.

»Was erlauben Sie sich?«, fauchte Dorian ihn an. »Ich bin Konrad Kanes einziger überlebender Sohn. Sie lassen sofort die Waffe sinken und bringen mich zu ihm.«

Konrad Kane schlich sich näher an Kate heran, wie eine Raubkatze, die ihre Beute beobachtet und abwägt, ob und wann sie zuschlagen soll.

Kate schwirrte der Kopf. Sie musste sich eine glaubhafte Lüge ausdenken. »Ich bin Dr. Carolina Knapp und leite bei Immari ein Forschungsprojekt, dessen Ziel es ist, Sie zu finden.«

Kane musterte erst sie, dann die Kinder. »Unmöglich. Ich bin noch keine drei Monate hier. Eine neue Expedition auf die Beine zu stellen würde viel länger dauern.«

Kate fragte sich, ob ihr Akzent Verdacht erregte. Sie hatte schon lange nicht mehr Deutsch gesprochen. Eine kurze

Antwort war besser. »Sie sind schon viel länger als drei Monate hier. Aber uns läuft leider die Zeit davon. Wir müssen los. Ich muss den Kindern die Rucksäcke abnehmen und sie ...«

Ein weiterer Wehrmachtssoldat stürmte herein und sprach schnell auf Deutsch. »Wir haben noch mehr Leute entdeckt.« Keuchend wartete er auf Kane.

Kane sah zu Kate. »Ich bin gleich zurück.« Er blickte sie erneut durchdringend an. »Doktor.« Er bückte sich zu den Kindern hinunter und sprach zu Kates Überraschung Englisch mit ihnen. »Jungs, ich brauche eure Hilfe. Bitte, kommt mit.« Er legte die Arme um sie und verließ den Raum, ehe Kate widersprechen konnte.

130

Eine viertelstündige Diskussion mit den Schwachköpfen hatte Dorian nicht weitergebracht. Ihre Köpfe würden rollen, wenn er seinem Vater davon erzählte. Sie bedrohten ihn mit ihren Waffen wie einen gefangenen Autodieb. Schließlich schnaufte er, wippte auf den Fersen und wartete ab.

Jede Sekunde fühlte sich an wie eine Ewigkeit.

Dann näherten sich Geräusche. Schritte hallten im Rhythmus von Dorians Herzschlag durch den Gang, als der Augenblick kam, auf den er sein ganzes Leben lang gewartet hatte. Der Mann, an den er sich kaum erinnern konnte, der seinen kranken Leib in einen Glassarg gesteckt hatte, der sein Leben gerettet hatte und die Welt retten würde – sein Vater kam um die Ecke und marschierte auf ihn zu.

Dorian wäre gern zu ihm gerannt, hätte ihn gern in die Arme geschlossen und ihm von all den Dingen erzählt, die er getan, davon, wie er ihn beschützt hatte, so wie sein Vater ihn vor fast hundert Jahren beschützt hatte. Er wollte seinem Vater vermitteln, dass er jetzt groß und stark war, genauso stark wie sein Vater, und dass er all die Opfer wert war, die dieser gebracht hatte. Aber Dorian blieb stehen. Die Maschinenpistolen waren nicht der Hauptgrund für diesen Entschluss. Die Augen seines Vaters blickten ihn kalt und durchdringend an. Sie schienen ihn zu analysieren, als suchten sie ein passendes Puzzleteil.

»Papa«, flüsterte Dieter.

»Hallo, Dieter.« Sein Vater sprach Deutsch mit ihm, und seine Stimme war emotionslos und geschäftsmäßig.

»Ich muss dir so vieles erzählen. Ich wurde aufgeweckt, im Jahr 197...

»1978. Die Zeit vergeht langsamer hier, Dieter. Wie alt bist du, vierzig?«

»Zweiundvierzig.« Dieter war erstaunt, dass sein Vater es schon herausgefunden hatte.

»Draußen ist 2013. Hier sind fünfundsiebzig Tage vergangen. Ein Tag pro Jahr. Eine Zeitdifferenz von 360 zu 1.«

Dorians Gedanken überschlugen sich bei dem Versuch, sich als ebenbürtig zu erweisen. Er wollte etwas Geistreiches sagen, damit sein Vater merkte, dass er schlau genug war, um das Rätsel ebenfalls zu lösen. »Ja, aber warum?« war alles, was er hervorbrachte.

»Wir haben den Schlafsaal gefunden. Es ist so, wie wir vermutet haben«, sagte sein Vater, während er sich abwandte und durch den Korridor schritt. »Die Glocke verzerrt anscheinend auch die Zeit im Inneren und erzeugt die Energie, die die Atlanter für den Schlafzustand brauchen. Vielleicht ist der Ruhezustand nicht perfekt, sodass sie altern, wenn auch nur langsam. Oder vielleicht dient es dem Schutz der Maschinen, die sonst im Laufe der Jahre verschleißen würden. In jedem Fall hilft ihnen die Verlangsamung der Zeit, durch die Jahrhunderte zu reisen. Und wir haben noch etwas entdeckt. Die Atlanter sind nicht so, wie wir dachten. Die Wahrheit ist seltsamer, als wir es uns vorgestellt haben. Es dauert eine Weile, das zu erklären.«

Dorian zeigte auf die Rucksäcke. »Die Kinder tragen ...«

»Sprengsätze. Ja. Ein raffinierter Schachzug. Ich nehme an, sie konnten die Glocke passieren?«, sagte Konrad.

»Ja. Und es ist auch eine Frau durchgekommen: Kate Warner. Sie ist Patrick Pierces Tochter. Ich habe befürchtet, dass sie die Kinder finden würde. Aber das spielt jetzt keine Rolle mehr. Die Zeit ist fast abgelaufen.«

Konrad sah auf die Rückseite eines Rucksacks. »Ungefähr noch zwei Stunden. Die Frau hat sie gefunden, aber wir haben sie erwischt. Wir bringen sie in die Halle. Wir kehren zurück, falls wir die Sache zu Ende bringen müssen.«

»Danach sollten wir schnell verschwinden. Man läuft dreißig Minuten von hier bis zum Eingangstor.« Dorian beugte sich zu den Kindern hinunter und sprach auf Englisch mit ihnen. »Hallo, da bin ich wieder. Ich habe euch doch gesagt, dass Kate hier unten ist. Hat euch das erste Spiel Spaß gemacht?«

Die Jungen sahen ihn nur an. Sie sind strohdumm, dachte Dorian. »Wir spielen jetzt ein neues Spiel. Habt ihr Lust?« Dorian wartete, aber die Kinder sagten nichts. »Okay ... ich betrachte das als Zustimmung. Es geht um ein Rennen. Könnt ihr schnell rennen?«

Die Jungen nickten.

131

David beobachtete, wie die beiden Wehrmachtssoldaten tiefer in die Halle hineingingen. Sie trugen dicke Pullover und keine Helme: Es waren Angehörige der Kriegsmarine. Vermutlich waren sie gut im Nahkampf in geschlossenen Räumen ausgebildet. Um sie zu überwältigen, mussten David und Patrick das Überraschungsmoment auf ihrer Seite haben. David hob die Hand, um Patrick ein Zeichen zu geben, aber dieser signalisierte ihm bereits, zu warten, bis die Männer vorbeigegangen waren.

David versuchte, tiefer in die Hocke zu gehen, aber sein Bein schmerzte. Es war ein Wunder, dass er überhaupt hocken konnte. Die Paste wirkte tatsächlich. Die Paste – würden sie sie riechen? Patrick versteckte sich neben ihm zwischen zwei anderen Röhren dieses Bündels, dicht vor den Soldaten. Noch zwei Sekunden.

Einer der Männer blieb stehen. Hatte er es gerochen?

Über Davids und Patricks Versteck drang eine weiße Nebelwolke aus einer der Röhren und zog die Aufmerksamkeit der Soldaten auf sich. Sie zogen sich die Maschinenpistolen vom Rücken und hoben sie, aber David und Patrick stürzten sich schon auf sie.

Durch den Aufprall wurde Davids Gegner zu Boden geworfen, und David schlug ihm mit dem Handballen gegen die Stirn. Der Hinterkopf des Soldaten prallte mit einem Knacken auf den Metallboden. Eine Blutlache breitete sich aus.

Eineinhalb Meter entfernt kämpfte Patrick mit dem anderen Mann. Der junge Soldat lag auf ihm. Er hielt ein Messer in der Hand und drückte es in Patricks Brust. David sprang ihn an und riss ihn herunter. Er schlug ihm das Messer aus der Hand. Während er den Soldaten am Boden hielt, kam Patrick zu ihm und drückte dem Mann das Messer an den Hals. Der Nazi wehrte sich nicht länger, aber David presste seine Arme trotzdem zu Boden.

David sprach kein Deutsch, und ehe er etwas sagen konnte, begann Patrick den Mann zu verhören. »Wie viele Männer?«

»Vier.«

Patrick bewegte die Klinge von seinem Hals zu seinem linken Zeigefinger.

»Zwölf!«, schrie der Mann.

»Herr Kane?«

Der Soldat nickte. Er schwitzte jetzt stark. »Töten Sie mich schnell«, sagte er.

Patrick verhörte ihn weiter auf Deutsch, während David ihn am Boden hielt.

»Schnell«, bat der Mann.

Patrick zog ihm die Klinge über den Hals, Blut strömte heraus, und kurz darauf trat der Tod ein.

Patrick ließ das Messer fallen und brach neben dem Mann zusammen. Blut tropfte aus seiner Brustwunde.

David kroch über den Toten hinweg und kratzte die Reste der schwarzen Paste von seinen eigenen fast verheilten Verletzungen. Als er sie auf Patricks Wunde strich, verzog dieser das Gesicht.

»Keine Sorge, in ein paar Stunden geht es Ihnen wieder gut.« David grinste. »Vielleicht auch früher.«

Patrick setzte sich auf. »Wenn uns noch so viel Zeit bleibt.« Er zeigte auf eine Tür in der Richtung, aus der die Soldaten gekommen waren. »Es gibt jetzt keinen Zweifel mehr, wir sind in der Antarktis.« Er atmete ein paarmal schnell durch.

»Wie viele sind es?«

Patrick sah zu dem toten Soldaten. »Zwölf. Jetzt nur noch zehn. Kane ist bei ihnen. Wenn sie in diesen Raum gelangen, wird es einen Völkermord geben, und danach sieht es wahrscheinlich für die Menschheit ... ziemlich übel aus.«

David durchsuchte die toten Soldaten und sammelte Waffen und alles andere, was nützlich sein könnte, ein. »Hat er sonst noch was gesagt?«

Patrick sah ihn verwirrt an.

»Haben sie noch jemanden gesehen?«, fragte David hoffnungsvoll.

Jetzt begriff Patrick, was er meinte. »Nein. Sie haben niemanden gesehen. Sie sind seit fast drei Monaten hier. Das passt, wenn sie 1938 angekommen sind. Ein Jahr ist ein Tag, ein Monat zwei Stunden. Er hat gesagt, sie hätten die Halle gerade erst entdeckt, und ein Mann wäre zurückgegangen, um es zu melden.«

David reichte Patrick eine der Maschinenpistolen und streckte die Hand aus, um ihm auf die Beine zu helfen. »Dann sollten wir uns beeilen.«

Patrick nahm Davids Hand und zog sich mühsam hoch. Er warf einen Blick auf den toten Soldaten, der ihn überwältigt hatte. »Hören Sie, Vale, ich bin seit fünfundzwanzig Jahren kein Soldat mehr ...«

»Wir kriegen das schon hin«, sagte David.

132

Dorian hielt die Kinder an den Schultern fest, während er hinter seinem Vater hermarschierte.

Das war der Lauf der Welt: Das Leben konnte sich auf einen Schlag komplett ändern. Er und sein Vater, wiedervereint und auf bestem Weg, ihr großes Werk zu vollenden – die Rettung der Menschheit. All seine Opfer, all die schwierigen Entscheidungen ... Er hatte richtig gehandelt.

Vor ihnen ertönten Schüsse.

David streckte die beiden Wachen an den Türen zur Halle nieder, bevor sie einen einzigen Schuss abgeben konnten. Zu seiner Linken kam ein weiterer Mann um die Ecke und jagte Geschosse in die Metallwand neben ihm, aber Patrick erwischte den Soldaten mit drei schnellen Schüssen mitten in die Brust, und er sank sofort zu Boden.

David wirbelte zur anderen Seite des Gangs herum. Leer. Er drehte sich zurück und lief zu Patrick, der sich vorsichtig auf die Ecke zubewegte, hinter der der dritte Soldat aufgetaucht war.

»Ich gehe vor«, sagte David. Er streckte den Kopf um die Ecke und – eine Kugel zischte knapp an ihm vorbei.

»Ich gebe Ihnen Feuerschutz.« Patrick hielt seine Pistole um die Ecke und gab ein paar Schüsse ab.

David trat in den Gang und lief auf den Mann zu, der sich

an die Seitenwand presste. Er traf ihn mit zwei dicht beieinander liegenden Schüssen in die Brust. Vier erledigt. Blieben noch fünf plus Kane. Die Chancen standen immer noch nicht besonders gut. Und sie hatten das Überraschungsmoment nicht mehr auf ihrer Seite. Aber eines nach dem anderen.

Patrick trat neben ihn, und beide Männer blickten auf die Doppeltür, durch die die Soldaten gekommen sein mussten. Sie bezogen zu beiden Seiten Stellung. Patrick hantierte an dem gläsernen Kontrollelement, bis sich die Türen öffneten und den Blick auf einen Raum freigaben, in dem sich zwölf Röhren befanden. Waren das ... Affenmenschen darin?

David musste sich konzentrieren. Patrick wirkte weniger beeindruckt. Er trat schnell in den Raum und schwenkte seine Waffe von einer Seite zur anderen. David folgte ihm. Der Raum war leer.

Dann spürte David, dass sich jemand von hinten näherte. Er wirbelte herum, hob schussbereit die Maschinenpistole und ...

Kate. Sie hatte sich hinter dem Steuerpult versteckt.

Er nahm den Finger vom Abzug und ließ die Waffe sinken. Als er auf sie zuging, um sie in die Arme zu schließen, fiel ihr Blick auf Patrick. Sie wandte sich von David ab. »Papa?«

Die Miene des alten Manns spiegelte etwas zwischen Reue und Erleichterung wider. »Katherine ...«

Eine Träne rann über Kates Wange, als sie zu ihm ging und ihn umarmte. Er stöhnte und drückte sie an sich. Sie erwiderte den Druck. »Du lebst.« Sie rümpfte die Nase. »Und du bist verletzt, und was ist das für ein Geruch ...«

»Mir geht's gut, Katherine. Ich ... Oh Gott, du hast dich kaum verändert.« Tränen traten ihm in die Augen. »Ich habe mir solche Sorgen gemacht, aber ... für mich ... waren es nur ein paar Wochen ...«

Kate nickte. Sie schien es bereits begriffen zu haben. David sah sie bewundernd an, während sie ein wenig verlegen dastand. Sie streckte die Arme aus, und er ging zu ihr, umarmte sie und drückte sein Gesicht an ihre Wange. Sie lebte. Das war im Moment das Einzige von Bedeutung für ihn. Sie hatte ihn in Gibraltar verlassen, aber sie lebte. Die Leere in seinem Inneren füllte sich wieder.

Sie ließ ihn los und sagte: »Wie seid ihr ...«

»Gibraltar«, sagte ihr Vater. »Eine Tür in der Kammer, die ich gefunden habe – es war ein Tor zur Antarktis, in das größere Objekt. Es sind noch mehr Soldaten hier. Wir müssen ...«

»Ja«, sagte Kate. »Sie haben die Kinder. Dorian hat sie gezwungen, Rucksäcke mit Atomsprengköpfen zu tragen.«

David sah sich nachdenklich um. »Es gibt eine Halle voller Röhren; sie ist riesengroß. Bestimmt wollen sie dort hinein.« Ein Plan formte sich in seinem Kopf. Er würde sie nicht noch einmal in Gefahr bringen. »Du bleibst ...«

Kate schüttelte den Kopf. »Nein.« Sie ging zu der Leiche des Mannes, der aus dem Raum gerannt war, hob seine Maschinenpistole auf und sah zu David. »Ich komme mit. Und dieses Mal bekomme ich eine Waffe. Das ist keine Bitte.«

David schnaufte.

Patrick blickte von Kate zu David. »Das klingt, als hättet ihr schon öfter darüber diskutiert.«

»Ja, es war eine verrückte Woche.« David wandte sich an Kate. »Du verlässt diesen Raum nicht.«

»Ich kann nicht hierbleiben. Das weißt du doch.«

David suchte verzweifelt nach einem Gegenargument.

Patrick sah zwischen ihnen hin und her und schien zu verstehen, dass etwas Unausgesprochenes in der Luft hing.

»Wenn wir sie nicht aufhalten, werde ich nirgendwo sicher sein, auch hier nicht. Du brauchst meine Hilfe. Wir müssen die Kinder finden und rausbringen. Keiner von euch kennt sie.«

David wusste, dass sie recht hatte. Aber das Risiko, sie aus diesem Raum zu lassen, schien ihm unerträglich groß.

»Du musst mich mitkommen lassen, David. Ich weiß, wovor du Angst hast.« Kate musterte ihn und wartete auf eine Reaktion. »Wir müssen es tun. Die Vergangenheit ist die Vergangenheit.«

David nickte langsam. Er hatte immer noch Angst, aber es fühlte sich anders an. Das Wissen, dass sie das Risiko kannte, dass sie ihm vertraute und ihn begleitete, als seine Partnerin, änderte alles.

Er ging zu Kate und reichte ihr seine Pistole. »Die Luger blockiert nicht so leicht. Sie ist geladen und entsichert. Du musst nur zielen und abdrücken. Es sind acht Kugeln drin, das sollte reichen. Bleib hinter uns.«

133

Dorian bedeutete den fünf Soldaten, die ihm folgten, stehen zu bleiben. Er spähte um die Ecke. Zwei tote Soldaten, auf jeder Seite der Tür einer. Waren die anderen herausgekommen oder hineingegangen? Hoffentlich herausgekommen. Er streckte noch einmal den Kopf vor. Ein weiterer Toter in der Ecke des Flurs – der Soldat war auf sie zugerannt. Sie mussten herausgekommen sein.

»Gesichert«, rief er, und die Männer und sein Vater verteilten sich im Gang und untersuchten die Toten.

Dorian beugte sich zu den Kindern hinunter. »Oh.« Er führte sie von den Leichen weg. »Kümmert euch nicht um sie, die stellen sich nur tot. Es ist ein neues Spiel. Jetzt wird es Zeit für das Rennen. Denkt dran, ihr müsst so schnell laufen, wie ihr könnt. Wer als Erster am anderen Ende des Raums ankommt, gewinnt einen tollen Preis!«

Sein Vater bediente die gläserne Steuerung neben der gewaltigen Doppeltür. Als sie lautlos auseinanderglitt, schob Dorian die Kinder hinein. Die ersten Schüsse fielen, und zwei ihrer fünf Männer gingen sofort zu Boden. Dorian sprang nach vorn, um seinem Vater Deckung zu geben, aber es war zu spät. Ein Geschoss traf Konrads Arm und warf ihn zu Boden.

Dorian zog seinen Vater zurück in den Gang, während die verbliebenen drei Soldaten sich hinter die andere Seite der

Tür zurückzogen. Dorian riss den Hemdsärmel seines Vaters auf und inspizierte kurz die Verletzung. Sein Vater stieß seine Hände weg. »Es ist eine Fleischwunde, Dieter. Werde nicht emotional. Du musst dich konzentrieren.« Er zog seine Pistole und blickte um den Türrahmen. Kugeln zerfurchten das Metall über seinem Kopf.

Dorian drückte ihn gegen die Wand. »Papa, geh den Weg zurück, den ich gekommen bin. Einer von uns muss rauskommen. Ich gebe dir Deckung.«

»Wir müssen bleiben ...«

Dorian zog seinen Vater auf die Beine. »Ich erledige sie, dann komme ich nach.« Er schob ihn in den Flur und schoss kurze Garben aus der Maschinenpistole ab, bis es klickte, weil das Magazin leer war.

Sein Vater hatte den Gang verlassen. Dorian hatte ihn gerettet.

Er ließ sich mit dem Rücken gegen die Wand sinken. Ein Lächeln breitete sich auf seinem Gesicht aus.

134

David sah sich nach Patrick um. »Wir müssen um sie herum gehen. Wir kommen nicht vorbei – nicht ohne Verstärkung oder Handgranaten.«

»Dieser Gang muss zu der Tür führen, durch die wir in den Schlafsaal gelangt sind. Die Kinder sind losgerannt. Vielleicht können wir sie abfangen«, sagte Patrick.

David sah sich um, als suchte er nach einer anderen Möglichkeit. »Einverstanden. Ihr beide geht. Ich halte Sloane und seine Männer auf.«

Kate streckte ihren Kopf zwischen sie. »David, nein.«

»Wir machen es so, Kate.« Davids Stimme war flach, kalt und bestimmt.

Sie sah ihm eine Weile in die Augen, dann wandte sie den Blick ab. »Was ist mit den Bomben?«

David nickte zu ihrem Vater. »Er hat einen Plan.«

Verständnis breitete sich auf Patricks Gesicht aus.

Kate wandte sich zu ihm. »Wirklich?«

»Ja, wirklich. Los jetzt.«

Als Kate ihrem Vater durch den anderen Eingang in den Schlafsaal folgte, liefen die Kinder vor ihnen durch den Mittelgang.

»Adi! Surya!«, schrie Kate.

Die Jungen brachen ihren Sprint ab und fielen beinahe

hin. Kate rannte zu ihnen und sah auf die Zeitanzeige auf einem der Rucksäcke: 00:32:01, 00:32:00, 00:31:59.

»Wie willst du sie entschärfen?«

»Vertrau mir, Katherine.« Ihr Vater zog sie am Arm.

Aus der Richtung, aus der sie gekommen waren, hörte Kate die Schüsse von Maschinenpistolen. David. Er kämpfte gegen die restlichen Männer – allein. Sie wäre so gern zu ihm zurückgegangen, aber die Kinder, die Bomben. Ihr Vater zog wieder an ihrem Arm, und unwillkürlich setzte sie einen Fuß vor den anderen und entfernte sich schnell von dem Gefechtslärm.

135

David hörte Kate nach den Kindern rufen. Er wagte einen Blick um die Ecke. Hatten die Nazis es auch gehört? Die Soldaten an der Tür stürmten in die Halle. Er konnte nicht zulassen, dass sie Kate erreichten. Schnell trat er an die Tür und schoss – leer. Er ließ die Waffe fallen und schnappte sich die letzte Maschinenpistole der getöteten Nazis, feuerte auf die beiden rennenden Männer und mähte sie nieder. Blieben nur noch ein Soldat und Dorian übrig.

Der letzte Soldat spähte um die Ecke, und Dorian erwischte ihn mit einer Garbe am Kopf. Es war eine Falle gewesen. Die rennenden Soldaten waren der Köder; sie hatten gehofft, David würde in Panik ausbrechen und ihnen hinterherlaufen, sodass er ein leichtes Ziel für den Schützen abgab.

Blieb nur noch einer – Dorian. David hatte keine Schritte gehört. Irgendwo tief in der Halle schlug eine Tür zu. Kate, Patrick und die Kinder waren draußen. Er sollte sich zurückziehen und ihnen folgen. Kurz vor der Tür blieb er stehen. Eigentlich hätte er losrennen müssen. Aber er stand einfach da. Der 11. September lag lange zurück. Er hatte jetzt Kate. Und er musste die Immari bekämpfen. Den Ausbruch.

Wo war Sloane? Er versteckte sich vermutlich irgendwo in der Halle und beobachtete den Eingang. David konnte warten, ob er herauskam. Oder ... Er schüttelte den Kopf, als wollte er den Gedanken loswerden.

Er trat einige Schritte zurück, die Maschinenpistole im Anschlag, und als niemand auftaucht, wandte er sich von der Tür ab und rannte so schnell er konnte den Gang entlang.

Die ersten Schüsse trafen David am Rücken, traten durch die Brust aus und warfen ihn gegen die Wand. Er fiel mit dem Gesicht nach unten zu Boden. Weitere Geschosse schlugen in seinen schlaffen Körper ein und durchlöcherten seine Beine.

Schritte. Eine Hand, die ihn umdrehte.

David drückte zweimal den Abzug seiner Pistole. Die Kugeln zerrissen das spöttische Grinsen in Dorians Gesicht, ließen Gehirn und Knochensplitter aus seinem Hinterkopf spritzen und färbten die Decke rot und grau.

Ein bittersüßes Lächeln umspielte Davids Lippen, als er seinen letzten Atemzug tat.

136

Konrad befestigte den Helm am Anzug und wartete, dass das Tor sich öffnete. Die Metalltüren glitten mit einem lauten Wummern auseinander und gaben den Blick auf eine gewaltige Eiskammer frei, die der ähnelte, durch die er vor drei Monaten gegangen war – oder vor fünfundsiebzig Jahren. Wenn es dieselbe war, würde eine Glocke gleich über dem Eingang hängen. Als er hineingegangen war, war sie ausgeschaltet gewesen – sie hatte keinen Laut von sich gegeben, während seine Männer unter ihr durchmarschiert waren. Aber sie hatten die Glocke aus dem Inneren der Gewölbe eingeschaltet, das wusste er nun.

Das Steuerungssystem war komplex, und er und seine Männer hatten versucht, sich Zugriff auf das Programm zu verschaffen, das den Schlafzustand kontrollierte. Aber es hatte sich herausgestellt, dass es die Steuerung für einen Wettersatelliten war. Kane hatte den Satelliten abstürzen lassen, irgendwo in Amerika, vermutlich in New Mexico. Durch seine Manipulationen hatte er ein Programm in Gang gesetzt, das dem Schutz vor Eindringlingen diente. Es hatte sie aus dem System geworfen und die Glocke eingeschaltet, die daraufhin seine Männer in dem U-Boot tötete.

Seitdem hatte keines der Systeme mehr funktioniert. Bis heute.

Er fragte sich, ob die Glocke schon abgebaut worden war

oder die Reaktivierung der Steuerungssysteme bedeutete, dass jemand sie ausgeschaltet hatte. Es gab auch noch eine andere Möglichkeit: Vielleicht griff die Glocke nur Menschen an, die hineingingen, und niemanden, der hinausging.

Falls sie eingeschaltet war, müsste er sich beeilen, aus ihrer Reichweite zu gelangen.

Kane machte einen zögerlichen Schritt aus der Dekontaminationskammer. Seine Augen hatten sich an die Dunkelheit angepasst, und er sah unter einem zerbeulten Metallkorb eine Ansammlung von matten Lichtern, wie Sterne in einem Schneehaufen.

Der Metallkorb hing an einem dicken Stahlseil. Ja, das war er – sein Fluchtweg, selbst wenn die Glocke ansprang.

Kane trat einen weiteren Schritt aus dem Tor hinaus. Ein lautes Rumpeln hallte von oben durch die Kuppel und ließ seinen Anzug und vielleicht auch seine Knochen vibrieren.

Dort war eine Glocke. Und sie erwachte dröhnend zum Leben.

137

Kate zerrte an dem Rucksack auf Adis Schultern. Endlich löste er sich. 00:01:53. Sie drehte sich zu Surya. Die schwarze Paste fraß sich auch durch die Trageriemen seines Rucksacks. Sie waren fast durchtrennt. Kates Vater zog den Jungen heraus und schob ihn zu ihr. Er zeigte auf die zweite von sechs Türen. »Geh, Katherine. Ich kümmere mich um den Rest.«

»Nein. Sag mir, wie.« Sie sah ihn prüfend an und fragte sich, wie er die Bomben unschädlich machen wollte.

Er seufzte und nickte zur Tür. »Als die Atlanter das Objekt in Gibraltar verließen, richteten sie das Tor als Fluchtweg in die Antarktis ein. Das System auf dieser Seite war außer Betrieb, deshalb konnte ich nicht zurückkehren. Aber wenn ich recht habe, ermöglicht die Aktivierung der Systeme *Atlantern*, zurückzugehen. Du hast reine atlantische DNS. Du wurdest in den Röhren inkubiert. Bei dir wird es funktionieren. Jetzt kommt etwas Wichtiges: Wenn du auf die andere Seite gelangst, bist du in Gibraltar in einem Steuerraum. Fass nichts an. Du musst das Tor offen lassen, damit ich dir folgen kann. Ich muss das Portal schließen, für immer. Die Bomben dürfen nicht hier in der Antarktis explodieren.«

Kate sah ihn an und versuchte zu verstehen.

»Wenn du auf die andere Seite kommst, musst du nach oben gehen und dich so weit wie möglich entfernen. Du hast ungefähr dreihundertsechzig Minuten Zeit – sechs Stunden. Eine Minute hier sind dreihundertsechzig Minuten dort. Verstehst du?« Die Stimme ihres Vaters klang fest.

Eine Träne rollte über ihre Wange. Endlich verstand sie. Sie umarmte ihn drei lange Sekunden, aber als sie ihn loslassen wollte, hielt ihr Vater sie fest. Sie drückte ihn noch einmal an sich.

»Ich habe so vieles falsch gemacht, Katherine. Ich habe versucht, dich und deine Mutter zu beschützen ...« Seine Stimme brach.

Kate lehnte sich zurück und sah ihm in die Augen. »Ich habe das Tagebuch gelesen, Papa. Ich weiß, warum du das alles getan hast. Ich verstehe es. Und ich liebe dich.«

»Ich liebe dich auch, sehr sogar.«

138

Konrad spürte, wie sich Schweißperlen auf seiner Stirn bildeten, als das Pulsieren der Glocke über ihm lauter wurde.

Auf dem Visier seines Helms erschien ein Bild, als hockte ein winziger Mensch auf dem Glas. Der grauhaarige Mann saß in einem Büro an einem großen hölzernen Schreibtisch, hinter dem eine Immari-Fahne prangte. An der Wand hing eine Weltkarte, aber sie war ganz anders, als sie sein sollte. Und das Gesicht des Mannes ... Konrad kannte ihn.

»Mallory!«, schrie Konrad. »Helfen Sie mir!«

»Natürlich, Konrad. Im Korb liegt eine Spritze. Injizieren Sie sich das Mittel.«

Konrad stürmte los, um so schnell wie möglich zum Korb zu gelangen. Er stürzte zweimal. Nach dem dritten Mal sah er ein, dass er in dem Anzug nicht rennen konnte, und stapfte unbeholfen weiter, während das Dröhnen der Glocke von Sekunde zu Sekunde lauter wurde. »Was ist in der Spritze?«

»Etwas, an dem wir arbeiten. Sie sollten sich beeilen, Konrad.«

Konrad erreichte den Korb und nahm den Metallkoffer heraus. »Ziehen Sie mich hoch, Mallory. Vergessen Sie das Experiment.«

»Das Risiko können wir nicht eingehen. Setzen Sie sich die Spritze, Konrad. Es ist Ihre einzige Chance.«

Konrad klappte den Koffer auf und betrachtete die Spritze. Etwas floss über sein Gesicht. Er sah die rote Spiegelung in der Glasscheibe des Helms. Wie viel Zeit blieb ihm noch? Er nahm die Spritze, zog die Plastikhülle von der Nadel und stieß sie sich durch den Anzug in den Arm. Der Koffer musste eine Wärmevorrichtung enthalten haben, aber die Flüssigkeit war trotzdem eiskalt, als sie in seine Ader strömte. »Ich habe es getan, jetzt ziehen Sie mich hoch.«

»Das geht leider nicht, Konrad.«

Konrad spürte Feuchtigkeit an seinen Armen. Es war kein Schweiß. Die Glocke dröhnte immer lauter. Er fühlte sich seltsam, schwach. »Was haben Sie mit mir gemacht?«

Mallory lehnte sich mit zufriedenem Gesichtsausdruck in seinem Stuhl zurück. »Erinnern Sie sich noch, wie Sie mich durch das Lager geführt haben, in dem Sie die Glocke testeten? Das war Anfang der Dreißiger, ich weiß nicht mehr genau, wann, aber ich erinnere mich noch gut an Ihre Rede – wie Sie die Arbeiter überzeugt haben, diese schrecklichen Dinge zu tun. Ich hatte mich gefragt, wie Sie das zustande bringen wollten. Sie sagten: ›Es ist eine scheußliche Arbeit, aber diese Menschen geben ihr Leben, damit wir die Funktionsweise der Glocke verstehen und so die menschliche Rasse veredeln und retten können. Ihr Opfer ist notwendig. Ihr Opfer wird in Erinnerung bleiben. Wenige müssen sterben, damit viele überleben können.‹« Mallory schüttelte den Kopf. »Ich war so beeindruckt, so fasziniert von Ihnen. Das war, bevor Sie mich vierzig Jahre in einer Röhre deponierten, bevor Sie mein Leben zerstörten. Ich war loyal. Ich habe so viele Jahre lang die zweite Geige gespielt, und das war der Lohn dafür. Ich werde Ihnen keine zweite Chance geben.«

»Sie können mich nicht töten. Ich *bin* Immari. Das werden sie niemals dulden.« Konrad fiel auf die Knie. Er konnte das

Pulsieren der Glocke in seinem Herzen spüren. Sie riss ihn von innen in Fetzen.

»Sie sind nicht Immari, Konrad. Sie sind ein wissenschaftliches Experiment. Sie sind ein Opfer.« Mallory blätterte durch einen Stapel Papiere, dann sagte er etwas zu jemandem, der nicht zu sehen war, und hörte einen Moment lang zu. »Gute Nachrichten, Konrad. Wir bekommen Daten von dem Anzug übermittelt. Das ist alles, was wir brauchen. Wir haben einen Fötus mit dauerhafter Atlantis-Gen-Aktivierung – es ist das Kind von Patricks Tochter und Dieter. Das Problem war, dass wir ein Genom aus demselben Stammbaum *vor* der Aktivierung des Atlantis-Gens brauchten. Ein Elternteil war ideal. Wir mussten dieses Gen auch beobachten und testen, während die Glocke es attackiert, um genau zu verstehen, welche genetischen und epigenetischen Faktoren eine Rolle spielen. Sie erinnern sich sicher noch, dass es eine Menge Aufwand bedeutet, eine Glocke auszubauen, und dann das ganze Theater mit der Energieversorgung.« Mallory wedelte nonchalant mit der Hand durch die Luft. »Deshalb haben wir uns überlegt, dass wir einfach diese Glocke eingeschaltet lassen, eine Spritze mit einem Mittel zur Markierung des Gens bereitstellen und darauf warten, dass Sie rauskommen. Ich war nie ein so guter Redner wie Sie, aber ich war immer gut darin, das Verhalten von Menschen vorherzusehen. Und Sie sind sehr berechenbar, Konrad.«

Konrad spuckte Blut, als er mit dem Gesicht voran auf das Eis fiel.

»Das war's dann wohl, alter Freund. Wie gesagt, Ihr Opfer wird in Erinnerung bleiben.« Als Mallory geendet hatte, kam ein Mann ins Büro gerannt. Mallory hörte ihm zu und sah ihn verwirrt an. »Gibraltar? Wann?«

139

Kate hielt den Atem an, während sich das Tor öffnete. Es war genauso, wie ihr Vater gesagt hatte: ein Kontrollraum voller Glaskonsolen. Aber es war jemand darin. Eine Wache, die auf einem nach hinten gekippten Hocker saß und eine Zeitschrift las.

Als der Mann Kate und die beiden Jungen sah, gaffte er sie einen Augenblick an, dann kippte er den Hocker nach vorn und sprang auf. Eine Zeitschrift mit einer nackten Frau auf der Titelseite fiel zu Boden. Er schnappte sich ein Sturmgewehr, das an der Wand lehnte, und richtete es auf Kate. »Keine Bewegung, Dr. Warner.« Seine Miene war hart. Er zog die Schulter an den Mund und sagte: »Hier ist Mills, Kammer sieben. Ich habe sie, Warner und die Jungs. Bitte um Verstärkung.«

Innerhalb von zehn Sekunden waren zwei weitere Wachmänner in dem Raum. Sie klopften Kate und die Jungen kurz ab. Der befehlshabende Soldat grinste, als er Kates Pistole einsteckte. »Kommen Sie mit uns«, sagte er.

140

Mallory Craig schritt in seinem Büro auf und ab und wartete auf neue Informationen. Er sah auf, als der Immari-Agent eintrat. »Wir haben die biometrischen Daten aus Kanes Anzug. Dr. Chang analysiert sie gerade, aber er sagt, er braucht die Leiche.«

»Gut, besorgen Sie ihm die Leiche. Wie ist die Lage in Gibraltar?«

»Sie haben Warner und die beiden Kinder.«

»Welchen Warner?«, schnauzte Mallory.

»Die Frau.«

Mallory überlegte, ob er etwas übersehen hatte.

»Sollen wir ...«

»Ist sonst noch jemand rausgekommen?«

»Nein.«

Craig setzte sich an den Schreibtisch und begann hektisch zu schreiben. Als er fertig war, stand er auf, schob den Brief in einen Umschlag und versah ihn mit einer Adresse. »Liefern Sie das aus.«

»Was ist mit Dr. Warner?«

Mallory sah aus dem Fenster und dachte nach. Waren Vale und ihr Vater in den Gewölben gestorben? »Sie sollen die Frau dort festhalten. Wir müssen sie verhören. Und lassen Sie die Wachen an dem Raum verdreifachen. Sagen Sie ihnen, dass ich auf dem Weg bin.«

141

Kate hielt die Jungen nah an ihrer Seite, während sie den Männern durch eine Reihe von Gängen folgten. Hinter ihnen ertönte eine vertraute Stimme: »Halt!«

Kate und die Wachen drehten sich zu dem Mann um, der ebenfalls von zwei Wachleuten begleitet wurde. Sie trugen Uniformen mit einer Flagge, die Kate noch nie gesehen hatte. Darunter waren zwei Blockbuchstaben in einem Quadrat abgebildet: [II]

»Ich übernehme sie«, sagte Martin Grey.

»Unmöglich, Sir. Befehl des Vorsitzenden Craig.« Der ranghöchste Wachmann trat vor und versperrte Martin und seinen Männern den Weg.

Kate erschrak, als sie Martin ansah. Sein Haar war wirr, und er hatte sich anscheinend seit Monaten weder rasiert noch geduscht. Das lange Haar, der Bart und der erschöpfte Ausdruck in seinen Augen kontrastierten scharf mit der Klarheit und Weichheit seiner Stimme. »Ich verstehe. Sie haben Ihre Befehle, Captain. Ich würde mir nur gern die Kinder ansehen, bevor Sie sie mitnehmen. Aus Forschungsgründen. Es ist wirklich dringend.« Ehe der Mann antworten konnte, kniete Martin sich vor die Kinder. Er zog sie an sich und bedeckte ihre Augen und Ohren, als die Mündungen aufblitzten und Schüsse durch den engen Gang hallten.

Die drei Soldaten, die Kate bewacht hatten, sackten zu Boden. Martin nahm die Kinder auf den Arm und marschierte schnell aus dem Gang.

Kate lief ihm hinterher. »Martin, wir müssen hier sofort verschwinden.«

Martins Wachen bildeten die Nachhut, als sie durch die abgedunkelten Gänge rannten.

»Das ist eine ziemliche Untertreibung, Kate.« Martin blieb stehen. »Warte, wie meinst du das?«

»Eine Atombombe kommt durch das Tor in diese Kammer, in weniger als zwei Stunden«, sagte Kate.

Martin sah zu den Soldaten. »Das Tauchboot.«

Die Soldaten geleiteten sie durch mehrere Gänge, die schließlich zu einem runden Raum führten, der aus einem anderen Metall bestand als das Atlantis-Gebilde. Dieser Bereich war neu. Und von Menschenhand gemacht. In der Mitte des Raums hing aus einem großen Rohr eine Leiter herab. Die Konstruktion erinnerte Kate an einen Kanalschacht.

»Was ist hier los, Martin? Was ist dir zugestoßen?«

»Ich habe mich hier versteckt und fast zwei Monate lang darauf gewartet, dass du mit deinem Vater rauskommen würdest. Wir können in dem Tauchboot weiterreden. Steig ein. Craig ist wahrscheinlich schon auf dem Weg hierher.«

142

Patrick trat durch das Tor in den Kontrollraum. Mindestens ein Dutzend Wachen warteten dort, und ganz hinten entdeckte er ein vertrautes Gesicht. Zum ersten Mal war Patrick froh, den Mann zu sehen, der ihn vor fast hundert Jahren durch die Stollen geführt hatte. Den Mann, der sein Schicksal bestimmt hatte. Den Mann, der Immari hätte zugrunde gehen lassen können, als er 1978 aufgeweckt wurde, aber stattdessen die monströse Organisation neu aufgebaut hatte.

Die Worte, die Mallory Craig vor so vielen Jahren zu ihm gesprochen hatte, gingen Patrick durch den Kopf. Der Anruf. Der Köder. Die Falle. »Patrick. Es hat einen Unfall gegeben ...«

Craig nickte einem Mann mit einem weißen Kittel und einer Spritze in der Hand zu. »Nehmen Sie die Probe.«

Als Patrick die Pistole hob und auf den Mann zielte, blieb er wie angewurzelt stehen.

Ein Lächeln breitete sich auf Patricks Gesicht aus. »Mallory. Es stimmt also: Selig sind die Sanftmütigen, denn sie werden das Erdreich besitzen.«

Craigs Miene änderte sich. »Ich bin nicht halb so sanftmütig, wie Sie glauben ...«

»Verkraften Sie eine Kernwaffenexplosion? Oder wie wär's mit zweien?«

143

Kate, Martin, die Kinder und Martins Männer stiegen über die Leiter in das Tauchboot. Es war ein kleines Boot ohne Unterabteile. Als es eine halbe Stunde später die Oberfläche erreichte, sagte Martin zu den Soldaten: »Steuert auf den Atlantik hinaus. Und seid vorsichtig, sie patrouillieren in den Meerengen.« Er bedeutete Kate, ihm zu folgen, und kletterte eine weitere Leiter hinauf, die zu einem Ausguck führte.

Kate ging zu der hüfthohen Stahlwand und lehnte sich neben Martin an die Reling. Der Wind war jetzt kälter, viel kälter als gestern in Gibraltar. Wie lange war sie in den Gewölben gewesen? Und noch etwas hatte sich verändert. Gibraltar. Es war dunkel.

»Warum leuchten in Gibraltar keine Lichter?«, fragte sie.

Martin wandte sich zu ihr. Seine unrasierte, ungekämmte Erscheinung verunsicherte sie noch immer. »Evakuiert.«

»Warum?«

»Es ist ein Protektorat der Immari.«

»Ein Protektorat?«

»Du warst zwei Monate weg, Kate. Die Welt hat sich verändert. Und nicht zum Besseren.«

Kate suchte weiter die Küste ab. Gibraltar war dunkel und Nordafrika ebenfalls. All die glitzernden Lichter, die sie vom Balkon aus gesehen hatte, in der Nacht, als David sie aufgefangen hatte …

Kate stand eine Weile schweigend da. Schließlich entdeckte sie doch einige Lichter, die sich vor der Küste bewegten.
»Die Lichter in Nordafrika ...«
»Es gibt keine Lichter in Nordafrika.«
Kate zeigte auf die in der Ferne blinkenden Lampen. »Da hinten ...«
»Ein Seuchenschiff.«
»Seuche?«
»Die Atlantis-Seuche«, sagte Martin. Er seufzte und wirkte jetzt noch erschöpfter. »Ich werde dir alles erklären.« Er lehnte sich gegen die Reling und blickte nach Gibraltar. »Ich hatte gehofft, deinen Vater wiederzusehen. Aber das ... das ist ein Ende, das ihm gefallen hätte.« Er fuhr fort, ehe Kate etwas sagen konnte. »Dein Vater war ein sehr reumütiger Mann. Er hat sich die Schuld am Tod deiner Mutter gegeben. Und er hat bereut, die Immari nach Atlantis geführt zu haben. Dass er mit seinem Tod dich und die Atlanter rettet und die Immari hindert, durch das von ihm entdeckte Tor in das Objekt in der Antarktis einzudringen, das passt zu ihm. Es würde ihm gefallen, in Gibraltar zu sterben. Deine Mutter starb dort.«

Wie auf ein Zeichen erhob sich eine Fontäne aus Wasser und Licht in den Himmel, und ein Donnern ließ die Luft erzittern und hallte in ihrer Brust wider.

Martin legte ihr den Arm um die Schultern. »Wir müssen abtauchen. Die Flutwelle wird bald hier sein.«

Kate warf einen letzten Blick zurück. Im Licht der Explosion sah sie den Fels von Gibraltar einstürzen – aber nicht vollständig. Ein Bruchstück blieb stehen und ragte knapp aus dem Wasser auf.

144

Der Labortechniker kam in Dr. Changs Büro. »Sir, wir haben keine Daten aus Gibraltar bekommen.«

»Hat die Explosion die Übertragung unterbrochen?«

»Nein. Sie hat gar nicht erst begonnen. Unsere Leute konnten keine Probe von Pierce nehmen. Aber wir haben eine zweite Chance bekommen. Craig hat einen Brief hinterlassen. Er hat Pierce nicht erlaubt, Helena Barton zu begraben – Craig hat den Leichnam behalten, falls er ihm einmal nützlich sein könnte. Er ist in einem Kühlfach in San ...«

»Haben Sie eine Probe?«

Der Techniker nickte. »Wir lassen sie gerade zusammen mit den Daten von dem Fötus und von Kane durch eine Simulation laufen. Wir wissen nicht, ob es funktioniert, bis ...«

Chang warf sein Tablet auf den Schreibtisch. »Wann werden wir es wissen?«

»Vielleicht ...« Das Handy des Technikers summte. »Ah, da ist es.« Er blickte begeistert auf.

»Wir haben das Atlantis-Gen gefunden.«

Epilog

David schlug die Augen auf. Die Sicht war verzerrt. Weißer Nebel. Gewölbtes Glas. Er war in einer Röhre. Seine Augen mussten sich erst anpassen, als erwachte er aus einem tiefen Schlaf. Jetzt konnte er seinen Körper sehen. Er war nackt. Die Haut war glatt – zu glatt. Die Wunden an Schulter und Bein waren verschwunden. Ebenso die Narben an den Armen und der Brust, wo sich vor so langer Zeit glühende Metallstücke und Steine aus den einstürzenden Türmen in sein Fleisch gebohrt hatten.

Der weiße Nebel lichtete sich, und er konnte aus der Röhre hinausblicken. Zu seiner Linken fiel Licht in die Halle. Es kam aus dem Gang ... dem Gang, in den er sich zurückgezogen hatte, bevor Dorian auf ihn schoss. Ihn *tötete*. David strengte seine Augen an. Da war er. Sein eigener schlaffer Leichnam, in einer Blutlache. Ein anderer Toter lag quer über ihm.

David wandte den Blick ab und versuchte zu begreifen. Zu seiner Rechten erstreckten sich, so weit er sehen konnte, über und unter und neben ihm Röhren. Alle schliefen.

Außer ihm.

Und es gab noch jemanden.

Ein weiteres Augenpaar blickte suchend in die Ferne. Gleich gegenüber. Er wollte sich vorbeugen, um es genauer anzusehen, aber er konnte sich nicht bewegen. Er wartete.

Eine Nebelwolke zog vorbei, und dann konnte er die Augen und das Gesicht in der anderen Röhre erkennen.

Dorian Sloane.

Danksagung

Wo soll ich anfangen?

Zu Hause vermutlich. Vielen Dank, Anna, für alles. Besonders für das Lesen meines ersten Entwurfs und deine unbezahlbaren Verbesserungsvorschläge. Und auch dafür, dass du die letzten beiden Jahre mit mir zusammengelebt hast, als ich mich fragte, ob ich ein totes Pferd reite und warum die Whiskeyflasche ständig leer ist (es stellte sich heraus, dass sie keinen Haarriss hatte). Ich liebe dich.

Ich glaube, jeder junge Mann, der einen Roman schreibt, ist seiner Mutter zu Dank verpflichtet, aber für mich gilt das in besonderem Maße. Ich bin sehr froh, dass meine Eltern mich immer unterstützt haben und ich eine Mutter habe, die seit zwanzig Jahren an der Crest Middle School in Shelby, North Carolina, Englisch unterrichtet. Danke, Mom, dass du mein Manuskript gelesen und es so großartig redigiert hast und immer an deine Kinder, innerhalb und außerhalb des Klassenzimmers, geglaubt hast.

Es gibt eine lange Liste von Menschen, denen ich danken möchte, und da ich nicht riskieren will, jemanden zu vergessen, spreche ich an dieser Stelle jedem meinen Dank aus, der in irgendeiner Form zu meinem ersten Roman beigetragen und mich auf meinem Weg unterstützt hat.

Nick Cutter

»*Das Camp* ist so nervenzerfetzend,
dass ich es kaum aushalten konnte -
faszinierender Horror der Extraklasse!«
Stephen King

978-3-453-43779-1

Leseprobe unter **www.heyne.de**

HEYNE ‹